SUPERBESTSELLER

150

Dello stesso autore

Padrona del gioco
Se domani verrà
Linea di sangue
La rabbia degli angeli
Uno straniero allo specchio
I mulini a vento degli dei
Le sabbie del tempo
Il volto nudo
Ricordi di mezzanotte
La congiura dell'Apocalisse
E le stelle brillano ancora
Nulla è per sempre
Giorno & notte
Una donna non dimentica
Dietro lo specchio
L'amore non si arrende
Hai paura del buio?

SIDNEY SHELDON

L'ALTRA FACCIA DI MEZZANOTTE

SPERLING
PAPERBACK

Traduzione di Bruno Oddera
The Other Side of Midnight

I edizione «Superbestseller» Paperback giugno 1991

ISBN 88-8274-536-8
86-I-05

XV EDIZIONE

Visitate il sito www.sperling.it

A Jorja
che mi dà piacere in mille modi

RINGRAZIAMENTI

DESIDERO esprimere la mia gratitudine a coloro che generosamente mi hanno aiutato a colorire il mosaico di questo romanzo con le tessere della loro conoscenza, della loro perizia e dei loro ricordi.

In alcuni casi, quando ho ritenuto che ciò avrebbe migliorato il racconto, mi sono consentito delle licenze letterarie; ma di ogni errore sono il solo responsabile.

Porgo i miei ringraziamenti alle seguenti persone:

A Londra:

la signora V. Shrubsall, Sezione Storia Aeronautica, Ministero inglese della Difesa, per inestimabili informazioni sulla *Squadriglia Aquila*, il gruppo di piloti americani che volarono con la RAF prima della partecipazione degli Stati Uniti alla seconda guerra mondiale.

Earl Boebert, per altro materiale concernente la *Squadriglia Aquila.*

A Parigi:

André Weil-Curiel, ex vicesindaco di Parigi, per utili suggerimenti e ricordi di Parigi durante l'occupazione tedesca.

Madame Chevaulet, capo archivista della *Comédie Française*, per avermi consentito di consultare i suoi schedari sulla storia del teatro francese.

Claude Baignères, giornalista del *Figaro*, per avermi aiutato a rintracciare alcune fonti di informazioni di prima mano sull'occupazione della Francia.

Ad Atene:

La signora Aspa Lambrou, che magicamente ha aperto tutte le porte ed è stata sempre generosamente utile.

Jean Pierre de Vitry D'Avaucourt, pilota personale di Aristotile Onassis, per i suoi consigli e suggerimenti tecnici.

Costas Efstathiades, illustre avvocato, per la sua collaborazione in fatto di procedura penale greca.

A Los Angeles:

Raoul Aglion, consigliere economico della *Banque Nationale de Paris*, per avermi aiutato con la sua conoscenza della storia e del costume francesi.

Eccezion fatta per gli accenni a vari capi della storia mondiale, tutti i personaggi di questo romanzo sono immaginari.

PROLOGO

ATENE, 1947

ATTRAVERSO il parabrezza impolverato della sua automobile, il capo della polizia Georgios Skouri osservò gli uffici e gli alberghi del centro di Atene crollare in una lenta danza di disintegrazione, l'uno dopo l'altro, simili a file di birilli giganteschi su qualche cosmica pista di bowling.

« Venti minuti », promise il poliziotto in uniforme, al volante. « Non c'è traffico. »

Skouri annuì distrattamente e fissò gli edifici. Era un miraggio che non finiva mai di affascinarlo. La calura baluginante dello spietato sole d'agosto avvolgeva i palazzi con ondulazioni sinuose che davano l'impressione di vederli riversarsi nelle vie, simili a leggiadre cascate d'acciaio e cristallo.

Era mezzogiorno e dieci e le strade rimanevano quasi deserte, ma anche i pochi pedoni ancora in giro sembravano pigri per poter degnare con più di una fuggevole occhiata incuriosita le tre macchine della polizia dirette velocemente a est, verso l'Hellenikon, l'aeroporto situato a trentadue chilometri dal centro di Atene. Il capo della polizia Skouri viaggiava sulla prima automobile.

In circostanze normali, si sarebbe trovato nel suo comodo e fresco ufficio, facendo lavorare nell'ardente calura di mezzogiorno i propri subordinati, ma le circostanze erano tutt'altro che normali e Skouri aveva una duplice ragione per trovarsi lì di persona. In primo luogo, nel corso della giornata sarebbero arrivati dei VIP da varie parti del mondo ed era necessario accertarsi che venissero accolti a dovere e fatti passare per la dogana con il minimo di fastidi. In secondo luogo, e questo era ancor più importante, l'aeroporto sarebbe stato gremito da corrispondenti di giornali stranieri e da operatori cinematografici. Il capo della polizia Skouri non era uno sciocco e aveva pensato, radendosi quel mattino, che non avrebbe di certo nuociuto alla sua carriera figurare nei cinegiornali mentre si occupava degli eminenti ospiti; uno straordinario colpo di fortuna aveva voluto che un avvenimento sensazionale e di importanza mondiale come quello si svolgesse nel suo campo d'azione e lui sarebbe stato stupido a non approfittarne. Ne aveva parlato nei minimi particolari con le due persone che gli erano più vicine al mondo: sua moglie e la sua amante. Anna, una donna di età matura, brutta, amareggiata, di origine contadina, gli aveva ordinato di star lontano dall'aeroporto e di rimanere dietro le quinte, in modo che nessuno potesse incolparlo se qualcosa fosse andato storto. Melina, il suo dolce, giovane e bellissimo angelo, gli aveva consigliato di andare ad accogliere gli ospiti. Era d'accordo con lui che un evento come quello avrebbe potuto catapultarlo fino alla fama immediata: se Skouri avesse fatto bella figura, come minimo gli sarebbe stato concesso un aumento di stipendio e, Dio volendo, avrebbero potuto addirittura nominarlo questore, non appena il questore in carica fosse stato collocato in pensione. Per la centesima volta, Skouri rifletté sull'ironia delle circostanze in seguito alle quali Melina era sua moglie e Anna la sua amante e si domandò di nuovo dove avesse sbagliato.

Poi rivolse i propri pensieri a ciò che lo aspettava. Doveva accertarsi che tutto si svolgesse in modo perfetto all'aeroporto. Aveva con sé una decina dei suoi uomini migliori. La difficoltà maggiore, lo sapeva, sarebbe consistita nel tenere a freno la stampa. Lo aveva stupefatto il numero di corrispondenti di importanti quotidiani e di riviste riversatosi ad Atene da tutte le parti del mondo. Lui stesso era stato intervistato sei volte e ogni volta in una lingua diversa; gli intervistatori avevano tradotto le sue risposte in tedesco, inglese, giapponese, francese, italiano e russo. Stava appena cominciando a godersi quella nuova celebrità quando il questore lo aveva convocato per informarlo come non ritenesse opportuno, da parte del capo della polizia, commentare pubblicamente un processo per omicidio non ancora celebrato. Skouri era certo che il vero movente del questore fosse la gelosia, ma aveva prudentemente deciso di non insistere e si era affrettato a opporre un rifiuto a ogni altra richiesta di intervista. Il questore, tuttavia, non avrebbe certo potuto lagnarsi se lui, Skouri, si fosse trovato all'aeroporto, nel bel mezzo del trambusto, mentre i cineoperatori riprendevano le celebrità in arrivo.

Mentre l'automobile filava lungo il viale Sygrou e voltava a sinistra sul mare verso Phaleron, Skouri sentì un nodo allo stomaco. Mancavano ormai solo cinque minuti all'aeroporto. Passò mentalmente in rassegna l'elenco delle celebrità che sarebbero arrivate ad Atene prima del cader della notte.

Armand Gautier stava soffrendo di mal d'aria. Aveva una paura profondamente radicata di volare che scaturiva da un amore eccessivo per se stesso e per la vita; tale paura, accompagnata dalle turbolenze che si incontrano di solito in estate al largo della costa greca, gli aveva causato una nausea violenta. Era un uomo alto, asceticamente magro, con l'aspetto dello studioso, la fronte spaziosa e una bocca eternamente sardonica. A ventidue anni, Gautier aveva contribuito a creare la nouvelle vague nella traballante industria cinematografica francese e, nel corso degli anni successivi, aveva riportato ancor più grandi trionfi in teatro. Riconosciuto ormai come uno dei più grandi registi del mondo, Gautier si immedesimava a fondo nel proprio ruolo. Il volo era stato piacevolissimo fino a venti minuti prima. Le hostess, riconosciutolo, avevano provveduto a tutte le sue necessità, facendogli capire che erano disponibili anche per altre cose. Numerosi passeggeri lo avevano avvicinato durante il volo per dirgli quanto ammirassero i suoi film e le sue commedie, ma lui si era interessato soprattutto alla graziosa studentessa universitaria inglese che frequentava il St. Anne's a Oxford. Stava preparando una tesi di laurea sul teatro e aveva scelto come argomento Armand Gautier. La conversazione tra loro si era svolta senza intoppi finché la ragazza non aveva nominato Noelle Page.

« Un tempo era il suo regista, no? » disse. « Spero di poter assistere al processo. Sarà un circo equestre. »

Gautier si sorprese ad afferrarsi ai braccioli del sedile e la violenza di quella reazione lo stupì. Sebbene fossero trascorsi tanti anni, il ricordo di Noelle destava in lui una sofferenza indicibile. Nessuna donna era mai riuscita a ferirlo come lei e nessun'altra ne sarebbe più stata capace. Da quando aveva letto dell'arresto di Noelle, tre mesi prima, Gautier non poteva più pensare ad altro. Si era affrettato a telegrafarle e a scriverle, offrendosi di fare tutto il possibile per aiutarla, ma senza mai ricevere alcuna risposta. Sebbene non avesse avuto l'intenzione di assistere al processo, sapeva di non poterne restare lontano. Diceva a se stesso che questo accadeva perché voleva vedere se lei era cambiata da quando avevano vissuto insieme, ma riconosceva tra sé che esisteva un'altra ragione. L'uomo di teatro che era in lui doveva assistere al dramma, doveva osservare il volto di Noelle quando il giudice le avrebbe detto se sarebbe vissuta o se sarebbe morta.

La voce metallica del pilota annunciò per radio che sarebbero atterrati ad Atene di lì a tre minuti e la prospettiva di rivedere Noelle eccitò di nuovo a tal punto Armand Gautier da fargli dimenticare il mal d'aria.

Il dottor Israel Katz si stava recando in aereo ad Atene da Città del Capo, dove era primario nel reparto di neurochirurgia del Groote Schuur, il nuovo e grande ospedale appena costruito. Israel Katz veniva considerato uno dei più grandi neurochirurghi del mondo. Le pubblicazioni mediche parlavano continuamente delle sue innovazioni. Tra i suoi pazienti figuravano un primo ministro, un presidente e un sovrano.

Si appoggiava alla spalliera del sedile, sull'aereo della BOAC; un uomo di statura media, dalla faccia energica e intelligente, con occhi castani molto infossati e mani sottili, lunghe, irrequiete. Il dottor Katz era stanco e per questo motivo cominciava a sentire il solito dolore alla gamba destra che non esisteva più, essendogli stata amputata sei anni prima da un gigante armato di scure.

Era stata una lunga giornata. Aveva operato fin dalle prime ore del mattino, aveva visitato una decina di pazienti ed era poi uscito da una riunione del consiglio d'amministrazione, all'ospedale, per partire in aereo, diretto ad Atene, dove voleva seguire il processo. Sua moglie, Esther, aveva tentato di dissuaderlo.

« Non puoi più far niente per lei, ormai, Israel.»

Forse era vero, ma Noelle Page aveva un tempo rischiato la vita per salvarlo, e le doveva qualcosa. Pensò a lei, adesso, e provò le stesse sensazioni indescrivibili che lo avevano pervaso ogni volta che si erano trovati insieme. Era come se il ricordo stesso di Noelle riuscisse a disperdere gli anni che li separavano. Si trattava di fantasticherie romantiche, naturalmente; nulla avrebbe mai potuto far rivivere quegli anni. Il dottor Israel Katz sentì vibrare l'aereo mentre il carrello veniva abbassato e iniziava la discesa. Guardò fuori dal finestrino e vide sotto di sé Il Cairo; là sarebbe passato su un aereo della TAE, per andare ad Atene e da Noelle. Era davvero colpevole di omicidio? Mentre l'aereo si dirigeva verso la pista, pensò a quell'altro terribile assassinio che lei aveva commesso a Parigi.

Philippe Sorel si appoggiò al parapetto del suo yacht e osservò il porto del Pireo avvicinarsi. Si era goduto il viaggio per mare, una delle rare occasioni che gli capitavano di sottrarsi ai suoi ammiratori. Sorel era uno dei duri meglio pagati al mondo, ma per arrivare a tanto gli ostacoli da superare erano stati tremendi. Non era un bell'uomo. Al contrario. Aveva la faccia di un pugile sconfitto nell'ultima dozzina di incontri, con il naso fratturato parecchie volte e i capelli radi; inoltre, camminando zoppicava lievemente. Ma tutto ciò non contava affatto perché Philippe Sorel possedeva sex appeal. Era un uomo colto, dalla voce dolce e sommessa, e la combinazione della sua innata raffinatezza e della faccia e del corpo da camionista rendeva frenetiche le donne e gli uomini guardavano a lui come a un eroe. Ora, mentre lo yacht si avvicinava al porto, Sorel si domandò, una volta di più, che cosa stesse facendo lì. Aveva rimandato un film che teneva a interpretare per poter assistere al processo di Noelle. Era anche troppo consapevole del facile bersaglio che avrebbe rappresentato per la stampa, sedendo ogni giorno nell'aula del tribunale senza la protezione dei suoi agenti e dei suoi collaboratori. I giornalisti avrebbero senza dubbio frainteso la sua presenza e pensato che si trattasse di un espediente per farsi pubblicità con il processo della ex amante accusata di omicidio. Da qualsiasi punto di vista si prospettasse la cosa, sapeva che sarebbe stata un'esperienza logorante, ma doveva rivedere Noelle, doveva accertare se gli sarebbe stato possibile aiutarla in qualche modo. Quando lo yacht cominciò a scivolare dietro i bianchi massi del frangiflutti del porto, pensò alla Noelle che aveva conosciuto e amato, alla donna con la quale aveva vissuto, e giunse a una conclusione: era capacissima di uccidere.

Mentre lo yacht di Philippe Sorel si avvicinava alla costa della Grecia, l'assistente speciale del Presidente degli Stati Uniti si trovava su un *Clipper* della Pan American, centosessanta chilometri a nord-ovest, in linea d'aria, dall'aeroporto Hellenikon. William Fraser era sulla cinquantina, un bell'uomo dai capelli brizzolati, dalla faccia rugosa e dai modi autoritari. Stava fissando un memorandum che teneva in mano, ma non ne aveva voltato una sola pagina, né si era mai mosso, per più di un'ora. Fraser aveva chiesto un breve periodo di ferie per compiere quel viaggio, sebbene il momento fosse quanto mai inopportuno, nel pieno di una crisi al Congresso. Sapeva quanto sarebbero state penose per lui le prossime settimane, eppure sentiva di non avere altra scelta. Era, quello, un viaggio di vendetta e il pensarlo colmava Fraser di una fredda soddisfazione. Volutamente si costrinse a distogliere i propri pensieri dal processo che avrebbe avuto inizio il giorno dopo e guardò fuori dal finestrino dell'aereo. Molto più in basso, riuscì a distinguere un panfilo che beccheggiava navigando verso la Grecia, la cui costa si profilava in lontananza.

Auguste Lanchon aveva sofferto il mal di mare ed era rimasto terrorizzato per tre giorni. Aveva sofferto il mal di mare perché la nave per crociere a bordo della quale era salito a Marsiglia rollava negli strascichi del mistral ed era rimasto terrorizzato perché temeva che sua moglie venisse a sapere quanto stava facendo. Ormai sulla sessantina, Auguste Lanchon era un uomo grasso e calvo, con piccole gambe corte e la faccia butterata, dagli occhi porcini e dalle labbra sottili che stringevano eternamente un sigaro da pochi soldi. Lanchon possedeva un negozio d'abbigliamento a Marsiglia e non poteva permettersi, o almeno così diceva sempre alla moglie, una vacanza come la gente ricca. Naturalmente, rammentò a se stesso, questa non era una vera vacanza. Doveva rivedere ancora una volta la sua adorata Noelle. Negli anni trascorsi da quando lei lo aveva lasciato, Lanchon non si era mai stancato di seguirne avidamente la carriera nelle cronache mondane dei quotidiani e delle riviste. Ai tempi in cui Noelle interpretava la sua prima commedia, era andato in treno fino a Parigi per vederla, ma una stupida segretaria aveva impedito che si incontrassero. In seguito non era mai mancato ai film di Noelle, rivedendoli più e più volte e ricordando il tempo in cui avevano fatto l'amore. Sì, quel viaggio sarebbe costato parecchio, ma Auguste Lanchon sapeva che valeva la pena di spendere quella cifra, fino all'ultimo soldo. La sua preziosa Noelle avrebbe ricordato i momenti felici vissuti insieme e si sarebbe rivolta a lui per essere protetta. Lui avrebbe corrotto un giudice o qualche altro funzionario, purché non costasse troppo, e Noelle sarebbe stata prosciolta. Poteva sistemarla in un appartamentino a Marsiglia, dove sarebbe stata sempre a sua disposizione, ogni qual volta l'avesse voluta.

Se soltanto sua moglie non fosse venuta a sapere quello che stava facendo!

Frederick Stavros lavorava ad Atene nel suo minuscolo studio legale al secondo piano di un antico e cadente edificio nel quartiere povero di Monastiraki. Stavros era un giovane attivo, avido e ambizioso, e lottava per guadagnarsi da vivere con la professione che aveva scelto. Poiché non poteva permettersi un aiuto, doveva svolgere lui stesso tutte le tediose ricerche legali preparatorie. Di solito odiava questo aspetto del suo lavoro, ma ora non se ne lasciava infastidire perché sapeva che, se avesse vinto quella causa, i suoi servigi sarebbero stati talmente richiesti da evitargli ogni altra preoccupazione per tutta la vita. Lui ed Elena avrebbero potuto sposarsi e mettere su famiglia. Si sarebbe trasferito allora in uffici lussuosi, avrebbe assunto giovani di studio e si sarebbe iscritto a un circolo alla moda come l'Athenee Lesky, dove si potevano conoscere eventuali ricchi clienti.

La metamorfosi era già cominciata. Ogni volta che Frederick Stavros percorreva le vie di Atene, veniva riconosciuto e fermato da qualcuno che aveva veduto la sua fotografia sul giornale. In poche settimane, era passato dall'anonimato alla celebrità, divenendo l'avvocato che difendeva Larry Douglas. Stavros ammetteva con se stesso, nell'intimo, di avere il cliente sbagliato. Avrebbe preferito difendere l'affascinante Noelle Page, anziché una nullità come Larry Douglas, ma lui stesso era una nullità. Sembrava già sufficiente che lui, Frederick Stavros, partecipasse in primo piano al più sensazionale processo per omicidio del secolo. Se gli imputati fossero stati prosciolti, vi sarebbe stata gloria a sufficienza per tutti. Una sola cosa tormentava Stavros e lui ci pensava continuamente. Entrambi gli imputati erano accusati dello stesso delitto, ma Noelle Page veniva difesa da un altro avvocato. Se Noelle Page fosse stata riconosciuta innocente e Larry Douglas condannato... Stavros rabbrividì e cercò di non pensarci. I giornalisti seguitavano a domandargli se ritenesse gli imputati innocenti. Lui sorrideva della loro ingenuità. Che importanza poteva avere se erano innocenti o colpevoli? Avevano diritto alla miglior difesa legale che il denaro potesse assicurare. Nel suo caso, lo riconosceva, la definizione era un po' forzata. Ma nel caso dell'avvocato difensore di Noelle Page... ah, si trattava di tutt'altro paio di maniche. Ad assumersi la difesa di Noelle era stato Napoleon Chotas. Non esisteva in tutto il mondo penalista più brillante: Chotas non aveva mai perduto una causa importante. Pensando a questo, Frederick Stavros sorrise tra sé e sé. Non lo avrebbe mai confessato a nessuno, ma si proponeva di vincere cavalcando il talento di Napoleon Chotas.

Mentre Frederick Stavros faticava nel misero studio legale, Napoleon Chotas, in abito da sera, stava prendendo parte a una cena elegante in un lussuoso palazzo del quartiere signorile di Kolonaki, ad Atene. Chotas era un uomo magro, emaciato, con gli occhi grandi e tristi di un segugio nella faccia rugosa. Dietro i suoi modi blandi e un po' incerti si celava una mente brillante e incisiva. In quel momento, mangiucchiando il dessert, Chotas si preoccupava e pensava al processo che sarebbe cominciato l'indomani. Quasi sempre la conversazione, quella sera, aveva avuto come argomento la causa imminente. Una discussione di carattere generale, essendo gli ospiti troppo discreti per porgli domande dirette. Ma verso la fine della serata, mentre ouzo e brandy scorrevano più abbondantemente, la padrona di casa domandò: « Ci dica, ritiene che siano colpevoli? »

Chotas rispose con aria ingenua: « Come potrebbero esserlo? Uno di loro è mio cliente ». E provocò risate di apprezzamento.

« Com'è in realtà Noelle Page? »

Chotas esitò. « È una donna eccezionale », rispose con cautela. « Bella e ricca di talento... » Non senza stupore, constatò di essere all'improvviso riluttante a parlare di lei. Del resto, non sarebbe stato possibile descrivere Noelle con le parole. Fino a pochi mesi prima, la conosceva solo vagamente, come una figura affascinante di cui parlavano le cronache mondane e che adornava le copertine delle riviste cinematografiche. Non l'aveva mai vista di persona e, se anche gli era accaduto di pensare a lei, a tali pensieri si accompagnava quella sorta di indifferente disprezzo che provava nei confronti di tutte le attrici. Soltanto bei corpi senza cervello. Ma, Dio, come si sbagliava! Dopo aver conosciuto Noelle, se ne era innamorato disperatamente. A causa di Noelle Page, aveva trasgredito alla sua regola fondamentale: non lasciarsi mai coinvolgere emotivamente da un cliente. Chotas ricordava in modo vivido il pomeriggio in cui l'avevano cercato perché si assumesse la difesa di lei. Stava facendo le valigie, era sul punto di partire con sua moglie per New York, dove la loro figlia aveva avuto il primo bambino. Nulla, ne era stato persuaso, avrebbe potuto impedirgli di fare quel viaggio. Ma poi erano bastate due sole parole. Con l'immaginazione, rivide il maggiordomo entrare nella camera da letto, porgergli il telefono e dire: « Constantin Demiris ».

L'isola era inaccessibile; si poteva raggiungerla soltanto in elicottero, o via mare, e sia l'aeroporto che il porticciolo privato venivano sorvegliati ventiquattr'ore al giorno da guardie armate, con cani da pastore tedeschi addestrati. L'isola era dominio privato di Constantin Demiris e nessuno ci andava senza essere stato invitato. Nel corso degli anni, tra i visitatori avevano figurato re e regine, presidenti ed ex presidenti, divi del cinema, cantanti d'opera e celebri scrittori e pittori. Tutti ne erano ripartiti in preda a un timore reverenziale. Constantin Demiris, al terzo posto tra gli uomini più ricchi del mondo, e uno dei più potenti, aveva buon gusto e stile e sapeva come spendere il suo denaro in modo da creare bellezza.

Demiris si trovava ora nella sua ricca biblioteca rivestita a pannelli, rilassato su un'ampia poltrona; fumava una delle sigarette egiziane a ovale appiattito, confezionate appositamente per lui, e pensava al processo che sarebbe cominciato la mattina dopo. I giornalisti tentavano da mesi di arrivare a lui, ma si era reso, semplicemente, introvabile. Era già troppo che la sua amante dovesse essere processata per omicidio; era già troppo che il suo nome venisse coinvolto nella causa, sia pure indirettamente. Si rifiutava di alimentare lo scandalo concedendo una qualsiasi intervista. E si domandò, adesso, che cosa stesse provando Noelle in quello stesso momento, nella sua cella della prigione di via Nikodemous. Dormiva? Era sveglia? Era spaventata per la prova che l'aspettava? Pensò all'ultima conversazione avuta con Napoleon Chotas. Aveva fiducia in Chotas e sapeva che l'avvocato non l'avrebbe deluso. Demiris gli aveva fatto capire che non gli importava se Noelle era innocente o colpevole. Chotas doveva fare in modo di meritarsi ogni centesimo dell'enorme parcella che lui, Constantin Demiris, gli versava per difenderla. No, non aveva motivo di preoccuparsi. Il processo sarebbe finito bene. Siccome Constantin Demiris era un uomo che non dimenticava mai niente, ricordò come i fiori preferiti di Catherine Douglas fossero le *triantafylia*, le splendide rose della Grecia. Si sporse in avanti e prese un taccuino sulla scrivania. Scrisse un appunto. *Triantafylia. Catherine Douglas.*

Era il minimo che potesse fare per lei.

LIBRO PRIMO

1

CATHERINE

Chicago, 1919-1939

OGNI grande città ha una propria immagine, una personalità che le dà la sua particolare impronta. Chicago, negli Anni Venti, era un gigante irrequieto e dinamico, rozzo e privo di raffinatezza, con un piede nello stivale ancora poggiato sull'era spietata dei magnati che avevano contribuito a far sorgere la metropoli: William B. Ogden e John Wentworth, Cyrus McCormick e George M. Pullman. Era un regno che apparteneva ai Philip Armour, ai Gustavus Swift e ai Marshall Field. Era il dominio di freddi gangster, professionisti del crimine come Hymie Weiss e Scarface Al Capone.

Uno dei primi ricordi di Catherine Alexander era quello di suo padre che la conduceva in un bar dal pavimento cosparso di segatura e la sollevava su uno sgabello così alto da darle il capogiro. Ordinava per sé un enorme boccale di birra e per lei un *Green River*. Catherine aveva allora cinque anni, ma ricordava ancora l'orgoglio di suo padre mentre degli sconosciuti le venivano intorno per ammirarla. Tutti gli uomini ordinavano da bere e il conto veniva pagato dal babbo. Ricordava di aver continuato a stringersi al suo braccio, per accertarsi che lui fosse sempre lì. Era tornato in città appena la sera prima e lei sapeva che sarebbe ripartito presto. Faceva il commesso viaggiatore e le spiegava che il suo lavoro lo conduceva lontano, costringendolo a separarsi da lei e dalla mamma per mesi di seguito perché gli fosse possibile portare loro dei bei regali. Catherine aveva cercato disperatamente di stringere un patto con suo padre: se fosse rimasto con lei, avrebbe rinunciato ai regali. Lui si era limitato a ridere e a dire: « Che bambina precoce sei », e poi aveva lasciato di nuovo la città ed erano passati sei mesi prima che lei lo rivedesse. In quei primi anni, sua madre, che lei vedeva ogni giorno, le appariva vaga e informe, mentre il padre, sebbene lo vedesse soltanto in brevi occasioni, era vivido e mirabilmente chiaro nella sua mente. Catherine pensava a lui come a un bell'uomo ridente, ricco di scintillante buon umore e di gesti affettuosi, generosi. Quando lui tornava a casa sembrava di essere in vacanza, con tante cose piacevoli, doni e sorprese.

Quando Catherine aveva sette anni, suo padre venne licenziato e la loro vita assunse un andamento diverso. Partirono da Chicago e si trasferirono a Gary, nell'Indiana, dove lui trovò lavoro come commesso in una gioielleria. Catherine venne iscritta a scuola. Aveva rapporti cauti con gli altri bambini, che teneva sempre a distanza, ed era terrorizzata dalle insegnanti, che interpretavano come superbia il suo solitario distacco. Suo padre veniva a cenare a casa ogni sera e, per la prima volta in vita sua, Catherine sentiva che formavano una vera famiglia, come tutte le altre. La domenica, andavano tutti e tre alla spiaggia Miller e là noleggiavano dei cavalli e cavalcavano per un'ora o due lungo le dune di sabbia. A Catherine piaceva abitare a Gary ma, sei mesi dopo il loro arrivo in quella cittadina, suo padre perdette di nuovo il posto e si trasferirono ad Harvey, un sobborgo di Chicago. Le scuole erano già cominciate e lei divenne « la nuova », esclusa dalle amicizie ormai formatesi. Fu considerata una solitaria. I bambini, al sicuro nella protezione dei loro gruppi, avvicinavano la goffa nuova arrivata soltanto per burlarsi crudelmente di lei.

Durante i primi anni, Catherine si chiuse in una corazza di indifferenza che le serviva da scudo contro gli attacchi degli altri bambini e, quando questo succedeva, lei reagiva con una tagliente e caustica intelligenza. Voleva allontanare i provocatori perché la lasciassero in pace, ma gli effetti furono inaspettatamente diversi. Collaborava al giornale della scuola e nella sua prima recensione di uno spettacolo musicale messo in scena dai suoi compagni di classe scrisse: « Tommy Belden aveva un a solo di tromba nel secondo atto, ma è stato trombato ». La battuta venne ripetuta da molti e, sorpresa delle sorprese, Tommy Belden l'avvicinò nel corridoio, il giorno dopo, e le disse di averla trovata divertente.

Al corso di inglese, gli allievi dovettero leggere *Il capitano Orazio Hornblower*. Catherine non poteva soffrire quel libro. La relazione che ne fece si limitò a una sola frase: « Aveva un brigantino più malconcio di un brigante ». La professoressa, che si dilettava di vela durante le vacanze di fine settimana, le assegnò dieci. I compagni di classe cominciarono a citare le sue frasi argute e in breve tempo divenne nota come l'umorista della scuola.

Quando compì quattordici anni, il suo corpo cominciò a lasciare intravedere le promesse della donna che maturava. Si contemplava allo specchio per ore di seguito, meditando sul modo di modificare il disastro che vi vedeva riflesso. Dentro di sé era Myrna Loy e faceva impazzire gli uomini con la sua bellezza, ma lo specchio, il suo nemico più crudele, le mostrava capelli neri irrimediabilmente aggrovigliati, che riusciva impossibile domare, profondi occhi grigi, una bocca che sembrava diventare più larga di ora in ora, e un naso lievemente all'insù. Forse non era proprio *brutta*, diceva a se stessa con cautela, ma, d'altro canto, nessuno avrebbe sfondato porte per farle firmare un contratto come diva del cinema. Risucchiando le gote e socchiudendo gli occhi in modo sexy, cercava di raffigurarsi come modella. Il risultato era deprimente. Assumeva allora un'altra posa. Gli occhi spalancati, l'espressione avida, un gran sorriso amichevole. Inutile. Non era nemmeno il tipo della ragazza sportiva. Non era un bel niente. Il suo corpo sarebbe diventato come quello di tutte le altre, pensava imbronciata, ma niente di speciale. E invece, naturalmente, era proprio questo che desiderava più di ogni altra cosa al mondo: essere qualcosa di speciale, essere Qualcuno, essere Ricordata, e non morire mai, mai, mai, mai.

L'estate in cui compì quindici anni capitò a Catherine di leggere *Scienza e salute*, di Mary Baker Eddy, e, nelle due settimane successive, trascorse un'ora al giorno davanti allo specchio, imponendo con la forza della volontà all'immagine riflessa di diventare bella. Al termine di quel periodo, i soli cambiamenti che riuscì a scorgere furono una nuova eruzione di acne sul mento e un foruncolo sulla fronte. Rinunciò ai dolciumi, a Mary Baker Eddy e alle contemplazioni davanti allo specchio.

Catherine e i suoi erano tornati a Chicago, sistemandosi in un piccolo e misero appartamento sul lato nord della città, nel Rogers Park, dove gli affitti erano bassi. Il paese stava affondando sempre più nella crisi economica. Il padre di Catherine lavorava di meno e beveva di più e lui e la mamma non facevano che alzare la voce l'uno con l'altra, rimproverandosi una serie incessante di recriminazioni che inducevano Catherine a uscire di casa. Scendeva alla spiaggia, lontana circa sei isolati, e passeggiava lungo la riva lasciando che il vento fresco mettesse le ali al suo gracile corpo. Trascorreva lunghe ore fissando il lago grigio e irrequieto e si sentiva colma di un anelito disperato al quale non avrebbe saputo attribuire un nome. Desiderava qualcosa con tanta intensità che, in certi momenti, il desiderio la travolgeva con un'ondata improvvisa di sofferenza intollerabile.

Aveva scoperto Thomas Wolfe, i cui libri erano come un'immagine speculare della nostalgia dolceamara che la colmava, ma si trattava della nostalgia per un futuro non ancora concretatosi, come se in qualche luogo, in qualche altro tempo, avesse vissuto un'esistenza meravigliosa e fosse impaziente di riviverla. Cominciava ad avere le mestruazioni e, sebbene fisicamente si stesse trasformando in una donna, sapeva che le sue necessità, le sue aspirazioni, quel dolente desiderare, non erano alcunché di fisico e non avevano niente a che vedere con il sesso. Si trattava della brama feroce e incalzante di essere riconosciuta, di elevarsi al di sopra dei miliardi di persone brulicanti sulla terra, in modo che tutti sapessero chi era lei, in modo che, al suo passaggio, potessero dire: « Ecco Catherine Alexander, la grande... » La grande *cosa*? Lì stava il problema. Non sapeva che cosa volesse, sapeva soltanto di desiderare disperatamente quel qualcosa. I pomeriggi del sabato, ogni volta che aveva abbastanza soldi, andava al cinema, allo State and Lake o al McVickers o al Chicago. Si perdeva completamente nel mondo meraviglioso e sofisticato di Cary Grant e Jean Arthur, rideva con Wallace Beery e Marie Dressler e soffriva dei disastri romantici di Bette Davis. Si sentiva più vicina a Irene Dunn che a sua madre.

Catherine frequentava ormai l'ultimo anno alla Scuola Media Superiore Senn e il suo arcinemico, lo specchio, le era finalmente diventato amico. La ragazza nello specchio aveva un viso animato e interessante. I capelli erano di un nero corvino, la pelle soffice di un bianco cremoso. I lineamenti regolari e belli, una bocca generosa e sensibile e intelligenti occhi grigi. Aveva un bel corpo, con seni sodi, ben sviluppati, i fianchi che si incurvavano dolcemente e gambe ben fatte. Esisteva, nella sua immagine, un che di distaccato, una altezzosità che lei non sentiva, come se la creatura riflessa nello specchio possedesse una caratteristica che non le apparteneva. Doveva far parte, supponeva, della corazza protettiva che aveva portato sin dai primi giorni di scuola.

La crisi aveva rinserrato la nazione in una morsa sempre più stretta e il padre di Catherine non faceva che tentar di combinare grossi affari che sembravano non materializzarsi mai. Continuamente tesseva sogni, inventando cose che avrebbero fruttato milioni di dollari. Escogitò cric che potevano essere montati sulle ruote delle automobili e venire abbassati premendo un pulsante sul cruscotto. L'idea non interessò nessuna delle industrie automobilistiche. Studiò allora un'insegna luminosa in continua rotazione per la pubblicità all'interno dei negozi. Vi fu un breve susseguirsi di riunioni ottimistiche, poi l'idea si dileguò nel nulla.

Si fece prestare denaro dal fratello minore, Ralph, a Omaha, per attrezzare un autocarro con tutto il necessario per riparare calzature e farlo girare nel vicinato. Trascorse ore discutendo il progetto con Catherine e sua madre. « Non può non riuscire », spiegò. « Pensate un po', avere un calzolaio che viene alla porta di casa! Nessuno ha mai fatto niente di simile prima d'ora. Adesso ho una calzoleria mobile, giusto? Anche se guadagnassi soltanto venti dollari al giorno, farebbero centoventi dollari alla settimana. Due autocarri frutteranno duecentoquaranta dollari alla settimana. Tra un anno ne avrò venti. Vale a dire duemilaquattrocento dollari ogni settimana. Centoventicinquemila dollari all'anno. E questo è soltanto l'inizio... » Due mesi dopo, calzolaio e autocarro scomparvero e fu la fine di un altro sogno.

Catherine aveva sperato di poter frequentare la Northwestern University. Era la prima della sua classe ma, anche con una borsa di studio, andare all'università sarebbe stato problematico e si avvicinava il giorno, lo sapeva, in cui avrebbe dovuto interrompere gli studi e cominciare a lavorare a tempo pieno. Sarebbe riuscita a trovare un impiego come segretaria, ma era decisa a non rinunciare mai al sogno che avrebbe dato un significato così ricco e meraviglioso alla sua vita; e il fatto di non sapere che cosa fossero questo sogno e questo significato rendeva la cosa ancor più intollerabilmente triste e futile. Diceva a se stessa che, con ogni probabilità, stava soltanto superando l'adolescenza. Di qualsiasi cosa si trattasse, era un inferno. *I ragazzi sono troppo giovani per uscire dall'adolescenza,* pensava amareggiata.

C'erano due giovincelli che credevano di essere innamorati di lei. Uno si chiamava Tony Korman e un giorno sarebbe entrato nello studio legale di suo padre ed era trenta centimetri più basso di Catherine. Aveva una carnagione pallida e occhi acquosi e miopi che l'adoravano. L'altro, Dean McDermott, era grasso e timido e voleva fare il dentista. Poi, naturalmente, esisteva Ron Peterson, ma lui era un tipo speciale. Ron era l'astro della squadra di football alla Senn e tutti dicevano che, senza dubbio, avrebbe frequentato l'università con una borsa di studio per meriti atletici. Alto e largo di spalle, era, fisicamente, l'idolo tipico delle ragazze che vanno al cinema di pomeriggio ed era senz'altro il ragazzo più ammirato della scuola.

Una sola cosa impedì a Catherine di fidanzarsi all'istante con Ron, il fatto che lui ignorava la sua esistenza. Ogni volta, quando lo incontrava nel corridoio della scuola, il cuore cominciava a martellarle selvaggiamente. Pensava qualcosa di intelligente e di provocante da dire, in modo che lui le chiedesse un appuntamento. Ma poi, quando erano vicini, le si paralizzava la lingua e si incrociavano in silenzio: come il transatlantico *Queen Mary* e una chiatta carica di rifiuti, si diceva disperata.

Il problema finanziario stava diventando grave. Non pagavano l'affitto da tre mesi e non venivano sfrattati soltanto perché la padrona di casa era affascinata dal padre di Catherine, dai suoi progetti grandiosi e dalle sue invenzioni. Ascoltandolo, Catherine si sentiva pervadere da una cocente tristezza. Continuava a essere l'uomo allegro e ottimista di un tempo, ma lei riusciva a vedere dietro la logora facciata. Il fascino meraviglioso e noncurante che sempre aveva rivestito con una patina di gaiezza qualsiasi cosa lui facesse, si era consumato. Le ricordava un ragazzetto nel corpo di un uomo di mezza età, un ragazzetto sempre pronto a parlare del luminoso futuro per nascondere gli squallidi insuccessi del passato. Più di una volta lo aveva veduto offrire una cena da Henrici a una dozzina di persone e poi appartarsi allegramente con uno degli invitati e farsi prestare quanto bastava per pagare il conto, oltre a una lauta mancia, naturalmente. Sempre lauta, perché aveva una reputazione da mantenere. Ma, nonostante tutte queste cose e nonostante Catherine sapesse come fosse stato per lei un padre distratto e indifferente, gli voleva bene. Ne amava l'entusiasmo e la sorridente energia in un mondo di persone accigliate e imbronciate. Questo era il suo dono, e lui lo aveva sempre prodigato generosamente.

Tutto sommato, pensava Catherine, era più felice suo padre con quei sogni meravigliosi e irrealizzabili, di quanto lo fosse la mamma, che aveva paura di sognare.

Nel mese di aprile, la madre di Catherine morì in seguito a un attacco di cuore. Era la prima volta che Catherine si trovava di fronte alla morte. Amici e vicini riempirono il piccolo appartamento, porgendo le loro condoglianze e bisbigliando le ipocrite parole di conforto evocate dalla tragedia.

La morte aveva ridotto la povera donna a una figuretta minuscola e rinsecchita, senza linfa né vitalità, o forse era stata la vita a farle questo, pensò la ragazza. Cercò di evocare ricordi che lei e la mamma avevano condiviso, risate godute insieme, momenti in cui i loro due cuori si erano toccati; ma era il babbo a continuare a venirle in mente, avido di vivere, sorridente e allegro. Si sarebbe detto che la vita di sua madre fosse un'ombra pallida che indietreggiava dinanzi alla luce solare del ricordo. Catherine fissò il corpo cereo nella bara, con il vestito nero, semplice, dal colletto bianco, e pensò a quanto era stata sprecata la sua vita.

Quale scopo aveva mai avuto? Gli stati d'animo di anni prima tornarono a dominarla, la decisione di diventare qualcuno, di lasciare un segno nel mondo, così da non dover finire in una tomba anonima, senza che il mondo sapesse che Catherine Alexander aveva vissuto ed era morta tornando alla terra.

Suo zio Ralph e la moglie Pauline arrivarono in aereo da Omaha per il funerale. Ralph aveva dieci anni meno di suo padre ed era completamente diverso dal fratello. Lavorava nel ramo delle vitamine ordinate per corrispondenza e aveva molto successo. Era un uomo robusto, quadrato, con le spalle quadrate, la mascella quadrata, il mento quadrato e, Catherine ne ebbe la certezza, la mente quadrata. Sua moglie era un uccellino di donna, tutta frulli e cinguettii. Due brave persone, tutto sommato, e Catherine sapeva che lo zio aveva prestato parecchio denaro a suo padre, ma sentiva di non avere niente in comune con loro. Al pari di sua madre, erano persone senza sogni.

Dopo il funerale, lo zio Ralph disse che voleva parlare con lei e suo padre. Sedettero nel minuscolo soggiorno dell'appartamento, mentre Pauline svolazzava qua e là con il vassoio del caffè e quello dei dolci.

« So che le cose ti sono andate molto male finanziariamente », disse lo zio Ralph al fratello. « Tu sogni troppo, hai sempre sognato troppo. Ma sei mio fratello e non posso lasciarti colare a picco. Pauline e io ne abbiamo parlato. Voglio che tu venga a lavorare per me. »

« A Omaha? »

« Avrai un buon stipendio fisso e potrai abitare con noi insieme a Catherine. Abbiamo una grande casa. »

Catherine si sentì stringere il cuore. Omaha! Era la fine di tutti i suoi sogni.

« Lasciami riflettere », stava dicendo il babbo.

« Prenderemo il treno delle sei », rispose lo zio Ralph. « Fammi sapere qualcosa prima che partiamo. »

Quando Catherine e suo padre rimasero soli, lui gemette: « Omaha! Scommetto che non c'è nemmeno una bottega di barbiere decente ».

Ma lei capì che stava recitando. Botteghe di barbiere decenti o no, non aveva alternative. La vita era riuscita, alla fine, a intrappolarlo. Si domandò che cosa sarebbe accaduto al suo morale dovendo adattarsi a un lavoro monotono e noioso, con orari sempre uguali. Come un uccello selvatico catturato, avrebbe battuto le ali contro la gabbia, morendo di prigionia. Quanto a lei, sarebbe stata costretta a rinunciare al progetto di frequentare la Northwestern University. Aveva fatto domanda per una borsa di studio, ma non le era più stato detto niente. Nel pomeriggio, suo padre telefonò al fratello per dire che accettava il posto.

La mattina dopo, Catherine andò a parlare con il preside per dirgli che sarebbe passata a una scuola di Omaha. Si trovava in piedi dietro la scrivania e prima che lei avesse potuto parlare disse: « Congratulazioni, Catherine, hai appena vinto una borsa di studio della Northwestern University ».

Catherine e suo padre parlarono a fondo della cosa, quella sera, e alla fine decisero che lui si sarebbe trasferito a Omaha e che lei avrebbe frequentato la Northwestern University, alloggiando in uno dei dormitori del campus. E così, dieci giorni dopo, Catherine accompagnò il padre alla stazione di La Salle Street per salutarlo alla partenza. Provava un senso di solitudine e di tristezza profonda, perché stava per dire addio alla persona che amava più d'ogni altra; ma, nello stesso tempo, non vedeva l'ora che il treno partisse e si sentiva pervadere da un'eccitazione deliziosa pensando che sarebbe stata libera, che, per la prima volta, avrebbe potuto vivere la sua vita. In piedi sul marciapiede, osservò la faccia del padre premuta contro il finestrino del treno per un ultimo sguardo; un uomo miseramente bello, tuttora persuaso che un giorno sarebbe stato il padrone del mondo.

Tornando indietro dalla stazione, Catherine ricordò qualcosa e rise forte. Per recarsi a Omaha, ad accettare un impiego che gli era disperatamente necessario, suo padre aveva prenotato uno scompartimento-salotto tutto per sé.

Il giorno dell'inaugurazione dell'anno accademico alla Northwestern era colma di un entusiasmo quasi intollerabile. Per Catherine aveva un'importanza tutta particolare che non avrebbe saputo esprimere: quel giorno era la chiave per aprire le porte di tutti i sogni e di tutte le vaghe ambizioni che avevano divampato in lei così impetuosamente e per così lungo tempo. Si guardò intorno nell'enorme aula magna, dove centinaia di studenti facevano la coda per iscriversi, e pensò: *Prima o poi, saprete tutti chi sono. Direte: ho studiato con Catherine Alexander.* Firmò l'iscrizione al massimo numero di corsi consentiti e venne assegnata a una casa delle studentesse. Quella stessa mattina trovò un impiego: avrebbe lavorato nei pomeriggi, come cassiera, al Roost, un locale molto frequentato e specializzato in panini imbottiti e bibite al malto, proprio di fronte al campus. La paga era di quindici dollari alla settimana e, pur non consentendole alcun lusso, sarebbe stata sufficiente per l'acquisto dei testi scolastici e per le necessità fondamentali.

Verso la metà del primo anno di studi universitari, Catherine si disse che probabilmente era la sola vergine in tutto il campus. Dopo lo sviluppo, mentre diventava una donna, aveva udito a volte parti di conversazioni mentre i più grandi parlavano di sesso. Sembrava che si trattasse di una cosa meravigliosa e più d'ogni altra cosa lei temeva di non poterla sperimentare quando sarebbe stata grande abbastanza per goderla. Ora sembrava che avesse avuto ragione, almeno per quanto la riguardava. Si sarebbe detto che, all'università, il sesso fosse l'unico argomento di conversazione. Se ne parlava nelle case degli studenti, nelle aule, nei gabinetti, e al Roost. La franchezza delle conversazioni scandalizzava Catherine.

« Jerry è incredibile. È come King Kong. »

« Stai parlando del suo coso o del suo cervello? »

« Non ha bisogno di un cervello, tesoro. Mi ha fatta venire sei volte, stanotte. »

« Sei mai uscita con Ernie Robbins? È piccolo, ma è formidabile. »

« Alex mi ha chiesto un appuntamento per questa sera. Qual è l'inghippo? »

« L'inghippo è Alex. Risparmiati il disturbo. La settimana scorsa mi ha portata sulla spiaggia. Mi ha tirato giù le mutande e ha cominciato a palparmi; io ho cominciato a palpare lui, ma non sono riuscita a trovarglielo. » Risate.

Catherine trovava quelle conversazioni volgari e disgustose, ma cercava di non lasciarsi sfuggire una sola parola. Era un esercizio in fatto di sadomasochismo. Mentre le ragazze descrivevano i loro exploit sessuali, lei immaginava di essere a letto con un giovanotto che l'avrebbe amata in modo selvaggio e frenetico. Sentiva un indolenzimento all'inguine e premeva i pugni con forza sulle cosce cercando di farsi male, di distogliere la mente da quell'altra sofferenza. *Dio mio,* pensava, *morirò vergine. L'unica vergine diciannovenne della Northwestern. Della Northwestern un corno, forse addirittura degli Stati Uniti. Catherine la Vergine. La Chiesa farà di me una santa e, una volta all'anno, accenderanno candele in mio onore. Che cos'ho che non va?* pensava. *Te lo dico io,* rispondeva a se stessa. *Nessuno ti ha chiesta e occorre essere in due per divertirsi. Sì, dico, se si vuole farlo con tutti i crismi, per divertirsi bisogna essere in due.*

Il nome che affiorava più di frequente nei discorsi che le ragazze facevano sul sesso era quello di Ron Peterson. Si era iscritto alla Northwestern grazie a una borsa di studio atletica e continuava a essere benvoluto e ammirato lì come lo era stato alla Scuola Media Senn. Lo avevano eletto presidente delle matricole. Catherine lo vide al corso di latino il giorno stesso dell'inizio del trimestre. Aveva un aspetto ancora migliore che alla Senn, il corpo gli si era irrobustito e la faccia aveva assunto un'espressione di spavalda maturità, da menefreghista. Dopo la lezione, venne verso di lei e il cuore prese a martellarle.

Catherine Alexander!

Salve, Ron.

Sei iscritta a questo corso?

Sì.

Che fortuna per me.

Perché?

Perché? Perché non so niente di latino e tu sei un genio. Faremo della bellissima musica... Sei impegnata questa sera?

No, niente di speciale. Vuoi che studiamo insieme?

Andiamo sulla spiaggia, così potremo star soli. Per studiare c'è sempre tempo.

La stava fissando.

« Ehi!... ehm? » sforzandosi di ricordare il suo nome.

Lei deglutì e cercò disperatamente di ricordarlo lei stessa. « Catherine », si affrettò a dire, « Catherine Alexander. »

« Ah, già. Che te ne pare di questo posto? È fantastico, no? »

Cercò di mettere entusiasmo nella voce per fargli piacere, per trovarsi d'accordo con lui, per corteggiarlo. « Oh, sì », gorgheggiò, « è il più... »

Ron stava guardando una bionda stupefacente che lo aspettava sulla porta. « Ci vediamo », le disse e si allontanò per raggiungere l'altra ragazza.

E così finì la storia di Cenerentola e del Principe Azzurro, pensò lei. *Vissero per sempre felici e contenti, il Principe nel suo harem e Cenerentola in una grotta spazzata dai venti nel Tibet.*

Di tanto in tanto vedeva Ron passeggiare nel campus, sempre con una ragazza diversa e talora anche con due o tre ragazze. *Dio mio, ma non si stanca mai*? si domandava. Continuava a immaginare che un giorno l'avrebbe avvicinata per essere aiutato in latino, ma lui non le rivolse più la parola.

La notte, giacendo sola a letto, Catherine pensava a tutte le altre ragazze che facevano l'amore con i loro corteggiatori e un solo giovane tornava sempre nei suoi pensieri: Ron Peterson. Nella sua immaginazione lui la spogliava e poi toccava a lei spogliarlo adagio, come facevano sempre le donne nei romanzi d'amore, sfilandogli la camicia e facendogli scorrere con dolcezza le dita sul petto, poi sbottonandogli i calzoni e abbassandogli lo slip. Ron la prendeva tra le braccia e la portava verso il letto. Ma a questo punto il senso della comicità di Catherine prevaleva su di lei e Ron, pugnalato da un improvviso strappo muscolare alla schiena, cadeva sul pavimento, gemendo e mugolando di dolore. *Idiota*, diceva a se stessa, *non sai farlo come si deve nemmeno nelle tue fantasticherie.* Forse sarebbe dovuta entrare in convento. E si domandava se le suore avessero fantasticherie sessuali e se peccassero masturbandosi. Si domandava anche se i preti avessero mai rapporti sessuali.

Sedeva in un fresco cortile ombroso, il cortile di una

splendida, antica abbazia nei dintorni di Roma, e teneva le dita immerse nell'acqua tiepida di un vivaio di pesci. Il cancello si apriva e un prete alto di statura entrava nel cortile. Portava un cappello a larga tesa, indossava una lunga tonaca nera e aveva lo stesso, identico aspetto di Ron Peterson.

Ah, scusi, signorina, mormorava in italiano, *non sapevo di avere una visita.*

Catherine balzava in piedi. *Non dovrei trovarmi qui,* si scusava. *Soltanto, è tutto così bello che non ho potuto fare a meno di mettermi a sedere e di godere di tanta bellezza.*

La sua presenza è graditissima. Veniva verso di lei, con gli occhi scuri e balenanti. *Mia cara... le ho mentito.*

Mi ha mentito?

Sì. Quegli occhi sembravano perforare i suoi. *Sapevo che si trovava qui perché l'ho seguita.*

Catherine si sentiva percorrere da un fremito. *Ma... ma lei è un prete.*

Bella signorina, sono innanzitutto un uomo. Si gettava avanti per prenderla tra le braccia, ma incespicava nell'orlo della tonaca e cadeva nel vivaio dei pesci.

Merda!

Ron Peterson veniva al Roost ogni giorno dopo le lezioni e si metteva a sedere nel séparé dell'angolo più lontano. Il séparé si riempiva ben presto dei suoi amici e diveniva il centro di chiassose conversazioni. Catherine si trovava in piedi dietro il banco, accanto al registratore di cassa e Ron, entrando, la salutava con un affabile, ma distratto, cenno del capo, poi andava oltre. Non le rivolgeva mai la parola chiamandola per nome. *Lo ha dimenticato,* pensava lei.

Ma ogni giorno, quando lui entrava, gli rivolgeva un gran sorriso e aspettava che la salutasse, le chiedesse un appuntamento, un bicchier d'acqua, la sua verginità, qualsiasi cosa. E, invece, si sarebbe detto che fosse stata un mobile. Osservando le ragazze nel locale con assoluta obiettività, aveva deciso di essere più carina di tutte le altre tranne una, Jean-Anne, dall'aspetto fantastico, la bionda del Sud alla quale Ron si accompagnava quasi sempre; e poi era senza dubbio più intelligente di tutte le altre messe insieme. Cosa aveva che non andava, in nome di Dio? Come mai non un solo ragazzo le chiedeva un appuntamento? Lo scoprì il giorno dopo.

Si stava affrettando verso il Roost, quando vide Jean-Anne e una brunetta che non conosceva attraversare il prato nella sua direzione.

« Oh, guarda, miss Cervellone », disse Jean-Anne.

E tu sei miss Tette Grosse, pensò Catherine, invidiosa. A voce alta disse: « Il tema letterario era micidiale, no? »

« Non fare scene », disse Jean-Anne, gelida. « Ne sai abbastanza per essere l'insegnante del corso di letteratura. E la letteratura non è la sola cosa che potresti insegnarci, non è così, cara? »

Qualcosa nel suo tono di voce fece arrossire Catherine.

« Io... non capisco. »

« Lasciala stare », disse la brunetta.

« E perché? » domandò Jean-Anne. « Chi diavolo crede di essere? » Si voltò verso Catherine. « Vuoi sapere quello che dicono tutti di te? »

Dio, no. « Sì. »

« Sei una lesbica. »

Catherine la fissò, incredula. « Sono una *cosa*? »

« Una lesbica, baby. Non inganni nessuno con quelle tue arie da santarellina. »

« M-ma... ma questo è ridicolo », balbettò.

« Credevi davvero di poter fregare la gente? » domandò Jean-Anne. « Ti manca soltanto il cartello. »

« Ma io... non ho mai... »

« Ai ragazzi glielo fai drizzare, ma tu non lasci mai che te lo mettano. »

« Questa poi... », proruppe lei.

« Va' a farti fottere », disse Jean-Anne. « Non sei il nostro tipo. »

Si allontanarono, lasciandola lì in piedi ammutolita, a seguirle con lo sguardo.

Quella notte, Catherine rimase sveglia a letto e non riuscì a prendere sonno.

Quanti anni ha, miss Alexander?

Diciannove.

Ha mai avuto rapporti sessuali con un uomo?
Mai.
Gli uomini le piacciono?
Non piacciono a tutte?
Ha mai desiderato fare all'amore con una donna?
Catherine rifletté a lungo e intensamente sulla cosa. Si era presa a volte delle cotte per altre ragazze, o per professoresse, ma questo faceva parte della crescita. Ora pensò alla possibilità di far l'amore con una donna, i corpi allacciati, le sue labbra sulle labbra di un'altra, le sue membra accarezzate da morbide mani femminili. Rabbrividì. *No!* A voce alta, disse: « Sono normale ». Ma, se era normale, perché stava sola a letto in quel modo? Perché non era fuori, in qualche posto, a farsi scopare come tutte le altre al mondo? Forse era frigida. Forse le occorreva qualche intervento chirurgico. Una lobotomia, probabilmente.

Quando il cielo cominciò a schiarirsi, al di là della finestra della casa delle studentesse, Catherine continuava a tenere gli occhi aperti, ma aveva preso una decisione. Si sarebbe fatta sverginare. E l'uomo fortunato sarebbe stato il compagno di letto di tutte le ragazze, Ron Peterson.

2

NOELLE

Marsiglia-Parigi, 1919-1939

Era nata principessa reale.

Nei suoi ricordi più lontani vedeva una culla di vimini bianca, sormontata da un baldacchino di pizzo bianco, guarnita con nastri rosa e piena di soffici animaletti di stoffa, di bambole bellissime e di sonaglietti dorati. Aveva imparato ben presto che, se apriva la bocca e lanciava uno strillo, qualcuno si affrettava a prenderla in braccio e a consolarla. A sei mesi, suo padre la portava in giardino sulla carrozzina, le lasciava toccare i fiori e diceva: « Sono belli, principessa, ma tu sei più bella di tutti loro ».

In casa era felice quando lui la sollevava tra le braccia e la portava accanto a una finestra dalla quale poteva guardar fuori e vedere i tetti degli alti palazzi. Le diceva: « Quello là fuori è il tuo regno, principessa ». Additava gli alti alberi delle navi che dondolavano all'ancora nella baia. « Le vedi quelle grandi navi? Un giorno saranno tutte tue e ai tuoi ordini. »

Al castello venivano visitatori per vederla ma soltanto a pochissime e speciali persone era consentito prenderla in braccio. Gli altri si limitavano a contemplarla mentre giaceva nella culla e commentavano con esclamazioni i suoi lineamenti incredibilmente delicati, i bei capelli biondi, la pelle morbida color del miele e suo padre asseriva orgoglioso: « Chiunque capirebbe che si tratta di una principessa! » E si chinava sulla culla e bisbigliava: « Un giorno, un principe bellissimo verrà e ti prenderà tra le braccia ». Poi rimboccava con cautela la calda coperta rosa e lei scivolava in un sonno soddisfatto. Tutto il suo mondo era un sogno roseo di navi, alti alberi e castelli, e soltanto quando ebbe cinque anni Noelle capì di essere la figlia di un pescivendolo di Marsiglia e si rese conto che i castelli veduti dalla finestra della sua stanza minuscola, sottotetto, erano i magazzini intorno al puzzolente mercato del pesce dove lavorava suo padre e che la sua marina era la flottiglia di vetusti pescherecci che salpavano da Marsiglia ogni mattina prima dell'alba e tornavano nelle prime ore del pomeriggio per riversare il loro carico maleodorante sui moli del fronte del porto.

Questo era il regno di Noelle Page.

Gli amici del padre di Noelle solevano metterlo in guardia su quel che faceva. « Non devi metterle in mente idee fantasiose, Jacques. Si convincerà di essere migliore di tutti gli altri. » E le loro profezie si avverarono.

In apparenza, Marsiglia è una città violenta, quel genere di violenza primitiva che alligna in ogni città portuale, affollata da marinai smaniosi che hanno denaro da spendere e da ladri scaltri pronti a vuotar loro le tasche. Ma, a differenza dal resto dei francesi, la popolazione di Marsiglia possiede quel senso di solidarietà che nasce dalla lotta comune per la sopravvivenza, in quanto il sangue vitale della città viene dal mare e i pescatori di Marsiglia appartengono alla famiglia di pescatori di tutto il mondo. Condividono tanto le tempeste quanto le giornate di bonaccia, gli improvvisi disastri e le retate fruttuose.

Ecco perché i vicini di Jacques Page esultavano per la sua fortuna, nell'aver avuto una figlia così incredibile. Anche loro riconoscevano il miracolo per il quale, dai rifiuti della città sudicia e ribalda, era nata una vera principessa.

I genitori di Noelle non riuscivano a capacitarsi della bellezza incantevole della figlia. La madre di Noelle era una contadina tarchiata, dai lineamenti rozzi, con i seni cascanti e grosse cosce e grossi fianchi. Il padre di Noelle era un uomo tozzo, dalle larghe spalle e dagli occhi piccoli e sospettosi dei bretoni. Aveva i capelli dello stesso colore della sabbia bagnata lungo le spiagge della Normandia. All'inizio gli era sembrato che la natura avesse commesso un errore, che quella squisita, bionda creatura simile a una fata non potesse realmente appartenere a lui e a sua moglie e che quando Noelle fosse cresciuta sarebbe diventata una ragazza comune e bruttina, come tutte le figlie dei suoi amici. Ma il miracolo continuava a crescere e a fiorire e Noelle diventava ogni giorno più bella.

La madre era meno stupita del marito dall'arrivo nella famiglia di questa bellezza dai capelli dorati. Nove mesi prima della nascita di Noelle, aveva conosciuto un gagliardo marinaio norvegese appena sbarcato da un mercantile. Si trattava di un gigantesco dio vichingo, con i capelli biondi e un sorriso appassionato e seducente. Mentre Jacques si trovava al lavoro, il marinaio aveva trascorso un movimentato quarto d'ora a letto con lei nel loro piccolo appartamento.

La madre di Noelle si era sentita colmare di paura vedendo quanto bionda e bella era la sua bambina. Si aggirava per casa terrorizzata, aspettando il momento in cui il marito avrebbe puntato un dito accusatore contro di lei, pretendendo di sapere chi fosse il vero padre. Ma, incredibile a dirsi, l'egocentrismo di Jacques gli aveva fatto accettare la creatura come sua figlia.

« Dev'essere un ritorno al sangue scandinavo che c'è nella mia famiglia », si vantava con gli amici, « ma potete vedere che mi somiglia nei lineamenti. »

La moglie ascoltava, con cenni d'assenso, e pensava quanto erano stupidi gli uomini.

A Noelle piaceva stare con il padre. Ne adorava la goffa scherzosità, gli odori strani e interessanti che facevano parte di lui, ma nello stesso tempo era terrorizzata dalla sua ferocia. Stava a guardare con gli occhi spalancati quando alzava la voce con la mamma e la schiaffeggiava violentemente, il collo irrigidito e gonfio per l'ira. Sua madre gridava di dolore, ma c'era qualcosa di più della sofferenza in quegli urli, qualcosa di animalesco e di sessuale, e Noelle sentiva fitte di gelosia e si augurava di trovarsi al suo posto.

Ma il babbo era sempre dolce con lei. Gli piaceva condurla sui moli ed esibirla agli uomini rozzi e violenti con i quali lavorava. Tutti, sul fronte del porto, la conoscevano come la principessa e la bambina ne era fiera, sia per suo padre, sia per se stessa.

Voleva piacere a suo padre e siccome lui era un gran mangiatore, Noelle cominciò a cucinare i piatti che preferiva, spodestando a poco a poco la madre dalla cucina.

A diciassette anni, le promesse iniziali della bellezza di Noelle erano state più che mantenute. Maturando, aveva finito con il trasformarsi in una donna stupenda. I lineamenti erano fini, delicati, gli occhi di un vivido colore violetto, i capelli soffici, biondo cenere. La carnagione fresca e dorata come se fosse stata immersa nel miele. Aveva un corpo stupefacente, con seni sodi, generosi, la vita sottile, i fianchi arrotondati, le gambe lunghe e ben fatte, caviglie delicate. Si esprimeva con una voce molto personale, morbida e dolce. Esisteva in Noelle una sensualità spiccata che sembrava ardere adagio, ma non in questo stava il suo fascino quanto nel fatto che, sotto la sensualità, pareva trovarsi un'isola intatta di innocenza e quella combinazione era irresistibile. Non poteva camminare per la strada senza ricevere delle proposte dai passanti. Non si trattava di proposte casuali, pane quotidiano delle prostitute di Marsiglia, poiché anche gli uomini più ottusi avvertivano in lei qualcosa di speciale, qualcosa che non avevano mai veduto prima e che forse non avrebbero veduto mai più e ognuno di loro era disposto a pagare tutto ciò che poteva pur di possedere quel qualcosa, anche se soltanto fuggevolmente.

Anche il padre di Noelle si rendeva conto della sua bellezza. In effetti, Jacques Page non pensava quasi ad altro. Era consapevole dell'interesse che Noelle destava negli uomini. Sebbene né lui né sua moglie parlassero mai di sesso con la ragazza, era certo che la figlia conservasse la verginità, il piccolo capitale di ogni donna. La sua scaltra mente di contadino rifletté a lungo e seriamente sul modo di far meglio fruttare la fortuna inaspettatamente prodigatagli dalla natura. Il suo scopo era di fare in modo che la bellezza della figlia rendesse il più possibile a Noelle e a lui. In fin dei conti, l'aveva generata, nutrita, vestita, istruita... lei gli doveva tutto. Ed era ormai giunto il momento di esserne ripagato. Se fosse riuscito a sistemarla come amante di un uomo ricco, avrebbe fatto la fortuna di lei e sarebbe stato in grado di condurre l'esistenza agiata cui sentiva di avere diritto. Ogni giorno diventava sempre e sempre più difficile tirare avanti per un uomo onesto. L'ombra della guerra aveva cominciato a diffondersi sull'Europa. I nazisti erano entrati in Austria con un'azione fulminea che aveva lasciato il continente sbalordito. Pochi mesi dopo, si erano impadroniti della regione dei Sudeti, per poi marciare nella Slovacchia. Nonostante le assicurazioni di Hitler, che diceva che non gli interessavano altre conquiste, tutti erano persuasi che ci sarebbe stata una grande guerra.

L'impatto degli avvenimenti veniva sentito acutamente in Francia. Mancavano le mercanzie nei magazzini e sui mercati, mentre il governo cominciava a prepararsi a un massiccio sforzo difensivo. Ben presto, temeva Jacques, avrebbero persino vietato la pesca e allora come gli sarebbe stato possibile tirare avanti? No, la soluzione del problema stava nel trovare un amante adatto per sua figlia. Il guaio era che non conosceva uomini ricchi. Tutti i suoi amici erano poveri in canna come lui e Jacques non aveva la minima intenzione di consentire a qualcuno che non fosse in grado di pagare il prezzo adeguato di avvicinare sua figlia.

La soluzione del dilemma di Jacques Page venne inavvertitamente trovata dalla stessa Noelle. In quegli ultimi mesi era diventata sempre più irrequieta. Se la cavava bene negli studi, ma la scuola aveva cominciato ad annoiarla. Disse al padre che voleva trovare un impiego. Lui la studiò in silenzio, soppesando scaltramente le possibilità.

« Che genere di lavoro? » domandò.

« Non lo so », rispose Noelle. « Potrei forse lavorare come modella, papà. »

Fu tutto molto semplice.

Ogni pomeriggio, nella settimana che seguì, Jacques Page tornò a casa dopo il lavoro, fece accuratamente il bagno per togliersi dalle mani e dai capelli l'odore del pesce, indossò il vestito buono e si recò nella Canebière, la via principale della città, che conduce dal porto vecchio ai quartieri più ricchi. Percorse la strada avanti e indietro, esplorando tutti i saloni di moda, goffo contadino in un mondo di sete e di pizzi, ma o non sapeva di essere lì come un pesce fuor d'acqua o non se ne curava. Aveva una sola meta e riuscì a raggiungerla quando entrò nel Bon Marché. Era il più bel negozio di abbigliamento di Marsiglia ma lui non lo scelse per questo. Lo scelse perché apparteneva a monsieur Auguste Lanchon. Lanchon era un uomo sulla cinquantina, brutto e calvo, dalle gambe corte, con una bocca avida, guizzante. Sua moglie, una donna minuscola il cui profilo ricordava una scure affilata, lavorava nella sartoria e sorvegliava i sarti rimproverandoli a gran voce. Jacques Page diede un'occhiata a monsieur Lanchon e a sua moglie e si rese conto di aver trovato la soluzione del problema.

Il proprietario del negozio osservò con disgusto lo sconosciuto mal vestito che entrava. Disse in tono villano: « Sì? Che cosa posso fare per lei? »

Jacques Page strizzò l'occhio, affondò un dito tozzo nel petto di Lanchon e sorrise con affettazione. « Sono io a poter fare qualcosa per *lei*, monsieur. Permetterò a mia figlia di lavorare nel suo negozio. »

Auguste Lanchon fissò lo zoticone che gli stava dinanzi con un'espressione di incredulità sulla faccia.

« Lei *permetterà*... »

« Sarà qui domani, alle nove. »

« Io non... »

Jacques Page se n'era già andato. Pochi minuti dopo, Auguste Lanchon aveva completamente dimenticato l'episodio. Alle nove della mattina dopo, alzò gli occhi e vide entrare Jacques Page. Stava per dire al suo direttore di metterlo alla porta, quando scorse, alle spalle di lui, Noelle. Stavano venendo avanti, il padre e la figlia incredibilmente bella, e il vecchio sorrideva. « Eccola qui, pronta a mettersi al lavoro. »

Auguste Lanchon fissò la ragazza e si leccò le labbra.

« Buongiorno, monsieur », sorrise Noelle. « Mio padre mi dice che ha un lavoro per me. »

Auguste Lanchon annuì, nell'incapacità di ritrovare la voce.

« Sì, io... credo che potremmo trovarle qualcosa », riuscì infine a balbettare. Ne studiò il viso e il corpo e stentò a credere a quel che vedeva. Immaginava già che cosa avrebbe provato sentendo contro di sé quel corpo giovane.

Jacques Page stava dicendo: « Bene, lascerò che voi due facciate conoscenza ». Diede a Lanchon una cordiale manata sulle spalle, con una strizzatina d'occhio che aveva una decina di significati diversi, nessuno dei quali poteva lasciare il minimo dubbio, nella mente di Auguste, sulle sue intenzioni.

Durante le prime settimane, parve a Noelle di essere passata in un altro mondo. Le signore che venivano nel negozio indossavano vestiti magnifici, avevano modi raffinati ed erano accompagnate da uomini di gran lunga diversi dai pescatori rozzi e violenti tra i quali lei era cresciuta. Le sembrava di essersi liberata le narici, per la prima volta in vita sua, dall'odore del pesce. Prima non ci aveva mai realmente fatto caso, perché era sempre stato un aspetto della sua esistenza. Ma adesso ogni cosa sembrava improvvisamente mutata. E doveva tutto ciò a suo padre. Era fiera di constatare come lui andasse d'accordo con monsieur Lanchon. Veniva nel negozio due o tre volte la settimana; lui e il proprietario uscivano insieme per andare a bere un cognac o una birra e quando tornavano esisteva tra loro due un'aria di cordiale intesa, come se fossero stati due camerati. All'inizio, monsieur Lanchon non era piaciuto a Noelle, ma il comportamento del proprietario nei suoi riguardi continuò a essere rispettoso. Noelle aveva saputo da una delle ragazze che la moglie di Lanchon lo aveva sorpreso una volta nel magazzino con una modella e che soltanto per poco non era riuscita a castrarlo con un paio di forbici. Sapeva che lo sguardo del proprietario la seguiva ovunque andasse; ma, nonostante ciò, era sempre scrupolosamente compìto. « Probabilmente », pensava soddisfatta, « ha paura di mio padre. »

In casa, l'atmosfera sembrava essere divenuta improvvisamente molto più serena. Il babbo non picchiava più la mamma e le continue liti erano cessate. A tavola c'erano bistecche o arrosti e dopo cena Jacques Page si toglieva di tasca una pipa nuova e pigiava nel fornello tabacco dal buon profumo, che teneva in una borsa di cuoio. Si era comprato un vestito nuovo per la festa. La situazione internazionale andava peggiorando e Noelle ascoltava le discussioni tra suo padre e gli amici. Sembravano tutti allarmati dall'imminente minaccia al lavoro con il quale si guadagnavano da vivere, ma lui pareva stranamente tranquillo.

Il 1° settembre del 1939, le truppe di Hitler invasero la Polonia e, due giorni dopo, l'Inghilterra e la Francia dichiararono guerra alla Germania.

Cominciò la mobilitazione generale e, da un giorno all'altro, le vie si riempirono di uomini in uniforme. C'era un'aria di rassegnazione a quanto stava accadendo, una sensazione di *déjà vu*, come se si stesse assistendo alla proiezione di un vecchio film; ma non esisteva alcun timore. Altri paesi potevano aver motivo di tremare dinanzi alla potenza degli eserciti tedeschi, ma la Francia era invincibile. Aveva la Linea Maginot, una fortezza impenetrabile, in grado di proteggere la patria da ogni invasione per mille anni. Venne imposto il coprifuoco e cominciò il razionamento, eppure tutto ciò non impensieriva Jacques Page. Sembrava essere cambiato, essersi calmato. Una sola volta Noelle lo vide infuriarsi, una sera che nella cucina buia lei stava baciandosi con un ragazzo insieme al quale usciva di quando in quando. La luce venne accesa all'improvviso e sulla soglia si trovava suo padre, tremante di rabbia.

« Vattene », urlò al ragazzo terrorizzato. « E tieni giù le mani da mia figlia, sudicio porco! »

Il giovane fuggì in preda al panico. Noelle cercò di spiegare al padre che non avevano fatto niente di male, ma lui era troppo furente per ascoltarla.

« Non voglio che tu ti getti via », gridò. « Quello lì è un nessuno e non va bene per la mia principessa. »

Noelle rimase sveglia a lungo quella notte, meravigliata dal bene che le voleva suo padre, ripromettendosi di non fare più nulla che potesse addolorarlo.

Una sera, subito prima dell'ora di chiusura, una cliente entrò nel negozio e Lanchon pregò Noelle di indossare alcuni vestiti. Quando lei ebbe finito di presentarli, tutti se n'erano andati tranne il proprietario e la moglie, che stava lavorando ai registri in ufficio. Noelle si recò nello spogliatoio deserto per cambiarsi. Era in reggiseno e mutandine quando Lanchon entrò nella stanza. La fissò e le labbra cominciarono a guizzargli. Noelle afferrò il vestito ma, prima che avesse potuto indossarlo, Lanchon si avvicinò rapidamente e le ficcò la mano tra le gambe. Si sentì colmare di ripugnanza e la pelle cominciò ad accapponarlesi. Cercò di divincolarsi, ma la stretta dell'uomo era salda e le stava facendo male.

« Sei bellissima », bisbigliò. « Bellissima. Vedrò di farti divertire. »

In quel momento sua moglie lo chiamò e lui, con riluttanza, lasciò andare Noelle e sgattaiolò fuori della stanza.

Tornando a casa, Noelle si domandò se dovesse riferire a suo padre quello che era accaduto. Probabilmente avrebbe ammazzato Lanchon. Lo detestava e non sopportava di stargli vicina, eppure non voleva perdere il posto. Inoltre, andandosene, avrebbe potuto dare una delusione al padre. Decise di non dire niente, per il momento; avrebbe trovato il modo di cavarsela da sola.

Il venerdì successivo, una telefonata avvertì madame Lanchon che sua madre era gravemente ammalata a Vichy. Il marito l'accompagnò alla stazione, poi tornò in fretta e furia al negozio. Chiamò Noelle in ufficio e le disse che l'avrebbe portata via con sé per il fine settimana. Noelle lo fissò, pensando a tutta prima che stesse scherzando.

« Andremo a Vienne », farfugliò lui. « C'è uno dei più grandi ristoranti del mondo, laggiù, il Pyramide. È carissimo, ma non ha importanza, so essere molto generoso con chi è buono con me. Tra quanto potrai essere pronta? »

Lei continuò a fissarlo. « Mai », fu la sola cosa che riuscì a dirgli. « Mai. » Si voltò e corse nel negozio. Monsieur Lanchon la seguì con lo sguardo per un momento, la faccia resa paonazza dall'ira, poi alzò il ricevitore del telefono sulla scrivania. Un'ora dopo, il padre di Noelle entrava nel negozio. Si diresse subito verso sua figlia, il cui viso si illuminò di sollievo. Doveva avere intuito che era accaduto qualcosa e accorreva per salvarla. Lanchon si trovava in piedi sulla soglia del suo ufficio. Jacques afferrò la ragazza per un braccio e la spinse da quella parte, costringendola a entrare nella stanza. Poi si voltò verso di lei.

« Sono così contenta che tu sia venuto, papà », disse Noelle. « Io... »

« Monsieur Lanchon mi dice che ti ha fatto una splendida proposta e che tu hai rifiutato. »

Lo fissò con gli occhi spalancati, smarrita. « Proposta? Mi ha chiesto di partire con lui per il fine settimana. »

« E tu hai detto di no? »

Prima che avesse potuto rispondergli, suo padre portò indietro il braccio e la schiaffeggiò con forza sulla gota. Rimase immobile, stordita e incredula, con le orecchie che le ronzavano e, attraverso un velo di bruma, udì il padre dire: « Stupida! Stupida! Sarebbe ora che cominciassi a pensare a qualcun altro oltre a te, puttanella egoista! » Poi la schiaffeggiò di nuovo.

Mezz'ora dopo, mentre Jacques, in piedi sul marciapiede, li guardava allontanarsi, Noelle e monsieur Lanchon partirono per Vienne.

La camera d'albergo conteneva un grande letto a due piazze, qualche mobile da poco e un lavabo con catino nell'angolo. Monsieur Lanchon non era uomo da gettar via il denaro. Diede una piccola mancia al fattorino e, non appena il ragazzo fu uscito, si voltò verso Noelle e cominciò a strapparle di dosso i vestiti. Le mise le mani calde e umide a coppa sui seni e prese a strizzarli.

« Dio mio, quanto sei bella », ansimò. Le abbassò gonna e mutandine e la spinse sul letto. Lei vi rimase immobile, indifferente, come se fosse in preda a una sorta di choc. Non aveva pronunciato una sola parola durante il tragitto in automobile. Lanchon sperò che non si sentisse male. Non avrebbe potuto mai spiegare la situazione alla polizia o, Dio non volesse, a sua moglie. Si spogliò in fretta, gettando gli indumenti sul pavimento, poi si coricò sul letto accanto alla ragazza, il cui corpo era ancora più splendido di quanto avesse previsto.

« Tuo padre mi dice che non sei mai stata chiavata. » Sogghignò. « Bene, ora ti mostrerò che cosa può far sentire un uomo. » Rotolò con la pancia sporgente su di lei e le conficcò l'organo tra le gambe. Prese a spingere sempre e sempre più forte, cacciandolesi dentro. Noelle non sentì niente. Nella sua mente ascoltava il padre che urlava: *Dovresti essere contenta se un gentiluomo come monsieur Lanchon vuole aver cura di te. Non devi fare altro che essere gentile con lui. Lo farai per me. E per te stessa.* L'intera scena era stata un incubo. Per un momento aveva avuto la certezza che suo padre stesse in qualche modo equivocando, ma, non appena si era azzardata a spiegare, lui l'aveva schiaffeggiata di nuovo, ricominciando a gridare. « Farai come ti è stato detto. Altre ragazze sarebbero contente dell'occasione che ti si offre. » *La sua occasione.* Alzò gli occhi su Lanchon, sul corpo tozzo e laido, sulla faccia animalesca e ansimante, sugli occhi porcini. Questo era il principe al quale suo padre l'aveva venduta, il padre diletto che la coccolava e non sopportava di vederla sprecarsi per chiunque non fosse degno di lei. Ricordò le bistecche apparse improvvisamente a tavola, la pipa nuova, il vestito nuovo, e le venne voglia di vomitare.

Nelle ore che seguirono, le parve di morire e di rinascere. Era morta come principessa e stava rinascendo puttana. A poco a poco divenne consapevole di ciò che la circondava e di quello che le stava accadendo. Traboccava di un odio quale non aveva mai saputo che potesse esistere. Non avrebbe mai perdonato a suo padre quel tradimento. Strano a dirsi, non odiava Lanchon, perché lo capiva. Era un uomo con la debolezza comune a tutti gli uomini. D'ora in avanti, decise Noelle, quella debolezza sarebbe stata la sua forza. Avrebbe imparato a sfruttarla. Suo padre aveva sempre avuto ragione. Era *davvero* una principessa e il mondo le apparteneva. Sapeva ormai come impadronirsene. Era così semplice. Gli uomini dominavano il mondo perché avevano la forza, il denaro e il potere; di conseguenza, si rendeva necessario dominare gli uomini o almeno un uomo. Ma per riuscirci bisognava essere preparate. Lei aveva molto da imparare. E questo era l'inizio.

Rivolse la propria attenzione a monsieur Lanchon. Giacque sotto di lui, sentendo, sperimentando l'organo maschile e che cosa poteva fare a una donna.

Frenetico com'era, avendo quella creatura bellissima sotto il proprio corpo grasso e inarcato, Lanchon non si accorse neppure che Noelle si limitava a giacere immobile, ma non se ne sarebbe curato in ogni caso. Il solo banchettare con gli occhi su di lei bastava a eccitarlo e a portarlo a culmini di passione mai provati per anni. Era abituato al corpo flaccido e a fisarmonica della moglie o alle stanche mercanzie delle prostitute di Marsiglia e sentire sotto di sé quella ragazza fresca e giovane era come se un miracolo fosse entrato nella sua vita.

Ma il miracolo stava appena cominciando per Lanchon. Quando si sentì spossato dopo aver fatto l'amore per la seconda volta, Noelle parlò e disse: « Rimani sdraiato e non muoverti ». Cominciò l'esperimento su di lui con la lingua e la bocca e le mani, tentando cose nuove, individuando le zone morbide e sensibili del suo corpo e agendo su di esse finché l'uomo non si lasciava sfuggire un grido di piacere. Era come premere una serie di pulsanti. Quando faceva *questo,* lui gemeva e quando faceva *quest'altro,* lui si contorceva in preda all'estasi. Era così facile. Ecco la sua vera scuola, ecco la sua vera educazione. L'inizio del potere.

Rimasero lì per tre giorni, non andarono una sola volta al Pyramide e in quei giorni e in quelle notti Lanchon le insegnò il poco che sapeva del sesso e Noelle scoprì molto di più.

Quando tornarono in macchina a Marsiglia, Lanchon era l'uomo più felice di tutta la Francia. In passato, aveva avuto rapide avventurette con commesse in un *cabinet particulier,* la saletta da pranzo privata di un ristorante, con divano; contrattava con le prostitute, era avaro nei regali alle amanti e notoriamente spilorcio con la moglie e i figli. Ora si sorprese a dire, magnanimo: « Ti sistemerò in un appartamento, Noelle. Sai cucinare? »

« Sì, » rispose lei.

« Bene. Verrò a pranzo ogni giorno e faremo l'amore. E due o tre sere alla settimana, verrò a cena. » Le mise la mano sul ginocchio e glielo accarezzò. « Che cosa te ne sembra? »

« Mi sembra meraviglioso », disse Noelle.

« Ti passerò anche una somma. Non molto », si affrettò a soggiungere, « ma abbastanza perché tu possa uscire e comprare belle cose di tanto in tanto. In cambio, ti chiedo soltanto di non vedere nessuno tranne me. Ormai mi appartieni. »

« Come vuoi tu, Auguste. »

Lanchon emise un sospiro soddisfatto e, quando riprese a parlare, la sua voce suonò dolce. « Non ho mai provato niente di simile con nessun'altra, prima d'ora. E sai perché? »

« No, Auguste. »

« Perché mi fai sentire giovane. Tu e io avremo una meravigliosa vita insieme. »

Giunsero a Marsiglia quella sera tardi, viaggiando in silenzio, Lanchon con i suoi sogni, Noelle con i propri.

« Ci vediamo al negozio domattina alle nove », disse lui. Poi rifletté. « Se ti sentirai stanca, domattina, dormi un po' di più. Vieni pure alle nove e mezzo. »

« Grazie, Auguste. »

Si tolse di tasca una manciata di franchi e glieli porse. « Prendi. Domani nel pomeriggio cercherai un appartamento. Questo denaro lo darai come caparra finché non lo avrò visto anch'io. »

La ragazza fissò le banconote che aveva in mano.

« C'è qualcosa che non va? »

« Voglio una casa realmente bella », disse Noelle, « dove possiamo essere felici stando insieme. »

« Non sono un Creso », protestò lui.

Noelle sorrise comprensiva e gli mise la mano sulla coscia. Lanchon la fissò per un lungo momento, poi annuì.

« Hai ragione », disse. Si tolse di tasca il portafoglio e cominciò a sfilarne banconote, osservandola in viso, nel frattempo.

Quando lei parve soddisfatta, smise, compiaciuto della propria generosità. In fin dei conti, che cosa importava? Era uno scaltro uomo d'affari e sapeva di garantirsi, in quel modo, che la ragazza non lo avrebbe mai lasciato.

Noelle lo seguì con lo sguardo mentre ripartiva tutto allegro, poi salì, fece le valigie e tolse i suoi risparmi dal nascondiglio. Alle dieci di quella sera si trovava su un treno diretto a Parigi.

Quando arrivò, la mattina dopo di buon'ora, la stazione era gremita di viaggiatori appena giunti e impazienti e di quelli che, con altrettanta impazienza, volevano fuggire dalla città. Il frastuono rintronava mentre la gente si scambiava, gridando, allegri saluti e lagrimosi addii, aprendosi un varco villanamente, a urtoni e a spinte, ma Noelle non ci badò. Non appena discese dal treno, prima ancora di aver avuto modo di vedere la città, capì di trovarsi nel suo ambiente. Era Marsiglia a sembrarle estranea, mentre Parigi le pareva la città cui sentiva di appartenere. Si trattava d'una sensazione bizzarra, inebriante e lei se ne beò, assorbendo avidamente lo strepitio, la folla, l'agitazione. Tutto le apparteneva. E ora non le restava altro da fare che impadronirsene. Sollevò la valigia e si diresse verso l'uscita.

Fuori, nella luce vivida del sole, mentre il traffico le saettava intorno a una velocità pazzesca, esitò, rendendosi conto a un tratto che non sapeva dove andare. Vide, allineata davanti alla stazione, una mezza dozzina di tassì. Salì sul primo.

« Dove? »

Esitò di nuovo. « Potrebbe consigliarmi un albergo decente e non troppo caro? »

Il tassista si voltò e la fissò con apprezzamento. « È nuova in città? »

« Sì. »

L'uomo annuì. « Dovrà trovare un lavoro, immagino. »

« Sì. »

« È fortunata », disse lui. « Ha mai fatto la modella? »

Noelle si sentì balzare il cuore in gola. « In effetti sì », rispose.

« Mia sorella lavora in una grande casa di moda », le confidò l'autista. « Proprio stamane mi diceva che una delle ragazze se n'è andata. Vuole chiedere se il posto è ancora libero? »

« Sarebbe meraviglioso. »

« Le costerà dieci franchi arrivare sin là. »

Lei si accigliò.

« Ne varrà la pena », le promise il tassista.

« Va bene. » Noelle si appoggiò alla spalliera del sedile. L'autista innestò la marcia e si infilò nel traffico pazzesco diretto verso il centro della città. Chiacchierò, mentre guidava, ma Noelle non udì una sola parola di quel che diceva. Stava contemplando avidamente Parigi. Aveva supposto che, per l'oscuramento, sarebbe stata meno sfarzosa del solito e invece le sembrava adesso una metropoli di pura magia. Aveva una sua eleganza, uno stile, persino un odore tutto particolare. Passarono davanti a Notre-Dame, attraversarono il Pont Neuf portandosi sulla riva destra e voltarono verso il boulevard Maréchal Foch. In lontananza, poté vedere la torre Eiffel che dominava la città. Nello specchietto retrovisore, l'autista scorse l'espressione sulla sua faccia.

« Bella, eh? »

« È splendida », rispose Noelle sommessamente. Ancora non riusciva a credere di trovarsi lì. Era il regno adatto a una principessa, a lei.

Il tassì si fermò davanti a un palazzo scuro, di pietra grigia, nella rue de Provence.

« Siamo arrivati », annunciò il tassista. « Fanno due franchi sul tassametro e dieci franchi per me. »

« Come posso sapere se il posto è ancora libero? » domandò Noelle.

L'uomo alzò le spalle. « Gliel'ho detto; la ragazza se n'è andata appena stamane. Se non vuole entrare, la riporto alla stazione. »

« No », si affrettò a dire lei. Aprì la borsetta, prese i dodici franchi e li diede all'autista. L'uomo fissò il denaro, poi la guardò. Imbarazzata, lei frugò nella borsetta e gli diede un altro franco. Il tassista annuì senza sorridere e la osservò quando tolse la valigia dal tassì. Mentre stava per ripartire, Noelle gli domandò: « Come si chiama sua sorella? »

« Jeannette. »

Noelle rimase sulla cordonatura del marciapiede, seguendo con lo sguardo il tassì che scompariva, poi si voltò a contemplare il palazzo. Non esisteva alcuna insegna sulla facciata, ma suppose che un'elegante casa di mode non ne avesse bisogno. Avrebbero saputo tutti dove trovarla. Sollevò la valigia, si avvicinò alla porta e suonò il campanello. Pochi momenti dopo, una cameriera in grembiule nero venne ad aprire. La fissò inespressiva.

« Dica? »

« Scusi, mi risulta che c'è un posto libero per una modella. »

La donna continuò a fissarla e batté le palpebre.

« Chi la manda? »

« Il fratello di Jeannette. »

« Si accomodi. » Spalancò la porta e Noelle entrò in una sala di ricevimento arredata in stile Ottocento. Dal soffitto pendeva un grande lampadario di Baccarat, sparse qua e là nella sala si trovavano altre lampade e, al di là di una porta aperta, poté vedere un salotto colmo di mobili antichi e una scala che conduceva al piano di sopra. Su un bellissimo tavolo intarsiato si trovavano copie del *Figaro* e de *L'Echo de Paris*. « Aspetti qui. Vado a vedere se madame Delys ha tempo di riceverla adesso. »

« Grazie », disse lei. Posò la valigia e si avvicinò a un grande specchio alla parete. Aveva il vestito gualcito dal viaggio in treno e a un tratto si rammaricò dell'impulsività che l'aveva condotta lì senza che prima si fosse cambiata d'abito. Era importante far buona impressione. Eppure, contemplandosi, si rese conto di essere bella. Lo sapeva senza superbia e accettava la propria bellezza come una risorsa, da utilizzare al pari di qualsiasi altra risorsa. Si voltò quando vide, nello specchio, una ragazza che scendeva le scale. Aveva un bel corpo, un viso grazioso e indossava una lunga gonna marrone e una blusa a collo alto. Ovviamente le modelle, lì, dovevano essere di gran classe. La ragazza rivolse a Noelle un sorriso fuggevole, poi entrò nel salotto. Un momento dopo, madame Delys entrò nella sala. Era sulla quarantina, bassa di statura e tozza, con occhi freddi e calcolatori. Indossava un vestito che, ritenne Noelle, doveva esserle costato almeno duemila franchi.

« Regina mi dice che sta cercando lavoro. »

« Sì, signora. »

« Da dove viene? »

« Da Marsiglia. »

Madame Delys sbuffò. « L'arena dei marinai ubriachi. »

Noelle si rabbuiò in viso.

Madame Delys le batté la mano sulla spalla. « Non ha importanza, mia cara. Quanti anni ha? »

« Diciotto. »

La signora annuì. « Questa è un'ottima cosa. Credo che piacerà alla mia clientela. Ha parenti a Parigi? »

« No. »

« Splendido. Ed è disposta a cominciare subito? »

« Oh, sì », le assicurò Noelle, avidamente.

Dall'alto giunse il suono di una risata e, un momento dopo, una ragazza rossa di capelli discese le scale al braccio di un uomo grasso, di mezza età. La ragazza indossava soltanto un négligé trasparente.

« Già finito? » domandò madame Delys.

« Ho spossato Angela », sogghignò l'uomo. Poi vide Noelle. « Chi è questa piccola bellezza? »

« È Yvette, la nostra nuova ragazza », rispose madame Delys. Poi, senza la minima esitazione, soggiunse: « È di Antibes, figlia di un principe ».

« Non ho mai scopato una principessa », esclamò l'uomo. « Quanto? »

« Cinquanta franchi. »

« Vorrai scherzare. Trenta. »

« Quaranta. E credimi, ne varrà la pena. »

« D'accordo. »

Si voltarono verso Noelle. Ma lei era scomparsa.

Percorse le vie di Parigi, un'ora dopo l'altra. Passeggiò lungo gli Champs Elysées, in un senso da un lato e in quello opposto dall'altro, entrando nell'arcata del Lido e soffermandosi davanti a ogni vetrina per contemplare l'incredibile abbondanza di gioielli, vestiti, borsette, profumi e si domandò come fosse stata Parigi quando non esistevano restrizioni di sorta. Le cose esposte nelle vetrine l'abbagliavano e, sebbene in una parte di sé si sentisse di campagna, in un'altra parte del proprio essere sapeva che un giorno tutte quelle cose le sarebbero appartenute. Attraversò il Bois e percorse rue du Faubourg St. Honoré e l'avenue Victor Hugo, finché non cominciò a sentirsi stanca e affamata. Aveva lasciato borsetta e valigia da madame Delys, ma non aveva affatto intenzione di andare a riprenderle. Avrebbe mandato qualcuno a ritirarle.

Non si sentiva scandalizzata né sconvolta da quanto era accaduto. Ma sapeva che differenza esistesse tra una cortigiana e una prostituta. Le prostitute non modificavano il corso della storia, le cortigiane sì. Nel frattempo, però, non aveva un centesimo. Doveva trovare il modo di tirare avanti fino a quando fosse riuscita a trovare un lavoro il giorno dopo. Era quasi il tramonto e negozianti e portieri d'albergo si affrettavano ad abbassare le tende dell'oscuramento, in vista di possibili attacchi aerei. Per risolvere il suo problema immediato, Noelle doveva trovare qualcuno disposto a offrirle una buona cena calda. Chiese la strada a un flic, poi si diresse verso l'Hotel Crillon. All'esterno, minacciose imposte di ferro proteggevano le finestre, ma all'interno il vestibolo era un capolavoro di raffinata eleganza, accogliente e non vistoso. Noelle entrò fiduciosa, come se quello fosse stato il suo ambiente, e sedette su una poltrona di fronte all'ascensore. Non aveva mai fatto niente di simile prima ed era lievemente innervosita. Ma ricordò quanto fosse stato facile manovrare Auguste Lanchon. Gli uomini erano, in realtà, assai poco complicati. Una ragazza doveva tener presente un'unica cosa: l'uomo diventa più indifeso quando si irrigidisce ed è più inattaccabile quando si ammoscia. Pertanto, basta mantenerlo rigido finché non ti ha dato quello che vuoi. Ora, guardandosi attorno nel vestibolo, Noelle decise che sarebbe stato facile attrarre l'attenzione di un maschio libero che, magari, fosse andato a cenare tutto solo.

« *Pardon, mademoiselle.* »

Voltò la testa e vide un uomo robusto, vestito di scuro. Non aveva mai avuto a che fare con un poliziotto in vita sua, ma in quel momento non vi fu il minimo dubbio nella sua mente.

« Mademoiselle, sta aspettando qualcuno? »

« Sì », rispose Noelle, sforzandosi di mantenere ferma la voce. « Aspetto un amico. »

A un tratto divenne acutamente consapevole del proprio vestito spiegazzato e del fatto che non aveva la borsetta.

« Il suo amico alloggia in questo albergo? »

Sentì un'ondata di panico sollevarsi in lei. « Lui... ehm... non precisamente. »

L'uomo la scrutò per un momento, poi disse, in tono più aspro: « Posso vedere la sua carta di identità? »

« Non... non l'ho con me », balbettò lei. « L'ho perduta. »

Il poliziotto disse: « Forse a mademoiselle non spiacerà seguirmi ». Le mise una mano salda sul braccio e lei si alzò in piedi.

In quel momento qualcuno la prese per l'altro braccio e disse: « Scusami se sono in ritardo, *chérie*, ma lo sai come succede a quei maledetti cocktail. Bisogna aprirsi un varco con la forza per uscirne. È molto che aspetti? »

Noelle girò sui tacchi stupefatta per guardare chi aveva

parlato. Era un uomo alto di statura, dal corpo asciutto e dall'espressione dura e indossava un'uniforme strana, non familiare. Aveva capelli corvini che formavano una punta al centro della fronte e occhi dello stesso colore di un mare buio e tempestoso, con ciglia lunghe e folte. I suoi lineamenti ricordavano un'antica moneta fiorentina. Era una faccia irregolare, con i due contorni non del tutto uguali, come se la mano del coniatore fosse scivolata per un attimo. Una faccia straordinariamente viva e mobile, tanto da dare l'impressione che fosse sempre sul punto di sorridere, di ridere o di accigliarsi. La sola cosa che le impedisse di avere una bellezza femminea era il mento forte, virile, con una fossetta profonda.

Lo sconosciuto indicò con un gesto il poliziotto. « Quest'uomo ti stava infastidendo? » Aveva una voce profonda e parlava il francese con un lieve accento straniero.

« No-o », disse Noelle, in tono stupito.

« Le domando scusa, signore », stava dicendo il poliziotto dell'albergo. « È stato un malinteso. Abbiamo avuto noie di recente, qui, con... » Poi si rivolse alla ragazza. « La prego di accettare le mie scuse, mademoiselle. »

Anche lo sconosciuto si rivolse a lei. « Be', non saprei. Tu che cosa ne dici? »

Noelle deglutì e si affrettò ad annuire.

L'uomo si rivolse al poliziotto. « Mademoiselle è generosa. In avvenire stia più attento. » Prese poi Noelle sottobraccio e si diressero verso l'uscita.

Quando furono in istrada, lei disse: « Non... non so come ringraziarla, monsieur ».

« Ho sempre odiato i poliziotti. » Lo sconosciuto sorrise. « Vuole che le chiami un tassì? »

Noelle lo fissò e il panico ricominciò a scaturire in lei mentre ricordava la propria situazione. « No. »

« Bene. Buonanotte. » L'uomo si diresse verso il posteggio e si accinse a salire su un tassì, poi si voltò e vide che lei rimaneva là, immobile, fissandolo. Sull'ingresso dell'albergo, il poliziotto li osservava. Lo sconosciuto esitò, poi tornò indietro. « Farebbe bene ad allontanarsi di qui », la consigliò. « Il nostro amico continua a interessarsi a lei. »

« Non so dove andare », gli rispose.

Lui annuì e si frugò in tasca.

« Non voglio il suo denaro », si affrettò a dire lei.

L'uomo la guardò stupito. « Che *cosa* vuole? » domandò.

« Voglio che ceniamo insieme. »

Le sorrise e disse: « Mi rincresce. Ho un appuntamento e sono già in ritardo. »

« Allora vada pure. Io me la caverò. »

Si rimise le banconote in tasca. « Come preferisce », disse. « *Au 'voir.* » Si voltò e si incamminò di nuovo verso il tassì. Noelle lo seguì con lo sguardo, domandandosi che cosa l'avesse presa. Sapeva di essersi comportata stupidamente, ma sapeva anche che non avrebbe potuto agire diversamente. Dal primo momento in cui lo aveva guardato, vi era stata in lei una reazione mai provata prima di allora, un'ondata emotiva così intensa da poter quasi essere toccata. Non sapeva nemmeno come si chiamasse quell'uomo e, con ogni probabilità, non lo avrebbe mai rivisto. Sbirciò nella direzione dell'albergo e vide il poliziotto venire con decisione verso di lei. La colpa era sua. Questa volta non sarebbe riuscita a togliersi dai guai con la parlantina. Sentì una mano sulla spalla e mentre si voltava per vedere chi fosse stato a toccarla, lo sconosciuto la prese sottobraccio e la spinse verso il tassì, aprì rapidamente lo sportello e salì accanto a lei. Diede un indirizzo all'autista. Il tassì si allontanò, lasciando il poliziotto sulla cordonatura del marciapiede, intento a fissarli. « E il suo appuntamento? » domandò Noelle.

« È una festa. » Alzò le spalle. « Una persona in più non farà alcuna differenza. Mi chiamo Larry Douglas. E lei? »

« Noelle Page. »

« Di dov'è, Noelle? »

Lei si voltò, lo fissò nei vividi occhi scuri e disse: « Di Antibes. Sono la figlia di un principe ».

Larry rise, scoprendo i denti regolari, bianchi.

« Meglio per lei, principessa. »

« È inglese? »

« Americano. »

Gli guardò l'uniforme. « L'America non è in guerra. »

« Sono nella RAF inglese », spiegò lui. « Hanno appena

formato un gruppo di piloti americani. Si chiama Squadriglia Aquila. »

« Ma perché dovreste battervi per l'Inghilterra? »

« Perché l'Inghilterra si sta battendo per noi », disse lui. « Solo che ancora non lo sappiamo. »

Noelle scosse la testa. « Non credo. Hitler è un pagliaccio *boche*. »

« Può darsi. Ma è un pagliaccio che sa cosa vogliono i tedeschi: dominare il mondo. »

Noelle ascoltò affascinata mentre Larry parlava della strategia militare di Hitler, dell'improvviso ritiro della Germania dalla Società delle Nazioni e del reciproco patto difensivo con il Giappone e l'Italia; affascinata non da quello che lui diceva, ma perché le piaceva guardarlo in viso mentre parlava. Gli occhi scuri splendevano d'entusiasmo e irradiavano una vitalità travolgente, irresistibile.

Noelle non aveva mai conosciuto nessuno che somigliasse a quell'uomo... era prodigo di se stesso. Aperto, appassionato, vivo, prodigava le sue doti, si godeva la vita e si accertava che tutti intorno a lui la godessero. Era come una calamita che attraeva nella propria orbita chiunque si avvicinasse.

Arrivarono alla festa, che si svolgeva in un piccolo appartamento in rue Chemin Vert. L'appartamento era invaso da persone che ridevano e gridavano, quasi tutte giovani. Larry presentò Noelle alla padrona di casa, una rossa dall'aspetto sexy, e poi venne fagocitato dalla ressa. Noelle lo intravide soltanto alcune volte nel corso della serata, circondato da ragazze avide, ognuna delle quali si sforzava di attirarne l'attenzione. Eppure in lui non c'era alcuna vanagloria, pensò. Qualcuno portò qualcosa da bere a Noelle e qualcun altro si offrì di andarle a prendere qualcosa da mangiare al buffet, ma tutto a un tratto non aveva più appetito. Voleva stare con l'americano, voleva sottrarlo alle ragazze che gli si pigiavano attorno. Alcuni uomini l'avvicinavano e cercavano di conversare con lei, ma i suoi pensieri erano altrove. Dal momento in cui erano entrati in quella casa, l'americano l'aveva ignorata completamente, si era comportato come se lei non esistesse. *Perché non dovrebbe ignorarmi?* pensò. Perché avrebbe dovuto occuparsi di lei se poteva avere una qualsiasi delle ragazze presenti alla festa? Due uomini stavano cercando di impegnarla in una conversazione, ma non riusciva a concentrarsi. La stanza era diventata a un tratto insopportabilmente calda. Si guardò attorno cercando il modo di filarsela.

Una voce le disse all'orecchio: « Andiamo » e, pochi momenti dopo, lei e l'americano si trovavano fuori in strada, nell'aria fresca della notte. La città era buia e silenziosa per difendersi dai tedeschi invisibili nel cielo e le automobili scivolavano lungo le vie come pesci silenziosi in un nero mare.

Non riuscirono a trovare un tassì e così andarono a piedi, cenarono in un piccolo *bistrot* in place des Victoires e Noelle scoprì di essere affamata. Studiò l'americano seduto di fronte a lei e si domandò che cosa le fosse accaduto. Era come se lui avesse fatto zampillare una sorgente nascosta nella profondità del suo essere, una sorgente della quale aveva sempre ignorato l'esistenza. Non si era mai sentita così felice. Parlarono di tutto. Gli raccontò della sua famiglia e lui le disse che veniva da South Boston ed era un irlandese di Boston. Sua madre era nata nella contea Kerry.

« Dove ha imparato a parlare così bene il francese? » gli domandò Noelle.

« Da bambino trascorrevo le estati a Cap d'Antibes. Mio padre era un magnate della Borsa, finché gli orsi non lo travolsero. »

« Gli orsi? »

Così, Larry dovette spiegarle gli arcani del mercato di Borsa in America e dirle che gli « orsi » erano coloro che speculavano al ribasso. A Noelle non importava quel che diceva, purché continuasse a parlare.

« Dove abita? »

« In nessun posto. » Gli disse del tassista, di madame Delys e dell'uomo grasso che, credendola una principessa, avrebbe voluto sborsare quaranta franchi per lei, e Larry rise forte.

« Ricorda dove si trova quella casa? »

« Sì. »

« Venga, principessa. »

Quando giunsero davanti alla casa in rue de Provence, la porta venne aperta dalla stessa cameriera in grembiule. Gli occhi le si illuminarono quando scorse l'americano giovane e bello, ma, subito dopo, si rabbuiò in viso vedendo da chi era accompagnato.

« Vogliamo parlare con madame Delys », disse Larry ed entrò con Noelle nell'anticamera. Nel salotto più avanti c'erano numerose ragazze. La cameriera uscì e, pochi minuti dopo, videro entrare madame Delys. « Buonasera, monsieur », disse a Larry. Poi, rivolta a Noelle: « Ah, spero che abbia cambiato idea ».

« Non ha cambiato idea », disse Larry, cordiale. « C'è qui qualcosa che appartiene alla principessa. »

Madame Delys lo fissò interrogativa.

« La sua valigia e la borsetta. »

Madame Delys esitò un momento, poi uscì dalla stanza. Poco dopo la cameriera tornò, con la borsetta e la valigia di Noelle.

« *Merci* », disse Larry, poi si voltò verso la sua compagna. « Andiamo, principessa. »

Quella notte Noelle andò a stare con Larry, in un alberghetto pulito di rue Lafayette. Non vi fu alcuna discussione al riguardo, la cosa era inevitabile per entrambi. Quando fecero l'amore, quella notte, fu più eccitante di qualsiasi cosa Noelle avesse mai conosciuto, un'esplosione selvaggia e primitiva che li sconvolse entrambi. Giacque fino all'alba tra le braccia di Larry, tenendolo stretto, felice come non aveva mai sognato che fosse possibile.

La mattina dopo si svegliarono, fecero di nuovo all'amore e uscirono per esplorare la città. Larry era una guida meravigliosa e, per il divertimento di Noelle, fece apparire Parigi come un giocattolo adorabile. Pranzarono alle Tuileries, trascorsero il pomeriggio nella Malmaison e vagabondarono per ore intorno a place des Vosges, dal lato di Notre-Dame, il quartiere più antico di Parigi, fatto costruire da Luigi XIII. Le mostrò luoghi diversi da quelli solitamente battuti dai turisti, place Maubert, con il suo pittoresco mercato, e il quai de la Mégisserie, con le gabbie di uccelli dai vividi colori e di animaletti squittenti. La condusse nel Marché de Buci e ascoltarono il vocìo dei venditori che vantavano i meriti delle loro ceste di pomodori freschi, delle ostriche disposte su alghe di mare, dei formaggi ben etichettati. Andarono al Du Pont di Montparnasse. Cenarono sul bateau mouche e conclusero la serata gustando una zuppa di cipolle alle quattro del mattino nelle Halles, in compagnia di macellai e camionisti. Prima che avessero finito, Larry si era fatto un numeroso gruppo di amici e Noelle si rese conto che ciò accadeva perché possedeva il dono dell'allegria. Le aveva insegnato a ridere, una cosa di cui lei non aveva saputo di essere capace. Fu come un dono ricevuto da un dio. Provava gratitudine per Larry e ne era innamoratissima. Spuntava l'alba quando tornarono nella loro camera d'albergo. Noelle era spossata, ma Larry sembrava traboccante di energia, una dinamo irrequieta. Noelle giaceva a letto guardando lui alla finestra che osservava il sole spuntare sopra i tetti di Parigi.

« Amo Parigi », disse Larry. « È come un tempio innalzato alle cose più belle che gli uomini abbiano mai fatto. È una città di bellezza, di buoni cibi e d'amore. » Si voltò verso di lei e sorrise. « Non necessariamente in quest'ordine. »

Noelle continuò a osservarlo mentre si spogliava e le si coricava accanto. Lo strinse a sé; le piacevano la sensazione che provava toccandolo e il suo odore di maschio. Pensò a suo padre e a come l'aveva tradita. Si era sbagliata giudicando tutti gli uomini sul suo metro e su quello di Auguste Lanchon. Sapeva ora che esistevano uomini diversi, come Larry Douglas. E sapeva inoltre che non vi sarebbe mai potuto essere nessun altro per lei.

« Lo sai chi sono i due più grandi uomini mai vissuti, principessa? » le stava domandando lui.

« Tu », disse lei.

« Wilbur e Orville Wright. Hanno dato all'uomo la vera libertà. Sei mai stata su un aereo? » Noelle scosse la testa. « Avevamo una casa per l'estate a Montauk, si trova all'estremità di Long Island, e da bambino avevo l'abitudine di guardare i gabbiani planare nell'aria sopra la spiaggia, cavalcando le correnti, e avrei dato l'anima pur di trovarmi lassù con loro. Prima ancora di camminare, sapevo che volevo diventare un aviatore. Un amico di famiglia mi portò su un vecchio biplano quando avevo nove anni e la prima lezione di volo la presi a quattordici anni. Solo quando volo mi sento davvero vivo. »

E più tardi: « Ci sarà una guerra mondiale. La Germania vuole impadronirsi di tutto ».

« Non si impadronirà della Francia, Larry. Nessuno può sfondare la Linea Maginot. »

Lui sbuffò: « Io l'ho attraversata cento volte. » Noelle lo guardò interdetta. « In volo, principessa. Questa sarà una guerra aerea... la mia guerra. »

E più tardi ancora, con noncuranza:

« Perché non ci sposiamo? »

Fu il momento più felice della vita di Noelle.

Domenica, una giornata pigra, di distensione. Pranzarono in un piccolo ristorante all'aperto, a Montmartre, rientrarono in albergo e trascorsero quasi tutto il giorno a letto. Noelle stentava a credere che si potesse essere così in estasi. Quando facevano l'amore era pura magia, ma si accontentava di starsene sdraiata e di ascoltare e osservare Larry mentre andava e veniva irrequieto nella stanza. Le bastava semplicemente stargli accanto. Era strano, pensò, quello che stava accadendo. Suo padre l'aveva chiamata principessa, da bambina, e ora, sebbene soltanto scherzosamente, anche Larry la chiamava così. Quando si trovava con lui, sentiva di *essere* qualcosa. Larry le aveva restituito la fiducia negli uomini. Era il suo mondo e Noelle sapeva che non le sarebbe mai occorso niente di più e le sembrava incredibile di poter essere così fortunata, e altrettanto incredibile che lui potesse provare le stesse cose nei suoi riguardi.

« Non avevo intenzione di sposarmi fino alla fine di questa guerra », le disse lui. « Ma all'inferno. I progetti sono fatti per essere modificati, vero, principessa? »

Annuì, colma di una felicità che minacciava di scoppiarle dentro.

« Facciamoci sposare da qualche *maire* in campagna », disse Larry. « A meno che tu non voglia un matrimonio in grande stile... »

Noelle scosse la testa. « Le nozze in campagna mi sembrano un'idea meravigliosa. »

Lui annuì a sua volta. « Allora è deciso. Questa sera devo presentarmi alla Squadriglia. Ci rivedremo qui venerdì prossimo. Che cosa te ne pare? »

« Io... io non so se potrò resistere lontana da te così a lungo. » La voce di Noelle tremò.

Larry la prese tra le braccia e la strinse. « Mi ami? » domandò.

« Più della mia vita », si limitò a rispondere Noelle.

Due ore dopo, Larry ripartì per l'Inghilterra. Non le consentì di andare in tassì all'aeroporto con lui. « Non mi piacciono gli addii », disse. Le diede un fascio di banconote. « Comprati un vestito da sposa, principessa. Ci vediamo la prossima settimana. » E se ne andò.

Noelle trascorse la settimana successiva in uno stato d'euforia, tornando nei luoghi dove era stata con Larry, sognando per ore e ore la loro vita a due. Le giornate sembravano trascinarsi adagio, i minuti si rifiutavano ostinatamente di passare, tanto che credette di impazzire.

Andò a cercare l'abito da sposa in una decina di negozi e infine trovò esattamente quello che voleva da Madeleine Vionett. Era un meraviglioso vestito bianco di organza, con un corpetto dal collo alto, le maniche lunghe, una fila di sei bottoni di perle e tre sottovesti in crinolina. Costava molto più di quanto avesse previsto, ma non esitò. Spese tutto il denaro che le aveva dato Larry e quasi tutti i suoi risparmi. Il centro dell'esistenza era Larry, per lei. Pensava a come avrebbe potuto piacergli, frugava nella propria mente cercandovi ricordi che avrebbero potuto divertirlo, aneddoti per farlo ridere. Si sentiva come una scolaretta.

E così Noelle aspettò che giungesse il venerdì, torturata dall'impazienza, e quando infine il giorno arrivò, si alzò all'alba e impiegò due ore per fare il bagno e vestirsi, cambiandosi più volte d'abito, sforzandosi di indovinare quale dei suoi vestiti sarebbe piaciuto di più a Larry. Indossò l'abito nuziale, ma se lo tolse subito, temendo che potesse portarle sfortuna. Era in preda a un'agitazione frenetica.

Alle dieci, si mise davanti alla specchiera nella camera da letto e si rese conto di non essere mai stata così bella. Non esisteva alcuna fatuità in quel giudizio; era semplicemente contenta per Larry, lieta di potergli offrire in dono la sua bellezza. A mezzogiorno lui non era ancora arrivato e Noelle avrebbe voluto che le avesse detto a che ora doveva aspettarlo. Continuò a telefonare alla portineria ogni dieci minuti, per sapere se ci fossero state comunicazioni, e continuò a sollevare il ricevitore del telefono per essere certa che funzionasse. Alle sei di sera non aveva ancora avuto sue notizie. A mezzanotte Larry non aveva telefonato e lei si raggomitolò sulla poltrona, fissando il telefono, imponendogli con la forza della volontà di squillare. Si addormentò e quando si svegliò era l'alba di sabato. Si trovava sempre sulla poltrona, irrigidita e gelata. Il vestito scelto con tanta cura era gualcito e lei aveva una smagliatura in una calza.

Si cambiò e rimase tutto il giorno nella stanza, davanti alla finestra aperta, dicendosi che se fosse rimasta lì Larry sarebbe apparso; se fosse uscita, gli sarebbe accaduto qualcosa di terribile. Mentre la mattinata del sabato si allungava nel pomeriggio, cominciò a persuadersi che doveva esserci stato un incidente. L'aereo di Larry era precipitato al suolo e lui giaceva in un campo o in un ospedale, ferito o morto. La mente le si riempì di immagini spaventose. Rimase sveglia per tutta la notte di sabato, sconvolta dalla preoccupazione, timorosa di uscire da quella stanza senza sapere come raggiungere Larry.

Quando, a mezzogiorno di domenica, continuò a essere senza sue notizie, non poté più resistere. Doveva telefonargli. Ma come? Con la guerra in corso era difficile telefonare all'estero e poi non sapeva neppure con certezza dove si trovasse Larry. Sapeva soltanto che volava in una squadriglia americana della RAF. Alzò il ricevitore del telefono e parlò con il centralinista della portineria.

« È impossibile », disse l'uomo, recisamente.

Noelle spiegò la situazione e non seppe mai se fossero state le sue parole o la disperazione frenetica che aveva nella voce a persuaderlo, ma, due ore dopo, stava parlando con il Ministero della Guerra a Londra. Non erano in grado di esserle utili, ma le passarono la comunicazione con il Ministero dell'Aeronautica a Whitehall, che a sua volta le passò l'Ufficio Operazioni; lì la comunicazione si interruppe prima che fosse riuscita ad avere qualsiasi notizia. Passarono altre quattro ore prima che Noelle riavesse la linea e ormai si trovava sull'orlo dell'isterismo. L'Ufficio Operazioni non era in grado di dirle niente e le suggerì di tentare al Ministero della Guerra.

« Ho già parlato con loro! » gridò lei al telefono. Cominciò a singhiozzare e la voce maschile inglese, all'altro capo del filo, disse, in tono imbarazzato: « La prego, miss, non può essere così grave. Rimanga un momento in linea ».

Lei tenne in mano il ricevitore, sapendo che non c'era più speranza, sicura che Larry fosse morto e che non avrebbe mai saputo come e dove avesse perduto la vita. Stava per posare il ricevitore, quando la voce le parlò di nuovo all'orecchio: « La comunicazione che lei chiede, miss, è con la Squadriglia Aquila. Sono gli yankee, la base si trova nello Yorkshire. È un po' irregolare, ma le passerò Church Fenton, il loro aeroporto. Là potranno esserle utili ». E la comunicazione si interruppe.

Erano le undici di sera quando Noelle riuscì a riaverla. Una voce incolore disse: « Base aerea di Church Fenton » e la comunicazione era talmente disturbata che lei riuscì a malapena a udirla. Si sarebbe detto che l'uomo parlasse dal fondo del mare. Ovviamente, anch'egli stentava a udire. « Parli forte, per favore », disse. Ormai Noelle aveva i nervi talmente logori che stentò a controllare la propria voce.

« Voglio parlare... » non sapeva neppure quale fosse il suo grado. Tenente? Capitano? Maggiore? « Voglio parlare con Larry Douglas. Sono la sua fidanzata. »

« Non riesco a sentirla, signorina. Può parlare più forte, per piacere? »

Sull'orlo del panico, Noelle urlò di nuovo le parole, certa che l'uomo all'altro capo del filo stesse cercando di nasconderle la notizia della morte di Larry. Per un momento miracoloso non vi furono più disturbi e udì la voce dire, come se l'uomo si fosse trovato nella stanza accanto: « Il tenente Larry Douglas? »

« Sì », rispose, dominando il più possibile la commozione.

« Un momento solo, prego. »

Noelle aspettò per quella che le parve un'eternità, poi la voce tornò in linea e disse: « Il tenente Douglas è in permesso per il fine settimana. Se si tratta di cosa urgente, potrà trovarlo nel salone da ballo dell'Hotel Savoy, a Londra. Al ricevimento offerto dal generale Davis ». E la comunicazione venne interrotta.

Quando la cameriera entrò per fare le pulizie nella stanza, la mattina dopo, trovò Noelle sul pavimento, semisvenuta. La donna la fissò per un momento, tentata di pensare agli affari suoi e di andarsene. Perché le cose di quel genere dovevano sempre capitare nelle *sue* stanze? Si avvicinò e tastò la fronte della ragazza. Ardeva. Borbottando, la cameriera discese nel vestibolo e disse al portiere di mandar su il direttore. Un'ora dopo, un'autoambulanza si fermava davanti all'albergo e due giovani interni che reggevano una barella venivano accompagnati nella stanza di Noelle. Uno dei due le sollevò una palpebra, le appoggio uno stetoscopio al petto e auscultò i rantoli mentre respirava. « Polmonite », disse al compagno. « Portiamola via di qui. »

Misero Noelle sulla barella e, cinque minuti dopo, l'autoambulanza correva verso l'ospedale. La paziente fu messa sotto una tenda a ossigeno e passarono quattro giorni prima che riprendesse i sensi completamente. Si trascinò con riluttanza fuori delle verdi e melmose profondità dell'oblio, sapendo inconsciamente che era accaduto qualcosa di terribile e lottando per non ricordare di che cosa si trattava. Mentre la realtà spaventosa emergeva, sempre e sempre più vicina alla superficie della sua mente, e lei si sforzava di tenerla lontana da sé, a un tratto ricordò con chiarezza, in ogni particolare. Larry Douglas. Cominciò a piangere, scossa dai singhiozzi, finché, in ultimo, non scivolò in una sorta di sonno. Sentì una mano tenere con dolcezza le sue e capì che Larry era tornato da lei, che tutto stava andando bene. Aprì gli occhi e fissò uno sconosciuto che le tastava il polso. « Bene! Ben tornata! » disse l'uomo, allegramente.

« Dove mi trovo? » domandò Noelle.

« All'Hôtel-Dieu. L'ospedale municipale. »

« Che cosa ci faccio qui? »

« Sta guarendo. Ha avuto una polmonite doppia. Io sono Israel Katz. » Era giovane, con una faccia energica, intelligente, e gli occhi molto infossati, castani.

« Lei è il mio medico? »

« Sono l'interno », le disse. « L'ho portata qui io. » Le sorrise. « Sono contento che ce l'abbia fatta. Non ne eravamo sicuri. »

« Da quanto tempo mi trovo qui? »

« Da quattro giorni. »

« Mi farebbe un favore? » gli domandò debolmente.

« Se posso. »

« Telefoni all'Hotel Lafayette. Domandi... » Esitò. « Domandi se ci sono state comunicazioni per me. »

« Be', sono molto occupato... »

Noelle gli strinse la mano con ferocia. « La prego. È importante. Il mio fidanzato sta cercando di mettersi in comunicazione con me. »

Il dottore sorrise. « Non me ne stupisco. Va bene. Ci penserò io », le promise. « Ora dorma un po'. »

« No, finché non avrò saputo qualcosa », gli disse.

Il medico uscì e Noelle aspettò a occhi aperti. Certo che Larry doveva aver cercato di mettersi in comunicazione con lei! Vi era stato qualche terribile malinteso. Le avrebbe spiegato tutto e tutto sarebbe andato di nuovo a gonfie vele.

Passarono due ore prima che Israel Katz tornasse. Si avvicinò al letto e posò una valigia. « Le ho portato la sua roba. Sono andato all'albergo personalmente », disse.

Noelle alzò gli occhi su di lui e vide che aveva un'espressione tesa.

« Mi rincresce », disse il dottore. « Nessuna comunicazione. »

Noelle lo fissò a lungo, poi voltò il viso verso la parete, a occhi asciutti.

Venne dimessa dall'ospedale due giorni dopo. Israel Katz passò a salutarla. « Ha qualche posto in cui andare? » le domandò. « O un lavoro? »

Lei scosse la testa.

« Che lavoro fa? »

« Sono modella. »

« Potrei aiutarla. »

Noelle ricordò il tassista e madame Delys. « Non mi serve alcun aiuto », disse.

Israel Katz scrisse un nome su un foglio di carta. « Se dovesse cambiare idea, si presenti qui. È una piccola casa di mode. Di proprietà di mia zia. Le parlerò di lei. Ha del denaro? »

Non gli rispose.

« Tenga. » Si tolse di tasca pochi franchi e glieli porse. « Mi spiace di non avere di più. Gli interni non sono molto ben pagati. »

« Grazie », disse Noelle.

Sedette nel caffè di una viuzza, sorseggiò una bibita e cercò di decidere come rimettere insieme i cocci della sua esistenza. Sapeva di dover sopravvivere perché adesso aveva una ragione di vita. Era colma di un odio profondo e ardente, così distruttivo da non lasciare spazio a niente altro. Era una fenice vendicatrice, sorta dalle ceneri dei sentimenti che Larry Douglas aveva ucciso in lei. Non avrebbe trovato pace fino a quando non fosse riuscita a distruggerlo. Non sapeva come, né quando, ma sapeva che un giorno ci sarebbe riuscita.

Ora aveva bisogno di un lavoro e di un posto in cui dormire. Aprì la borsetta e ne tolse l'indirizzo datole dal giovane interno. Lo studiò per un momento e decise. Nel pomeriggio si recò dalla zia di Israel Katz e le venne dato un posto di modella in una piccola casa di mode di second'ordine, in rue Boursault.

La zia di Israel Katz era una donna dai capelli grigi, di mezza età, con la faccia di un'arpia e l'anima di un angelo. Era come una madre con tutte le sue ragazze, che l'adoravano. Si chiamava madame Rose. Diede a Noelle un anticipo sullo stipendio e le trovò un appartamentino minuscolo vicino al salon. La prima cosa che fece Noelle, dopo aver aperto la valigia, fu di appendere il vestito nuziale. Lo appese davanti all'armadio a muro, per cui sarebbe stata la prima cosa che avrebbe visto al mattino e l'ultima al momento di spogliarsi e di andare a letto.

Seppe di essere incinta prima di ogni manifestazione visibile della gravidanza, prima di essersi sottoposta a qualsiasi esame, prima che le mestruazioni si fossero interrotte. Sentiva la presenza della nuova vita che le si era formata nell'utero e, la notte, giaceva sveglia fissando il soffitto e pensandovi, gli occhi resi luminosi da una gioia selvaggia.

Il primo giorno di libertà, telefonò a Israel Katz e gli fissò un appuntamento per pranzare insieme.

« Sono incinta », gli disse.

« Come lo sa? Si è fatta fare qualche esame? »

« Non ho bisogno di alcun esame. »

Lui scosse la testa. « Noelle, moltissime donne credono di dover avere un bambino anche quando non è affatto vero. Quanti mestrui ha saltato? »

Ignorò la domanda, spazientita. « Ho bisogno del suo aiuto. »

Israel la fissò. « Per liberarsi del bambino? Ne ha parlato con il padre? »

« Non è qui. »

« Sa bene che l'aborto è illegale. Potrei cacciarmi in guai molto seri. »

Noelle lo studiò per un momento. « Qual è la sua tariffa? »

L'ira gli irrigidì la faccia. « Crede che tutto abbia un prezzo, Noelle? »

« Certo », si limitò a dire lei. « Tutto può essere comprato e venduto. »

« Compresa lei? »

« Sì, ma io costo molto. Mi aiuterà? »

Seguì una lunga esitazione. « Sta bene. Prima, però, voglio fare alcuni esami. »

« Benissimo. »

La settimana seguente, Israel Katz fissò un appuntamento a Noelle nel laboratorio dell'ospedale. Quando, due giorni dopo, i risultati degli esami gli vennero consegnati, telefonò alla ragazza nella casa di moda. « Aveva ragione », disse. « È incinta. »

« Lo sapevo. »

« Ho predisposto tutto per un raschiamento in ospedale. Ho detto che suo marito ha perduto la vita in un incidente e che lei non è in grado di mantenere il bambino. La opereremo sabato prossimo. »

« No », disse lei.

« Sabato non le va bene? »

« Non me la sento ancora di abortire, Israel. Volevo soltanto sapere se avrei potuto contare sul suo aiuto. »

Madame Rose notò il cambiamento in Noelle e non soltanto il cambiamento fisico, ma qualcosa che arrivava molto più in profondità, una radiosità, una luminosità interiore che sembrava colmarla tutta. La ragazza si aggirava con un sorriso costante sulle labbra, come se stesse stringendo a sé un segreto meraviglioso.

« Hai trovato un amante », le disse madame Rose. « Te lo si legge negli occhi. »

Noelle annuì. « Sì, signora. »

« È un bene per te. Tientelo stretto. »

« Lo farò », le promise lei. « Finché mi sarà possibile. »

Tre settimane dopo, Israel Katz le telefonò. « Non ho più avuto sue notizie », disse. « Mi domandavo se avesse dimenticato. »

« No », rispose lei, « non faccio che pensarci. »

« Come sta? »

« Meravigliosamente bene. »

« Ho dato un'occhiata al calendario. Credo che faremmo bene a metterci all'opera. »

« Non sono ancora preparata », disse Noelle.

Trascorsero altre tre settimane prima che Israel Katz le ritelefonasse.

« Che ne direbbe di cenare con me? » le domandò.

« D'accordo. »

Decisero di incontrarsi in una modesta trattoria in rue du Chat Qui Pêche. Noelle era stata sul punto di proporre un ristorante migliore, ma ricordò le parole di Israel a proposito del fatto che gli interni non guadagnavano molto.

Lui la stava aspettando, quando arrivò. Conversarono del più e del meno durante la cena e soltanto quando il caffè venne servito il medico parlò di ciò che più gli stava a cuore.

« Vuole ancora abortire? » domandò.

Noelle lo fissò stupita. « Certo. »

« Allora deve decidersi subito. È incinta ormai da più di due mesi.

Lei scosse la testa. « No, non ancora, Israel. »

« È la sua prima gravidanza, questa? »

« Sì. »

« In tal caso mi consenta di dirle una cosa, Noelle. Fino al terzo mese di gravidanza, l'aborto è di solito una faccenda piuttosto semplice. L'embrione non è ancora pienamente formato ed è sufficiente un raschiamento, ma dopo tre mesi... » esitò, « si tratta di un intervento di tutt'altro genere e diventa pericoloso. Quanto più aspetta, tanto più aumenta il rischio. Voglio che si faccia operare subito. »

La ragazza si protese in avanti. « Il bambino com'è? »

« Adesso?» Alzò le spalle. « Soltanto un ammasso di cellule. Naturalmente, sono presenti tutti i nuclei necessari per dar luogo a un essere umano completo. »

« E dopo tre mesi? »

« L'embrione comincia a diventare una persona. »

« È dotato di sensibilità? »

« Reagisce agli urti e ai rumori forti. »

Noelle rimase immobile, gli occhi fissi nei suoi. « Sente il dolore? »

« Suppongo di sì. Ma è protetto dal liquido amniotico. » A un tratto provò una sensazione di disagio. « Sarebbe molto difficile che qualcosa riuscisse a fargli del male. »

Noelle abbassò gli occhi e fissò il tavolo, silenziosa e pensierosa.

Israel Katz la studiò per un momento, poi disse, timidamente: « Noelle, se vuole avere questo bambino, ma ha paura perché non avrà un padre... be', io sarei disposto a sposarla e a dargli un nome ».

Lo guardò stupita. « Glicl'ho già detto. Non lo voglio il bambino, voglio abortire. »

« Allora, in nome di Dio, si decida! » gridò Israel. Poi abbassò la voce, rendendosi conto che gli altri avventori lo stavano fissando. « Se aspetterà ancora, non troverà un solo medico in Francia disposto a intervenire. Non lo capisce? Se aspettasse ancora a lungo potrebbe morire! »

« Capisco », disse Noelle, sommessamente. « Se dovessi avere il bambino, che genere di dieta mi consiglierebbe? »

Lui si passò le dita tra i capelli, disorientato. « Latte e frutta in abbondanza. Carne magra. »

Quella sera, tornando a casa, Noelle si fermò al mercato

all'angolo della strada, vicino al suo appartamento, e acquistò due litri di latte e una grossa scatola di frutta fresca.

Dieci giorni dopo, si presentò all'ufficio di madame Rose, le disse che era incinta e chiese un periodo di ferie.

« Per quanto tempo? » domandò madame Rose, scrutando il corpo della ragazza.

« Per sei o sette settimane. »

La signora sospirò. « Sei sicura che quanto stai per fare sia la cosa migliore? »

« Ne sono sicura », rispose Noelle.

« Posso esserti utile in qualche modo? »

« No, grazie. »

« Benissimo. Torna da me non appena ti sarà possibile. Dirò al cassiere di darti un anticipo sullo stipendio. »

« Grazie, madame. »

Nelle quattro settimane che seguirono, Noelle non uscì mai di casa, se non per andare a fare gli acquisti. Non aveva appetito e mangiava pochissimo per se stessa, ma beveva enormi quantità di latte per il bambino e si rimpinzava di frutta. Non era sola nell'appartamento. Il bambino si trovava lì con lei e non faceva che parlargli. Sapeva che era un maschio come era stata certa di essere incinta. Lo aveva chiamato Larry.

« Voglio che tu cresca grosso e forte », diceva, bevendo latte. « Voglio che tu sia sano... sano e forte quando morirai. » Ogni giorno, distesa sul letto, preparava la vendetta contro Larry e suo figlio. La creatura che si trovava nel suo corpo non faceva parte di lei. Apparteneva a Larry e l'avrebbe uccisa. Era la sola cosa di lui che le fosse rimasta e l'avrebbe distrutta, così come lui aveva tentato di distruggerla.

Quanto poco l'aveva capita Israel Katz! Non la interessava un embrione informe e insensibile. Voleva che il seme di Larry sentisse ciò che gli sarebbe accaduto e soffrisse come lei stessa aveva sofferto. Il vestito da sposa pendeva accanto al letto, adesso, sempre in vista, un talismano di perfidia, un memento del tradimento di quell'uomo. *Prima, il figlio di Larry, poi Larry.*

Il telefono squillava spesso, ma Noelle rimaneva a letto, perduta nei suoi sogni, finché gli squilli non cessavano. Era sicura che fosse Israel Katz a tentar di parlare con lei.

Una sera, bussarono alla porta. Noelle non si mosse dal letto, ignorando la cosa, ma infine, poiché la persona continuava a bussare, si alzò a fatica e andò ad aprire.

Israel Katz si trovava lì sulla soglia, la faccia turbata dalla preoccupazione. « Dio mio, Noelle, sono giorni che le telefono. »

Le guardò il ventre gonfio. « Pensavo che avesse abortito in qualche altro posto. »

Noelle scosse la testa. « No. Ci penserà lei. »

Israel la fissò. « Non ha capito niente di quello che le ho detto? È troppo tardi! Nessuno vorrà saperne. »

Scorse le bottiglie di latte vuote e la frutta fresca sul tavolo, poi tornò a guardarla. « Ma *lo vuole* il bambino », esclamò. « Perché non lo ammette? »

« Mi dica, Israel, adesso com'è? »

« Chi? »

« Il bambino. Ha gli occhi e le orecchie? Ha le dita delle mani e dei piedi? Può sentire il dolore? »

« In nome del cielo, Noelle, la smetta. Parla come se... come se... »

« Che cosa? »

« Niente. » Scosse la testa, disperato. « Non la capisco. »

Gli sorrise con dolcezza. « No. Non mi capisce. »

Rimase immobile per un momento, prendendo una decisione.

« Va bene, sono disposto a correre un grosso rischio per lei, ma se è davvero decisa ad abortire, facciamola finita. C'è un medico mio amico che mi deve un favore. Lui... »

« No. »

La fissò.

« Larry non è ancora pronto », disse Noelle.

Tre settimane dopo, alle quattro del mattino, Israel Katz venne destato dal *concierge* che, furibondo, martellava colpi sulla porta. « Il telefono! » urlò l'uomo. « E dica a chi la sta chiamando che siamo nel cuore della notte e che le persone rispettabili dormono! »

Israel scivolò intontito giù dal letto e sonnacchiosamente discese nell'ingresso, dove si trovava il telefono, domandandosi che cosa potesse essere accaduto. Portò il ricevitore all'orecchio.

« Israel? »

Non riconobbe la voce all'altro capo del filo.

« Sì? »

« È il momento... » Si trattava di un bisbiglio, incorporeo e anonimo.

« Chi parla? »

« È il momento. Vieni subito, Israel... »

C'era qualcosa di spettrale nella voce, un che di ultraterreno e un brivido gli percorse la spina dorsale. « Noelle? »

« È il momento... »

« Cristo santo! » esplose. « Non voglio farlo. È troppo tardi. Morirai, non intendo essere il responsabile. Fatti ricoverare in ospedale. »

Udì uno scatto nell'orecchio e rimase immobile tenendo il ricevitore. Lo schiaffò giù e tornò in camera sua, la mente in subbuglio. Sapeva di non poter fare più niente, ormai; nessuno poteva. La ragazza era incinta da cinque mesi e mezzo. L'aveva messa in guardia ripetutamente, ma si era sempre rifiutata di ascoltarlo. Bene, la responsabilità ricadeva su di lei. Non voleva saperne.

Cominciò a vestirsi il più rapidamente possibile, le viscere raggelate dalla paura.

Quando Israel Katz entrò nell'appartamento, Noelle giaceva sul pavimento in una pozza di sangue e l'emorragia continuava. Il viso della ragazza era mortalmente pallido, ma non lasciava intravedere in alcun modo i dolori che dovevano devastarle il corpo. Indossava quello che sembrava essere un vestito nuziale. Israel le si inginocchiò accanto. « Che cosa è accaduto? » domandò. « Come è stato... » Si interruppe, mentre lo sguardo gli si posava su una gruccia per abiti di fil di ferro, contorta e insanguinata ai piedi di lei.

« Gesù Cristo! » Si sentì colmare dall'ira e nello stesso tempo da una sensazione terribile e deludente di impotenza.

Il sangue scorreva più rapidamente, adesso; non c'era un momento da perdere.

« Chiamerò un'autoambulanza », disse e fece per rialzarsi.

Noelle si sporse, gli afferrò il braccio con un'energia sorprendente e lo tirò giù verso di sé.

« Il bambino di Larry è morto », disse, e un sorriso bellissimo le illuminò il viso.

Un'équipe di sei medici si affannò per sei ore, tentando di salvare la vita alla ragazza. La diagnosi era avvelenamento settico, utero perforato, avvelenamento del sangue e choc. Tutti i dottori riconobbero che aveva scarsissime probabilità di sopravvivere. Alle sei di quella sera, Noelle era fuori pericolo e due giorni dopo poteva drizzarsi a sedere sul letto e parlare. Israel venne a trovarla.

« Tutti i medici dicono che è un miracolo se sei viva. »

Lei scosse la testa. Non era stato, semplicemente, il suo momento per morire. Aveva potuto prendersi la prima vendetta su Larry, ma quello era soltanto l'inizio. Sarebbe venuto dell'altro. Molto di più. Prima, però, doveva trovarlo. Sarebbe occorso del tempo. Ma lo avrebbe trovato.

3

CATHERINE

Chicago, 1939-1940

I SEMPRE più impetuosi venti della guerra, che imperversavano sull'Europa, si riducevano a poco più di dolci zefiri ammonitori giungendo sulle coste degli Stati Uniti.

Nel campus della Northwestern, alcuni altri ragazzi si arruolarono nel Corpo di addestramento degli ufficiali della riserva, vi furono comizi di studenti che esortavano il presidente Roosevelt a dichiarare guerra alla Germania e alcuni studenti dell'ultimo anno andarono volontariamente sotto le armi. In genere, però, il mare di serena tranquillità rimaneva immutato e l'ondata profonda che presto avrebbe spazzato il paese era appena percettibile.

Andando al suo lavoro di cassiera nel Roost, quel pomeriggio di ottobre, Catherine Alexander si domandò se la guerra, qualora fosse scoppiata, avrebbe cambiato la sua vita. Sapeva di dovervi apportare un mutamento ed era decisa a riuscirci al più presto possibile. Voleva disperatamente sapere che cosa si provasse trovandosi tra le braccia di un uomo e lasciandosi amare; si rendeva conto che lo desiderava in parte a causa delle proprie necessità fisiche, ma anche perché sentiva di rinunciare a un'esperienza importante e meravigliosa. Dio mio, e se fosse stata investita da una macchina e le avessero fatto l'autopsia e scoperto che era ancora vergine? No, doveva fare qualcosa. Subito.

Si guardò attorno con cautela nel Roost, ma non vide la faccia che stava cercando. Quando Ron Peterson entrò, un'ora dopo, in compagnia di Jean-Anne, sentì il corpo formicolarle e il cuore che cominciava a martellare. Voltò la testa mentre le passavano accanto, ma, con la coda dell'occhio, li vide entrare nel séparé di Ron e mettersi a sedere. Grandi striscioni erano appesi nella sala:

PROVATE IL NOSTRO DOPPIO HAMBURGER SPECIALE... GUSTATE LA NOSTRA DELIZIA DEGLI INNAMORATI... PROVATE IL NOSTRO TRIPLO MALTO.

Catherine trasse un profondo respiro e si avvicinò al séparé. Ron Peterson stava studiando la lista e cercava di decidere. « Non lo so che cosa voglio », disse.

« Hai appetito o no? » domandò Jean-Anne.

« Sono affamato. »

« Allora prova questo. » Entrambi alzarono gli occhi, stupiti. Era Catherine, in piedi accanto al séparé. Porse a Ron Peterson un biglietto piegato, girò sui tacchi e tornò al registratore di cassa.

Ron aprì il biglietto, lo lesse e scoppiò in una risata. Jean-Anne lo fissava con freddezza. « È uno scherzo privato o possono divertirsi tutti?»

« Privato », sorrise lui, ficcandosi il biglietto in tasca.

Uscì poco dopo con Jean-Anne. Non disse niente mentre pagava il conto, ma rivolse a Catherine un lungo sguardo indagatore e se ne andò sottobraccio alla sua ragazza. Catherine li seguì con lo sguardo, sentendosi un'idiota. Non sapeva nemmeno come fare un approccio con i giovanotti.

Terminato il suo turno, infilò il cappotto, augurò la buona notte alla ragazza venuta a sostituirla e uscì. Era una calda serata d'autunno, ma dal lago cominciava a soffiare la brezza fresca. Il cielo sembrava velluto viola, con morbide stelle appena fuor di portata. Era una serata perfetta per... che cosa? Catherine compilò mentalmente un elenco.

Posso tornare a casa e lavarmi i capelli.

Posso andare in biblioteca e studiare per l'esame di latino di domani.

Posso andare a vedere un film.

Posso nascondermi tra i cespugli e violentare il primo marinaio che passerà.

Posso andare a iscrivermi all'esame.

Iscrivermi, decise.

Mentre si incamminava nel campus verso la biblioteca, una sagoma sbucò fuori da dietro un lampione.

« Ciao, Cathy. Dove sei diretta? »

Era Ron Peterson che le sorrideva dall'alto della sua statura e il cuore di Catherine prese a martellare così forte da essere sul punto di scoppiarle fuori del petto. Le parve di vederlo mentre se ne andava per suo conto, palpitando nell'aria. Poi si accorse che Ron la stava fissando. Non era il caso di stupirsene. Quante ragazze conosceva capaci di un simile gioco di prestigio con il proprio cuore? Desiderava disperatamente ravviarsi i capelli, rifarsi il trucco e controllare le cuciture delle calze, ma si sforzò di non lasciar trasparire affatto il suo nervosismo. Prima regola: mantenere la calma.

Farfugliò qualcosa di incomprensibile.

« Dove sei diretta? »

Avrebbe dovuto riferirgli l'elenco? Dio, no! L'avrebbe presa per pazza. Questa era la sua grande occasione e non doveva fare una sola cosa che potesse rovinare tutto. Alzò gli occhi su di lui, uno sguardo appassionato e invitante come quello di Carole Lombard in *Nulla di sacro*.

« Non avevo nessun progetto particolare », disse, accattivante.

Ron la stava studiando, ancora non ben sicuro di lei, reso cauto da qualche istinto primordiale. « Ti *piacerebbe* fare qualcosa di particolare? » domandò.

Ecco il grande momento. La proposta. Il punto senza ritorno. « Di' tu », rispose, « e sono tua. » Poi si fece piccola dentro di sé. Le parole sembravano così sdolcinate! Nessuno diceva « Sono tua », tranne nei pessimi romanzi di Fannie Hurst. Ron avrebbe girato sui tacchi, allontanandosi in preda al disgusto.

Invece non si allontanò. Incredibile a dirsi, sorrise, la prese sottobraccio e disse: « Andiamo ».

Catherine gli camminò al fianco, stordita. Era stato tutto molto semplice. Stava andando a farsi scopare. Cominciò a tremare interiormente. Se lui avesse scoperto che era vergine, tutto sarebbe finito. E di che cosa avrebbe parlato, una volta che fosse stata a letto con lui? Parlava la gente, quando lo stava realmente facendo o aspettava finché era finito? Non voleva essere villana, ma non aveva idea di quali fossero le regole.

« Hai già cenato? » le stava domandando Ron.

« Cenato? » Di nuovo alzò gli occhi su di lui, fissandolo e sforzandosi di riflettere. Avrebbe dovuto cenare? Se la risposta fosse stata un « sì », allora Ron avrebbe potuto portarla subito a letto e le sarebbe stato possibile non pensarci più. « No », si affrettò a dire, « non ho cenato. » *Ma perché ho detto questo? Ho rovinato tutto.* Ron, invece, non parve affatto sconvolto.

« Bene. Ti piace la cucina cinese? »

« È la mia favorita. » Non la poteva soffrire, ma certo gli dei non avrebbero tenuto conto di una piccola e vile bugia nella notte più importante della sua vita.

« C'è un buon ristorante cinese sulla Estes. Il ristorante di Lum Fong. Lo conosci? »

No, ma non lo avrebbe mai dimenticato, per tutta la vita.

Che cosa facesti, la notte in cui perdesti la verginità?

Oh, andai prima nel ristorante di Lum Fong a gustare alcune specialità cinesi con Ron Peterson.

Erano buone?

Certo. Ma sai bene com'è la cucina cinese. Un'ora dopo mi sentivo di nuovo sexy.

Erano arrivati accanto alla sua automobile, una *Reo* trasformabile color marrone rossastro. Ron le tenne lo sportello aperto e lei si lasciò cadere sul sedile dove avevano preso posto tutte le altre ragazze che invidiava. Ron era incantevole, splendido, un atleta di prim'ordine. E un maniaco sessuale. Sarebbe stato un ottimo titolo per un film. *Il maniaco sessuale e la vergine.* Forse avrebbe dovuto proporgli un ristorante più lussuoso come l'Henrici, nel Loop e in tal caso Ron si sarebbe detto: *Questo è il tipo di ragazza che voglio portare a casa per farla conoscere a mammà.*

« Un soldino per i tuoi pensieri », disse lui.

Oh, fantastico! Benissimo, sicché lui non era il più brillante conversatore del mondo. Ma non per questo lei si trovava lì, no? Lo sbirciò dal basso in alto, soavemente. « Stavo pensando proprio a te. » E gli si rannicchiò contro.

Ron sorrise. « Eri davvero riuscita a farmela, Cathy. »

« Ah sì? »

« Ho sempre creduto che tu fossi molto superba... voglio dire, che gli uomini non ti interessassero. »

Stai annaspando in cerca di un'altra parola, lesbica, pensò Catherine, ma a voce alta disse: « Mi piace soltanto scegliere il momento e il luogo ».

« Sono contento che tu abbia scelto me. »

« Anch'io. » E lo era. Lo era davvero. Poteva star certa che Ron si sarebbe dimostrato un abile amante. Era stato collaudato e approvato da ogni studentessa infoiata entro un raggio di duecentocinquanta chilometri. Sarebbe stata un'umiliazione avere la prima esperienza sessuale con un ragazzo ignorante quanto lo era lei. In Ron aveva trovato un maestro. Dopo quella notte, non avrebbe più chiamato se stessa Santa Catherine. Probabilmente, invece, sarebbe divenuta nota come « Catherine la Grande ». E questa volta avrebbe saputo che cosa stava a significare « Grande ». Sarebbe stata fantastica a letto. Il segreto stava nel non lasciarsi prendere dal panico. Tutte le cose meravigliose lette nei libretti verdi che soleva nascondere alla mamma e al babbo stavano per accaderle. Il suo corpo sarebbe divenuto un organo colmo di musica squisita. Oh, sapeva che la prima volta sarebbe stato doloroso; succedeva sempre così. Ma a Ron non lo avrebbe lasciato capire. Avrebbe dimenato molto il sedere, perché gli uomini non potevano soffrire le donne che si limitavano a giacere inerti, senza muoversi. E quando Ron l'avesse penetrata, si sarebbe morsa il labbro per soffocare il dolore, nascondendolo con un gridolino erotico.

« Come? »

Si voltò verso Ron, sbigottita, accorgendosi di essersi realmente lasciata sfuggire il grido. « Io... non ho detto niente. »

« Hai lanciato una specie di gridolino buffo. »

« Davvero? » Si costrinse a ridacchiare.

« Sei lontana un milione di chilometri. »

Analizzò la situazione e decise che non andava bene. Doveva essere più simile a Jean-Anne. Gli mise la mano sul braccio e si fece più vicina. « Sono proprio qui », disse.

Si sforzò di rendere rauca la voce, come quella di Jean Arthur in *Calamity Jane.*

Ron abbassò lo sguardo su di lei, confuso, ma sulla sua faccia Catherine non riuscì a scorgere altro che un'avida passione.

Il locale di Lum Fong era un banale e misero ristorante cinese situato sotto la sopraelevata. Durante tutta la cena udirono i treni passare sferragliando sopra di loro con relativa vibrazione di piatti. La sala aveva lo stesso aspetto di quelle di altri mille anonimi ristoranti cinesi in tutta l'America, ma Catherine osservò attentamente i particolari del séparé dove avevano preso posto, imprimendosi nella mente la carta da parati scadente e macchiata, la scheggiata teiera cinese e le macchie di salsa di soia sul tavolo.

Un piccolo cameriere cinese si avvicinò al loro tavolo e domandò se volessero qualcosa da bere. Catherine aveva assaggiato il whisky poche volte in vita sua e non lo poteva soffrire, ma quella era la vigilia di Capodanno, era il 4 luglio, era la Fine della sua Verginità. Era necessario festeggiare.

« Prenderò un old fashioned con una ciliegia. » *Ciliegia! Oh Dio!* « Perdere la ciliegia » significava perdere la verginità. Si era tradita.

« A me un whisky e soda », disse Ron.

Il cameriere si inchinò e si allontanò. Catherine si stava domandando se era vero che le donne orientali avevano il taglio di traverso.

« Non so come mai non abbiamo fatto amicizia prima », disse Ron. « Tutti dicono che tu sei la ragazza più intelligente dell'intera, dannata università. »

« Lo sai quanto esagera la gente. »

« E poi sei maledettamente carina. »

« Grazie. » Cercò di fare in modo che la sua voce somigliasse a quella di Katherine Hepburn nel film *Alice Adams* e lo fissò significativamente negli occhi. Non era più Catherine Alexander. Era una macchina del sesso. Stava per entrare a far parte del gruppo di Mae West, Marlene Dietrich, Cleopatra. Sarebbero state tutte sorelle di elezione.

Il cameriere le servì il cocktail e lei lo vuotò con una rapida, nervosa sorsata. Ron la osservava sorpreso.

« Piano », la ammonì. « È roba molto forte, quella. »

« Posso reggerla », gli assicurò lei, fiduciosa.

« Un altro giro », disse Ron al cameriere. Si sporse oltre il tavolo e le accarezzò una mano. « È buffo. All'università tutti ti hanno per traverso. »

« Sbagli. All'università non mi ha nessuno. »

Ron la fissò con gli occhi spalancati. *Attenta, non fare la spiritosa.* Gli uomini preferivano portare a letto ragazze con ghiandole mammarie sviluppate all'eccesso, enormi muscoli nei glutei e un minimo di sostanza grigia.

« È un pezzo che... che ho una simpatia per te », si affrettò a dire.

« Hai saputo mantenere bene il segreto, questo è certo. » Ron si tolse di tasca il biglietto che gli aveva scritto e lo lisciò. « Prova la nostra cassiera », lesse a voce alta, poi rise. « Finora mi piaci di più della banana con il gelato. » Fece scorrere le mani su e giù sul braccio di Catherine e a quel contatto lei sentì correre brividi lungo la spina dorsale, proprio come i libri dicevano che sarebbe accaduto. Forse, dopo quella notte, avrebbe scritto un manuale sul sesso per illuminare tutte le povere e tonte vergini che ignoravano il significato della vita. Dopo il secondo cocktail, cominciò a compatirle.

« È un peccato. »

« Che cosa è un peccato? »

Di nuovo aveva parlato a voce alta. Decise di essere audace. « Mi sentivo dispiaciuta per tutte le vergini del mondo », disse.

Ron le sorrise. « Brinderò a questo. » Alzò il bicchiere. Lei lo guardò: le stava seduto di fronte e apprezzava ovviamente la sua compagnia. Non aveva alcun motivo di preoccuparsi. Tutto stava procedendo mirabilmente bene. Ron le domandò se gradisse un altro cocktail, ma Catherine rifiutò. Non voleva essere in preda allo stordimento dell'ubriachezza quando sarebbe stata deflorata. *Deflorata? La gente si serviva ancora di termini come deflorata?* Comunque, voleva ricordare ogni momento, ogni sensazione. *Oh, Dio mio! Non aveva alcun antifecondativo! E lui? Senza dubbio, un uomo esperto come Ron Peterson avrebbe avuto qualcosa da mettersi, qualche protezione per evitare che lei restasse incinta. Ma se anche lui si fosse aspettato la stessa cosa? Se avesse pensato, a sua volta, che una ragazza così esperta si sarebbe senza dubbio tutelata in qualche modo? Avrebbe mai potuto domandarglielo apertamente? Decise che sarebbe stato preferibile morire prima, anche lì a tavola. Potevano pure portar via il suo cadavere e seppellirlo con una cerimonia funebre cinese.*

Ron ordinò il pasto a sei portate, da settantacinque

centesimi, e Catherine finse di mangiare, ma tanto sarebbe valso per lei masticare cartone cinese. Stava cominciando a sentirsi così tesa, che non sentiva più alcun sapore. Aveva all'improvviso la lingua secca e il palato stranamente intorpidito. *E se avesse appena avuto un colpo?* Facendo l'amore subito dopo aver avuto un colpo, probabilmente sarebbe morta. Forse avrebbe fatto meglio ad avvertire Ron. Se avessero trovato una ragazza morta nel suo letto, la reputazione di lui avrebbe potuto essere rovinata. O forse accresciuta.

« Che cosa c'è? » le domandò lui. « Sei pallida. »

« Mi sento benissimo », gli disse, temeraria. « Sono soltanto eccitata perché mi trovo con te. »

Ron la guardò con approvazione; i suoi occhi castani parvero studiarle ogni minimo particolare del viso, poi si abbassarono sui seni e vi indugiarono. « Provo anch'io la stessa cosa », rispose.

Il cameriere aveva sparecchiato e Ron pagò il conto. La guardò, ma Catherine non riusciva a muoversi.

« Vuoi qualcos'altro? » le domandò.

Se voglio qualcos'altro? Oh, sì! Voglio trovarmi su un lento battello diretto verso la Cina. Voglio essere in un pentolone di cannibali, bollita per la cena. Voglio la mia mamma!

Lui la stava osservando e aspettava. Catherine trasse un profondo respiro. « Non... non mi viene in mente niente. »

« Bene. » Strascicò la parola, prolungandola, tanto che essa parve deporre un letto sul tavolo tra loro. « Andiamo, allora. » Si alzò e lei seguì il suo esempio. La sensazione di euforia causata dai cocktail era svanita completamente e le gambe cominciarono a tremarle.

Si trovarono all'aperto, nell'aria tiepida della notte, quando un pensiero improvviso balenò nella mente di Catherine, colmandola di sollievo. *Non mi porterà a letto stanotte. Gli uomini non si comportano mai così con una ragazza dopo il primo appuntamento. Mi inviterà di nuovo a cena e la prossima volta andremo all'Henrici e ci conosceremo meglio. Ci conosceremo a fondo. E lui probabilmente si innamorerà alla follia e mi porterà a conoscere i suoi genitori e allora tutto sarà a posto... e non proverò più questo stupido panico.*

« Hai qualche preferenza riguardo i motel? » domandò Ron.

Catherine alzò gli occhi, fissandolo ammutolita. Scomparvero i sogni di una serata raffinata e musicale con i genitori di lui. Il bastardo si proponeva di portarla a letto in un motel! Bene, era questo che aveva voluto, no? Non aveva scritto il biglietto pazzesco per questa ragione?

La mano di Ron si trovava ora sulla sua spalla e le scivolava sul braccio. Lei sentì un calore all'inguine. Deglutì e disse: « Quando si è visto un motel, li si è visti tutti ».

Ron la guardò in modo strano. Ma si limitò a dire: « Okay. Andiamo ».

Salirono sull'automobile e partirono diretti a ovest. Il corpo di Catherine si era trasformato in un blocco di ghiaccio, ma i suoi pensieri turbinavano con un ritmo febbrile. Aveva otto anni, l'ultima volta che era stata in un motel e viaggiava con la madre e il padre. Ora sarebbe stata in un altro motel per andare a letto con un uomo che le era del tutto estraneo. Che cosa sapeva di lui, infatti? Soltanto che era bello, ammirato, e riusciva a riconoscere una ragazza facile a stendersi quando la vedeva.

Ron si sporse e le prese la mano. « Hai le mani gelate », disse.

« Mani fredde, cuore caldo. » *Oh, cribbio*, pensò. *Ecco che ci sono ricascata.* Chissà per quale ragione, le parole di *Ah, dolce mistero della vita* cominciarono a passarle nella mente. Bene, stava per risolverlo, il mistero. Stava per scoprire tutto quello che c'era da sapere. I libri, gli annunci erotici, le parole appena velate delle canzoni d'amore... « Dondolandomi nella culla della passione », « Rifallo », « Gli uccellini lo fanno ». *Okay*, pensò. *Ora farà tutto anche Catherine.*

Ron voltò a sud, in Clark Street.

Davanti a loro, a entrambi i lati della strada, si allineavano enormi occhi rossi ammiccanti, insegne al neon vive nella notte che proclamavano le loro offerte di economici e temporanei rifugi per i giovani innamorati impazienti. MOTEL DEL COMODO RIPOSO, MOTEL DI UNA NOTTE, MOTEL VENITE (Ah, be', questo doveva essere freudiano!), AL RIPOSO DEL VIAGGIATORE. La povertà dell'immaginazione era sbalorditiva, ma, d'altro canto, i proprietari di quei posti erano probabilmente troppo indaffarati nel far scopare a rotazione giovani coppie sui loro letti per potersi dare la pena di essere letterati.

« Quello è il migliore di tutti », disse Ron, additando un'insegna più avanti.

MOTEL PARADISO. POSTI LIBERI.

Era un simbolo. Esisteva un posto libero in Paradiso e lei, Catherine Alexander, lo avrebbe occupato.

Ron sterzò portando la macchina nel cortile, accanto a un piccolo ufficio imbiancato a calce, con un cartello che diceva: SUONATE IL CAMPANELLO ED ENTRATE. Il cortile era delimitato da due dozzine circa di bungalow numerati, di legno.

« Che te ne pare? » domandò Ron.

Sembra l'Inferno di Dante. Sembra il Colosseo di Roma, quando i cristiani stavano per essere dati in pasto ai leoni. Sembra il tempio di Delfi, quando una vergine vestale stava per essere sacrificata.

Catherine provò di nuovo quel senso di eccitazione all'inguine. « Fantastico », disse. « Proprio fantastico. »

Ron sorrise con aria saputa. « Torno subito. » Le mise la mano sul ginocchio, facendogliela scivolare verso la coscia, le diede un bacio rapido, impersonale, volteggiò fuori dell'automobile ed entrò nell'ufficio. Lei rimase seduta sulla macchina, seguendolo con lo sguardo e sforzandosi di non pensare a niente.

Udì il gemito di una sirena in lontananza. *Oh, Dio mio,* pensò frenetica, *una retata! La polizia continua a fare retate, in questi posti*!

La porta dell'ufficio del direttore si aprì e Ron uscì. Aveva una chiave e, a quanto parve, era sordo alla sirena che si stava avvicinando sempre e sempre più. Si avvicinò al lato dell'automobile dove si trovava Catherine e aprì lo sportello.

« È tutto sistemato », disse. La sirena stava ululando come un fantasma e veniva loro addosso. Avrebbe potuto arrestarli, la polizia, soltanto perché si trovavano nel cortile?

« Su, vieni », disse Ron.

« Ma non la senti? »

« Che cosa dovrei sentire? »

La sirena passò oltre e continuò a ululare lungo la strada, lontano da loro, divenendo sempre più fioca man mano che si allontanava. Maledizione! « Gli sbirri », gli disse con voce fioca.

Sulla faccia di Ron c'era un'espressione di impazienza. « Se c'è qualcosa che non va... » le disse.

« No, no », si affrettò a interromperlo Catherine. « Vengo. » Discese dall'automobile e si diressero insieme verso uno dei bungalow. « Spero che ti abbiano dato il mio numero portafortuna », gli disse, allegra.

« Come hai detto? »

Alzò gli occhi su di lui e si rese conto a un tratto di non essere riuscita a pronunciare le parole. Aveva la bocca completamente secca. « Niente », gracidò.

Giunsero davanti alla porta: camera numero tredici. Era esattamente quello che meritava. Un segno del Cielo per dirle che sarebbe rimasta incinta, che Dio era deciso a punire Santa Catherine.

Ron girò la chiave nella toppa e tenne la porta aperta per lei. Fece scattare l'interruttore della luce e Catherine entrò. Stentò a crederlo. L'arredamento sembrava consistere in un solo enorme letto. Gli unici altri mobili erano una poltrona che aveva l'aria di essere scomoda, nell'angolo, un piccolo tavolino da toeletta sul quale si trovava uno specchio e, accanto al letto, una radio malconcia con una fessura per lasciarvi cadere le monetine da un quarto di dollaro. Nessuno sarebbe mai potuto entrare lì dentro e scambiare quella stanza per quello che non era: un posto dove i ragazzi portavano le ragazze per scoparle. Nessuno avrebbe potuto dire: bene, eccoci qui nel rifugio alpino, o nella sala delle esercitazioni di guerra, o nell'appartamento nuziale dell'ambasciatore. No. Quell'ambiente non era altro che un volgare nido d'amore. Catherine si voltò per vedere che cosa stesse facendo Ron e lo vide fare scorrere il chiavistello alla porta. *Bene, se la squadra del buon costume avesse voluto beccarli, sarebbe stata costretta ad abbattere prima la porta.* Immaginò se stessa trascinata fuori nuda da due poliziotti, mentre un fotografo le scattava un'istantanea per la prima pagina del *Chicago Daily News*.

Ron le si avvicinò e la cinse con le braccia. « Sei nervosa? » domandò.

Alzò gli occhi su di lui e si costrinse a una risatina che avrebbe reso orgogliosa Margaret Sullavan. « Nervosa? Non essere sciocco. »

Ron continuava a studiarla, non troppo rassicurato. « Lo hai già fatto altre volte, vero, Cathy? »

« Non tengo una scheda aggiornata. »

« È tutta la sera che provo una sensazione strana con te. »

Ecco che arrivava il momento critico. L'avrebbe messa alla porta con la sua verginità dicendole di andare a farsi una doccia gelata. Bene, non avrebbe consentito che questo accadesse. Non quella notte. « Che genere di sensazione? »

« Non saprei. » La voce di Ron era perplessa. « A momenti sei sexy, in un certo qual modo e, sai, sembra che tu *ci stia,* ma subito dopo i tuoi pensieri vagano altrove e mi diventi frigida come ghiaccio. Si direbbe che in te ci siano due persone. Qual è la vera Catherine Alexander? »

Frigida come ghiaccio, lei non poté fare a meno di ripetere tra sé e sé. A voce alta disse: « Ora te lo dimostro ». Gli gettò le braccia al collo, lo baciò sulla bocca e sentì l'odore di uovo di uno dei piatti cinesi.

Ron la baciò con più foga e la strinse a sé. Le fece scorrere le mani sui seni, accarezzandoglieli, le fece sfrecciare la lingua nella bocca. Catherine sentì un umidore ardente nel profondo di se stessa e si accorse che le si stavano inumidendo le mutandine. *Ci siamo,* pensò, *sta per accadere sul serio! Sta proprio per accadere!* Gli si avvinghiò ancor di più, colma di una crescente e quasi intollerabile eccitazione.

« Spogliamoci », disse Ron, con la voce rauca. Si scostò da lei e cominciò a togliersi la giacca.

« No », disse lei, « lascia fare a me. » C'era una fiducia nuova nella sua voce. Se quella doveva essere la notte delle notti, voleva che fosse perfetta. Avrebbe ricordato tutto ciò che le era capitato di leggere o di sentir dire. Ron non sarebbe tornato all'università ridacchiando con le altre ragazze e raccontando come avesse fatto all'amore con una stupida verginella. Lei poteva non avere le misure del busto di Jean-

Anne, ma possedeva un cervello dieci volte più efficiente e se ne sarebbe servita per rendere Ron talmente estatico a letto da non poter più sopportare il piacere. Gli tolse la giacca e la mise sul letto, poi cominciò a sciogliergli il nodo della cravatta.

« Aspetta », disse Ron. « Voglio guardare te mentre ti spogli. »

Lei lo fissò, deglutì, fece scorrere adagio la lampo e si sfilò il vestito. Rimase in piedi con il reggiseno, la sottoveste, le mutandine, le scarpe e le calze.

« Continua. »

Esitò un momento, poi si chinò e lasciò scivolar giù la sottoveste. *Leoni 2 Cristiani 0,* pensò.

« Ehi! Fantastico! Vai avanti. »

Sedette adagio sul letto e, con cauta lentezza, si tolse le scarpe e le calze, cercando di fare apparire la cosa erotica il più possibile. A un tratto sentì dietro di sé Ron che le sganciava il reggiseno che lasciò cadere sul letto. La mise in piedi e cominciò ad abbassarle le mutandine. Catherine trasse un profondo respiro, chiuse gli occhi e desiderò di trovarsi altrove, con un altro uomo, un essere umano che l'amasse e fosse riamato da lei, un uomo destinato a essere il padre di splendidi bambini ai quali avrebbe dato il suo nome, un uomo disposto a battersi e a uccidere per lei, e per il quale lei sarebbe stata una compagna adorante. *Prostituta nel suo letto, abilissima cuoca in cucina, incantevole padrona di casa nel soggiorno...* un uomo che avrebbe ammazzato quel figlio di puttana di Ron Peterson perché aveva osato portarla in una stanza così sciatta e degradante. Le mutandine caddero sul pavimento. E lei aprì gli occhi.

Ron la stava fissando, la faccia colma di ammirazione. « Dio mio, Cathy, sei bellissima », disse. « Sei davvero bella. » Si chinò e le baciò il seno. Lei intravide la scena nello specchio sulla toeletta. Sembrava una farsa francese, sordida e oscena. Ogni cosa in lei, tranne il caldo indolenzimento all'inguine, le diceva che quella situazione era squallida, e laida, e uno sbaglio, ma ormai non era più possibile tornare indietro. Ron si stava strappando via la cravatta e si sbottonava la camicia, acceso in faccia. Sfibbiò la cintola, si tolse i calzoni, rimase in slip, poi sedette sulla sponda del letto e cominciò a togliersi scarpe e calzini. « Dico sul serio, Catherine », soggiunse, la voce soffocata dall'emozione. « Sei la più bella dannata cosa, accidenti, sulla quale abbia mai posto gli occhi. »

Le sue parole non fecero che accrescere il panico. Ron si alzò, con un ampio sorriso sulla faccia, come se pregustasse qualcosa, e lasciò cadere lo slip sul pavimento. Il suo organo era impennato e rigido, come un'enorme e gonfia salsiccia circondata da peli. Era il più grosso e incredibile aggeggio che Catherine avesse mai visto in vita sua.

« Che te ne pare? Ti piace? » domandò, abbassando gli occhi e contemplandosi orgoglioso.

Senza riflettere, Catherine disse: « Sì, a fettine sul pane nero. Con poca senape e lattuga ».

Poi rimase lì in piedi e lo vide afflosciarsi.

Durante il secondo anno di Catherine all'università, vi fu un mutamento nell'atmosfera del campus.

Per la prima volta dilagava l'ansia per quello che stava accadendo in Europa e tutti erano sempre più persuasi che l'America sarebbe stata coinvolta nel conflitto. Il sogno di Hitler, il millennio di dominio del Terzo Reich, sembrava sul punto di diventare realtà. I nazisti avevano occupato la Danimarca e invaso la Norvegia.

Nel corso dei sei mesi precedenti, le conversazioni degli studenti universitari in tutto il paese erano passate dal sesso, dai vestiti e dai balli, al Corpo addestramento ufficiali della riserva, alla coscrizione e agli aiuti militari alle nazioni in guerra contro l'Asse. Un numero sempre più grande di studenti indossava le uniformi dell'esercito e della marina.

Un giorno Susie Roberts, una compagna di classe di Catherine alla Senn, la fermò nel corridoio. « Volevo salutarti, Cathy. Parto. »

« Dove vai? »

« Nel Klondike?. »

« Nel *Klondike*? »

« Ma sì, a Washington. Tutte le ragazze stanno scoprendo l'oro, laggiù. Dicono che per ogni donna ci siano almeno cento uomini. Mi piace un simile svantaggio. » Fissò Catherine. « Perché vuoi startene rintanata in questo buco?

L'università è una barba. C'è tutto un grande mondo che ci aspetta laggiù. »

« Non posso andarmene in questo momento », disse lei. Non sapeva bene perché: a Chicago non aveva alcun vero legame. Scriveva con regolarità a suo padre, a Omaha, gli parlava una o due volte al mese per telefono e sempre lui si esprimeva come se fosse stato in prigione.

Catherine era ormai indipendente. Quanto più pensava a Washington, tanto più la prospettiva sembrava entusiasmante. Quella sera telefonò al padre e gli disse che voleva interrompere gli studi e andare a lavorare a Washington. Lui le domandò se non le sarebbe piaciuto trasferirsi a Omaha, ma lei sentì la riluttanza nella sua voce. Non voleva che finisse in trappola, seguendo le sue orme.

La mattina dopo si presentò alla preside delle studentesse e le disse che lasciava la scuola. Spedì un telegramma a Susie Roberts e, il giorno dopo, si trovava sul treno diretto a Washington.

4

NOELLE

Parigi, 1940

SABATO 14 giugno 1940, la Quinta Armata tedesca sfilò nella stordita città di Parigi. La Linea Maginot era risultata essere il più grande fiasco nella storia delle guerre e la Francia si apriva indifesa dinanzi a una delle più formidabili macchine militari che il mondo avesse mai conosciuto.

La giornata aveva avuto inizio con uno strano e grigio drappo funebre di fumo disteso sulla città, una nube terrificante dall'origine ignota. Da quarantott'ore, i rombi intermittenti delle artiglierie rompevano l'innaturale e atterrito silenzio di Parigi. Il tuono dei cannoni si trovava fuori della città, ma i suoi echi si ripercuotevano sin nel cuore della capitale. Un diluvio di voci, simile a un'onda di marea, aveva cominciato a scorrere dalla radio, dai giornali e di bocca in bocca. I *boches* stavano invadendo la costa francese... Londra era stata distrutta... Hitler era venuto a un accordo con il governo inglese... I tedeschi avrebbero raso al suolo Parigi con una nuova bomba micidiale. A tutta prima, ogni voce veniva accettata come Vangelo e creava nuove ondate di panico, ma il susseguirsi costante delle crisi finisce con l'esercitare un effetto soporifico, come se la mente e il corpo, nell'impossibilità di assorbire altro terrore, si rifugiassero entro un guscio protettivo di apatia. Ormai, le macine delle voci si erano fermate completamente, le rotative dei giornali avevano smesso di stampare e le stazioni radio di trasmettere. L'istinto umano si era sostituito alle macchine e i parigini intuivano che quella era una giornata decisiva. La grigia nube costituiva un presagio.

E poi le cavallette tedesche cominciarono a sciamare.

A un tratto Parigi divenne una città piena di uniformi straniere e di gente straniera che parlava una lingua strana, gutturale e correva lungo gli ampi viali alberati su grosse berline *Mercedes* con bandierine naziste oppure si apriva un varco sui marciapiedi dei quali si sentiva ormai padrona. Erano davvero gli *über Mensch*, destinati a conquistare e dominare il mondo.

In due settimane, avvenne una trasformazione stupefacente. Avvisi in tedesco apparvero ovunque. Le statue degli eroi francesi erano state abbattute e la svastica sventolava su tutti gli edifici pubblici. I tentativi tedeschi di sradicare tutto ciò che fosse gallico raggiunsero dimensioni ridicole. Le indicazioni sui rubinetti vennero cambiate, da *chaud* e *froid* a *heiss* e *kalt*. La place de Broglie, a Strasburgo, divenne la Adolf Hitler Platz. I monumenti in onore di Lafayette, Ney e Kleber furono fatti saltare con la dinamite da squadre di militari nazisti. Le iscrizioni sui monumenti funebri vennero sostituite con GEFALLEN FUR DEUTSCHLAND.

Le truppe di occupazione tedesche se la spassavano. Sebbene la cucina francese fosse troppo sostanziosa e condita con troppe salse, costituiva pur sempre un cambiamento piacevole rispetto alle razioni militari. I soldati non sapevano, e non se ne curavano, che Parigi era la città di Baudelaire, di Dumas e di Molière. Per loro la capitale rappresentava una vistosa, avida, imbellettata prostituta, con le gonne alzate fino ai fianchi, e la violentavano, ciascuno a modo suo. Le Sturmtruppen costringevano le ragazze francesi ad andare a letto con loro, minacciandole talora con la baionetta, mentre i loro capi, come Goering e Himmler, stupravano il Louvre e le ricche raccolte private, confiscandole avidamente ai nuovi nemici del Reich.

Se anche in quel periodo critico per la Francia la corruzione e l'opportunismo dei francesi affiorarono alla superficie, altrettanto fece l'eroismo. Una delle armi segrete del movimento clandestino era costituita dai *pompiers*, i pompieri, che in Francia sono inquadrati nell'esercito. I tedeschi avevano requisito decine di edifici per le loro truppe, la Gestapo e vari ministeri, e tutti sapevano, naturalmente, dove si trovavano quei palazzi. In un quartier generale del movimento clandestino, a St. Remy, i capi della resistenza studiavano grandi carte topografiche con la posizione esatta di ciascun edificio. I bersagli venivano poi assegnati a esperti e, il giorno dopo, una veloce automobile o un ciclista dall'aria innocente passavano davanti a uno dei palazzi e lanciavano una bomba confezionata alla meglio attraverso qualche finestra. Fino a quel punto i danni erano lievi. L'ingegnosità del piano consisteva in ciò che seguiva subito dopo.

I tedeschi chiamavano i *pompiers* perché spegnessero le fiamme. È istintivo, in ogni paese, che, quando scoppia un incendio, si lasci fare esclusivamente ai pompieri. E così accadeva a Parigi. I *pompiers* si precipitavano nell'edificio, mentre i tedeschi rimanevano inerti in disparte, guardandoli distruggere tutto ciò che esisteva all'interno con manichette ad alta pressione, scuri e, se l'occasione si presentava, con le loro stesse bombe incendiarie. In questo modo, il movimento clandestino riuscì a distruggere importantissimi documenti tedeschi rinchiusi nelle fortezze della Wehrmacht e della Gestapo. Occorsero quasi sei mesi prima che l'alto comando tedesco si rendesse conto di quello che stava accadendo e nel frattempo i danni erano stati irrimediabili. La Gestapo non fu in grado di provare nulla, ma ogni uomo dei *pompiers* venne arrestato e mandato a combattere sul fronte russo.

C'era scarsità di tutto, dai viveri al sapone. Non si trovavano benzina, carne, latticini. I tedeschi avevano requisito ogni cosa. I negozi che vendevano merci di lusso rimanevano aperti, ma i loro unici clienti erano i soldati, che pagavano con marchi di occupazione, identici ai marchi normali, tranne la striscia bianca sull'orlo e l'assenza della firma sotto la garanzia.

« Chi li rimborserà? » gemevano i negozianti francesi.

E i tedeschi sogghignavano: « La Banca d'Inghilterra ».

Non tutti i francesi soffrivano, però. Per quelli che avevano denaro e conoscenze, c'era sempre la borsa nera.

L'esistenza di Noelle a Parigi venne modificata ben poco dall'occupazione. Lavorava come modella da Chanel, nella rue Cambon, in un palazzo di pietra grigia antico di centocinquant'anni, dall'aspetto comune all'esterno ma arredato con grande eleganza all'interno. La guerra, come tutte le guerre, aveva creato milionari da un giorno all'altro e i clienti non mancavano. Le proposte fatte a Noelle erano numerose come non mai, con la sola differenza che, nella maggior parte dei casi, venivano espresse in tedesco. Quando non lavorava, sedeva per ore nei piccoli caffè all'aperto degli Champs Elysées o sulla riva sinistra, vicino al Pont Neuf. C'erano centinaia di uomini in uniformi tedesche, molti dei quali in compagnia di ragazze francesi. I civili francesi rimasti erano o troppo anziani o invalidi e Noelle supponeva che i più giovani fossero stati mandati nei campi di concentramento o arruolati per servizi militari. Riconosceva i tedeschi a prima vista, anche quando non indossavano l'uniforme. Avevano un'aria arrogante stampigliata sulla faccia, l'espressione che è sempre stata dei conquistatori dai tempi di Alessandro e di Adriano. Lei non li odiava, ma neppure li aveva in simpatia. La lasciavano del tutto indifferente.

Aveva una sua ricca vita interiore e pianificava accuratamente ogni mossa. Sapeva con esattezza qual era il suo scopo e sapeva inoltre che nulla avrebbe potuto fermarla. Non appena poté permetterselo, assunse un investigatore privato che si era occupato del divorzio di una modella sua collega. L'investigatore si chiamava Christian Barbet e lavorava in un piccolo e squallido ufficio in rue St. Lazare. La targa sulla porta diceva: *Enquêtes privées et commerciales, Recherches, Renseignements confidentiels, Filatures, Preuves.*

La targa era quasi più grande dell'ufficio. Barbet, un uomo basso di statura e calvo, aveva denti giallognoli e guasti, occhi ravvicinati e strabici, le dita macchiate di nicotina.

« In che cosa posso esserle utile? » domandò a Noelle.

« Voglio delle informazioni su una persona che si trova in Inghilterra. »

L'ometto batté le palpebre, sospettoso. « Che genere di informazioni? »

« Tutto. Se è sposato, chi frequenta. Qualsiasi cosa. Voglio mettere insieme un album di ritagli su di lui. »

Barbet si grattò l'inguine in modo guardingo e la fissò. « È inglese? »

« È americano. Pilota nella Squadriglia Aquila della RAF. »

Barbet si stropicciò il cucuzzolo della testa calva, come se fosse a disagio. « Non saprei », borbottò. « Siamo in guerra. Se scoprissero che cerco di ottenere informazioni in Inghilterra sul conto di un pilota... » La sua voce si perdette nel silenzio; alzò le spalle in modo espressivo. « I tedeschi prima sparano e poi fanno domande. »

« Non voglio alcuna informazione di carattere militare », gli assicurò Noelle. Aprì la borsetta e ne tolse un fascio di banconote francesi. Barbet le osservò avidamente.

« Ho dei corrispondenti in Inghilterra », disse con cautela, « ma costerà parecchio. »

E questo fu l'inizio. Passarono tre mesi prima che il piccolo investigatore le telefonasse. Noelle si recò nell'ufficio e le sue prime parole furono: « È vivo? » Poi, quando Barbet ebbe annuito, il corpo di lei parve afflosciarsi per il sollievo e l'investigatore pensò: *Dev'essere meraviglioso avere una donna così innamorata.*

« Il suo amico è stato trasferito », disse.

« Dove? »

L'ometto consultò un taccuino che aveva sulla scrivania. « Era assegnato alla Squadriglia 609 della RAF. Lo hanno trasferito alla 121a Squadriglia di Martlesham East, nell'East Anglia. Pilota un *Hurri...* »

« Questo non mi interessa. »

« Paga per saperlo », osservò Barbet. « Tanto vale che faccia fruttare il suo denaro. » Consultò di nuovo gli appunti. « Pilota gli *Hurricane.* Prima volava sui *Buffaloes* americani. »

Voltò la pagina e soggiunse: « Ora le informazioni diventano un po' più personali ».

« Continui », disse Noelle.

Barbet alzò le spalle. « C'è un elenco di ragazze con le quali va a letto. Non sapevo se lei volesse... »

« Tutto, le ho detto. »

Nella voce le affiorò una nota strana, che lo lasciò sconcertato. Si trattava di qualcosa che non era affatto normale, qualcosa che suonava falso. Christian Barbet era un investigatore di terz'ordine, con clienti di terz'ordine, ma proprio per questo aveva finito con l'acquisire un istinto ferino per la verità, un fiuto che gli consentiva di individuare i fatti reali. La splendida ragazza che rimaneva in piedi nel suo ufficio lo turbava. A tutta prima aveva creduto che potesse coinvolgerlo in qualche forma di spionaggio. Poi si era detto che doveva trattarsi di una moglie abbandonata, in cerca di prove contro il marito. Ma si era sbagliato, lo riconosceva, e adesso non riusciva a immaginare che cosa volesse la sua cliente o perché. Le consegnò l'elenco delle amichette di Larry Douglas e ne osservò il viso mentre lei lo leggeva. Si sarebbe detto che stesse scorrendo la lista del bucato.

Quando ebbe finito, alzò gli occhi. Christian Barbet era del tutto impreparato alle parole che seguirono. « Sono molto soddisfatta », disse Noelle.

Lui la fissò e batté rapidamente le palpebre.

« Mi telefoni, la prego, quando avrà qualcos'altro da riferirmi. »

Per molto tempo dopo che la giovane donna se n'era andata, Barbet rimase seduto nell'ufficio guardando fuori della finestra e sforzandosi di capire che cosa cercasse in realtà la sua cliente.

I teatri di Parigi stavano ricominciando a essere in auge. I tedeschi li frequentavano per festeggiare la gloria delle loro vittorie e per esibire le bellissime francesi che conducevano sottobraccio come trofei. I francesi li frequentavano per dimenticare per qualche ora che erano un popolo infelice e sconfitto.

Noelle era andata alcune volte a teatro a Marsiglia, ma aveva assistito a inconsistenti commedie dilettantesche recitate da attori di quart'ordine di fronte a un pubblico indifferente. Il teatro a Parigi era qualcosa di assai diverso. Vivo, spumeggiante, colmo dell'arguzia e della grazia di Molière, Racine e Colette. L'incomparabile Sacha Guitry aveva riaperto la sua sala e Noelle andò a vederlo recitare. Assistette a una replica di *La mort de Danton*, di Büchner, e a una commedia intitolata *Asmodée* scritta da un nuovo e promettente giovane autore che si chiamava François Mauriac. Andò alla Comédie Française a vedere *Così è se vi pare* di Pirandello e il *Cyrano de Bergerac* di Rostand. Andava sempre sola a teatro, ignara degli sguardi ammirati di coloro che la circondavano, completamente assorta nel dramma che si svolgeva sul palcoscenico. Un qualcosa nella magia che si dipanava dietro le luci della ribalta faceva vibrare in lei una corda sensibile. Stava recitando una parte, né più né meno come gli attori sulla scena, fingeva di essere qualcuno che non era, si celava dietro una maschera.

Una commedia in particolare, *Huis Clos*, di Jean Paul Sartre, la colpì profondamente. La interpretava Philippe Sorel, uno degli idoli d'Europa. Sorel era brutto, basso di statura e tarchiato, con il naso rotto e la faccia di un pugile. Ma, non appena parlava, creava un che di magico. Si trasformava in un uomo bello e sensibile. *È come la storia del Principe e della rana*, pensò Noelle, guardandolo recitare. *Solo che lui è entrambe le cose.* Tornò a rivederlo più volte, sempre in prima fila, studiandone la recitazione, sforzandosi di capire i segreti del suo magnetismo.

Una sera, durante l'intervallo, una maschera le consegnò un biglietto. Diceva: « L'ho veduta tra il pubblico una sera dopo l'altra. Venga sul palcoscenico questa sera, la prego, e mi consenta di conoscerla. P. S. ». Noelle rilesse il biglietto, assaporandolo. Se ne infischiava di Philippe Sorel, ma sapeva che quello era l'inizio così a lungo atteso.

Si recò sul palcoscenico dopo lo spettacolo. Un vecchio custode la introdusse nel camerino di Sorel. L'attore sedeva davanti allo specchio, in slip, e si stava togliendo il trucco. Studiò Noelle nello specchio. « È incredibile », disse. « Vista da vicino lei è ancora più bella. »

« Grazie, monsieur Sorel. »

« Di dov'è? »

« Di Marsiglia. »

Sorel si voltò per osservarla più da vicino. Il suo sguardo salì adagio dai piedi fino al capo, senza lasciarsi sfuggire nulla. Noelle sostenne l'esame rimanendo immobile. « Cerca lavoro? » le domandò l'attore.

« No ».

« Non pago mai », disse Sorel. « Da me non otterrà altro che un biglietto gratis a teatro. Se vuole denaro, si faccia scopare da un banchiere. »

Noelle continuò a tacere, osservandolo. Infine lui disse: « Che *cosa* sta cercando? »

« Credo di cercare lei. »

Cenarono insieme, poi andarono nell'appartamento dell'attore, che, sulla bella rue Maurice-Barrès, dominava l'angolo dove cominciava il Bois de Boulogne. Philippe Sorel era un abile amante, sorprendentemente premuroso e altruista. Non si era aspettato niente dalla ragazza, tranne la bellezza, e rimase stupito dalla sua versatilità a letto.

« Cristo! » esclamò. « Sei fantastica. Dove le hai imparate tutte queste cose? »

Noelle rifletté un momento. Non si trattava in realtà di imparare, ma piuttosto di sentire. Per lei il corpo di un uomo era uno strumento su cui suonare, uno strumento da esplorare fino ai segreti più profondi, trovandone le corde vibranti e sfruttandole, servendosi del proprio corpo per contribuire a creare armonie squisite.

« Ce l'ho nel sangue », si limitò a dire.

Cominciò a muovere con leggerezza la punta delle dita intorno alla bocca di lui, rapidi tocchi, come di farfalla, poi passò al petto e al ventre. Lo vide cominciare a farsi di nuovo duro ed eretto. Si alzò, andò in bagno, tornò un momento dopo e si fece scivolare in bocca il rigido pene di lui. Aveva la bocca ardente, piena d'acqua calda.

« Oh, Cristo », disse lui.

Trascorsero l'intera notte facendo l'amore e al mattino Sorel la invitò ad andare a stare con lui.

Noelle visse con Philippe Sorel per sei mesi. Non era né felice né infelice. Sapeva che la sua presenza lì rendeva l'attore estaticamente felice, ma questo non aveva per lei la benché minima importanza. Si considerava semplicemente un'allieva, decisa a imparare qualcosa di nuovo ogni giorno. Era una scuola, quella che stava frequentando, e la cosa costituiva un piccolo aspetto di un piano più vasto. Per Noelle non esisteva alcunché di personale nei loro rapporti, perché non concedeva niente di se stessa. Aveva commesso due volte questo errore e non ci sarebbe ricascata mai più. C'era posto per un solo uomo nei suoi pensieri e quell'uomo era Larry Douglas. Quando attraversava place des Victoires o un giardino pubblico o passava davanti a un ristorante dove Larry l'aveva condotta, sentiva l'odio scaturirle dentro, soffocarla al punto da renderle difficile respirare e, mescolata all'odio, si trovava qualche altra cosa, qualcosa cui non sapeva attribuire un nome.

Due mesi dopo che era andata a stare con Sorel, Noelle ricevette una telefonata di Christian Barbet.

« Ho un altro rapporto per lei », disse il piccolo investigatore.

« Larry sta bene? » si affrettò a domandargli.

Di nuovo Barbet si sentì colmare da una sensazione di disagio. « Sì », rispose.

La voce della sua interlocutrice tradì il sollievo. « Vengo subito. »

Il rapporto si suddivideva in due parti. La prima riguardava la carriera militare di Larry Douglas; aveva abbattuto cinque aerei tedeschi ed era il primo americano diventato un asso della guerra, meritandosi la promozione a capitano. La seconda parte del rapporto interessò Noelle molto di più. Ormai molto noto negli ambienti mondani della Londra in tempo di guerra, Larry si era fidanzato con la figlia di un ammiraglio inglese. Seguiva un elenco di donne con le quali finiva a letto, donne che andavano dalle ballerinette alla moglie di un sottosegretario del Ministero.

« Vuole che continui? » domandò Barbet.

« Naturale », rispose lei. Tolse una busta dalla borsetta e gliela consegnò. « Mi telefoni non appena saprà qualche altra cosa. »

E se ne andò.

L'investigatore sospirò e alzò gli occhi al soffitto. « *Folle* », disse pensieroso. « *Elle est folle.* »

Se Philippe Sorel avesse intuito in qualche modo quel che passava nella mente di Noelle, sarebbe rimasto stupefatto. La ragazza sembrava completamente dedita a lui ed era disposta a tutto per amor suo: cucinava pasti meravigliosi, faceva gli acquisti, sorvegliava le pulizie nell'appartamento, si lasciava amare e lo amava ogni qual volta lui ne aveva voglia. E non chiedeva niente in cambio. Sorel si congratulava con se stesso per aver trovato l'amante perfetta. La conduceva dappertutto e le presentava tutti i suoi amici, che rimanevano incantati e lo ritenevano un uomo molto fortunato.

Una notte, mentre cenavano dopo lo spettacolo, Noelle gli disse: « Voglio fare l'attrice, Philippe ».

Lui scosse la testa. « Dio sa che sei anche troppo bella, Noelle, ma ho vissuto tra le attrici fino al collo per tutta la vita. Tu sei diversa e voglio conservarti così. Non voglio dividerti con nessuno. » Le accarezzò la mano. « Non ti do tutto quello che ti occorre? »

« Sì, Philippe », rispose lei.

Quando tornarono a casa, quella notte, Sorel volle fare l'amore. Quando ebbero finito, si sentiva svuotato. Noelle non era mai stata più eccitante e di nuovo lui si congratulò con se stesso perché non le occorreva altro che la ferma guida di un uomo.

La domenica successiva era il compleanno di Noelle e Philippe Sorel offrì una cena in suo onore al Maxim's. Aveva prenotato la vasta sala da pranzo privata al piano di sopra, rivestita a pannelli di legno scuro, con tendaggi di velluto rosso cupo. Noelle lo aiutò a compilare l'elenco degli invitati e vi inserì un nome senza parlarne a Philippe. Alla cena parteciparono quaranta persone; brindarono a lei per il suo compleanno e le fecero splendidi regali. In ultimo, Sorel si alzò in piedi. Aveva bevuto molto brandy e champagne, era un po' malfermo sulle gambe, le sue parole un po' confuse.

« Amici miei », disse, « abbiamo brindato tutti alla più bella donna del mondo e le abbiamo dato dei bei regali di compleanno, ma io ho un dono per lei che sarà una *grande* sorpresa. » Volse lo sguardo verso Noelle e sorrise radiosamente. « Noelle e io ci sposiamo. »

Scrosciarono applausi di approvazione e gli invitati corsero a rifilare all'attore pacche sulla schiena e ad augurare buona fortuna alla futura sposa. Seduta, lei sorrideva agli ospiti e mormorava ringraziamenti. Uno solo degli ospiti non si era alzato. Sedeva a un tavolo al lato opposto della sala, fumando una sigaretta infilata in un lungo bocchino e osservando la scena sardonicamente. Noelle sapeva che l'aveva osservata durante la cena. Era un uomo alto, molto magro, dall'espressione intensa e meditativa. Sembrava divertito da tutto ciò che stava accadendo intorno a lui, come se fosse stato più un osservatore che un invitato alla festa.

Noelle colse il suo sguardo e sorrise.

Armand Gautier era uno dei più grandi registi francesi. Dirigeva il Teatro di Repertorio Francese e le sue regie erano state acclamate in tutto il mondo. Far dirigere un film o una commedia da Gautier equivaleva a una garanzia quasi certa di successo. Godeva fama di essere particolarmente gentile con le attrici e aveva lanciato una mezza dozzina di dive importanti.

Sorel si trovava al fianco di Noelle e le stava parlando. « Sei rimasta sorpresa, tesoro? » domandò.

« Sì, Philippe », gli disse.

« Voglio che ci sposiamo subito. Faremo il matrimonio nella mia villa. »

Al di sopra della sua spalla, Noelle vide Armand Gautier che l'osservava, con quel sorriso enigmatico. Alcuni amici si avvicinarono, condussero via Philippe e quando lei si voltò, il regista si trovava lì in piedi.

« Congratulazioni », le disse. Aveva una nota beffarda nella voce. « Ha preso all'amo un grosso pesce. »

« Davvero? »

« Philippe Sorel è una preda importante. »

« Per qualcuno, forse », disse Noelle con indifferenza.

Gautier la fissò sorpreso. « Sta cercando di dirmi che non la interessa? »

« Non sto cercando di dirle niente. »

« Buona fortuna. » E fece per allontanarsi.

« Monsieur Gautier... »

Il regista si fermò.

« Potrei vederla questa sera? » gli disse lei sommessamente. « Vorrei parlarle a quattr'occhi. »

Armand Gautier la guardò per un momento, poi alzò le spalle. « Se ci tiene. »

« Verrò a casa sua. Va bene per lei? »

« Sì, certo. L'indirizzo è... »

« So dove abita. A mezzanotte? »

« A mezzanotte. »

Armand Gautier abitava in un elegante e antico palazzo in rue Marbeuf. Un portiere accompagnò Noelle nel vestibolo e il ragazzo dell'ascensore la portò al quarto piano, dove indicò l'appartamento. Suonò il campanello. Pochi momenti dopo, la porta venne aperta dal regista. Indossava una veste da camera a fiori.

« Si accomodi », disse.

Noelle entrò nell'appartamento. Non era molto esperta, ma intuì che l'arredamento doveva essere di un gusto mirabile e gli *objets d'art* preziosi.

« Mi scusi se sono in vestaglia », si giustificò Gautier. « Stavo telefonando. »

Lei lo fissò negli occhi. « Non sarà necessario che sia vestito. » Si avvicinò al divano e sedette.

Il regista sorrise. « È quello che immaginavo, mademoiselle Page. Ma c'è una cosa che mi incuriosisce. Perché proprio io? È fidanzata con un uomo celebre e ricco. Se sta cercando distrazioni extraconiugali, ne sono certo, potrebbe trovare uomini più attraenti e senza dubbio più ricchi e più giovani. Che cosa vuole da me? »

« Voglio che mi insegni a recitare. »

Armand Gautier la fissò per un momento, poi sospirò. « Mi delude. Mi aspettavo qualcosa di più originale. »

« La sua professione è lavorare con gli attori. »

« Con attori, non con dilettanti. Ha mai recitato? »

« No, ma lei mi insegnerà. » Si tolse il cappellino e i guanti. « Dov'è la camera da letto? » domandò.

Il regista esitava. La sua esistenza era piena di belle donne che volevano calcare le scene o avere una parte più importante oppure essere le protagoniste di una nuova commedia od ottenere un camerino più spazioso. Una seccatura, tutte quante. Sapeva che avrebbe commesso una sciocchezza mettendosi con un'altra di loro. D'altro canto poteva fare a meno di impegnarsi. Ecco una splendida ragazza che gli si gettava tra le braccia. Sarebbe stato facile portarla a letto e poi congedarla. « Da quella parte », rispose, additando una porta.

Osservò Noelle mentre andava verso la camera da letto. Si domandò che cosa avrebbe pensato Philippe Sorel se fosse venuto a sapere che la sua futura sposa passava la notte lì. Le donne. Sgualdrine, tutte quante. Si versò un brandy e fece parecchie telefonate. Quando infine entrò nella stanza, Noelle era a letto, nuda, e lo aspettava. Gautier dovette ammettere che si trattava di uno squisito prodotto della natura. Il suo viso toglieva il respiro e il corpo era impeccabile. La pelle aveva il colore del miele, eccetto il triangolo di soffici peli dorati tra le gambe. Una lunga esperienza gli aveva insegnato che le belle donne erano quasi invariabilmente narcisiste, talmente prese dai loro egocentrismi da comportarsi in modo disastroso quando venivano stese. Ritenevano che il loro contributo nel fare l'amore, consistesse semplicemente nel trovarsi nel letto di un uomo, per cui l'uomo finiva con il montare un'immobile massa di argilla e avrebbe dovuto, per giunta, essere grato dell'esperienza. Ah, be', forse avrebbe potuto insegnarle qualcosa.

Mentre la ragazza lo osservava, si spogliò, lasciando gli indumenti disseminati con noncuranza sul pavimento, poi si avvicinò al letto. « Non ti dirò che sei bella », mormorò. « Lo avrai già sentito anche troppe volte. »

« La bellezza è sciupata », disse Noelle alzando le spalle, « a meno che non la si sfrutti per dare piacere. »

Gautier la guardò stupito per un momento, poi sorrise. « Sono d'accordo. Sfruttiamo la tua. » E le sedette accanto.

Come quasi tutti i francesi, si vantava di essere un abile amatore. Lo divertivano le storie che aveva sentito raccontare dei tedeschi e degli americani, la cui idea del fare l'amore consisteva nel saltar sopra a una ragazza, avere in un attimo l'orgasmo, rimettersi il cappello e andarsene. Gli americani avevano addirittura coniato una frase per descrivere la faccenda: « Wham, bam, grazie madame ». Lui, invece, quando era emotivamente preso da una donna, usava molti espedienti per aumentare il piacere. Non mancava mai una cena perfetta, con i vini adatti. Disponeva l'ambiente con gusto artistico, in modo che solleticasse i sensi; la stanza era delicatamente profumata e si udiva una musica dolce in sottofondo. Eccitava le donne con teneri sentimenti d'amore e in seguito con il più volgare linguaggio da trivio. E non si asteneva mai dai preludi manuali che dovrebbero precedere sempre il rapporto sessuale.

Nel caso di quella ragazza, ritenne di poter fare a meno di

tutto ciò. Per l'avventura di una notte, non c'era alcuna necessità di profumi o musica o vuote tenerezze. Lei si trovava lì semplicemente per farsi scopare. Era davvero un'oca svampita se credeva di poter barattare quello che hanno tra le gambe tutte le donne del mondo contro il grande e unico genio che lui, Armand Gautier, aveva nella mente.

Volle andarle sopra, ma Noelle lo fermò.

« Aspetta », bisbigliò.

Mentre la guardava interdetto, lei prese due tubetti che aveva posto sul comodino. Si premette sulla mano il contenuto di uno di essi e cominciò a spalmarglielo sul pene.

« Che cos'è 'sta storia? » le domandò.

Noelle sorrise. « Lo vedrai. » Lo baciò sulle labbra, facendogli sfrecciare la lingua in bocca con rapidi movimenti. Si scostò e la lingua cominciò a scendere verso il ventre di lui, mentre i capelli fluenti gli scivolavano sul corpo simili a dita leggere e seriche. Sentì l'organo cominciare a drizzarglisi. Noelle gli fece scorrere la lingua sulle gambe, fino ai piedi, e prese a succhiargli con dolcezza le dita. Il membro era ormai rigido e duro e lei montò l'uomo sdraiato sul letto. Mentre Gautier sentiva che la stava penetrando, il calore della vagina agì sulla crema con la quale gli aveva spalmato il pene e la sensazione divenne eccitante fino a essere intollerabile. Cavalcandolo e muovendosi su e giù, gli accarezzava con la mano sinistra i testicoli, che cominciarono a diventare ardenti. C'era del mentolo nella crema cosparsa sul pene e la sensazione fresca mentre si trovava dentro la calda vagina di lei, oltre al calore dei testicoli, lo portarono a un'assoluta frenesia.

Fecero all'amore tutta la notte e ogni volta Noelle lo amò in un modo diverso. Fu l'esperienza più incredibilmente sensuale che avesse mai avuto.

La mattina dopo, Armand Gautier disse: « Se riesco a trovare l'energia sufficiente per muovermi, mi vesto e ti porto a far colazione ».

« Resta dove sei », disse Noelle. Si avvicinò a un armadio a muro, scelse una delle vestaglie del regista e la indossò. « Riposati. Torno tra poco. »

Tornò trentacinque minuti dopo con il vassoio della colazione: succo d'arance appena spremuto, una deliziosa omelette alla salsiccia e all'aglio, croissant messi in forno e imburrati, marmellata e caffè forte bollente. Tutto aveva un sapore straordinario.

« Tu non prendi niente? » domandò il regista.

Lei scosse la testa. « No ». Seduta su una poltrona, lo osservò mentre mangiava. Sembrava ancor più bella con la vestaglia, che, aperta in alto, rivelava le curve dei seni deliziosi. Aveva i capelli scompigliati come una monella.

Armand Gautier aveva modificato radicalmente il suo giudizio precedente sulla ragazza. Non era una di quelle donne fatte per essere frettolosamente scopate da chiunque, ma un vero e proprio tesoro. D'altro canto, aveva conosciuto molti tesori nel corso della sua carriera teatrale e non intendeva sprecare tempo e talento come regista per una dilettante dagli occhi stellati smaniosa di salire sulla scena, per quanto splendida potesse essere e per quanto abile a letto. Era un uomo scrupoloso e prendeva sul serio la propria arte. Aveva sempre respinto ogni compromesso in passato e non intendeva di certo cominciare adesso.

La sera prima si era proposto di trascorrere la notte con Noelle, per poi metterla alla porta al mattino. Ora, facendo colazione e studiandola, cercò di escogitare un modo per tenerla legata a sé come amante finché non si fosse stancato di lei, ma senza incoraggiarla come attrice. Sapeva di doverle fare intravedere una qualche esca. E procedette con cautela. « Ti proponi di sposare Philippe Sorel? » domandò.

« No di certo », rispose Noelle. « Non è questo che voglio. »

Ecco che stavano per arrivare al punto. « Che cosa vuoi? »

« Te l'ho detto », rispose lei sommessamente. « Voglio diventare un'attrice. »

Il regista affondò i denti in un altro croissant, per guadagnare tempo. « Già, certo », disse. Poi soggiunse: « Vi sono molti ottimi maestri di recitazione ai quali potrei affidarti, Noelle, e che potrebbero... »

« No », disse lei. Lo stava guardando con un'espressione dolce, affettuosa, come se fosse ansiosa di accogliere ogni sua proposta. Eppure Gautier sentiva che in quella ragazza si trovava un nocciolo duro come l'acciaio. Avrebbe potuto dirgli « no » in molti modi. Con ira, rimprovero, delusione, facendo il broncio, e invece lo aveva detto con dolcezza. Ma in un tono assolutamente definitivo. La cosa sarebbe stata più difficile di quanto avesse previsto. Per un momento fu tentato di dirle, come diceva ogni settimana a decine di altre ragazze, di andarsene, perché non aveva tempo da perdere con lei. Ma il ricordo delle sensazioni incredibili provate quella notte persisteva in lui e si rese conto che sarebbe stato uno sciocco a lasciarla andar via così presto. Lei valeva senza dubbio un piccolo, un piccolissimo, compromesso.

« Benissimo », disse, « ti darò un copione da studiare. Quando lo avrai imparato a memoria, ti ascolterò e vedremo se hai del talento. Poi decideremo che cosa fare di te. »

« Grazie, Armand », mormorò. Non v'era alcun tono di trionfo in quelle parole, né lui riuscì a percepirvi la benché minima contentezza. Soltanto un semplice riconoscimento dell'inevitabile. Per la prima volta, sentì la lieve trafittura di un dubbio. Ma questo, naturalmente, era ridicolo. Sapeva di essere un maestro nel manovrare le donne.

Mentre Noelle si vestiva, Armand Gautier andò nel suo studio rivestito di libri e cercò tra i logori volumi sugli scaffali. Infine, con un sorriso malizioso, scelse *Andromaca* di Euripide. Era uno dei classici più difficili da interpretare. Tornò nella camera da letto e consegnò il dramma alla ragazza.

« Ecco, Noelle », disse. « Quando avrai imparato a memoria la parte, la ripasseremo insieme. »

« Grazie, Armand. Non te ne pentirai. »

Quanto più ci pensava, tanto più Gautier era soddisfatto del suo espediente. Noelle avrebbe impiegato una o due settimane per imparare la parte a memoria oppure, com'era più probabile, sarebbe venuta da lui a dirgli che non riusciva a impararla a memoria. Sarebbe stato allora comprensivo, le avrebbe spiegato quanto era difficile l'arte della recitazione, dopodiché vi sarebbero potuti essere, tra loro due, dei rapporti sentimentali non guastati dall'ambizione di lei. Le fissò un appuntamento a cena per quella sera e lei se ne andò.

Quando Noelle tornò nell'appartamento dove aveva vissuto con Sorel, trovò Philippe ad aspettarla. Era molto ubriaco.

« Puttana! » urlò. « Dove sei stata tutta la notte? »

Qualsiasi cosa lei avesse potuto dirgli, non aveva alcuna importanza. Sorel sapeva che avrebbe ascoltato le sue giustificazioni, per poi picchiarla e quindi portarsela a letto e perdonarla.

Ma, invece di giustificarsi, Noelle si limitò a dire: « Con un altro uomo, Philippe. Sono venuta a prendere la mia roba ».

E, mentre Sorel la fissava incredulo e sbalordito, entrò nella camera da letto e cominciò a fare le valigie.

« Per amor di Dio, Noelle », la supplicò lui. « Non farlo! Noi due ci amiamo e stiamo per sposarci. » Continuò a parlarle per mezz'ora, ragionando, minacciando, lusingando, e nel frattempo lei finì di fare le valigie, se ne andò e Sorel non capì perché l'avesse perduta, poiché non sapeva che non era mai stata sua.

Armand Gautier stava dirigendo una nuova commedia, la cui prima doveva aver luogo di lì a due settimane, e rimaneva tutto il giorno a teatro per le prove. Di norma, durante le sue regie, non pensava ad altro. Un aspetto del suo genio consisteva nella concentrazione intensa con la quale riusciva ad applicarsi al proprio lavoro. Nulla più esisteva tranne i quattro muri del teatro e gli attori con i quali stava lavorando. Quel giorno, però, fu diverso. Dovette constatare che i suoi pensieri andavano continuamente a Noelle e alla notte incredibile che avevano trascorso insieme. Gli attori interpretavano una scena, poi tacevano, in attesa dei suoi commenti, e lui si rendeva conto, a un tratto, di non aver prestato alcuna attenzione. Furente con se stesso, cercava di concentrarsi in quel che faceva, ma il ricordo del corpo nudo di Noelle e delle cose stupefacenti che gli aveva fatto continuava a tornare. Nel corso di una scena drammatica si accorse che si stava aggirando sul palcoscenico con un'erezione e dovette far finta di niente.

Siccome possedeva un'intelligenza analitica, cercò di capire che cosa, di quella ragazza, lo avesse tanto colpito. Noelle era bellissima, ma lui aveva portato a letto alcune delle più belle donne del mondo. Era di un'abilità consumata nel fare l'amore, ma la stessa cosa poteva dirsi di altre donne che aveva amato. Sembrava intelligente, ma non brillante; aveva una personalità piacevole, ma non complicata. No, esisteva qualcos'altro, qualcosa che il regista non riusciva a individuare esattamente. Poi ricordò il dolce « no » di lei e sentì che quello era un indizio. Esisteva una qualche forza in lei che era irresistibile e che le avrebbe consentito di ottenere qualsiasi cosa volesse. Esisteva qualcosa di intatto, in lei. E, al pari di altri uomini dai quali era stato preceduto, Armand Gautier sentiva che, sebbene Noelle lo avesse toccato più profondamente di quanto era disposto ad ammettere, lui non era riuscito affatto a toccarla e ciò costituiva una sfida che la sua virilità non poteva respingere.

Trascorse la giornata in uno stato d'animo confuso, aspettando con un'ansia tremenda che giungesse la sera, non tanto perché desiderava fare l'amore con Noelle, ma perché voleva dimostrare a se stesso di avere costruito qualcosa sul nulla. Voleva che la ragazza lo deludesse, così da poterla escludere dalla propria vita.

Mentre facevano l'amore, quella notte, cercò di essere ben consapevole dei trucchi, degli espedienti e degli artifizi di cui lei si serviva, per potersi rendere conto che tutto era meccanico e al di fuori di ogni sentimento. Ma si sbagliava. Noelle gli si diede totalmente e completamente, preoccupata soltanto di fargli provare piaceri quali non aveva mai conosciuti e trovando piacere nel suo godimento. Quando spuntò il mattino, Gautier era ammaliato da lei come non mai.

Noelle gli preparò di nuovo la colazione, questa volta delle delicate *crêpes* con pancetta, marmellata, caffè bollente; e tutto era magnifico.

« Benissimo », si disse. « Ti sei trovato una ragazza che è stupenda, che è capace di fare l'amore e di cucinare. Bravo! Ma può bastare, questo, a un uomo intelligente? Quando hai finito di fare all'amore e di mangiare, devi parlare. E di che cosa può parlarti, lei? » La risposta fu che, in realtà, non aveva importanza.

Non vi era più stato alcun accenno al dramma e Gautier sperava che Noelle o se ne fosse dimenticata o non fosse riuscita a imparare a memoria le battute. Andandosene, al mattino, Noelle gli promise di cenare con lui quella sera.

« Puoi liberarti di Philippe? » le domandò.

« L'ho lasciato », si limitò a rispondere Noelle. E gli diede il suo nuovo indirizzo.

Lui la fissò per un attimo. « Capisco. »

Ma non capiva. Affatto.

Di nuovo passarono la notte insieme. Quando non facevano l'amore, parlavano. O meglio, parlava Gautier. Noelle sembrava così interessata a lui che si sorprese a parlare di cose cui non aveva accennato da anni, cose personali mai rivelate a nessuno prima di allora. Nessun accenno venne fatto al testo teatrale che la ragazza avrebbe dovuto studiare e il regista si congratulò con se stesso per aver risolto così bene il problema.

La notte successiva, quando dopo la cena giunse l'ora di coricarsi, Gautier si diresse verso la camera da letto.

« Non ancora », disse Noelle.

Lui si voltò sorpreso. « Hai detto che mi avresti ascoltata interpretare la parte. »

« Be', sì... ce-certo », balbettò Gautier. « Non appena sarai pronta. »

« Sono pronta. »

Gautier scosse la testa. « Non voglio sentirti leggerla, *chérie.* Voglio ascoltarti quando l'avrai imparata a memoria, così da poterti realmente giudicare come attrice. »

« L'ho imparata a memoria », rispose Noelle.

La fissò incredulo. Era impossibile che avesse imparato a memoria l'intera parte in tre giorni appena.

« Vuoi ascoltarmi? » gli domandò lei.

Non aveva alcuna via d'uscita. « Naturale », disse. Con un gesto accennò al centro della stanza. « Quello sarà il palcoscenico. Il pubblico è qui. » E sedette su un ampio e comodo divano.

Noelle cominciò a recitare. Gautier sentì il formicolio della pelle d'oca, le sue stimmate personali, la cosa che gli accadeva quando si imbatteva nel vero talento. Non che Noelle fosse esperta. Tutt'altro. La sua inesperienza traspariva attraverso ogni movimento e ogni gesto. Ma possedeva molto di più della mera abilità: possedeva una rara spontaneità, un talento naturale che rivestiva ogni battuta di nuovo significato e nuovo colore.

Quando lei ebbe terminato il soliloquio, Gautier disse con entusiasmo: « Credo che un giorno diventerai un'attrice importante, Noelle. Lo penso sul serio. Ti manderò da Georges Faber, il miglior insegnante d'arte drammatica dell'intera Francia. Lavorando con lui riuscirai a... »

« No. »

La fissò sorpreso. Di nuovo quello stesso dolce « no », assoluto e definitivo.

« "No" che cosa? », domandò, alquanto confuso. « Faber non accetta chiunque, ma soltanto i più grandi attori. Accetterà te solamente perché glielo dirò io. »

« Studierò con te », disse Noelle.

Gautier sentì l'ira crescergli dentro. « Non insegno recitazione a nessuno », scattò. « Non sono un maestro. Dirigo attori professionisti. Quando sarai una professionista, allora ti dirigerò. » Stava lottando per reprimere l'ira nella voce. « Capisci? »

Noelle annuì. « Sì, capisco, Armand. »

« Benissimo, allora. »

Raddolcito, la prese tra le braccia e lei gli diede un bacio appassionato. Gautier si rese conto di essersi crucciato senza motivo. La ragazza era come ogni altra donna, doveva essere dominata. Non avrebbe incontrato altre difficoltà con lei.

Il loro fare l'amore, quella notte, superò ogni altra esperienza precedente, forse, pensò Gautier, per l'ulteriore eccitazione del piccolo litigio.

Durante la notte, le disse: « Potrai essere davvero un'attrice meravigliosa, Noelle. Sarò molto fiero di te ».

« Grazie, Armand », bisbigliò lei.

Quel mattino, Noelle preparò la colazione e Gautier uscì per recarsi al telefono. Quando le telefonò, nel corso della giornata, non ebbe risposta e, quando tornò a casa la sera non la trovò. Aspettò che arrivasse, ma, non avendola vista, giacque sveglio tutta la notte, domandandosi se potesse esserle capitato un incidente. Le telefonò a casa sua, ma non vi fu risposta. Spedì un telegramma che tornò al mittente e quando passò da lei, dopo le prove, nessuno rispose al campanello.

Durante la settimana che seguì, Gautier divenne frenetico. Le prove si stavano tramutando in un disastro. Sbraitava con tutti gli attori e li scombussolava a tal punto che un giorno il direttore di scena propose di sospendere la prova e lui accettò. Quando gli attori se ne furono andati, sedette solo sul palcoscenico, cercando di capire che cosa gli fosse accaduto. Disse a se stesso che Noelle era una donna come tutte le altre, una bionda volgare e ambiziosa, con il cuore di una commessa, decisa a diventare diva. La denigrò in tutti i modi che gli vennero in mente, ma, in ultimo, capì quanto fosse inutile. Doveva averla. Quella notte, vagabondò per le vie di Parigi, ubriacandosi in piccoli bar dove nessuno lo conosceva. Si sforzò di escogitare il modo per ritrovarla, ma inutilmente. Non avrebbe saputo con chi parlare di lei, tranne Philippe Sorel, e questo, naturalmente, era escluso.

Una settimana dopo la scomparsa di Noelle, arrivò a casa alle quattro del mattino, ubriaco, aprì la porta ed entrò nel soggiorno. Tutte le lampade erano accese. Vide Noelle raggomitolata su una poltrona, con una delle sue vestaglie, intenta a leggere un libro. Lei alzò gli occhi, udendolo entrare e sorrise.

« Ciao, Armand. »

Gautier la fissò, il cuore parve balzargli in gola e una sensazione di infinito sollievo e di felicità gli dilagò dentro. Disse: « Cominceremo a lavorare insieme domani ».

5

CATHERINE

Washington, 1940

WASHINGTON era la città più entusiasmante che Catherine Alexander avesse mai veduto. Chicago le era sempre parsa il luogo più amato, ma Washington fu una rivelazione. Lì si trovava il vero cuore dell'America, il centro pulsante del potere. A tutta prima l'aveva sconcertata il gran numero di uniformi diverse che affollavano le strade: esercito, aviazione, marina, marines. Per la prima volta cominciava a rendersi conto che la tetra possibilità della guerra era qualcosa di reale.

A Washington la presenza materiale della guerra era ovunque. Era la città in cui la guerra, se doveva scoppiare, sarebbe cominciata. Lì l'avrebbero dichiarata, di lì avrebbero diretto la mobilitazione e tutte le operazioni militari. Quella era la città che aveva in pugno i destini del mondo. E lei, Catherine Alexander, sarebbe stata partecipe di tutto ciò.

Era andata ad alloggiare con Susie Roberts, che abitava in un luminoso e allegro appartamento al quarto piano, con un soggiorno abbastanza grande, due piccole camere da letto, un bagno minuscolo e un cucinino che sembrava fatto per una nana. Susie parve lieta di vederla. Le sue prime parole furono:

« Sbrigati a vuotare le valigie e stira il più bel vestito che hai. Sei invitata a cena, questa sera ».

Catherine batté le palpebre. « Come hai fatto a essere così fulminea? »

« Cathy, a Washington sono *le ragazze* ad avere i piccoli taccuini neri degli appuntamenti. Questa città è così piena di uomini soli da commuovere. »

Cenarono, quella prima sera, al Willard Hotel. L'amico di Susie era un deputato al Congresso dell'Indiana e il compagno di Catherine un politicante dell'Oregon; entrambi gli uomini si trovavano in città senza le mogli. Dopo cena andarono a ballare al Washington Country Club. Catherine aveva sperato che il politicante potesse trovarle un impiego; le offrì invece un passaggio in macchina e un appartamentino, proposta che lei rifiutò ringraziando.

Susie portò il deputato al Congresso nell'appartamento e Catherine andò a coricarsi. Poco tempo dopo, li udì entrare nell'altra camera e le molle del letto cominciarono a cigolare. Si mise un guanciale sulla testa, per non sentirne il suono, ma era impossibile. Si raffigurò Susie a letto con il suo amico, intenta a fare l'amore in modo selvaggio e appassionato. La mattina dopo, quando si alzò per far colazione, Susie era già in piedi, con un'aria arzilla e allegra, pronta ad andare in ufficio. Catherine cercò rughe significative e altre tracce di dissipazione sulla faccia dell'amica, ma non vide nulla. All'opposto, sembrava radiosa, con una carnagione assolutamente impeccabile. *Dio mio*, pensò, *è una Dorian Gray di sesso femminile. Un giorno la vedrò entrare con una cera splendida, mentre io dimostrerò centodieci anni.*

Pochi giorni dopo, a colazione, Susie disse: « Ehi, ho sentito parlare di un posto libero che potrebbe interessarti. Una delle ragazze al ricevimento di ieri sera ha detto che lasciava l'impiego per tornare nel Texas. Dio solo sa come sia possibile che chiunque riesca ad andarsene dal Texas possa volerci tornare. Alcuni anni fa andai ad Amarillo e... »

« Dove lavora? » domandò Catherine.

« Chi? »

« La ragazza », disse lei, con pazienza.

« Oh. Lavora per Bill Fraser. Si occupa delle pubbliche relazioni al Dipartimento di Stato. Il *Newsweek* ha pubblicato un articolo su di lui, il mese scorso. Sembra che sia un lavoro per niente impegnativo. L'ho saputo appena ieri sera, quindi se ti presenterai subito, dovresti battere sul tempo tutte le altre aspiranti. »

« Grazie », disse Catherine, con gratitudine. « William Fraser, sto per arrivare. »

Venti minuti dopo, si stava recando al Dipartimento di Stato. Quando arrivò, la guardia le disse dove si trovava l'ufficio di Fraser e lei salì in ascensore. *Pubbliche relazioni. Sembrava essere proprio il genere di lavoro che stava cercando.*

Si fermò nel corridoio davanti all'ufficio e tolse lo specchietto dalla borsetta per dare una guardatina al trucco. Poteva andare. Non erano ancora le nove e mezzo e quindi avrebbe avuto il campo libero. Aprì la porta ed entrò.

L'anticamera era gremita di ragazze, in piedi, sedute, addossate alle pareti, che sembravano parlare tutte insieme. La segretaria, frenetica dietro la scrivania assediata, cercava invano di portare ordine nel caos. « Il signor Fraser è occupato, in questo momento », seguitava a ripetere. « Non so se potrà ricevervi. »

« Esamina o non esamina le candidate? » volle sapere una delle ragazze.

« Sì, ma... » La poverina guardò disperatamente quella ressa. « Dio mio! È ridicolo. »

La porta sul corridoio si aprì e altre tre ragazze si pigiarono dentro, spingendo da un lato Catherine.

« Il posto è già occupato? » domandò una di loro.

« Forse vorrà un harem », osservò un'altra. « In tal caso potremo restare tutte. »

La porta dell'ufficio interno si aprì e un uomo venne avanti. Aveva una statura di poco inferiore al metro e ottanta e la corporatura quasi snella di chi non sia un ginnasta di professione ma si tenga in forma frequentando una palestra tre volte alla settimana. I capelli erano biondi e ricciuti, brizzolati sulle tempie, gli occhi vividi e azzurri, la linea della mascella forte e alquanto severa. « Che diavolo sta succedendo qui, Sally? » La voce era profonda e autorevole.

« Queste ragazze hanno saputo del posto libero, signor Fraser. »

« Gesù! Non ne sapevo niente io stesso fino a un'ora fa. » Il suo sguardo passò intorno alla stanza. « Come i tamburi della giungla. » Quando lo sguardo fu sul punto di posarsi su Catherine, lei si tenne eretta e gli rivolse il suo sorriso più luminoso, sarò-una-segretaria-fantastica, ma gli occhi di lui la sfiorarono appena e tornarono sull'impiegata. « Mi occorre un numero di *Life* », le disse. « Un numero che è uscito tre o quattro settimane fa. C'è la fotografia di Stalin sulla copertina. »

« Glielo ordino, signor Fraser », disse l'impiegata.

« Mi serve subito. »

« Telefonerò all'ufficio di Time-Life e vedrò se possono trovarmene una copia. »

Fraser si soffermò sulla soglia. « Sally, sto parlando al telefono con il senatore Borah. Voglio leggergli un paragrafo di quel numero. Ha due minuti di tempo per trovarmene una copia. » Rientrò nell'ufficio e chiuse la porta.

Le ragazze si scambiarono occhiate e alzarono le spalle. Catherine rifletté intensamente. Poi si voltò e si aprì un varco uscendo dall'anticamera.

« Bene, una di meno », esclamò una delle aspiranti.

L'impiegata alzò il ricevitore del telefono e chiamò l'ufficio informazioni. « Il numero dell'ufficio di Time-Life », disse. Nella stanza si fece il silenzio mentre le ragazze la guardavano. « Grazie. » Posò il ricevitore, poi tornò ad alzarlo. « Pronto. Questo è l'ufficio del signor William Fraser al Dipartimento di Stato. Al signor Fraser occorre immediatamente un numero arretrato di *Life*. Quello con Stalin sulla copertina... Non avete lì copie dei numeri arretrati? A chi potrei rivolgermi?... Capisco. Grazie. » E riattaccò.

« Sei scalognata, cara », disse una delle ragazze.

Un'altra soggiunse: « Ne hanno di idee strambe, eh? Se vuole venire a casa mia, questa sera, glielo leggerò io il paragrafo ». Si udirono risatine.

In quel momento l'apparecchio per le comunicazioni interne ronzò. L'impiegata abbassò il tasto.

« I due minuti sono scaduti », disse la voce di Fraser. « Dov'è la rivista? »

L'impiegata trasse un profondo respiro. « Ho appena parlato con l'ufficio di Time-Life, signor Fraser, e hanno detto che è impossibile procurar... »

La porta si spalancò e Catherine si precipitò dentro. Aveva in mano una copia di *Life* con la fotografia di Stalin sulla copertina. Si aprì un varco fino alla scrivania e mise la rivista nelle mani dell'impiegata. La ragazza la fissò incredula. « Io... ho qui il numero che desidera, signor Fraser. Glielo porto immediatamente. » Si alzò, rivolse a Catherine un sorriso di gratitudine e si affrettò a entrare nell'ufficio interno. Le altre ragazze si voltarono a fissare Catherine con occhi improvvisamente ostili.

Cinque minuti dopo, la porta dell'ufficio di Fraser si aprì ed egli apparve insieme all'impiegata. Quest'ultima additò Catherine. « È quella la ragazza. »

William Fraser la osservò con aria pensierosa. « Le spiacerebbe entrare, prego? »

« Sì, signore. » Lo seguì nell'ufficio e sentì gli sguardi delle altre pugnalarle la schiena. Fraser chiuse la porta.

Il suo era il tipico ufficio burocratico di Washington, ma lui lo aveva arredato con eleganza, imprimendogli il proprio gusto personale in fatto di mobili e quadri.

« Si accomodi, signorina... »

« Alexander. Catherine Alexander. »

« Sally mi dice che ha portato lei la rivista *Life*. »

« Sissignore. »

« Presumo che non avesse nella borsetta un numero di tre settimane fa. »

« Nossignore. »

« Come ha fatto a procurarselo così in fretta? »

« Sono scesa dal parrucchiere. Dai parrucchieri e nelle sale d'aspetto dei dentisti ci sono sempre delle vecchie riviste. »

« Capisco. » Fraser sorrise e la sua faccia rugosa parve meno formidabile. « Confesso che non ci avrei mai pensato », disse. « È sempre così pronta in tutto? »

Lei pensò a Ron Peterson. « No, signore », rispose.

« Sta cercando un posto di segretaria? »

« Non proprio. » Poi scorse la sua espressione stupita. « Ma lo accetterò », si affrettò a soggiungere. « In realtà, mi piacerebbe essere la sua assistente. »

« Perché non comincia come segretaria? » fece Fraser, asciutto. « In un secondo tempo potrà essere la mia assistente. »

Lo fissò speranzosa. « Vuol dire che ho avuto il posto? »

« In prova. » Abbassò il tasto del telefono interno e si sporse verso l'apparecchio. « Sally, le spiace ringraziare le signorine? Dica che il posto è occupato. »

« Bene, signor Fraser. »

Riportò il tasto in alto. « Uno stipendio di trenta dollari alla settimana le sembra soddisfacente? »

« Oh, sì, signore. Grazie, signor Fraser. »

« Può cominciare domattina alle nove. Si faccia dare da Sally il modulo personale da riempire. »

Una volta uscita dall'ufficio, Catherine si recò al *Washington Post*. Il portiere di servizio nell'ingresso la fermò.

« Sono la segretaria personale di William Fraser », disse lei, altezzosa, « del Dipartimento di Stato. Ho bisogno di informazioni dal vostro archivio. »

« Informazioni di che genere? »

« Su William Fraser. »

L'uomo la studiò per un momento, poi disse: « Questa è la richiesta più strampalata che mi sia stata fatta in tutta la settimana. Il suo principale l'ha infastidita o che altro? »

« No », rispose Catherine, disarmante. « Voglio scrivere un resoconto su di lui. »

Cinque minuti dopo, un impiegato la introdusse nell'archivio ritagli. Le trovò la cartella riguardante William Fraser e lei cominciò a leggere.

Un'ora dopo, era uno dei massimi esperti mondiali su William Fraser. Aveva quarantacinque anni, si era laureato a Princeton *summa cum laude*, per poi fondare un'agenzia pubblicitaria, la Fraser Associates, divenuta in seguito una delle più importanti e affermate nel ramo; un anno prima si era messo in aspettativa, su richiesta del presidente, per prestare la sua opera nel governo. Aveva sposato Lydia Campion, ricca, appartenente all'alta società; i due erano divorziati da quattro anni e senza figli. Fraser, ricco a milioni, possedeva una casa a Georgetown e una casa estiva a Bar Harbor, nel Maine. I suoi hobbies erano il tennis, la vela e il polo. Numerosi articoli si riferivano a lui come a « uno dei più ambiti scapoli americani ».

Quando Catherine, rientrata in casa, diede a Susie la buona notizia, Susie insistette perché andassero fuori a festeggiare. C'erano in città due ricchi cadetti di Annapolis.

Il compagno di Catherine era un ragazzo abbastanza simpatico, ma per tutta la serata lei continuò a paragonarlo mentalmente a William Fraser e, in confronto a Fraser, il giovanotto sembrava goffo e noioso. Si domandò se non stesse per caso innamorandosi del nuovo principale. Non aveva provato alcun fremito di passione trovandosi con lui, ma esisteva qualcos'altro: le piaceva come uomo e sentiva di rispettarlo. Decise che i fremiti di passione esistevano soltanto, probabilmente, nei romanzi erotici francesi.

I cadetti condussero le due ragazze in un piccolo ristorante italiano alla periferia di Washington; fecero un'ottima cena, poi andarono a vedere *Arsenico e vecchi merletti*, che divertì Catherine enormemente. Al termine della serata, i due ragazzi le accompagnarono a casa e Susie li invitò a salire e a bere qualcosa. Quando apparve chiaro a Catherine che sarebbero rimasti lì tutta la notte, si scusò e disse che doveva andare a dormire.

Il suo accompagnatore protestò. « Non abbiamo ancora cominciato », disse. « Guarda loro due. »

Susie e l'altro cadetto si trovavano sul divano, avvinghiati in un appassionato abbraccio.

Il cadetto le afferrò il polso. « Presto potrebbe esserci la guerra », disse, serio. Prima che Catherine avesse potuto impedirglielo, le prese la mano e gliela piazzò sulla rigidità che aveva tra le gambe. « Non vorrai mandare un uomo in battaglia in queste condizioni, vero? »

Lei ritirò la mano, facendo del suo meglio per non adirarsi. « Ci ho riflettuto a lungo », disse placida, « e ho deciso di andare a letto soltanto con gli invalidi di guerra. » Girò sui tacchi, entrò in camera sua e chiuse la porta a chiave dietro di sé. Una volta a letto, pensò a William Fraser, al suo nuovo impiego e alla rigidità virile del cadetto di Annapolis. Un'ora dopo che si era coricata, udì le molle del letto di Susie cigolare a tutto spiano. Da quel momento non le fu più possibile addormentarsi.

Alle otto e mezzo della mattina dopo, arrivò in ufficio. La porta era aperta e la luce accesa nell'anticamera. Nell'ufficio interno udì una voce di uomo ed entrò.

William Fraser, seduto alla scrivania, stava dettando al registratore. Alzò gli occhi, vedendo entrare Catherine e fermò l'apparecchio. « È in anticipo », disse.

« Volevo dare un'occhiata in giro e orientarmi prima di iniziare il lavoro. »

« Sieda », disse lui. Un qualcosa nel suo tono di voce la lasciò interdetta. Sembrava adirato. Si mise a sedere. « Non mi piacciono le ficcanaso, signorina Alexander. »

Catherine si sentì arrossire. « Io... non capisco. »

« Washington è una piccola città. Anzi, non è neppure una città, è un maledetto villaggio. Qui non succede niente senza che lo sappiano tutti dopo cinque minuti. »

« Ancora non... »

« L'editore del *Post* mi ha telefonato due minuti dopo il suo arrivo; voleva sapere perché la mia segretaria eseguisse ricerche su di me. »

Catherine sedeva stordita, non sapendo che cosa dire.

« Ha trovato tutti i pettegolezzi che voleva sapere? »

Sentì l'imbarazzo tramutarsi rapidamente in ira. « Non stavo ficcanasando », disse, e balzò in piedi. « Volevo informazioni sul suo conto soltanto per sapere con che tipo d'uomo avrei lavorato. » La voce le tremava di indignazione. « Credo che una buona segretaria dovrebbe adattarsi al suo superiore e desideravo sapere a che cosa avrei dovuto adattarmi. »

Fraser rimase seduto, con un'espressione ostile.

Catherine lo fissò, odiandolo, sull'orlo delle lacrime. « Non ha più alcun motivo di preoccuparsi, signor Fraser. Me ne vado. » Si voltò e si avviò verso la porta.

« Si sieda », disse lui e la voce fu come lo schiocco di una frusta. « Non riesco a sopportare le dannate prime donne. »

Lo guardò irosamente. « Non sono una... »

« Okay. Mi scusi. E ora vuole accomodarsi? Per favore? » Prese una pipa sulla scrivania e l'accese.

Catherine rimase in piedi, senza saper che cosa fare, colma di umiliazione. « Non credo che funzionerebbe », prese a dire. « Io... »

Fraser succhiò la pipa e spense il fiammifero. « Certo che funzionerà, Catherine », disse in tono persuasivo. « Non può andarsene, adesso. Pensi a tutta la fatica che dovrei fare per istruire un'altra segretaria. »

Lei lo fissò e scorse un bagliore divertito nei suoi vividi

occhi azzurri. Lui le sorrise. Con riluttanza le labbra le si incurvarono in un'ombra di sorriso. Si lasciò cadere sulla sedia.

« Così va meglio. Non le ha mai detto nessuno che è troppo sensibile? »

« Credo di sì. Mi scusi. »

Fraser si appoggiò alla spalliera della poltroncina. « O forse sono io a essere ipersensibile. È una spina nel culo essere definito 'uno dei più ambiti scapoli americani'. »

Catherine si augurò che non si servisse di certe parole. *Ma che cosa la infastidiva di più?* si domandò. *La parola culo o la parola scapolo?*

Forse Fraser aveva ragione. Forse il suo interessamento nei riguardi di lui non era tanto impersonale quanto credeva. Forse, inconsciamente...

« ... un bersaglio per ogni dannata e idiota femmina nubile di questo mondo », stava dicendo lui. « Non mi crederebbe se le dicessi fino a che punto possono essere aggressive le donne. »

Non gli avrebbe creduto? « Prova la nostra cassiera. » Arrossì mentre ci pensava.

« Tanto da mettere un uomo K. O. », sospirò Fraser. « E, dato che questa sembra essere la Settimana Nazionale delle Ricerche, mi parli di lei. Nessun ammiratore? »

« No », gli rispose. « Cioè, nessuno in modo speciale », si affrettò a soggiungere.

Lui la guardò canzonatorio. « Dove abita? »

« Divido un appartamento con una ragazza che era mia compagna di corso all'università. »

« La Northwestern. »

Lo fissò stupita, poi si rese conto che doveva aver letto il modulo riempito il giorno prima.

« Sì, signore. »

« Le dirò qualcosa di me che certo non ha trovato nell'archivio del giornale. Sul lavoro sono un duro figlio di puttana. Vedrà che sono giusto, ma anche un perfezionista. Non è facile lavorare con i perfezionisti. Crede che ci riuscirà? »

« Ci proverò », rispose Catherine.

« Bene. Sally la metterà al corrente sulla routine dell'ufficio. La cosa più importante che dovrà tener presente è questa: sono un bevitore a catena di caffè. Mi piace forte e bollente. »

« Me ne ricorderò. » Si alzò e si diresse verso la porta.

« Oh, Catherine? »

« Dica, signor Fraser? »

« Quando tornerà a casa, questa sera, si eserciti a dire qualche parolaccia davanti allo specchio. Se continuerà a trasalire ogni volta che mi lascio scappare una parolaccia, sarò costretto ad arrampicarmi su per i muri. »

Stava ricominciando daccapo, la faceva sentire una bimbetta. « Sì, signor Fraser », disse in tono gelido e uscì tempestosamente dall'ufficio, sbattendo quasi la porta dietro di sé.

L'incontro non si era svolto affatto come Catherine aveva previsto. William Fraser non le piaceva più. Lo giudicava uno zotico affettato, dominatore e arrogante. Non ci si poteva meravigliare se sua moglie aveva voluto il divorzio. Pazienza, ormai si trovava lì e avrebbe cominciato a lavorare, ma decise che si sarebbe messa subito in cerca di un altro impiego, in modo da aver a che fare con un essere umano e non con un despota.

Quando Catherine fu uscita, Fraser si appoggiò allo schienale della poltroncina con un sorriso sulle labbra. Esistevano ancora ragazze così teneramente giovani, così serie e oneste? In preda all'ira, con gli occhi balenanti e un tremito sulle labbra, Catherine gli era sembrata tanto indifesa che avrebbe voluto prendersela tra le braccia e proteggerla. Andando contro il proprio buon senso, ammise malinconicamente. C'era in lei una qualche dote antiquata e splendente che aveva quasi dimenticato potesse esistere nelle donne. Era bella e intelligente e aveva una volontà sua. Sarebbe diventata la migliore, dannata segretaria che avesse mai avuto. E, Fraser lo sentiva nel profondo di se stesso, sarebbe diventata anche qualcosa di più. Quanto di più, non lo sapeva ancora con certezza. Era rimasto scottato tante di quelle volte che un sistema di allarme automatico entrava in funzione non appena una qualsiasi femmina riusciva a toccare i suoi sentimenti. Momenti del genere c'erano stati molto di rado. Si accorse che la pipa era spenta. La riaccese e continuò ad avere il sorriso sulla faccia. Poco dopo, quando chiamò Catherine per dettarle la corrispondenza, lei si comportò con cortesia ma freddamente. Aspettava che Fraser le dicesse qualcosa di personale per potergli dimostrare quanto le fosse indifferente, ma lui continuò a essere distaccato e pratico. Senza dubbio, pensò, aveva cancellato dalla propria mente la conversazione di quel mattino. Fino a qual punto poteva essere insensibile un uomo?

Nonostante tutto, trovò affascinante il nuovo lavoro. Il telefono squillava in continuazione e i nomi delle persone all'altro capo del filo la colmavano di eccitazione. Nel corso della prima settimana telefonò due volte il vicepresidente degli Stati Uniti e telefonarono inoltre una mezza dozzina di senatori, il Segretario di Stato e un'attrice famosa che si trovava in città per il lancio del suo ultimo film. Il culmine della settimana venne raggiunto con una telefonata del presidente Roosevelt e Catherine si innervosì a tal punto che lasciò cadere il ricevitore interrompendo la comunicazione con il segretario di lui.

Oltre alle telefonate, Fraser aveva una serie incessante di appuntamenti in ufficio, nel suo circolo di campagna o in qualcuno dei ristoranti più noti. Dopo le prime settimane, affidò a Catherine il compito di fissargli gli appuntamenti e di fare le prenotazioni. Lei cominciò a capire con chi lui voleva incontrarsi e chi voleva evitare. Il lavoro l'assorbiva a tal punto che, entro la fine del mese, aveva dimenticato il proposito di cercarsi un altro impiego.

I suoi rapporti con Fraser continuavano a svolgersi su un piano molto impersonale, ma ormai lo conosceva abbastanza bene per rendersi conto che il distacco di lui non era ostile. Si trattava di dignità, di un muro di riserbo che gli serviva da scudo contro il mondo. E lei sentiva che, in realtà, quell'uomo era molto solo. Il lavoro gli imponeva di frequentare molte persone, eppure lei intuiva come, per indole, fosse un solitario. Intuiva inoltre che William Fraser si estraniava dal mondo femminile. *Quanto a questo, si comportano così quasi tutti i maschi d'America,* decise.

Di quando in quando, si incontrava con degli amici di Susie, ma trovò che quasi tutti quegli accompagnatori erano atleti del sesso ammogliati e di conseguenza preferiva andare sola al cinema o a teatro. Vide Gertrude Lawrence e un nuovo attore di nome Danny Kaye in *Signora al buio*; vide *Vita col padre* e *Alice sotto le armi*, con un giovane attore che si chiamava Kirk Douglas. Le piacque *Kitty Foyle* con Ginger Rogers perché le ricordò se stessa. Una sera, a una rappresentazione dell'*Amleto*, scorse Fraser in un palco, in compagnia di una bellissima ragazza che indossava un magnifico vestito da sera bianco apparso sulle pagine di *Vogue*. Non aveva idea di chi potesse essere. Fraser fissava lui stesso i propri appuntamenti personali e lei non sapeva mai dove andasse o con chi. Fraser osservò la sala e la vide. La mattina dopo lui non accennò alla cosa finché non ebbe terminato di dettare la corrispondenza.

« Le è piaciuto l'*Amleto?* » domandò.

« Lo spettacolo avrà successo, ma non ho trovato molto buona la interpretazione. »

« A me invece gli attori sono piaciuti », disse lui. « Secondo me, la ragazza che impersonava Ofelia era particolarmente brava. »

Catherine annuì e si mosse per uscire.

« Non le è piaciuta Ofelia? » insistette lui.

« Se vuole sapere la verità », disse Catherine, soppesando le parole, « mi è sembrato che non riuscisse a tenere la testa fuori dell'acqua. » Poi girò sui tacchi e uscì.

Quando rientrò nell'appartamento, quella sera, Susie la stava aspettando. « Hai avuto una visita », disse.

« Chi? »

« Un agente dell'FBI. Stanno indagando su di te. »

Dio mio, pensò. *Hanno scoperto che sono vergine e probabilmente c'è qualche legge contro la verginità a Washington.* A voce alta disse: « Perché l'FBI dovrebbe investigare sul mio conto? »

« Perché adesso lavori per il governo. »

« Oh. »

« Come si comporta il tuo signor Fraser? »

« Il mio signor Fraser si comporta benissimo », rispose Catherine.

« Credi che gli piacerei? »

Catherine scrutò l'alta ed esile brunetta che era la sua coinquilina. « Sì, a colazione. »

Man mano che le settimane passavano, conobbe le altre segretarie che lavoravano negli uffici vicini. Molte di quelle ragazze avevano delle relazioni con i loro principali e sembravano infischiarsene se si trattava di uomini ammogliati o scapoli. Invidiavano Catherine perché era alle dirette dipendenze di William Fraser.

« Com'è, in realtà, il Bambino d'Oro? » le domandò un giorno, alla mensa, una di esse. « Non ha ancora tentato alcun approccio con te? »

« Oh, lui non fa approcci », rispose lei, seria. « Non appena arrivo, alle nove, ogni mattina, ci rotoliamo sul divano fino all'una e smettiamo soltanto per l'intervallo del pranzo. »

« No, senza scherzi, come lo trovi? »

« Resistibile », mentì Catherine. I suoi sentimenti nei riguardi di William Fraser si erano raddolciti alquanto dopo quel primo litigio. Lui le aveva detto la verità asserendo di essere un perfezionista. Ogni volta che lei commetteva un errore, veniva rimproverata, ma aveva capito altresì quanto fosse giusto e comprensivo. Lo aveva osservato sottrarre tempo al proprio lavoro per aiutare altre persone, persone che non erano in grado di far niente per lui; e si regolava sempre in modo che non dovessero sentirsi in debito nei suoi confronti. Sì, William Fraser le piaceva moltissimo, in realtà, ma questo non riguardava nessuno, tranne lei.

Una volta, quando avevano molto lavoro arretrato da smaltire, Fraser invitò Catherine a cenare con lui in casa sua, in modo da continuare fino a tardi. Talmadge, l'autista personale di Fraser, aspettava con la limousine davanti al palazzo. Numerose segretarie che stavano uscendo osservarono con occhi saputi mentre Fraser aiutava Catherine a salire e si lasciava cadere accanto a lei sul sedile posteriore. La limousine scivolò via silenziosamente nel traffico del tardo pomeriggio.

« Rovinerò la sua reputazione », disse lei.

Fraser rise. « Le darò qualche consiglio. Se per caso volesse avere una relazione con un personaggio in vista, lo faccia all'aperto. »

« Ma non mi buscherei un raffreddore? »

Rise. « Volevo dire, porti il suo amante, ammesso che

questo termine sia ancora in uso, nei locali pubblici, nei ristoranti conosciuti, a teatro. »

« A vedere i drammi di Shakespeare? » domandò Catherine, con aria innocente.

Fraser ignorò l'insinuazione. « La gente non fa che cercare moventi sospetti. Si dice: "Oh-oh, si sta facendo vedere in pubblico con la tale o la tal altra. Chissà con chi si trova di nascosto". La gente non crede mai all'ovvio. »

« È una teoria interessante. »

« Edgar Allan Poe ha scritto un racconto sul modo di ingannare le persone con le cose chiare », osservò lui. « Non ricordo più il titolo. »

« È stato Arthur Conan Doyle. » Subito dopo averlo detto, Catherine avrebbe voluto non aver parlato. Agli uomini non piacciono le ragazze istruite. Ma, del resto, che cosa importava? Non era la sua ragazza, era soltanto la segretaria.

Tacquero per tutto il resto del tragitto.

La casa di Fraser a Georgetown sembrava uscita da un libro illustrato. Era una casa georgiana a quattro piani che doveva risalire a due secoli addietro. La porta venne aperta da un maggiordomo in giacca bianca. Fraser disse: « Frank, questa è miss Alexander ».

« Salve, Frank. Ci siamo parlati per telefono », disse Catherine.

« Sì, signorina. È un piacere fare la sua conoscenza, miss Alexander. »

Catherine osservò l'ingresso. C'era un meraviglioso, antico scalone di quercia scura e lucida che conduceva al primo piano. Il pavimento era di marmo e in alto splendeva un lampadario immenso.

Fraser la scrutò in viso. « Le piace? »

« Se mi *piace*? Oh, sì! »

Lui sorrise e Catherine si domandò se non si fosse espressa in tono troppo entusiastico, come una ragazza attratta dalla ricchezza, come una di quelle femmine aggressive che seguitavano a dargli la caccia. « È... è simpatica », soggiunse debolmente.

Fraser la stava fissando con un'espressione burlesca e lei provò la sensazione terribile che riuscisse a leggerle nei pensieri. « Venga nello studio. »

Lo seguì in una vasta stanza rivestita a pannelli scuri e piena di libri. Vi regnava l'atmosfera di un'altra epoca, la grazia di un modo di vivere più semplice e più cordiale.

Fraser la studiava. « Ebbene? » domandò con gravità.

Catherine era decisa a non lasciarsi più cogliere in fallo. « È più piccolo della Biblioteca del Congresso », disse in tono difensivo.

Lui scoppiò a ridere. « Ha ragione. »

Frank entrò nella stanza con un secchiello d'argento per il ghiaccio. Lo posò sul mobile bar nell'angolo. « A che ora gradirebbe cenare, signor Fraser? »

« Alle sette e mezzo. »

« Lo dirò alla cuoca. » Il maggiordomo uscì.

« Che cosa posso versarle da bere? »

« Niente, grazie. »

Fraser la osservò. « Non beve, Catherine? »

« Non quando lavoro », disse lei. « Confonderei le *p* con le *o*. »

« Vorrà dire le *p* con le *q*, no? »

« Le *p* e le *o*. Sono vicine l'una all'altra sulle macchine per scrivere. »

« Non lo sapevo. »

« Non deve saperlo. Mi paga per questo uno stipendio regale ogni settimana. »

« Quanto la pago? » le domandò.

« Trenta dollari e una cena nella più bella casa di Washington. »

« È sicura di non cambiare idea e non volere qualcosa? »

« No, grazie », gli rispose.

Fraser si versò un martini e Chaterine girò nella stanza guardando i libri. C'erano tutti i titoli classici e un'intera sezione di volumi in italiano e un'altra sezione di volumi in arabo. Fraser venne al suo fianco.

« Parla per caso anche l'italiano e l'arabo? » gli domandò Catherine.

« Sì, sono stato per alcuni anni nel Medio Oriente e ho imparato l'arabo. »

« E l'italiano? »

« Ho frequentato per qualche tempo un'attrice italiana. »

Lei arrossì. « Mi scusi. Non intendevo essere curiosa. »

Fraser la fissò, gli occhi colmi di divertimento, e Catherine si sentì una scolaretta. Non sapeva bene se lo odiasse o l'amasse. Ma di una cosa era certa. Si trattava dell'uomo più simpatico che avesse mai conosciuto.

La cena fu superba. Tutti i piatti erano francesi, con salse divine. Il dessert era una torta alle ciliegie.

« Che cosa gliene pare della cuoca? » le domandò.

« Non è come il cibo della mensa », gli disse e sorrise.

Fraser rise. « Devo mangiare alla mensa, un giorno. »

« Me ne guarderei bene, se fossi in lei. »

« Si mangia così male? »

« Non si tratta del vitto, ma delle ragazze. La travolgerebbero. »

« Che cosa glielo fa credere? »

« Parlano continuamente di lei. »

« Vuol dire che fanno domande sul mio conto? »

« Già », e sorrise.

« Immagino che dopo gli interrogatori si sentiranno frustrate per non aver saputo nulla. »

Catherine scosse la testa. « Sbaglia. Invento ogni sorta di storie che la riguardano. »

Fraser, appoggiato alla spalliera della sedia, si rilassava sorseggiando un brandy. « Che genere di storie? »

« È proprio sicuro di volerlo sapere? »

« Sicurissimo. »

« Be', dico loro che è un orco e che urla con me dalla mattina alla sera. »

Lui sorrise. « Non *proprio* dalla mattina alla sera. »

« Dico che è un patito della caccia e ha un fucile carico in ufficio mentre detta e io continuo ad aver paura che un colpo possa partire e uccidermi. »

« Questo deve interessarle molto. »

« Si divertono un mondo cercando di capire come sia lei in realtà. »

« E lei è riuscita a capire qual è il vero me stesso? » Il tono di Fraser era diventato serio.

Catherine lo fissò nei luminosi occhi azzurri per un momento, poi distolse lo sguardo. « Credo di sì », rispose.

« Chi sono? »

Sentì un'improvvisa tensione interiore. La conversazione scherzosa era finita e una nuova nota vi si stava insinuando. Una nota eccitante, che la turbava. Non rispose.

Fraser la fissò per un attimo, poi sorrise. « Sono un tipo noioso. Ancora un po' di dolce? »

« No, grazie. Non toccherò più cibo per una settimana. »

« Andiamo a lavorare. »

Lavorarono fino a mezzanotte. Fraser accompagnò Catherine fino alla porta di casa e Talmadge la stava aspettando fuori per riportarla all'appartamento.

Pensò a Fraser per tutto il tragitto. Alla sua forza, al suo umorismo, alla sua compassione. Qualcuno aveva detto una volta che l'uomo dev'essere molto forte prima di potersi consentire la dolcezza. William Fraser era molto forte. La serata era stata una delle più belle nella vita di Catherine e questo la crucciava. Temeva di potersi tramutare in una di quelle segretarie gelose che se ne stanno tutto il giorno in ufficio odiando ogni donna che telefona al principale. Bene, non avrebbe consentito che accadesse una cosa simile. Ogni femmina desiderabile di Washington si stava gettando addosso a Fraser; ma lei non avrebbe fatto parte della turba.

Quando rientrò, trovò Susie che l'aspettava alzata. Susie l'aggredì non appena la vide.

« Racconta! » pretese di sapere. « Che cosa è accaduto? »

« Non è accaduto niente », rispose lei. « Abbiamo cenato. »

La sua amica la fissò incredula. « Non ha tentato nemmeno un approccio? »

« No, no di certo. »

Susie sospirò. « Avrei dovuto immaginarlo. Ha avuto paura. »

« Che cosa vuoi dire? »

« Voglio dire, dolcezza, che tu ti comporti come Maria Vergine. Probabilmente avrà avuto paura che, se ti avesse toccata anche soltanto con un dito, ti saresti messa a urlare "Mi violentano!", per poi cadere svenuta. »

Catherine sentì il rossore affluirle alle gote. « Non mi interessa Fraser in questo senso », disse irrigidita. « E io non mi comporto affatto come Maria Vergine. » *Mi comporto come Catherine vergine. La cara, buona, Santa Catherine.* Non aveva fatto altro che trasferire il suo santuario a Washington. Niente altro era cambiato. Continuava a celebrare i riti nella stessa chiesa.

Nei sei mesi che seguirono, Fraser si assentò spesso. Viaggiò, recandosi a Chicago, a San Francisco e in Europa. Il lavoro era sempre tanto da tener Catherine occupata; eppure, quando Fraser non si trovava lì, l'ufficio sembrava solitario e vuoto.

C'era un fiume incessante di visitatori interessanti, quasi tutti uomini, e lei si trovò a essere assediata da inviti. Poteva scegliere tra pranzi, cene, viaggi in Europa e il letto. Non ne accettò alcuno, in parte perché nessuno di quegli uomini la interessava, ma soprattutto perché era certa che Fraser avrebbe disapprovato se lei avesse unito il lavoro al piacere. Se anche Fraser sapeva delle continue occasioni che lei rifiutava, non disse niente. L'indomani della cena in casa sua, le aveva concesso un aumento di dieci dollari alla settimana.

Sembrava a Catherine che vi fosse un mutamento nel ritmo della città. La gente si muoveva più in fretta, diventava più tesa. I titoli dei giornali non facevano che annunciare una costante sequela di invasioni e di crisi in Europa. Il crollo della Francia aveva colpito gli americani molto più profondamente di tutti gli altri rapidi avvenimenti europei, perché si erano sentiti toccati personalmente dalla perdita dell'indipendenza in un paese che era una delle culle della libertà.

La Norvegia era caduta, gli inglesi lottavano per la propria sopravvivenza nella battaglia d'Inghilterra e un patto era stato firmato tra Germania, Italia e Giappone. Cresceva sempre più la sensazione dell'inevitabilità di un intervento degli Stati Uniti nel conflitto. Catherine domandò un giorno a Fraser che cosa ne pensasse.

« Secondo me è soltanto questione di tempo prima che anche noi entriamo in guerra », rispose lui, pensieroso. « Se l'Inghilterra non potrà fermare Hitler, dovremo farlo noi. »

« Che cosa farà se ci sarà la guerra? »

« Diventerò un eroe », disse lui.

Catherine se lo raffigurò splendido nell'uniforme di ufficiale in partenza per la guerra e sentì che odiava una simile prospettiva. Le sembrava stupido che in quell'epoca illuminata i popoli continuassero a pensare di poter risolvere le loro divergenze sterminandosi a vicenda.

« Non stia a preoccuparsi, Catherine », disse Fraser. « Non succederà niente ancora per qualche tempo. E quando accadrà, saremo preparati. »

« Ma l'Inghilterra? » domandò lei. « Se Hitler decidesse di invaderla, sarebbe in grado di resistergli? Ha così tanti carri armati e aerei e loro non hanno niente. »

« Li avranno », le assicurò. « Molto presto. »

Poi cambiò discorso e si rimisero al lavoro.

Una settimana dopo, i titoli dei giornali diedero la notizia del nuovo concetto del *lend-lease* rooseveltiano. Sicché Fraser era stato messo al corrente e aveva cercato di rassicurarla senza rivelarle il segreto.

Le settimane passavano rapidamente. Catherine accettava di quando in quando un appuntamento, ma ogni volta si sorprendeva a paragonare i suoi accompagnatori con William e si domandava perché si desse la pena di uscire con quegli individui. Sapeva di essersi cacciata in una pericolosa situazione emotiva, ma non sapeva come uscirne. Diceva a se stessa che era soltanto infatuata di Fraser e che l'infatuazione sarebbe passata, ma intanto i suoi sentimenti le impedivano di godersi la compagnia di altri uomini, perché li trovava tutti di gran lunga inferiori a lui.

Una sera tardi, mentre stava lavorando, Fraser rientrò inaspettatamente in ufficio dopo essere andato a teatro. Lei alzò gli occhi stupita, vedendolo entrare.

« Che diavolo stiamo mandando avanti qui », borbottò, « una nave di schiavi? »

« Volevo terminare questo rapporto », gli disse, « perché lei potesse portarlo a San Francisco domani. »

« Avrebbe potuto spedirmelo », le rispose lui. Sedette di fronte a Catherine e la studiò. « Non ha cose più interessanti da fare, la sera, di questi noiosi rapporti? » domandò.

« Per caso ero libera questa sera. »

Fraser si appoggiò alla spalliera, intrecciò le dita, le portò sotto il mento e continuò a fissarla. « Ricorda quello che disse... quando entrò per la prima volta in questo ufficio? »

« Dissi un monte di sciocchezze. »

« Disse che non voleva essere una qualsiasi segretaria, ma la mia assistente. »

Catherine sorrise. « Ero un'ignorante. »

« Ora non lo è più. »

Alzò gli occhi su di lui. « Non capisco. »

« È molto semplice, Catherine », disse lui sommessamente. « In questi ultimi tre mesi è stata davvero la mia assistente. Ora renderò la cosa ufficiale. »

Lo fissò, incredula. « È sicuro di... »

« Non le ho riconosciuto il titolo né le ho concesso l'aumento di stipendio prima, perché non volevo che la cosa la spaventasse. Ma ora so che è all'altezza. »

« Non so che cosa dire », balbettò Catherine. « Io... non se ne pentirà, signor Fraser. »

« Sono già pentito. Le mie assistenti mi hanno sempre chiamato Bill. »

« Bill. »

Più tardi, quella notte, mentre era a letto, Catherine ricordò come l'aveva guardata Bill e che cosa le aveva fatto provare e passò molto tempo prima che riuscisse ad addormentarsi.

Aveva scritto a suo padre molte volte, domandandogli quando sarebbe venuto a farle visita a Washington. Era impaziente di condurlo in giro per la città e di presentarlo ai suoi amici e a Bill Fraser. Ma le ultime due lettere non avevano avuto risposta. Preoccupata, telefonò a casa di suo zio, a Omaha. Fu lui a venire all'apparecchio.

« Cathy! Io... stavo per telefonarti. »

Il cuore di Catherine si strinse.

« Come sta il babbo? »

Seguì un breve silenzio.

« Ha avuto un colpo. Volevo avvertirti prima, ma tuo padre mi ha chiesto di aspettare finché non si fosse sentito meglio. »

Catherine strinse forte il ricevitore.

« Sta meglio? »

« Temo di no, Cathy », rispose suo zio. « È paralizzato. »

« Parto immediatamente », disse Catherine.

Andò da Bill Fraser e gli diede la notizia.

« Mi rincresce », disse lui. « Che cosa posso fare per te? »

« Non lo so. Voglio andare subito da lui, Bill. »

« Ma certo. » Alzò il ricevitore e cominciò a fare telefonate. Il suo autista portò Catherine a casa, dove lei gettò qualche vestito nella valigia, poi la condusse all'aeroporto. Fraser le aveva prenotato un posto sul primo aereo.

Quando l'apparecchio atterrò all'aeroporto di Omaha, lo zio e la zia si trovavano lì ad aspettarla e le bastò uno sguardo alla faccia di entrambi per capire che era troppo tardi. Andarono in automobile, silenziosi, all'impresa di pompe funebri e Catherine, entrando nell'ufficio, si sentì pervadere da un'inesprimibile sensazione di perdita, di solitudine. Una parte di lei era morta e non l'avrebbe mai più ritrovata. L'accompagnarono nella piccola cappella. Il cadavere di suo padre giaceva in una semplice bara, con il vestito migliore. Il tempo lo aveva rimpicciolito, come se l'attrito costante della vita fosse riuscito a logorarlo, riducendone le dimensioni. A Catherine erano stati consegnati dallo zio tutti gli effetti personali del padre, i tesori accumulati nel corso di un'intera esistenza, consistenti in cinquanta dollari in contanti, alcune vecchie istantanee, alcune ricevute, un orologio da polso, un ossidato temperino d'argento e tutte le lettere che lei gli aveva scritto, tenute insieme con un pezzo di spago e arricciolate sugli angoli a furia di essere lette. Catherine si sentì spezzare il cuore. I suoi sogni erano stati così grandi e i suoi successi così minimi! Ricordò come fosse stato vivo e vitale quando era piccola, il suo entusiasmo quando tornava a casa dai viaggi con le tasche piene di denaro e le braccia cariche di regali. Non si trattava di un gran ricordo, ma era la sola cosa che restasse di lui. Tutto a un tratto, Catherine avrebbe voluto dirgli innumerevoli cose, fare per lui cose altrettanto innumerevoli. Ma era troppo tardi.

Seppellirono suo padre nel piccolo cimitero accanto alla chiesa. Si era proposta di trascorrere la notte lì con gli zii e di tornare in treno il giorno dopo, ma di colpo non sopportò di trattenersi un solo momento di più e telefonò all'aeroporto per prenotare un posto sul primo aereo diretto a Washington. All'arrivo, trovò Bill Fraser ad aspettarla, e parve la cosa più naturale del mondo che lui fosse lì per aver cura di lei nel momento in cui aveva bisogno della sua presenza.

La condusse a cena in una antica trattoria di campagna in Virginia e l'ascoltò parlare di suo padre. Mentre stava raccontando un episodio buffo che lo riguardava, Catherine si mise a piangere, ma, strano a dirsi, non provò alcun imbarazzo per la presenza di Bill Fraser.

Le propose di prendersi un periodo di ferie, ma lei voleva essere occupata, voleva occupare la mente con qualsiasi cosa che non fosse la morte di suo padre. Prese l'abitudine di cenare con Fraser una o due volte la settimana e si sentì vicina a lui come non mai.

La cosa accadde in modo del tutto imprevisto e senza che nessuno dei due l'avesse progettata. Erano rimasti a lavorare in ufficio fino a tardi. Catherine stava controllando alcuni documenti e sentì la presenza di Bill in piedi alle sue spalle. Le toccò il collo con le dita, adagio, in modo carezzevole.

« Catherine... »

Si voltò, alzando gli occhi su di lui e un attimo dopo si trovava tra le sue braccia. Fu come se si fossero baciati già mille altre volte, come se quello fosse stato il suo passato, oltre all'avvenire, un passato che le era sempre appartenuto.

È così semplice, pensò, *è sempre stato molto semplice, ma io non lo sapevo.*

« Prendi il cappotto, tesoro », le disse Bill Fraser. « Andiamo a casa. »

Sull'automobile diretta a Georgetown sedettero molto vicini e lui l'allacciò con un braccio, dolce e protettivo. Catherine non aveva mai conosciuto una simile felicità. Era sicura di essere innamorata di Bill e non importava se lui non la ricambiava. Gli piaceva e si sarebbe accontentata di questo. Pensando a ciò di cui era stata disposta ad accontentarsi in passato, a Ron Peterson, rabbrividì.

« C'è qualcosa che non va? » le domandò Fraser.

Catherine pensò alla stanza del motel, con lo specchio sudicio e incrinato. Guardò la faccia energica e intelligente dell'uomo che l'abbracciava. « Non adesso », disse con gratitudine. Poi deglutì. « Devo confessarti una cosa: sono vergine. »

Lui sorrise e scosse la testa meravigliato. « È incredibile », disse. « Come ho fatto a finire con l'unica vergine di Washington? »

« Ho cercato di rimediare », disse lei, seria, « ma proprio non ha funzionato. »

« Sono contento che sia stato così. »

« Vuoi dire che non te ne importa? »

Le stava sorridendo di nuovo, un sorriso canzonatorio che gli illuminava la faccia. « Sai qual è il tuo problema? » le domandò.

« Lo so bene! »

« Te ne sei preoccupata troppo. »

« E come! »

« Il segreto consiste nel rilassarsi. »

Catherine scosse la testa, adagio.

« No, caro. Il segreto consiste nell'essere innamorata. »

Mezz'ora dopo, l'automobile si fermò davanti a casa. Fraser condusse Catherine nella biblioteca.

« Vuoi bere qualcosa? »

Lei lo fissò. « Saliamo di sopra. »

Bill la prese tra le braccia e la baciò a lungo. Catherine lo strinse ferocemente, desiderosa di risucchiarlo entro di sé. *Se qualcosa andrà storto stanotte*, pensò, *mi ucciderò. Mi ucciderò sul serio.*

« Vieni », le disse Bill e la prese per mano.

La sua camera da letto era una stanza vasta, dall'aspetto maschile, con un cassettone spagnolo contro una delle pareti. Al lato opposto c'era un'alcova con un caminetto e di fronte un tavolino per la colazione. Contro l'altra parete, un grande letto a due piazze. Sulla sinistra uno spogliatoio e più in là il bagno.

« Sei proprio sicura di non voler bere qualcosa? »

« Non ne ho bisogno. »

La prese di nuovo tra le braccia e la baciò. Lei sentì

la sua durezza virile e un tepore delizioso le si irradiò nel corpo.

« Torno subito », disse Bill.

Catherine lo vide scomparire nello spogliatoio. Era l'uomo più meraviglioso che avesse mai conosciuto. Rimase lì in piedi, pensando a lui, poi, a un tratto, capì perché era uscito dalla stanza. Voleva darle il modo di spogliarsi da sola, perché non si sentisse in imbarazzo. Cominciò rapidamente a togliersi i vestiti. Un minuto dopo era nuda; abbassò gli occhi sul proprio corpo e pensò: *Addio, Santa Catherine.* Si avvicinò al letto, tirò indietro le coperte e si infilò tra le lenzuola.

Bill entrò con una vestaglia di seta moirée color mirtillo. Venne accanto al letto e la contemplò. Lei aveva i capelli neri sparsi a ventaglio sul guanciale bianco, a incorniciarle il bellissimo viso. L'intera situazione era ancor più eccitante perché lui sapeva come fosse del tutto imprevista.

Si tolse la vestaglia e le si coricò accanto sul letto. A un tratto Catherine ricordò.

« Non ho preso alcuna precauzione », gli disse. « Credi che rimarrò incinta? »

« Speriamo. »

Lo guardò, interdetta, e aprì la bocca per domandargli che cosa avesse voluto dire, ma lui posò le labbra sulle sue, cominciò a farle scorrere le mani sul corpo, esplorandola con dolcezza e Catherine dimenticò tutto tranne quanto le stava accadendo, l'intera sua consapevolezza concentrata su un'unica parte del proprio corpo: lo sentì tentare di penetrare, duro e pulsante, spingere con forza, sentì per un attimo un dolore acuto, inaspettato, poi lui le scivolò dentro, si mosse sempre e sempre più in fretta, un corpo estraneo nel suo corpo, affondando in profondità dentro di lei, muovendosi con un ritmo che divenne sempre più frenetico. Infine domandò rauco: « Sei pronta? » Non sapeva bene a che cosa sarebbe dovuta essere pronta, ma disse: « Sì » e a un tratto lui gridò: « Oh, Cathy! » e, dopo un'ultima, incerta stoccata, le giacque immobile addosso.

E tutto finì e ora stava dicendo: « È stato meraviglioso per te? » Gli rispose: « Sì, è stato meraviglioso » e lui disse: « Diventa più bello man mano che si continua », colmandola di gioia perché era in grado di dargli quella felicità, così non si preoccupò per la delusione provata. Forse era come le olive, bisognava farci la bocca. Gli giacque tra le braccia e lasciò che il suono della voce di lui la inondasse, consolandola, e pensò: *questo è quello che conta, essere insieme come due esseri umani e amarsi e capirsi.* Aveva letto troppi romanzi osceni, aveva ascoltato troppe canzoni d'amore promettenti. Si era aspettata troppo. O forse, e se questa era la verità doveva affrontarla, forse era frigida. Come se le avesse letto nei pensieri, Bill la strinse più forte e disse: « Non preoccuparti se ti senti delusa, tesoro. La prima volta è sempre un trauma ».

Quando non gli rispose, si sollevò su un gomito, la contemplò, ansioso, e soggiunse: « Come ti senti? »

« Bene », si affrettò a dire lei. Sorrise. « Sei l'amante più abile che abbia mai avuto. »

Lo baciò e lo tenne stretto, sentendosi calda e al sicuro finché, in ultimo, il duro nodo che aveva dentro non cominciò a sciogliersi e un senso di distensione la colmò e fu soddisfatta.

« Ti andrebbe un brandy? » domandò lui.

« No, grazie. »

« Credo che io lo berrò. Non capita ogni notte di andare a letto con una vergine. »

« Ti è dispiaciuto? »

La fissò con quella sua strana espressione saputa, fece per dire qualcosa, poi cambiò idea. « No », disse. Aveva una nota nella voce che Catherine non capì.

« Sono stata...? » Deglutì. « Sì, sai... all'altezza? »

« Sei stata adorabile. »

« È la verità? »

« La verità. »

« Sai perché è mancato poco che non venissi a letto con te? »

« Perché? »

« Temevo che non avresti voluto rivedermi mai più. »

Lui rise forte. « Questa è una leggenda di vecchie comari, tramandata da madri nervose che vorrebbero mantenere pure le loro figlie. Il sesso non allontana le persone, Catherine, le avvicina. » Ed era vero. Non si era mai sentita così vicina a nessuno. Esteriormente poteva sembrare sempre la stessa, ma sapeva di essere cambiata.

La ragazza entrata qualche tempo prima in quella casa era scomparsa per sempre e al suo posto si trovava una donna. La donna di William Fraser. Aveva trovato finalmente il misterioso Santo Graal che era andata cercando. La ricerca terminava lì.

Ora anche l'FBI sarebbe stato soddisfatto.

6

NOELLE

Parigi, 1941

PER taluni, la Parigi del 1941 era un eden di ricchezze e di possibilità; per altri, un inferno su questa terra. Il nome della Gestapo terrorizzava e le notizie sulle attività dei suoi agenti stavano diventando uno dei principali, anche se bisbigliati, argomenti di conversazione. La persecuzione degli ebrei francesi, iniziata con la quasi innocua rottura delle vetrine di alcuni negozi, veniva ora organizzata dall'efficiente Gestapo e si tramutava in un vero e proprio sistema di confische, segregazioni e sterminii.

Il 29 maggio fu promulgata una nuova ordinanza: «... una stella a sei punte avente le dimensioni del palmo della mano, con orlo nero. Deve essere confezionata con stoffa gialla e deve figurarvi, in lettere nere, la scritta JUDEN. Va portata, a partire dall'età di sei anni, saldamente cucita ai vestiti sul lato sinistro del petto».

Non tutti i francesi erano disposti a lasciarsi calpestare dallo stivale tedesco. Gli uomini del Maquis, il movimento clandestino della resistenza francese, si battevano abilmente e duramente e, se catturati, venivano soppressi in modi ingegnosi. Una giovane contessa, la cui famiglia possedeva un castello nei dintorni di Chartres, fu costretta a ospitare nel proprio appartamento al pianterreno gli ufficiali del locale comando tedesco per sei mesi, durante i quali nascose cinque uomini ricercati dei Maquis ai piani superiori del castello. Gli uni e gli altri non si incontrarono mai, ma dopo tre mesi i capelli della contessa erano diventati completamente bianchi.

I tedeschi conducevano l'esistenza che si addice alla condizione dei conquistatori, ma per il francese medio c'era scarsità di tutto, tranne il freddo e la miseria. Il gas per usi domestici veniva razionato e mancava del tutto il riscaldamento. I parigini riuscivano a sopravvivere agli inverni acquistando segatura a tonnellate, immagazzinandola in una metà dei loro appartamenti e riscaldando l'altra metà con stufe particolari che funzionavano con quel combustibile. Tutto era *ersatz*, dalle sigarette, al caffè, al cuoio. I francesi scherzavano dicendo che, qualsiasi cosa si potesse mangiare, il sapore non cambiava mai. Le donne di Francia, per tradizione le più eleganti del mondo, indossavano dei frusti cappotti di pelle di pecora, anziché di stoffa, e calzavano delle scarpe di legno a suola alta, per cui il rumore dei loro passi nelle vie di Parigi ricordava il clip-clop degli zoccoli dei cavalli.

Persino i battesimi ci andavano di mezzo, perché mancavano i confetti, i tradizionali dolci di quelle occasioni, e le pasticcerie esponevano dei cartelli che invitavano a prenotarli. Per le strade si vedevano alcuni tassì *Renault*, ma il più diffuso mezzo di trasporto erano i tandem.

Il teatro, come sempre nei periodi di crisi prolungate, prosperava. La gente trovava scampo dalle atroci realtà della vita quotidiana nei cinematografi e in tutte le sale di spettacolo.

Quasi da un giorno all'altro, Noelle Page era diventata una star. I colleghi gelosi dicevano che ciò era dovuto esclusivamente al potere e al talento di Armand Gautier, ma, sebbene fosse vero che era stato Gautier a lanciarla, è assiomatico tra chi lavora nel teatro che nessuno può creare una diva tranne il pubblico, quell'arbitro senza volto, capriccioso, adorante, volubile, che decide il destino di ogni attore. E il pubblico adorava Noelle.

Quanto ad Armand Gautier, si pentiva amaramente della parte che aveva avuto nel dare l'avvio alla carriera di lei. Noelle non aveva più bisogno di lui e continuava a essergli legata soltanto per capriccio; il regista viveva nel terrore costante del giorno in cui Noelle lo avrebbe abbandonato. Aveva lavorato in teatro per quasi tutta la vita, ma non gli era mai accaduto di conoscere una creatura come Noelle. Era una spugna insaziabile, imparava tutto quel che poteva insegnarle e chiedeva sempre di più. Gautier trovava fantastico osservare la metamorfosi in lei mentre passava dagli inizi esitanti ed esteriori dell'accostamento a una parte, alla sicura padronanza interiore del personaggio. Aveva saputo sin dall'inizio che Noelle sarebbe diventata una star, non era mai esistito in lui il benché minimo dubbio al riguardo, ma a stupirlo, mentre imparava a conoscerla meglio, fu il fatto che la celebrità non era il suo scopo. In realtà, a Noelle non interessava nemmeno recitare.

All'inizio, Gautier non riuscì semplicemente a crederlo. Diventare una diva era la sommità della scala, il *sine qua non.* Ma per Noelle poter recitare costituiva soltanto un punto d'appoggio e Gautier non aveva la più pallida idea di quello che poteva essere il suo vero scopo. Rappresentava un mistero, un enigma, e quanto più la si sondava in profondità, tanto più l'enigma diveniva indecifrabile, come le scatole cinesi che si aprono e rivelano altre scatole al loro interno. Gautier si vantava di saper capire le persone, in particolare le donne, e il non sapere assolutamente nulla della donna con la quale viveva e che amava lo faceva impazzire. Chiese a Noelle di sposarlo e lei disse: « Sì, Armand », ma lui capì che non attribuiva alcuna importanza alla cosa, che il matrimonio non significava per lei più del fidanzamento con Philippe Sorel o Dio solo sapeva con quanti altri uomini nel suo passato. Quando Noelle lo avesse voluto, se ne sarebbe andata.

Gautier era certo che ogni uomo che la conosceva cercasse di persuaderla ad andare a letto. Ma sapeva anche, dagli amici invidiosi, che nessuno ci era riuscito.

« Sei un fortunato figlio di puttana », gli aveva detto uno di loro. « Devi essere arrapato come un *taureau.* Le ho offerto un panfilo, un castello e un esercito di servitù a Cap d'Antibes e ha riso di me. »

Un altro amico, un banchiere, gli disse: « Ho finalmente trovato la prima cosa che il denaro non può comprare ».

« Noelle? »

L'altro annuì. « Esatto. Le ho detto di stabilire lei la cifra. È rimasta indifferente. Cos'è che le dai tu, mio caro, si può sapere? »

Armand Gautier avrebbe voluto saperlo.

Ricordava il giorno in cui aveva trovato la prima commedia per lei. Dopo averne letto appena una dozzina di pagine, si era reso conto che si trattava esattamente di quello che cercava: il dramma di una donna il cui marito era andato in guerra. Un soldato si presentava in casa sua, un giorno, dicendole di essere un amico del marito, con il quale aveva combattuto sul fronte russo. La donna si innamorava del soldato, ignara del fatto che si trattava di un assassino psicopatico e che la sua vita era in pericolo. Era una grande parte per l'attrice che avrebbe impersonato la moglie e Gautier accettò immediatamente di mettere in scena il lavoro a condizione che la parte venisse affidata a Noelle Page. I finanziatori erano riluttanti a lanciare una sconosciuta, ma accettarono di assistere a un'audizione. Lui si precipitò a casa per dare la notizia a Noelle. Si era messa con lui perché voleva diventare una diva e adesso era in grado di soddisfare il suo desiderio. Pensava che questo li avrebbe avvicinati, che l'avrebbe amato sul serio. Si sarebbero sposati e avrebbe potuto possederla per sempre.

Ma quando glielo disse, Noelle si limitò ad alzare gli occhi su di lui e a rispondere: « È meraviglioso, Armand. Grazie ». Esattamente nello stesso tono di voce con il quale avrebbe potuto ringraziarlo perché le aveva detto l'ora esatta o le aveva acceso la sigaretta.

La osservò per un lungo momento, rendendosi conto che, in qualche modo strano, Noelle era malata, che una qualche capacità emotiva in lei o si era spenta o non era mai esistita e nessuno sarebbe mai riuscito a possederla. Lo sapeva, eppure non riusciva a crederlo davvero, perché quella che vedeva era una ragazza splendida, affettuosa, sempre pronta a soddisfare ogni suo capriccio, senza mai chiedere niente in cambio. E poiché l'amava, accantonò i dubbi e si mise al lavoro sulla commedia.

Noelle si dimostrò brillante durante l'audizione e ottenne subito la parte, come del resto Gautier aveva sempre saputo. Dopo la prima della commedia, a Parigi, due mesi più tardi, Noelle divenne, da un giorno all'altro, la più grande attrice di Francia. I critici si erano preparati ad attaccare sia il lavoro, sia Noelle, sapendo come Gautier avesse affidato all'amante, un'attrice inesperta, la parte di protagonista: la situazione era troppo allettante perché potessero passarvi sopra. Ma lei riuscì a incantarli totalmente. Cercarono nuovi superlativi per definirne l'interpretazione e la bellezza. E la commedia ottenne un successo trionfale.

Ogni sera, dopo lo spettacolo, il camerino di Noelle era gremito di ammiratori. Riceveva tutti: rappresentanti di commercio, militari, milionari, commesse, e trattava tutti con la stessa paziente cortesia. Gautier la osservava meravigliato. *La si direbbe quasi una principessa che riceve i propri sudditi,* pensava.

Nel corso di un anno, Noelle ricevette tre lettere da Marsiglia. Le strappò senza averle neppure aperte e infine smisero di giungere.

In primavera divenne la protagonista di un film diretto da Gautier e, quando il film fu distribuito, la sua fama si accrebbe. Gautier continuava a meravigliarsi della pazienza di Noelle nel concedere interviste e nel farsi fotografare. Quasi tutte le attrici odiavano queste cose e le sopportavano soltanto per ragioni di cassetta o per ambizione personale. Ma lei era indifferente all'una e all'altra cosa. Quando il regista le domandava come mai fosse disposta a rinunciare alla possibilità di riposarsi nel sud della Francia per restare nella gelida e piovosa Parigi e sottoporsi a spossanti pose per *Le Matin, Le Petit Parisien* o l'*Illustration,* lei cambiava discorso. Meglio così, perché Gautier sarebbe rimasto allibito se avesse saputo la vera ragione. Il movente di Noelle era molto semplice.

Tutto quel che faceva era per Larry Douglas.

Quando posava per le fotografie, si raffigurava Larry Douglas nell'atto di sfogliare una rivista e di riconoscerla. Quando interpretava la scena di un film, lo vedeva seduto in qualche cinematografo, una sera, in un paese lontano, a contemplarla sullo schermo. Il lavoro era un memento per lui, un messaggio dal passato, un segnale che un giorno lo avrebbe riportato a lei; e Noelle non voleva altro, voleva che tornasse a lei, per poterlo distruggere.

Grazie a Christian Barbet, Noelle aveva un album di ritagli sempre più ricco sul conto di Larry Douglas. Il piccolo investigatore era passato dal misero ufficio a una nuova sede vasta e lussuosa in rue Richer, vicino alle Folies-Bergère.

Quando Noelle si recò da lui per la prima volta nei nuovi uffici, Barbet sorrise per la sua espressione stupita, dicendo: « Li ho avuti per poco. Questi uffici erano occupati da un ebreo ».

« Ha detto di avere notizie per me », si limitò a osservare lei, brusca.

Il sorriso scomparve dalla faccia dell'investigatore. « Ah, sì. » Aveva effettivamente delle notizie. Era difficile procurarsi informazioni dall'Inghilterra, proprio sotto il naso dei nazisti, ma lui aveva trovato il modo di ottenerle: corrompeva marinai di navi neutrali perché gli portassero lettere di nascosto da un'agenzia di Londra. Ma quella era soltanto una delle sue fonti. Faceva appello al patriottismo del movimento clandestino francese, all'umanità della Croce Rossa Internazionale e alla cupidigia dei borsaneristi che avevano contatti oltremare. Raccontava a ognuno una storia diversa e le informazioni continuavano ad affluire.

Prese un rapporto sulla scrivania. « Il suo amico è stato abbattuto sul Canale della Manica », disse senza alcun preambolo. Con la coda dell'occhio sbirciò la faccia di Noelle, aspettandosi di veder franare la sua facciata di distacco, godendo della sofferenza che le stava infliggendo. Ma l'espressione di Noelle non mutò minimamente. Lo fissò e disse, fiduciosa: « È stato salvato ». Barbet la guardò, deglutì e rispose con riluttanza: « Be', sì. È stato raccolto da un battello di soccorso inglese ». E si domandò come diavolo la ragazza avesse potuto saperlo.

Tutto di quella donna lo sconcertava, non la poteva soffrire come cliente, ed era tentato di mollarla; ma sapeva che sarebbe stato stupido da parte sua.

Una volta aveva tentato un approccio, lasciandole capire che i suoi servigi le sarebbero costati molto meno, ma Noelle si era limitata a respingerlo in modo tale da farlo sentire uno zotico goffo e lui decise che non l'avrebbe mai perdonata. Un giorno, si ripromise, un giorno quella sgualdrina altezzosa l'avrebbe pagata cara.

Ora, mentre Noelle rimaneva in piedi nell'ufficio, con una espressione di disgusto sul viso bellissimo, Barbet si affrettò a completare il rapporto, impaziente di sbarazzarsi di lei.

« La Squadriglia è stata trasferita a Kriton, nel Lincolnshire. Pilotano gli *Hurricane* e... » Ma alla ragazza interessava qualche altra cosa.

« Il fidanzamento con la figlia dell'ammiraglio », disse, « è stato rotto, vero? »

Barbet alzò gli occhi stupito e farfugliò: « Sì. È venuta a sapere di altre sue donne ». Si sarebbe detto, quasi, che Noelle avesse già letto il rapporto. Non era così, naturalmente, ma non aveva importanza. Il vincolo d'odio che la legava a Larry Douglas era talmente saldo che nulla di importante poteva mai accadere a quell'uomo a sua insaputa. Noelle prese il rapporto e se ne andò. Una volta tornata a casa, lo lesse adagio, poi lo ripose con cura assieme agli altri e lo chiuse a chiave dove non poteva essere trovato.

Un venerdì sera, dopo lo spettacolo, si trovava nel suo camerino a teatro e si stava togliendo il trucco, quando bussarono alla porta e Marius, l'anziano e storpio custode del palcoscenico, entrò.

« Scusi, signorina Page, un signore mi ha pregato di consegnarle questo. »

Noelle alzò gli occhi verso lo specchio e vide che l'uomo reggeva un enorme mazzo di rose rosse in un vaso raffinatissimo.

« Mettilo lì, Marius », disse e stette a guardare mentre posava con cautela il vaso di rose su un tavolino.

Era la fine di novembre e nessuno, a Parigi, aveva più veduto rose da oltre tre mesi. Dovevano essere quattro dozzine, di un color rosso rubino; rose dal lungo stelo, ancora roride di rugiada. Strano. Si avvicinò e prese il biglietto che accompagnava i fiori. Diceva: « All'adorabile Fraülein Page. Cenerebbe con me? Generale Hans Scheider ».

Il vaso nel quale si trovavano i fiori era di maiolica di Delft, dipinto a mano e costosissimo. Il generale Scheider si era disturbato molto.

« Vorrebbe la risposta », disse il custode.

« Digli che non ceno mai e porta queste rose a casa tua, a tua moglie. »

Il vecchio la fissò stupito. «Ma il generale... »

« Basta così. »

Marius annuì, prese il vaso e si affrettò a uscire. Noelle sapeva che non avrebbe perduto tempo nel raccontare a destra e a manca come lei avesse sfidato un generale tedesco. Era accaduto altre volte, con altri ufficiali nemici, e il popolo francese la considerava una sorta di eroina. Ridicolo. La verità era un'altra: Noelle non aveva niente contro i nazisti, le riuscivano semplicemente indifferenti. Non facevano parte della sua vita e dei suoi progetti e si limitava a tollerarli, in attesa del giorno in cui avrebbero fatto ritorno in Germania. Sapeva che se si fosse messa con un qualsiasi tedesco la cosa l'avrebbe danneggiata. Non subito, forse; ma non era il presente a starle a cuore, bensì il futuro. Pensava che l'idea del dominio per un millennio da parte del Terzo Reich fosse *merde*. Qualsiasi studioso di storia sapeva che, alla fine, i conquistatori vengono conquistati. Nel frattempo, non avrebbe fatto niente che consentisse ai suoi compatrioti francesi di darle contro quando i tedeschi fossero stati infine scacciati. L'occupazione nazista non la toccava affatto e quando se ne parlava, come accadeva di continuo, evitava ogni discussione al riguardo.

Affascinato da quell'atteggiamento, Armand Gautier tentava spesso di farla parlare.

« Non ti importa che i nazisti abbiano conquistato la Francia? » le domandava.

« Servirebbe a qualcosa se me ne importasse? »

« Non è questo il punto. Se tutti la pensassero come te, saremmo condannati. »

« Siamo condannati in ogni caso, non è così? »

« No, se crediamo nel libero arbitrio. Pensi che la nostra vita sia già decisa dal momento in cui veniamo al mondo? »

« In una certa misura. Ci viene dato un corpo, un luogo di nascita e il nostro posto nella vita, ma questo non significa che non possiamo cambiare. Possiamo diventare qualsiasi cosa vogliamo essere. »

« È esattamente quello che sostengo io. Ecco perché dobbiamo batterci contro i nazisti. »

Noelle lo fissò. « Perché Dio è dalla nostra parte? »

« Sì », rispose lui.

« Se un Dio esiste », osservò Noelle in tono ragionevole, « e li ha creati, allora deve essere anche dalla loro parte. »

Nel mese di ottobre, il primo anniversario della carriera

teatrale di Noelle, i finanziatori della commedia offrirono un ricevimento alla compagnia alla Tour d'Argent. Vi intervennero attori, banchieri e influenti uomini d'affari. Gli invitati erano quasi tutti francesi, ma non mancava una decina di tedeschi, pochi in uniforme e tutti, tranne uno, in compagnia di ragazze francesi. L'eccezione era costituita da un ufficiale sulla quarantina, dalla faccia allungata e intelligente, profondi occhi verdi e un corpo snello e atletico. Una cicatrice sottile lo segnava dallo zigomo al mento. Noelle sapeva di essere stata osservata da lui per tutta la sera, sebbene non l'avesse mai avvicinata.

« Chi è quell'uomo? » domandò con noncuranza a uno degli ospiti.

Questi sbirciò l'ufficiale, che sedeva solo a un tavolino sorseggiando champagne, poi tornò a voltarsi stupito verso di lei. « È strano che me lo domandi. Lo credevo un suo amico. È il generale Hans Scheider. Fa parte dello stato maggiore. » Noelle ricordò le rose e il biglietto. « Perché pensava che fosse un mio amico? » domandò.

L'uomo parve confuso. « Supponevo, logicamente... voglio dire, ogni commedia e ogni film prodotti in Francia devono essere approvati dai tedeschi. Quando la censura cercò di impedire che il suo nuovo film venisse girato, il generale intervenne personalmente e diede la sua approvazione. »

In quel momento Armand Gautier si avvicinò per presentarle qualcuno e la conversazione passò ad altro.

Noelle non prestò più attenzione al generale Scheider.

La sera dopo, quando tornò nel camerino, c'era un'unica rosa in un piccolo vaso, con un biglietto che diceva: « Forse dovremmo cominciare dal poco. Posso parlarle? Hans Scheider ».

Noelle strappò il biglietto e gettò la rosa nel cestino della carta straccia.

Dopo quella sera si accorse che, a qualsiasi ricevimento lei e Armand Gautier intervenissero, era presente anche il generale Scheider. Rimaneva sempre sullo sfondo, osservandola. La cosa si ripeteva troppo spesso per poter essere una coincidenza. E si rese conto che il generale doveva penare molto per seguire tutti i suoi spostamenti e per farsi invitare dove avrebbe potuto vederla.

Si domandava perché fosse tanto interessato, ma erano congetture oziose e in realtà la lasciavano indifferente. A volte si divertiva ad accettare un invito senza poi farsi vedere; il giorno dopo, telefonava alla padrona di casa per sapere se il generale Scheider fosse stato presente. La risposta era sempre affermativa.

Nonostante la repressione fulminea e letale dei tedeschi verso chiunque si opponeva a loro, a Parigi i sabotaggi continuavano a pieno ritmo. Oltre ai Maquis, c'erano decine di piccoli gruppi di francesi votati alla libertà che rischiavano la vita per battersi contro il nemico con qualsiasi arma di cui potessero disporre. Assassinavano soldati tedeschi quando riuscivano a sorprenderli impreparati, facevano saltare in aria autocarri carichi di rifornimenti e minavano ponti e linee ferroviarie. La loro attività veniva denunciata dalla stampa quotidiana asservita ai tedeschi come un'infamia, ma per i francesi leali quegli atti di infamia erano imprese gloriose. Il nome di un uomo seguitava a ricorrere sui giornali... era soprannominato *Le Cafard*, « lo scarafaggio », perché sembrava insinuarsi dappertutto e la Gestapo non riusciva a catturarlo. Nessuno sapeva chi fosse. Taluni lo credevano un inglese residente a Parigi; secondo un'altra teoria, si trattava di un agente del generale De Gaulle, il capo dei Francesi Liberi; e alcuni dicevano addirittura che fosse un tedesco ribelle. Chiunque potesse essere, disegni di scarafaggi cominciavano a spuntare dappertutto a Parigi, sui palazzi, sui marciapiedi e persino nei comandi dell'esercito tedesco. La Gestapo stava facendo l'impossibile per catturarlo. Una cosa, comunque, sembrava indubbia. *Le Cafard* era diventato immediatamente un eroe popolare.

In un piovoso pomeriggio di dicembre, Noelle si recò all'inaugurazione della mostra di un giovane pittore che lei e Armand conoscevano. La mostra aveva luogo in una galleria di rue du Faubourg St. Honoré. La sala era affollata. C'erano numerose celebrità e i fotografi si aggiravano dappertutto. Mentre Noelle passava di quadro in quadro, sentì qualcuno toccarle il braccio. Si voltò e si trovò di fronte il viso di madame Rose. Le occorse un momento per riconoscerla. La faccia familiare e laida era sempre quella, eppure la si sarebbe detta invecchiata di vent'anni, come se, per qualche alchimia del tempo, la donna fosse diventata la madre di se stessa. Indossava un ampio mantello nero e, in qualche angolo della mente di Noelle, passò la riflessione fuggevole che non portava la prescritta stella gialla degli JUDEN.

Noelle fece per parlare, ma l'altra glielo impedì stringendole il braccio.

« Potremmo incontrarci? », domandò con un bisbiglio appena percettibile. « Les Deux Magots. »

Prima di poterle rispondere, madame Rose scomparve nella ressa e lei venne circondata dai fotografi. Mentre posava e sorrideva per loro, ricordò madame Rose e suo nipote, Israel Katz. Entrambi erano stati gentili con lei in un momento di bisogno. Israel le aveva salvato la vita due volte. Si domandò ora che cosa potesse volere madame Rose. Denaro, probabilmente.

Venti minuti dopo, Noelle sgattaiolò via e si recò in tassì in place St. Germain des Prés. Aveva piovuto a intermittenza per tutto il giorno e adesso la pioggia cominciava a tramutarsi in gelido nevischio. Mentre il tassì si fermava davanti ai Deux Magots e Noelle scendeva nel freddo pungente, un uomo in impermeabile, con un cappello a larga tesa, apparve al suo fianco come dal nulla. Le occorse un momento per riconoscerlo. Al pari della zia, sembrava invecchiato, ma il cambiamento era più profondo. Si notava in lui un che di autorevole, di forte, che prima non esisteva. Israel Katz era dimagrito rispetto all'ultima volta che lo aveva visto e gli occhi sembravano infossati, come se non avesse dormito per giorni. Noelle notò che non portava la stella gialla a sei punte degli ebrei.

«Ripariamoci dalla pioggia », disse Israel.

La prese sottobraccio e la condusse dentro. Nel caffè si trovava una mezza dozzina di avventori, tutti francesi. Lui la guidò verso un tavolino nell'angolo più lontano.

« Bevi qualcosa? » domandò.

« No, grazie. »

Si tolse il cappello zuppo di pioggia e Noelle lo scrutò

in viso. Si rese conto immediatamente che non l'aveva fatta venire lì per chiederle denaro. La stava osservando.

« Sei sempre bellissima, Noelle », disse sommessamente. « Ho visto tutti i tuoi film e le tue commedie. Sei una grande attrice. »

« Perché non ti sei mai fatto vedere in palcoscenico? »

Israel esitò, poi sorrise timidamente. « Non volevo metterti in imbarazzo. »

Lei lo fissò per un momento prima di rendersi conto di quello che intendeva. Per lei, *Juden* era soltanto una parola che appariva nei giornali di quando in quando e non significava niente nella sua vita; ma che cosa doveva significare *vivere* quella parola, essere ebreo in un paese che ha giurato di eliminarti, di sterminarti, specie se si trattava della tua patria!

« I miei amici li scelgo io », disse. « Nessuno mi dice chi devo vedere. »

Israel sorrise ironicamente. « Non sprecare il tuo coraggio », la consigliò. « Usalo quando può aiutarti. »

« Parlami di te », disse lei.

Il medico alzò le spalle. « Vivo in modo molto oscuro. Sono diventato chirurgo. Ho studiato con il dottor Angibouste. Lo hai mai sentito nominare? »

« No. »

« È un grande chirurgo specializzato negli interventi sul cuore. Ero diventato il suo protetto. Poi i nazisti mi hanno tolto l'autorizzazione a esercitare. » Alzò le mani mirabilmente scolpite e le esaminò come se fossero appartenute a qualcun altro. « Così mi sono messo a fare il falegname. »

Lei lo fissò per un lungo momento. « Tutto qui? » domandò.

Israel la studiò sorpreso. « Certo », rispose. « Perché? »

Noelle respinse la riflessione che stava passando nel fondo dei suoi pensieri.

« No, niente. Perché hai voluto vedermi? »

Lui si fece più vicino e abbassò la voce. « Ho bisogno un favore. Un amico... »

In quel momento la porta del locale si spalancò e quattro soldati tedeschi dalle uniformi grigioverdi entrarono nel *bistrot*, al comando di un caporale. Il caporale gridò a voce alta: « *Achtung!* Vogliamo controllare le carte di identità ».

Israel Katz si irrigidì e fu come se una maschera gli si fosse posata sulla faccia. Noelle vide la sua mano destra scivolare nella tasca dell'impermeabile. Scoccò un'occhiata allo stretto corridoio che conduceva all'uscita posteriore, ma uno dei soldati stava già andando da quella parte per bloccarlo. Israel disse a voce bassa e in tono incalzante: « Allontanati da me. Esci dalla porta principale, subito ».

« Perché? » domandò Noelle.

I tedeschi stavano esaminando i documenti di riconoscimento di alcuni clienti seduti al tavolino vicino all'ingresso.

« Non fare domande », le impose lui. « Esci e basta. »

Lei esitò un momento, poi si alzò e si diresse verso la porta. I soldati stavano passando al tavolino successivo. Israel aveva spinto indietro la sedia per essere più libero nei movimenti. Quel gesto attrasse l'attenzione di due dei soldati. Gli si avvicinarono.

« Documenti. »

In qualche modo, Noelle seppe che i soldati stavano cercando proprio Israel, che lui avrebbe tentato di fuggire e che sarebbe stato ucciso. Non aveva alcuna possibilità di cavarsela.

Si voltò e lo chiamò « François! Faremo tardi a teatro. Paga il conto e andiamo. »

I soldati la guardarono sorpresi. Lei tornò indietro verso il tavolino.

Il caporale Schultz si mosse per affrontarla. Era un giovanotto biondo, dalle gote rosse come una mela, sui vent'anni. « È in compagnia di quest'uomo, Fraülein? » domandò.

« Ma certo! Non ha niente di meglio da fare che infastidire degli onesti cittadini francesi? » esclamò lei, irosamente.

« Mi spiace, mia buona Fraülein, ma... »

« Non sono la sua buona Fraülein! » scattò Noelle. « Sono Noelle Page. Recito al teatro Varietés e quest'uomo è un mio collega. Stasera, quando cenerò con il mio caro amico, il generale Scheider, gli riferirò il suo comportamento e lui sarà furioso con lei. »

Scorse l'espressione di smarrimento negli occhi del caporale, ma non poteva sapere con certezza se avesse riconosciuto lei o il nome del generale.

« Mi... mi scusi, Fraülein », balbettò il graduato. « Naturalmente la riconosco. » Si voltò verso Israel Katz, che aspettava in silenzio, la mano nella tasca dell'impermeabile. « Non riconosco però questo signore. »

« Lo riconoscerebbe se voi barbari andaste qualche volta a teatro », disse Noelle, con bruciante disprezzo. « Siamo in arresto o possiamo andarcene? »

Il giovane caporale sapeva che gli occhi di tutti erano fissi su di lui. Doveva prendere una decisione immediata. « Naturalmente la Fraülein e il suo amico non sono in arresto », disse. « Mi scuso se l'ho disturbata. Io... »

Israel Katz squadrò il militare dall'alto in basso e disse in tono gelido: « Sta piovendo, caporale. Mi domando se uno dei suoi uomini non potrebbe trovarci un tassì ».

« Certo. Immediatamente. »

Israel salì sul tassì con Noelle e il caporale tedesco rimase sotto la pioggia seguendoli con lo sguardo mentre si allontanavano. Quando il tassì si fermò davanti a un semaforo, tre isolati più in là, Israel aprì lo sportello, strinse per un momento la mano a Noelle e scomparve, senza dire una parola, nella notte.

Alle sette di quella sera, quando lei entrò nel suo camerino, a teatro, due uomini la stavano aspettando. Uno di loro era il giovane caporale tedesco di quel pomeriggio nel *bistrot*. L'altro indossava abiti borghesi. Era un albino, completamente glabro, con gli occhi rosei e a Noelle fece venire in mente un poppante informe. Doveva essere sulla trentina e aveva una faccia tonda, da luna piena. La voce era acuta e quasi ridicolmente femminea, ma in lui si notava un che di inesprimibile, un qualcosa di micidiale che raggelava. « La signorina Noelle Page? »

« Sì. »

« Sono il colonnello Kurt Mueller, della Gestapo. Credo che lei abbia già incontrato il caporale Schultz. »

Noelle si voltò verso il caporale, indifferente. « No, non mi sembra. »

« Al *kaffehause* questo pomeriggio », disse il graduato, volenteroso.

Noelle si rivolse a Mueller. « Incontro tante di quelle persone. »

Il colonnello annuì. « Deve essere difficile ricordare tutti, quando si hanno tanti amici, Fraülein. »

Lei annuì. « Precisamente. »

« Per esempio, questo amico con il quale si trovava nel pomeriggio. » Si interruppe, fissandola negli occhi. « Ha detto al caporale Schultz che è un suo collega, che lavora nello spettacolo con lei? »

Noelle fissò l'uomo della Gestapo, sorpresa. « Il caporale deve avermi fraintesa. »

« Nein, Fraülein », replicò il graduato con indignazione. « Lei ha detto... »

Il colonnello si voltò, scoccandogli un'occhiata gelida e l'uomo chiuse la bocca di scatto, a metà frase.

« Può darsi », osservò Kurt Mueller, amabilmente. « Cose del genere possono capitare molto facilmente quando si cerca di capire una lingua straniera. »

« È vero », si affrettò a dire Noelle.

Con la coda dell'occhio vide la faccia del caporale arrossire di rabbia, ma l'uomo tenne la bocca chiusa.

« Sono dolente di averla disturbata per nulla », disse Kurt Mueller.

Noelle sentì che le spalle le si rilassavano e a un tratto si rese conto della tensione impadronitasi di lei.

« Nessun disturbo », disse. « Forse potrei darvi dei biglietti per la commedia. »

« Io l'ho già vista », rispose l'ufficiale della Gestapo, « e il caporale Mueller ha già comprato il biglietto. Ma la ringrazio ugualmente. »

Si diresse verso la porta, poi si fermò. « Quando ha dato del barbaro al caporale Schultz, lui ha deciso di prendere il biglietto questa sera per assistere al suo spettacolo. Ma, guardando le fotografie degli attori, nell'atrio, non ha veduto quella del suo amico nel *kaffehause*. Si è allora rivolto a me. »

Il cuore di Noelle prese a battere più in fretta.

« Tanto per saperlo, mademoiselle. Visto che non si trattava di un suo collega, chi era? »

« Un... un amico. »

« Il nome? » La voce acuta continuava a essere cortese, ma era diventata pericolosa.

« Che importanza può avere? »

« Il suo amico corrisponde alla descrizione di un criminale che stiamo cercando. Ci risulta che è stato visto nelle vicinanze di place St. Germain des Prés, nel pomeriggio. »

Noelle, immobile, lo fissava e i suoi pensieri turbinavano.

« Come si chiama il suo amico? » La voce del colonnello Mueller era insistente.

« Non... non lo so. »

« Ah, allora si trattava di un estraneo? »

« Sì. »

L'uomo la fissò, perforandola con i gelidi occhi rosei. « Sedeva al suo tavolino. Ha impedito ai soldati di esaminare i suoi documenti. Perché? »

« Mi ha fatto compassione », disse Noelle. « Mi ha avvicinata... »

« Dove? »

Rifletté rapidamente. Qualcuno avrebbe potuto vederli entrare insieme nel caffè. « Davanti al Deux Magots. Mi ha detto che i soldati lo cercavano perché aveva rubato in un negozio di alimentari per sfamare la moglie e i figli. Sembrava un reato così insignificante che io... » Alzò gli occhi su Mueller, supplichevole. « L'ho aiutato. »

Il colonnello la studiò per un momento, poi annuì con ammirazione. « Ora capisco perché è una così grande attrice. » Il sorriso gli si spense sulla faccia e, quando riprese a parlare, la voce suonò ancor più morbida. « Mi consenta di darle un consiglio, mademoiselle Page. Desideriamo andare d'accordo con voi francesi. Vogliamo che ci siate amici e non soltanto alleati. Ma chiunque aiuti il nemico diviene nostro nemico. Cattureremo il suo amico, mademoiselle; quando ciò accadrà lo interrogheremo e le assicuro che parlerà. »

« Non ho niente da temere », disse Noelle.

« Si sbaglia. » Lei riusciva a malapena a udirlo. « Deve temere me. » Il colonnello Mueller fece un cenno al caporale e di nuovo si diresse verso la porta. Ma si voltò ancora una volta. « Se avrà notizie dal suo amico, me lo riferirà immediatamente. Qualora non lo facesse... » Le sorrise. E i due uomini se ne andarono.

Noelle si lasciò cadere su una sedia, svuotata. Sapeva di non essere stata convincente, ma l'avevano colta del tutto di sorpresa. Era stata così sicura che l'episodio non avrebbe avuto alcun seguito! Ricordò ora alcune cose che le erano state riferite della Gestapo e un piccolo brivido la percorse. Se fossero riusciti ad arrestare Israel Katz e lui avesse parlato? Avrebbe potuto dire che erano vecchi amici, che lei aveva mentito dicendo di non conoscerlo. Ma sicuramente non era una cosa così importante. A meno che... il nome cui aveva pensato nel caffè le tornò alla mente. *Le Cafard.*

Mezz'ora dopo, una volta sul palcoscenico, riuscì a escludere ogni cosa dalla propria mente, tranne il personaggio che interpretava. Il pubblico era ammirato e, quando si presentò dopo che era calato il sipario, venne accolta con un'ovazione straordinaria. Continuò a udire gli applausi mentre tornava nel camerino e apriva la porta. Seduto nella piccola stanza, vide il generale Hans Scheider. Balzò in piedi quando lei entrò e disse, compito: « Ho saputo che dobbiamo cenare insieme, questa sera ».

Cenarono al Fruit Perdu, sulla Senna, una trentina di chilometri fuori Parigi. Erano stati accompagnati dall'autista del generale, su una lucente limousine nera. Non pioveva più e la notte era fresca e piacevole. Scheider non accennò all'incidente del pomeriggio finché non ebbero terminato di cenare. Il primo impulso di Noelle era stato di non uscire con lui, ma poi decise che era necessario scoprire quanto sapessero in realtà i tedeschi e fino a qual punto potesse essere in pericolo.

« Ho ricevuto una telefonata dal comando della Gestapo, questo pomeriggio », stava dicendo il generale. « Mi hanno informato che lei ha detto a un certo caporale di essere impegnata con me questa sera. » Noelle lo osservò senza dir niente. « Mi sono detto che sarebbe stato quanto mai sgradevole per lei se avessi risposto "No" e quanto mai gradevole per me rispondere "Sì". E così, eccoci qui. »

« È tutto così ridicolo », protestò Noelle. « Aiutare un poveretto che aveva rubato degli alim... »

« No! » La voce del generale fu aspra. Lei lo fissò stupita. « Non faccia l'errore di credere che tutti i tedeschi siano stupidi. E non sottovaluti la Gestapo. »

Noelle disse: « Non hanno niente per accusarmi, generale ».

Scheider giocherellò con lo stelo del calice del vino. « Il colonnello Mueller la sospetta di avere aiutato un uomo che deve essere arrestato a tutti i costi. Se questo è vero, lei si trova in guai molto seri. Il colonnello Mueller non perdona e non dimentica. » Guardò Noelle. « D'altro canto », soggiunse, soppesando le parole, « se non dovesse più rivedere il suo amico, l'intera faccenda potrebbe finire in una bolla di sapone. Gradirebbe un cognac? »

« Sì, grazie », disse Noelle.

Ordinò due brandy Napoleon. « Da quanto tempo vive con Armand Gautier? »

« Sono sicura che lei lo sa già. »

Il generale Scheider sorrise. « In effetti, lo so. Volevo domandarle, piuttosto, perché ha sempre rifiutato di cenare con me. È stato per Gautier? »

Lei scosse la testa. « No. »

« Capisco », disse, irrigidendosi. Vi fu una nota nella sua voce che la stupì.

« Parigi è piena di donne », disse Noelle. « Sono certa che non le mancherebbe la scelta. »

« Lei non mi conosce », mormorò il generale, « altrimenti non avrebbe detto questo. » Sembrava imbarazzato. « Ho moglie e un figlio a Berlino. Li amo moltissimo, ma mi trovo lontano da loro da più di un anno, ormai, e non ho idea di quando li rivedrò. »

« Chi l'ha obbligata a venire a Parigi? » domandò Noelle, crudelmente.

« Non stavo cercando la sua comprensione. Volevo soltanto spiegarmi un poco. Non sono un donnaiolo. La prima volta che la vidi sulla scena », disse, « mi accadde qualcosa. Sentii che ci tenevo moltissimo a conoscerla. Vorrei che diventassimo buoni amici. »

V'era una pacata dignità nel suo modo di esprimersi.

« Non posso prometterle niente », disse lei.

Il generale annuì. « Capisco. »

Ma naturalmente non capiva. Perché Noelle era decisa a non rivederlo mai più. Il generale Scheider, con tatto, cambiò discorso; parlarono di recitazione e di teatro e lei si accorse che era sorprendentemente bene informato. Aveva una mente eclettica e una grande intelligenza. Passò con disinvoltura da un argomento all'altro, facendo rilevare quante predilezioni avessero in comune. Era un abile gioco e Noelle si divertì. Si era dato una gran pena per informarsi sui suoi gusti. Aveva in tutto e per tutto l'aspetto del generale tedesco, nell'uniforme verde oliva, un uomo energico e autoritario, ma esisteva in lui una dolcezza che lasciava intravvedere una persona completamente diversa e doti intellettuali più adatte a uno studioso che a un militare. Eppure, esisteva la cicatrice che gli sfregiava la faccia.

« Come si è ferito in quel modo? » gli domandò.

Fece scorrere un dito sull'incisione profonda. « Feci un duello, molti anni fa », rispose alzando le spalle. « In tedesco, chiamiamo un segno come questo *wildfleisch*... che significa "pelle fiera". »

Parlarono della filosofia nazista.

« Non siamo dei mostri », asserì il generale Scheider. « E non miriamo affatto a dominare il mondo. Ma non intendiamo neppure rimanere inerti e continuare a essere puniti per una guerra perduta più di vent'anni fa. Il trattato di Versailles è una schiavitù dalla quale il popolo tedesco si è finalmente liberato. »

Parlarono dell'occupazione di Parigi. « I vostri soldati non hanno avuto alcuna colpa se l'impresa è stata così facile per noi », disse. « Gran parte della responsabilità deve ricadere sulle spalle di Napoleone III. »

« Sta scherzando », osservò Noelle.

« Sono serissimo », le assicurò lui. « Ai tempi di Napoleone, la plebaglia non faceva che sfruttare le vie tortuose e intricate di Parigi per innalzare barricate e tendere imboscate ai suoi soldati. Per impedirlo, incaricò il barone Eugène George Haussmann di rendere rettilinee le strade e di dotare la città di splendidi e ampi viali. » Sorrise. « I *boulevards* lungo i quali hanno marciato le nostre truppe. Temo che la storia non sarà cortese con il pianificatore Haussmann. »

Dopo cena, mentre tornavano in macchina a Parigi, domandò: « È innamorata di Armand Gautier? »

Il tono era noncurante, ma Noelle ebbe la sensazione che la risposta avesse importanza per lui.

« No », disse adagio.

Annuì, soddisfatto. « Non lo pensavo, infatti. Credo che potrei renderla molto felice. »

« Come ha reso felice sua moglie? »

Il generale Scheider si irrigidì per un momento, quasi fosse stato percosso, poi si voltò a guardare Noelle.

« Posso essere un buon amico », disse sommessamente. « Speriamo che lei e io non diventiamo mai nemici. »

Quando Noelle rientrò nell'appartamento, erano quasi le tre del mattino e Armand Gautier la stava aspettando molto agitato.

« Dove diavolo sei stata? » volle sapere, mentre lei varcava la soglia.

« Avevo un appuntamento. » Il suo sguardo si portò, oltre Armand, sulla stanza. Sembrava che fosse stata investita da un ciclone. I cassetti della scrivania erano aperti e il loro contenuto era sparpagliato sul pavimento. Gli armadi erano stati saccheggiati. Vide una lampada capovolta e un tavolino rovesciato, con una gamba spezzata.

« Che cosa è successo? » domandò.

« È stata qui la Gestapo! Dio mio, che cosa hai combinato, Noelle? »

« Niente. »

« Allora perché hanno fatto una cosa simile? »

Noelle cominciò ad aggirarsi nella stanza, rimettendo ogni cosa al suo posto e riflettendo intensamente. Gautier l'afferrò per le spalle e la costrinse a voltarsi. « Voglio sapere che cosa sta succedendo. »

Lei trasse un profondo respiro. « Va bene. »

Gli disse dell'incontro con Israel Katz, senza rivelarne il nome e senza accennare alla successiva conversazione con il colonnello Mueller. « Non so se quel mio amico sia *Le Cafard*, ma è possibile. »

Gautier si lasciò cadere su una poltrona, stordito. « Dio

mio! » esclamò. « Non mi importa *chi* sia! Voglio che tu non abbia più niente a che fare con lui. Potremmo essere distrutti entrambi per questo. Odio i tedeschi quanto te... » Poi si interruppe, non sapendo bene se Noelle odiasse o meno i tedeschi. Quindi riprese a parlare: « *Chérie*, fino a quando saranno i tedeschi a imporre la legge, dovremo sopportarli. Nessuno di noi due può permettersi di aver a che fare con la Gestapo. Questo ebreo... come hai detto che si chiama? »

« Non l'ho detto. »

La fissò per un momento. « È stato un tuo amore? »

« No, Armand. »

« Conta qualcosa per te? »

« No. »

« Bene, meglio così. » Gautier parve sollevato. « Credo che non abbiamo alcuna ragione di preoccuparci. Non possono incolparti se lo hai incontrato per caso. Se non lo rivedrai più, dimenticheranno tutto. »

« Certo che dimenticheranno », disse Noelle.

Quando si recò a teatro, la sera dopo, venne seguita da due uomini della Gestapo.

A partire da quel giorno, la pedinarono ovunque andasse. Cominciò dapprima come una sensazione, l'impressione di essere spiata. Noelle si voltava e scorgeva tra la folla un uomo giovane, dall'aspetto teutonico, in borghese, che sembrava non badare affatto a lei. Ma in seguito la sensazione ricominciava e questa volta vedeva un altro giovanotto dall'aria teutonica. Si trattava sempre di un individuo diverso e, sebbene fossero in borghese, indossavano un'uniforme tutta loro: un atteggiamento di disprezzo, di superiorità e di crudeltà, le cui vibrazioni erano inequivocabili.

Non disse niente a Gautier di quello che stava accadendo, ritenendo inutile allarmarlo ulteriormente. L'irruzione della Gestapo nell'appartamento lo aveva reso nervosissimo. Non sapeva parlare d'altro se non quello che i tedeschi avrebbero potuto fare, volendo, sia alla sua carriera, sia a quella di lei e Noelle sapeva quanto avesse ragione. Bastava scorrere i quotidiani per rendersi conto che i nazisti non avevano alcuna pietà nei confronti dei loro nemici. Vi erano state numerose telefonate da parte del generale Scheider, ma lei le aveva ignorate. Se anche non voleva inimicarsi i nazisti, non voleva neppure farseli amici. Decise di mantenere lo stesso atteggiamento della Svizzera, di essere neutrale. Gli Israel Katz di questo mondo dovevano badare a se stessi. Era curiosa di sapere che cosa avesse voluto da lei il medico, ma non aveva la benché minima intenzione di lasciarsi compromettere.

Due settimane dopo il suo incontro con Israel, i giornali pubblicarono in prima pagina la notizia che la Gestapo aveva arrestato un gruppo di sabotatori agli ordini di *Le Cafard*. Noelle lesse attentamente tutte le cronache ma in nessun punto si diceva se lo stesso *Cafard* fosse stato catturato. Ricordò la faccia di Israel Katz quando i tedeschi avevano cominciato ad avvicinarglisi e si rese conto che non si sarebbe mai lasciato prendere vivo. *Naturalmente*, si disse, *potrebbero essere soltanto mie fantasie. Con ogni probabilità è soltanto un innocuo falegname, come ha detto*. Ma, se era innocuo, perché la Gestapo si interessava tanto a lui? Era *Le Cafard?* E lo avevano catturato o era riuscito a fuggire? Si avvicinò alla finestra dell'appartamento che dava sull'avenue Martigny. Due sagome in impermeabile nero si trovavano là in piedi sotto un lampione e aspettavano. Che cosa? Noelle cominciò a sentirsi pervadere dallo stesso allarme di Gautier, ma a esso si accompagnava una sensazione d'ira. Ricordò le parole del colonnello Mueller: *Deve temere me*. Era una sfida. E sentì che avrebbe avuto altre notizie di Israel Katz.

Il messaggio le venne trasmesso la mattina dopo, proprio, tra tutte le persone possibili, dal *concierge*. Era un ometto sulla sessantina, con gli occhi infiammati dai reumi, con una faccia raggrinzita, simile a cuoio, e privo degli incisivi inferiori, per cui si stentava a capirlo quando parlava. Quando Noelle chiamò l'ascensore, ve lo trovò dentro. Discesero insieme e, mentre si avvicinavano al vestibolo, l'ometto farfugliò: « La torta di compleanno che ha ordinato è pronta nella pasticceria di rue de Passy ».

Noelle lo fissò per un momento, non ben sicura di averlo capito bene, poi disse: « Non ho ordinato nessuna torta ».

« Rue de Passy », ripeté lui, cocciuto.

E lei, a un tratto, capì. Anche in quel momento, non avrebbe fatto niente se non avesse visto i due agenti della Gestapo che l'aspettavano al lato opposto della strada. Essere seguita come una criminale! I due stavano conversando e ancora non l'avevano veduta. Irosamente, Noelle si rivolse al *concierge* e domandò: « Dov'è l'ingresso di servizio? »

« Da questa parte, mam'selle. »

Seguì l'ometto lungo un corridoio sul lato posteriore del caseggiato, giù per una rampa di scale fino allo scantinato, poi si trovò fuori nel vicolo. Tre minuti dopo era in tassì, diretta all'appuntamento con Israel Katz.

La pasticceria era un negozio d'aspetto modesto, in un modesto quartiere della piccola borghesia. L'insegna sopra la vetrina diceva BOULANGERIE e le lettere sembravano scrostate e scheggiate. Noelle aprì la porta ed entrò. Venne accolta da una donna piccola e rotondetta che indossava un immacolato grembiule bianco.

« Sì, mademoiselle? »

Esitò. Era ancora in tempo per andarsene, era ancora in tempo per girare sui tacchi, senza lasciarsi coinvolgere in qualcosa di pericoloso che non la riguardava affatto.

La donna stava aspettando.

« Lei... lei ha una torta di compleanno per me », disse Noelle, sentendosi stupida per quel gioco, come se, in qualche modo, la gravità di quanto stava accadendo fosse sminuita dagli espedienti infantili che venivano impiegati.

La donna annuì. « È pronta, mademoiselle Page. » Appese alla porta il cartello CHIUSO, girò la chiave nella toppa e disse: « Da questa parte ».

Giaceva su una brandina, nel piccolo retrobottega della pasticceria, la faccia ridotta una maschera di sofferenza, madida di sudore. Il lenzuolo che lo avvolgeva era impregnato di sangue e uno spesso laccio emostatico gli stringeva la gamba sopra il ginocchio sinistro.

« Israel. »

Lui si girò verso la porta e il lenzuolo scivolò rivelando

una massa di carne e di ossa maciullate là dove si era trovato il ginocchio.

« Che cosa è successo? » domandò Noelle.

Israel si sforzò di sorridere, ma non ci riuscì del tutto. Aveva la voce rauca e alterata dal dolore. « Hanno calpestato *Le Cafard*, ma non è facile ucciderci. »

Sicché, aveva avuto ragione. « L'ho letto sui giornali », disse Noelle. « Come ti senti? »

Lui trasse, dolorosamente, un respiro profondo e annuì. Le parole gli uscirono dalle labbra ad ansiti faticosi.

« La Gestapo sta mettendo sottosopra Parigi per cercarmi. Posso salvarmi soltanto allontanandomi dalla città... Se riuscirò ad arrivare a Le Havre, ho degli amici che mi aiuteranno a imbarcarmi. »

« Non hai un amico che ti porti in macchina fuori Parigi? » gli domandò. « Potresti nasconderti su un camion. »

Israel scosse la testa, debolmente. « Blocchi stradali. Nemmeno un topo può allontanarsi da Parigi. »

Nemmeno un *cafard*, pensò Noelle. « Puoi viaggiare, con quella gamba? » domandò, guadagnando tempo, mentre cercava di giungere a una decisione.

Strinse le labbra tentando di sorridere. « Non viaggerò con questa gamba », rispose.

Noelle lo fissò senza capire e in quel momento la porta si aprì e un uomo robusto, largo di spalle, barbuto, entrò. Aveva in mano una scure. Si avvicinò al letto, tirò indietro il lenzuolo e Noelle sentì il sangue defluirle dalla faccia. Pensò al generale Scheider, al glabro albino della Gestapo e a quello che le sarebbe stato fatto se l'avessero scoperta.

« Ti aiuterò », disse.

7

CATHERINE

Washington-Hollywood, 1941

A CATHERINE Alexander sembrava che la sua vita fosse entrata in una nuova fase, come se, in qualche modo, fosse riuscita ad arrampicarsi fino a qualche più alto livello emotivo, fino a una vetta esaltante e inebriante. Quando Bill Fraser si trovava in città, cenavano insieme ogni sera e andavano ai concerti o all'opera. Lui le aveva trovato un piccolo e incantevole appartamento vicino ad Arlington. Voleva pagarle l'affitto ma lei volle a tutti i costi pagarlo di tasca sua. Bill le regalava vestiti e gioielli. Catherine aveva opposto resistenza, a tutta prima, in preda all'imbarazzo per qualche etica protestante profondamente radicata, ma il poterle fare dei regali procurava a Fraser un così grande piacere che alla fine si era rassegnata e aveva smesso di discutere.

Ti piaccia o no, pensava, *sei la sua amante.* La parola era sempre stata carica di significati per lei, le ricordava donne volgari e meschine, costrette a vivere, frustrate emotivamente, in appartamenti situati in strade poco frequentate. Ma adesso, trovandosi lei stessa in tale situazione, si rendeva conto che le cose non stavano affatto così. Essere un'amante significava soltanto, per lei, dormire con l'uomo amato; la situazione non sembrava oscena o sordida, ma del tutto naturale. *È interessante vedere*, pensava, *come le cose fatte dagli altri sembrino tanto orribili, eppure, quando siamo noi a farle ci appaiano giuste. Quando leggi delle esperienze sessuali di qualcun altro, è come sfogliare una rivista spinta, ma, se si tratta di te, ti limiti a sfogliare una innocua rivista di lavori di cucito.*

Fraser era un compagno premuroso e comprensivo ed era come se fossero sempre stati insieme. Catherine sapeva prevedere come avrebbe reagito a quasi ogni situazione e ne conosceva ogni stato d'animo. Contrariamente a quanto le aveva detto, il sesso con lui non era diventato più eccitante, ma Catherine si diceva che il sesso costituiva soltanto un aspetto secondario dei loro rapporti. Non era una studentessa smaniosa di costanti titillamenti, ma una donna matura. *L'amore è un compromesso*, pensava maliziosamente.

L'agenzia pubblicitaria di Fraser veniva diretta, in sua assenza, da Wallace Turner, un anziano dirigente. William Fraser cercava di occuparsi il meno possibile dell'azienda, per potersi dedicare al suo lavoro a Washington, ma ogni volta che nell'agenzia bisognava risolvere qualche problema importante e occorreva il suo consiglio, era solito discuterne con Catherine, servendosi di lei come di una tavola di risonanza; aveva constatato che possedeva un fiuto innato per gli affari. Spesso Catherine escogitava idee di campagne pubblicitarie che risultavano molto efficaci.

« Se non fossi così egoista, Cathy », le disse una sera a cena, « ti affiderei l'agenzia. » Le coprì la mano con la sua. « Ma mi mancheresti troppo », soggiunse, « e ti voglio qui con me. »

«Anch'io voglio restare qui, Bill. Sono contentissima delle cose così come stanno. » Ed era vero. Aveva creduto che, trovandosi in una situazione del genere, sarebbe stata disperatamente ansiosa di essere sposata e invece, in qualche modo, la cosa sembrava non essere affatto urgente. Sotto ogni aspetto importante, erano già sposati.

Un pomeriggio, mentre stava terminando un lavoro, Fraser entrò nell'ufficio.

« Che ne diresti di fare una gita in campagna, questa sera? » le domandò.

« Splendido. Dove andiamo? »

« In Virginia. Ceneremo con i miei genitori. »

Catherine alzò gli occhi stupita su di lui. « Sanno di noi? » domandò.

« Non tutto », sorrise. « Sanno soltanto che ho una fantastica giovane assistente e che la porto a cena. »

Una fitta di delusione la pugnalò, ma non lasciò che glielo si leggesse in faccia. « Bene », disse, « farò un salto a casa per cambiarmi. »

« Passerò a prenderti alle sette. »

« D'accordo. »

La dimora dei Fraser, situata tra le meravigliose, ondulate colline della Virginia, era una vasta fattoria in stile coloniale, con sessanta acri di pascoli e campi coltivati. La casa risaliva al 1700.

« Non avevo mai visto niente di simile », si meravigliò Catherine.

« È una delle migliori fattorie per l'allevamento del bestiame in America », la informò lui.

L'automobile stava passando accanto a un recinto pieno di bellissimi cavalli, a pascoli ben tenuti e al cottage del fattore.

« È come un altro mondo », esclamò lei. « Ti invidio perché sei cresciuto qui. »

« Credi che ti piacerebbe vivere in una fattoria? »

« Questa non è precisamente una fattoria », disse lei, asciutta. « È piuttosto come essere padroni del proprio paese. »

Erano arrivati davanti alla casa.

Fraser si voltò a guardarla. « Mia madre e mio padre sono un po' formalisti », l'avvertì, « ma non hai nessuna ragione di preoccuparti. Limitati a essere te stessa. Nervosa? »

« No », rispose Catherine. « In preda al panico... » Ma, mentre pronunciava queste parole, si rese conto con una sensazione di stupore che stava mentendo. In base alla classica tradizione di tutte le ragazze sul punto di conoscere i genitori dell'uomo amato, si sarebbe dovuta sentire pietrificata. E invece non provava altro che curiosità. Ma le mancò il tempo di stupirsene. Stavano scendendo dalla macchina e un maggiordomo in livrea aveva aperto la porta con un sorriso di benvenuto.

Si sarebbe detto che il colonnello Fraser e sua moglie fossero usciti dalle pagine di un vecchio libro di storia. La prima cosa che colpì Catherine fu la loro età molto avanzata e l'aspetto fragile. Il colonnello Fraser sembrava la scialba copia carbone di quello che era stato un tempo un uomo avvenente e vitale. Le ricordò, assai nettamente, qualcuno, poi, non senza provare uno choc, capì di chi si trattava: era una versione invecchiata e logorata del figlio. Il colonnello aveva radi capelli bianchi e camminava dolorosamente curvo; gli occhi di un celeste slavato, le mani, un tempo forti e grandi, deformate dall'artrite. Sua moglie aveva l'aspetto di un'aristocratica e conservava ancora tracce della sua bellezza da ragazza. Fu cortese e cordiale con Catherine.

Nonostante quanto le aveva detto Fraser, Catherine ebbe la sensazione di trovarsi lì per essere giudicata. Il colonnello e la signora trascorsero la serata interrogandola. Furono molto discreti, ma minuziosi. Parlò loro dei suoi genitori e della sua fanciullezza e, quando descrisse i trasferimenti da una scuola all'altra, li fece sembrare divertenti e avventurosi e non lo strazio che erano stati. Mentre parlava, vedeva Bill sorriderle radioso e orgoglioso. La cena fu superba. Cenarono a lume di candela in una vasta e antica sala da pranzo, con caminetto di marmo e camerieri in livrea. *Vecchio argento, vecchio denaro e vino invecchiato.* Guardò Bill Fraser e la percorse una calda ondata di gratitudine. Ebbe la sensazione che quel genere di vita potesse essere suo, se lo avesse voluto. Sapeva che Bill l'amava e sapeva di riamarlo. Eppure mancava qualcosa: un senso di eccitazione. *Forse,* pensò, *mi sto aspettando troppo. Probabilmente, sono stata montata da Gary Cooper, Humphrey Bogart e Spencer Tracy! L'amore non è un cavaliere rivestito da una corazza splendente. È un gentiluomo di campagna vestito di tweed grigio. Maledetti tutti quei film e quei libri!* Guardando il colonnello, vedeva Bill come sarebbe stato di lì a vent'anni, identico a suo padre. Fu molto taciturna durante il resto della serata.

Mentre tornavano a casa, Fraser le domandò: « Ti sei trovata bene? »

« Moltissimo. Mi sono piaciuti i tuoi genitori. »

« Anche tu sei piaciuta a loro. »

« Ne sono contenta ». E lo era. A parte la riflessione vagamente inquietante nel fondo dei suoi pensieri, che, in qualche modo, si sarebbe dovuta sentire molto più innervosita conoscendoli.

La sera dopo, mentre stavano cenando al Jockey Club, Bill le disse che doveva andare a Londra per una settimana. « Durante la mia assenza », soggiunse, « ho un lavoro interessante da darti. Hanno chiesto al nostro ufficio di occuparsi della supervisione di un film di propaganda per il reclutamento in aviazione; lo stanno girando a Hollywood, negli studi della Metro Goldwyn Mayer. Vorrei che te ne interessassi tu mentre io sarò via. »

Catherine lo fissò incredula. « Io? Ma se non so caricare nemmeno una macchina fotografica! Come posso fare? »

« Ne sai press'a poco quanto tutti gli altri », sorrise lui. « È tutto molto nuovo, ma non dovrai preoccuparti. Ci sarà un produttore e tutto il resto. L'Aviazione vuole usare degli attori professionisti nel film. »

« Perché? »

« Ritengono, penso, che i soldati non sarebbero abbastanza convincenti nella parte di soldati. »

« È tipico dei militari. »

« Ho avuto una lunga conversazione con il generale Mathews, questo pomeriggio. Si sarà servito della parola "fascino" almeno cento volte. È questo che vogliono propinare. Stanno varando una grande campagna di reclutamento rivolta al fior fiore dei giovani americani. Il film sarà una delle salve iniziali. »

« Che cosa dovrò fare? » domandò lei.

« Vedere soltanto che tutto vada liscio. Sarai tu a dover dare l'okay finale. Hai un posto prenotato per Los Angeles sull'aereo di domattina delle nove. »

Catherine annuì. « Va bene. »

« Ti mancherò? »

« Lo sai », gli rispose.

« Ti porterò un regalo ».

« Non voglio nessun regalo. Vedi soltanto di tornare sano e salvo. » Esitò, poi: « La situazione sta peggiorando, vero, Bill? »

Annuì. « Sì », disse, « credo che presto saremo in guerra. »

« È orribile. »

« Sarà ancora più orribile se *non* entreremo in guerra », disse lui, sommessamente. « Gli inglesi sono riusciti a ritirarsi da Dunquerque per miracolo. Se Hitler decidesse di attraversare il Canale della Manica in questo momento, non credo che riuscirebbero a fermarlo ». Finirono di sorseggiare il caffè in silenzio, poi lui pagò il conto.

« Vuoi venire a passare la notte da me? » le domandò.

« No, non questa notte », disse Catherine. « Devi alzarti presto e anch'io. »

« Va bene. »

L'accompagnò in macchina fino al suo appartamento. Mentre si stava spogliando per coricarsi, Catherine si domandò perché non fosse andata a casa con Bill la vigilia della sua partenza.

Ma non trovò alcuna risposta all'interrogativo.

Catherine era cresciuta a Hollywood, sebbene non ci fosse mai stata. Aveva trascorso centinaia di ore in buie sale cinematografiche, perduta in magici sogni fabbricati dalla capitale cinematografica del mondo e sarebbe stata grata in eterno per la gioia di quelle ore felici.

Quando l'aereo atterrò all'aeroporto di Burbank, si sentì colmare dall'eccitazione. Una limousine la stava aspettando per portarla in albergo. Mentre percorrevano le vie ampie e assolate, notò per prima cosa i palmizi; ne aveva letto e aveva visto delle fotografie, ma la realtà sembrava travolgente. Si trovavano dappertutto, alti contro il cielo, con la parte inferiore dei tronchi aggraziati nuda e quella superiore meravigliosa e verdeggiante. Al centro di ciascun albero si vedeva una frastagliata cerchia di fronde, simile a una sottana sporca, pensò, che pendesse in modo disuguale sotto un tutù verde.

Passarono accanto a un edificio enorme che sembrava una fabbrica. La grande insegna sopra l'ingresso diceva: *Warner Bros.* E più sotto si leggeva: « Buoni film e civismo ».

Mentre l'automobile si lasciava indietro il cancello, Catherine pensò a James Cagney in *Il dandy yankee* e a Bette Davis in *Vittoria tenebrosa* e sorrise allegramente.

Passarono accanto all'Hollywood Bowl, che sembrava enorme dall'esterno, voltarono nell'Highland Avenue e proseguirono in direzione ovest lungo l'Hollywood Boulevard. Si lasciarono indietro l'Egyptian Theatre e, due isolati più avanti, il Grauman's Chinese e il suo morale salì alle stelle. Era stato come rivedere due vecchi amici. L'autista voltò nel Sunset Boulevard e si diresse verso l'Hotel Beverly Hills. « Le piacerà questo albergo, signorina. È uno dei migliori del mondo. »

Era senza dubbio uno dei più belli che Catherine avesse mai visto. Si trovava subito a nord del Sunset Boulevard, il

« viale del Tramonto », in un semicerchio di palmizi che lo riparavano, circondato da vasti giardini. Un viale d'accesso, molto grazioso, si incurvava fino all'ingresso, dipinto di un rosa delicato. Un premuroso, giovane direttore accompagnò Catherine nel suo appartamento, un lussuoso bungalow nei giardini, dietro l'edificio principale dell'albergo. Sul tavolino c'era un mazzo di fiori, omaggio della direzione, e un altro mazzo di fiori ancor più grande e splendido era accompagnato da un biglietto sul quale lesse: « Vorrei essere lì o che tu fossi qui. Con affetto, Bill ». Il direttore le aveva consegnato tre comunicazioni telefoniche, tutte di Allan Benjamin che, a quanto le era stato detto, era il produttore del film. Mentre stava leggendo il biglietto di Bill, squillò il telefono. Corse all'apparecchio, alzò il ricevitore e disse avidamente: « Bill? » Ma si trattava di Allan Benjamin.

« Benvenuta in California, miss Alexander », udì la voce stridula di lui nel ricevitore. « Sono il caporale Allan Benjamin, produttore di questa porcheriola. »

Un caporale. Pensava che avrebbero affidato il film a un capitano o a un colonnello.

« Cominciamo a girare domani. Le hanno detto che ci serviamo di attori anziché di militari? »

« Sì, l'ho saputo », rispose lei.

« Le riprese iniziano domattina alle nove. Se potesse essere qui per le otto, vorrei che desse un'occhiata agli attori. Lei sa che cosa vuole l'aeronautica militare. »

« Sta bene », disse Catherine, dinamica. Non aveva la più pallida idea di quel che poteva volere l'aeronautica militare, ma pensò che sarebbe stato sufficiente ricorrere al buon senso e scegliere tipi che avessero l'aria di poter essere piloti.

« Manderò una macchina a prenderla alle sette e mezzo », stava dicendo la voce. « Le basterà una mezz'ora per arrivare alla Metro. Si trova a Culver City. L'aspetterò nello Studio 13. »

Erano quasi le quattro del mattino quando Catherine riuscì ad addormentarsi ed ebbe l'impressione di avere appena chiuso gli occhi quando il telefono squillò e la centralinista le disse che un'automobile la stava aspettando.

Trenta minuti dopo, era diretta verso la Metro Goldwyn Mayer.

Si trattava del più grande teatro di posa del mondo. Il recinto principale comprendeva trentadue studi per le riprese sonore e l'enorme palazzo dell'amministrazione Thalberg, che ospitava Louis B. Mayer, venticinque dirigenti e alcuni dei più famosi registi, produttori e sceneggiatori dell'industria cinematografica. Nel secondo recinto si trovavano gli scenari per le riprese degli esterni, continuamente rifatti per vari film. In tre minuti si potevano attraversare le Alpi svizzere, un villaggio del West, un isolato di Manhattan e una spiaggia delle Hawaii. Il terzo recinto, al lato opposto del Washington Boulevard, conteneva attrezzature e scenari per un valore di milioni di dollari e veniva utilizzato per le riprese di spettacoli all'aperto.

Tutto ciò venne spiegato a Catherine dalla sua guida, una ragazza che le era stata assegnata per accompagnarla allo Studio 13. « È una città autonoma », stava dicendo con orgoglio. « Produciamo l'energia elettrica che ci occorre, cuciniamo alla mensa pasti sufficienti per sfamare seimila persone al giorno e nel terzo recinto costruiamo tutti gli scenari. Siamo completamente autosufficienti. Non abbiamo bisogno di nessuno. »

« A parte il pubblico. »

Mentre percorrevano la strada, passarono accanto a un castello che consisteva della sola facciata sorretta da travi. Di fronte si trovava un lago e più avanti l'atrio di un cinematografo di San Francisco. Non il cinematografo, ma soltanto l'atrio.

Catherine scoppiò a ridere e la ragazza la fissò.

« C'è qualcosa che non va? » domandò.

« No », rispose lei, « è tutto meraviglioso. »

Decine di comparse camminavano lungo la strada, cowboy e pellirosse che conversavano insieme amabilmente mentre si dirigevano verso i teatri di posa. Un uomo apparve inaspettatamente, voltando all'angolo, e Catherine, nel fare un passo indietro per non urtarlo, vide che era un cavaliere con corazza. Dietro di lui stava camminando un gruppo di ragazze in costume da bagno. Avrebbe voluto che suo padre avesse potuto vedere tutto ciò. Si sarebbe divertito un mondo.

« Eccoci arrivati », disse la guida. Si trovavano di fronte a un edificio enorme e grigio. Una targa di lato all'ingresso annunciava: « Studio 13 ».

« La lascio qui », disse la ragazza. « Ha bisogno d'altro? »

« No », disse Catherine. « Grazie. »

La sua accompagnatrice salutò con un cenno del capo e si allontanò. Lei si voltò verso l'ingresso. Una scritta sopra la porta diceva: NON ENTRARE QUANDO LA LUCE ROSSA È ACCESA. La luce era spenta e pertanto Catherine abbassò la maniglia e aprì la porta. O meglio, ci provò. Era inaspettatamente massiccia e le occorse tutta la sua forza per aprirla. Quando fu entrata, si trovò di fronte a una seconda porta, altrettanto pesante e massiccia. Era come entrare in una camera di decompressione.

All'interno del cavernoso teatro di posa, decine di persone correvano qua e là, ognuna impegnata in qualche incarico misterioso. C'era un gruppo di uomini con l'uniforme dell'aviazione e Catherine si rese conto che si trattava degli attori del film. In un angolo del teatro di posa vide lo scenario di un ufficio, completo di scrivania, sedie e una grande carta militare appesa alla parete. I tecnici stavano illuminando la scena.

« Mi scusi », disse a un tizio che le passava accanto. « Il signor Allan Benjamin è qui? »

« Il piccolo caporale? » L'uomo additò. « Da quella parte. »

Si voltò e vide un ometto esile, dall'aspetto fragile che indossava un'uniforme troppo ampia, con i galloni di caporale. Stava sbraitando con un uomo che aveva le stellette di generale.

« Me ne fotto di quello che ha detto il direttore del cast », urlò. « Ne ho pieno il culo di generali. Mi servono dei sottufficiali. » Alzò le mani in preda alla disperazione. « Tutti vogliono fare il capo e nessuno il pellerossa. »

« Mi scusi », gli disse, « sono Catherine Alexander. »

« Dio sia ringraziato! » esclamò l'ometto. Si voltò verso gli altri e disse con un tono amaro nella voce: « Lo spasso e i giochetti sono finiti, furboni. C'è qui Washington ».

Catherine batté le palpebre. Prima che avesse potuto aprir bocca, il piccolo caporale soggiunse: « Non so che cosa ci sto a fare qui. Guadagnavo tremilacinquecento dollari all'anno a

Dearborn, dirigendo una rivista di arredamento, e mi hanno arruolato nel Corpo Segnalatori e mandato a scrivere soggetti di film di propaganda. Che cosa ne so io di produzione e regia? Questo è il caos più disorganizzato che abbia mai visto ». Ruttò e si piazzò una mano sullo stomaco. « Mi sta venendo un'ulcera », gemette, « e ancora non ho cominciato. Mi scusi. »

Si voltò e si affrettò verso l'uscita, lasciando Catherine lì in piedi. Lei si guardò attorno, smarrita. Tutti sembravano fissarla, in attesa che facesse qualcosa.

Un uomo snello, dai capelli brizzolati, con un maglione, venne verso di lei; aveva un sorriso divertito sulla faccia. « Ha bisogno d'aiuto? » domandò sommessamente.

« Sì, un miracolo », disse Catherine, schietta. « Mi hanno dato questo incarico e non so che cosa dovrei fare. »

Lo sconosciuto le sorrise. « Benvenuta a Hollywood. Sono Tom O'Brien, l'A.R. »

Lo fissò, interdetta.

« L'aiuto regista. Il suo amico, il caporale, avrebbe dovuto dirigere il film, ma ho l'impressione che non tornerà. » C'era in lui una calma sicurezza che piacque a Catherine.

« Da quanto tempo lavora alla Metro Goldwyn Mayer? » gli domandò.

« Da venticinque anni. »

« Crede che sarebbe in grado di dirigere questo film? »

Gli vide guizzare un angolo delle labbra. « Potrei tentare », disse con gravità. « Ho lavorato in sei film al fianco di Willie Wyler. » Poi gli occhi gli divennero seri. « La situazione non è grave come sembra », disse. « Ci vuole soltanto un po' di organizzazione. La sceneggiatura è pronta e la scena anche. »

« È già un inizio », disse Catherine. Guardò, intorno a sé, le uniformi nel teatro di posa. Erano quasi tutte delle misure sbagliate e gli uomini che le indossavano sembravano a disagio.

« Sembrano i manifesti di reclutamento della Marina », commentò.

O'Brien rise con apprezzamento.

« Da dove sono venute quelle uniformi? »

« Dalla Costumi Western. Il nostro settore guardaroba è rimasto a corto. Stiamo girando tre film di guerra. »

Catherine studiò gli uomini con aria critica. « Ce n'è soltanto una mezza dozzina realmente mal messi », decise. « Rimandiamoli indietro e vediamo se non si può trovare di meglio. »

O'Brien annuì, approvando. « Giusto. »

Catherine e lui si avvicinarono al gruppo delle comparse. Il cicaleccio delle conversazioni nell'enorme teatro di posa era assordante.

« Fate silenzio, ragazzi », gridò O'Brien. « Questa è miss Alexander. Sarà lei a dirigere ogni cosa qui. »

Si udirono alcuni fischi e versi di apprezzamento.

« Grazie. » Catherine sorrise. « Andate quasi tutti benissimo, ma alcuni di voi dovranno tornare alla Costumi Western e farsi dare altre uniformi. Allineatevi, in modo che possiamo esaminarvi bene. »

« A me piacerebbe esaminare bene *lei*. Con chi cena questa sera? » gridò uno degli uomini.

« Ceno con mio marito », rispose lei, « subito dopo il suo incontro di pugilato. »

O'Brien dispose gli uomini in una fila alquanto disordinata. Catherine udì delle voci e delle risate e si voltò irritata. Una delle comparse si trovava vicino a uno scenario e parlava con tre ragazze che pendevano dalle sue labbra e ridacchiavano isteriche a ogni sua parola. Osservò per un momento il gruppetto, poi si avvicinò all'uomo e disse: « Scusi. Le dispiacerebbe unirsi a noi? »

Lui si voltò adagio. « Dice a me? » domandò pigramente.

« Sì », rispose Catherine. « Vorremmo metterci al lavoro. » E si allontanò.

L'uomo bisbigliò alle ragazze qualcosa che strappò loro una gran risata, e poi seguì adagio Catherine. Era alto di statura, con un corpo magro e robusto e un viso bello, capelli corvini e tempestosi occhi scuri. La sua voce, quando parlò, risuonò profonda e colma di insolente ironia. « Che cosa posso fare per lei? » domandò.

« Vuole lavorare? »

« Certo, certo », le assicurò.

Catherine aveva letto una volta un articolo sulle comparse. Si trattava di una strana genìa: trascorrevano la loro anonima esistenza nei teatri di posa, facendo da sfondo, nelle scene di folla, ai divi. Erano persone senza volto e senza voce, troppo prive di ambizioni per cercare qualche altra attività più soddisfacente. L'uomo di fronte a lei sembrava essere l'esempio perfetto della categoria. Siccome era oltraggiosamente bello, qualcuno del suo paese gli aveva detto probabilmente che sarebbe potuto diventare un attore famoso; poi, venuto a Hollywood, si era reso conto che occorreva tanto il talento quanto la bellezza e aveva finito con l'accontentarsi di fare la comparsa. La facile via d'uscita.

« Cambieremo alcune di queste uniformi », disse Catherine, con pazienza.

« C'è qualcosa che non va nella mia? » domandò lui.

Lei lo osservò più attentamente. Dovette ammettere che gli stava a pennello, sottolineandone le larghe spalle, ma senza esagerarle, e mettendo in risalto la vita sottile. Guardò meglio la giubba. Sulle spalline aveva i gradi di capitano. Sul petto, tutta una serie di nastrini vividamente colorati.

« Fanno abbastanza colpo, capo? » le domandò l'uomo.

« Chi le ha detto che avrebbe dovuto fare la parte di un capitano? »

Lui la fissò serio. « È stata un'idea mia. Non le sembra che sia un capitano convincente? »

Catherine scosse la testa. « No, non mi sembra. »

Increspò le labbra, pensieroso. « Tenente? ».

« No. »

« E se impersonassi un sottotenente? »

« Credo proprio che non sia tagliato per la parte di un ufficiale. »

La stava scrutando, interdetto, con gli occhi scuri. « Oh? C'è qualcosa che non va? » domandò.

« Sì. Le decorazioni. Dovrebbe essere stato tremendamente coraggioso. »

Lui rise. « Pensavo di dare un po' di colore a questo dannato film. »

« Ha dimenticato una cosa, però », disse Catherine, brusca. « Non siamo ancora in guerra. Avrebbe dovuto meritarsele al luna park. »

Il giovane le sorrise. « Ha ragione », riconobbe goffamente. « Non ci avevo pensato. Ne toglierò qualcuna. »

« Se le tolga tutte », disse Catherine.

Le rivolse di nuovo quel sorriso lento e insolente. « Va bene, capo. »

Per poco lei non sbottò: « La finisca di chiamarmi capo », ma pensò: *Oh, vada all'inferno*, e gli voltò le spalle per parlare con O'Brien.

Rimandò indietro otto delle comparse perché si facessero cambiare le uniformi e trascorse l'ora che seguì discutendo la scena con l'aiuto regista. Il piccolo caporale era tornato per qualche momento, scomparendo poi di nuovo. Meglio così, pensò lei. Non faceva che lamentarsi e innervosire tutti quanti. O'Brien terminò di girare la prima scena per l'ora di pranzo e a lei parve che non fosse andata troppo male. Un solo incidente aveva turbato la mattinata. Volle assegnare all'esasperante comparsa alcune battute da pronunciare, allo scopo di umiliarlo; desiderava dargli una lezione per punirlo della sua impertinenza. Ma lui recitò le battute alla perfezione, interpretando la scena con disinvoltura. Quando ebbe finito, si voltò dalla sua parte e domandò: « Andava bene così, capo? »

Quando la compagnia si sciolse per il pranzo, Catherine si recò nell'enorme mensa della Metro e prese posto a un tavolino d'angolo. A un tavolo più grande accanto al suo c'era un gruppo di militari in uniforme. Era voltata verso la porta quando vide entrare la comparsa con le tre ragazze appese addosso; ognuna di loro cercava di scostare le altre per stargli più vicina. Sentì il sangue affluire al viso, ma si disse che era semplicemente una reazione fisica. Esistono certe persone che si odiano a prima vista, così come altre, a prima vista, ti ispirano simpatia. Qualcosa nell'imperiosa arroganza di quell'individuo la esasperava. Sarebbe stato un perfetto gigolò e, con ogni probabilità, era esattamente così.

Fece sedere le ragazze a tavola, alzò gli occhi e vide Catherine; si chinò, allora, e disse qualcosa alle sue compagne. La guardarono tutte, poi vi fu uno scoppio di risa. Maledizione a lui! Lo osservò mentre si avvicinava al suo tavolo. La fissò dall'alto, con il solito lento e saputo sorriso sulla faccia. « Le spiace se le tengo compagnia per un momento? »

« Io... » Ma si era già messo a sedere e la studiava, sondandola con lo sguardo, divertito.

« Che cosa vuole? » domandò Catherine, irrigidendosi.

Il sorriso di lui si ampliò. « Ci tiene davvero a saperlo? »

Lei strinse le labbra, in preda all'ira. « Stia a sentire... »

« Volevo domandarle », si affrettò a dire, « come me la sono cavata stamane. » Si protese in avanti, ansioso. « Sono stato persuasivo? »

« Potrà essere persuasivo per loro », disse Catherine, accennando con il capo alle ragazze, « ma, se ci tiene a conoscere il mio parere, penso che lei sia fasullo. »

« Ho fatto qualcosa che l'ha offesa? »

« Tutto di lei mi offende », gli disse, placida. « Si dà il caso che il suo tipo non mi piaccia. »

« Qual è il mio tipo? »

« Lei è un impostore. Si diverte a indossare quell'uniforme e a pavoneggiarsi con le ragazze, ma ha mai pensato di arruolarsi? »

La fissò incredulo. « Per farmi ammazzare? » le domandò. « Va bene per i tonti. » Si protese in avanti e sorrise. « Questo lavoro è molto più divertente. »

A Catherine tremavano le labbra per l'ira. « Non è idoneo per fare il soldato? »

« Tecnicamente credo di essere idoneo, ma un mio amico conosce un tale a Washington e... » abbassò la voce, « credo che non mi beccheranno mai. »

« Penso che lei sia spregevole », esplose Catherine.

« Perché? »

« Se non capisce il perché, non riuscirei mai a spiegarglielo. »

« Perché non ci prova? Questa sera a cena. A casa sua. Sa cucinare? »

Catherine balzò in piedi, le gote accese, infuriata. « Non si dia la pena di tornare al teatro di posa », disse. « Dirò al signor O'Brien di farle avere l'assegno per il lavoro di stamane. » Si voltò per andarsene, poi ricordò e domandò: « Come si chiama? »

« Douglas », rispose lui. « Larry Douglas. »

Fraser telefonò a Catherine quella sera da Londra, per sentire come erano andate le cose. Gli riferì gli avvenimenti della giornata, ma non accennò all'incidente con Larry Douglas. Quando Bill fosse tornato a Washington gli avrebbe raccontato tutto e si sarebbero fatti una risata.

La mattina dopo, mentre si vestiva per andare allo studio, suonò il campanello. Aprì la porta del bungalow e vide un fattorino con un gran mazzo di rose.

« Catherine Alexander? » domandò il ragazzo.

« Sì. »

« Firmi qui, per piacere. »

Firmò la ricevuta che le venne consegnata.

« Sono bellissime », disse, prendendo le rose.

« Fanno quindici dollari. »

« Come, scusi? »

« Quindici dollari. Pagamento alla consegna. »

« Non capi... » Poi le si irrigidirono le labbra. Afferrò il biglietto unito alle rose e lo tolse dalla busta. Diceva: « Le avrei pagate io, ma non lavoro. Con affetto, Larry ».

Fissò il biglietto, incredula.

« Ebbene, le vuole o no? » domandò il fattorino.

« No! » scattò lei e gli rimise il mazzo sulle braccia.

Il ragazzo la guardò interdetto. « Ha detto che avrebbe riso. Che era una specie di scherzo tra voi due. »

« Non sto ridendo », disse Catherine e sbatté la porta, infuriata.

L'episodio continuò a esasperarla per tutto il giorno. Aveva conosciuto uomini egocentrici, ma non le era mai accaduto di incontrare un individuo così arrogante come il signor Larry Douglas. Senza dubbio, doveva aver riportato una interminabile sequela di successi con biondine dalla testa vuota e pettorute brunette impazienti di gettarsi nel suo letto. Ma il fatto che l'avesse classificata nella stessa categoria la faceva sentire volgare e umiliata. Il solo pensiero di lui le faceva accapponare la pelle. Decise di escluderlo dalla propria mente.

Alle sette di quella sera, stava uscendo dal teatro di posa. Un assistente l'avvicinò, con una busta in mano.

« Ha ordinato lei questa roba, miss Alexander? » le domandò.

Era una nota d'addebito dell'amministrazione centrale attori:

Una uniforme (da capitano)

Sei nastrini di campagne (assortiti)

Sei medaglie al valore (assortite)

Nome dell'attore: Lawrence Douglas... (Da addebitare personalmente a Catherine Alexander, MGM).

Catherine alzò gli occhi, rossa in faccia.

« No! » disse.

L'assistente la fissò. « Che cosa devo dire? »

« Dica che pagherò le sue medaglie se verranno conferite alla memoria. »

Le riprese del film terminarono tre giorni dopo. Catherine visionò il primo montaggio l'indomani e lo approvò. Il film non avrebbe vinto nessun premio, ma era semplice ed efficace. Tom O'Brien aveva fatto un buon lavoro.

Sabato mattina salì sull'aereo in partenza per Washington. Non era mai stata così contenta di andarsene da una città. Il lunedì mattina si trovava di nuovo in ufficio e cercava di smaltire il lavoro arretrato accumulatosi durante la sua assenza.

Subito prima dell'ora di pranzo, Annie, la segretaria, la chiamò. « C'è al telefono da Hollywood, California, un certo signor Larry Douglas. Importo dell'interurbana a nostro carico. Le passo la chiamata? »

« No », scattò lei. « Digli che io... anzi no, glielo dirò io stessa. » Trasse un profondo respiro e premette il pulsante del telefono. « Signor Douglas? »

« Buongiorno. » La sua voce aveva la stessa consistenza della crema di cioccolata calda. « Non mi è stato facile rintracciarla. Non le piacciono le rose? »

« Signor Douglas... » prese a dire Catherine. Le tremava la voce per l'ira. Trasse un profondo respiro e continuò: « Signor Douglas, le rose mi piacciono. È lei a non piacermi. Non mi piace niente di lei. È chiaro? »

« Non sa niente di me. »

« So più di quanto voglia sapere. Penso che lei sia vile e spregevole e voglio che non mi telefoni mai più. » Tremando, schiaffò giù il ricevitore e gli occhi le si riempirono di lacrime di rabbia. Come osava? Sarebbe stata così contenta, quando Bill fosse tornato!

Tre giorni dopo, ricevette una fotografia formato ventidue per ventisette di Larry Douglas, per posta. Vi figurava una dedica: « Al capo, con amore, da Larry ».

Annie la fissò estasiata ed esclamò: « Dio mio! Ma è vero? »

« È fasullo », disse Catherine. « La sola cosa reale è la carta su cui hanno stampato la fotografia. » E la fece selvaggiamente a pezzettini.

Annie stette a guardarla sgomenta. « Che spreco. Non ho mai visto un uomo simile in carne e ossa. »

« A Hollywood », le disse lei, torva, « esistono scenari che sono soltanto facciata... senza fondamenta. Ne hai appena veduto uno. »

Nelle due settimane che seguirono, Larry Douglas telefonò almeno una dozzina di volte. Catherine ordinò ad Annie di dirgli di non richiamare e di non darsi la pena di avvertirla di quelle telefonate. Un mattino, mentre le dettava la corrispondenza, la ragazza alzò gli occhi e mormorò in tono di scusa: « So che mi ha detto di non infastidirla con le telefonate del signor Douglas, ma ha richiamato e sembrava così disperato e, sì... smarrito, in un certo qual modo ».

« *È* smarrito », disse Catherine, gelida, « e se sei furba, non cercherai di trovarlo. »

« A sentirlo parlare è incantevole. »

« È stato lui a inventare la melassa. »

« Mi ha fatto un mucchio di domande su di lei. » Poi vide l'espressione di Catherine. « Ma naturalmente », si affrettò a soggiungere, « io non gli ho detto niente. »

« Hai fatto molto bene, Annie. »

Ricominciò a dettare, ma i suoi pensieri vagavano altrove. Immaginò che il mondo fosse pieno di Larry Douglas e questo le fece apprezzare come non mai William Fraser.

Bill tornò la domenica mattina e Catherine andò ad aspettarlo all'aeroporto. Lo seguì con lo sguardo mentre attraversava la dogana e veniva verso l'uscita dove si trovava lei. La faccia gli si illuminò quando la vide.

« Cathy! » disse. « Che bella sorpresa. Non mi aspettavo di trovarti qui. »

« Non vedevo l'ora di riaverti con me. » Gli sorrise e lo abbracciò con una foga che lo indusse a sbirciarla interdetto.

« Ti sono mancato », disse.

« Più di quanto tu possa immaginare. »

« Com'era Hollywood? È andato tutto bene? »

Lei esitò. « Benissimo. Sono molto soddisfatti del film. »

« Ho saputo. »

« Bill, la prossima volta che partirai », gli disse, « portami con te. »

La guardò compiaciuto e commosso. « È deciso », disse. « Mi sei mancata. Ho pensato molto a te. »

« Davvero? »

« Mi ami? »

« Tantissimo, signor Fraser. »

« Anch'io ti amo », le assicurò. « Perché non andiamo fuori a festeggiare questa sera? »

Catherine sorrise. « Meraviglioso. »

« Andremo a cena al Jefferson Club. »

Lo accompagnò in macchina e lo lasciò a casa sua.

« Devo fare qualche migliaio di telefonate », disse Bill. « Potresti raggiungermi al Jefferson? Alle otto? »

« Benissimo. »

Tornò nel suo appartamento, lavò qualcosa e stirò. Ogni volta che passava accanto al telefono si aspettava quasi di sentirlo trillare, ma l'apparecchio rimase muto. Pensò a Larry Douglas che cercava di spremere ad Annie informazioni su di lei e si accorse che stava digrignando i denti. Avrebbe forse potuto dire a Bill di dare il nome di Douglas alla Commissione di arruolamento. *No, non mi prenderò questa briga*, pensò. *Probabilmente lo riformerebbero. Lo metterebbero alla prova e constaterebbero che è un pazzo.*

Si lavò i capelli, fece un piacevolissimo bagno e si stava asciugando quando il telefono squillò. Si irrigidì e andò a rispondere. « Sì? » disse, gelida.

Era Bill. « Ciao », disse. « C'è qualcosa che non va? »

« No, certo, caro », si affrettò a rispondergli. « Ero... stavo facendo il bagno. »

« Mi spiace. » Poi la sua voce assunse un tono malizioso. « Volevo dire, mi spiace di non essere lì con te. »

« Spiace anche a me. »

« Ho telefonato per dirti che mi manchi. Non tardare. »

Catherine sorrise. « Non tarderò. »

Riattaccò, adagio, pensando a lui. Per la prima volta sentiva che le avrebbe proposto di sposarlo. Stava per chiederle di diventare la signora Fraser. Disse il cognome a voce alta. « La signora Fraser. » Aveva un bel suono, dignitoso. *Dio mio, pensò, sto diventando blasée. Sei mesi fa sarei scoppiata dalla gioia e adesso non riesco a pensare altro se non che il cognome ha un bel suono dignitoso.* Era davvero cambiata fino a quel punto? Non le parve un pensiero consolante. Guardò l'orologio e frettolosamente cominciò a vestirsi.

Il Jefferson Club si trovava nella F Street, era un edificio discreto, di mattoni, arretrato rispetto alla strada e circondato da una cancellata di ferro. Era uno dei circoli più esclusivi in una città piena di circoli esclusivi. Il modo più semplice per esservi iscritti consisteva nell'avere un padre che vi appartenesse. Se uno non era stato così preveggente, occorreva essere presentati e raccomandati da tre membri. Le proposte di nuove ammissioni venivano esaminate una volta all'anno e bastava una sola palla nera per escludere un candidato dal Jefferson Club per il resto della vita, in quanto una severissima norma stabiliva che nessuna candidatura potesse essere posta due volte.

Il padre di William Fraser era stato un socio fondatore del circolo e Bill e Catherine vi cenavano almeno una volta alla settimana. Il cuoco era stato al servizio del ramo francese dei Rotschild per vent'anni, la cucina era superba e la cantina occupava il terzo posto della graduatoria in America. Il circolo era stato arredato da uno dei più illustri arredatori del mondo, con una cura particolare per i colori e le luci, con la conseguenza che le donne rimanevano immerse in una luminosità dolce, da lume di candela, che ne poneva in risalto la bellezza. Ogni sera i commensali si trovavano gomito a gomito con il vicepresidente, con i ministri o giudici della Corte Suprema, con senatori e potenti industriali proprietari di imperi mondiali.

Fraser aspettava Catherine nel foyer, quando lei giunse.

« Sono in ritardo? » gli domandò.

« Non avrebbe importanza anche se tu lo fossi », disse Bill, contemplandola con aperta ammirazione. « Lo sai che sei fantasticamente bella? »

« Naturale », rispose lei. « Tutti sanno che io sono la fantasticamente bella Catherine Alexander. »

« Dico sul serio, Cathy. » Il suo tono di voce era così persuaso che lei si sentì in imbarazzo.

« Grazie, Bill », rispose goffamente. « Ma smettila di fissarmi in quel modo. »

« Non posso farne a meno », le disse. La prese sottobraccio.

Louis, il maître, li condusse in un séparé d'angolo. « Ecco, signorina Alexander, signor Fraser, si accomodino. »

A Catherine piaceva essere conosciuta per nome dal maître del Jefferson Club. Sapeva che era infantile e ingenuo da parte sua, ma le dava la sensazione di essere qualcuno, di essere accettata. Ora si appoggiò alla spalliera, rilassata e soddisfatta, osservando la sala.

« Bevi qualcosa? » le domandò Bill.

« No, grazie. »

Lui scosse la testa. « Bisognerà che ti insegni qualche brutta abitudine. »

« Lo hai già fatto », mormorò Catherine.

Le sorrise e ordinò uno scotch e soda.

Catherine lo studiò, pensando quanto era caro e dolce. Aveva la certezza di poterlo rendere molto felice. E, sposata con lui, sarebbe stata felice lei stessa. *Molto felice*, si disse, con foga. Domandatelo a chiunque. Domandatelo alla rivista *Time*. Si odiò per la piega che stavano prendendo i suoi pensieri. Che cosa le stava succedendo, in nome di Dio? « Bill... » prese a dire e poi si sentì raggelare.

Larry Douglas stava venendo verso di loro, con un ampio sorriso sulle labbra perché l'aveva veduta. Indossava l'uniforme d'aviazione presa a Hollywood! Lo fissò incredula mentre si avvicinava al loro tavolo, sorridendo allegramente. « Oh, salve », disse. Ma non si era rivolto a lei. Stava parlando con Bill, che si alzò e gli strinse la mano.

« È un piacere vederti, Larry. »

« È un piacere vedere te, Bill. »

Catherine li fissava entrambi, con la mente paralizzata che si rifiutava di funzionare.

Bill stava dicendo: « Cathy, il capitano Lawrence Douglas. Larry, miss Alexander... Catherine ».

Larry Douglas la stava guardando dall'alto, con gli occhi scuri, burlandosi di lei. « Non può immaginare quale piacere sia per me, miss Alexander », disse con solennità.

Lei aprì la bocca per parlare, ma a un tratto si rese conto che non poteva dir niente. Bill la stava osservando, aspettava che dicesse qualcosa e lei riuscì soltanto a fare un cenno del capo. Diffidava della propria voce.

« Vuoi tenerci compagnia, Larry? » domandò Bill.

Larry sbirciò Catherine e disse, in tono modesto: « Se sei certo che non disturbo... »

« No di sicuro. Accomodati. »

Larry prese posto accanto a Catherine.

« Che cosa bevi? » domandò Bill.

« Scotch e soda », rispose lui.

« Lo prenderò anch'io », disse Catherine, temeraria. « Doppio. »

Bill la fissò stupito. « Non riesco a crederci. »

« Hai detto di volermi insegnare alcune cattive abitudini », disse lei. « Cominciamo subito. »

Dopo aver ordinato, Bill si rivolse a Larry e disse: « Ho saputo dal generale Terry delle tue imprese... sia nell'aria che a terra ».

Catherine stava fissando Larry e la mente le turbinava, cercando di adattarsi alla realtà. « Quelle medaglie... » mormorò.

Lui la guardava con aria ingenua.

« Sì? »

Deglutì. « Hm... dove le ha prese? »

« Le ho vinte in un luna park », rispose Larry con gravità.

« Altro che luna park », rise Bill. « Larry ha combattuto nella RAF. Comandava la squadriglia americana in Inghilterra. Ora lo hanno convinto a organizzare una base di caccia a Washington per preparare al combattimento alcuni dei nostri ragazzi. »

Catherine si voltò a fissare Larry. Le stava sorridendo, benevolmente, e gli occhi gli brillavano. Come se stesse rivedendo un vecchio film, Catherine ricordò ogni parola del loro primo incontro. Gli aveva ordinato di togliersi i gradi di capitano e le medaglie e lui si era affrettato a ubbidire. Era stata presuntuosa, arrogante... e gli aveva dato del vigliacco. Avrebbe voluto strisciare sotto il tavolo.

« Vorrei che tu mi avessi avvertito del tuo arrivo in città », stava dicendo Bill. « Avrei fatto preparare un vitello grasso per te. Il tuo ritorno sarebbe stato festeggiato con un ricevimento in grande stile. »

« Preferisco così », disse Larry. Sbirciò Catherine e lei voltò la testa, incapace di sostenere il suo sguardo. « In effetti », continuò lui in tono ingenuo, « ti ho cercato quando mi trovavo a Hollywood, Bill. Avevo saputo che stavi facendo un film di propaganda per l'aeronautica. »

Si interruppe per accendere una sigaretta, poi spense meticolosamente il fiammifero. « Sono andato nel teatro di posa, ma tu non c'eri. »

« Ho dovuto partire per Londra. Però c'era Catherine. È strano che non vi siate incontrati. »

Catherine sbirciò Larry e vide che lui la stava guardando, con gli occhi divertiti. Era ormai giunto il momento di rivelare l'accaduto. Lo avrebbe detto a Bill e si sarebbero fatti una risata tutti insieme, senza attribuire importanza alla cosa, considerandola un episodio divertente. Ma, chissà perché, le parole le rimasero chiuse in gola.

Larry le concesse un momento di tempo, poi disse: « Il teatro di posa era molto affollato. Ecco perché non ci siamo visti ».

Lo odiò per averla aiutata, per averli fatti diventare due cospiratori contro Bill.

Quando i whisky furono serviti, inghiottì il suo, rapidamente, e ne chiese un altro. Sarebbe stata la serata più terribile della sua vita. Non vedeva l'ora di andarsene di lì, di allontanarsi da Larry Douglas.

Bill gli fece delle domande sulle sue esperienze in guerra e lui le fece sembrare una cosa da nulla e divertenti. Si vedeva che non prendeva niente sul serio. Era un superficiale. Eppure, in tutta lealtà, Catherine dovette ammettere con se stessa che un superficiale non si sarebbe arruolato volontario nella RAF e non sarebbe diventato un eroe battendosi contro la Luftwaffe. Irrazionalmente, lo odiò ancor di più perché era un eroe. Quell'atteggiamento riusciva incomprensibile anche a lei e ci pensò su sorseggiando il terzo doppio whisky. Che differenza faceva se lui era un eroe o un buono a niente? Ma poi si rese conto che, fino a quando lo aveva considerato una nullità, le era stato possibile incasellarlo in modo da riuscire a tenergli testa. Attraverso la bruma causata dal liquore, si appoggiò alla spalliera e ascoltò i due uomini parlare. C'era un avido entusiasmo in Larry, quando conversava, una vitalità così palpabile da arrivare sino a lei e da toccarla. Incominciò a sembrarle, adesso, l'uomo più vivo che avesse mai conosciuto; provò la sensazione che non indietreggiasse da nulla della vita, che si concedesse a tutto con tutto il cuore e che schernisse quelli che avevano paura di dare. O che avevano paura, punto e basta. Come lei.

Toccava appena i cibi e non aveva idea di che cosa stesse mangiando. Incontrò lo sguardo di Larry e fu come se lui fosse stato già il suo amante, come se fossero già stati insieme e si appartenessero a vicenda e si rese conto della pazzia di tutto ciò. Era come un ciclone, una forza della natura. Ogni donna, risucchiata nel suo vortice, sarebbe stata distrutta.

Larry le stava sorridendo. « Stiamo escludendo miss Alexander dalla conversazione », disse, compìto. « Sono certo che sia più interessante di noi due messi insieme. »

« Si sbaglia », disse Catherine, con la voce impastata. « Conduco un'esistenza molto monotona. Lavoro con Bill. » Non appena lo ebbe detto, capì come potevano essere interpretate le sue parole e arrossì. « Non volevo dir questo », mormorò. « Volevo dire... »

« So quello che voleva dire », intervenne Larry, volonteroso e lei lo odiò. Poi lui si rivolse a Bill: « Dove l'hai trovata? »

« Sono stato fortunato », disse Bill con calda convinzione. « Molto fortunato. Tu non sei ancora sposato? »

Larry alzò le spalle. « Chi mi vorrebbe? »

Bastardo, pensò Catherine. Si guardò attorno nella sala. Almeno sei donne lo stavano fissando, alcune furtivamente, altre apertamente. Era una sorta di calamita sessuale. « Com'erano le donne inglesi? » gli domandò, audace.

« Splendide », disse lui, compìto. « Naturalmente, non avevo molto tempo per questo genere di cose. Ero occupato a volare. »

Non hai avuto tempo un corno, pensò Catherine. *Scommetto che non una sola vergine è rimasta in piedi entro un raggio di centocinquanta chilometri intorno a te.* A voce alta disse: « Quelle povere ragazze mi fanno pena. Se penso a tutto ciò che hanno perduto ». Il tono della voce risultò più tagliente di quanto fosse stato nelle sue intenzioni.

Bill la stava fissando, interdetto da tanta villania. « Cathy », disse.

« Beviamo qualcos'altro », si affrettò a intervenire Larry.

« Credo che Catherine abbia già bevuto abbastanza. »

« Nemmeno per sc-sogno », protestò lei, ma si accorse inorridita che stava pronunciando male le parole. « Vorrei tornare a casa », soggiunse.

« Certo. » Bill si voltò verso Larry. « Catherine non beve, di solito », disse in tono di scusa.

« Immagino che sia commossa per averti rivisto. »

Catherine avrebbe voluto prendere il bicchiere dell'acqua e lanciargliene in faccia il contenuto. Lo aveva odiato meno di così quando lo considerava un vagabondo. Ora lo odiava molto di più. E non sapeva perché.

La mattina dopo si svegliò con un'emicrania da sbornia che, ritenne, avrebbe fatto testo nella storia della medicina. Le sembrava di avere almeno tre teste sulle spalle e martellavano tutte al ritmo di tamburini diversi. Giacere immobile a letto era un tormento e cercare di muoversi peggio che mai. Mentre lottava contro la nausea, l'intera serata le tornò alla mente e il dolore aumentò. Irragionevolmente, incolpò Larry Douglas di quell'emicrania, perché, se non fosse stato per lui, non avrebbe bevuto niente. Dolorosamente, voltò la testa e guardò l'orologio sul comodino. Aveva dormito più del solito. Si domandò se dovesse restare a letto o chiamare il pronto intervento. Poi, con cautela, si sollevò da quel letto di morte e si trascinò nel bagno. Incespicando, si mise sotto la doccia, aprì il rubinetto dell'acqua fredda e lasciò che i getti gelidi le scorressero sul corpo. Lanciò un grido quando l'acqua la investì, ma, una volta uscita dalla doccia, si sentiva meglio. *Non bene,* si disse con prudenza. *Soltanto un po' meglio.*

Tre quarti d'ora dopo, si trovava alla sua scrivania. Annie, la segretaria, entrò eccitatissima. « Indovini! » esclamò.

« Non stamattina », bisbigliò Catherine. « Fa' la brava e parla sottovoce. »

« Guardi! » Annie le mise sotto gli occhi il giornale. « È *lui*! »

In prima pagina, la fotografia di Larry Douglas in uniforme le sorrideva con insolenza. La didascalia diceva: « AMERICANO EROE DELLA RAF TORNA A WASHINGTON PER ORGANIZZARE UN NUOVO GRUPPO DI CACCIA ». Seguiva un articolo su due colonne.

« Non è appassionante? » gridò Annie.

« Tremendamente », disse Catherine e gettò il giornale nel cestino della carta straccia. « Vogliamo metterci al lavoro? »

Annie la fissò stupita. « Mi scusi », disse. « Io... credevo che siccome si tratta di un suo amico la cosa l'avrebbe interessata. »

« Non è un amico », la corresse lei. « È più che un nemico. » Poi vide l'espressione della ragazza. « Non potremmo lasciar stare il signor Douglas? »

« Certo », rispose Annie in tono interdetto. « Ma gli ho detto che lei sarebbe stata contenta. »

Catherine la fissò. « Quando? »

« Quando ha telefonato stamattina. Ha chiamato tre volte. »

Catherine si fece forza per rendere noncurante il tono della voce. « Perché non mi hai avvertita? »

« Mi aveva detto di non riferirle le sue telefonate. » La stava osservando e la sua faccia era il ritratto dello sbalordimento.

« Ha lasciato un numero di telefono? »

« No. »

« Bene. » Catherine pensò al volto di lui, a quegli occhi grandi, scuri e ironici. « Bene », ripeté, in tono più fermo. Terminò di dettare alcune lettere e, quando Annie fu uscita, si avvicinò al cestino della carta straccia e ricuperò il giornale. Lesse l'articolo su Larry parola per parola. Era un asso e aveva abbattuto otto aerei tedeschi. Per due volte era stato abbattuto sul Canale della Manica. Parlò con Annie al telefono interno. « Se il signor Douglas richiamà, prenderò la comunicazione. »

Seguì un silenzio brevissimo. « Sì, miss Alexander. »

In fin dei conti, era del tutto inutile essere villana con quell'uomo. Si sarebbe limitata a scusarsi per il proprio comportamento nel teatro di posa e lo avrebbe pregato di non telefonarle più. Stava per sposare William Fraser.

Aspettò la telefonata per tutto il pomeriggio, ma alle sei non si era ancora fatto vivo. *Perché dovrebbe?* si domandò. *Sarà in giro a scopare altre sei ragazze. Sei fortunate. Aver a che fare con lui sarebbe come andare al macello. Prendi il gettone e aspetta il tuo turno.*

Uscendo, disse ad Annie: « Se il signor Douglas telefona, domani, digli che non ci sono ».

Annie non batté ciglio. « Sì, miss Alexander. Buonanotte. »

« Buonanotte. »

Scese in ascensore, perduta nei propri pensieri. Era certa che Bill Fraser volesse sposarla. La cosa migliore era dirgli che voleva essere sposata subito. Sì, glielo avrebbe detto quella sera stessa. E sarebbero partiti in luna di miele. Prima del loro ritorno, Larry Douglas avrebbe lasciato la città. O sarebbe accaduto qualcos'altro.

La porta dell'ascensore si aprì sull'atrio e Larry Douglas si trovava lì in piedi, addossato alla parete. Si era tolto medaglie e nastrini e aveva i gradi di sottotenente. Sorrise e si avvicinò.

« Così va meglio? » domandò allegramente.

Catherine lo fissò, il cuore martellante. « Ma... ma non è contro i regolamenti portare un grado diverso? »

« Non lo so », disse lui, serio. « Credevo che fosse compito suo occuparsi di tutte queste cose. »

Continuò a fissarla e lei gli disse, con una voce esile: « Non faccia così. Voglio che mi lasci in pace. Appartengo a Bill ».

« Dov'è la fede nuziale? »

Catherine gli passò accanto, sfiorandolo, e si diresse verso l'ingresso. Quando vi giunse, Larry l'aveva preceduta e le tenne aperta la porta.

Fuori, la prese sottobraccio. Sentì una scossa irradiarlesi in tutto il corpo. Sembrava elettricità che scaturisse da lui, e la ustionasse. « Cathy... » prese a dire Larry.

« Per amor di Dio », lo supplicò disperatamente. « Che cosa vuole da me? »

« Tutto », fu la risposta sommessa. « Voglio lei. »

« Bene, non può avermi », gemette. « Vada a torturare qualcun'altra. » Gli voltò le spalle per allontanarsi, ma la trattenne.

« Che cosa ha voluto dire? »

« Non lo so », rispose Catherine, mentre gli occhi le si riempivano di lacrime. « Non so quel che dico... ho mal di testa. Voglio morire. »

Lui sorrise comprensivo. « Conosco una cura meravigliosa per il mal di testa. » La condusse verso il garage del palazzo.

« Dove stiamo andando? » gli domandò, in preda al panico.

« A prendere la mia macchina. »

Catherine alzò gli occhi, frugandogli la faccia in cerca di un indizio di trionfo, ma nei suoi lineamenti forti e incredibilmente belli non vide altro che tenerezza e compassione.

Gli inservienti portarono un'auto sportiva marrone con la capote abbassata. Larry aiutò Catherine a salire in macchina e scivolò dietro il volante. Immobile, lei guardava diritto dinanzi a sé, sapendo che stava gettando via tutta la propria vita, eppure totalmente incapace di impedirselo. Era come se tutto ciò stesse accadendo a qualcun'altra. Avrebbe voluto dire alla stupida e smarrita ragazza sull'automobile di fuggire.

« A casa tua o da me? » domandò Larry, con dolcezza.

Lei scosse la testa. « Non ha importanza », rispose, disperata.

« Andremo a casa mia. »

Dunque, lui non era del tutto insensibile. Oppure temeva di dover competere con l'ombra di William Fraser.

Lo osservò mentre abilmente zigzagava con la macchina nel traffico delle prime ore della sera. No, non aveva paura di niente. E questo era un aspetto del suo maledetto fascino.

Cercò di dire a se stessa che era libera di dirgli di no, libera di andarsene. Come poteva amare William Fraser e provare tutto questo per Larry?

« Se può consolarti », disse lui sommessamente, « sono nervoso quanto te. »

Catherine si voltò a guardarlo. « Grazie », mormorò. Mentiva, naturalmente. Con ogni probabilità diceva la stessa cosa a tutte le sue vittime prima di portarle a letto. Ma, per lo meno, non sembrava esultante. A tormentarla di più era il fatto che stava tradendo Bill Fraser. Era troppo buono perché si potesse ferirlo e questo lo avrebbe ferito moltissimo. Lo sapeva e sapeva che quanto stava facendo era uno sbaglio insensato, ma si sarebbe detto che non avesse più una volontà sua.

Erano giunti in una zona residenziale, con grandi alberi ombrosi lungo la strada. Larry fermò la macchina davanti a un palazzo. « Siamo arrivati », disse a voce bassa.

Catherine sapeva che questa era la sua ultima possibilità di dire no, di dirgli di tenersi lontano da lei. Ma lo osservò silenziosa mentre lui girava intorno alla macchina e le apriva lo sportello. Scese ed entrò nel palazzo.

L'appartamento di Larry era stato arredato per un uomo. Le tinte erano forti, i mobili avevano un aspetto maschile.

Mentre entravano, lui le tolse il cappotto e Catherine rabbrividì.

« Hai freddo? »

« No. »

« Vuoi bere qualcosa? »

« No. »

Con dolcezza, la prese tra le braccia e si baciarono. Fu come se il suo corpo fosse stato incendiato. Senza dir parola, Larry la condusse nella camera da letto. Tutto divenne sempre più incalzante mentre si spogliavano entrambi, silenziosi. Catherine si distese nuda sul letto e lui le si coricò accanto.

« Larry... » ma lui aveva già le labbra sulle sue e cominciò a farle scorrere le mani sul corpo, esplorando con dolcezza, inducendola a dimenticare tutto tranne il piacere che nasceva in lei, per cui a sua volta lo cercò brancolando con le mani. Lo sentì ardente e duro e pulsante, poi le sue dita entrarono in lei, aprendola con dolcezza e con affetto, e poi le fu addosso e la penetrò, e seguì un piacere immenso che non aveva mai creduto possibile e subito furono una cosa sola, muovendosi più in fretta e più in fretta, con un ritmo fantastico che fece dondolare la stanza e il mondo intero e l'universo, finché non ci fu un'esplosione che divenne estasi delirante, un viaggio sconvolgente fino all'incredibile, un arrivo e una partenza, una fine e un inizio, e Catherine giacque esausta e stordita, tenendolo stretto, decisa a non lasciarlo andare mai più, a non consentir mai a quella sensazione di cessare. Nulla di quanto aveva letto o sentito dire avrebbe mai potuto prepararla a questo, era incredibile che il corpo di un'altra persona potesse dare tanto piacere. Giaceva in pace: una donna. E seppe che, se anche non lo avesse riveduto mai più, gli sarebbe stata grata per tutta la vita.

« Cathy? »

Si voltò a guardarlo, adagio, pigramente. « Dimmi? » Anche la sua voce le parve più profonda, più matura.

« Potresti togliermi le unghie dalla schiena? »

A un tratto si rese conto che gliele stava affondando nella carne. « Oh, scusami! » esclamò. Cominciò a esaminargli la schiena, ma lui le afferrò le mani e la strinse a sé.

« Non importa. Sei felice? »

« Felice? » Il labbro le tremò e, inorridita, si mise a piangere. Singhiozzi violenti, che le scuotevano il corpo. Lui la tenne tra le braccia, accarezzandola, consolante, lasciando che la tempesta si placasse.

« Scusami », gli disse infine. « Non so che cosa mi abbia preso. »

« Delusa? »

Catherine alzò gli occhi rapidamente, sul punto di protestare, poi vide che la stava prendendo in giro. Larry la strinse tra le braccia e di nuovo fece all'amore con lei. Fu ancora più incredibile di prima. Poi rimasero sdraiati sul letto e lui parlò, ma non lo ascoltava. Voleva soltanto udire il suono della sua voce e non le importava quel che diceva. Sapeva che non vi sarebbe mai stato nessuno per lei, tranne quell'uomo. E sapeva che quell'uomo non sarebbe mai potuto appartenere a una sola donna e che con ogni probabilità non lo avrebbe più rivisto; era soltanto un'altra conquista per Larry. Si accorse che lui aveva smesso di parlare e la stava guardando.

« Non hai udito una parola di quello che ho detto. »

« Scusami », mormorò. « Stavo sognando a occhi aperti. »

« Dovrei offendermi », le disse in tono di rimprovero. « La sola cosa che ti interessa di me è il mio corpo. »

Gli fece scorrere le mani sul petto magro, abbronzato e sul ventre. « Non sono un'esperta », disse, « ma credo che questo sappia cavarsela bene. » Gli sorrise. « Se *l'è* cavata bene. »

Avrebbe voluto domandargli se fosse riuscita a dargli piacere, ma non osò.

« Sei bellissima, Cathy. »

Sentirglielo dire la fece fremere, ma nello stesso tempo si risentì. Qualsiasi cosa potesse dirle, l'aveva già detta a mille altre donne. Si domandò come si sarebbe congedato da lei. *Mi telefonerai qualche volta?* Oppure, *Ti telefonerò, qualche volta?* Forse avrebbe anche voluto rivederla ancora una o due volte prima di passare a qualcun'altra. Bene, non poteva incolpare nessuno tranne se stessa. Aveva saputo quello che le sarebbe toccato. *Mi ci sono messa con gli occhi bene aperti, come le gambe. Qualsiasi cosa possa accadere, non devo incolpare lui.*

Larry la cinse con le braccia e la tenne stretta.

« Lo sai che sei una ragazza molto speciale, Cathy? »

Lo sai che sei una ragazza molto speciale... Alice, Susan, Margaret, Peggy, Lana.

« L'ho sentito sin dalla prima volta che ti ho vista. Non ho mai provato niente di simile con nessun'altra. »

... Janet, Evelyn, Ruth, Georgia e così via, all'infinito. Gli premette la faccia contro il petto, non osando parlare, e lo tenne stretto, dicendogli addio silenziosamente.

« Sono affamato », disse Larry. « Lo sai che cosa vorrei? »

Catherine sorrise. « Sì, certo che lo so. »

Si chinò su di lei, sorridendo. « Vuoi sapere una cosa? » domandò. « Sei una maniaca sessuale. »

Catherine alzò gli occhi. « Grazie. »

La condusse sotto la doccia e aprì il rubinetto. Staccò il tubo della doccia dal supporto alla parete e lo puntò verso il capo di lei, scostandole indietro i capelli. « Su, fatti sotto », disse e la trascinò verso il getto sferzante. Prese una saponetta e cominciò a lavarla, cominciando dal collo, scendendo lungo le braccia, passando adagio intorno ai seni e poi più giù, sul ventre, tra le cosce. Catherine cominciò a sentire un eccitazione all'inguine e gli tolse dalle mani la saponetta e prese a lavare lui, insaponandogli il petto e il ventre e strofinandolo tra le gambe. Il membro cominciò a indurirlesi nelle mani.

Larry le allargò le gambe, mise in lei la propria rigidità maschile e lei si sentì di nuovo trasportata, sommersa dal torrente d'acqua che le sferzava il corpo, mentre dentro era colmata dallo stesso piacere intollerante, finché non gridò forte la sua pura felicità.

Poi si vestirono, risalirono in macchina e andarono nel Maryland dove trovarono un piccolo ristorante ancora aperto e cenarono: aragosta e champagne.

Alle cinque del mattino, Catherine formò il numero di William Fraser e rimase in ascolto degli squilli che vibravano a centotrenta chilometri di distanza, finché in ultimo la voce assonnata di Bill si fece udire al telefono e disse: « Pronto... »

« Pronto, Bill. Sono Catherine. »

« Catherine! È tutta la sera che cerco di telefonarti. Dove sei? Stai bene? »

« Sto benissimo. Mi trovo nel Maryland con Larry Douglas. Ci siamo appena sposati. »

8

NOELLE

Parigi, 1941

CHRISTIAN Barbet era un uomo infelice. Il piccolo investigatòre calvo sedeva alla scrivania, una sigaretta tra i denti giallognoli e scheggiati, contemplando con aria tetra la cartella che aveva dinanzi. L'informazione che conteneva gli sarebbe costata una cliente. Aveva fatto pagare a Noelle Page cifre iperboliche per i suoi servigi, ma non era la perdita di quei guadagni a rattristarlo: gli sarebbe mancata la cliente. Odiava Noelle Page, eppure era la donna più provocante che avesse mai conosciuto. Barbet ricamava intorno a lei fantasticherie oscene nelle quali la giovane donna finiva sempre in suo potere. Ora il compito affidatogli stava per concludersi e non l'avrebbe rivista mai più. L'aveva fatta attendere in anticamera mentre cercava di escogitare il modo per poterle spillare altro denaro e protrarre i loro rapporti. Ma dovette concludere con riluttanza che non esisteva alcun modo. Sospirò, spense la sigaretta, si avvicinò alla porta e l'aprì. Noelle sedeva sul divano di finta pelle nera e, mentre la osservava, si sentì il cuore in gola, per un momento. Era sleale, da parte di qualsiasi donna, essere così bella. « Buongiorno, mademoiselle », disse. « Si accomodi. »

Noelle entrò nell'ufficio muovendosi con la grazia di una modella. A Barbet giovava avere una cliente famosa come la Page e non si lasciava sfuggire l'occasione di dirlo. Un nome come il suo attirava i clienti e lui non era uomo da perdere il sonno per ragioni etiche. « Sieda, la prego », disse, additando una poltroncina. « Posso offrirle un brandy, un aperitivo? »

In alcune delle sue fantasticherie ubriacava Noelle e lei finiva con l'implorarlo di sedurla.

« No » rispose lei. « Sono venuta per il suo rapporto. »

La cagna avrebbe potuto almeno bere qualcosa con lui, quell'ultima volta! « Sì », disse Barbet. « In effetti, ho parecchie informazioni. » Si sporse sulla scrivania e finse di studiare il rapporto che aveva già imparato a memoria.

« Anzitutto », le fece sapere, « il suo amico è stato promosso capitano e trasferito alla Centotrentatreesima Squadriglia, di cui ha il comando. Il campo d'aviazione si trova a Coltisall, Duxtford, nel Cambridgeshire. Pilotavano... » si espresse deliberatamente adagio, sapendo che i particolari tecnici non la interessavano, « *Hurricane* e *Spitfire II* e quindi sono passati ai *Mark V*. Poi hanno pilotato... »

« Lasci stare », disse Noelle, spazientita. « Dove si trova, adesso? »

Barbet si era aspettato questa domanda. « Negli Stati Uniti. » Vide la sua reazione, prima che lei fosse riuscita a dominarsi, e ne ricavò una soddisfazione selvaggia. « A Washington », continuò.

« In licenza? »

Barbet scosse la testa. « No. È stato congedato dalla RAF. Ora è capitano nell'aeronautica militare degli Stati Uniti. »

Osservò Noelle assimilare l'informazione, ma l'espressione di lei non lasciò capire che cosa stesse provando. Barbet però non aveva ancora finito. Prese tra le dita sudicie, grosse come salsicce, un ritaglio di giornale e glielo porse. « Credo che questo la interesserà », disse.

Vide Noelle irrigidirsi, quasi avesse già saputo quanto stava per leggere. Il ritaglio era del *Daily News* di New York. Il titolo diceva: « Matrimonio di un asso dell'aviazione ». Ed era sormontato da una fotografia di Larry Douglas e della sposa. Noelle fissò a lungo il ritaglio, poi tese la mano per avere il resto della pratica. Christian Barbet alzò le spalle, infilò tutti i documenti in una busta uso ufficio e gliela consegnò. Mentre apriva la bocca per pronunciare il discorsetto di congedo, la ragazza disse: « Se non ha un corrispondente a Washington, se lo procuri. Voglio dei rapporti settimanali ». E se ne andò lasciando Christian Barbet intento a seguirla con lo sguardo, in uno stato di completa confusione.

Una volta rientrata in casa, Noelle andò in camera da letto, chiuse la porta a chiave e tolse dalla busta i ritagli.

Li dispose sul letto dinanzi a sé e li studiò. Nella fotografia, Larry era esattamente come lo ricordava. Semmai, l'immagine nella sua mente era più chiara dell'immagine sul giornale, poiché era più vivo nei suoi pensieri di quanto non fosse in realtà.

Non passava giorno senza che Noelle rivivesse il loro incontro. Era come se avessero recitato insieme, tanto tempo prima, nella stessa commedia, e lei riuscisse a ripeterne le scene a piacere, interpretandone alcune in certi giorni e lasciandone altre per altri giorni, in modo che ogni singolo ricordo fosse sempre vivido e fresco.

Concentrò l'attenzione sulla sposa di Larry. Vide un viso grazioso, giovane, intelligente, con un sorriso sulle labbra.

Il volto della nemica. Un volto che avrebbe dovuto essere distrutto, così come sarebbe stato distrutto Larry.

Noelle rimase chiusa a chiave nella stanza con la fotografia per tutto il pomeriggio.

Ore dopo, quando Armand Gautier bussò alla porta della camera da letto, gli disse di andarsene. Lui aspettò fuori, nel salotto, domandandosi apprensivo quale potesse essere il suo umore, ma quando Noelle uscì, alla fine sembrava insolitamente animata e allegra, come se avesse una buona notizia da dargli. Ma non diede alcuna spiegazione e lui la conosceva abbastanza bene per non chiederle nulla.

Dopo il teatro, quella sera, fece all'amore con lui con una passione selvaggia che gli ricordò i loro primi giorni insieme. In seguito, disteso sul letto, si sforzò di capire la meravigliosa ragazza che gli riposava accanto; ma non aveva alcun indizio.

Quella notte, Noelle Page sognò il colonnello Mueller. Il glabro ufficiale albino della Gestapo la stava torturando con un ferro da marchio incandescente e le imprimeva svastiche sulla carne. Seguitava a farle domande, ma la sua voce era così sommessa che lei non riusciva a udirlo e lui continuava a premerle sulla pelle il ferro incandescente e a un tratto era Larry a trovarsi sul tavolo delle torture, urlante di dolore. Si svegliò madida di sudore gelido, il cuore martellante, e accese la lampada sul comodino. Accese una sigaretta con dita tremanti e cercò di calmare i nervi. Pensò a Israel Katz. La gamba gli era stata amputata con una scure e, sebbene lei non lo avesse più rivisto dopo quel pomeriggio nella pasticceria, sapeva dal *concierge* che era vivo ma debole. Diventava sempre più difficile nasconderlo e, da solo, era senza aiuto. Le ricerche andavano intensificandosi. Se si doveva portarlo fuori di Parigi, bisognava farlo al più presto. Noelle non aveva fatto nulla, in realtà, per cui la Gestapo potesse arrestarla; per ora. Era, il sogno, una premonizione, un ammonimento a non aiutare Israel Katz? Giacendo a letto, ricordò. Lui l'aveva aiutata al momento dell'aborto. L'aveva aiutata a uccidere il figlio di Larry. Le aveva dato del denaro e, grazie a lui, era riuscita a trovare un lavoro. Decine di uomini avevano fatto per Noelle cose più importanti, eppure non si sentiva affatto indebitata con loro. Ognuno di essi, compreso suo padre, aveva voluto qualcosa da lei e lei aveva pagato fino in fondo qualsiasi cosa le fosse stata data. Israel Katz non le aveva mai chiesto nulla. Doveva aiutarlo.

Non sottovalutava le difficoltà. Il colonnello Mueller la sospettava già. Ricordò il sogno e rabbrividì. Doveva fare in modo che Mueller non riuscisse mai a provare niente contro di lei. Bisognava portare Israel Katz di nascosto lontano da Parigi, ma come? Era certa che tutte le uscite fossero attentamente sorvegliate. Sorvegliavano le strade e il fiume. I nazisti potevano essere dei *cochons*, ma erano dei *cochons* efficienti. Era una sfida che avrebbe potuto essere mortale, eppure era decisa a tentare. La difficoltà era che non poteva chiedere aiuto a nessuno. I nazisti avevano trasformato Armand Gautier in una tremolante gelatina. No, bisognava che agisse da sola. Pensò al colonnello Mueller e al generale Scheider e si domandò se fosse sorto uno scontro chi dei due sarebbe risultato vittorioso.

La sera dopo il sogno, Noelle e Armand Gautier andarono a una cena. L'ospite era Leslie Rocas, un ricco mecenate. Trovarono un gruppo eclettico di invitati... banchieri, artisti, uomini politici e donne bellissime che, pensò, si trovavano lì soltanto a beneficio dei tedeschi presenti. Gautier aveva notato la preoccupazione di Noelle, ma quando le domandò che cosa avesse, lei rispose che andava tutto benissimo.

Un quarto d'ora prima che la cena venisse annunciata,

un nuovo arrivato varcò la soglia e, non appena lo ebbe visto, Noelle seppe che il suo problema stava per essere risolto. Si avvicinò alla padrona di casa e disse: « Tesoro, sii un angelo e mettimi accanto ad Albert Heller ».

Albert Heller era il più grande commediografo di Francia. Un orso d'uomo, grosso, dall'andatura strascicata, con una zazzera di capelli bianchi e spalle larghe e curve. Alto di statura, per essere un francese, avrebbe fatto in ogni caso spicco tra la folla, perché aveva una faccia notevolmente brutta e gli occhi verdi penetranti ai quali nulla sfuggiva. Con un'immaginazione vivida e fertile, aveva scritto più d'una ventina di commedie di successo e di soggetti cinematografici. Cercava di persuadere Noelle a essere la protagonista di una sua nuova commedia e le aveva fatto avere il copione. Ora, sedendogli accanto a cena, Noelle disse: « Ho appena terminato di leggere la tua nuova commedia, Albert. L'adoro ».

La faccia gli si illuminò. « La farai? »

Noelle mise la mano sulla sua. « Mi piacerebbe, caro, ma Armand mi ha impegnata per un'altra commedia. »

Lui si accigliò, poi sospirò con rassegnazione. « *Merde!* Ah, be', un giorno lavoreremo insieme. »

« Ne sarei felice. Mi piace come scrivi. Mi affascina l'abilità degli scrittori nel creare gli intrecci. Non so come ci riusciate. »

Heller alzò le spalle. « Né più né meno come tu riesci a recitare. È il nostro mestiere, il lavoro con il quale ci guadagniamo da vivere. »

« No », rispose Noelle. « La capacità di servirsi dell'immaginazione in questo modo è un miracolo per me. » Sorrise imbarazzata. « Lo so perché ho tentato di scrivere. »

« Oh? » fece lui, compito.

« Sì, ma sono bloccata. » Trasse un profondo respiro, poi si guardò attorno. Tutti gli altri invitati erano assorti nelle loro conversazioni. Si chinò verso Albert Heller e abbassò la voce. « La mia eroina si trova in una situazione in cui deve allontanare di nascosto l'amante da Parigi. I nazisti lo stanno cercando. »

« Ah. » L'uomo grande e grosso giocherellò con la forchetta dell'insalata, facendola tintinnare contro il piatto. Poi disse: « È facile. Fagli indossare un'uniforme tedesca e fallo passare in mezzo a loro ».

Noelle sospirò. « C'è una complicazione. È stato ferito. Non può camminare. Ha perduto una gamba. »

Il tintinnio cessò a un tratto. Seguì un lungo silenzio, poi Heller disse: « Una chiatta lungo la Senna? »

« La Senna è sorvegliata. »

« E tutti i mezzi di trasporto che escono da Parigi vengono perquisiti? »

« Sì. »

« Allora devi fare in modo che i nazisti lavorino per te. »

« E come? »

« La tua eroina », domandò lui, « è bella? »

« Sì. »

« Supponiamo », continuò lui, « che diventi l'amica di un ufficiale tedesco. Qualche ufficiale di alto grado. È possibile? » Noelle si voltò a fissarlo, ma lui evitò il suo sguardo.

« Sì. »

« Benissimo, allora. Falle avere un appuntamento con l'ufficiale. Partono in macchina per trascorrere un fine settimana in qualche posto fuori di Parigi. Degli amici potrebbero nascondere il tuo eroe nel portabagagli dell'automobile. L'ufficiale deve essere molto importante, in modo che la sua macchina non possa essere perquisita. »

« Ma con il portabagagli chiuso il mio eroe non soffoca? »

Albert Heller bevve un sorso di vino, silenziosamente assorto nei propri pensieri. Infine disse: « Non necessariamente ».

Parlò con Noelle per cinque minuti, tenendo bassa la voce, e concluse dicendo: « In bocca al lupo ». Ma continuò a non guardarla.

La mattina dopo, presto, Noelle telefonò al generale Scheider. Rispose il centralino che, pochi momenti dopo, le passò un aiutante di campo e finalmente il segretario di Scheider.

« Chi chiede di parlare con il generale, prego? »

« Noelle Page », disse lei, per la terza volta.

« Sono spiacente, ma il generale è a una conferenza. Non può essere disturbato. »

Lei esitò. « Potrei richiamare più tardi? »

« Sarà impegnato per tutto il giorno. Le consiglio di esporre per iscritto la sua richiesta al generale. »

Noelle prese in considerazione per un momento quell'idea e un sorriso ironico le sfiorò le labbra.

« Non importa », rispose. « Basta che gli dica che ho telefonato. »

Un'ora dopo, il suo apparecchio squillò ed era il generale Hans Scheider. « Mi perdoni », si scusò. « Quell'idiota mi ha riferito la sua comunicazione solo adesso. Avrei dato l'ordine di passarmi la linea immediatamente, ma non pensavo che mi avrebbe telefonato. »

« Sono io a dovermi scusare », disse Noelle. « So che è molto occupato. »

« La prego. Che cosa posso fare per lei? »

Esitò, scegliendo le parole. « Ricorda quello che disse di una cena a due? »

Seguì un breve silenzio, poi: « Sì ».

« Ho pensato molto a lei, Hans. Mi farebbe piacere rivederla. »

« Vuole cenare con me questa sera? » Il tono della voce divenne all'improvviso ansioso.

« Non a Parigi », rispose Noelle. « Se dovremo stare insieme, preferirei che accadesse lontano da qui. »

« Dove? » domandò il generale Scheider.

« Voglio che sia in qualche posto speciale. Conosce Ètretat? »

« No. »

« È un piccolo, adorabile villaggio a circa centocinquanta chilometri da Parigi, vicino a Le Havre. C'è un'antica locanda molto tranquilla. »

« Mi sembra meraviglioso, Noelle. Non mi è facile allontanarmi subito », soggiunse poi in tono di scusa. « Mi trovo nel bel mezzo di... »

« Capisco », lo interruppe lei, gelida. « Forse qualche altra volta. »

« Aspetti! » Seguì un lungo silenzio. « Quando potrebbe essere libera? »

« Sabato sera, dopo lo spettacolo. »

« Darò le disposizioni necessarie », disse lui. « Possiamo partire in aereo... »

« Perché non in automobile? » domandò Noelle. « È così simpatico viaggiare in macchina. »

« Come preferisce. Passerò a prenderla a teatro. »

Noelle rifletté rapidamente. « Devo prima tornare a casa a cambiarmi. Passi a prendermi a casa mia, le spiace? »

« Come vuole, mia *liebchen*. A sabato sera. »

Un quarto d'ora dopo, Noelle stava parlando con il *concierge*. L'ascoltò scuotendo la testa e protestando energicamente.

« No, no, no! Lo riferirò al nostro amico, mademoiselle, ma non vorrà saperne. Sarebbe uno sciocco ad accettare! Tanto varrebbe dirgli di andare a chiedere un impiego al quartier generale della Gestapo! »

« Il piano non può fallire », gli assicurò lei. « Lo ha escogitato la miglior mente di Francia. »

Quando uscì di casa, quel pomeriggio, vide un uomo addossato al muro, che si fingeva assorto nella lettura di un giornale. Mentre Noelle si incamminava nella frizzante aria invernale, l'uomo si scostò dal muro e cominciò a seguirla tenendosi a distanza. Noelle camminò adagio, soffermandosi a guardare tutte le vetrine dei negozi.

Cinque minuti dopo che si era allontanata, il *concierge* uscì a sua volta, si guardò attorno per accertarsi di non essere spiato, poi chiamò un tassì e diede l'indirizzo di un negozio di articoli sportivi a Montmartre.

Due ore dopo, riferiva a Noelle: « Le verrà consegnato sabato sera ».

La sera di sabato, quando Noelle terminò lo spettacolo, trovò ad aspettarla dietro le quinte il colonnello Kurt Mueller della Gestapo. Un brivido di paura la percorse. Il piano di fuga era stato predisposto con una precisione di secondi e non si poteva ritardare.

« Ho assistito allo spettacolo dalla platea, Fraülein Page », disse il colonnello. « Lei è ogni volta più brava. »

Il suono della sua voce melliflua e acuta le riportò vividamente il sogno.

« La ringrazio, colonnello. Se vuole scusarmi, mi devo cambiare. »

Si incamminò verso il camerino e lui la seguì.

« Vengo con lei », disse.

Noelle entrò nel camerino, seguita da vicino dall'albino glabro della Gestapo. Mueller si sistemò comodamente su una poltrona. Lei esitò un momento, poi cominciò a spogliarsi mentre l'uomo la guardava con indifferenza. Noelle sapeva che era un omosessuale e questo la privava di un'arma preziosa... la propria sessualità.

« Un uccellino mi ha bisbigliato qualcosa all'orecchio », disse il colonnello. « Tenterà di fuggire stanotte. »

Il cuore le mandò un colpo, ma la sua espressione non tradì nulla. Cominciò a togliersi il trucco, affrettandosi per non perdere tempo, mentre gli domandava: « Chi tenterà di fuggire stanotte? »

« Il suo amico, Israel Katz. »

Noelle si voltò di scatto e il movimento la rese consapevole di colpo del fatto che si era tolta il reggiseno. « Non conosco nessun... » Scorse l'improvviso bagliore di trionfo negli occhi rossi e si accorse della trappola appena in tempo. « Un momento », disse, « sta parlando di un giovane medico? »

« Ah, allora *lo* ricorda! »

« Appena. Mi curò di una polmonite, qualche tempo fa. »

« E di un aborto », disse il colonnello Mueller, con la sua voce melliflua e acuta. La paura tornò a invaderla. La Gestapo non si sarebbe data tanta pena se non fosse stata certa che era coinvolta in quel tentativo di fuga. Era stata una pazza a cacciarsi in quel guaio; ma, nel momento stesso in cui lo pensava, si rese conto che era troppo tardi per tornare indietro. Gli ingranaggi erano ormai in moto e di lì a poche ore Israel Katz sarebbe stato libero... o morto. E lei?

Il colonnello Mueller stava dicendo: « Ha detto di avere veduto Katz l'ultima volta in quel caffè, poche settimane fa ».

Noelle scosse la testa. « Non ho mai detto niente di simile, colonnello. »

Il colonnello Mueller la fissò negli occhi, quindi abbassò lo sguardo insolente sui seni nudi, sul ventre e sulle mutandine trasparenti. Tornò poi a guardare negli occhi Noelle e sospirò. « Amo le cose belle », disse sommessamente. « Sarebbe un peccato veder distrutta una bellezza come la sua. E tutto per un uomo che per lei non significa niente. Come ha deciso di fuggire, il suo amico, Fraülein? »

Aveva una placidità nella voce che le fece correre dei brividi lungo la spina dorsale. Divenne Annette, l'innocente e indifeso personaggio della commedia.

« Davvero non so di che cosa stia parlando, colonnello. Vorrei esserle utile, ma non so come. »

Il colonnello Mueller la fissò a lungo, poi si alzò in piedi rigidamente. « Le insegnerò io come, Fraülein », promise sommessamente. « E sarà un piacere. »

Sulla porta si voltò, per un'ultima battuta di congedo. « A proposito, ho consigliato al generale Scheider di non partire con lei per il fine settimana. »

Noelle sentì che il cuore le si fermava. Era troppo tardi per avvertire Israel Katz. « I colonnelli si intromettono sempre nella vita privata dei generali? »

« In questo caso, no », disse Mueller con rincrescimento. « Il generale Scheider intende mantenere l'appuntamento. » Poi girò sui tacchi e uscì.

Noelle lo seguì con lo sguardo, il cuore che le martellava. Poi guardò l'orologio d'oro sul tavolino e rapidamente cominciò a vestirsi.

Alle undici e quarantacinque il *concierge* telefonò a Noelle per annunciarle che il generale Scheider stava salendo nell'appartamento. La voce gli tremava.

« Il suo autista è rimasto sulla macchina? » domandò lei.

« No, mademoiselle », rispose l'uomo a voce bassa. « Sta salendo con il generale. »

« Grazie. »

Posò il ricevitore e si affrettò a entrare nella camera da letto per controllare ancora una volta i bagagli. Non doveva commettere alcun errore. Il campanello squillò alla porta di casa, lei attraversò il soggiorno e aprì.

Il generale Scheider si trovava sul pianerottolo con il suo autista, un giovane capitano, alle spalle. Era in borghese e aveva un aspetto molto distinto con l'impeccabile completo grigio scuro, una camicia celeste chiaro e la cravatta scura. « Buona sera », disse cerimonioso. Entrò, poi fece cenno all'autista di seguirlo.

« Le valigie sono nella camera da letto », disse Noelle e indicò la porta.

« Grazie, Fraülein. » Il capitano entrò nella camera da letto. Il generale Scheider si avvicinò a Noelle e le prese le mani. « Sa a che cosa ho pensato tutto il giorno? » le domandò. « Pensavo che avrei potuto non trovarla qui, che avrebbe cambiato idea. Ogni volta, quando il telefono squillava, mi spaventavo. »

« Mantengo le promesse », gli disse lei. Stette a guardare mentre il capitano usciva dalla camera da letto con il beauty case e una valigetta per la notte. « Non c'è altro? » le domandò l'ufficiale.

« No », disse Noelle, « è tutto. »

Il capitano portò la sua roba fuori dell'appartamento.

« Pronta? » domandò il generale Scheider.

« Beviamo qualcosa prima di partire », rispose subito Noelle. Si avvicinò a una bottiglia di champagne in un secchiello del ghiaccio sul bar.

« Lasci fare a me. » Tolse la bottiglia dal secchiello e la sturò.

« A che cosa brindiamo? »

« A Ètretat. »

Scheider la scrutò per un momento, poi disse: « A Ètretat ».

Fecero tintinnare i bicchieri e bevvero. Mentre sorseggiava lo champagne, Noelle sbirciò furtivamente il proprio orologio da polso. Il generale le stava parlando, ma udiva soltanto a mezzo le parole. La sua mente si stava raffigurando quello che accadeva al pianterreno. Doveva stare molto attenta. Se si fosse mossa troppo rapidamente o troppo adagio, sarebbe stato fatale. Per tutti.

« A che cosa sta pensando? » domandò Scheider.

Noelle si voltò rapidamente. « A nulla. »

« Non mi ascoltava. »

« Mi scusi. Stavo pensando a noi due. » Lo guardò e gli rivolse un rapido sorriso.

« Mi lascia interdetto » disse lui.
« Non sono un enigma tutte le donne? »
« Non lei. Non avrei mai creduto che fosse capricciosa, eppure... » fece un gesto vago, « prima non vuole vedermi affatto e ora, improvvisamente, passiamo il fine settimana in campagna. »
« Le dispiace, Hans? »
« No, naturalmente... ma continuo a domandare a me stesso... perché in campagna? »
« Gliel'ho detto. »
« Oh, sì », disse il generale Scheider. « È un posto romantico. Ecco un'altra cosa che mi lascia interdetto. Credo che lei sia realistica e non romantica. »
« Che cosa sta cercando di dire? » gli domandò.
« Niente », rispose lui, disinvolto. « Mi limito a riflettere a voce alta. Mi piace risolvere gli enigmi, Noelle. Con il tempo risolverò anche l'enigma che lei rappresenta. »
Noelle alzò le spalle. « Una volta che avrà trovato la soluzione, il problema potrebbe non essere più interessante. »
« Vedremo. » Posò il bicchiere. « Vogliamo andare? »
Noelle prese i bicchieri vuoti dello champagne. « Un momento solo, li porto in cucina », disse.
Il generale Scheider la osservò mentre usciva. Noelle era una delle donne più belle e desiderabili che avesse conosciuto e voleva possederla. Questo non significava, però, che fosse stupido o cieco. Lei voleva qualcosa da lui ed era deciso a sapere di che cosa si trattava. Il colonnello Mueller lo aveva avvertito che, con ogni probabilità, Noelle Page stava aiutando un pericoloso nemico del Reich e accadeva molto raramente che l'ufficiale della Gestapo si sbagliasse. Se aveva ragione, Noelle Page faceva conto probabilmente su di lui perché la proteggesse in qualche modo. In tal caso, lei non conosceva affatto la mentalità militare tedesca e ancor meno sapeva con chi avesse a che fare. L'avrebbe consegnata senza un attimo di esitazione alla Gestapo, ma prima voleva il suo piacere. Ed era ansioso di trascorrere con lei il fine settimana.
Noelle uscì dalla cucina. Aveva un'espressione preoccupata. « Quante valigie ha portato giù il suo autista? » gli domandò.

« Due », le rispose. « Una valigia e un beauty case. »

Fece una smorfia. « Oh, santo Cielo, mi dispiace, Hans. Ha dimenticato l'altra valigia. Le rincresce? »

La osservò mentre si avvicinava al telefono, alzava il ricevitore e parlava. « Le spiacerebbe pregare l'autista del generale di salire di nuovo? » disse. « C'è un'altra valigia da portar giù. » Posò il ricevitore. « So che resteremo là soltanto per il fine settimana », sorrise, « ma voglio piacerti, Hans. »

« Se vuoi piacermi », disse il generale Scheider, « non avrai bisogno di molti vestiti. » Sbirciò una fotografia di Armand Gautier sul pianoforte. « Herr Gautier sa che vieni via con me? » domandò.

« Sì », mentì Noelle. Armand si trovava a Nizza per parlare di un film con un produttore e non aveva voluto allarmarlo parlandogli dei suoi progetti. Il campanello alla porta suonò; andò ad aprire. Era il capitano. « Mi dicono che c'è un'altra valigia. »

« Sì », disse lei in tono di scusa. « Nella camera da letto. »

L'ufficiale annuì e andò a prenderla.

« Quando devi tornare a Parigi? » le domandò il generale.

Noelle si voltò e lo fissò. « Vorrei restare laggiù il più a lungo possibile. Torneremo lunedì nel tardo pomeriggio. Avremo due giorni interi. »

Il capitano uscì dalla camera da letto. « Mi scusi, Fraülein, com'è la valigia? »

« È una grande valigia blu », rispose lei. Poi si rivolse a Scheider. « C'è dentro un vestito da sera nuovo che non ho mai messo. L'ho riservato per te. »

Stava dicendo qualsiasi cosa le venisse in mente, adesso, nel tentativo di nascondere il nervosismo.

Il capitano era rientrato nella camera da letto. Pochi momenti dopo ne uscì di nuovo. « Sono spiacente », disse, « ma non riesco a trovarla. »

« Ci penso io », disse Noelle. Entrò e cominciò a cercare negli armadi. « Quella stupida della mia cameriera deve averla ficcata chissà dove », disse. Cercarono tutti e tre in ogni armadio dell'appartamento. Fu il generale a trovarla, infine, nell'armadio a muro dell'ingresso. La sollevò e disse: « Sembra vuota ».

Noelle si affrettò ad aprirla. Non c'era niente. « Oh, quella cretina! » esclamò. « Deve aver pigiato il mio bel vestito nuovo nell'altra valigia insieme al resto. Spero che non l'abbia rovinato. » Emise un sospiro di esasperazione. « Anche le cameriere tedesche combinano tanti guai? »

« Credo che siano uguali dappertutto », disse Scheider. Stava osservando attentamente Noelle. Si comportava in modo strano, parlava troppo. Lei notò i suoi sguardi insistenti.

« Mi fai sentire come una scolaretta », gli disse. « Non ricordo di essere mai stata così nervosa. »

Il generale sorrise. Era questo, allora. O stava forse facendo un suo gioco con lui? Lo avrebbe accertato presto. Guardò l'orologio. « Se non partiamo subito, arriveremo là molto tardi. »

« Sono pronta », disse Noelle. Pregò perché lo fossero anche gli altri.

Quando scesero nel vestibolo, il *concierge* era lì in piedi, la faccia bianca come gesso. Noelle si domandò se fosse successo qualcosa. Lo fissò, aspettandosi un segnale, un cenno ma, prima che lui potesse reagire, Scheider la prese sottobraccio e la condusse fuori.

La limousine del generale era parcheggiata proprio di fronte al portone, con il portabagagli chiuso. Nella strada non si vedeva anima viva. Il capitano si precipitò ad aprire lo sportello posteriore. Noelle si voltò cercando di vedere il *concierge* nell'ingresso, ma Scheider le si mise di fronte, impedendole la vista. Volutamente? Sbirciò il portabagagli chiuso, ma non le disse niente. Dovevano passare ore prima di sapere se il piano era riuscito e la trepidazione sarebbe stata intollerabile.

« Ti senti bene? » Il generale la stava fissando. Noelle sentì che doveva essere accaduto qualcosa di tremendo. Doveva trovare un pretesto e tornare nel vestibolo per restare sola qualche secondo con il *concierge.* Si costrinse a sorridere.

« Me ne sono ricordata soltanto adesso », disse. « Un amico mi telefonerà. Devo lasciargli un messaggio... »

Scheider le afferrò il braccio.

« Troppo tardi », sorrise. « D'ora in avanti devi pensare

soltanto a me. » E l'aiutò a salire sull'automobile. Un momento dopo erano in viaggio.

La macchina del generale Scheider si era allontanata da cinque minuti dal palazzo, quando una *Mercedes* nera si fermò facendo stridere i freni davanti al portone e il colonnello Mueller si precipitò giù dalla macchina seguito da altri due agenti della Gestapo. Il colonnello scoccò una rapida occhiata ai due lati della strada. « Se ne sono andati », disse. Gli uomini corsero nell'ingresso e suonarono il campanello del *concierge*. La porta si aprì e il vecchio si affacciò sulla soglia con un'espressione sbalordita. « Che cosa...? » Mueller lo spinse dentro.

« Fraülein Page! » scattò. « Dov'è? »

Il *concierge* lo fissava, preso dal panico. « Se... se n'è andata », disse.

« Questo lo so, stupido! Ti ho domandato *dove* è andata! »

Il *concierge* scosse la testa, smarrito. « Non ne ho idea, monsieur. So soltanto che è partita con un ufficiale. »

« Non ti ha detto dove poteva essere raggiunta? »

« N... no, monsieur. Mademoiselle Page non mi dice mai niente. »

Il colonnello Mueller fissò irosamente il vecchio per un momento, poi girò sui tacchi.

« Non possono essere arrivati lontano », disse ai suoi uomini. « Mettetevi in contatto con tutti i posti di blocco stradali il più presto possibile. Dite che quando arriva la macchina del generale Scheider, devono fermarla e chiamarmi immediatamente. »

A quell'ora tarda, il traffico era scarso; in pratica non ce n'era affatto. L'automobile del generale voltò nella strada ovest che conduce fuori Parigi passando per Versailles. Attraversarono Mantes, Vernon e Gaillon e, venticinque minuti dopo, si stavano avvicinando all'importante incrocio per Vichy, Le Havre e la Côte d'Azur.

A Noelle parve che stesse accadendo un miracolo. Si stavano allontanando da Parigi senza essere fermati. Avrebbe dovuto sapere che anche i tedeschi, nonostante tutta la loro efficienza, non sarebbero stati in grado di controllare ogni singola strada fuori città. Ma, nel momento stesso in cui lo pensava, nelle tenebre dinanzi a loro si profilò un blocco stradale. Delle luci rosse lampeggianti brillavano al centro della strada e dietro a esse un autocarro dell'esercito tedesco sbarrava il passaggio. Lungo il margine della strada si trovavano una decina di soldati tedeschi e due macchine della polizia francese. Un tenente tedesco fece delle segnalazioni alla macchina e quando si fermò, si avvicinò all'autista.

« Scenda e faccia vedere i documenti di riconoscimento! »

Il generale abbassò il cristallo del finestrino posteriore, sporse fuori la testa e disse, ringhioso: « Sono il generale Scheider. Che diavolo sta succedendo qui? »

Il tenente scattò sull'attenti. « Voglia scusarmi, generale. Non sapevo che fosse la sua macchina. »

Lo sguardo di Scheider si posò sul blocco stradale. « Perché quello sbarramento? »

« Abbiamo l'ordine di ispezionare ogni veicolo che lascia Parigi, Herr General. Tutte le uscite della città sono bloccate. »

Il generale si voltò verso Noelle. « La maledetta Gestapo. Mi dispiace, *liebchen.* »

Noelle sentì il sangue defluire dalla faccia e fu lieta dell'oscurità nella macchina. Quando parlò, la sua voce era ferma. « Non importa », disse. Pensò al portabagagli. Se il piano aveva funzionato, Israel Katz si trovava là dentro e da un momento all'altro sarebbe stato scoperto. E così lei.

Il tenente tedesco si rivolse all'autista. « Apra il portabagagli, per favore. »

« Ci sono soltanto delle valigie », protestò il capitano. « Le ho caricate io stesso. »

« Dolente, capitano. Ho ordini precisi. Ogni veicolo proveniente da Parigi deve essere ispezionato. Apra. »

Borbottando, il capitano aprì lo sportello e si accinse a scendere. I pensieri di Noelle stavano turbinando furiosamente. Doveva trovare il modo per fermarli, senza destare i loro sospetti. L'autista era già sceso, il tempo volava. Scoccò una rapida occhiata alla faccia del generale Scheider: aveva gli occhi socchiusi e le labbra strette per l'ira. Si rivolse a lui e disse, candidamente: « Dovremo proprio scendere,

Hans? Perquisiranno anche noi? » Sentì che si stava irrigidendo, infuriato.

« Un momento! » La voce del generale parve lo schiocco di una frusta. « Salga in macchina », ordinò al capitano. Poi parlò al tenente, la voce vibrante d'ira. « Dica a chiunque le abbia impartito questi ordini che non si applicano ai generali dell'esercito tedesco. Non prendo ordini da subalterni. Faccia togliere di mezzo quello sbarramento. »

Lo sfortunato tenente fissò la faccia infuriata del generale, scattò sull'attenti, battendo i tacchi e disse: « Sissignore, generale Scheider ». Poi fece cenno all'autista dell'autocarro che bloccava la strada e il grosso veicolo si spostò lateralmente.

« Vada », ordinò Scheider. E l'automobile ripartì nella notte.

Adagio, Noelle lasciò che il proprio corpo si rilassasse sul sedile e si sentì svuotare della tensione. La crisi era superata. Si augurò che Israel Katz si trovasse davvero nel portabagagli della macchina. E che fosse vivo.

Il generale si volse verso di lei e lei sentì che l'ira continuava a ribollirgli dentro.

« Scusami », disse stancamente. « Questa è una strana guerra. A volte è necessario ricordare alla Gestapo che le guerre vengono combattute dagli eserciti. »

Noelle gli sorrise e infilò il braccio sotto il suo. « E gli eserciti sono al comando dei generali. »

« Precisamente », riconobbe lui. « Gli eserciti sono al comando dei generali. Darò una lezione al colonnello Mueller. »

Dieci minuti dopo che l'automobile del generale Scheider si era allontanata dal blocco stradale, giunse la telefonata del quartier generale della Gestapo che ordinava di fermare la macchina.

« È già passata », riferì il tenente ed ebbe un presentimento. Un attimo dopo stava parlando con il colonnello Mueller.

« Quanto tempo fa? » domandò soavemente l'ufficiale della Gestapo.

« Dieci minuti. »

« Ha perquisito la macchina? »

Il tenente sentì le viscere tramutarglisi in acqua. « Nossignore. Il generale non lo ha consentito... »

« *Scheiss!* Dove era diretto? »

Il tenente deglutì. Quando riprese a parlare, la sua era la voce disperata di un uomo certo che la sua carriera fosse finita. « Non lo so con certezza », rispose. « È un incrocio importante, questo. Potrebbe essere andato nell'entroterra, a Rouen, o verso il mare, a Le Havre. »

« Voglio che lei si presenti al quartier generale della Gestapo domattina alle nove. Nel mio ufficio. »

« Sissignore », rispose il tenente.

Il colonnello Mueller riattaccò rabbiosamente. Si rivolse ai due uomini al suo fianco e disse: « Le Havre. Prendete la macchina. Andiamo a caccia di scarafaggi! »

La strada per Le Havre serpeggia lungo la Senna, nella bellissima vallata del fiume, con le sue fertili colline e le ricche fattorie. Era una notte limpida, stellata.

Sul comodo sedile posteriore della limousine, Noelle e il generale conversavano. Lui parlò di sua moglie e dei figli e disse quanto era difficile il matrimonio per un ufficiale. Lei ascoltò comprensiva e gli spiegò quanto era difficile una vita romantica per le attrici. Entrambi sapevano che quella conversazione era un gioco, entrambi la mantenevano su un piano superficiale, tale da non consentire approfondimenti. Noelle non sottovalutava di certo l'intelligenza dell'uomo seduto accanto a lei e si rendeva pienamente conto della pericolosità dell'avventura nella quale si era imbarcata. Il generale Scheider, lo sapeva, era troppo astuto per poter credere che lei lo avesse trovato tutto a un tratto irresistibile e doveva sospettare che stesse mirando a qualcosa. Ma Noelle era sicura che sarebbe riuscita a raggirarlo in quel gioco. Scheider accennò soltanto fuggevolmente alla guerra, ma disse qualcosa che lei ricordò per molto tempo in seguito.

« Gli inglesi sono una strana razza », osservò. « In tempo di pace è impossibile organizzarli, ma in guerra diventano magnifici. Il solo momento in cui il marinaio britannico si sente realmente felice è quello in cui la sua nave sta affondando. »

Giunsero a Le Havre, sulla strada del villaggio di Ètretat, nelle ore piccole del mattino.

« Potremmo fermarci per mangiare un boccone? » disse Noelle. « Sto morendo di fame. »

Il generale annuì. « Ma certo, come vuoi » Alzò la voce, rivolto al capitano: « Cerchi un ristorante aperto ».

« Mi pare ce ne sia uno vicino al molo », osservò Noelle. E il capitano, premuroso, diresse la macchina verso il fronte del porto. La fermò accanto all'acqua, dove numerose navi da carico si trovavano agli ormeggi. Un isolato più avanti c'era un'insegna: *Bistrot*.

Il capitano aprì lo sportello e Noelle scese, seguita da Scheider.

« Probabilmente è aperto tutta la notte per gli scaricatori del porto », disse lei. Udì il rombo di un motore e si voltò. Un carrello a forca per sollevamento carichi si era fermato accanto alla macchina. Due uomini in tuta, con berretti dalla lunga visiera che nascondeva loro la faccia, discesero dal carrello. Uno dei due fissò negli occhi Noelle, poi prese una cassetta di attrezzi e cominciò a lavorare alla forca di sollevamento. Lei sentì tenderlesi i muscoli del ventre. Prese sottobraccio il generale e si incamminarono verso il *bistrot*: poi si voltò a guardare l'autista seduto al volante.

« Non vuole un caffè? » domandò.

« Rimarrà in macchina », disse Scheider.

Noelle lo fissò. Il capitano *non* doveva rimanere sulla macchina, altrimenti tutto il piano sarebbe fallito. Ma non osò insistere.

Si incamminarono verso il ristorante, sul selciato disuguale. A un tratto, mentre muoveva un passo, la caviglia le si piegò sotto e Noelle cadde, lasciandosi sfuggire un grido acuto di dolore. Il generale si chinò e cercò invano di sostenerla prima che finisse a terra.

« Ti sei fatta male? » domandò.

Il capitano, vedendo quello che era accaduto, scese dalla macchina e si affrettò verso di loro.

« Come mi dispiace », disse Noelle. « Devo... devo essermi slogata la caviglia. Ho l'impressione che sia rotta. »

Il generale Scheider fece scorrere la mano, con un movimento esperto, sulla caviglia. « Non c'è alcun gonfiore.

Probabilmente è soltanto una distorsione. Riesci a stare in piedi? »

« Non... non lo so », disse lei.

Il capitano venne al suo fianco e i due uomini la sollevarono. Noelle fece un passo e la caviglia cedette.

« Mi dispiace », gemette. « Se soltanto potessi sedermi. »

« Mi aiuti a portarla là », disse Scheider, additando il *bistrot*.

Con i due uomini che la sostenevano a ciascun lato, proseguirono verso il ristorante. Entrando, Noelle si arrischiò a scoccare una rapida occhiata alla macchina. I due uomini in tuta stavano trafficando intorno al portabagagli.

« Sei sicura di non voler proseguire subito per Ètretat? » le domandò il generale.

« No, davvero, preferirei riposare un momento qui. »

Il proprietario li condusse a un tavolo d'angolo e i due ufficiali aiutarono Noelle a sedersi.

« Soffri molto? » domandò Scheider.

« Un poco », rispose lei. Mise la mano sulla sua. « Non preoccuparti. Non lascerò che questo incidente ci rovini la vacanza, Hans. »

Mentre Noelle e il generale Hans Scheider si trovavano nel *bistrot*, il colonnello Mueller e i suoi due uomini si stavano avvicinando a tutta velocità alla periferia di Le Havre. Il comandante della polizia locale era stato strappato al sonno e aspettava la Gestapo davanti alla sede del comando. « Un *gendarme* ha veduto la macchina del generale », disse. « È parcheggiata sul fronte del porto. »

Un lampo di soddisfazione passò sulla faccia del colonnello Mueller. « Mi accompagni là », ordinò.

Cinque minuti dopo, l'automobile della Gestapo, con il colonnello, i suoi due uomini e il capitano della polizia, si fermava accanto alla limousine del generale Scheider, sul molo. Discesero tutti e la circondarono. Nello stesso momento, Scheider, Noelle e l'autista stavano uscendo dal *bistrot*. Il capitano fu il primo a scorgere gli uomini intorno alla macchina. Si diresse frettoloso verso di loro.

« Che cosa succede? » domandò Noelle e, mentre parlava, riconobbe da lontano il colonnello Mueller; un brivido gelido la percorse.

« Non lo so », disse il generale. A sua volta, si diresse a lunghi passi verso la macchina, mentre Noelle gli zoppicava dietro.

« Che cosa sta facendo qui? » domandò Scheider a Mueller, non appena fu giunto accanto all'automobile.

« Mi rincresce di disturbarla mentre è in vacanza », rispose brusco il colonnello. « Vorrei ispezionare il portabagagli della sua macchina, generale. »

« Non c'è altro che bagagli. »

Noelle li raggiunse. Notò che il carrello a forca era scomparso. Scheider e gli uomini della Gestapo si fissavano irosamente.

« Devo insistere, generale. Ho motivo di ritenere che un ricercato, un nemico del Reich, si nasconda lì dentro e che la sua ospite ne sia la complice. »

Scheider lo scrutò per un lungo momento, poi si voltò a osservare Noelle.

« Non so di che cosa stia parlando », disse lei, con fermezza.

Il generale abbassò lo sguardo sulla caviglia, poi prese una decisione e si rivolse al capitano. « Apra. »

« Sì, generale. »

Gli occhi di tutti si fissarono sul portabagagli mentre il capitano afferrava la maniglia e la girava. Noelle si sentì a un tratto infiacchire. Il coperchio si sollevò adagio.

Il portabagagli era vuoto.

« Ci hanno rubato le valigie! » esclamò il capitano.

L'ira chiazzò di rosso la faccia del colonnello Mueller. « È fuggito! »

« Chi è fuggito? » domandò il generale.

« *Le Cafard* », rispose Mueller, esasperato. « Un ebreo di nome Israel Katz. È stato fatto uscire da Parigi nel portabagagli di questa macchina. »

« È impossibile », ribatté Scheider. « Il portabagagli era ermeticamente chiuso. Sarebbe morto soffocato. »

Il colonnello studiò per un momento il portabagagli, poi si rivolse a uno dei suoi uomini: « Sali lì dentro! »

« Sì, signor colonnello. »

L'agente della Gestapo ubbidì e si infilò nel portabagagli. Mueller sbatté il coperchio, chiudendolo ermeticamente, e consultò l'orologio. Nei quattro minuti che seguirono, aspettarono in silenzio, ognuno assorto nei propri pensieri. Infine, dopo quella che a Noelle parve un'eternità, il colonnello riaprì il portabagagli. L'uomo all'interno era svenuto. Il generale si voltò verso Mueller con un'espressione sprezzante sulla faccia.

« Se qualcuno ha viaggiato in quel portabagagli », dichiarò, « ne hanno recuperato il cadavere. Posso fare qualcos'altro per lei, colonnello? »

L'ufficiale della Gestapo scosse la testa, ammutolito dall'ira e dalla frustrazione. Scheider si rivolse al suo autista. « Andiamo. » Aiutò Noelle a salire sull'automobile, poi si diressero verso Ètretat, allontanandosi dal gruppetto di uomini, che ben presto scomparve in lontananza.

Il colonnello Kurt Mueller organizzò ricerche immediate sul fronte del porto, ma soltanto nel tardo pomeriggio del giorno seguente venne trovata una bombola di ossigeno scarica dentro un barile, nell'angolo di un magazzino abbandonato. Un mercantile africano era salpato per Città del Capo da Le Havre durante la notte, ma si trovava ormai in alto mare. I bagagli rubati saltarono fuori alcuni giorni dopo, nell'ufficio oggetti smarriti della Gare du Nord, a Parigi.

Quanto a Noelle e al generale Scheider, trascorsero il fine settimana a Ètretat e tornarono a Parigi nel tardo pomeriggio di lunedì, in tempo perché Noelle potesse recitare nello spettacolo di quella sera.

9

CATHERINE

Washington, 1941-1944

CATHERINE lasciò l'impiego nell'ufficio di William Fraser la mattina successiva al matrimonio con Larry. Bill la invitò a pranzare con lui quando lei tornò a Washington. Sembrava teso, sofferente e improvvisamente invecchiato. Catherine provò una fitta di compassione per lui, ma niente di più. Sedeva di fronte a un estraneo alto e di bell'aspetto, al quale era affezionata, ma le riusciva impossibile, adesso, immaginare che avesse mai potuto pensare di sposarlo. Fraser le rivolse un pallido sorriso.

« Sicché sei una donna sposata », disse.

« La donna più sposata del mondo. »

« Dev'essere successo alquanto all'improvviso. Vorrei... vorrei aver avuto una possibilità di combattere. »

« Non c'è stata alcuna possibilità, nemmeno *per me* », disse Catherine, con franchezza. « È semplicemente... successo. »

« Larry è in gamba. »

« Sì. »

« Catherine... » Bill esitò, « non sai molto di lui, vero? »

Sentì che le si irrigidiva la schiena. « So di amarlo, Bill », disse placida, « e so che Larry mi ama. È un ottimo inizio, non ti sembra? »

Fraser la fissò accigliato, silenzioso, come se stesse dibattendo qualcosa tra sé e sé. « Catherine... »

« Dimmi? »

« Sta' attenta. »

« A che cosa? » gli domandò.

Lui parlò adagio, procedendo con cautela su un campo minato di parole. « Larry... è diverso. »

« In che modo? » volle sapere, rifiutandosi di aiutarlo.

« Voglio dire, che non è come la maggior parte degli uomini. » Poi scorse l'espressione sulla sua faccia. « Oh, all'inferno », soggiunse, « non badare a me. » Riuscì a rivolgerle un lieve sorriso. « Probabilmente avrai letto la mia biografia scritta da Esopo. La favola della volpe e dell'uva acerba. »

Catherine gli prese la mano, affettuosamente. « Non ti dimenticherò mai, Bill. Spero che potremo restare amici. »

« Lo spero anch'io. Sei proprio sicura di non voler più restare in ufficio? »

« Larry vuole che me ne vada. Ha idee antiquate. È convinto che il marito debba mantenere la moglie. »

« Se per caso dovessi cambiare idea », disse Bill, « fammelo sapere. »

Durante il resto del pranzo parlarono di questioni d'ufficio e discussero per stabilire chi avrebbe preso il posto di Catherine. Sapeva che Bill Fraser le sarebbe mancato moltissimo. Supponeva che il primo uomo a sedurre una ragazza conservasse sempre un posto del tutto particolare nella sua vita, ma Bill aveva significato per lei qualcosa di più. Era una persona adorabile e un buon amico. L'aveva turbata il suo atteggiamento nei confronti di Larry. Sembrava che fosse stato sul punto di metterla in guardia a proposito di qualcosa e avesse poi cambiato idea temendo di guastare la sua felicità. O forse, come aveva detto, si trattava soltanto di un caso d'uva acerba? William Fraser non era un uomo meschino o un uomo geloso. Voleva che lei fosse felice. Eppure Catherine aveva la certezza che fosse stato sul punto di dirle qualcosa. In qualche punto, nelle oscurità della sua mente, si agitava un vago presentimento. Ma un'ora dopo, quando si trovò con Larry e lui le sorrise, tutto si dileguò dai suoi pensieri tranne l'estasi, perché aveva sposato quell'essere umano, incredibile, pieno di gioia.

Larry era il compagno più divertente che Catherine avesse mai conosciuto. Ogni giorno trascorso insieme a lui si tramutava in una avventura, in una vacanza. Andavano in macchina in campagna tutti i fine settimana, alloggiando in piccole locande ed esplorando le fiere di contea. Si recarono sul lago Placid, dove si divertirono con l'enorme toboga, poi andarono a Montauk e fecero gite in barca e pescarono. Lei era terrorizzata dall'acqua perché non aveva mai imparato a nuotare, ma Larry le disse di non preoccuparsi e con lui si sentiva al sicuro.

Larry era affettuoso e premuroso e sembrava ignaro del fascino che esercitava sulle altre donne. Catherine, a quanto pareva, era tutto ciò che desiderava al mondo. Durante la luna di miele aveva visto in un negozio d'antiquariato un piccolo uccello d'argento che a lei piaceva moltissimo e si era affrettato a regalarglielo, dando l'avvio a una collezione. Un sabato sera andarono nel Maryland per festeggiare l'anniversario di tre mesi di matrimonio e cenarono insieme nello stesso piccolo ristorante della prima volta.

Il giorno dopo, domenica 7 dicembre, Pearl Harbor fu attaccata dai giapponesi.

La dichiarazione di guerra degli Stati Uniti al Giappone seguì il giorno dopo alle 13,32, meno di ventiquattr'ore dopo l'attacco giapponese. Quel lunedì, mentre Larry si trovava alla base aerea Andrews, Catherine, non sopportando di restare sola in casa, andò in tassì al Campidoglio per vedere che cosa stesse accadendo. Gruppi di persone si pigiavano intorno a una dozzina di radio disseminate tra la folla lungo i marciapiedi della piazza. Stette a guardare mentre il corteo presidenziale percorreva il viale e si fermava all'ingresso sud del Campidoglio. Si trovava abbastanza vicina e poté vedere lo sportello della macchina aprirsi e il presidente Roosevelt scendere aiutato da due uomini del seguito. Decine di poliziotti vigilavano a tutti gli angoli per ogni evenienza. A Catherine parve che lo stato d'animo della folla fosse soprattutto di torvo risentimento, come quello di una plebaglia sul punto di linciare qualcuno.

Cinque minuti dopo che il presidente Roosevelt era entrato nel Campidoglio, si udì la sua voce alla radio mentre si rivolgeva al Congresso in seduta congiunta. La voce era forte e ferma e aveva un tono di irosa decisione. « L'America ricorderà questo massacro... La potenza dei giusti vincerà... Riporteremo l'inevitabile trionfo, con l'aiuto di Dio. »

Un quarto d'ora dopo l'ingresso di Roosevelt nel Campidoglio, venne approvata la Risoluzione Comune 254, che dichiarava guerra al Giappone. Fu approvata all'unanimità, eccezion fatta per la rappresentante Jeannette Rankin, del Montana, che votò contro la dichiarazione di guerra, per cui la votazione finale risultò essere di 388 sì contro 1 no. Il presidente Roosevelt aveva parlato esattamente per dieci minuti... il più breve messaggio di guerra che fosse mai stato pronunciato al Congresso americano.

La folla all'esterno applaudì, un grido a piena gola di approvazione e d'ira e una promessa di vendetta. L'America si stava finalmente muovendo.

Catherine osservò gli uomini e le donne intorno a lei. Gli uomini avevano la stessa espressione esultante che aveva visto sulla faccia di Larry il giorno prima, come se appartenessero tutti a uno stesso circolo segreto i cui iscritti pensavano che la guerra fosse uno sport divertente. Persino le donne sembravano travolte dall'entusiasmo spontaneo dilagante tra la folla. Ma Catherine si domandò che cosa avrebbero provato una volta partiti i loro uomini, quando fossero rimaste sole in attesa di notizie dei mariti e dei figli. Si voltò adagio, e si mosse per tornare a casa. All'angolo vide dei soldati con le baionette inastate.

Presto, pensò, l'intero paese sarebbe stato in uniforme. E la cosa si verificò ancor più presto di quanto lei avesse previsto. Quasi da un giorno all'altro, Washington si trasformò in un mondo di cittadini in cachi.

L'atmosfera era satura di un entusiasmo elettrizzante, contagioso. Si sarebbe detto che la pace fosse stata un letargo, un miasma capace di colmare l'umanità di un senso di noia e che soltanto la guerra potesse stimolare l'uomo e consentirgli di vivere con esultanza.

Larry rimaneva alla base aerea per sedici o diciotto ore al giorno e spesso vi trascorreva anche la notte. Disse a Catherine che la situazione a Pearl Harbor e a Hickam Field era di gran lunga peggiore di quanto si fosse fatto credere alla gente. L'attacco di sorpresa aveva avuto un successo devastante. A tutti i fini pratici, la marina americana e gran parte dell'aviazione erano state annientate.

« Vuoi dire che potremmo perdere questa guerra? » domandò Catherine, scossa.

Larry la fissò pensieroso. « Dipende dalla rapidità con la

quale potremo essere pronti », rispose. « Tutti pensano ai giapponesi come a ometti buffi deboli di vista. Sono balle. Si tratta di gente dura che non ha paura della morte. Noi siamo dei rammolliti, in confronto. »

Nei mesi successivi, parve che nulla potesse fermare i giapponesi. Ogni giorno i titoli dei giornali annunciavano i loro successi: attaccavano Wake... indebolivano le difese delle Filippine in vista dell'invasione... sbarcavano a Guam... nel Borneo... a Hong Kong. Il generale MacArthur dichiarò Manila città aperta e le truppe americane intrappolate nelle Filippine si arresero.

Un giorno, in aprile, Larry telefonò a Catherine dalla base e le chiese di incontrarsi con lui in centro per cenare all'Hotel Willard, dove avrebbero festeggiato.

« Festeggiare che cosa? » gli domandò lei.

« Te lo dirò questa sera », rispose lui. Aveva nella voce una nota di intenso entusiasmo.

Riattaccando, Catherine si sentì colmare da un presentimento pauroso. Cercò di pensare a tutte le ragioni che avrebbe potuto avere Larry per festeggiare, ma era sempre la stessa a insistere nella sua mente e sapeva che non avrebbe avuto il coraggio di affrontarla.

Alle cinque di quel pomeriggio, vestita di tutto punto, sedeva sul letto, fissando lo specchio del tavolino.

Devo sbagliarmi, pensò. *Forse è stato promosso. Ecco che cosa festeggeremo. Oppure ha avuto qualche buona notizia sulla guerra.* Così si diceva, ma senza crederci. Si studiò nello specchio, sforzandosi di essere obiettiva: poteva piacere, decise spassionatamente. Aveva un bel corpo, ricco di curve provocanti. *Sei intelligente, allegra, gentile, buona e molto sexy*, disse a se stessa. *Perché un maschio normale, con il sangue caldo dovrebbe morire dalla voglia di lasciarti per andare in guerra a cercare di farsi uccidere?*

Alle sette, Catherine entrò nella sala da pranzo dell'Hotel Willard. Larry non era ancora arrivato e il maître l'accompagnò al loro tavolo. Gli disse dapprima che non le andava di bere, poi, nervosamente, cambiò idea e ordinò un martini.

Quando il cameriere glielo ebbe servito e lei fece per prendere il bicchiere, si accorse che le tremavano le mani. Alzò gli occhi e vide Larry venire dalla sua parte. Zigzagò tra i tavoli, rispondendo ai saluti di amici. C'era in lui quella vitalità incredibile, un'aura tale che ogni sguardo si volgeva nella sua direzione. Catherine lo osservò, ricordando il giorno in cui si era avvicinato al suo tavolo nella mensa della Metro Goldwyn Mayer, a Hollywood. Si rese conto di quanto poco lo conosceva allora e si domandò fino a che punto lo conoscesse adesso. Lui le giunse accanto e le posò un rapido bacio sulla gota.

« Mi rincresce di essere in ritardo, Cathy », si scusò. « Ma la base è stata un manicomio per tutto il giorno. » Sedette, salutò il cameriere chiamandolo per nome e ordinò un martini. Se anche notò che lei stava bevendo, non fece alcun commento.

La mente di Catherine stava urlando: *Dimmi qual è la sorpresa. Dimmi che cosa festeggiamo*. Ma non disse nulla. C'era un vecchio proverbio ungherese: « Soltanto lo sciocco ha fretta di conoscere le brutte notizie ». Bevve un altro sorso di martini. Be', forse non era un vecchio proverbio ungherese. Forse era un nuovo proverbio coniato da Catherine Douglas per proteggere le pelli delicate. Forse il martini la stava rendendo un po' brilla. Se il suo presentimento era giusto, prima del termine della serata sarebbe stata molto ubriaca. Ma in quel momento, guardando Larry, il suo viso pieno di amore, capì che si era sbagliata. Larry non avrebbe sopportato di lasciarla, così come lei non avrebbe potuto lasciare lui. Aveva creato un incubo senza alcun motivo. L'espressione felice del suo viso le disse che Larry aveva davvero qualche buona notizia da comunicarle.

Si stava protendendo verso lei, sorrideva con il suo sorriso fanciullesco, le prendeva la mano. « Non riuscirai mai a indovinare che cosa è successo, Cathy. Vado oltremare. »

Fu come se fosse calato un sipario trasparente, facendo assumere a ogni cosa un aspetto irreale, nebuloso. Larry le sedeva di fronte, muoveva le labbra, ma la sua faccia diventava sempre e sempre più sfocata e Catherine non riusciva a udire una sola parola. Guardò oltre le spalle di lui e vide che le pareti del ristorante si muovevano, avvicinandosi e indietreggiando. Guardò, affascinata.

« Catherine! » Larry le stava scuotendo il braccio e adagio Catherine rimise a fuoco gli occhi su di lui e tutto tornò alla normalità. « Ti senti bene? »

Annuì, deglutì e disse, con voce malferma: « Splendido. Le belle notizie mi fanno sempre questo effetto ».

« Tu capisci che è mio dovere, vero? »

« Sì, certo. » *La verità è che non capirei nemmeno se dovessi vivere per un milione di anni, tesoro mio. Ma se te lo dicessi tu mi odieresti, non è così? Chi la vuole una moglie brontolona? Le mogli degli eroi dovrebbero congedarsi dai loro uomini sorridendo.*

Larry la osservava preoccupato. « Ma tu piangi. »

« No, non è vero », disse Catherine, indignata, e si accorse inorridita che stava piangendo. « Devo... devo solo abituarmi all'idea. »

« Mi daranno una mia squadriglia », disse Larry.

« Oh, davvero? » Catherine si sforzò di mettere orgoglio nella propria voce. Una sua squadriglia. Da bambino, probabilmente aveva avuto un trenino con cui giocare. E ora che era un ragazzone, gli davano una squadriglia per divertirsi. Ma quelli erano giocattoli veri, garantiti: si poteva precipitare, con essi, e perdere sangue e morire. « Vorrei un altro martini », disse.

« Certo. »

« Quando... quando dovrai partire? »

« Non fino al mese prossimo. »

Lo disse come se fosse impaziente di andarsene. Era terrificante, sentire tutta l'impalcatura del loro matrimonio fatta a pezzi. Sulla pedana dell'orchestra, un cantante tubava: « Un viaggio verso la luna con ali di ragnatela... » *Ragnatela*, pensò lei. *Ecco di che cosa è fatto il mio matrimonio, di ragnatela.* Quel Cole Porter sapeva tutto.

« Avremo un sacco di tempo prima della partenza », stava dicendo Larry.

Un sacco di tempo per che cosa? si domandò Catherine, amaramente. *Un sacco di tempo per avere figli, per portare i nostri bambini a sciare nel Vermont, per invecchiare insieme?*

« Che cosa ti piacerebbe fare questa sera? » le domandò lui.

Mi piacerebbe andare all'ospedale e farti tagliare un dito dei piedi. O farti perforare un timpano. A voce alta Catherine rispose: « Torniamo a casa a fare l'amore ». E vi fu in lei un incalzare feroce, disperato.

Le quattro settimane successive volarono via. Gli orologi correvano come in un incubo kafkiano che tramutava i giorni in ore e le ore in minuti e poi, incredibilmente, venne l'ultimo giorno per Larry. Catherine lo accompagnò in macchina all'aeroporto. Lui era loquace e felice e allegro, lei tetra e taciturna e infelice. Gli ultimi pochi minuti divennero un caleidoscopio di presentazioni... un frettoloso bacio d'addio... Larry salì sull'aereo che lo avrebbe portato lontano da lei... e le fece un ultimo gesto di saluto. Catherine rimase in piedi sul campo d'aviazione, seguendo con lo sguardo l'apparecchio che si riduceva a un puntino nel cielo e alla fine scompariva. Rimase lì per un'ora e infine, quando si fece buio, si voltò e tornò in macchina in città e nell'appartamento vuoto.

Nel primo anno successivo all'attacco a Pearl Harbor, dieci grandi battaglie aeronavali vennero combattute contro i giapponesi. Gli alleati ne vinsero soltanto tre, ma due delle vittorie furono decisive: Midway e la battaglia di Guadalcanal.

Catherine leggeva parola per parola le notizie dei giornali su ogni battaglia e poi pregava William Fraser di fornirle altri particolari. Scriveva a Larry ogni giorno, ma erano trascorse otto settimane quando ricevette la sua prima lettera. Sembrava ottimista e traboccante di entusiasmo. La lettera era stata censurata in misura massiccia, per cui lei non poté avere idea di dove fosse stato o di che cosa stesse facendo. In ogni modo, la lettera le diede la sensazione che Larry si divertisse e durante le lunghe ore solitarie della notte giacque sveglia e perplessa, sforzandosi di capire perché mai lui reagisse in quel modo alla sfida della guerra e della morte. Non esisteva in lui il desiderio di morire, perché Catherine non aveva mai conosciuto una persona più viva e vitale; ma forse quella era semplicemente l'altra faccia della medaglia e a rendere così intensa la sua vitalità poteva essere l'affilarla continuamente contro la morte.

Pranzò con William Fraser. Sapeva che aveva tentato di arruolarsi, ma gli era stato detto dalla Casa Bianca di rimanere al suo posto, perché si sarebbe reso più utile. Un'amara delusione per Bill. Eppure a lei non ne aveva mai parlato. Ora, mentre le sedeva di fronte a tavola, domandò:

« Hai avuto notizie di Larry? »

« Ho ricevuto una lettera la settimana scorsa. »

« Che cosa diceva? »

« Be', stando a quanto scrive, la guerra è come un incontro di foot ball. Abbiamo perduto il primo tempo, ma ora sono entrati dei giocatori freschi e stiamo riguadagnando terreno. »

Lui annuì. « È tipico di Larry. »

« Ma non della guerra », disse Catherine sommessamente. « Non è un incontro di foot ball, Bill. Milioni di uomini moriranno prima che sia finita. »

« Quando si combatte », osservò lui con dolcezza, « immagino che sia più semplice pensare alla guerra come a un incontro di foot ball. »

Catherine aveva deciso di rimettersi a lavorare. L'esercito aveva creato dei reparti femminili chiamati Corpo Militare Femminile e Catherine pensava di arruolarsi, ma poi si era detta che avrebbe potuto fare qualcosa di più utile del guidare delle auto o rispondere al telefono. Sebbene, stando a quanto aveva sentito dire, le volontarie fossero molto dinamiche. I casi di gravidanza tra loro erano così numerosi che correva una voce: quando passavano la visita medica, i medici stampigliavano loro il ventre con un minuscolo timbro di gomma. Le ragazze cercavano di leggere le parole della stampigliatura, ma non ci riuscivano. Infine una di loro aveva avuto l'idea di procurarsi una lente di ingrandimento. La scritta diceva: « Quando riuscirai a leggere queste parole a occhio nudo, presentati a me ».

Ora, mentre pranzava con Bill Fraser, Catherine disse: « Voglio lavorare. Voglio fare qualcosa per rendermi utile ».

Lui la scrutò per un momento, poi annuì. « Forse c'è un lavoro che fa per te, Cathy. Il governo sta cercando di piazzare i Buoni di Guerra. Potresti coordinare l'operazione. »

Due settimane dopo, Catherine si mise al lavoro organizzando la vendita dei Buoni di Guerra con l'intervento di celebrità. In teoria la cosa era sembrata ridicolmente facile, ma nella pratica risultò ben diversa. Catherine si accorse che i divi erano come dei bambini, entusiasti dall'idea di contribuire allo sforzo bellico, ma non facili da legare a impegni precisi. I programmi dovevano essere modificati continuamente. Molte volte la colpa non era loro, perché le riprese dei film venivano rimandate oppure superavano i termini previsti. Catherine dovette fare la pendolare da Washington a Hollywood e a New York. Si abituò a partire con un'ora appena di preavviso e a ficcare nelle valigie un numero sufficiente di vestiti per la durata di quei viaggi. Conobbe decine di celebrità.

« Si è incontrata davvero con Cary Grant? » le domandava la sua segretaria quando tornava da un viaggio a Hollywood.

« Abbiamo pranzato insieme. »

« È affascinante come dicono? »

« Se potesse vendere il suo fascino a pacchetti », dichiarava lei, « sarebbe l'uomo più ricco del mondo. »

Tutto accadde così gradatamente, che Catherine quasi non se ne accorse. Era cominciato sei mesi prima, quando Bill le aveva parlato di certe difficoltà incontrate da Wallace Turner con uno dei clienti dell'agenzia pubblicitaria di cui si occupava lei in passato. Catherine aveva studiato una nuova campagna pubblicitaria basata su uno spunto umoristico e il cliente era rimasto molto soddisfatto. Poche settimane dopo, Bill le chiese di dargli una mano con un altro cliente e, prima di rendersene conto, lei cominciò a dedicare più della metà del suo tempo all'agenzia. Seguiva una mezza dozzina di clienti e tutte le campagne pubblicitarie davano ottimi risultati. Bill le assegnò un lauto stipendio e una percentuale. La vigilia di Natale, a mezzogiorno, entrò nel suo ufficio. Tutto il personale era andato a casa e Catherine stava terminando un lavoro urgente.

« Ti diverti? » le domandò lui.

« È un modo di guadagnarsi da vivere », sorrise. Poi soggiunse, con calda riconoscenza: « E abbondantemente. Grazie, Bill ».

« Non ringraziarmi. Ti sei meritata ogni centesimo... e di più. Anzi, è proprio del "di più" che voglio parlarti. Voglio che ti metta in società con me. »

Lo fissò sorpresa. « In società? »

« Una metà dei nostri nuovi clienti negli ultimi sei mesi è merito tuo. » Sedette e la fissò pensieroso, senza aggiungere altro. Catherine capì quanto la cosa fosse importante per lui.

« Hai una socia », disse.

La faccia gli si illuminò. « Non so dirti quanto sono contento. » Goffamente, le tese la mano. Lei scosse la testa, si fece avanti sfiorandogli il braccio teso, lo abbracciò e lo baciò sulla guancia.

« Ora che siamo soci », lo stuzzicò, « posso baciarti. » Poi sentì a un tratto che lui la stringeva più forte.

« Cathy », disse, « io... »

Catherine gli mise il dito indice sulle labbra. « Non dire niente, Bill. Lascia stare le cose come stanno. »

« Lo sai che sono innamorato di te. »

« E io ti voglio bene », disse lei, con affetto. *Semantica*, pensò. La differenza tra « ti voglio bene » e « sono innamorato di te » era un abisso incolmabile.

Bill sorrise. « Non ti darò fastidio, te lo prometto. Rispetto ciò che senti per Larry. »

« Grazie, Bill. » Esitò. « Non so se questo possa consolarti, ma, se mai dovesse esserci un altro, quello saresti tu. »

« Mi consola e come », sorrise lui. « Mi terrà sveglio tutta la notte. »

10

NOELLE

Parigi, 1944

NEL corso dell'anno precedente, Armand Gautier aveva smesso di affrontare l'argomento del matrimonio. All'inizio, si era sentito in una posizione di superiorità rispetto a Noelle. Ora, però la situazione sembrava essersi quasi capovolta. Quando concedevano interviste ai giornali, le domande venivano rivolte sempre a Noelle; e, ovunque andassero insieme, era Noelle ad attrarre l'attenzione, lui passava in secondo piano.

Noelle si comportava come l'amante perfetta. Continuava a rendere comoda la sua esistenza, faceva da padrona di casa e, in effetti, faceva di lui uno degli uomini più invidiati di Francia; ma in realtà lui non aveva mai un momento di pace, perché sapeva di non possederla, sapeva che non l'avrebbe mai posseduta e che sarebbe venuto il giorno in cui Noelle avrebbe deciso di uscire dalla sua vita capricciosamente come vi era entrata; e quando ricordava che cosa gli era accaduto l'unica volta in cui lei lo aveva lasciato, sentiva lo stomaco rivoltarglisi. Contro tutti gli istinti della sua intelligenza, della sua esperienza e della conoscenza che aveva delle donne, era perdutamente, pazzamente innamorato di Noelle. Era l'unica realtà davvero importante della sua esistenza. Giaceva sveglio la notte escogitando sorprese complicate per renderla felice e, quando quelle sorprese riuscivano, veniva ricompensato con un sorriso o un bacio o una notte d'amore non richiesta. Ogni volta che lei guardava un altro uomo, Gautier cadeva in preda alla gelosia, ma la sapeva troppo lunga per dirglielo. Una volta, dopo un ricevimento al quale lei aveva passato l'intera serata conversando con un noto medico, si era deciso a farle una sfuriata. Noelle aveva ascoltato la predica e alla fine aveva risposto placida: « Se il fatto che io parli con altri uomini ti infastidisce, Armand, me ne andrò questa sera stessa ».

Da allora in poi si era ben guardato dal tornare su quell'argomento.

Ai primi di febbraio Noelle cominciò a ricevere amici nel suo salotto. Tutto cominciò come uno spuntino alla buona, la domenica, con alcuni colleghi del teatro, ma, non appena se ne parlò in giro, la compagnia divenne più numerosa e finì con il comprendere uomini politici, scienziati, scrittori... chiunque il gruppo ritenesse interessante o divertente. Noelle era la padrona di casa del cenacolo e una delle sue principali attrattive. Tutti erano ansiosi di parlare con lei, perché poneva delle domande interessanti e ricordava le risposte. Imparava la politica dagli uomini politici e la finanza dai banchieri. Un grande esperto d'arte le insegnò ad apprezzare l'arte e ben presto conobbe tutti i grandi artisti francesi che vivevano in Francia. Divenne un'esperta di vini grazie al primo cantiniere del barone Rotschild e un'esperta di architettura grazie a Le Corbusier. Disponeva dei migliori maestri del mondo, che a loro volta trovavano in lei un'allieva splendida e affascinante. Aveva un'intelligenza pronta e indagatrice ed era un'ascoltatrice sagace.

Armand Gautier aveva la sensazione di osservare una principessa in compagnia dei suoi ministri; non se ne rendeva conto, ma in quei momenti capiva Noelle come di più non sarebbe stato possibile.

Man mano che i mesi passavano, Armand cominciò a sentirsi un po' più sicuro. Gli sembrava che Noelle avesse conosciuto tutti gli uomini che avrebbero potuto contare qualcosa per lei e non si era minimamente interessata ad alcuno di loro.

Ma non aveva ancora conosciuto Constantin Demiris.

Constantin Demiris dominava un impero più vasto e più potente della maggior parte delle nazioni. Non aveva alcun titolo né alcuna posizione ufficiale, ma comprava e vendeva con regolarità primi ministri, cardinali, ambasciatori e re. Era uno dei due o tre uomini più ricchi del mondo e il suo potere aveva un che di leggendario. Possedeva la più grande flotta di navi mercantili di tutti i mari, una linea aerea, quotidiani, banche, acciaierie, miniere d'oro... i suoi tentacoli arrivavano dappertutto, inestricabilmente intersecati nella trama del tessuto economico di decine di paesi.

Aveva una delle più importanti collezioni d'arte del mondo, una flotta di aerei privati e decine di appartamenti e di ville sparse in tutto il mondo.

Constantin Demiris aveva una statura superiore alla medià, spalle ampie, il torace possente. La carnagione era bruna, il naso largo, greco; gli occhi, di un nero oliva, splendevano con la luce dell'intelligenza. La moda non gli interessava, eppure figurava sempre nella graduatoria degli uomini più eleganti e correva voce che avesse più di cinquecento vestiti. Se li faceva confezionare ovunque si trovasse. I suoi sarti a Londra erano Hawes & Curtis, le camicie se le faceva fare su misura da Brioni a Roma, le scarpe da Daliet Grande a Parigi e le cravatte in una dozzina di paesi.

La personalità di Demiris era magnetica. Quando entrava in una stanza, la gente che non sapeva chi fosse si voltava a fissarlo. Quotidiani e riviste di tutto il mondo avevano pubblicato una messe incalcolabile di articoli su di lui e sulle sue attività, sia nel campo degli affari, sia nella sfera sociale.

La stampa non faceva che citarlo. Quando gli era stato domandato da un giornalista se fosse stato aiutato da amici a conseguire il successo, lui aveva risposto: « Per arrivare al successo occorre avere amici. Per avere *molto* successo, occorrono nemici ».

Quando gli era stato domandato quanti dipendenti avesse, Demiris aveva detto: « Nessuno. Soltanto accoliti. Quando sono in gioco tanto potere e tanto denaro, gli affari diventano una religione e gli uffici si tramutano in templi ».

Era stato cresciuto nella religione greco ortodossa, ma della religione organizzata diceva: « Sono stati commessi mille volte più delitti in nome dell'amore che in nome dell'odio ».

Il mondo sapeva che era sposato con l'erede di una antica famiglia di banchieri greci, che sua moglie era una donna graziosa e attraente e che, quando Demiris offriva ricevimenti sul suo panfilo o nell'isola privata, la consorte si trovava di rado al suo fianco. Era accompagnato invece da una bellissima attrice o da una ballerina o da qualsiasi altra donna della quale si fosse incapricciato al momento. Le sue scappatelle romantiche erano leggendarie e pittoresche quanto le imprese finanziarie. Aveva portato a letto decine di dive del cinema, le mogli dei suoi migliori amici, una scrittrice di quindici anni, giovani vedove da pochissimo tempo e addirittura correva voce che gli fossero state fatte delle proposte da un gruppo di suore in cerca di un nuovo convento.

Sul suo conto erano stati scritti almeno una mezza dozzina di libri, ma nessuno di essi aveva mai penetrato l'essenza dell'uomo o era riuscito a rivelare la sorgente dalla quale ne scaturiva il successo. Sebbene fosse uno dei personaggi più in vista del mondo, Constantin Demiris era un uomo molto chiuso e manovrava la propria immagine pubblica come una facciata dietro la quale si celava il suo vero io. Aveva decine di intimi amici in tutti i campi, eppure non uno di loro lo conosceva a fondo. Le circostanze della sua vita erano di pubblico dominio. Aveva cominciato al Pireo, figlio di uno scaricatore portuale con una nidiata di quattordici rampolli tra maschi e femmine; una famiglia dove a tavola non si trovava mai abbastanza da mangiare e, se qualcuno voleva qualcosa in più, doveva battersi per averlo.

Sin dalla fanciullezza, la mente di Demiris tramutava automaticamente ogni cosa in matematica. Conosceva il numero dei passi per arrivare al Partenone, quanti minuti impiegava per andare a scuola, il numero delle imbarcazioni che si trovavano in porto in un determinato giorno. Il tempo era un numero suddiviso in segmenti e lui aveva imparato a non sprecarlo. Di conseguenza, senza alcun vero sforzo, poteva compiere una quantità enorme di cose. Il senso dell'organizzazione era istintivo in lui, un talento che agiva meccanicamente anche nelle minuzie. Tutto diveniva un gioco nel quale opponeva la propria intelligenza a quelle altrui.

Sebbene fosse consapevole di essere più intelligente della maggior parte delle persone, non era vanitoso. Quando una bella donna voleva andare a letto con lui, non si illudeva nemmeno per un attimo che fosse per il suo aspetto o per la sua personalità. Il mondo era un mercato e gli esseri umani o acquistavano o vendevano. Alcune donne, lo sapeva, erano attratte dal suo denaro, altre dal suo potere e altre ancora, ma pochissime, dalla sua intelligenza e immaginazione.

Quasi tutte le persone che conosceva volevano qualcosa da lui: una donazione a opere di beneficenza, finanziamenti di un progetto d'affari o semplicemente il potere che poteva assicurare la sua amicizia. Demiris si divertiva a indovinare esattamente che cosa cercasse in realtà la gente, perché di rado si trattava di quello che sembrava essere. La sua mente analitica era scettica per quanto riguardava la verità apparente e, di conseguenza, non credeva a nulla di quanto gli veniva detto e non si fidava di nessuno.

Ai giornalisti che si occupavano di lui veniva consentito di vedere soltanto la genialità e il fascino, l'uomo di mondo sofisticato e cortese. Nessuno di loro sospettava mai che, sotto le apparenze, Demiris fosse un assassino, un violento, il cui istinto era quella di arrivare alla vena giugulare.

Per i greci antichi la parola *thekaeossini*, giustizia, era spesso sinonimo di *ekthekissis*, vendetta, e l'una e l'altra ossessionavano Demiris. Ricordava ogni offesa subita e quelli che erano così sfortunati da incorrere nella sua inimicizia venivano ripagati cento volte. Ma non se ne rendevano mai conto, perché la sua mente matematica tramutava in un gioco anche la vendetta, escogitando con pazienza trappole complicate, tessendo ragnatele complesse nelle quali le sue vittime rimanevano in ultimo impigliate e distrutte.

A sedici anni, aveva avviato la prima impresa commerciale insieme a un uomo più anziano, Spyros Nicholas. Sua era stata l'idea di aprire un piccolo chiosco sui moli per servire cibi caldi agli scaricatori durante il turno di notte. Aveva messo insieme la metà dei fondi necessari per l'impresa, ma quando gli affari cominciarono ad andar bene, Nicholas lo costrinse a ritirarsi, continuando per suo conto. Demiris si rassegnò senza protestare e si dedicò ad altre iniziative.

Nei vent'anni successivi, Spyros Nicholas passò al commercio all'ingrosso della carne, ebbe fortuna e arricchì. Si sposò, mise al mondo tre figli e divenne in Grecia uno degli uomini più in vista. Nel corso di quegli anni, Demiris rimase pazientemente in disparte e lasciò che Nicholas costruisse il suo piccolo impero. Quando decise che l'altro era ormai arrivato e felice come più non poteva essere, lo colpì.

Siccome la sua azienda stava prosperando, Nicholas pensava di acquistare delle fattorie per allevare il bestiame in proprio e di aprire una catena di macellerie per la vendita al dettaglio della carne. Ci volevano delle enormi somme di denaro. Constantin Demiris era il proprietario della banca di cui si serviva Nicholas e la banca lo incoraggiò ad accettare dei finanziamenti con interessi così favorevoli che non seppe resistere alla tentazione. Nicholas si indebitò in misura massiccia, ma nel bel mezzo della fase di espansione la banca ritirò il fido. Quando allibito protestò, dicendo di non essere in grado di rientrare, la banca iniziò immediatamente le procedure per il fallimento. I giornali di proprietà di Demiris sbandierarono la notizia nelle prime pagine e altri creditori cominciarono ad assediare Nicholas. Si rivolse ad altre banche e ad altri istituti finanziari, ma, per ragioni che gli riuscirono incomprensibili, tutti si rifiutarono di intervenire. Il giorno dopo che era stato costretto alla bancarotta, Nicholas si tolse la vita.

Il senso della *thekaeoissini* di Demiris era una lama a doppio taglio. Così come non perdonava mai un'offesa, non dimenticava mai un favore. La padrona di una pensione, che lo aveva sfamato e vestito quando era troppo povero per pagarla, si trovò a un tratto proprietaria di un palazzo, senza avere idea di chi fosse il suo benefattore. Una ragazza, che aveva ospitato il giovane e squattrinato Demiris, ricevette in forma anonima una villa e una pensione a vita. Chi aveva avuto a che fare con l'ambizioso ragazzo greco quarant'anni prima non poteva immaginare che i rapporti casuali con lui avrebbero influenzato le loro esistenze. Al giovane e dinamico Demiris era occorso l'aiuto di banchieri e avvocati, di comandanti di navi e capi sindacali, di uomini politici e finanzieri. Alcuni lo avevano incoraggiato e aiutato, altri si erano limitati a snobbarlo e frodarlo. Nella propria mente e nel proprio cuore, l'orgoglioso greco aveva annotato in modo incancellabile ogni cosa. La moglie Melina lo accusò una volta di atteggiarsi a Dio.

« Ogni uomo si atteggia a Dio », le disse Demiris. « Alcuni di noi sono meglio preparati di altri per questa parte. »

« Ma è un male distruggere le vite degli uomini, Costa. »

« Non è un male. È giustizia. »

« Vendetta. »

« Qualche volta le due cose coincidono. Quasi tutti gli uomini se la passano liscia nonostante il male che fanno. Io sono in grado di costringerli a pagare. Questa è giustizia. »

Erano divertenti per lui le ore che impiegava escogitando trappole per i suoi avversari. Studiava attentamente le proprie vittime, analizzandone la personalità, valutandone la forza e la debolezza.

Quando Demiris divenne proprietario di tre piccoli mercantili e gli occorse un prestito per espandere la propria flotta, si rivolse a un banchiere svizzero di Basilea. Il banchiere non solo gli oppose un rifiuto, ma telefonò ad altri banchieri suoi amici consigliandoli di non dare un soldo al giovane greco. Demiris riuscì infine a ottenere il prestito in Turchia.

Poi diede tempo al tempo. Decise che il tallone d'Achille del banchiere svizzero consisteva nella sua avidità. Demiris era in trattative con Ibn Saud d'Arabia per concessioni di nuovi giacimenti petroliferi appena scoperti: le concessioni avrebbero avuto un valore di parecchie centinaia di milioni di dollari per la sua società.

Ordinò a uno dei suoi agenti di far trapelare al banchiere svizzero la notizia dell'accordo che stava per concludere. Al banchiere venne offerta una partecipazione del venticinque per cento nella nuova società se avesse investito cinque milioni di dollari in contanti nell'acquisto di azioni. Una volta concluso l'affare, i cinque milioni di dollari di azioni avrebbero avuto un valore di oltre cinquanta milioni di dollari. Il banchiere si affrettò a informarsi ed ebbe la conferma dell'autenticità dell'affare. Poiché non disponeva personalmente di una così ingente somma di denaro, attinse ai fondi della banca senza avvertire nessuno, per evitare che altri partecipassero a quella fortuna inaspettata. L'affare avrebbe dovuto essere concluso la settimana successiva, cosicché avrebbe potuto versare il denaro di cui si era impadronito.

Quando Demiris ebbe in mano l'assegno del banchiere, annunciò ai giornali che l'affare con l'Arabia non era stato concluso. Le quotazioni delle azioni precipitarono. Il banchiere non ebbe modo di coprire le perdite e fu scoperto. Demiris rilevò le azioni del banchiere per pochi centesimi ogni dollaro, poi riprese le trattative e pervenne a un accordo. Il valore delle azioni salì alle stelle. Il banchiere, riconosciuto colpevole di appropriazione indebita, fu condannato a vent'anni di carcere.

Erano pochi i giocatori nella partita di Demiris con i quali non avesse ancora pareggiato i conti; ma non aveva fretta. L'aspettativa, lo studio dei piani, la loro attuazione lo divertivano. Era come una partita a scacchi e lui sapeva di essere un maestro nel gioco degli scacchi. Ormai non aveva più nemici, perché nessuno poteva permettersi di osteggiarlo: le prede erano limitate a coloro che avevano ostacolato il suo cammino in passato.

Questi, dunque, era l'uomo che apparve, un pomeriggio di domenica, nel salotto di Noelle Page. Era diretto al Cairo, aveva fatto una sosta di alcune ore a Parigi e una giovane scultrice che frequentava gli propose di fare un salto da Noelle. Non appena la vide, si rese conto che la voleva.

A parte i personaggi regali, non disponibili per la figlia di un pescivendolo di Marsiglia, Constantin Demiris era probabllmente ciò che più si avvicinava a un re. Tre giorni dopo averlo conosciuto, Noelle abbandonò il teatro senza alcun preavviso, fece le valigie e raggiunse Constantin Demiris in Grecia.

Poiché erano entrambi molto noti, fu inevitabile che la relazione tra Noelle e Constantin diventasse un affare *célèbre* internazionale. Fotografi e giornalisti continuarono a chiedere interviste alla moglie di Demiris, ma se anche lei era turbata, non lo tradì mai. L'unico commento di Melina Demiris con la stampa fu che suo marito aveva molti buoni amici in tutto il mondo e che lei non vedeva in ciò niente di male. In privato, disse ai propri genitori risentiti che Costa aveva avuto avventure altre volte e che anche questa ben presto sarebbe finita in niente come tutte le altre. Suo marito partiva per lunghi viaggi d'affari e lei vedeva sui giornali le fotografie di lui in compagnia di Noelle a Costantinopoli o a Tokio o a Roma. Melina era una donna orgogliosa, ma decise di sopportare l'umiliazione perché amava sinceramente il marito. Si era rassegnata al fatto, sebbene non fosse mai riuscita a capirne la ragione, che alcuni uomini avevano bisogno di più di una donna e che anche un uomo innamorato della moglie poteva andare a letto con altre. Lei sarebbe morta piuttosto che consentire a un altro uomo di toccarla. Eppure, non rimproverava mai Constantin perché sapeva che in quel modo sarebbe riuscita soltanto ad alienarselo. Il loro matrimonio, tutto sommato, era riuscito. Si rendeva conto di non essere una donna appassionata, ma si lasciava possedere a letto dal marito ogni volta che lui lo desiderava e cercava di dargli tutto il piacere possibile. Se avesse saputo in quali modi Noelle faceva l'amore con Constantin, si sarebbe scandalizzata e se avesse saputo quanto quei modi piacessero a suo marito, sarebbe stata infelice.

La principale attrattiva di Noelle, agli occhi di Demiris, per il quale le donne non potevano più avere sorprese, consisteva nel fatto che era una costante sorpresa. Per lui, che aveva la passione dei giochi di pazienza, Noelle era un enigma tale da sfidare ogni soluzione. Non aveva mai conosciuto nessuna come lei. Noelle accettava le cose belle che le donava, ma era altrettanto felice quando non le regalava niente. Acquistò per lei una villa lussuosa a Portofino, una villa che dominava l'incantevole e azzurro golfo a zoccolo di cavallo, ma sapeva che non avrebbe fatto alcuna differenza se si fosse trattato di un minuscolo appartamento nel vecchio quartiere Plaka di Atene.

L'armatore aveva conosciuto molte donne in vita sua che cercavano di servirsi del loro sesso per manovrarlo in un modo o nell'altro. Noelle non gli chiedeva mai niente. Certe donne erano venute a lui per crogiolarsi nella luce riflessa della sua gloria, ma nel caso di Noelle era *lei* ad attrarre giornalisti e fotografi. Si trattava di una stella che brillava di luce propria. Per qualche tempo Demiris si trastullò con l'idea che forse potesse essere innamorata di lui, ma era troppo obiettivo per conservare una simile illusione.

All'inizio era stata una sfida tentar di raggiungere il nocciolo profondo dentro Noelle, soggiogarlo e farlo suo. Dapprima, Demiris aveva tentato di riuscirvi sessualmente, ma, per la prima volta in vita sua, si trovava alle prese con una donna che rappresentava per lui più di una sfida. Gli appetiti sensuali di Noelle superavano i suoi. Qualsiasi cosa potesse fare, lei poteva farla meglio e più spesso e con maggiore abilità, finché, in ultimo, imparò a rilassarsi a letto e a godere come non aveva mai goduto con nessun'altra donna in passato. Noelle era un fenomeno e gli rivelava costantemente nuove sfaccettature del piacere. Sapeva cucinare bene come uno dei cuochi ai quali pagava stipendi regali e si intendeva d'arte quanto gli specialisti ai quali firmava contratti annui perché gli cercassero dipinti e sculture. Gli piaceva ascoltarli discutere d'arte con lei e osservare il loro stupore per la vastità delle sue conoscenze.

Aveva acquistato di recente un Rembrandt e Noelle si trovava nell'isola dove lui trascorreva l'estate quando il quadro arrivò. Era presente il giovane esperto d'arte che gli aveva trovato la tela.

« È una delle più grandi opere del maestro », disse l'esperto, scoprendo il dipinto.

Si trattava di un quadro stupendo che rappresentava una madre con la figlia. Noelle sedeva lì accanto, sorseggiando un *ouzo*, e osservava silenziosa.

« È una meraviglia », riconobbe Demiris. Poi si voltò verso di lei. « Ti piace? »

« È bello », disse lei. E domandò all'esperto: « Dove lo ha trovato? »

« L'ho rintracciato da un mercante di Bruxelles », rispose il giovane, orgoglioso, « e sono riuscito a persuaderlo a vendermelo. »

« Quanto lo ha pagato? » domandò Noelle.

« Duecentocinquantamila sterline. »

« È un affare », dichiarò Demiris.

Noelle prese una sigaretta e il giovane esperto corse ad accendergliela. « Grazie », disse, poi fissò Demiris. « Sarebbe stato un affare più vantaggioso, Costa, se lo avesse acquistato dal proprietario. »

« Non capisco. »

L'esperto d'arte la stava guardando in modo strano.

« Se questo quadro è autentico », spiegò Noelle, « proviene allora dalla collezione del duca di Toledo in Spagna. » Si volse verso l'esperto. « Non è così? »

Il giovane impallidì. « Non... non ne ho idea », balbettò. « Il mercante non me lo ha detto. »

« Oh, andiamo », lo rimproverò lei. « Vuole dire che ha comperato il quadro per una simile somma senza accertarne la provenienza? È difficile crederlo. Gli eredi lo hanno valutato centosettantacinquemila sterline. Qualcuno è stato imbrogliato per settantacinquemila sterline. »

E risultò che era vero. L'esperto e il mercante d'arte vennero riconosciuti colpevoli di collusione e condannati. Demiris restituì il quadro. Ripensandoci, in seguito, si accorse di essere rimasto colpito non tanto dalla perizia di Noelle, quanto dalla sua onestà. Volendo, avrebbe potuto prender da parte l'esperto, minacciare di ricattarlo e fare metà con lui. Lo aveva invece sfidato apertamente alla presenza di Demiris, senza alcun motivo. Grato, le regalò una costosissima collana di smeraldi e lei accettò con lo stesso apprezzamento noncurante con il quale avrebbe accettato un accendino.

Demiris la voleva con sé dappertutto. Negli affari non si fidava di nessuno e perciò era costretto a prendere tutte le decisioni per proprio conto. Cominciò a trovare utile discutere le trattative d'affari con Noelle, che si dimostrò straordinariamente abile: la semplice possibilità di poter parlare con qualcuno gli rendeva più facile prendere una decisione. Man mano che il tempo passava, Noelle finì con il conoscere i suoi affari meglio di chiunque altro, eccezion fatta, forse, per i legali e gli amministratori. In passato, Demiris aveva sempre avuto numerose amanti contemporaneamente, ma ora Noelle gli dava tutto ciò che gli occorreva e, a poco a poco, si liberò di tutte le altre. Accettarono il *congé* senza rancori perché Demiris era un uomo generoso.

Possedeva uno yacht di quarantacinque metri, con quattro motori diesel *G.M.*; aveva a bordo un idrovolante, un equipaggio di ventiquattro uomini, due motoscafi e una piscina con acqua dolce. C'erano due appartamenti per gli ospiti, mirabilmente arredati, e un grande appartamento per lui, pieno di quadri e di oggetti d'antiquariato.

Quando Demiris offriva dei ricevimenti sullo yacht, era Noelle a fare da padrona di casa. Quando Demiris andava in aereo o via mare sulla sua isola privata, conduceva con sé Noelle, mentre Melina rimaneva a casa. Badava bene a non far mai incontrare la moglie e l'amante, ma sapeva, naturalmente, che Melina era a conoscenza della relazione.

Noelle veniva trattata come un personaggio di sangue reale ovunque andasse. D'altro canto, non meritava niente di meno. La bimba che aveva contemplato la sua flottiglia di barche dalla finestra del sudicio appartamento a Marsiglia era passata alla più grande flotta del mondo. Non la colpivano la ricchezza di Demiris né la sua reputazione; ma la colpivano l'intelligenza e l'energia di lui. Aveva la mente e la forza di volontà di un gigante e, in confronto, faceva apparire pusillanimi tutti gli altri uomini. Noelle intuiva la crudeltà implacabile che esisteva in lui, ma in qualche modo questo lo rendeva ancor più eccitante, perché lei stessa era altrettanto crudele.

Riceveva continuamente proposte di interpretare commedie e film, che la lasciavano però indifferente. Aveva la parte della protagonista nella storia della propria vita ed era più affascinante di qualsiasi cosa che un soggettista potesse escogitare. Pranzava con re, primi ministri e ambasciatori e tutti l'adulavano perché sapevano che era ascoltata da Demiris. Alludevano in modo sottile ai loro desideri e le promettevano il mondo purché fosse disposta ad aiutarli.

Ma Noelle possedeva già il mondo. A letto con Demiris, gli riferiva ciò che ognuno le aveva chiesto e, grazie a tali informazioni, lui poteva farsi un'idea delle loro necessità, della loro forza e delle loro debolezze. Esercitava allora le pressioni opportune e altro denaro si riversava nei suoi forzieri già traboccanti.

L'isola privata era uno dei maggiori piaceri di Demiris. L'aveva acquistata brulla e deserta ed era riuscito a trasformarla in un paradiso. Sul punto culminante sorgeva una villa spettacolare, nella quale abitava lui, circondata da una dozzina di incantevoli villini per gli ospiti, da una riserva di caccia, da un lago artificiale d'acqua dolce, un giardino zoologico, un porto dove poteva ancorarsi lo yacht e una pista di atterraggio per gli aerei. Ottanta persone di servizio e guardie armate tenevano lontani gli intrusi. A Noelle piaceva la solitudine dell'isola e l'apprezzava soprattutto quando non c'erano ospiti. Questo lusingava Demiris, perché pensava che Noelle preferisse restar sola con lui. Sarebbe rimasto sbalordito se avesse saputo fino a qual punto i suoi pensieri fossero monopolizzati da un uomo di cui ignorava persino l'esistenza.

Larry Douglas si trovava agli antipodi rispetto a Noelle, a combattere battaglie segrete su isole segrete, eppure lei era più informata sul suo conto di quanto lo fosse la moglie, alla quale lui scriveva abbastanza regolarmente. Noelle andava a Parigi, per incontrarsi con Christian Barbet, almeno una volta al mese e il piccolo investigatore calvo e miope aveva sempre un rapporto aggiornato pronto per lei.

La prima volta che era tornata in Francia per parlare con Barbet, aveva incontrato delle difficoltà per il visto di uscita. Aveva dovuto aspettare in un ufficio della dogana per cinque ore e infine le era stato permesso di telefonare a Constantin Demiris. Dieci minuti dopo il colloquio telefonico con lui, un ufficiale tedesco era accorso profondendosi in scuse a nome del suo governo. Le venne rilasciato un visto speciale e non fu fermata mai più.

Il piccolo investigatore aspettava con ansia le sue visite. Le stava già spillando un patrimonio, ma il suo naso esperto fiutava somme di denaro molto più ingenti. Era molto soddisfatto della nuova relazione di Noelle con Constantin Demiris; intuiva che, in un modo o nell'altro, gli avrebbe fruttato grandi vantaggi finanziari. Anzitutto, doveva accertarsi che Demiris non sapesse niente dell'interessamento della sua amante per Larry Douglas e poi doveva accertare fino a qual punto quell'informazione potesse valere per lui. O quanto sarebbe stata disposta a pagare Noelle Page perché lui tacesse. Stava per fare un colpo enorme, ma doveva giocare con cautela le proprie carte. I dati che riusciva a procurarsi sul conto di Larry erano sorprendentemente precisi, perché poteva permettersi di compensare lautamente gli informatori.

Mentre la moglie di Larry stava leggendo una lettera con il timbro anonimo della posta militare, Christian Barbet riferiva a Noelle il contenuto di un rapporto: « Fa parte del Quattordicesimo Gruppo Caccia, Quarantottesima Squadriglia... »

La lettera di Catherine diceva: « ... posso soltanto dirti che mi trovo in qualche punto del Pacifico, piccola... »

E Christian Barbet stava riferendo a Noelle: « Si trovano a Tarawa, l'isola vicina a Guam ».

« ... mi manchi tanto, Cathy. La situazione sta migliorando, qui. Non posso darti alcun particolare, ma abbiamo finalmente degli apparecchi migliori degli *Zero* giapponesi... »

« Il suo amico pilota i *P Trentotto*, i *P Quaranta* e i *P Cinquantuno.* »

« ... sono contento che tu sia occupata a Washington. Cerca soltanto di restarmi fedele. Qui va tutto bene. Avrò una piccola notizia da darti quando ti rivedrò... »

« Il suo amico è stato decorato con la croce al merito di guerra e promosso tenente colonnello. »

Mentre Catherine pensava al marito e pregava perché tornasse a casa sano e salvo, Noelle seguiva ogni movimento di Larry e pregava a sua volta perché la guerra lo risparmiasse. Presto il conflitto avrebbe avuto termine e Larry Douglas sarebbe tornato. A entrambe.

11

CATHERINE

Washington, 1945-1946

La mattina del 7 maggio 1945, a Rheims, la Germania si arrese senza condizioni agli alleati. Il regno di mille anni del Terzo Reich si era concluso. Quelli che conoscevano le disastrose devastazioni a Pearl Harbor, quelli che avevano veduto Dunquerque evitare soltanto per un pelo di passare alla storia come la Waterloo inglese, quelli che avevano comandato la RAF e sapevano quanto sarebbero state impotenti le difese di Londra contro un attacco a fondo della Luftwaffe... tutte queste persone erano a conoscenza della serie di miracoli che aveva portato gli alleati alla vittoria e per quale ristrettissimo margine non fosse accaduto tutto l'opposto. Le forze del male erano quasi riuscite a trionfare e la possibilità sembrava così assurda, così in contrasto con l'etica cristiana del bene trionfante e del male soccombente, che ne rifuggivano con orrore e seppellivano i loro errori, per sottrarli agli occhi dei posteri, sotto montagne di pratiche con il timbro TOP SECRET.

L'attenzione del mondo libero si rivolse ora all'Estremo Oriente. I giapponesi, quei comici ometti, piccoli e miopi, stavano difendendo sanguinosamente ogni centimetro dei loro territori: sarebbe stata una guerra lunga e micidiale.

Poi, il 6 agosto, una bomba atomica venne sganciata su Hiroshima. La distruzione fu incredibile. Dopo pochi minuti, quasi tutta la popolazione di una grande città giaceva morta, vittima di un flagello peggiore di tutte le guerre e di tutte le pestilenze dell'intero Medio Evo.

Il 9 agosto, tre giorni dopo, venne sganciata una seconda bomba atomica, questa volta su Nagasaki. Le conseguenze furono ancora più devastatrici. La civiltà aveva infine raggiunto la sua ora più bella: era in grado di conseguire un genocidio calcolabile in un numero X di milioni di individui al secondo. Era troppo per i giapponesi, e il 2 settembre del 1945, sulla nave da combattimento *Missouri*, il generale Douglas MacArthur accettava la resa incondizionata del governo giapponese. La seconda guerra mondiale era finita.

Per un lungo momento, quando giunse la notizia, il mondo trattenne il respiro, poi impazzì di gioia. Città e piccoli paesi, ovunque sulla terra, vennero invasi da cortei isterici di persone osannanti alla fine della guerra che avrebbe posto termine a tutte le guerre combattute per porre termine a tutte le guerre che erano state fatte per porre termine alle guerre...

Il giorno dopo, Bill Fraser, grazie a una magia che non volle mai spiegare a Catherine, riuscì a mettersi in comunicazione con Larry Douglas su un'isola in qualche punto del Pacifico meridionale. Doveva essere una sorpresa per lei. Bill la pregò di aspettarlo in ufficio, così sarebbero andati a pranzo insieme. Alle quattordici e trenta, Catherine chiamò Bill.

« Quand'è che mi sfamerai? » domandò. « Presto sarà ora di cena. »

« Non muoverti di lì », rispose lui. « Sarò da te tra un minuto. »

Cinque minuti dopo, la richiamò e disse: « C'è una comunicazione per te sulla linea uno ».

Catherine alzò il ricevitore del telefono. « Pronto? » Udì un crepitio e un'ondata di suoni, simile allo scroscio delle onde di un lontano oceano. « Pronto? » ripeté.

Una voce maschile domandò: « La signora Douglas? »

« Sì », rispose lei, interdetta. « Chi parla? »

« Un momento solo, prego. »

Dal ricevitore le giunse un sibilo acuto. Un altro crepitio, poi una voce che disse: « Cathy? »

Lei rimase immobile, il cuore martellante, incapace di parlare. « Larry? Larry? »

« Sì, piccola. »

« Oh, Larry! » Si mise a piangere e, inaspettatamente, cominciò a tremare in tutto il corpo.

« Come stai, tesoro? »

Si conficcò le unghie nel braccio, cercando di farsi male

abbastanza per riuscire a fermare l'isterismo dilagato improvvisamente in lei. « Sto b-bene », disse. « Dove s-sei? »

« Se te lo dicessi, interromperebbero la comunicazione », rispose lui. « Mi trovo in qualche punto del Pacifico. »

« È abbastanza vicino! » Catherine cominciò a ritrovare il dominio della voce. « Stai bene, tesoro? »

« Sto benissimo. »

« Quando tornerai a casa? »

« Da un momento all'altro », le promise lui.

Gli occhi tornarono a riempirlesi di lacrime. « Okay, sincronizziamo gli orologi. »

« Stai piangendo? »

« Certo che sto piangendo, idiota! Ma sono contenta che tu non possa vedermi la faccia piena di rimmel. Oh, Larry... Larry... »

« Mi sei mancata, piccola » disse lui.

Catherine pensò alle lunghe notti solitarie, per settimane e per mesi e per anni, senza Larry, senza le sue braccia intorno a lei, senza quel corpo forte e meraviglioso accanto, senza la consolazione e la protezione e l'amore che lui le dava. E disse: « Anche tu mi sei mancato ».

Una voce di uomo si inserì nella linea. « Spiacente, colonnello, ma ora dobbiamo interrompere. »

Colonnello!

« Non mi avevi detto che eri stato promosso. »

« Temevo che ti avrebbe dato alla testa. »

« Oh, tesoro, io... »

Lo scroscio dell'oceano divenne più forte e a un tratto seguì il silenzio e la comunicazione si interruppe. Rimase seduta alla scrivania fissando il telefono. Poi affondò la testa tra le braccia e scoppiò a piangere.

Dieci minuti dopo, udì la voce di Fraser dall'apparecchio interno. « Sono pronto per andare a pranzo quando lo sarai tu, Catherine », le disse.

« Sono pronta a tutto, adesso », rispose lei, con gioia. « Dammi cinque minuti. » Sorrise con tenerezza, pensando a quello che aveva fatto Bill e a tutto il disturbo che doveva avergli causato il collegamento. Era l'uomo più caro che avesse mai conosciuto. Subito dopo Larry, naturalmente.

Catherine si era raffigurata l'arrivo di Larry tante di quelle volte che la realtà fu quasi deludente. Bill Fraser le aveva spiegato che, probabilmente, sarebbe tornato in patria con un aereo del Comando Trasporti Aerei o con uno dei Collegamenti Militari e quei voli non avvenivano con orari fissi come i voli delle linee commerciali. Si approfittava del primo aereo disponibile... e non importava molto dove fosse diretto, l'importante era che volasse grosso modo nella direzione giusta.

Rimase in casa tutto il giorno aspettando Larry. Cercò di leggere, ma era troppo nervosa. Seduta, ascoltò le notizie e pensò a Larry che tornava da lei, questa volta per sempre. A mezzanotte non era ancora arrivato. Si disse che probabilmente non sarebbe venuto fino al giorno dopo. Alle due del mattino, quando non riuscì più a tenere gli occhi aperti, andò a coricarsi.

Venne destata da una mano sul braccio, spalancò gli occhi e lo vide in piedi accanto a lei; il suo Larry si trovava lì in piedi, la guardava con un sorriso sulla faccia magra e abbronzata; in un lampo gli fu tra le braccia e tutti i crucci, la solitudine e le sofferenze degli ultimi quattro anni vennero lavati via da una piena purificatrice di felicità che parve saturare ogni fibra del suo essere. Lo strinse così forte da temere di spezzargli le ossa. Avrebbe voluto restare così per sempre, senza mai lasciarlo andar via.

« Piano, tesoro », disse Larry, infine. Si scostò da lei con un sorriso sulla faccia. « Farebbe ridere sui giornali: "Pilota torna a casa sano e salvo dalla guerra e viene ucciso da un abbraccio mortale della moglie". »

Catherine accese tutte le lampade, dalla prima all'ultima, inondando di luce la stanza per poterlo vedere, studiare, divorare con lo sguardo. Aveva una nuova maturità sul volto. C'erano piccole rughe intorno agli occhi e alla bocca che prima non esistevano. Ma l'effetto generale era quello di renderlo bello come non mai.

« Volevo venirti a prendere », farfugliò, « ma non sapevo dove. Ho telefonato all'Aeronautica, non hanno saputo darmi una informazione e così sono rimasta qui ad aspettarti e... »

Larry venne verso di lei e la fece tacere con un bacio. Il bacio fu violento ed esigente. Catherine si era aspettata di provare la stessa avidità fisica e si stupì che non fosse affatto così. Lo amava moltissimo, eppure avrebbe preferito restargli semplicemente seduta accanto e conversare, invece di fare all'amore come voleva lui, in modo così incalzante. Aveva sublimato i propri impulsi sessuali per tanto di quel tempo che adesso erano sepolti in profondità e sarebbe occorso del tempo prima di risvegliarli e riportarli alla superficie.

Ma Larry non le concedeva tempo. Si stava strappando di dosso i vestiti e diceva: « Dio, Cathy, tu non sai quanto ho sognato questo momento. Stavo impazzendo, laggiù. E guardati: sei ancora più bella di quanto ricordassi ». Si liberò dello slip ed eccolo lì in piedi, nudo. E, in qualche modo, fu un estraneo a spingerla giù sul letto e lei si augurò che le concedesse il tempo di riabituarsi alla sua presenza in casa, di riabituarsi alla sua nudità. Ma le stava salendo sopra senza alcun preliminare, la penetrava di forza e Catherine sentì di non essere preparata ad accoglierlo. Si forzava in lei, facendole male, e lei si morse la mano per non gridare mentre le giaceva addosso amandola come un animale selvaggio.

Suo marito era tornato a casa.

Nel mese che seguì, con la benedizione di Fraser, non andò in ufficio e lei e Larry trascorsero insieme quasi ogni momento. Gli cucinava tutti i suoi piatti favoriti, ascoltavano dischi e parlavano, parlavano, cercando di colmare il vuoto degli anni perduti. La sera andavano a ricevimenti o a teatro e quando rientravano facevano all'amore. Il suo corpo era ormai pronto a riceverlo e lo trovava un amante eccitante come sempre. Quasi.

Non voleva ammetterlo nemmeno con se stessa, ma c'era un cambiamento indefinibile in Larry. Era più esigente e concedeva meno. C'era sempre il preludio, prima di fare all'amore, ma lui vi si prestava meccanicamente, come se si fosse trattato di un dovere da compiere, prima di partire all'attacco sessuale. E si trattava di un attacco, di un'occupazione selvaggia e feroce, come se il corpo di lui stesse cercando di vendicarsi di qualcosa e volesse infliggere un castigo. Ogni volta che finivano di fare all'amore, Catherine si sentiva ammaccata e indolenzita, come se fosse stata percossa. Forse, cercava di difenderlo, si comportava così perché era rimasto troppo a lungo senza una donna.

Man mano che i giorni passavano, il suo modo di fare l'amore rimase lo stesso e questo indusse Catherine a cercare altri mutamenti in Larry. Cercò di studiarlo spassionatamente, cercò di dimenticare che era suo marito e che lo adorava. Vide un uomo alto, ben fatto, dai capelli neri, dai profondi occhi scuri e dal viso di una bellezza devastatrice. O forse « bellezza » non era più un termine valido. Le rughe intorno alla bocca avevano aggiunto un che di duro ai suoi lineamenti. Guardando un estraneo come lui, Catherine avrebbe pensato: *ecco un uomo che può essere egoista e spietato e gelido*. Ma disse a se stessa che era ridicolo. Quello era il suo Larry, affettuoso e buono e premuroso.

Lo presentò, orgogliosa, a tutti i suoi amici e colleghi di lavoro, ma sembravano annoiarlo. Ai ricevimenti si rifugiava in un angolo e passava la serata bevendo. Pareva a Catherine che non facesse nessun sforzo per essere socievole. « Perché dovrei? » scattò lui una sera, quando cercò di parlargliene. « Dove diavolo fottuto si trovavano tutti questi grassoni quando io volavo e mi facevo sparare addosso? »

Alcune volte Catherine gli domandò quali fossero i suoi progetti per l'avvenire. Aveva pensato che volesse restare in Aeronautica, ma, quasi la prima cosa che fece, una volta rientrato in patria, fu di chiedere di essere messo in congedo.

« La carriera è per i gonzi », disse. « La sola fine che uno possa fare è cadere. »

Parve quasi una parodia della prima conversazione che aveva avuto con lui a Hollywood. Soltanto che allora Larry scherzava.

Catherine doveva parlare della situazione con qualcuno e alla fine decise di confidarsi con Bill Fraser. Gli disse che era preoccupata, escludendo i particolari più intimi.

« Se può consolarti », rispose Bill, comprensivo, « ci sono milioni di donne in tutto il mondo che stanno passando ciò che stai passando tu adesso. È molto semplice, Cathy. Sei sposata con un estraneo. »

Catherine lo fissò senza dir niente.

Fraser caricò la pipa e l'accese. « Certo non puoi aspettarti di ricominciare dal momento in cui Larry è partito quattro anni fa, ti pare? Quel momento non esiste più. Lo hai superato, e così lo ha superato lui. A far funzionare il matrimonio sono le esperienze che marito e moglie hanno in comune. Vivono insieme e vive anche la loro unione. Vedrai che troverete di nuovo un comune terreno di incontro. »

« Mi sento sleale anche soltanto a parlarne, Bill. »

Fraser sorrise. « Io ti ho conosciuta prima, ricordi? » le rammentò.

« Ricordo. »

« Sono certo che anche Larry sta cercando la sua strada », continuò Bill. « Ha vissuto con un migliaio di uomini per quattro anni e ora deve abituarsi a vivere con una donna. »

Lei gli sorrise. « Tutto quello che hai detto è giusto. Avevo bisogno di sentirlo dire da qualcuno. »

« Tutti danno consigli sul modo di trattare i feriti », osservò Bill, « ma esistono certe ferite che non si vedono. E a volte sono profonde. » Poi vide l'espressione sulla faccia di Catherine. « Non mi riferisco a niente di grave », si affrettò a soggiungere. « Sto parlando soltanto degli orrori cui assiste ogni soldato. A meno che un uomo non sia completamente stupido, non possono non avere un effetto enorme sul suo modo di concepire la vita. Capisci che cosa voglio dire? »

Lei annuì. « Sì. » Ma si trattava di sapere: quale effetto avevano avuto?

Quando Catherine tornò al lavoro, i colleghi dell'agenzia furono felicissimi di rivederla. Per i primi tre giorni non fece quasi altro che riesaminare campagne pubblicitarie, proposte di lavoro per nuovi clienti e pratiche arretrate. Sgobbò dalle prime ore del mattino a tarda ora del pomeriggio, cercando di riguadagnare il tempo perduto, spronando i copy e i disegnatori e rassicurando clienti nervosi. Era molto brava nel suo lavoro, e le piaceva molto.

Quando tornava a casa, la sera, trovava Larry ad aspettarla. All'inizio gli domandava che cosa avesse fatto durante la sua assenza, ma le risposte continuavano a essere vaghe, e infine rinunciò. Lui aveva eretto un muro e Catherine non sapeva come aprirsi un varco. Larry si risentiva per qualsiasi cosa lei dicesse o quasi e non facevano che litigare per delle sciocchezze. Di quando in quando cenavano con Fraser e Catherine faceva l'impossibile per rendere quelle serate piacevoli e allegre, perché Bill non dovesse pensare che qualcosa non andava tra loro.

Ma doveva riconoscere che qualcosa non andava affatto. Sentiva che in parte la colpa era sua. Continuava ad amare Larry. Le piacevano il suo aspetto, le sensazioni che le dava, ogni ricordo di lui, ma sapeva che, continuando in quel modo, lui avrebbe distrutto entrambi.

Stava pranzando con William Fraser.

« Larry come sta? » le domandò lui.

La risposta automatica e pavloviana, « bene » fu sul punto di salirle alle labbra, ma la respinse. « Ha bisogno di un lavoro », disse con schiettezza.

Fraser si appoggiò alla spalliera e annuì. « Comincia a essere irrequieto perché non lavora? »

Catherine esitò, non volendo mentire. « Non vuole fare una cosa qualsiasi », disse con cautela. « Dovrebbe essere un lavoro adatto a lui. »

Bill la studiò, cercando di valutare ciò che si celava dietro le parole.

« Gli piacerebbe fare il pilota? »

« Non vuole tornare sotto le armi. »

« Stavo pensando a una delle linee aeree. Ho un amico che dirige la Pan Am. Dovrebbero esser contenti di assumere un pilota con l'esperienza di Larry. »

Catherine rifletté, cercando di mettersi al posto di Larry. Volare gli piaceva più di qualsiasi cosa al mondo. Sarebbe stato un bel lavoro. Avrebbe fatto quello che amava. « Sembra... mi sembra meraviglioso », disse, cauta. « Credi davvero che potresti fargli avere il posto, Bill? »

« Ci proverò », disse. « Ma perché non sondare prima Larry e sentire che cosa ne pensa? »

« Lo farò. » Prese la mano di lui tra le sue, con gratitudine. « Grazie infinite. »

« Di che cosa? » rispose Bill con noncuranza.

« Di essere sempre disponibile quando ho bisogno di te. »

Lui le accarezzò la mano.

Quando Catherine, quella sera, parlò a Larry della proposta di Bill Fraser, esclamò: « È l'idea migliore che abbia mai sentito da quando sono tornato a casa » e, due giorni dopo, aveva un appuntamento con Carl Eastman, alla sede centrale della Pan Am, a Manhattan. Catherine gli stirò un vestito, scelse camicia e cravatta e gli lucidò le scarpe finché riuscì a rispecchiarvisi. « Ti telefonerò non appena possibile per farti sapere come è andata. » Larry la baciò, le rivolse il suo sorriso fanciullesco e uscì.

Sotto molti aspetti era *davvero* un ragazzino, pensò Catherine. Poteva essere petulante e irascibile e imbronciato, ma era anche affettuoso e generoso.

« È il mio destino », sospirò. « Devo essere la sola creatura perfetta in tutto l'universo. »

Aveva una giornata piena dinanzi a sé, ma non riuscì a pensare ad altro che a Larry e al suo appuntamento. Non si trattava soltanto dell'impiego. Sentiva che tutto il loro matrimonio dipendeva da quanto sarebbe accaduto.

L'aspettava il giorno più lungo della sua vita.

La Pan Am aveva la sede centrale in un moderno palazzo tra la Quinta Avenue e la Cinquantatreesima Strada. L'ufficio di Carl Eastman era grande, piacevolmente arredato: senza dubbio occupava una posizione importante.

« Venga, si accomodi. » Così accolse Larry, quando entrò. Eastman era sui trentacinque anni, un uomo esile, dal mento allungato, con penetranti occhi nocciola ai quali non sfuggiva nulla. Con un gesto invitò Larry a sedere sul divano, poi prese posto su una poltroncina di fronte a lui.

« Un caffè? »

« No, grazie. »

« Allora, lei vorrebbe lavorare con noi. »

« Se c'è un posto. »

« Un posto c'è », disse Eastman, « soltanto che ha già presentato domanda un migliaio di piloti. » Scosse la testa malinconicamente. « È incredibile. L'Aeronautica addestra migliaia di giovani in gamba a pilotare gli aerei più complicati che siano mai stati costruiti. Poi, quando sanno fare il loro lavoro e lo fanno maledettamente bene, gli dice di andare al diavolo. Non sa come impiegarli. » Sospirò. « Non può immaginare quante persone si presentino qui continuamente. Piloti di prim'ordine, assi come lei. C'è un solo posto disponibile per ogni mille domande... e la situazione è identica in tutte le altre linee aeree. »

Un senso di delusione invase Larry. « Perché mi ha ricevuto, allora? » domandò, irrigidendosi.

« Per due ragioni. Primo, perché il capo al piano di sopra me lo ha chiesto. »

Larry sentì l'ira salire in lui.

« Non ho bisogno di... »

Eastman si protese in avanti. « Secondo, perché lei ha un'esperienza di volo di prim'ordine. »

« Grazie », disse Larry, sempre in tono sostenuto.

Eastman lo studiò. « Dovrebbe seguire un corso di addestramento, qui, sa. Sarebbe come tornare alla scuola di pilotaggio. »

Larry esitò, non ben sicuro di dove volesse approdare la conversazione.

« Per me andrebbe benissimo », disse con circospezione.

« Dovrà addestrarsi a New York, all'aeroporto La Guardia. »

Annuì e aspettò.

« Quattro settimane di corsi teorici e poi un mese di addestramento pratico. »

« Voi volate con i *DC 4*? » domandò Larry.

« Esatto. Al termine dell'addestramento, l'assumeremo come ufficiale di rotta. Lo stipendio durante l'addestramento sarà di trecentocinquanta dollari al mese. »

Il posto era suo! Il figlio di puttana lo aveva punzecchiato parlandogli delle migliaia di piloti in cerca di lavoro. Ma il posto era stato dato a lui! Perché si era preoccupato? Nessuno, in tutta la dannata Aeronautica, poteva vantare precedenti migliori dei suoi!

Sorrise. « Non che mi dispiaccia cominciare come ufficiale di rotta, Eastman, ma io sono un pilota. *Quand'è* che potrò pilotare? »

Eastman sospirò. « Le linee aeree hanno un regolamento

comune. La carriera è basata su un solo criterio, l'anzianità. Ci sono molti uomini prima di lei. Vuole tentare ugualmente? »

Larry annuì. « Che cos'ho da perdere? »

« Bene », disse Eastman. « Penserò io a tutte le formalità. Dovrà sottoporsi a una visita medica, naturalmente. Nessuna difficoltà? »

Larry sorrise. « I giapponesi non mi hanno trovato niente. »

« Quando può cominciare? »

« Questo pomeriggio è troppo presto? »

« Facciamo lunedì. » Eastman scribacchiò un nome su un biglietto e lo porse a Larry. « Tenga. L'aspetteranno lunedì mattina alle nove. »

Quando Larry telefonò a Catherine per darle la notizia, aveva un entusiasmo nella voce che non sentiva più da molto tempo. Si rese conto, allora, che tutto sarebbe andato nel migliore dei modi.

12

NOELLE

Atene, 1946

CONSTANTIN Demiris aveva una flotta di aerei per uso personale, ma a inorgoglirlo era soprattutto uno *Hawker Siddeley* opportunamente modificato che trasportava sedici passeggeri, alla velocità di cinquecento chilometri all'ora, con un equipaggio di quattro persone. Era un vero e proprio palazzo volante. L'interno era stato arredato da Frederick Sawrin e gli affreschi alle pareti erano di Chagall. Al posto dei comuni sedili c'erano poltrone e comodi divani. Il compartimento di coda era stato trasformato in una lussuosa camera da letto. Dietro la cabina di pilotaggio si trovava una moderna cucina. Ogni volta che Demiris o Noelle viaggiavano sull'aereo, c'era un cuoco a bordo.

Constantin aveva scelto come suoi piloti personali un greco a nome Paul Metaxas e un inglese, ex pilota di caccia della RAF, Ian Whitestone. Metaxas era un uomo tarchiato, amabile, con un eterno sorriso sulla faccia e una risata cordiale, contagiosa. Meccanico, aveva imparato da solo a pilotare e aveva partecipato con la RAF alla Battaglia d'Inghilterra, dove aveva conosciuto Ian Whitestone. Whitestone era alto, rosso di capelli e penosamente magro, con i modi diffidenti di un maestro di scuola il primo giorno di scuola in un istituto di second'ordine per ragazzi incorreggibili. Ma quando volava si trasformava completamente. Possedeva la rara abilità naturale di un pilota nato, quella sensibilità che non può mai essere insegnata né imparata. Whitestone e Metaxas avevano volato insieme per tre anni contro la Luftwaffe e ognuno teneva l'altro in grande considerazione.

Noelle viaggiava spesso sul grosso aereo, a volte per affari, con Demiris, a volte per piacere. Aveva fatto conoscenza con i piloti, ma senza degnarli di una particolare attenzione.

E poi, un giorno, li udì rievocare un'esperienza che avevano avuto nella RAF.

A partire da quel momento o trascorse parte di ogni volo nella cabina di pilotaggio conversando con i due o invitò uno di loro a tenerle compagnia nella cabina passeggeri. Li incoraggiava a parlare delle esperienze fatte in guerra e, pur senza mai porre domande dirette, venne a sapere, che Whitestone era stato ufficiale di collegamento nella squadriglia di Larry Douglas prima che Larry se ne andasse dalla RAF, mentre Metaxas era entrato a far parte della squadriglia troppo tardi per poterlo conoscere. Noelle cominciò a concentrarsi sul pilota inglese. Incoraggiato e lusingato dall'interessamento dell'amante del suo principale, Whitestone parlava a lungo del proprio passato e dei progetti per l'avvenire. Disse a Noelle che lo aveva sempre attratto l'elettronica. Suo cognato, in Australia, aveva aperto una piccola fabbrica di strumenti elettronici e lo voleva come socio, ma lui non disponeva dei capitali necessari.

« Con quello che guadagno », disse a Noelle, sorridendo, « non li avrò mai. »

Noelle continuava ad andare a Parigi una volta al mese per incontrarsi con Christian Barbet. Barbet si era messo in contatto con un'agenzia investigativa privata a Washington e affluivano continuamente rapporti su Larry Douglas. Sondando con cautela Noelle, il piccolo investigatore le propose di spedire i rapporti direttamente ad Atene, ma lei gli disse che preferiva ritirarli personalmente. Barbet annuì malizioso e disse, in tono da cospiratore: « Capisco, mademoiselle Page ». Sicché lei *non* voleva che Constantin Demiris venisse a sapere del suo interessamento per Larry Douglas. Le possibilità di ricatto erano tali da fargli vacillare la mente.

« Lei mi è stato molto utile, monsieur Barbet », disse Noelle, « e ha dato prova di una grande discrezione. »

L'ometto sorrise, untuoso. « Grazie, mademoiselle Page. Il mio lavoro è basato sulla discrezione. »

« Precisamente », replicò Noelle. « So che lei è discreto perché Constantin Demiris non mi ha mai fatto il suo nome. Se un giorno dovesse parlarmi di lei, gli chiederò di distruggerla. » Il tono di voce era quello di una piacevole conversazione, ma l'effetto fu simile all'esplosione di una bomba.

Monsieur Barbet fissò Noelle per un lungo momento di sbalordito stupore, leccandosi le labbra. Si grattò l'inguine nervosamente, e balbettò: « Le... le assicuro, mademoiselle, che io non mi sognerei m-mai... »

« Ne sono certa », disse lei e se ne andò.

Sull'aereo di linea che la riportava in Grecia, Noelle lesse il rapporto confidenziale nella busta sigillata.

AGENZIA DI INVESTIGAZIONI ACME
1402 « D » Street
Washington, D.C.

Riferimento: 2-179-210 — 2 Febbraio 1946

Caro Monsieur Barbet,

uno dei nostri agenti ha parlato con un contatto nell'ufficio del personale alla Pan Am: il soggetto è considerato un abile pilota da combattimento, ma si domandano se sia abbastanza disciplinato per dare risultati soddisfacenti nell'ambito di una organizzazione vasta e strutturata.

Il genere di esistenza che conduce il soggetto non si discosta da ciò cui abbiamo accennato nei nostri rapporti precedenti. Lo abbiamo seguito fino agli appartamenti di varie donne con le quali si era messo; vi si è trattenuto per periodi di tempo da un'ora a cinque ore e presumiamo che abbia una serie di casuali relazioni sessuali con queste donne. (I nomi e gli indirizzi sono a sua disposizione, se li richiederà.)

Tenuto conto della nuova occupazione del soggetto, è possibile che tali abitudini possano cambiare. La terremo informata al riguardo dietro sua richiesta.

Troverà qui acclusa la nostra nota spese.

Cordiali saluti,
R. Ruttenberg
Direttore generale

Noelle rimise il rapporto nella busta, si appoggiò alla spalliera del sedile e chiuse gli occhi. Si raffigurò Larry, irrequieto e tormentato, sposato con una donna che non amava, prigioniero di una trappola la cui esca era stata la sua stessa debolezza.

Il nuovo lavoro con la società aerea poteva ritardare un poco il suo piano, ma non le mancava la pazienza. Prima o poi, sarebbe riuscita a riportare a sé Larry. Nel frattempo, c'erano certi passi che avrebbe potuto compiere per affrettare le cose.

Ian Whitestone era felicissimo di essere stato invitato a pranzò da Noelle Page. All'inizio, si era illuso che si sentisse attratta da lui, ma tutti i loro incontri non si erano discostati da un'atmosfera di corretta amabilità, tale da fargli capire che lui era un impiegato e lei un'intoccabile. Si era spesso domandato che cosa potesse volere quella donna; Whitestone era un uomo intelligente e aveva più volte provato la sensazione bizzarra che quelle conversazioni sugli argomenti più diversi significassero per Noelle qualcosa di più che per lui.

Quel giorno, Whitestone e Noelle andarono in macchina in un piccolo villaggio sul mare, vicino a capo Sunion, dove dovevano pranzare. Lei indossava un leggero abito estivo bianco, con i sandali, e aveva sciolto i soffici capelli biondi: non era mai stata così bella. Ian Whitestone era fidanzato con una modella di Londra, ma, sebbene fosse graziosa, non poteva di certo essere paragonata a Noelle. Non aveva mai conosciuto nessuna donna che potesse paragonarsi a lei e avrebbe invidiato Constantin Demiris se Noelle non gli fosse sempre sembrata più desiderabile in retrospettiva. Quando l'aveva accanto, si sentiva intimidito. Noelle aveva portato adesso la conversazione sui suoi progetti per l'avvenire e Ian si domandò, non per la prima volta, se lo stesse sondando per ordine di Demiris, per scoprire se fosse fedele al suo principale.

« Amo il mio lavoro », le assicurò in tono sincero. « Mi piacerebbe continuare finché non sarò troppo vecchio per vedere dove sto volando. »

Noelle lo studiò per un momento, consapevole dei sospetti di lui. « Sono delusa », disse malinconicamente. « Speravo che fosse molto più ambizioso. »

Whitestone la fissò. « Non capisco. »

« Non mi aveva detto che le sarebbe piaciuto avere un giorno una sua azienda elettronica? »

Ian ricordò di avergliene parlato di sfuggita e lo meravigliò il fatto che lei lo avesse ricordato.

« Era soltanto un sogno », disse. « Ci vuole molto denaro. »

« Un uomo con le sue capacità », disse Noelle, « non dovrebbe lasciarsi fermare dalla mancanza di denaro. »

Whitestone tacque, a disagio, non sapendo bene che cosa Noelle si aspettasse di sentirgli dire. Il lavoro gli piaceva. Stava guadagnando più di quanto gli fosse mai accaduto in vita sua, l'orario era comodo e gli incarichi affidatigli interessanti. Sì, si trovava a completa disposizione di un miliardario eccentrico, che pretendeva che lui fosse sempre pronto a qualsiasi ora del giorno o della notte. Era stato un inferno per la sua vita personale e la sua fidanzata non era molto soddisfatta di quello che faceva, buon stipendio o no.

« Ho parlato della sua situazione con un amico », disse Noelle. « Gli piace investire nelle nuove aziende. »

Aveva un entusiasmo controllato nella voce, come se fosse eccitata da quanto stava dicendo, ma al contempo stesse bene attenta a non esercitare una pressione eccessiva su di lui. Whitestone alzò gli occhi e incontrò il suo sguardo.

« È molto interessato ai suoi progetti », disse lei.

Ian deglutì. « Io... io non so che cosa dire, mademoiselle Page. »

« Non mi aspetto che dica niente per il momento », gli assicurò Noelle. « Voglio soltanto che ci pensi su. »

Lui tacque per qualche momento, riflettendo. « Il signor Demiris è informato di questo? » domandò infine.

Noelle sorrise con l'aria di una cospiratrice. « Temo che il signor Demiris non approverebbe mai. Non gli piace perdere i suoi dipendenti, specie quelli bravi. Tuttavia... » e fece una pausa appena percettibile, « penso che un uomo come lei abbia il diritto di ottenere tutto il possibile dalla vita. A meno che, naturalmente », soggiunse, « non voglia continuare a lavorare per qualcun altro fino alla fine dei suoi giorni. »

« Non voglio questo », si affrettò a dire Whitestone e a un tratto si rese conto d'essersi impegnato. Scrutò in viso Noelle cercando di scoprire se potesse trattarsi di una sorta di trappola, ma non vide altro che simpatia e comprensione. « A un uomo che vale qualcosa piace essere indipendente », disse in tono difensivo.

« Naturale », riconobbe Noelle. « Ci pensi su e ne riparleremo. » Poi soggiunse, in tono di ammonimento: « Ma la cosa deve restare tra noi due ».

« Più che giusto », disse lui, « e grazie. Se andrà bene, sarà entusiasmante. »

Noelle annuì. « Ho la sensazione che andrà bene. »

13

CATHERINE

Washington-Parigi, 1946

ALLE nove di lunedì mattina, Larry Douglas si presentò al primo pilota, il capitano Hal Sakowitz, nell'ufficio della Pan American all'aeroporto La Guardia di New York. Mentre varcava la soglia, Sakowitz prese la copia del suo curriculum, che stava esaminando, e la mise in un cassetto della scrivania.

Il capitano Sakowitz era un uomo tutto d'un pezzo dall'aria rude, con una faccia rugosa, segnata dalle intemperie, e le mani più grosse che Larry avesse mai visto. Sakowitz era un veterano dell'aviazione. Aveva cominciato ai tempi dei circhi aerei girovaghi, aveva pilotato gli aerei postali monomotori, era stato per vent'anni pilota sulle linee passeggeri e da cinque anni era il capo dei piloti della Pan American.

« Lieto di averla con noi, Douglas », disse.

« Lieto di essere qui », rispose Larry.

« Ansioso di risalire su un aereo? »

« E chi ha bisogno di un aereo? » sogghignò Larry. « Mi indichi soltanto da che parte tira il vento e io decollo. »

Sakowitz gli indicò una sedia. « Si accomodi. Mi piace fare conoscenza con voi ragazzi che venite qui per soffiarmi il posto. »

Larry rise. « Se n'è accorto? »

« Oh, non biasimo nessuno di voi. Siete tutti dei piloti sfegatati, avete un passato di grandi vittorie in combattimento, venite qui e pensate "se quel cornuto di Sakowitz può essere capo dei piloti, a me dovrebbero nominarmi consigliere delegato". Nessuno di voi ha intenzione di restare a lungo ufficiale di rotta; è soltanto un punto d'appoggio per diventare piloti. È giusto. È così che dovrebbe essere. »

« Sono contento che la pensi così. »

« Ma c'è una cosa che deve sapere subito. Sottostiamo tutti alle stesse regole, Douglas, e le promozioni avvengono esclusivamente per anzianità. »

« Capisco. »

« Ma forse potrebbe non capire un'altra cosa, che questi sono posti maledettamente buoni e che i nuovi arrivati sono più numerosi di quelli che se ne vanno. Questo rallenta il ritmo delle promozioni. »

« Sono disposto ad aspettare », rispose Larry.

La segretaria di Sakowitz portò caffè e paste e i due uomini parlarono per una mezz'ora e fecero conoscenza. I modi di Sakowitz erano amichevoli e affabili e molte delle sue domande parvero insignificanti e banali, ma quando Larry se ne andò per assistere alla prima lezione Sakowitz sapeva molte cose di Larry Douglas. Pochi minuti dopo, entrò nell'ufficio Carl Eastman.

« Come è andata? » domandò.

« Okay. »

Eastman gli scoccò un'occhiata penetrante. « Che cosa ne pensi, Sak? »

« Lo metteremo alla prova. »

« Ti ho domandato che cosa ne pensi. »

Sakowitz alzò le spalle. « Okay, te lo dirò. Secondo me è un pilota maledettamente bravo. Non può non esserlo con quei precedenti in guerra. Mettilo su un aereo con un branco di caccia nemici che gli sparano contro e non credo che ne troverai uno migliore. » Esitò.

« Va' avanti », disse Eastman.

« Il fatto è che non esiste un branco di caccia nemici intorno a Manhattan. Ho conosciuto altri uomini come Douglas. Per qualche ragione che non sono mai riuscito a capire, la loro esistenza è ingranata sul pericolo. Fanno cose pazzesche, come scalare montagne impossibili o immergersi fino in fondo all'oceano, o qualsiasi altro diavolo di pericoloso riescano a trovare. Quando scoppia una guerra, emergono, come la panna in una tazza di caffè bollente. » Fece girare la poltroncina e guardò fuori della finestra. Eastman rimase in piedi, senza dir niente, aspettando.

« Ho un sospetto per quanto concerne Douglas, Carl.

C'è qualcosa che non va in lui. Forse, se comandasse uno dei nostri apparecchi e lo pilotasse personalmente, potrebbe farcela. Ma non credo che sia psicologicamente in grado di prendere ordini da un motorista, da un primo ufficiale e da un pilota, soprattutto perché è persuaso di essere più bravo di tutti loro. » Tornò a voltarsi verso Eastman. « E il bello è che probabilmente lo sarebbe. »

« Mi stai rendendo nervoso », disse Eastman.

« Lo sono anch'io », confessò Sakowitz. « Non credo che sia un elemento... » si interruppe, cercando la parola, « ... stabile. Parlando con lui, si ha l'impressione che abbia un candelotto di dinamite nel culo, sul punto di esplodere. »

« Che cosa vuoi fare? »

« Lo stiamo facendo. Frequenterà il corso e lo terremo d'occhio. »

« Forse non riuscirà a superarlo », disse Eastman.

« Tu non conosci quella razza. Sarà il primo della classe. »

La predizione di Sakowitz risultò esatta.

Il corso di addestramento consisteva in quattro settimane di lezioni teoriche al suolo, seguite da altre quattro settimane di pratica di volo. Poiché gli allievi erano già piloti esperti, con molti anni di ore di volo alle spalle, il corso era stato studiato in modo da servire a due scopi: il primo era quello di ripassare discipline come la navigazione, la radio, le comunicazioni, la lettura delle carte e degli strumenti, così da rinfrescare la memoria agli allievi ed eliminare gli eventuali punti deboli e il secondo quello di familiarizzarli con i nuovi aerei con i quali avrebbero volato.

Il corso di volo strumentale si svolgeva su un simulatore di volo, la riproduzione di una piccola cabina di pilotaggio poggiante su una base mobile, che consentiva al pilota di simulare qualsiasi manovra, compresi gli stalli, i loop, gli avvitamenti, e così via. Un cappuccio nero veniva collocato sopra l'abitacolo, per cui il pilota veniva a trovarsi nelle condizioni di volo cieco e poteva avvalersi soltanto degli strumenti che aveva dinanzi a sé. L'istruttore, all'esterno del simulatore di volo, impartiva ordini al pilota, dandogli le indicazioni per decolli e atterraggi in condizioni di venti forti, temporali, e di fronte a catene montuose e ogni altro pericolo immaginabile. Quasi tutti i piloti inesperti salivano sul simulatore con una sensazione di fiducia, ma ben presto si rendevano conto che quei piccoli aggeggi erano di gran lunga più difficili da manovrare di quanto sembrasse. Si provava una sensazione irreale a trovarsi soli nel minuscolo abitacolo, con tutti i sensi isolati dal mondo esterno.

Larry era un allievo dotato. Seguiva attentamente le lezioni in classe e assimilava tutto ciò che gli veniva insegnato. Faceva tutti i compiti assegnatigli e si applicava con impegno. Non mostrava alcun segno di impazienza, irrequietezza o noia. Al contrario, era l'allievo più zelante del corso e senza dubbio il migliore. Una sola cosa gli riusciva nuova, gli aerei, i *DC 4*. I Douglas erano degli aerei lunghi e snelli, dotati di alcune apparecchiature che non esistevano all'inizio della guerra. Larry impiegò delle ore a esaminare l'aereo centimetro per centimetro, studiando nei minimi particolari come era stato costruito e come funzionava. Ogni sera meditava sulle decine di apparecchiature manuali di servizio dell'apparecchio.

Una sera tardi, dopo che tutti gli allievi erano usciti dall'hangar, Sakowitz trovò Larry in un *DC 4* disteso nella cabina di pilotaggio, intento a esaminare l'impianto elettrico.

« Te lo dico io, quel figlio di puttana vuole prendere il mio posto », esclamò la mattina dopo, parlando con Carl Eastman.

« A giudicare da come sta andando, potrebbe riuscirci », sogghignò il dirigente.

Al termine delle otto settimane, vi fu una piccola cerimonia per festeggiare i nuovi assunti. Catherine arrivò tutta fiera in aereo a New York per essere presente quando avrebbero consegnato a Larry il distintivo di ufficiale di rotta.

Lui cercò di scherzarci su. « Cathy, è soltanto uno stupido pezzetto di stoffa che ti danno per ricordarti qual è il tuo compito quando sali in cabina di pilotaggio. »

« Oh, no, non riuscirai a smontarmi », disse lei. « Ho parlato con il capitano Sakowitz e mi ha detto come sei bravo. »

« Cosa vuoi che sappia un tonto di polacco? » rispose Larry. « Andiamo a festeggiare. »

Quella sera, Catherine e Larry, con quattro compagni di

corso e le rispettive mogli andarono a cena al Club Twenty-one, nella Cinquantaduesima Strada Est. Il foyer era affollato e il maître disse loro che, senza prenotazioni, non c'erano tavoli disponibili.

« All'inferno questo posto », esclamò Larry. « Andiamo qui vicino, al Toots Shor's. »

« Aspetta un momento », intervenne Catherine. Si avvicinò al direttore di sala e chiese di parlare con Jerry Berns.

Pochi momenti dopo, si avvicinò indaffarato un uomo basso di statura e magro, con occhi grigi, indagatori.

« Sono Jerry Berns », disse. « Posso esserle utile? »

« Mio marito e io siamo in compagnia di alcuni amici », spiegò Catherine. « Dieci persone in tutto. »

L'ometto cominciò a scuotere la testa. « A meno che non abbiano prenotato... »

« Sono la socia di William Fraser », disse Catherine.

Jerry Berns la guardò con un'espressione di rimprovero. « Perché non me lo ha detto subito? Può darmi un quarto d'ora? »

« Grazie », disse Catherine, con gratitudine. Tornò accanto al gruppo che aspettava. « Sorpresa! » annunciò. « Abbiamo un tavolo. »

« Come hai fatto? » domandò Larry.

« È stato facile », rispose lei. « Ho fatto il nome di Bill Fraser. » Vide l'espressione negli occhi di Larry. « Viene qui spesso », si affrettò a soggiungere. « E mi ha detto, se per caso fossi venuta e avessi voluto un tavolo, di fare il suo nome. »

Larry si voltò verso gli altri. « Filiamocela. È un locale per pezzi grossi, questo. »

Il gruppo si diresse verso la porta. Larry si voltò verso Catherine: « Vieni? »

« Certo », gli rispose lei con qualche esitazione. « Volevo soltanto avvertirli che non... »

« Vadano a farsi fottere », esclamò Larry a voce alta. « Vieni o no? »

La gente cominciava a voltarsi e a fissarli. Catherine sentì la faccia in fiamme.

« Sì », disse. Si voltò e seguì Larry fuori della porta.

Andarono in un ristorante italiano della Sesta Avenue e

cenarono male. Esteriormente, Catherine si comportò come se nulla fosse accaduto ma dentro di sé si arrovellava. Era furente con Larry per quel modo di comportarsi infantile e perché l'aveva umiliata alla presenza di tutti.

Quando rientrarono, andò in camera da letto senza dire una parola, si spogliò, spense la luce e si coricò. Udì Larry, nel soggiorno, che si versava da bere.

Dieci minuti dopo, entrò nella stanza, accese la luce e si avvicinò al letto. « Hai intenzione di fare la martire? » domandò.

Lei si drizzò a sedere sul letto, furibonda. « Non cercare di mettermi dalla parte del torto », disse. « Il tuo comportamento, questa sera, è stato imperdonabile. Che cosa ti ha preso? »

« Lo stesso individuo che ha preso te. »

Lo fissò. « Cosa? »

« Sto parlando del signor Perfezione. Bill Fraser. »

Continuò a fissarlo, senza capire. « Bill non ha mai fatto altro che aiutarci. »

« Puoi scommetterci il culo », disse Larry. « Tu gli devi gli affari che stai facendo. Io il mio lavoro. Adesso non possiamo nemmeno metterci a sedere in un ristorante senza il permesso di Fraser. Be', sono stufo di sentirmelo ficcare in gola ogni giorno. » Fu il suo tono di voce a turbare Catherine ancor più di quel che diceva. Era così saturo di frustrazione e di impotenza da farle capire per la prima volta quanto dovesse essere tormentato. E perché no? Era tornato dopo quattro anni di guerra, e aveva trovato la moglie socia dell'ex amante. E poi, tanto per migliorare le cose, non era riuscito a trovare un lavoro senza l'aiuto di Bill.

Fissando Larry, Catherine capì che quella era una svolta nel loro matrimonio. Se doveva restare con lui, era necessario che lui venisse prima di ogni altra cosa. Prima del suo lavoro, prima di tutto. Per la prima volta, Catherine sentì che stava riuscendo realmente a capire Larry.

Quasi le avesse letto nei pensieri, lui disse, contrito: « Mi dispiace di essermi comportato come un bifolco, questa sera. Ma quando non siamo riusciti ad avere un tavolo senza che tu pronunciassi il nome magico di Fraser, io... io a un tratto ho sentito di averne *sin qui* ».

« Mi dispiace, Larry », disse Catherine. « Non lo farò mai più. »

E poi furono l'uno nelle braccia dell'altra e Larry disse: « Ti prego, non lasciarmi mai, Cathy », e lei pensò quanto poco ci era mancato e lo tenne più stretto e mormorò: « Non ti lascerò, tesoro, mai ».

Il primo incarico di Larry come ufficiale di rotta fu sul volo 147 da Washington a Parigi. Rimaneva a Parigi per quarantott'ore dopo ogni viaggio, poi tornava a casa per tre giorni prima di ripartire.

Un mattino, telefonò a Catherine in ufficio, con un tono entusiasta nella voce. « Ehi, ho scoperto un ristorante fantastico per noi due. Ce la fai a venire a pranzo? »

Lei guardò la pila di bozze di annunci pubblicitari che dovevano essere approvati prima di mezzogiorno. « Certo », rispose temerariamente.

« Passerò a prenderti tra un quarto d'ora. »

« Non mi pianterai in asso! » gemette Lucia, la sua assistente. « Stuyvesant farà il diavolo a quattro se non gli prepariamo per oggi questa campagna pubblicitaria. »

« La campagna dovrà aspettare », rispose Catherine. « Voglio andare a pranzo con mio marito. »

Lucia alzò le spalle. « Non posso biasimarti. Se per caso dovessi stancarti di lui, me lo farai sapere? »

Catherine sorrise. « Saresti troppo vecchia. »

Larry passò a prenderla davanti all'ufficio e lei salì in macchina.

« Ti ho rovinato la giornata? » le domandò malizioso.

« No, certo. »

Lui rise. « Gli verrà un colpo a tutti quei dirigenti. »

Poi si diresse con la macchina verso l'aeroporto. « Quanto è lontano il ristorante? » domandò Catherine. Aveva cinque appuntamenti nel pomeriggio, a partire dalle due.

« Non tanto... Sei molto impegnata, oggi? »

« No », gli mentì. « Niente di speciale. »

« Bene. »

Quando giunsero alla svolta dell'aeroporto, Larry sterzò verso l'ingresso.

« È all'aeroporto, il ristorante? »

« Dall'altra parte », rispose lui. Parcheggiò l'automobile, prese Catherine sottobraccio e la condusse al di là del cancello della Pan Am. La graziosa ragazza alla scrivania lo salutò chiamandolo per nome.

« Mia moglie », disse Larry, orgoglioso. « Amy Winston. »

Vi fu uno scambio di saluti.

« Vieni », disse Larry e di nuovo prese Catherine sottobraccio, poi si diressero verso le partenze.

« Larry... », prese a dire lei. « Dove...? »

« Ehi, sei la ragazza più curiosa che abbia mai portato a pranzo. »

Erano arrivati al cancello 37. Due uomini dietro il banco controllavano i biglietti dei passeggeri che stavano per salire sull'aereo. Un avviso sul quadro delle informazioni diceva: « Volo 147 per Parigi... Partenza ore 13 ».

Larry si avvicinò a uno degli impiegati dietro il banco. « Eccola qui, Tony. » Porse all'uomo un biglietto aereo. « Cathy, ti presento Tony Lombardo. Questa è Catherine. »

« Ho sentito parlare molto di lei », sorrise l'uomo. « Il suo biglietto è a posto. » E glielo consegnò.

Catherine lo fissò, stordita. « A che cosa serve? »

« Ti ho mentito », le sorrise Larry. « Non ti porto a pranzo. Ti porto a Parigi, da Maxim's. »

La voce di Catherine si incrinò. « Da Maxim's? A Parigi? *Adesso*? »

« Proprio così. »

« Non posso », gemette lei. « Non posso partire adesso per Parigi. »

« Certo che puoi », egli sorrise. « Ho in tasca il tuo passaporto. »

« Larry », gli disse, « sei impazzito! Non ho vestiti. E mi aspetta un milione di appuntamenti. Io... »

« Ti comprerò qualche vestito a Parigi. Annulla gli appuntamenti. Fraser può fare a meno di te per qualche giorno. »

Catherine lo fissò senza sapere che cosa dire. Ricordò le decisioni che aveva preso nel proprio intimo. Larry era suo marito. Doveva avere la precedenza. Si rese conto che non era semplicemente il condurla a Parigi ad avere importanza per lui. La stava esibendo, le stava chiedendo di volare sull'aereo del quale era l'ufficiale di rotta. E per poco lei non aveva rovinato tutto. Mise la mano nella sua e alzò il viso per sorridergli.

« Che cosa stiamo aspettando? » gli domandò. « Muoio di fame! »

Parigi fu un turbine di divertimenti. Larry aveva sistemato le cose in modo da essere libero per un'intera settimana e a Catherine parve che ogni ora del giorno e della notte fosse piena di cose da fare. Alloggiarono in un incantevole alberghetto sulla riva sinistra.

La prima mattina in città, Larry la condusse in un salon degli Champs Elisées, dove cercò di comprarle tutto quello che avevano nel negozio. Lei si limitò ad acquistare quel che le occorreva e rimase scandalizzata per quanto tutto era costoso.

« Sai qual è il tuo problema? » le disse Larry. « Ti preoccupi troppo per il denaro. Sei in luna di miele. »

« Sissignore », disse lei. Ma si rifiutò di acquistare un vestito da sera del quale non aveva bisogno. Quando cercò di sapere da Larry da dove venissero tutti quei soldi, lui non volle parlarne, ma lei insistette per saperlo.

« Ho avuto un anticipo sullo stipendio », disse Larry. « Che cosa c'è di tanto strano? »

E Catherine non ebbe il coraggio di dirglielo. Era come un bambino con il denaro, generoso e noncurante, e questo faceva parte del suo fascino.

Così come aveva fatto parte del fascino di suo padre. Larry la condusse a fare il giro turistico di Parigi: al Louvre, alle Tuileries e agli Invalides, a vedere la tomba di Napoleone. La portò in un pittoresco, piccolo ristorante vicino alla Sorbona. Andarono a vedere le Halles, lo storico mercato di Parigi, dove ammirarono la frutta fresca, la carne e la verdura che arrivavano dalle fattorie di Francia. L'ultimo pomeriggio di domenica lo trascorsero a Versailles e cenarono negli stupendi giardini del Coq Hardi, nei dintorni di Parigi. Fu una seconda, perfetta luna di miele.

Hal Sakowitz sedeva nel suo ufficio esaminando i rapporti

settimanali sul personale. Davanti a lui si trovava il rapporto riguardante Larry Douglas. Sakowitz si appoggiò alla spalliera della poltroncina, studiandolo e mordicchiandosi pensieroso il labbro inferiore. Infine si sporse in avanti e abbassò un tasto del telefono interno. « Lo faccia passare », disse.

Un momento dopo Larry entrò, con l'uniforme della Pan Am, reggendo la borsa di volo. Rivolse a Sakowitz un sorriso fulgido. « 'Giorno, capo », disse.

« Si accomodi. »

Larry sedette sulla poltroncina di fronte alla scrivania e accese una sigaretta.

Sakowitz disse: « Ho qui un rapporto secondo il quale lunedì scorso, a Parigi, lei si è presentato al briefing di volo con quarantacinque minuti di ritardo ».

L'espressione di Larry mutò. « Sono stato bloccato da un corteo sugli Champs Elysées. L'aereo è partito in perfetto orario. Non sapevo che questo fosse un campo di boy scout. »

« Questa è una società di linee aeree », disse Sakowitz, placido. « E viene diretta in base al regolamento. »

« Okay », disse in tono iroso. « Mi terrò alla larga dagli Champs Elysées. Niente altro? »

« Sì. Il capitano Swift pensa che lei abbia bevuto uno o due bicchierini prima della partenza, in occasione degli ultimi due voli. »

« È un maledetto bugiardo! » scattò Larry.

« Perché dovrebbe mentire? »

« Perché ha paura che gli soffi il posto. » C'era una nota tagliente di rabbia nella sua voce. « Il figlio di puttana è una vecchia zitella piena di paura che sarebbe dovuta andare in pensione dieci anni fa. »

« Ha volato con quattro comandanti diversi. Quale di loro le è piaciuto? »

« Nessuno dei quattro », rispose Larry. Si accorse della trappola troppo tardi. Rapidamente, soggiunse: « Cioè... sono in gamba. Non ho niente contro di loro ».

« Anche a loro non piace volare con lei », osservò Sakowitz, con calma. « La sua presenza li innervosisce. »

« Che cosa diavolo vuol dire? »

« Vuol dire che in caso di emergenza è necessario essere

maledettamente sicuri dell'uomo nel seggiolino accanto. Loro non sono sicuri di lei. »

« Cristo santo! » esplose Larry. « Ho vissuto quattro anni di emergenze sulla Germania e nel Pacifico meridionale, rischiando il collo fottuto ogni giorno, mentre loro se ne stavano qui, seduti sui grassi sederi, a percepire lauti stipendi e non hanno fiducia *in me*? Vuole scherzare! »

« Nessuno dice che non sia un asso su un caccia », rispose tranquillo Sakowitz. « Ma noi trasportiamo passeggeri. È tutto un altro paio di maniche. »

Larry sedeva a pugni stretti, sforzandosi di dominare l'ira. « Okay », disse imbronciato. « Ho capito. Se non ha altro da aggiungere, ho un volo che parte tra pochi minuti. »

« La sostituirà qualcun altro », disse Sakowitz. « È licenziato. »

Larry lo fissò incredulo. « Sono *cosa*? »

« In un certo senso, penso che la colpa sia mia, Douglas. Non avrei dovuto assumerla. »

Larry balzò in piedi, gli occhi balenanti di furia. « Allora perché diavolo mi ha assunto? » domandò.

« Perché sua moglie ha un amico di nome Bill Fraser... » prese a dire Sakowitz.

Larry si gettò oltre la scrivania e piazzò un diretto sulla faccia di Sakowitz, che venne scaraventato dal colpo contro la parete. Ma sfruttò il rimbalzo per reagire. Colpì Larry due volte, poi indietreggiò, cercando di dominarsi. « Esca di qui », disse. « Subito! »

L'altro lo fissò, la faccia contorta dall'odio. « Figlio di puttana », disse. « Non metterei più piede qui nemmeno se mi supplicaste in ginocchio! » Girò sui tacchi e uscì furibondo dall'ufficio.

Immobile, Sakowitz lo seguì con lo sguardo. La segretaria si precipitò dentro. Vide la poltroncina capovolta e il labbro insanguinato del suo superiore.

« Sta bene? » domandò.

« Meravigliosamente », rispose lui. « Chieda al signor Eastman se può ricevermi. »

Dieci minuti dopo, aveva terminato di riferire l'episodio a Carl Eastman.

« Che cosa non va in Douglas, secondo te? »

« Devo essere sincero? Credo che sia uno psicopatico. »

Eastman lo scrutò con i penetranti occhi nocciola. « Sei un po' eccessivo, Sak. Non è mai stato ubriaco durante i voli. Nessuno potrebbe dimostrare che avesse bevuto a terra. E tutti possono arrivare in ritardo, di quando in quando. »

« Se fosse solo per questo, non lo avrei licenziato, Carl. Douglas ha un basso punto di ebollizione. A dirti il vero, ho cercato di provocarlo, oggi, e non è stato difficile. Se avesse resistito alle pressioni che ho esercitato, forse avrei corso il rischio e l'avrei tenuto con noi. Sai che cosa mi preoccupa? »

« Che cosa? »

Sakowitz disse: « Pochi giorni fa ho incontrato un vecchio amico che volava con Douglas nella RAF. Mi ha raccontato una storia pazzesca. Sembra che quando Douglas si trovava nella Squadriglia Aquila si fosse innamorato di una ragazzina inglese fidanzata con un giovane a nome Clark, della stessa squadriglia. Douglas fece tutto il possibile per averla, ma la ragazza non volle saperne. Una settimana prima del suo matrimonio con Clark, la squadriglia decollò per scortare alcuni B 17 che dovevano bombardare Dieppe. Douglas volava in coda alla squadriglia. Le fortezze volanti sganciarono le bombe e tutti si diressero verso casa. Mentre sorvolavano il Canale della Manica, vennero attaccati dai *Messerschmidt* e Clark fu abbattuto ». Si interruppe, perduto in una sua fantasticheria. Eastman aspettò che continuasse e infine lo vide alzare gli occhi su di lui. « Stando al mio amico, non c'era nessun *Messerschmidt* nelle vicinanze di Clark, quando precipitò. »

Carl Eastman lo fissava incredulo. « Gesù! Vorresti forse dire che Larry Douglas...? »

« Non sto dicendo niente. Mi limito a riferirti un episodio interessante che mi è stato raccontato. » Di nuovo si portò il fazzoletto alle labbra. La piccola emorragia era cessata. « È difficile stabilire che cosa succede nell'inferno di uno scontro tra caccia. Forse Clark rimase semplicemente senza carburante. Una cosa è certa: la fortuna gli ha voltato la schiena. »

« Che cosa ne fu della sua ragazza? »

« Douglas si mise con lei fino al suo ritorno negli Stati

Uniti, poi la scaricò.» Fissò Eastman pensieroso. «Posso comunque dirti una cosa con certezza: compatisco sua moglie.»

Catherine si trovava nella sala delle conferenze per una riunione con il personale quando la porta venne spalancata e Larry entrò.

Aveva un occhio pesto e gonfio, un taglio sulla gota. Catherine si affrettò verso di lui: «Larry! Che cosa è successo?»

«Ho lasciato il posto», farfugliò.

Catherine lo portò in ufficio, lontano dagli sguardi curiosi degli altri, e gli mise una pezzuola bagnata sull'occhio e sulla gota. «Racconta», disse, fremendo l'ira per quello che gli avevano fatto.

«Mi perseguitavano da un pezzo, Cathy. Credo che fossero gelosi perché io ho fatto la guerra e loro no. Oggi, comunque, è stato il colmo. Sakowitz mi ha convocato nel suo ufficio e mi ha detto che ero stato assunto per una sola ragione, perché tu sei l'amante di Bill Fraser.»

Lei lo fissò, ammutolita.

«Gli ho mollato un pugno», disse Larry. «Non ho potuto farne a meno.»

«Oh, tesoro!» esclamò Catherine. «Come mi dispiace.»

«Sakowitz è ancor più spiacente di te. L'ho conciato per le feste. Impiego o no, non potevo permettere a nessuno di parlare di te in quel modo.»

Catherine lo tenne stretto, per rassicurarlo. «Non ti preoccupare. Troverai un altro posto in qualsiasi società aerea americana.»

Ma Catherine fu un pessimo profeta. Larry fece domanda di assunzione in tutte le società aeree, molte delle quali lo convocarono per un colloquio, ma senza alcun risultato. Bill Fraser pranzò con Catherine e lei gli riferì quello che era accaduto. Bill tacque, ma continuò a essere pensieroso durante tutto il pranzo; più volte le parve che fosse sul punto di dire qualcosa, ma sempre cambiò idea. Infine disse: «Conosco un gran numero di persone, Cathy. Vuoi che veda se posso trovare qualche altro lavoro a Larry?»

« Grazie », gli rispose con gratitudine. « Ma non farlo. Ce la caveremo per conto nostro. »

Lui la osservò silenzioso per un momento, poi annuì. « Avvertimi, se cambi idea. »

« Lo farò », disse lei in tono di apprezzamento. « A quanto pare, mi rivolgo sempre a te quando ho dei problemi. »

AGENZIA INVESTIGATIVA ACME
1402 « D » Street
Washington, D.C.

Riferimento: 2-179-210 1 Aprile 1946

Caro Monsieur Barbet,

grazie per la sua lettera del 15 marzo 1946 e per l'assegno allegato.

Dopo il mio ultimo rapporto, il soggetto è stato assunto come pilota dalla Flying Wheels Transport Company, una piccola società indipendente di trasporto merci a Long Island. Un controllo della Dun e Bradstreet ha accertato che la società ha un capitale inferiore ai 750.000 dollari. I mezzi di trasporto consistono in un *B 26* modificato e in un *DC 3* modificato. La società è indebitata con le banche per oltre 400.000 dollari. Il vicepresidente della Banque de Paris a New York, dove la società ha il conto più importante, mi assicura che essa ha ottime prospettive di espansione. La banca sta prendendo in considerazione la possibilità di finanziamenti adeguati per l'acquisto di altri aerei, basandosi sull'attuale reddito di 80.000 dollari annui, con un previsto incremento del trenta per cento annuo nei prossimi cinque anni.

Se desidera ulteriori particolari sulla situazione finanziaria della società, la prego di farmelo sapere.

Il soggetto ha cominciato a lavorare il 19 marzo 1946. Il direttore del personale (che è anche uno dei proprietari) ha detto al mio agente di ritenersi molto fortunato per aver potuto assumere il soggetto. Seguiranno altri particolari.

Cordiali saluti,
R. Ruttenberg
Direttore generale

Banque de Paris
New York City, New York

Philippe Chardon
Amministratore Delegato

Chère Noelle,

tu es vraiment mauvaise! Je ne sais pas ce que cet homme t'a fait, mais quoique ce soit, il a payé. Il a été mis à la porte aux Flying Wheels et mon ami me dit qu'il en a piqué une crise.

Je pense être à Athenes et je compte te voir.

Mes amitiés à Costa... et ne t'en fais pas. la petite faveur que je t'ai faite restera notre secret.

Affectueusement à toi
Philippe

AGENZIA INVESTIGATIVA ACME
1402 « D » Street
Washington, D.C.

Riferimento: 2-179-210 — 22 Maggio 1946

Caro Monsieur Barbet,
questa lettera fa seguito al mio rapporto del 1° maggio 1946.

Il 14 maggio il soggetto è stato licenziato dalla Flying Wheels Transport Company. Ho cercato di svolgere indagini discrete per appurare il motivo, ma ogni volta mi sono imbattuto in un muro di silenzio. Nessuno, là, vuole parlarne e posso soltanto supporre che il soggetto abbia commesso qualcosa di disonorante, per cui preferiscono non accennarvi.

Il soggetto sta cercando un altro impiego come pilota, ma non sembra che abbia prospettive immediate di successo.

Continuerò a tentar di ottenere altre informazioni sul motivo del licenziamento.

Cordiali saluti,
R. Ruttenberg
Direttore generale

CABLOGRAMMA — 29 Maggio 1946
Christian Barbet
Recapito telegrafico Chrisbar
Parigi, Francia

RICEVUTO TELEGRAMMA STOP INTERROMPERÒ IMMEDIATAMENTE INDAGINI SU MOTIVO LICENZIAMENTO SOGGETTO STOP TUTTE ALTRE INDAGINI CONTINUERANNO COME IN PRECEDENZA.

OSSEQUI,
R. RUTTENBERG
AGENZIA INVESTIGATIVA
ACME

AGENZIA INVESTIGATIVA ACME
1402 « D » Street
Washington, D.C.

Riferimento: 2-179-210 — 16 Giugno 1946

Caro Monsieur Barbet,
grazie per la sua lettera del 10 giugno e per l'assegno allegato.

Il 15 giugno il soggetto è stato assunto come copilota dalla Global Airways, una società aerea regionale che effettua voli tra Washington, Boston e Filadelfia.

La Global Airways è una piccola nuova società aerea con una flotta di tre aerei militari modificati e, a quanto mi è stato possibile accertare, non dispone di un capitale sufficiente ed è indebitata. Un vicepresidente della società mi ha riferito che è stato loro promesso un finanziamento dalla First National Bank di Dallas entro i prossimi sessanta giorni; potranno così disporre di capitali sufficienti per saldare i debiti ed espandersi.

Il soggetto è molto stimato e sembra avere un avvenire promettente nella società.

La prego di farmi sapere se le occorrono ulteriori informazioni sulla Global Airways.

Cordiali saluti,
R. Ruttenberg
Direttore generale

AGENZIA INVESTIGATIVA ACME
1402 « D » Street
Washington, D.C.

Riferimento: 2-179-210

20 Giugno 1946

Caro Monsieur Barbet,
la Global Airways ha fatto inaspettatamente bancarotta e sta per chiudere. A quanto mi è stato possibile accertare, il fallimento è stato causato dal rifiuto della First National Bank di Dallas di concedere il promesso finanziamento. Il soggetto è ora nuovamente disoccupato e sta riprendendo le abitudini precedenti, alle quali abbiamo accennato in altri rapporti.

Non approfondirò le indagini sulle ragioni per cui la banca ha rifiutato di risolvere le difficoltà finanziarie della Global Airways, a meno che lei non mi dia specifiche disposizioni al riguardo.

Cordiali saluti,
R. Ruttenberg
Direttore generale

Noelle conservava tutti i rapporti e i ritagli in una borsa di cuoio di cui lei sola aveva l'unica chiave. La borsa si trovava in una valigia, anch'essa chiusa a chiave e nascosta in fondo a un armadio nel suo spogliatoio; non perché pensasse che Demiris avrebbe curiosato tra le sue cose, ma perché sapeva quanto lo appassionassero gli intrighi. Quella era una sua vendetta personale e lei voleva essere certa che Constantin continuasse a non saperne niente.

Demiris avrebbe avuto una parte nel piano, ma senza rendersene conto. Noelle diede un'ultima scorsa al memorandum e lo ripose, soddisfatta.

Era pronta a cominciare.

La cosa cominciò con una telefonata.

Catherine e Larry stavano cenando, in un silenzio colmo di disagio. Larry era rimasto in casa assai poco, negli ultimi tempi, e sempre imbronciato e scorbutico. Catherine capiva il suo tormento.

« È come se avessi un diavolo in corpo », le aveva detto, dopo la bancarotta della Global Airways. Ed era vero. Stava attraversando un periodo di incredibile sfortuna. Lei cercava di rassicurarlo, di continuare a ricordargli che pilota meraviglioso era stato e di dirgli quanto tutti si sarebbero dovuti ritenere fortunati di averlo alle sue dipendenze. Ma era come vivere con un leone ferito. Catherine non sapeva mai quando l'avrebbe dilaniata con una zampata; e siccome aveva paura di ferirlo, cercava di capirne le furie selvagge e di ignorarle. Il telefono squillò mentre serviva il dolce. Fu lei ad alzare il ricevitore.

« Pronto. »

Udì, all'altro capo del filo, una voce inglese che disse: « C'è Larry Douglas, per favore? Parla Ian Whitestone ».

« Un momento. » Pose il ricevitore a Larry. « È per te. Ian Whitestone. »

Larry si accigliò. « Chi? » Poi la faccia gli si schiarì. « Perdio! » Si avvicinò e tolse il ricevitore dalla mano di Catherine. « Ian? » Scoppiò in una breve risata. « Dio mio, sono passati sette anni, quasi. Come diavolo hai fatto a rintracciarmi? »

Catherine vide Larry annuire e sorridere mentre ascoltava. Al termine di quelli che parvero cinque minuti, lui disse: « Bene, ha l'aria di essere interessante, vecchio mio. Certo che posso. Dove? » Ascoltò. « D'accordo. Ci vediamo tra mezz'ora. » Pensieroso posò il ricevitore.

« Un tuo amico? » gli domandò lei.

Larry si voltò dalla sua parte. « No, non proprio. Per questo è strano. È un tizio che era mio collega nella RAF. Non siamo mai andati molto d'accordo, in realtà. Ma dice che ha una proposta da farmi. »

« Che genere di proposta? »

Larry alzò le spalle. « Te lo dirò quando torno. »

Erano quasi le tre del mattino quando rientrò a casa. Catherine leggeva, seduta sul letto. Larry apparve sulla soglia della stanza.

« Ciao. »

Qualcosa gli era accaduto. Irradiava un entusiasmo che Catherine non vedeva in lui da molto tempo. Si avvicinò al letto.

« Come è andata? »

« Credo che sia andata a meraviglia », rispose Larry, con circospezione. « In effetti, è stato così fantastico che ancora non ci credo. Penso di avere un lavoro. »

« Con Ian Whitestone? »

« No. Ian è un pilota, come me. Te l'ho detto che eravamo nella RAF. »

« Sì. »

« Be', dopo la guerra, un suo amico greco gli ha trovato un posto come pilota personale di Demiris. »

« L'armatore? »

« Armatore, petrolio, oro... Demiris possiede una metà del mondo. Whitestone stava da dio con lui. »

« Che cosa è successo? »

Larry la fissò e sorrise. « Ha lasciato il posto. Va in Australia. Qualcuno gli finanzia una sua azienda laggiù. »

« Continuo a non capire », disse Catherine. « Tu come c'entri? »

« Whitestone ha parlato a Demiris della possibilità che io prendessi il suo posto. Se n'è appena andato e Demiris non ha avuto il tempo di cercare un sostituto. Secondo Ian, è sicuro che sarò assunto. » Esitò. « Tu non sai che cosa vuol dire, Cathy. »

Catherine pensò alle altre volte, agli altri impieghi, e ricordò suo padre, i suoi vuoti sogni, e si espresse in tono non impegnativo, non volendo incoraggiare false speranze in Larry, ma nello stesso momento desiderosa di non raffreddarne l'entusiasmo.

« Non hai detto che tu e Whitestone non eravate molto amici? »

Lui esitò. « Già. » Corrugò lievemente la fronte. La verità era che loro due non avevano mai simpatizzato affatto. La telefonata di quella sera era stata una grossa sorpresa. E durante l'incontro, Whitestone era sembrato stranamente a disagio. Quando, una volta spiegata la situazione, Larry gli aveva detto: « È strano che tu abbia pensato a me », vi era stato un silenzio imbarazzante e poi Whitestone aveva risposto: « Demiris ha bisogno di un grande pilota e tu lo sei ». Pareva quasi che Whitestone insistesse perché lui accettasse il posto e che Larry gli stesse facendo un favore. Era sembrato molto sollevato quando Larry aveva detto che la cosa lo interessava e, subito dopo, sembrava ansioso di andarsene. Tutto sommato, uno strano incontro.

« Potrebbe essere l'occasione che capita una sola volta nella vita », disse Larry a Cathy. « Demiris passava a Whitestone uno stipendio di quindicimila dracme al mese. Sono circa cinquecento dollari e viveva come un re, laggiù. »

« Ma vuol dire che dovresti trasferirti in Grecia? »

« Che *dovremmo* trasferirci in Grecia », la corresse Larry. « Con tutti quei soldi, potremmo risparmiare ed essere indipendenti dopo un anno. Devo tentare. »

Catherine era esitante e scelse le parole con cautela. « Larry, è tanto lontano e tu Constantin Demiris nemmeno lo conosci. Vedrai che troverai un posto qui come pilota... »

« No! » Il tono divenne selvaggio. « Non se ne fotte nessuno, qui, di sapere che sono un bravo pilota. La sola cosa che interessa è per quanto tempo hai pagato i maledetti contributi sindacali. Laggiù, sarei indipendente. È proprio quello che ho sempre sognato, Cathy. Demiris ha una flotta di aerei da non credersi, e potrò volare di nuovo, tesoro. La sola persona che dovrei soddisfare sarebbe Demiris e Whitestone dice che gli piacerò senz'altro. »

Lei pensò di nuovo all'impiego di Larry nella Pan Am, alle speranze che vi aveva riposto e ai suoi fiaschi nelle piccole società aeree. *Dio mio*, pensò, *in che cosa sto per cacciarmi?* Avrebbe significato rinunciare all'agenzia che aveva contribuito a potenziare, andare a vivere all'estero, tra estranei, con un marito che era quasi un estraneo.

Lui la stava osservando. « Sei con me? »

Alzò gli occhi sulla sua faccia ansiosa. Era suo marito e se voleva che il matrimonio continuasse doveva restargli accanto, andare dove lui sarebbe andato. E come sarebbe stato bello se tutto fosse finito bene! Avrebbe ritrovato il Larry di un tempo. L'uomo incantevole, divertente, meraviglioso che aveva sposato. Doveva dargliene la possibilità.

« Certo che sono con te », gli disse. « Perché non prendi un aereo e non vai a parlare con Demiris? Poi, se tutto andrà bene, ti raggiungerò là. »

Larry le rivolse il suo sorriso incantevole, fanciullesco. « Sapevo di poter contare su di te, piccola. » La cinse con le braccia e la strinse a sé. « Sarebbe bene che ti togliessi questa camicia da notte », disse, « altrimenti finirò con il farci dei buchi. »

Ma, sfilandosela adagio, Catherine pensò a quello che avrebbe detto a Bill Fraser.

Nelle prime ore della mattina, Larry partì in aereo per Atene per incontrarsi con Constantin Demiris.

Nei giorni che seguirono, Catherine non ricevette notizie dal marito. Man mano che la settimana trascorreva adagio, si sorprese a sperare che le cose non fossero andate bene in Grecia e che Larry tornasse a casa. Anche se avesse ottenuto il posto da Demiris, non si poteva sapere per quanto tempo sarebbe durato. Senza dubbio Larry avrebbe trovato un lavoro negli Stati Uniti.

Sei giorni dopo la partenza di Larry, Catherine ricevette una telefonata transoceanica.

« Catherine? »

« Ciao, tesoro. »

« Prepara le valigie. Stai parlando con il nuovo pilota personale di Constantin Demiris. »

Dieci giorni dopo, Catherine partì per la Grecia.

LIBRO SECONDO

14

NOELLE E CATHERINE

Atene, 1946

Gli uomini modellano alcune città, altre città modellano gli uomini. Atene è un'incudine che ha resistito al martello dei secoli. È stata conquistata e saccheggiata dai saraceni, dagli angli, dai turchi, ma ogni volta ha pazientemente sopravvissuto. Atene è situata verso l'estremità meridionale della grande pianura centrale dell'Attica, che degrada dolcemente verso il golfo di Egina a sud-ovest ed è dominata, a est, dal maestoso monte Imetto. Sotto la patina splendente della città si poteva trovare ancora un villaggio gremito di antichi fantasmi e radicato in una ricca tradizione di glorie eterne, dove i cittadini vivevano tanto nel passato quanto nel presente; una città di incessanti sorprese, ricca di scoperte, ma, in ultima analisi, inconoscibile.

Larry si trovava all'aeroporto Hellenikon in attesa dell'arrivo di Catherine. Lei lo vide affrettarsi verso la rampa, la faccia avida ed eccitata mentre le correva incontro. Sembrava più abbronzato e più snello dell'ultima volta che lo aveva veduto e che si fosse liberato di ogni tensione.

« Mi sei mancata, Cathy », disse prendendola tra le braccia.

« Anche tu mi sei mancato » e, mentre lo diceva, si rese conto di quanto fosse sincera. Dimenticava sempre il violento impatto fisico che Larry aveva su di lei finché non si incontravano dopo un distacco e ogni volta la colpiva in modo nuovo.

« Come l'ha presa Bill Fraser? » le domandò Larry, mentre l'aiutava a passare la dogana.

« È stato molto buono. »

« Non aveva scelta, no? » disse Larry, sardonico.

Catherine ricordò l'incontro con Bill. L'aveva fissata, scosso. « Vai a *stare* in Grecia? Ma perché, in nome del Cielo? »

« Sta scritto nelle clausole a caratteri piccolissimi sul mio contratto di matrimonio », era stata la sua risposta, in tono gaio.

« Voglio dire, perché Larry non può trovarsi un lavoro qui, Catherine? »

« Non lo so il perché, Bill. Sembra che qualcosa vada sempre storto. Ma ora ha trovato un posto in Grecia e, a quanto pare, è convinto che si troverà bene. »

Dopo la prima impulsiva protesta, Bill Fraser era stato meraviglioso. Le aveva facilitato ogni cosa, insistendo perché mantenesse la partecipazione nell'agenzia. « Non rimarrai via per sempre », seguitava a dire.

Catherine pensò adesso alle sue parole guardando Larry che si accordava con un facchino perché portasse le valigie su una macchina.

Parlò al facchino in greco e lei si meravigliò della disinvoltura con la quale padroneggiava la lingua.

« Aspetta di aver conosciuto Constantin Demiris », disse Larry. « È come un dannato re. Tutti i grossi personaggi d'Europa sembrano impiegare il tempo pensando a come piacergli. »

« Sono contenta che ti piaccia. »

« E io piaccio a lui. »

Non lo aveva mai udito esprimersi in un tono così lieto ed entusiastico. Era un buon segno.

Mentre andavano all'albergo, Larry descrisse il primo incontro con Demiris. Aveva trovato ad aspettarlo all'aeroporto un autista in livrea. Voleva dare subito un'occhiata agli aerei di Demiris e l'autista lo aveva condotto fino a un hangar enorme, al lato opposto del campo d'aviazione. C'erano tre aeroplani e Larry li aveva esaminati uno per uno con occhio critico. L'*Hawker Siddeley* era una bellezza e lui non vedeva l'ora di mettersi ai comandi e pilotarlo. L'altro era un *Piper* a sei posti, in condizioni perfette. Poteva facilmente fare i cinquecento chilometri all'ora, pensò. Veniva poi il terzo aereo, un *L 5* biposto modificato, con motore *Lycoming*, un apparecchio meraviglioso per i voli brevi. Era una flotta aerea privata imponente. Dopo averla esaminata, Larry era tornato accanto all'autista in attesa.

« Niente male. Andiamo. »

L'autista lo aveva accompagnato fino a una villa a Varkiza, il lussuoso sobborgo a venticinque chilometri da Atene.

« La casa di Demiris è incredibile », disse Larry a Catherine.

« Com'è? » domandò lei, curiosa.

« È impossibile descriverla. Il giardino ha una superficie di circa dieci acri, con cancelli comandati elettricamente, sorveglianti, cani da guardia, tutto l'armamentario. L'esterno della casa è quello di un palazzo e l'interno un museo. Dentro la casa ci sono una piscina, un teatro e una sala cinematografica. Un giorno la vedrai. »

« Lui è stato gentile? »

« Puoi star sicura », sorrise Larry. « Ho avuto il trattamento con tappeti rossi. Credo di essere stato preceduto dalla mia fama. »

In realtà, Larry era rimasto in una piccola anticamera per tre ore, aspettando di essere ricevuto da Constantin Demiris. In circostanze normali si sarebbe infuriato per quell'offesa, ma sapeva quante cose dipendevano da quell'abboccamento ed era troppo nervoso per arrabbiarsi. Aveva detto a Catherine quanto era importante quell'impiego per lui; ma non le aveva detto come gli fosse disperatamente necessario. La sua unica superba capacità era volare e senza si sentiva perduto. Era come se la sua vita fosse affondata in qualche inesplorata profondità emotiva e le pressioni esercitate su di lui fossero troppo grandi per essere sopportate. *Tutto* dipendeva da quel posto.

Dopo tre ore, un maggiordomo era entrato annunciadogli che il signor Demiris poteva riceverlo. Aveva preceduto Larry attraverso una vasta sala di ricevimento che sembrava far parte della reggia di Versailles. Pareti dalle delicate sfumature oro, verde e azzurro, con arazzi Beauvais incorniciati da pannelli di legno di rosa. Sul pavimento c'era un magnifico tappeto Savonnerie ovale e, in alto, pendeva un enorme lampadario di cristallo di rocca e di bronzo dorato.

L'ingresso della biblioteca era incorniciato da due colonne di onice verde con capitelli di bronzo dorato. La biblioteca stessa era stupenda, progettata da un maestro artigiano, con le pareti rivestite a pannelli di legno scolpito. Al centro di una di esse si trovava un caminetto di marmo bianco con decorazioni dorate. Sulla bocca del camino erano appoggiati due splendidi alari di bronzo di Filippo Caffieri. Dalla mensola del caminetto al soffitto saliva uno specchio, inciso con una scena tratta da un dipinto di Jean Honoré Fragonard circondato da una cornice pesantemente scolpita. Al di là di una portafinestra aperta, Larry intravide un porticato enorme, che dava sul parco ricco di statue e fontane.

Al lato opposto della biblioteca c'era un grande scrittoio e, dietro, una magnifica sedia dalla spalliera alta rivestita con tessuto Aubusson. Davanti alla scrivania due *bergères* con rivestimenti Gobelin.

Demiris si trovava in piedi accanto alla scrivania intento a studiare una grande carta geografica alla parete, punteggiata da decine di spilli colorati. Si voltò mentre Larry veniva avanti e gli tese la mano.

« Constantin Demiris », disse, con una lievissima traccia di accento. Larry ne aveva veduto per anni le fotografie sulle riviste, ma non si aspettava di trovarsi di fronte a un uomo così traboccante di forza vitale.

« Lo so », disse, stringendogli la mano. « Io sono Larry Douglas. »

L'armatore vide lo sguardo di Larry portarsi sulla carta alla parete. « Il mio impero », spiegò. « Si accomodi. »

Larry si sedette di fronte alla scrivania.

« Mi risulta che lei e Ian Whitestone avete combattuto insieme nella RAF. »

« Sì. »

Demiris si sedette appoggiandosi alla spalliera della sedia e studiò Larry. « Ian la stima moltissimo. »

Larry sorrise. « Io stimo moltissimo lui. È un diavolo di pilota. »

« È quello che ha detto di lei, con una sola differenza: si è servito dell'aggettivo "grande". »

Di nuovo Larry si sentì pervaso dal senso di stupore che aveva provato quando Whitestone si era fatto vivo con la proposta. Ovviamente doveva averlo descritto a Demiris in modo assai lusinghiero e di gran lunga sproporzionato rispetto ai rapporti esistiti tra loro. « Sono un buon pilota », disse. « È il mio lavoro. »

L'armatore annuì. « Mi piacciono gli uomini bravi nel loro lavoro. Lo sa che la maggior parte delle persone, a questo mondo, non lo è? »

« Non ci ho mai pensato molto », confessò Larry.

« Io sì. » E gli rivolse un freddo sorriso. « Questo è il *mio* lavoro... la gente. La grande maggioranza delle persone odia quello che fa, signor Douglas. Invece di escogitare il modo di fare qualcosa che amano, rimangono tutti intrappolati per l'intera vita, come insetti senza cervello. È raro trovare un uomo che ami il proprio lavoro. Quasi sempre, quando si trova un uomo così, si tratta di una persona che ha successo. »

« Penso che sia vero », disse Larry modestamente.

« Lei *non* ha successo. »

Alzò gli occhi su Demiris, di colpo circospetto. « Dipende da quello che intende lei con successo, signor Demiris », osservò, cauto.

« Intendo dire », rispose brusco Demiris, « che lei si è comportato in modo brillante in guerra ma non se la sta cavando altrettanto bene in tempo di pace. »

Larry sentì i muscoli della mascella incominciare a tendergli si. Si rese conto che veniva stuzzicato e cercò di reprimere l'ira. La sua mente si mise turbinosamente in moto, cercando di escogitare quel che avrebbe potuto dire per assicurarsi quel posto di cui aveva così bisogno. Demiris lo stava osservando e gli occhi di un nero oliva lo studiavano placidi, senza lasciarsi sfuggire nulla.

« Perché ha perduto il posto alla Pan American, signor Douglas? »

Larry riuscì a esibire un sorriso tutt'altro che sentito. « Non mi andava a genio l'idea di dover aspettare quindici anni per diventare secondo pilota. »

« E così ha picchiato l'uomo per il quale lavorava. »

Fu impossibile non tradire lo stupore. « Chi glielo ha detto? »

« Oh, suvvia, signor Douglas », esclamò Demiris spazientito, « se lei lavorasse per me, io affiderei la mia vita nelle sue mani a ogni volo. Si dà il caso che la mia vita abbia una grande importanza per me. Credeva davvero che l'avrei assunto senza sapere *tutto* di lei? »

« Presumo di no. »

« È stato licenziato da due altri posti, dopo il licenziamento dalla Pan American », continuò l'armatore. « Non sono dei gran precedenti. »

« Non ha avuto niente a che vedere con le mie capacità », rispose Larry, mentre l'ira ricominciava a bollirgli dentro. « In una delle società c'era poco lavoro e l'altra non riuscì ad avere un finanziamento dalla banca e fece bancarotta. Sono un pilota maledettamente bravo. »

Demiris lo studiò per un momento, poi sorrise. « Questo lo so », disse. « Non si adatta troppo bene alla disciplina, vero? »

« Non mi piace sentirmi impartire ordini da idioti che ne sanno meno di me. »

« Confido che non rientrerò in questa categoria », disse l'armatore, asciutto.

« No, a meno che non voglia dirmi come devo pilotare i suoi aerei, signor Demiris. »

« No, questo sarebbe il suo compito. Il suo compito sarebbe inoltre di accertarsi che io arrivi dove sono diretto in modo efficiente, comodo e sicuro. »

Larry annuì. « Farei del mio meglio, signor Demiris. »

« Lo credo », disse. « È andato a vedere gli aerei. »

Larry cercò di escludere lo stupore dalla faccia. « Sì, signore. »

« Le sono piaciuti? »

Lui non riuscì a nascondere l'entusiasmo. « Sono delle meraviglie. »

Demiris reagì all'espressione sulla faccia del suo interlocutore. « Ha mai pilotato uno *Hawker Siddeley*? »

Larry esitò un attimo, tentato di mentire. « No, signore. »

Demiris annuì. « Crede che potrebbe imparare? »

Larry sorrise. « Se ha qualcuno che abbia dieci minuti di tempo. »

Demiris si sporse in avanti dalla sedia e unì le dita lunghe e sottili. « Potrei scegliere un pilota che conosca tutti i miei aerei. »

« Ma non lo sceglierà, perché continuerà ad acquistare

nuovi aerei e a lei occorre qualcuno che sappia adattarsi a qualsiasi apparecchio. »

Demiris annuì. « Ha ragione », disse. « L'uomo che sto cercando è un pilota... un pilota puro... che si senta felice soprattutto quando vola. »

Quello fu il momento in cui Larry si rese conto che il posto era suo.

Non seppe mai quanto poco fosse mancato che non venisse assunto. Gran parte del successo di Constantin Demiris era dovuto a uno sviluppatissimo istinto per i guai e quell'istinto lo aveva salvato abbastanza spesso, per cui raramente non ne teneva conto. Quando Ian Whitestone andò a informarlo che lasciava il posto, un allarme silenzioso scattò nella sua mente. In parte era causato dai modi del pilota. Non si stava comportando in modo naturale, sembrava a disagio. Non si trattava di denaro, assicurò a Demiris. Aveva la possibilità di mettersi in affari per suo conto assieme al cognato, a Sidney, e doveva tentare. Poi gli raccomandò un altro pilota.

« È americano, ma abbiamo combattuto insieme nella RAF. Non è soltanto abile, è fantastico, signor Demiris. Non conosco nessun pilota più bravo di lui. »

Demiris ascoltò in silenzio, mentre Ian Whitestone continuava a esaltare le virtù dell'amico, cercando di individuare la nota falsa che lo irritava. Infine la individuò. Whitestone stava esagerando, forse però a causa dell'imbarazzo che provava dando le dimissioni così all'improvviso.

Siccome Demiris era un uomo che non affidava al caso nemmeno il più piccolo particolare, una volta andatosene Whitestone fece parecchie telefonate in vari paesi. Prima che il pomeriggio fosse trascorso, accertò che qualcuno aveva effettivamente investito del denaro per finanziare una piccola industria elettronica di Whitestone e del cognato in Australia. Parlò con un amico del Ministero dell'Aeronautica inglese e, due ore dopo, gli venne fatto un rapporto verbale su Larry Douglas. « Era un po' stravagante a terra », gli disse l'amico, « ma era un pilota superbo. » Demiris fece poi telefonare a Washington e a New York e fu aggiornato sulla situazione di Larry.

Tutto, in apparenza, risultava perfettamente chiarito. Eppure l'armatore continuava a sentire quella vaga sensazione di disagio, quel presentimento di guai in vista. Parlò della cosa con Noelle, osservando che forse avrebbe dovuto offrire a Ian Whitestone un aumento di stipendio per indurlo a restare. Noelle ascoltò attentamente, poi disse: « No, lascialo andare, Costa. E se raccomanda così caldamente questo pilota americano, io ti consiglierei di metterlo alla prova ».

Fu questo, in ultimo, a deciderlo.

Non appena Noelle seppe che Larry Douglas stava per arrivare ad Atene, non riuscì a pensare ad altro. Ricordò tutti gli anni che ci erano voluti, tutto il cauto e paziente predisporre i piani, il lento e inesorabile restringersi della rete ed ebbe la certezza che Constantin Demiris sarebbe stato fiero di lei, se lo avesse saputo. Che ironia, rifletté. Se non avesse mai conosciuto Larry, avrebbe potuto essere felice con Demiris. Si completavano a vicenda perfettamente. Entrambi amavano il potere e sapevano come servirsene. Erano al di sopra della gente comune. Dei, fatti per comandare. Non avrebbero mai potuto perdere, perché possedevano una profonda e quasi mistica pazienza. La capacità di aspettare in eterno. Ma ora per lei, l'attesa era finita.

Noelle trascorse la giornata in giardino, distesa su un'amaca, ripassando il proprio piano; e quando il sole cominciò ad abbassarsi verso ovest, si sentì soddisfatta. In un certo senso, pensò, era un peccato che tanta parte di quegli ultimi sei anni fosse stata riempita dai suoi progetti di vendetta. La vendetta era stata il movente di quasi ogni suo momento, aveva immesso nella sua esistenza vitalità e slancio ed entusiasmo e ora, di lì a poche settimane, la meta sarebbe stata raggiunta.

In quel momento, mentre si riposava sotto il languente sole greco e la brezza del tardo pomeriggio cominciava a rinfrescare il giardino silenzioso e verde, Noelle non poteva sapere che tutto stava appena cominciando.

La sera prima dell'arrivo di Larry, Noelle non riuscì ad addormentarsi. Giacque sveglia tutta la notte, ricordando

Parigi e l'uomo che le aveva fatto il dono della felicità, per poi toglierglielo... risentendo nell'utero il figlio di Larry possedere il suo corpo, così come il padre del bambino le aveva posseduto la mente. Ricordò quel pomeriggio nello squallido appartamento di Parigi e la sofferenza del fil di ferro appuntito della gruccia per abiti che le aveva lacerato le carni sempre e sempre più in profondità fino ad affondare nel bambino e a dilaniarlo, mentre il soave e insopportabile strazio la portava a una frenesia di isterismo e un fiume di sangue si riversava dal suo corpo. Ricordò tutte queste cose e le rivisse... il dolore, lo strazio, l'odio...

Alle cinque del mattino, Noelle, alzata e vestita, sedeva nella sua stanza contemplando l'enorme sfera di fuoco che stava sorgendo dal mare Egeo. Le ricordò un'altra mattina a Parigi, quando si era alzata presto, per vestirsi in tutta fretta e aspettare Larry... soltanto che questa volta lui sarebbe venuto. Perché aveva fatto in modo che fosse costretto a venire. Come lei aveva avuto bisogno di lui un tempo, così era Larry, adesso, ad aver bisogno di lei, anche se ancora non lo sapeva.

Demiris mandò la cameriera nell'appartamento di Noelle, a dirle che avrebbe gradito la sua compagnia a colazione; ma lei era troppo eccitata e temeva che il suo stato d'animo potesse destare la curiosità di Constantin. Aveva imparato da un pezzo che Demiris possedeva la sensibilità di un gatto: non gli sfuggiva niente. Una volta di più, rammentò a se stessa che doveva essere prudente. Voleva essere lei stessa a occuparsi di Larry e a modo suo. Aveva riflettuto a lungo e intensamente sul fatto che si stava servendo di Constantin Demiris come di un ignaro strumento. Se fosse venuto a saperlo, non gli sarebbe piaciuto.

Fece colazione con una mezza tazzina di denso caffè greco e mezzo panino appena sfornato. Non aveva appetito. I suoi pensieri indugiavano febbrilmente sull'incontro che avrebbe avuto luogo di lì a poche ore. Aveva dedicato insolite cure al trucco e alla scelta del vestito e sapeva di essere bellissima.

Poco dopo le undici, udì la macchina fermarsi davanti a casa. Trasse un profondo respiro per dominare il nervosismo, poi si avvicinò adagio alla finestra. Larry Douglas stava scendendo dall'automobile. Noelle lo osservò mentre si avvicinava all'ingresso e fu come se la marcia degli anni si fosse riavvolta su se stessa e loro due si trovassero di nuovo a Parigi. Larry era un po' più maturo e la guerra e la vita avevano aggiunto delle rughe nuove al suo volto, ma quelle rughe servivano soltanto a renderlo ancor più bello di quanto fosse stato un tempo. Osservandolo attraverso la finestra, da dieci metri di distanza, sentì ancora il magnetismo animalesco, sentì ancora il desiderio di un tempo, che dilagò in lei, mescolandosi all'odio, finché fu colmata da una sensazione di esultanza quasi simile a un orgasmo. Diede un'ultima rapida occhiata a se stessa nello specchio, poi scese al pianterreno per incontrarsi con l'uomo che stava per distruggere.

Scendendo le scale, si domandò quale sarebbe stata la reazione di Larry vedendola. Si era forse vantato con gli amici, e magari anche con la moglie, che Noelle Page era stata un tempo innamorata di lui? Si domandò, come se lo era domandato cento altre volte in passato, se rivivesse mai la magia e l'incanto dei giorni e delle notti vissuti insieme a Parigi e se si pentisse di quello che le aveva fatto. Come doveva avergli divorato l'anima la celebrità internazionale di Noelle Page, mentre la sua esistenza era tutta una serie di meschini insuccessi! Noelle voleva leggere qualcosa di questo tormento negli occhi di Larry, ora che si sarebbero ritrovati faccia a faccia, per la prima volta dopo quasi sette anni.

Era giunta nell'ingresso quando la porta di casa si aprì e il maggiordomo lo fece entrare. Larry fu colpito dalla vastità del foyer quando si voltò e la vide. La fissò per un momento interminabile e la faccia gli si illuminò di apprezzamento alla vista di una magnifica donna. « Buongiorno », disse compìto. « Sono Larry Douglas. Ho un appuntamento con il signor Demiris. »

E la sua espressione non tradì alcun indizio di riconoscimento.

Assolutamente nessuno.

Mentre percorrevano in macchina le vie di Atene, diretti all'albergo, Catherine rimase sbalordita dal susseguirsi di rovine e di monumenti che apparivano tutto intorno a loro.

Dinanzi a sé vide il Partenone bianco marmoreo sulla sommità dell'Acropoli, uno spettacolo da togliere il respiro. C'erano dappertutto alberghi e palazzi d'uffici, eppure, in un modo bizzarro, le parve che gli edifici più recenti fossero temporanei e imperfetti, mentre il Partenone campeggiava, immortale e fuori del tempo, nella tersa trasparenza dell'aria.

« Fantastico, vero? » sorrise Larry. « Tutta la città è così. Una grande e splendida rovina. »

Passarono accanto a un vasto parco nel centro della città, con fontane che danzavano nel mezzo. Centinaia di tavolini con aste verdi e arancione si allineavano nel parco e l'aria sopra di essi era tappezzata da tende blu.

« Piazza Costipazione », disse Larry.

« *Cosa?* »

« Il vero nome è piazza Costituzione. La gente se ne sta seduta tutto il giorno a quei tavolini, sorseggiando caffè greco e guardando passare il mondo. »

Quasi in ogni isolato c'erano caffè all'aperto e agli angoli uomini che vendevano spugne fresche appena pescate. Dappertutto si vedevano venditori di fiori con un tripudio di boccioli dai colori violenti.

« È così bianca questa città », disse Catherine. « Abbacinante. »

L'appartamento in albergo era ampio e incantevole; dominava piazza Syntagma, la grande piazza situata al centro della città. Nella stanza si trovavano splendidi fiori e un enorme cesto di frutta fresca.

« Mi piace, tesoro », disse Catherine, aggirandosi per le camere.

Il facchino aveva portato le valigie e Larry gli diede la mancia. « *Parapolì* », disse il ragazzo, chiudendosi la porta alle spalle.

« *Parakalò* », rispose Larry.

Larry si avvicinò e cinse con le braccia Catherine. « Benvenuta in Grecia. » La baciò avidamente e lei sentì la durezza del corpo di lui premere contro la morbidezza del suo e capì quanto gli fosse mancata e ne fu lieta. La portò nella camera da letto.

Sul tavolino da toeletta c'era un pacchetto. « Aprilo », le disse Larry.

Catherine strappò la carta con le dita e trovò, dentro una scatoletta, un minuscolo uccello scolpito nella giada. Sebbene occupatissimo, Larry aveva ricordato e lei si sentì commossa. In qualche modo, l'uccello era un talismano, lasciava presagire che tutto sarebbe andato bene, che le difficoltà del passato erano finite.

Mentre facevano l'amore, Catherine recitò silenziosamente una breve preghiera di gratitudine, riconoscente di trovarsi tra le braccia del marito che amava tanto, in una delle città più entusiasmanti del mondo e sul punto di cominciare una nuova vita. Ritrovava il Larry di un tempo e tutte le difficoltà erano servite soltanto a rinsaldare il loro matrimonio.

Nulla avrebbe più potuto toccarli, ormai.

La mattina dopo, Larry prese accordi perché un agente immobiliare facesse visitare a Catherine alcuni appartamenti. L'agente era un uomo basso di statura, bruno di pelle, dai folti baffi, a nome Dimitropolous; parlava una lingua rapida, sinceramente persuaso che si trattasse di un inglese perfetto, ma consistente in realtà di parole greche frammischiate, di quando in quando, con una indecifrabile frase inglese.

Affidandosi alla sua generosità, un trucco cui Catherine doveva ricorrere spesso nei mesi a venire, lei lo persuase a parlare molto adagio, così da poter analizzare alcune delle parole inglesi e tentar di indovinare quello che cercava di dirle.

Il quarto posto che l'uomo le mostrò era un appartamento allegro e luminoso di quattro camere situato in quello che, come Catherine apprese in seguito, si chiamava quartiere Kolonaki, il sobborgo elegante di Atene, dove si allineavano splendidi palazzi residenziali e lussuosi negozi.

Quando Larry tornò in albergo, quella sera, Catherine gli parlò dell'appartamento e due giorni dopo vi si trasferirono.

Larry rimaneva assente durante il giorno, ma cercava di essere a casa per cenare con Catherine. Ad Atene si cenava a qualsiasi ora tra le nove e mezzanotte. Tra le due e le cinque del pomeriggio tutti facevano la siesta, poi i negozi riaprivano fino alla sera tardi. Catherine rimase completamente incantata dalla città. Quando si trovava ad Atene da tre giorni, Larry portò a casa, in serata, un amico, il conte George Pappas, un simpatico greco sui quarantacinque anni, alto e snello, con i capelli neri brizzolati sulle tempie. C'era in lui una curiosa e antiquata dignità che piacque a Catherine. Pappas li condusse a cena in una piccola taverna di Plaka, il quartiere vecchio della città. Il Plaka comprendeva alcune zone molto ripide rimaste compresse nel cuore di Atene, con tortuosi vicoli e scalinate cadenti che conducevano a minuscole case costruite durante il dominio dei turchi, quando Atene non era stata altro che un villaggio. Il Plaka era un quartiere di case irregolari imbiancate a calce, con banchetti di frutta fresca e di fiori, l'aroma meraviglioso del caffè abbrustolito all'aperto, gatti miagolanti e vociferanti risse in strada. L'effetto generale incantava. In qualunque altra città, pensò Catherine, un rione come quello sarebbe stato un ghetto. Lì era un monumento.

La taverna dove li portò il conte Pappas si trovava su un tetto a terrazza che dominava la città; i camerieri indossavano costumi pittoreschi.

« Che cosa vuole mangiare? » domandò il conte a Catherine.

Lei studiò la lista straniera senza capirci niente. « Le spiacerebbe ordinare per me? Temo che potrei ordinare il proprietario. »

Pappas ordinò un banchetto sontuoso, scegliendo tutta una serie di piatti perché Catherine potesse gustare ogni cosa. Vennero servite le *dolmades*, polpette di carne avvolte in foglie di vite; il *moussaka*, un succulento pasticcio di carne e melanzane; lo *stiffado*, lepre in umido con cipolle: Catherine non seppe di cosa si trattava finché non ne ebbe mangiato metà e poi non riuscì a mandare giù un solo altro boccone; e la *taramosalata*, l'insalata alla greca di caviale con olio d'oliva e limone. Il conte ordinò una bottiglia di *retsina*.

« È il nostro vino nazionale », spiegò. Osservò divertito Catherine mentre lo assaggiava. Aveva un sapore forte di pino e lei si sforzò coraggiosamente di mandarlo giù.

« Qualsiasi cosa potessi avere », ansimò, « credo che questo vino l'abbia guarita. »

Mentre mangiavano, tre musicisti suonavano musica *bozoukia*. Era animata, allegra, contagiosa e, osservati da loro, gli altri avventori cominciarono ad alzarsi e ad andare sulla pista da ballo. A stupire Catherine fu il fatto che i ballerini erano tutti uomini, e magnifici. Si stava divertendo moltissimo.

Non uscirono dal ristorante sin dopo le tre del mattino. Il conte li accompagnò in macchina al loro nuovo appartamento. « Non ha ancora fatto un po' di turismo? » domandò a Catherine.

« Non proprio », gli confessò lei. « Sto aspettando che Larry abbia un po' di tempo libero. »

Pappas si rivolse a Douglas. « Forse potrei far visitare a Catherine qualche località interessante in attesa che lei possa unirsi a noi. »

« Sarebbe magnifico », disse Larry. « Se è certo che non la disturbi troppo. »

« Sarà un onore per me », rispose il conte. E domandò a Catherine: « Le farebbe piacere avermi come guida? »

Catherine lo fissò e pensò a Dimitropolous, il piccolo agente immobiliare che parlava scorrevolmente una lingua incomprensibile.

« Ne sarei felice », rispose sinceramente.

Le settimane che seguirono furono incantevoli. Catherine trascorreva le mattinate riordinando l'appartamento e nel pomeriggio, se Larry lavorava, il conte passava a prenderla e la portava in giro.

Andarono in macchina a Olimpia. « Qui si svolsero i primi giochi olimpici », le disse Pappas. « Vennero celebrati ogni anno per mille anni, nonostante le guerre, le pestilenze e le carestie. »

Catherine guardò estasiata le rovine del grande stadio, pensando alla grandiosità delle gare che vi si erano svolte nel corso dei secoli, ai trionfi e alle sconfitte.

« E poi parlano degli impianti sportivi di Eton », disse. « È *qui* che cominciò in realtà il vero spirito sportivo, vero? »

Il conte rise. « Temo di no », rispose. « La verità è un po' imbarazzante. »

Lei alzò gli occhi, interessata. « Perché? »

« La prima corsa di carri che si tenne qui fu truccata. »

« Truccata? »

« Sì », confessò il conte Pappas. « Vede, c'era un ricco principe di nome Pelops che aveva una faida con un rivale. Decisero di organizzare una corsa di carri per vedere chi fosse il migliore. La sera prima della corsa, Pelops manomise una ruota del carro del suo rivale. Quando la corsa ebbe inizio, l'intera popolazione delle campagne circostanti si trovava qui ad applaudire i campioni. Alla prima curva, la ruota del carro del rivale di Pelops volò via e il carro si capovolse. Il poveretto rimase impigliato nelle redini, fu trascinato via dai cavalli e morì. Pelops risultò vittorioso. »

« È terribile! » esclamò Catherine. « E che cosa gli hanno fatto? »

« Questo è l'aspetto più vergognoso dell'episodio », rispose Pappas. « Ormai tutto il popolo sapeva che cosa aveva combinato Pelops. E questo lo fece passare per un tale eroe che un enorme timpano venne eretto in suo onore nel tempio di Olimpia dedicato a Zeus. Il timpano esiste ancora. » Sorrise maliziosamente. « Il nostro personaggio scellerato, temo, prosperò e continuò a vivere felice e contento. In effetti », soggiunse, « l'intera regione a sud di Corinto si chiama Peloponneso dal nome di lui. »

« Chi ha detto che il delitto non paga? » si meravigliò Catherine.

Ogni volta che Larry era libero, esploravano insieme la città. Trovavano dei negozi meravigliosi, dove si trattenevano per ore contrattando i prezzi, e piccoli ristoranti fuori mano, dei quali divennero frequentatori affezionati. Larry era un compagno allegro e incantevole e Catherine cominciava a essere contenta di aver rinunciato al proprio lavoro negli Stati Uniti per seguire il marito.

Larry Douglas non era mai stato più felice in vita sua. Il lavoro con Demiris era il sogno di una vita.

Aveva un ottimo stipendio, ma non questo lo interessava. Lo interessavano soltanto i magnifici apparecchi che poteva pilotare. Gli era occorsa esattamente un'ora per imparare a pilotare lo *Hawker Siddeley* e cinque altri voli per padroneggiarlo del tutto. La maggior parte delle volte volava con Paul Metaxas, il secondo pilota di Demiris, un uomo allegramente fiducioso nella fortuna. Metaxas era stato colto di sorpresa dalle improvvise dimissioni di Ian Whitestone e aveva nutrito una certa apprensione sul suo sostituto. Gli erano giunte delle voci su Larry Douglas e non sapeva bene se gli piacesse quel che aveva saputo. Douglas, però, sembrava sinceramente entusiasta del nuovo lavoro e quando Metaxas volò con lui per la prima volta, si rese conto che era un pilota eccezionale.

A poco a poco abbassò la guardia e i due uomini diventarono amici.

Ogni volta che non volava, Larry passava il tempo studiando ogni particolare degli aerei di Demiris. In poco tempo fu in grado di pilotarli meglio di tutti coloro che lo avevano preceduto.

La varietà di quel lavoro lo affascinava. Portava collaboratori di Demiris in viaggi d'affari a Brindisi, a Corfù e a Roma, oppure andava a prendere ospiti per condurli nell'isola privata dell'armatore per dei ricevimenti o in Svizzera per sciare. Si abituò a volare con persone delle quali vedeva continuamente le fotografie sulle prime pagine dei giornali o nelle riviste e non faceva che riferire a Catherine episodi interessanti su questi personaggi. Volò con il presidente di un paese balcanico, con il primo ministro inglese, con un magnate arabo del petrolio e tutto il suo harem. Portò in aereo cantanti d'opera, una compagnia di balletti e gli interpreti di una commedia di successo a Broadway che diedero un'unica rappresentazione a Londra in occasione del compleanno di Demiris. Trasportò dei giudici della Corte Suprema, un deputato al Congresso e un ex presidente degli Stati Uniti. Durante quei voli, rimaneva per la maggior parte del tempo nella cabina di pilotaggio, ma di quando in quando andava ad accertarsi che i passeggeri stessero comodi. A volte udiva brandelli di conversazione tra magnati a proposito di fusioni imminenti di società o manovre di Borsa. Avrebbe potuto fare fortuna grazie alle informazioni che poteva così desumere, ma non gliene importava. Una sola cosa gli premeva, l'aereo che pilotava, potente e vivo e dominato da lui.

Trascorsero due mesi prima che Larry facesse da pilota allo stesso Demiris.

Partirono con il *Piper*. Doveva portare l'armatore da Atene a Dubrovnik. Era una giornata nuvolosa e i bollettini meteorologici avevano annunciato tempeste di vento e raffiche lungo la rotta. Larry aveva studiato accuratamente la rotta meno esposta al maltempo, ma l'atmosfera era talmente sconvolta da turbolenze che fu impossibile evitarle.

Un'ora dopo la partenza da Atene, accese il segnale luminoso che invitava ad allacciare le cinture di sicurezza e disse a Metaxas: « Attenzione, Paul. Questo viaggio può costarci il posto ».

Non senza stupore da parte sua, Demiris apparve nella cabina di pilotaggio. « Posso star qui? » domandò.

« Si accomodi pure », rispose Larry. « Sarà un volo movimentato. »

Metaxas cedette il proprio posto a Demiris, che si allacciò la cintura. Larry avrebbe preferito avere accanto a sé il secondo pilota, pronto a intervenire se qualcosa fosse andato storto; ma l'aereo era di Demiris.

Il maltempo si protrasse per quasi due ore. Larry girò intorno all'immensa montagna di nubi che si ergeva gonfia dinanzi a loro, bella, bianca e micidiale.

« Meravigliose », commentò Demiris.

« Sono delle assassine », disse Larry. « Cumuli. Hanno un aspetto così bello e soffice perché ci sono venti all'interno che li gonfiano. I turbini dentro quei cumuli possono fare a pezzi un aereo in dieci secondi. Si può essere scaraventati in alto o precipitare per diecimila metri senza alcuna possibilità di manovrare. »

« Sono certo che lei non lo permetterà », disse Demiris, calmo.

I venti investirono l'apparecchio e tentarono di sbalestrarlo nel cielo, ma Larry lottò per tenerlo sotto controllo.

Dimenticò la presenza di Demiris, concentrando tutta la sua attenzione sull'aereo che stava pilotando e attingendo a tutta la sua acquisita perizia. Infine, furono fuori della zona temporalesca. Larry si voltò, sfinito e vide che l'armatore era uscito dalla cabina di pilotaggio. Sul seggiolino si trovava Metaxas.

« È stato un primo volo schifoso per lui, Paul », gli disse. « Potrei avere dei guai. »

Stava facendo rullare l'apparecchio sul piccolo aeroporto, circondato da montagne, di Dubrovnik, quando Demiris si affacciò sulla porta della cabina di pilotaggio.

« Aveva ragione », disse a Larry. « È molto bravo nel suo lavoro. Sono soddisfatto. »

Poi se ne andò.

Un mattino, mentre Larry si preparava per un volo fino al Marocco, il conte Pappas telefonò proponendo una gita in campagna con Catherine. Larry insistette perché lei andasse.

« Non sei geloso? » gli domandò lei.

« Del conte? » Egli rise.

E Catherine a un tratto capì. Mai, durante tutte le ore trascorse insieme, il conte si era permesso un approccio men che lecito o anche soltanto un'occhiata significativa. « È un omosessuale? » domandò.

Larry annuì. « Per questo ti ho affidata alle sue tenere cure. »

Il conte passò a prenderla con la macchina di buon'ora e partirono in direzione sud, verso l'ampia pianura della Tessaglia. Contadine vestite di nero camminavano al margine della strada, curve sotto pesanti fardelli di legna che reggevano sulla schiena.

« Perché non sono gli uomini a fare i lavori pesanti? » domandò Catherine.

Pappas le scoccò un'occhiata divertita. « Sono le donne a non volerlo », rispose. « Preferiscono che i loro uomini siano riposati, la notte, per altre cose. »

Questa è una lezione per tutti noi, pensò Catherine, maliziosamente.

Nel tardo pomeriggio si avvicinarono ai monti Pindo, dall'aspetto minaccioso, le balze rocciose torreggianti alte nel cielo. La strada era bloccata da un gregge di pecore guidato da un pastore e da un cane scheletrico. Il conte Pappas fermò la macchina in attesa che le pecore sgombrassero la strada. Catherine osservò meravigliata il cane che mordicchiava le zampe posteriori delle pecore ribelli, costringendole ad andare nella direzione voluta.

« Quel cane è quasi umano », esclamò, ammirata.

Pappas la sbirciò fuggevolmente. C'era qualcosa nel suo sguardo che lei non capì.

« A che cosa sta pensando? » domandò.

Il conte ebbe un'esitazione. « È una storia piuttosto sgradevole. »

« Sono grande. »

Pappas disse: « Questa è una regione selvaggia. La terra è rocciosa e inospitale. Nel migliore dei casi, i raccolti sono scarsi e, quando il tempo si mette al brutto, non si raccoglie un bel niente e la popolazione soffre la fame ». La sua voce si perdette nel silenzio.

« Continui », lo invitò Catherine.

« Pochi anni fa ci fu un violento temporale, qui, e i raccolti vennero distrutti. Il cibo scarseggiava per tutti. E i cani da pastore nell'intera zona si inferocirono. Abbandonarono le fattorie e si riunirono formando un grosso branco. » Mentre continuava a parlare, cercò di escludere l'orrore dalla voce. « Cominciarono ad attaccare le fattorie. »

« E uccisero le pecore », disse Catherine.

Vi fu un silenzio prima che rispondesse. « No. Uccisero i loro padroni. E li divorarono. »

Lei lo fissò, inorridita.

« Dovettero mandare l'esercito da Atene, per ristabilire il dominio dell'uomo. Ci volle quasi un mese. »

« È orribile. »

« La fame ha conseguenze terribili », disse il conte Pappas, sommessamente.

Le pecore avevano ormai attraversato la strada. Catherine guardò di nuovo i cani da pastore e rabbrividì.

Con il trascorrere delle settimane, tutto ciò che era sembrato a Catherine così estraneo e nuovo cominciò a divenirle familiare. Trovò che la gente era aperta e amichevole.

Imparò dove andare a fare le spese e dove si trovavano i negozi di abbigliamento, in via Voukourestiou. La Grecia era una meraviglia di inefficienza organizzata e bisognava rilassarsi e godersela. Nessuno aveva fretta e se domandavi la strada a qualcuno era probabile che ti accompagnasse. Oppure poteva dirti, se volevi sapere quanto distava il posto che cercavi: *Ena sigaro dromos*, che, come Catherine venne a sapere, significava « distante il tempo di fumare una sigaretta ». Lei camminava per le strade, esplorava la città e beveva il vino caldo e scuro dell'estate greca.

Catherine e Larry andarono a visitare Micene, con i suoi pittoreschi mulini a vento, e Melos, dove era stata scoperta la Venere di Milo. Ma il luogo che lei prediligeva era Paros, un'isola graziosa, verdeggiante, dominata da una montagna coperta di fiori. Quando la loro barca si ormeggiò, sul molo li aspettava una guida. L'uomo domandò se volessero essere portati in cima alla montagna a dorso di mulo e loro due salirono in groppa a dei muli ossuti.

Catherine portava un cappello di paglia a tesa ampia che la proteggeva dal sole ardente. Mentre lei e Larry cavalcavano lungo il ripido sentiero che conduceva alla cima della montagna, alcune donne vestite di nero gridarono: *Ka-li-me-ra* e fecero dono a Catherine di erbe fresche, origano e basilico, da mettere sul cappello. Dopo un tragitto di due ore, giunsero sul pianoro, meraviglioso e ricco d'alberi, con milioni di fiori che sbocciavano dappertutto in modo spettacolare. La guida fermò i muli e loro contemplarono meravigliati l'incredibile profusione di colori.

« Questa chiamata valle delle Farfalle », disse la guida, in un inglese incerto.

Catherine si guardò attorno cercando una farfalla, ma non ne vide alcuna. « Perché la chiamano così? » domandò.

L'uomo sorrise, come se si fosse aspettato la domanda. « Ora mostrare », disse. Smontò dal mulo e prese un grosso ramo caduto. Si avvicinò a un albero e ne colpì il tronco, con tutte le sue forze, servendosi del ramo. In una frazione di secondo, i « fiori » su centinaia di alberi spiccarono improvvisamente il volo in un tumultuoso arcobaleno di fuga, lasciando i rami spogli. L'aria si colmò di centinaia di migliaia di farfalle vividamente colorate che danzavano nella luce del sole.

Catherine e Larry le guardarono esterrefatti. La guida li osservava, la faccia improntata a profondo orgoglio, quasi fosse suo il merito del miracolo meraviglioso cui stavano assistendo. Fu uno dei giorni più belli della vita di Catherine e lei pensò che, se avesse dovuto scegliere una giornata perfetta da rivivere, avrebbe scelto quella trascorsa con Larry sull'isola di Paros.

« Ehi, abbiamo un VIP stamane », disse Paul Metaxas, sorridendo allegramente. « Aspetta finché non l'avrai vista. »

« Chi è? »

« Noelle Page, la donna del padrone. Puoi guardare, ma non toccare. »

Larry Douglas ricordò il momento fuggevole in cui aveva intravisto la donna nella villa di Demiris, il mattino del suo arrivo ad Atene. Era una bellezza e aveva un aspetto familiare, ma questo, naturalmente, perché l'aveva veduta sullo schermo in un film, una volta che si era lasciato trascinare al cinema da Catherine. Non c'era bisogno che nessuno gli insegnasse le regole dell'autoconservazione. Anche se il mondo non fosse stato pieno di femmine avide, non si sarebbe mai avvicinato all'amante di Constantin Demiris. Gli piaceva troppo, quel lavoro, per metterlo a repentaglio commettendo una simile sciocchezza. Bene, forse si sarebbe fatto dare un autografo per Catherine.

La limousine che conduceva Noelle all'aeroporto venne rallentata più volte da gruppi di operai che riparavano le strade, ma lei gradì quegli indugi. Stava per vedere Larry Douglas per la prima volta dopo l'incontro a casa. Quello che era successo allora l'aveva scossa profondamente. O, per essere più precisi, quello che non era successo.

Negli ultimi sei anni, Noelle aveva immaginato il loro incontro in cento modi diversi. Più e più volte aveva recitato la scena nella propria mente. Una sola cosa non le era mai accaduto di pensare: che Larry potesse non riconoscerla. Il momento più importante della sua vita non era stato altro per lui che una volgare piccola avventura tra tante, tra centinaia d'altre. Bene, prima che avesse finito con lui, sarebbe stato costretto a ricordarla.

Larry stava attraversando l'aeroporto, con il piano di volo in mano, quando la limousine si fermò accanto al grande aereo e Noelle Page scese. Si avvicinò all'automobile e disse, compìto: « Buongiorno, miss Page. Sono Larry Douglas. Porterò lei e i suoi ospiti a Cannes ».

Noelle si voltò e gli passò accanto come se non le avesse parlato, come se non fosse esistito. Larry rimase immobile, seguendola con lo sguardo, allibito.

Trenta minuti dopo, gli altri passeggeri, una dozzina, erano saliti sull'aereo e Larry e Paul Metaxas decollarono. Dovevano portare la comitiva sulla Côte d'Azur, dove tutti sarebbero saliti a bordo dello yacht di Demiris. Era un volo facile, tranne la normale turbolenza al largo della costa meridionale della Francia, in estate, e Larry pilotò l'aereo senza scosse e lo fece rullare verso alcune auto in attesa dei passeggeri. Quando scese dall'aereo insieme al suo tarchiato e piccoletto secondo pilota, Noelle si avvicinò a Metaxas, ignorando lui, e disse, con la voce piena di disprezzo: « Il nuovo pilota è un dilettante, Paul. Dovrebbe dargli delle lezioni di volo ». Poi salì su un'automobile, che partì, lasciando Larry lì in piedi, colmo di un'ira sbalordita e impotente.

Si disse che doveva essere una puttana e che probabilmente gli era capitata in una giornata nera. Ma l'episodio successivo, una settimana dopo, lo convinse che si trovava di fronte a un problema serio.

Per ordine di Demiris, dovette andare a prendere Noelle a Oslo e portarla a Londra. Tenuto conto di quanto era accaduto, aveva studiato il piano di volo con particolare cura. C'era una zona di alta pressione a nord e ci si poteva aspettare la formazione di alcuni cumuli temporaleschi a est. Larry studiò una rotta che rasentava quelle zone e il volo fu perfettamente tranquillo. Fece posare l'apparecchio con un atterraggio impeccabile su tre ruote, poi lui e Paul Metaxas passarono nella cabina passeggeri. Noelle Page si stava mettendo il rossetto sulle labbra. « Spero che abbia trovato piacevole il volo, miss Page », le disse Larry, compito.

Noelle lo sbirciò per un momento con la faccia inespressiva, poi si rivolse a Paul Metaxas: « Sono sempre nervosa quando è un incapace a pilotare ».

Larry sentì il sangue affluirgli alle gote. Fece per parlare, ma Noelle disse a Metaxas: « Lo inviti, per favore, a non rivolgermi la parola in avvenire, a meno che non sia io a parlargli per prima ».

Metaxas deglutì e farfugliò: « Sì, signora ».

Larry fissò Noelle, gli occhi furenti, mentre lei si alzava e scendeva dall'aereo. Il suo impulso era stato di schiaffeggiarla, ma sapeva che avrebbe significato la fine per lui. Quel lavoro gli piaceva più di ogni altra cosa avesse mai fatto e intendeva evitare che una stupida ripicca potesse toglierglielo. Se fosse stato licenziato, lo sapeva, quello sarebbe stato il suo ultimo lavoro come pilota. No, bisognava che fosse molto prudente in avvenire.

Una volta tornato a casa, riferì a Catherine quello che era accaduto.

« È decisa a fregarmi », disse.

« Ma è orribile », rispose Catherine. « Non puoi averla offesa in qualche modo, Larry? »

« Non le ho rivolto più di una decina di parole. »

Catherine gli prese la mano. « Non preoccuparti, allora », disse. « Vedrai che riuscirai ad affascinarla. Aspetta e vedrai. »

Il giorno dopo, quando Larry portò Constantin Demiris per un breve viaggio d'affari in Turchia, l'armatore entrò nella cabina di pilotaggio e occupò il seggiolino di Metaxas. Congedò il secondo pilota con un cenno della mano e lui e Larry rimasero soli. Tacquero per qualche tempo, osservando l'aereo che suddivideva in lanuginosi ricami geometrici i cirro-strati.

« Miss Page l'ha presa in antipatia », disse infine Demiris.

Larry sentì le mani stringersi sui comandi e, con la forza della volontà, si costrinse a rilassarsi. Lottò per mantenere calma la voce. « Ha... ha detto perché? »

« Ha detto che è stato villano con lei. »

Aprì la bocca per protestare, poi cambiò idea. Bisognava che risolvesse la faccenda diversamente.

« Mi dispiace. Cercherò di essere più cauto, signor Demiris », disse con calma.

Demiris si alzò. « Ecco, bravo. Le consiglierei di non offendere ulteriormente miss Page. » Poi uscì dalla cabina di pilotaggio.

Ulteriormente! Larry si spremette il cervello, cercando di capire che cosa avesse potuto fare per offenderla. Forse, semplicemente, non le andava a genio il suo tipo. O forse era gelosa perché piaceva a Demiris e perché aveva fiducia in lui: era assurdo. Qualsiasi cosa potesse pensare era assurdo. Eppure, Noelle Page stava cercando di farlo licenziare.

Ricordò che cosa significava essere disoccupato, l'indegnità del dover chiedere lavoro compilando domande come uno scolaretto, i colloqui, le attese, le innumerevoli ore durante le quali cercava di ammazzare il tempo in miseri bar e con sgualdrine dilettanti. Ricordò la pazienza e la tolleranza di Catherine e come l'avesse odiata proprio per questo. No, non avrebbe potuto sopportare di nuovo una simile tortura. Non avrebbe potuto sopportare un altro insuccesso.

Durante una sosta a Beirut, alcuni giorni dopo, Larry passò davanti a un cinematografo e vide che proiettavano un film interpretato da Noelle Page. Seguendo un impulso, entrò, già certo di non poter soffrire né il film né l'attrice; ma la recitazione di Noelle era così brillante che rimase completamente avvinto dalla sua bravura. E, ancora una volta, provò una strana sensazione di familiarità. Il lunedì successivo, portò in aereo Noelle e alcuni soci in affari di Demiris a Zurigo. Aspettò che Noelle fosse sola, poi l'avvicinò. Aveva esitato prima di parlarle, ricordando l'ultimo avvertimento, ma aveva deciso di fare tutto il possibile per piacerle. Tutte le attrici sono egocentriche e amano sentirsi dire che sono brave, così le rivolse la parola dicendo, con circospetta cortesia: « Mi scusi, miss Page, volevo soltanto dirle che l'ho vista l'altra sera in un film. *Il terzo volto*. Secondo me, lei è una delle più grandi attrici che abbia mai visto ».

Noelle lo fissò per un momento, poi rispose: « Mi piacerebbe credere che lei sia migliore come critico di quanto lo sia come pilota. Ma dubito molto che abbia l'intelligenza, o il buon gusto necessari ». E si allontanò.

Larry rimase impalato dove si trovava, con la sensazione di essere stato schiaffeggiato. La maledetta troia! Per un attimo fu tentato di seguirla e di dirle quello che pensava di lei, ma si rese conto che avrebbe fatto il suo gioco. No. D'ora in poi avrebbe fatto soltanto il proprio lavoro, tenendosi alla larga da quella donna il più possibile.

Nelle settimane che seguirono ebbe Noelle come passeggera numerose volte. Non le rivolse mai la parola, anzi fece tutto il possibile per non essere nemmeno veduto da lei. Si tenne lontano dalla cabina passeggeri e affidò a Metaxas tutte le necessarie comunicazioni ai viaggiatori. Non vi furono altri commenti da parte di Noelle Page e Larry si congratulò con se stesso per essere riuscito a risolvere il problema.

Ma si era congratulato troppo presto.

Un mattino Demiris lo fece chiamare alla villa. « Miss Page deve andare a Parigi con un mio incarico confidenziale. Voglio che le resti sempre vicino. »

« Sì, signor Demiris. »

L'armatore lo scrutò per un momento, parve sul punto di aggiungere qualcos'altro, ma poi cambiò idea. « È tutto. »

Noelle era l'unica passeggera per Parigi e Larry decise di usare il *Piper*. Incaricò Paul Metaxas di fare in modo che venisse sistemata comodamente e rimase nella cabina di pilotaggio, senza mai farsi vedere, per tutto il volo. Dopo l'atterraggio, andò da lei e disse: « Voglia scusarmi, miss Page. Il signor Demiris mi ha ordinato di stare con lei mentre è a Parigi ».

Noelle alzò gli occhi su di lui con uno sguardo sprezzante e disse: « Benissimo. Soltanto, faccia in modo che io non mi accorga della sua presenza ».

Larry annuì, serbando un gelido silenzio.

Andarono in città da Orly con una macchina privata. Lui prese posto davanti, accanto all'autista, e Noelle Page si mise sul sedile posteriore. La prima sosta alla Paribas, la Banque de Paris et des Pays Bas. Larry entrò con Noelle e aspettò mentre lei veniva introdotta nell'ufficio del presidente e poi accompagnata nel *caveau* dove si trovavano le cassette di sicurezza. Rimase là per una trentina di minuti e, quando tornò indietro, gli passò accanto senza dir parola. Lui la guardò, poi si voltò e la seguì.

Si fermarono una seconda volta in rue du Faubourg St. Honoré. Noelle mandò indietro l'automobile. Larry la seguì in un grande magazzino e le rimase accanto mentre sceglieva quel che le occorreva, porgendogli poi i pacchi da tenere. Fece acquisti in una mezza dozzina di negozi: da Hermès per alcune borsette e cinture, da Guerlain per profumi, da Celine per comprare scarpe, finché Larry non fu sovraccarico di pacchi. Se anche era consapevole della sua umiliazione, Noelle non lo diede a vedere; avrebbe potuto essere un cagnolino che si portava dietro.

Quando uscirono da Celine, cominciò a piovere. I pedoni si affrettavano per mettersi al riparo. « Mi aspetti qui », gli ordinò Noelle.

Larry rimase sotto la pioggia e la vide scomparire in un ristorante al lato opposto della strada. Aspettò sotto la pioggia sferzante per due ore, le braccia cariche di pacchi, maledicendo lei e maledicendo se stesso perché sopportava quel comportamento. Era in trappola e non sapeva come liberarsi. E aveva il terribile presentimento che la situazione sarebbe peggiorata.

Catherine si incontrò per la prima volta con Constantin Demiris nella sua villa. Larry vi era andato a consegnare un pacco portato con l'aereo da Copenaghen e lei lo aveva accompagnato. Si trovava in piedi nell'enorme sala di ricevimento, ammirando un dipinto, quando una porta si aprì e Demiris uscì. La osservò per un momento, poi disse: « Le piace Manet, signora Douglas? »

Catherine girò sui tacchi e venne a trovarsi a faccia a faccia con l'uomo leggendario del quale aveva sentito tanto parlare. Ebbe due impressioni immediate: Constantin Demiris era più alto di quanto avesse immaginato e in lui si celava un'energia travolgente, quasi spaventosa. Si stupì perché conosceva il suo nome e sapeva chi lei fosse. Sembrò che facesse l'impossibile per metterla a suo agio. Le domandò se le piaceva la Grecia, se l'appartamento che avevano trovato era comodo e la pregò di dirgli se poteva fare qualcosa per renderle più piacevole il soggiorno. Sapeva persino, Dio solo sa come, che faceva collezione di uccelli in miniatura. « Ne ho visto uno molto bello », disse. « Glielo manderò. »

Larry sopraggiunse e lui e Catherine se ne andarono.

« Come hai trovato Demiris? »

« È un incantatore », gli rispose. « Non mi meraviglia che ti piaccia lavorare per lui. »

« E continuerò a lavorare con lui. » Vi fu una nota dura, nella sua voce, che Catherine non seppe spiegarsi.

Il giorno dopo, le venne consegnato un meraviglioso uccellino di porcellana.

Dopo d'allora, rivide due volte Demiris; la prima volta quando andò alle corse con Larry e la seconda alla festa natalizia offerta dall'armatore nella sua villa. In entrambe le occasioni fece l'impossibile per essere affascinante con lei. Tutto sommato, pensò Catherine, Constantin Demiris era un uomo davvero eccezionale.

Nel mese di agosto cominciò il festival di Atene. Per due mesi vennero rappresentati tragedie, balletti, opere, concerti... sempre nell'anfiteatro di Erode, l'antico teatro all'aperto ai piedi dell'Acropoli. Catherine andò a vedere numerose tragedie con Larry e, quando lui non c'era, fu il conte Pappas ad accompagnarla. Era affascinante assistere agli antichi drammi messi in scena, nel loro ambiente originario, da quello stesso popolo che li aveva creati.

Una sera, dopo una rappresentazione di *Medea*, Catherine e Pappas parlarono di Larry.

« È un uomo interessante », disse il conte. « *Polimechanos.* »

« Che cosa significa? »

« È una parola difficile a tradursi. » Pappas rifletté per un momento. « Vuol dire "fertile di espedienti". »

« Cioè "ricco di risorse"? »

« Sì, ma qualcosa di più. Una persona che è sempre pronta a trovare qualche nuova idea, qualche nuovo piano. »

« *Polimechanos* », disse Catherine. « Ecco com'è il mio uomo. »

Sopra di loro splendeva una luna bellissima, lucente. La notte era profumata e calda. Attraversarono il Plaka, diretti verso piazza Omonia. Mentre stavano per passare al lato opposto della strada, un'automobile voltò di corsa all'angolo puntando diritto verso di loro. Il conte trascinò indietro Catherine, portandolo al sicuro.

« Idiota! », urlò all'uomo al volante, che stava scomparendo.

« Qui sembra che guidino tutti così », disse Catherine.

Il conte Pappas sorrise malinconicamente. « Lo sa il perché? I greci non si sono ancora abituati alle automobili. In cuor loro continuano a cavalcare somari. »

« Sta scherzando. »

« Purtroppo no. Se vuole capire i greci, Catherine, non legga le guide turistiche; legga le antiche tragedie greche. La verità è che apparteniamo ancora ad altri secoli. Emotivamente, siamo molto primitivi. Abbiamo grandi passioni, gioie profonde, dolori smisurati, e non abbiamo ancora imparato a nasconderli con la vernice della civiltà. »

« Non so se sia un difetto », osservò lei.

« Forse no. Ma deforma la realtà. Quando gli stranieri ci osservano, non vedono quello che credono di vedere. È come guardare una stella lontana. Non si vede la stella, ma soltanto la luce che splendeva lassù, magari un milione di anni fa. E la stessa cosa succede con i greci. In noi, voi stranieri vedete il riflesso del passato. »

Erano arrivati nella piazza. Passarono davanti a una fila di negozietti con dei cartelli nelle vetrine che dicevano: *Si predice l'avvenire.*

« C'è un gran numero di chiromanti, qui, vero? » domandò Catherine.

« Siamo un popolo molto superstizioso. »

Lei scosse la testa. « Io temo di non esserlo. »

Erano arrivati davanti a una piccola taverna. Un cartello scritto a mano, nella vetrina, annunciava: MADAME PIRIS INDOVINA.

« Crede nelle streghe? » domandò il conte Pappas.

Catherine lo scrutò per vedere se la stesse prendendo in giro.

« Per streghe non intendo manici di scopa, gatti neri e pentole con intrugli bollenti. »

« E che cosa intende? »

Accennò con il capo al cartello. « Madame Piris è una strega. Sa leggere nel passato e nel futuro. » Poi vide lo scetticismo sulla faccia di Catherine. « Le racconterò una storia », disse. « Molti anni fa, il capo della polizia di Atene era un uomo chiamato Sophocles Vasilly. Era un amico e usai la mia influenza per fargli ottenere la carica. Era un uomo onestissimo. Alcuni individui volevano corromperlo e, poiché fu impossibile riuscirvi, decisero che doveva essere eliminato. » Pappas prese Catherine sottobraccio e attraversarono la strada verso il parco.

« Un giorno Vasilly venne a dirmi che la sua vita era stata minacciata. Non mancava di coraggio, ma quella minaccia lo turbava perché veniva da un ricattatore potente e spietato. Degli agenti furono incaricati di sorvegliare il ricattatore e di proteggere Vasilly, ma lui continuava a essere ossessionato dal presentimento di non avere più molto da vivere. Fu allora che si rivolse a me. »

Catherine lo stava ascoltando, affascinata. « Che cosa fece? » gli domandò.

« Gli consigliai di farsi leggere il futuro da madame Piris. » Il conte tacque, mentre i suoi pensieri vagavano inquieti in qualche angolo tenebroso del passato.

« Ci andò? » domandò infine Catherine.

« Come? Oh, sì. Madame Piris disse a Vasilly che la morte sarebbe sopraggiunta per lui all'improvviso e rapidamente e lo ammonì a guardarsi da un leone a mezzogiorno. Non esistono leoni in Grecia, tranne alcuni esemplari spelacchiati nel giardino zoologico e quelli di pietra che ha veduto a Delos. »

Catherine sentì la tensione nella voce di Pappas, mentre continuava.

« Vasilly andò personalmente al giardino zoologico e controllò le gabbie per accertarsi che le belve non potessero fuggire e svolse indagini per sapere se altri leoni fossero stati per caso importati di recente ad Atene. Nessuno.

« Passò una settimana, non accadde niente; e Vasilly decise che la vecchia fattucchiera doveva essersi sbagliata e che lui era stato uno sciocco superstizioso a prestarle ascolto. Un sabato mattina, passai a prenderlo al comando della polizia. Era il compleanno di suo figlio, quattro anni, e dovevamo fare una gita in battello fino a Kyron per festeggiarlo.

« Fermai la macchina davanti alla sede della polizia proprio mentre l'orologio del municipio stava battendo le dodici. Mentre mi avvicinavo all'ingresso, vi fu un'esplosione tremenda all'interno dell'edificio. Corsi verso l'ufficio di Vasilly. » La sua voce suonò tesa e alterata. « Non rimaneva più niente dell'ufficio... e nemmeno di Vasilly. »

« È orribile », mormorò Catherine.

Proseguirono per un momento in silenzio. « Ma la strega si era sbagliata, vero? » disse lei. « Non fu ucciso da un leone. »

« Ah, sì, invece. Vede, la polizia ricostruì quello che era avvenuto. Come le ho detto, era il compleanno di suo figlio. Sulla scrivania si ammonticchiavano i regali che doveva portargli. Qualcuno era venuto con un regalo, un giocattolo, e lo aveva messo insieme agli altri. »

Catherine sentì il sangue defluirle dalla faccia. « Un leone di stoffa. »

Il conte Pappas annuì. « Sì. "Guardati da un leone a mezzogiorno". »

Catherine rabbrividì. « Mi sta facendo venire la pelle d'oca. »

Il conte abbassò gli occhi, comprensivo. « Madame Piris non è una chiromante "divertente" da andare a trovare. »

Avevano attraversato il parco ed erano giunti in via Piraios. Un tassì libero stava passando. Pappas lo fermò e, dieci minuti dopo, Catherine era di ritorno a casa.

Mentre si preparava per coricarsi, raccontò a Larry l'episodio e, narrandolo, di nuovo sentì accapponarlesi la pelle. Larry la tenne stretta e fece l'amore con lei, ma passò molto tempo prima che Catherine riuscisse ad addormentarsi.

15

NOELLE E CATHERINE

Atene, 1946

SE non fosse stato per Noelle Page, Larry non avrebbe avuto preoccupazioni. Si trovava dove voleva essere, faceva quello che voleva fare. Il lavoro gli piaceva, gli piacevano le persone che conosceva e l'uomo per il quale lavorava. Quando non pilotava gli aerei, la sua vita era altrettanto soddisfacente. Se non volava, trascorreva gran parte del tempo con Catherine; ma siccome il lavoro lo portava continuamente a star fuori, lei non sempre sapeva dove si trovasse il marito, e Larry aveva innumerevoli occasioni di divertirsi per suo conto. Andava a molte feste con il conte Pappas e con il suo secondo pilota, Paul Metaxas, e un numero sufficiente di quelle occasioni si tramutava in orge. Le donne greche erano piene di passione e di fuoco. Ne aveva trovato una nuova, Elena, una hostess che lavorava per Demiris, e quando facevano una sosta lontano da Atene lei e Larry dividevano la stessa camera d'albergo. Elena era una splendida ragazza, snella, con gli occhi scuri, insaziabile. Sì, Larry Douglas era del parere che, tutto sommato, la sua vita fosse perfetta.

Eccezion fatta per la bionda sgualdrina amante di Demiris.

Larry non aveva la più pallida idea del perché Noelle Page lo disprezzasse, ma, qualsiasi fosse il motivo, quel disprezzo stava mettendo in pericolo la sua nuova vita. Aveva tentato di essere compìto, distaccato, amichevole, e ogni volta Noelle Page era riuscita a farlo passare per uno stupido. Larry sapeva che si sarebbe potuto rivolgere a Demiris, ma non si faceva illusioni su quello che sarebbe successo se l'armatore avesse dovuto scegliere tra Noelle e lui. Per due volte si era messo d'accordo con Paul Metaxas perché prendesse il suo posto quando viaggiava Noelle, ma, poco prima di ogni volo, la segretaria di Demiris aveva telefonato per dirgli che il signor Demiris voleva che fosse lui a pilotare.

Nelle prime ore di un mattino, verso la fine di novembre, Larry fu avvertito per telefono che doveva portare in aereo Noelle Page ad Amsterdam, nel pomeriggio. Si informò all'aeroporto e ricevette un rapporto negativo sulle condizioni meteorologiche ad Amsterdam. Stava cominciando a formarsi la nebbia e prevedevano visibilità zero per il pomeriggio. Larry telefonò alla segretaria di Constantin e disse che sarebbe stato impossibile andare ad Amsterdam, quel giorno. La ragazza rispose che lo avrebbe richiamato. Telefonò un quarto d'ora dopo e avvertì che miss Page si sarebbe trovata all'aeroporto alle due, pronta per la partenza. Larry ritelefonò all'aeroporto, nella speranza che vi fosse stato nel frattempo un cambiamento, ma le condizioni meteorologiche erano immutate.

« Gesù Cristo! » esclamò Paul Metaxas. « Deve avere una fretta del diavolo di arrivare ad Amsterdam! »

Ma Larry era persuaso che non fosse questione di Amsterdam. Quella era una gara di volontà tra loro due. Per quello che gliene importava, Noelle Page si sarebbe potuta sfracellare contro la vetta di una montagna e buonanotte; ma il diavolo lo portasse se avrebbe rischiato la pelle per una stupida sgualdrina. Cercò di telefonare a Demiris e di parlarne con lui, ma era in riunione e non poteva essere disturbato. Larry schiaffò giù il ricevitore, ribollendo di rabbia. Non gli restava altro da fare, ormai, che andare all'aeroporto e tentare di dissuaderla. Giunse all'aeroporto alle tredici e trenta. Alle quindici, Noelle Page non era ancora arrivata. « Avrà cambiato idea », disse Metaxas.

Ma Larry la sapeva più lunga. Man mano che il tempo passava, si infuriò sempre più e infine si rese conto che l'intenzione di lei era proprio questa. Stava cercando di esasperarlo e di spingerlo a qualche reazione avventata che gli sarebbe costata il posto. Si trovava nel terminal e stava parlando con il direttore dell'aeroporto quando vide avvicinarsi la *Rolls Royce* grigia di Demiris e Noelle Page scese dall'automobile. Uscì per farlesi incontro.

« Temo che il volo sia annullato, miss Page », disse, esprimendosi in tono neutro. « L'aeroporto di Amsterdam è chiuso per nebbia. »

Noelle guardò al di là di lui, come se non fosse esistito, e disse a Paul Metaxas: « L'aereo è equipaggiato per l'atterraggio strumentale, no? »

« Sì, certo », rispose Metaxas, goffamente.

« Mi meraviglio », disse lei, « che il signor Demiris abbia assunto un pilota che è un vigliacco. Gliene parlerò. »

Poi si voltò e si diresse verso l'aereo. Metaxas la seguì con lo sguardo e disse: « Gesù Cristo! Non so che cosa le abbia preso. Non si è mai comportata in questo modo. Mi dispiace, Larry ».

Larry osservò Noelle attraversare la pista, con i capelli biondi scompigliati dal vento. Non aveva mai odiato nessuno così intensamente in vita sua.

Metaxas lo stava osservando. « Si va? » domandò.

« Andiamo. »

Il secondo pilota emise un sospiro profondo ed espressivo e i due uomini si diressero adagio verso l'aereo.

Quando salirono, Noelle Page, seduta nella cabina passeggeri, stava sfogliando placidamente una rivista di moda. Larry la fissò per un momento, così traboccante d'ira che ebbe paura di aprire bocca. Passò nella cabina di pilotaggio e iniziò il controllo degli strumenti prima del decollo.

Dieci minuti dopo, aveva ricevuto il via dalla torre ed erano in volo per Amsterdam.

La prima metà del viaggio si svolse tranquillamente. La Svizzera passò sotto di loro, coperta da un manto di neve. Quando si trovarono sulla Germania, era il crepuscolo. Larry si mise in contatto radio con Amsterdam per informarsi sulle condizioni meteorologiche. Gli riferirono che la nebbia avanzava dal Mare del Nord e stava diventando più fitta. Larry imprecò contro la sfortuna. Se il vento fosse cambiato e la nebbia si fosse dileguata, il problema sarebbe stato risolto; ora invece doveva decidere se rischiare un atterraggio strumentale ad Amsterdam o se portarsi su un altro aeroporto. Fu tentato di andare a parlare con la passeggera, ma si raffigurò l'espressione sprezzante sulla faccia di lei.

« Volo speciale uno-zero-nove, volete indicarci la vostra

rotta, prego? » Era la torre di controllo di Monaco. Larry doveva prendere subito una decisione. Avrebbe ancora potuto atterrare a Bruxelles, a Colonia o in Lussemburgo.

Oppure ad Amsterdam.

La voce crepitò di nuovo. « Volo speciale uno-zero-nove, volete indicarci la vostra rotta, per favore? »

Larry fece scattare la levetta della radio. « Volo speciale uno-zero-nove alla torre di controllo di Monaco. Stiamo andando ad Amsterdam. » Chiuse l'interruttore e si accorse che Metaxas lo stava osservando.

« Gesù, forse avrei dovuto raddoppiare l'assicurazione sulla vita », disse Paul. « Credi che ce la faremo? »

« Vuoi sapere la verità? » rispose Larry, in tono amareggiato. « Me ne frego. »

« Fantastico! Mi trovo su un aereo con due pazzi fottuti! » gemette Metaxas.

Nell'ora che seguì, Larry si concentrò interamente nel pilotare l'aereo e ascoltò senza alcun commento i frequenti bollettini meteorologici. Sperava ancora in un cambiamento del vento, ma, a trenta minuti di volo da Amsterdam, il rapporto continuò a essere identico. Nebbia fitta. L'aeroporto era chiuso a tutto il traffico, tranne i casi di emergenza. Larry si mise in contatto con la torre di controllo. « Volo speciale uno-zero-nove a torre di controllo di Amsterdam. Ci stiamo avvicinando all'aeroporto da 75 miglia a est di Colonia. Ore diciannove. »

Quasi immediatamente una voce crepitante rispose via radio. « Torre di controllo di Amsterdam a volo speciale uno-zero-nove. Il nostro aeroporto è chiuso. Vi suggeriamo di tornare a Colonia o di atterrare a Bruxelles. »

Larry parlò nel microfono. « Volo speciale uno-zero-nove a torre di controllo di Amsterdam. Negativo. Abbiamo un'emergenza. »

Metaxas si voltò a fissarlo stupito.

Dalla radio giunse una nuova voce. « Volo speciale uno-zero-nove. Parla il capo delle operazioni dell'aeroporto di Amsterdam. Siamo completamente sommersi dalla nebbia, qui. Visibilità zero. Ripeto: visibilità zero. Che genere di emergenza avete? »

« Stiamo esaurendo il carburante », rispose Larry. « Ne ho appena per arrivare lì. »

Gli occhi di Metaxas si portarono sugli indicatori di livello carburante, che indicavano mezzo serbatoio. « Cristo santo! » esplose. « Potremmo arrivare in Cina! »

La radio tacque. A un tratto tornò a crepitare.

« Torre di controllo di Amsterdam a volo speciale uno-zero-nove. Autorizziamo atterraggio di emergenza. Vi porteremo giù noi. »

« Ricevuto. » Larry fece scattare l'interruttore e si rivolse a Metaxas. « Fuori il carburante », ordinò.

Paul deglutì e disse, la voce soffocata: « *F-fuori il carburante?* »

« Mi hai sentito, Paul. Lasciane quanto basta per arrivare. »

« Ma, Larry... »

« Maledizione, non stare a discutere. Se atterrassimo con il serbatoio a metà, ci ritirerebbero le licenze così in fretta che non avresti il tempo di accorgertene. »

Metaxas annuì, perplesso e impugnò la maniglia per l'espulsione del carburante. Cominciò a pompare, tenendo d'occhio gli indicatori di livello. Cinque minuti dopo, si trovavano nella nebbia, avvolti da un soffice cotone bianco che cancellava tutto tranne l'abitacolo fiocamente illuminato nel quale sedevano. Era una sensazione magica, come essere isolati dal tempo, dallo spazio e dal resto del mondo. L'ultima volta, Larry si era trovato in uguali condizioni nel simulatore di volo. Ma quello era soltanto un gioco, senza alcun pericolo. Lì la posta era la vita o la morte. Si domandò che cosa stesse provando la sua passeggera. E sperò che le venisse un attacco di cuore. La torre di controllo di Amsterdam si fece udire di nuovo.

« Torre di controllo di Amsterdam a volo speciale uno-zero-nove. Vi porterò sull'atterraggio radio guidato. Seguite esattamente le mie istruzioni. Vi abbiamo sul nostro radar. Virate di tre gradi a ovest e mantenete la quota attuale fino a ulteriori istruzioni. Con la velocità che avete in questo momento dovreste atterrare tra diciotto minuti. »

La voce che giungeva dall'altoparlante era tesa. E a ragione, pensò Larry, torvo. Un minimo errore e l'aereo si sarebbe infilato in mare. Fece la correzione di rotta ed escluse tutto dalla propria mente tranne la voce incorporea che era il suo solo legame con la sopravvivenza. Pilotò l'aereo come se fosse stato una parte di se stesso, facendolo volare con il cuore, l'anima e la mente. Era vagamente consapevole della presenza di Metaxas madido di sudore lì accanto, intento a cantilenare con voce monotona e tesa le indicazioni degli strumenti; ma, se fossero usciti vivi da quell'avventura, il merito sarebbe stato soltanto suo, di Larry Douglas. Non aveva mai veduto una nebbia come quella. Era un nemico spettrale e lo aggrediva da ogni lato, accecandolo, seducendolo, tentando di indurlo a commettere un errore fatale. Erano scaraventati attraverso il cielo alla velocità di quattrocento chilometri all'ora e non riusciva a vedere al di là del parabrezza. I piloti odiano la nebbia e la prima regola è: sali sopra o gettati sotto, ma esci! Adesso, però, non esisteva via d'uscita perché era legato a una destinazione impossibile dal capriccio di una puttana viziata. Indifeso, si trovava alla mercè di strumenti che potevano sbagliare e di uomini a terra che potevano commettere errori. La voce incorporea si fece nuovamente udire e a Larry parve che il tono fosse diverso, nervoso.

« Torre di controllo di Amsterdam a volo speciale uno-zero-nove. Siete in avvicinamento: abbassate i flap e iniziate la discesa. Scendete a seicento metri... a quattrocentocinquanta metri... a trecento... »

Ancora non si scorgeva traccia dell'aeroporto, là sotto. Era come se si fossero trovati nel nulla. Gli parve di sentire il terreno avventarsi verso l'aereo.

« Diminuite la velocità a centonovanta chilometri orari... siete a centoventi metri di quota... » E ancora il dannato aeroporto non si vedeva! La coltre di soffocante cotone sembrava adesso ancora più fitta.

La fronte di Metaxas era imperlata di sudore. « Dove diavolo è? » bisbigliò.

Larry scoccò una rapida occhiata all'altimetro. La lancetta stava rasentando i novanta metri. Poi scese al di sotto. Il terreno si stava avventando verso di loro a centosessanta chilometri all'ora. L'altimetro indicava adesso appena quarantacinque metri. Qualcosa non andava. Ormai avrebbe dovuto essere in grado di vedere le luci dell'aeroporto. Aguzzò gli occhi sforzandosi di spingere lo sguardo davanti all'aereo, ma c'era soltanto la nebbia traditrice, accecante, che frustava il vetro.

Udì la voce di Metaxas, tesa e rauca. « Siamo a diciotto metri. » E ancora niente.

« Dodici metri. »

E il terreno correva su, facendosi loro incontro nell'oscurità.

« Sei metri. »

Inutile. Ancora due secondi, poi il margine di sicurezza sarebbe scomparso e si sarebbero schiantati al suolo. Doveva prendere una decisione immediata.

« Lo riporto su », disse. La mano gli si strinse sulla cloche, cominciando a tirarla indietro, ma, proprio in quell'attimo, una fila di frecce elettriche splendette sul terreno davanti a loro illuminando la pista sottostante. Dieci secondi dopo, erano atterrati e stavano rullando verso il terminal di Schiphol.

Quando si furono fermati, Larry spense i motori con le dita intorpidite e rimase a lungo seduto e immobile. Infine si mise in piedi e si meravigliò sentendo che gli tremavano le ginocchia. Sentì un odore nell'aria e si voltò verso Metaxas, che sorrise timidamente.

« Mi dispiace », disse. « Me la sono fatta sotto. »

Larry abbassò gli occhi su di lui e annuì. « Vale per tutti e due », disse. Si voltò e andò nella cabina passeggeri. La sgualdrina si trovava ancora là e sfogliava, placida, una rivista. Rimase immobile, studiandola, smaniando dal desiderio di dirle quello che meritava, augurandosi disperatamente di poter trovare il modo di ferirla. Noelle Page doveva aver saputo fino a qual punto avessero rasentato la morte in quegli ultimi minuti, eppure sedeva serena e imperturbabile, senza un solo capello fuori di posto.

« Amsterdam », annunciò Larry.

Si recarono ad Amsterdam in macchina, in un greve silenzio; Noelle sul sedile posteriore della *Mercedes 300* e Larry davanti, accanto all'autista. Metaxas era rimasto all'aeroporto per sorvegliare la manutenzione dell'aereo. La nebbia continuava a essere fitta e viaggiarono adagio, ma poi, quando giunsero nella Lindenplatz, cominciò ad alzarsi.

Attraversarono la piazza del Municipio, il ponte Eider sul fiume Amstel e si fermarono davanti all'Hotel Amstel. Quando furono entrati, Noelle gli disse: « Passerà a prendermi alle dieci in punto, questa sera ». Poi gli voltò le spalle e si diresse verso l'ascensore, seguita a ruota dal direttore dell'albergo che si profondeva in inchini. Un fattorino accompagnò Larry in una piccola e scomoda camera a un letto, in fondo al pianterreno dell'albergo. La stanza era adiacente alla cucina e, attraverso la parete, si udiva l'acciottolio dei piatti e giungevano gli odori commisti delle pentole fumanti.

Larry diede un'occhiata alla minuscola stanza e sbottò: « Non ci metterei nemmeno il mio cane, qui dentro ».

« Mi rincresce », disse in tono di scusa il fattorino. « Miss Page ha chiesto la camera meno cara che avessimo per lei. »

Okay, pensò lui, *troverò un modo per batterla. Constantin Demiris non è il solo uomo al mondo che abbia un pilota personale. Comincerò a guardarmi attorno domani stesso. Ho conosciuto molti dei suoi amici ricchi. Ce n'è almeno una mezza dozzina che sarebbero felicissimi di assumermi.* Ma poi si disse: *No, se mi licenzierà Demiris. In tal caso, nessuno di loro oserebbe. No, devo continuare a sopportarla.* Il bagno si trovava in fondo al corridoio e Larry aprì la valigia e prese una vestaglia per andare a lavarsi, ma poi pensò: *All'inferno, perché dovrei fare il bagno per lei? Spero di puzzare come un porco.* Andò invece al bar dell'albergo per bere qualcosa, perché sentiva di averne un gran bisogno. Era al terzo martini quando alzò gli occhi verso l'orologio dietro il banco e vide che erano le dieci e un quarto. *Alle dieci in punto*, aveva detto Noelle Page. Si sentì prendere da un panico improvviso. Gettò frettolosamente alcune banconote sul banco e si diresse verso l'ascensore. Noelle occupava l'«appartamento imperiale », al quinto piano. Larry si sorprese a correre nel lungo corridoio e a imprecare contro se stesso per essersi lasciato ridurre a quel punto da lei. Bussò alla porta dell'appartamento e intanto cercò di escogitare giustificazioni per il ritardo. Nessuno lo invitò a entrare e, quando girò la maniglia, vide che la porta non era stata chiusa a chiave. Entrò nel vasto salotto, arredato lussuosamente, si soffermò per un momento, incerto, poi chiamò: « Miss Page? » Nessuna risposta. Sicché era *questo* il suo piano.

Scusami, Costa, tesoro, ma te l'avevo detto che non era fidato. Gli ho ordinato di passare a prendermi alle dieci e invece è rimasto giù al bar a ubriacarsi. Sono stata costretta a partire senza di lui.

Udì uno scroscio nel bagno e andò da quella parte. La porta era aperta. Entrò proprio mentre Noelle Page stava uscendo dalla doccia. Non aveva altro indosso che un asciugamano avvolto a mo' di turbante intorno al capo.

Noelle voltò la testa e lo vide lì in piedi. Parole di scusa salirono alle labbra di Larry, nel tentativo di parare la sua indignazione, ma, prima che avesse potuto aprire bocca, Noelle disse, in tono indifferente: « Mi dia quell'asciugamano », come se fosse stato la sua cameriera. O un eunuco. Avrebbe potuto sopportare l'indignazione o l'ira di lei, ma quell'indifferenza arrogante gli fece esplodere qualcosa dentro.

Le andò accanto e l'afferrò, sapendo, mentre lo faceva, che stava gettando via tutto ciò che aveva desiderato per prendersi la piccola soddisfazione di una vendetta meschina, ma non gli era più possibile fermarsi. La furia si era accumulata in lui per mesi, alimentata dalle indegnità che lei gli aveva fatto subire, dagli insulti gratuiti, dalle umiliazioni, dal pericolo cui era stata esposta la sua stessa vita. Tutte queste cose gli ardevano dentro quando le allacciò il corpo nudo. Se Noelle avesse gridato, l'avrebbe picchiata, e stordita. Ma lei gli vide l'espressione selvaggia sulla faccia e tacque mentre la prendeva tra le braccia e la portava nella camera da letto.

In qualche punto nella mente di Larry una voce gli stava urlando di fermarsi, di scusarsi, di dire che era ubriaco, di andarsene prima che fosse troppo tardi per salvarsi; ma era già troppo tardi. Non poteva più tornare indietro. La gettò selvaggiamente sul letto e si chinò su di lei.

Si concentrò sul suo corpo, rifiutandosi di pensare a cosa gli sarebbe successo per quello che stava facendo. Non si illudeva per come si sarebbe vendicato Demiris, poiché l'onore di un greco non poteva accontentarsi di un licenziamento. Conosceva abbastanza Demiris, ormai, per sapere che la vendetta sarebbe stata di gran lunga più terribile; ma, ciò nonostante, non poteva fermarsi. Noelle giaceva sul letto e lo fissava con gli occhi balenanti. Le fu addosso e la penetrò; e soltanto in quel momento capì fino a qual punto avesse sempre desiderato possederla; e, in qualche modo, il desiderio era frammisto all'odio; e sentì le braccia di lei intorno al collo tenerlo stretto, come se non avesse voluto più lasciarlo andare; e la udì dire: « Ben tornato »; e nella mente gli balenò il pensiero che Noelle doveva essere pazza o che l'aveva confuso con qualcun altro, ma non se ne curò perché il corpo sussultava e si contorceva sotto di lui; e dimenticò ogni altra cosa, perduto nelle sensazioni di ciò che gli stava accadendo, nell'improvvisa, abbacinante certezza che, da allora in poi, tutto sarebbe andato bene.

16

NOELLE E CATHERINE

Atene, 1946

INESPLICABILMENTE, il tempo era diventato nemico di Catherine. Dapprima non se ne rese conto e quando rievocò gli avvenimenti non seppe determinare il momento preciso in cui il tempo aveva cominciato ad agire contro di lei. Non si era resa conto del momento in cui Larry aveva smesso di amarla, né del perché e del come, ma un giorno l'amore si era dileguato in qualche punto nell'interminabile corridoio del tempo, senza lasciare altro che una fredda e vuota eco. Rimaneva sola nell'appartamento, un giorno dopo l'altro, cercando di capire che cosa fosse accaduto, che cosa fosse andato storto. Non riusciva a individuare niente di specifico, nessun singolo momento rivelatore sul quale potesse soffermarsi e dire *Ecco quando fu, ecco quando Larry smise di amarmi*. Forse, tutto aveva avuto inizio quando Larry era tornato dopo tre settimane in Africa, dove aveva portato in aereo Constantin Demiris per un safari. Larry era mancato a Catherine più di quanto avesse ritenuto possibile. *È sempre via,* pensava. *È come durante la guerra, solo che questa volta non c'è alcun nemico.*

Ma si sbagliava. Un nemico esisteva.

« Non ti ho ancora dato la buona notizia », disse Larry. « Ho avuto un aumento. Settecento dollari al mese. Che cosa te ne pare? »

« È meraviglioso », gli rispose. « Potremo tornare in America molto prima. » Gli scorse una tensione sulla faccia. « Che cosa c'è? »

« È *questa* l'America per noi », disse Larry, brusco.

Lei lo fissò senza capire. « Be', per il momento », riconobbe debolmente. « Ma volevo dire... non vorrai restare qui per sempre. »

« Non ti sei mai trovata così bene. È come vivere in un posto di vacanza. »

« Ma non è come vivere in America, ti pare? »

« Vada a farsi fottere, l'America! » esclamò Larry. « Ho rischiato la pelle, difendendola, per quattro anni, e che cosa mi ha dato? Una manciata di medaglie da quattro soldi. Non mi è nemmemo stato possibile trovare un lavoro, dopo la guerra. »

« Questo non è vero », protestò Catherine. « Tu... »

« Io cosa? »

Non voleva provocare un litigio, specie la prima sera dopo il suo ritorno. « Niente, tesoro », disse. « Sei stanco. Andiamo a letto presto. »

« Niente affatto. » Si avvicinò al bar per versarsi da bere. « C'è un nuovo spettacolo al night club Argentina. Ho detto a Paul Metaxas che ci saremmo trovati là con lui e con alcuni amici. »

Catherine lo fissò. « Larry... » Dovette lottare per mantenere ferma la voce. « Larry, non ci vediamo da quasi un mese. Non abbiamo mai modo di... di stare insieme, di parlare. »

« Non posso farci niente se il lavoro mi porta lontano », rispose lui. « Credi che non mi piacerebbe restare con te? »

Lei scosse la testa e disse: « Non lo so ».

Larry mise le sue braccia intorno a lei e le rivolse il suo sorriso innocente, fanciullesco. « Al diavolo Metaxas e tutti gli altri. Resteremo in casa, questa sera, noi due soli. Okay? »

Catherine lo scrutò in viso e si rese conto di essere irragionevole. Naturale, non era colpa sua se il lavoro lo allontanava da lei. E, quando tornava a casa, era logico che volesse frequentare altra gente. « Andiamo, se ti fa piacere », decise.

« Nn-nno. » La tenne stretta. « Noi due soli. »

Non uscirono di casa per tutto il week-end. Catherine cucinò e fecero l'amore e sedettero davanti al fuoco e conversarono e giocarono a *gin rummy* e tutto fu bello come lei desiderava.

Domenica sera, dopo una cena deliziosa preparata da Catherine, andarono a letto e di nuovo fecero l'amore. Lei rimase distesa osservando Larry mentre andava in bagno, nudo, e pensò: che bell'uomo è, e quanto sono fortunata perché mi appartiene; e aveva ancora il sorriso sulla faccia quando Larry si voltò, sulla soglia del bagno, e disse in tono noncurante: « Prendi parecchi appuntamenti, la settimana prossima, per piacere, così non resteremo appiccicati l'uno all'altra senza saper che cosa fare ». Poi entrò in bagno, lasciando Catherine con il sorriso raggelato sulla faccia.

O forse tutto era cominciato con Elena, la bellissima hostess greca. In un caldo pomeriggio estivo, Catherine era uscita per fare acquisti. Larry si trovava fuori città. Lo aspettava il giorno dopo e aveva deciso di fargli una sorpresa preparandogli i piatti che preferiva. Mentre usciva dal mercato con le braccia piene di provviste, un tassì le passò accanto. Sul sedile posteriore vide Larry; cingeva alla vita una ragazza che indossava l'uniforme di hostess. Catherine intravide appena fuggevolmente le loro due facce ridenti, poi il tassì voltò a un angolo e scomparve.

Rimase immobile dove si trovava, stordita, e soltanto quando un ragazzetto si avvicinò di corsa riuscì a rendersi conto che la borsa della spesa le era scivolata via dalle dita intorpidite e insensibili. L'aiutarono a raccattare ogni cosa e tornò a casa incespicando, con la mente che si rifiutava di pensare. Cercò di dire a se stessa che non aveva veduto Larry sul tassì, ma soltanto qualcuno che gli somigliava. Ma nessuno al mondo somigliava a Larry. Era unico, un'opera originale di Dio, una creazione inestimabile della natura. E apparteneva soltanto a lei. A lei e alla brunetta del tassì e a quante altre ancora?

Rimase alzata tutta la notte, aspettando che Larry tornasse, e, quando tornò, seppe che nessuna scusa che lui poteva darle avrebbe più tenuto insieme il loro matrimonio, come nessuna scusa che lei poteva dare a se stessa. Larry era un bugiardo e un impostore e lei non poteva continuare a essere sua moglie.

Larry non tornò a casa fino al tardo pomeriggio dell'indomani.

« Ciao », disse allegramente, entrando nell'appartamento.

Posò la borsa di volo e vide la sua espressione. « Che cosa è successo? »

« Quando sei tornato in città? » gli domandò Catherine, sostenuta.

Larry la fissò, interdetto. « Un'oretta fa. Perché? »

« Ieri ti ho visto su un tassì con una ragazza. » *Tutto si riduce semplicemente a questo*, pensò. *Queste sono le parole che porranno termine al mio matrimonio. Lui negherà, io gli darò del bugiardo, lo pianterò e non lo rivedrò mai più.*

Larry, sempre in piedi, la stava fissando.

« Su, avanti », insistette lei. « Dimmi che non eri tu. »

Lui continuò a fissarla, annuendo. « Certo che ero io. »

L'improvviso e lancinante dolore che Catherine sentì alla bocca dello stomaco le fece capire fino a qual punto aveva desiderato che Larry negasse.

« Cristo », esclamò lui, « che cosa hai pensato? »

Catherine fece per parlare e nella voce le tremò l'ira. « Io... »

Larry alzò una mano. « Non dire niente di cui potresti pentirti. »

Lo fissò incredula. « Di *che cosa* potrei pentirmi? »

« Ieri sono tornato in aereo ad Atene per un quarto d'ora a prendere una ragazza di nome Elena Merelis per portarla a Creta da Demiris. Elena lavora per lui come hostess. »

« Ma... » Era possibile. Forse Larry diceva la verità; o forse si limitava a essere *polimechanos*, fecondo di espedienti? « Perché non mi hai telefonato? » gli domandò.

« Ti ho telefonato », disse lui, brusco. « Ma non ha risposto nessuno. Eri fuori, no? »

Catherine deglutì. « Io... ero andata a fare la spesa per prepararti la cena. »

« Non ho fame », scattò Larry. « Le scene mi fanno sempre perdere l'appetito. » Si voltò e uscì, lasciando Catherine con la mano ancora alzata, come se lo stesse silenziosamente implorando di tornare indietro.

Poco tempo dopo, Catherine cominciò a bere. La cosa ebbe inizio gradualmente, in modo innocuo. Lo aspettava a cena per le sette e, quando venivano le nove e lui non telefonava, beveva un brandy per ingannare il tempo. Alle dieci ne aveva bevuti parecchi e quando lui tornava, ammesso che tornasse, la cena era rovinata da un pezzo e lei si sentiva un po' brilla. Questo le rendeva molto più facile affrontare ciò che stava accadendo alla sua vita.

Ormai non poteva più ignorare la realtà: Larry la tradiva e con ogni probabilità l'aveva sempre tradita, sin da quando erano sposati. Un giorno, vuotando le tasche della sua uniforme, prima di mandarla dal tintore, trovò un fazzoletto di pizzo sporco di sperma. E c'erano tracce di rossetto sui suoi slip.

Pensò a Larry tra le braccia di qualche altra donna.

E desiderò di ucciderlo.

17

NOELLE E CATHERINE

Atene, 1946

MENTRE il tempo diventava nemico di Catherine, stava diventando amico di Larry. Quella sera ad Amsterdam era stata poco meno di un miracolo. Larry aveva cercato il disastro e, così facendo, incredibilmente, era riuscito a trovare la soluzione di tutte le sue difficoltà. *È la fortuna dei Douglas*, pensava soddisfatto.

Ma sapeva che si trattava di qualcosa di più della fortuna. Era un istinto perverso e oscuro in lui, un istinto che doveva sfidare il destino, misurarsi contro i parametri della morte e della distruzione. Bisognava che si cimentasse e mettesse sempre alla prova se stesso contro la fortuna, avendo come posta la vita o la morte.

Ricordava un mattino sopra le isole Truk, quando una squadriglia di *Zero* era apparsa all'improvviso fuori del mascheramento delle nuvole. Si trovava in testa alla formazione e i giapponesi avevano concentrato il tiro su di lui. Tre *Zero*, manovrando, erano riusciti ad allontanarlo dal resto della squadriglia e avevano aperto il fuoco. Aiutato da una sorta di onniveggenza che gli veniva in aiuto nei momenti di pericolo, aveva avuto una abbacinante consapevolezza dell'isola là sotto, delle decine di navi beccheggianti sul mare agitato, degli aerei rombanti lanciati gli uni contro gli altri nel vivido cielo azzurro. Era stato uno dei momenti più inebrianti della sua esistenza, la pienezza della vita e lo scherno della morte.

Aveva messo in vite il caccia, uscendo poi dall'avvitamento sulla coda di uno degli *Zero*. Lo aveva veduto esplodere mentre apriva il fuoco con le mitragliatrici. Gli altri due aerei stavano serrando le distanze su entrambi i lati. Tenendoli d'occhio mentre gli si lanciavano contro dall'alto, all'ultimissimo momento era riuscito a mettere il caccia in un'*Immelmann* e i due apparecchi giapponesi si erano scontrati in volo. Un momento che Larry riassaporava spesso nel ricordo.

Per qualche motivo, la fortuna era tornata a essergli propizia quella sera ad Amsterdam. Aveva fatto l'amore in modo selvaggio e violento con Noelle. Poi, giacendogli tra le braccia, lei gli aveva parlato di loro due a Parigi, prima della guerra, facendogli ricordare all'improvviso una ragazza appassionata; ma, buon Dio, c'erano state centinaia di ragazze appassionate dopo di allora e Noelle non rappresentava altro che un elusivo vuoto di memoria, nel suo passato.

Quale fortuna, aveva pensato, che le loro strade si fossero nuovamente incrociate, dopo tutti quegli anni.

« Tu mi appartieni », disse Noelle. « Tu sei mio, adesso. »

Qualcosa nel suo tono di voce mise Larry a disagio. *Eppure*, si era domandato, *che cos'ho da perdere*?

Con Noelle sotto controllo, avrebbe potuto restare con Demiris per sempre, se avesse voluto.

Lei lo scrutava come se gli stesse leggendo nei pensieri e negli occhi aveva un'espressione strana, che Larry non capiva.

Meglio così per lui.

Tornando da un volo in Marocco, Larry condusse Elena a cena e passò la notte nel suo appartamento.

La mattina dopo, andò in macchina all'aeroporto per un controllo dell'aereo. Pranzò con Paul Metaxas.

« Hai l'aria di un Casanova fortunato », disse Metaxas. « Non potresti lasciarne qualcuna anche a me? »

« Ragazzo mio », sorrise lui, « non riusciresti a manovrarle. Ci vuole un maestro. »

Pranzarono piacevolmente e poi Larry tornò in città per passare a prendere Elena che volava con lui.

Bussò alla porta dell'appartamento e, dopo una lunga attesa, Elena aprì adagio. Era nuda. Larry la fissò senza riconoscerla. La faccia e il corpo erano tutta una massa di lividi spaventosi e di gonfiori. Gli occhi sembravano fessure dischiuse sulla sofferenza. Doveva essere stata picchiata da un professionista.

« Cristo! » esclamò Larry. « Che cosa è successo? »

Elena aprì la bocca e lui vide che le mancavano tre incisivi. « D-due uomini », farfugliò lei. « Sono entrati non appena te ne sei a-andato. »

« Non hai chiamato la polizia? » domandò Larry, inorridito.

« Ha-hanno detto che mi avrebbero fatto la pelle se lo avessi detto a qualcuno. Dicevano sul serio, L-Larry. » E rimase appoggiata alla porta per sostenersi, in stato di choc.

« Ti hanno derubata? »

« No-no. Sono e-entrati a forza, mi hanno v-violentata... e poi mi hanno pi-picchiata. »

« Mettiti qualcosa addosso », le ordinò lui. « Ti porto all'ospedale. »

« Non p-posso uscire... con la f-faccia conciata in questo modo », disse Elena.

E, naturalmente, aveva ragione. Larry telefonò a un suo amico medico e gli disse di venire lì.

« Mi dispiace di non poter restare », si scusò con Elena. « Devo partire in aereo con Demiris tra mezz'ora. Verrò da te al mio ritorno. »

Ma non la rivide mai più. Quando fece ritorno, due giorni dopo, l'appartamento era vuoto e la padrona di casa gli disse che la signorina se n'era andata senza lasciare alcun recapito. E anche in quel momento Larry non sospettò la verità. Soltanto molte notti dopo, mentre stava facendo l'amore con Noelle, cominciò a farsi un'idea di quello che poteva essere accaduto. « Sei così maledettamente fantastica », le disse. « Non ho mai conosciuto nessuna donna come te. »

« Non ti do tutto quello che vuoi? » gli domandò lei.

« Sì », gemette. « Oh, Cristo, sì. »

Noelle smise di fare quello che stava facendo. « Allora non andare mai più a letto con un'altra donna », disse sommessamente. « La prossima volta la ucciderò. »

Larry ricordò le sue parole: appartieni a me. E improvvisamente assunsero un significato nuovo e minaccioso. Per la prima volta ebbe il presentimento che non sarebbe riuscito a liberarsi di lei quando avesse voluto. Intuì il centro gelido, micidiale, intoccabile che si celava in Noelle Page e se ne sentì raggelato, spaventato. Almeno sei volte, nel corso di quella notte, fu sul punto di parlare di Elena, ma ogni volta tacque perché aveva paura di sapere, aveva paura di tradurre in parole quel che pensava, come se le parole potessero essere più terribili dell'atto. Se Noelle era capace di quello...

A colazione, la mattina dopo, la studiò senza farsi accorgere, cercando dei segni di crudeltà, di sadismo, ma non scorse altro che una donna bella e innamorata, che gli raccontava delle cose divertenti e si preoccupava di prevedere e soddisfare ogni suo desiderio. *Devo sbagliarmi sul suo conto*, pensò. Ma in seguito, badò bene a non dare appuntamenti ad altre ragazze e del resto, di lì a poche settimane, aveva perduto ogni desiderio di altre donne, perché soltanto Noelle lo ossessionava.

Sin dall'inizio gli aveva detto quanto fosse essenziale nascondere la loro relazione a Constantin Demiris.

« Non deve mai esserci nemmeno la più lieve ombra di sospetto su di noi », lo ammonì.

« Se prendessi in affitto un appartamento? » propose Larry. « Un posto dove noi due... »

Noelle scosse la testa. « Non qui ad Atene. Qualcuno mi riconoscerebbe. Lascia che ci pensi. »

Due giorni dopo, Demiris mandò a chiamare Larry. Preoccupato, si domandò se il magnate greco potesse aver saputo di loro due, ma Demiris lo accolse cordialmente e lo impegnò in una discussione su un nuovo aereo che stava pensando di acquistare.

« È un bombardiere *Mitchell* modificato », disse. « Voglio che gli dia un'occhiata. »

Larry si illuminò in faccia. « È un aereo fantastico », osservò. « Per il suo peso e le dimensioni, le consentirà di viaggiare come meglio non sarebbe possibile. »

« Quanti passeggeri può portare? »

Larry rifletté un momento. « Nove, nella più grande comodità, oltre al pilota, a un ufficiale di rotta e a un meccanico. Fa quasi ottocento chilometri all'ora. »

« Sembra interessante. Le dispiace andare a esaminarlo e farmi un rapporto? »

« Sono impaziente di vederlo », sorrise Larry.

Demiris si alzò. « A proposito, Douglas, miss Page deve andare a Berlino in mattinata. Voglio che ce la porti lei. »

« Sì, certo », disse Larry. Poi soggiunse, con aria innocente: « Miss Page le ha detto che ora andiamo più d'accordo? »

Demiris alzò gli occhi su di lui. « No », rispose interdetto. « Anzi, ancora stamane si è lamentata della sua insolenza. »

Larry lo fissò sorpreso, poi, mentre si rendeva conto della gaffe, cercò di mascherare il suo errore marchiano. « Sto facendo del mio meglio, signor Demiris », disse in tono sincero. « Cercherò di migliorare ancora. »

Demiris annuì. « Sì, ci provi. Lei è il miglior pilota che abbia mai avuto, Douglas. Sarebbe un peccato se... » La sua voce si perdette nel silenzio, ma era chiaro quello che aveva voluto dirgli.

Tornando a casa in macchina, Larry imprecò contro se stesso per essere stato così stupido. Avrebbe fatto bene a ricordare che ora stava giocando nella serie A. Noelle aveva capito che una svolta improvvisa nel suo atteggiamento nei confronti di lui avrebbe insospettito Demiris. I loro rapporti di un tempo erano un paravento ideale per quello che stavano facendo. E intanto Demiris stava cercando di farli andare d'accordo. Pensandovi, Larry non poté fare a meno di scoppiare in una risata. Era divertente saper di possedere una creatura che l'uomo più potente del mondo credeva fosse soltanto sua.

Durante il volo per Berlino, cedette i comandi a Paul Metaxas e gli disse che andava nella cabina passeggeri a parlare con Noelle.

« Non hai paura di farti staccare la testa con un morso? » gli domandò il suo amico.

Larry esitò, tentato di vantarsi. Ma dominò l'impulso. « È una troia », e alzò le spalle. « Ma se non trovo qualche modo per raddolcirla, potrei trovarmi alla porta con il culo per terra. »

« In bocca al lupo », disse Metaxas, serio.

« Grazie. »

Larry chiuse la porta della cabina di pilotaggio, poi si

recò nel salotto dove si trovava Noelle. Le due hostess erano nello scompartimento di coda. Fece per sedersi di fronte a lei.

« Sta' attento », lo ammonì lei a bassa voce. « Chiunque lavora per Constantin è una sua spia. »

Larry volse lo sguardo verso lo scompartimento delle hostess e pensò a Elena.

« Ho trovato un posto per noi due », disse Noelle. Aveva nella voce piacere ed eccitazione.

« Un appartamento? »

« Una casa. Sai dove si trova Rafina? »

Larry scosse la testa. « No. »

« È un paesino sul mare, un centinaio di chilometri a nord di Atene. Ora abbiamo una villa isolata laggiù. »

Lui annuì. « A nome di chi l'hai presa in affitto? »

« L'ho comperata », rispose Noelle, « a nome di un altro. »

Larry si domandò che cosa si doveva provare potendosi permettere di acquistare una villa soltanto per scopare con qualcuno di tanto in tanto. « Fantastico », disse. « Muoio dalla voglia di vederla. »

Noelle lo scrutò per un momento. « Avrai difficoltà ad allontanarti da Catherine? »

Lui la fissò stupito. Era la prima volta che accennava a sua moglie. Non aveva di certo fatto un segreto del proprio matrimonio, ma provò una sensazione strana udendo Noelle pronunciare il nome di Catherine. Ovviamente, Noelle aveva fatto eseguire dei controlli e, conoscendola bene come stava cominciando a conoscerla, era probabile che fossero stati minuziosi. Noelle stava aspettando una risposta. « No », le disse. « Vado e vengo come più mi piace. »

Noelle annuì, soddisfatta. « Bene. Constantin sta per fare una crociera d'affari a Dubrovnik. Gli ho già detto che non posso accompagnarlo. Passeremo insieme dieci giorni bellissimi. E ora faresti bene ad andare. »

Larry si voltò e tornò nella cabina di pilotaggio.

« Come è andata? » gli domandò Metaxas. « L'hai ammansita almeno un poco? »

« Non molto », rispose lui, circospetto. « Ci vorrà del tempo. »

Larry aveva un'automobile, una *Citröen*, ma, in seguito

alle insistenze di Noelle, andò in una piccola agenzia di Atene e noleggiò un'altra macchina. Lei si era recata da sola a Rafina e doveva raggiungerla là. Il tragitto fu piacevolissimo lungo il nastro tortuoso di una strada polverosa, alta sul mare. A due ore e mezzo da Atene, entrò in un paese minuscolo e incantevole, annidato lungo la linea costiera. Noelle gli aveva dato indicazioni minuziose, perché non fosse costretto a fermarsi e informarsi nell'abitato. Giunto alla periferia del paese, Larry voltò a sinistra e percorse una stradicciola di terra battuta che conduceva al mare. C'erano numerose ville, ognuna isolata da alti muri di pietra. Al termine della strada, sorgeva, costruita sull'affioramento roccioso di un piccolo promontorio, una bellissima villa.

Larry arrivò fino al cancello e suonò il campanello. Un momento dopo il cancello, azionato elettricamente, si spalancò. Larry entrò con la macchina e udì il cancello chiudersi alle sue spalle. Si trovò in un vasto giardino con una fontana al centro. A entrambi i lati si vedeva una gran profusione di fiori. La casa era una tipica villa mediterranea, imprendibile quanto una fortezza. La porta d'ingresso si aprì e Noelle apparve, con un vestito bianco di cotone. Rimasero in piedi, sorridendosi, poi lei gli si gettò tra le braccia.

« Vieni a vedere la tua nuova casa », disse impaziente e lo portò dentro.

L'interno della villa era a forma di caverna, vaste e spaziose stanze con alti soffitti a volta. Al pianterreno un soggiorno enorme, una biblioteca, una sala da pranzo di rappresentanza e una cucina antiquata, con fornelli circolari al centro; le camere da letto al piano di sopra.

« E la servitù? » domandò Larry.

« L'hai davanti a te. »

La fissò sbalordito. « Vuoi essere *tu* a cucinare e a pulire? »

Noelle annuì. « Una coppia verrà a fare le pulizie quando ce ne saremo andati, ma non ci vedrà. Ho preso gli accordi tramite un'agenzia. »

Larry sorrise sardonico.

Nella voce di lei affiorò una nota di ammonimento. « Non commettere mai lo sbaglio di sottovalutare Constantin

Demiris. Se venisse a sapere di noi, ci ucciderebbe tutti e due. »

Larry sorrise e disse: « Stai esagerando. Il vecchio potrebbe non essere contento, ma... »

Noelle lo fissò con gli occhi viola. « Ci ucciderà, tutti e due. » Un qualcosa nella sua voce gli fece scaturire dentro un senso di apprensione.

« Stai parlando sul serio? »

« Non sono mai stata più seria in vita mia. È spietato. »

« Ma quando dici *ci ucciderà* », protestò Larry, « non credo che... »

« Non si servirà di pallottole », disse recisamente Noelle. « Troverà un sistema complicato e ingegnoso per riuscirci, e nessuno lo condannerà mai. » Poi il suo tono di voce divenne più allegro. « Ma non verrà a saperlo, amore. Vieni, lascia che ti mostri la nostra camera da letto. » Lo prese per mano e salirono lo scalone ricurvo. « Abbiamo quattro camere da letto per gli ospiti », disse e soggiunse, con un sorriso: « Possiamo provarle tutte ». Lo condusse nella camera da letto padronale, un'enorme stanza d'angolo che dava sul mare. Dalla finestra Larry vide una vasta terrazza e il breve sentiero che serpeggiava fino al mare. C'era un pontile e, ormeggiate a esso, una grande barca a vela e una barca a motore.

« Di chi sono quelle barche? »

« Tue », disse lei. « Sono il regalo di ben tornato a casa. »

Si voltò verso di lei e vide che si era sfilata il vestito di cotone. Era nuda. Trascorsero il resto del pomeriggio a letto.

I dieci giorni successivi volarono via. Noelle sembrava d'argento vivo, era una ninfa, un genio, una decina di graziose cameriere che prevenivano ogni desiderio di Larry, quando ancora lui non sapeva che cosa volesse. Trovò la biblioteca della villa ben fornita dei libri e dei dischi che prediligeva. Noelle cucinava alla perfezione tutti i suoi piatti preferiti, andava a vela con lui, nuotava con lui nel tiepido mare azzurro, faceva l'amore con lui, lo massaggiava, la notte, finché non si era addormentato. In un certo senso, si trovavano prigionieri insieme nella villa, perché non osavano frequentare nessun altro. Ogni giorno Larry trovava in Noelle nuove sfaccettature. Lei lo divertiva con aneddoti affascinanti sulle persone famose che conosceva. E cercò di discutere di affari e di politica finché non si accorse che né gli uni né l'altra lo interessavano.

Giocavano a poker e a *gin rummy* e Larry si infuriava perché non vinceva mai. Noelle gli insegnò a giocare agli scacchi e a backgammon, ma anche in questi giochi non riuscì mai a batterla. La prima domenica che trascorsero nella villa, lei preparò un picnic delizioso e andarono a mettersi al sole, sulla spiaggia. Mentre stavano mangiando, Noelle alzò gli occhi e vide in lontananza due uomini. Stavano venendo adagio verso di loro lungo la spiaggia.

« Rientriamo », disse.

Larry guardò e vide gli uomini. « Gesù, non essere così nervosa. Sono soltanto due abitanti del paese che fanno una passeggiata. »

« Rientriamo immediatamente », gli ordinò Noelle.

« Okay », fece lui, di malagrazia, irritato dall'incidente e dal suo tono di voce.

« Aiutami a metter via ogni cosa. »

« Perché non lasciamo tutto qui? »

« Perché sembrerebbe sospetto. »

Si affrettarono a rimettere tutto quanto nel cestino del picnic e si avviarono verso la villa. Larry non parlò per tutto il resto del pomeriggio. Rimase in biblioteca, assorto nei suoi pensieri, mentre Noelle si dava da fare in cucina.

Nel pomeriggio tardi lei venne in biblioteca e sedette ai suoi piedi. Con la magica capacità di leggere nei pensieri, disse: « Smettila di arrovellarti per quei due ».

« Erano soltanto un paio di dannati pescatori », sbottò lui. « Non sopporto di dovermi nascondere come una specie di criminale. » Poi la guardò e cambiò tono. « Non voglio dovermi nascondere, con nessuno. Io ti amo. »

E Noelle capì che questa volta diceva la verità. Pensò agli anni durante i quali si era proposta di uccidere Larry e al piacere feroce che provava immaginandone la distruzione. Eppure, non appena rivisto Larry, si era accorta all'istante che esisteva in lei, ancor vivo, qualcosa di più profondo dell'odio. Quando lo aveva spinto sin sull'orlo della morte, ponendo a repentaglio entrambe le loro vite durante il volo terribile fino ad Amsterdam, era stato come mettere alla prova il suo amore con una sfida selvaggia al destino. Si era sentita accanto a Larry nell'abitacolo, aveva pilotato l'aereo insieme a lui, soffrendo con lui, sapendo che, se fosse morto, sarebbero morti insieme. Ma lui li aveva salvati entrambi. E quando era entrato nella sua camera a Amsterdam e aveva fatto l'amore con lei, odio e amore si erano compenetrati come i loro corpi e, in qualche modo, il tempo aveva finito con l'espandersi e con il contrarsi ed erano tornati nella piccola camera d'albergo a Parigi e Larry le stava dicendo: « Sposiamoci. Troveremo qualche piccolo *maire* in campagna », e presente e passato erano esplosi in modo abbacinante divenendo una cosa sola e Noelle aveva capito allora che erano entrambi fuori del tempo, che erano sempre stati fuori del tempo e niente poteva essere cambiato, in realtà, e le profondità del suo odio per Larry erano scaturite dai vertici dell'amore. Se lo avesse distrutto, avrebbe distrutto se stessa, perché gli si era data completamente molto tempo prima e nulla sarebbe mai riuscito a modificare questa realtà.

A Noelle sembrava che tutti i suoi successi nella vita fossero stati conseguiti tramite l'odio. Il tradimento del padre l'aveva modellata e foggiata, l'aveva temprata e indurita, colmandola di una brama di vendetta tale da poter essere soddisfatta soltanto da un regno tutto suo, nel quale lei fosse onnipotente, nel quale non potesse mai più essere tradita, mai più ferita. Alla fine, era riuscita a conquistare il regno. E adesso si sentiva pronta a rinunciare al regno per quell'uomo. Poiché sapeva ormai di aver sempre e soltanto voluto che Larry avesse bisogno di lei e l'amasse. Ora, finalmente, lui l'amava. E questo, finalmente, era il suo vero regno.

18

NOELLE E CATHERINE

Atene, 1946

PER Larry e Noelle, i tre mesi successivi furono uno di quei rari e idillici periodi nei quali tutto va bene; momenti magici, quando si passa da un giorno meraviglioso all'altro senza la più lieve nube all'orizzonte. Larry trascorreva le ore di lavoro facendo quello che gli piaceva fare, volando; e tutte le volte che ne trovava il tempo andava nella villa di Rafina e trascorreva una giornata o un fine settimana o una settimana intera con Noelle. All'inizio aveva temuto che quella relazione potesse diventare una macina capace di trascinarlo nel genere di esistenza domestica da lui tanto odiato; ma ogni volta, rivedendo Noelle, si sentiva sempre più incantato e cominciò ad aspettare con impazienza le ore che avrebbe trascorso con lei. Quando lei dovette rinunciare a un week-end per un viaggio imprevisto con Demiris, Larry si trattenne solo nella villa e si accorse di essere irascibile e geloso pensando a lei e a Constantin insieme. Quando rivide Noelle, la settimana seguente, la sua avida passione parve stupirla e renderla felice.

« Ti sono mancata », gli disse.

Annuì. « Molto. »

« Bene. »

« Demiris come sta? »

Lei esitò un momento. « Benissimo. »

Larry notò l'esitazione. « Che cosa c'è? »

« Stavo pensando a qualcosa che hai detto. »

« Che cosa? »

« Hai detto che non sopporti di doverti nascondere come un criminale. Non lo sopporto nemmeno io. In questi giorni, quando mi trovavo con Constantin, volevo in ogni momento essere con te. Te l'ho già detto una volta, Larry, che volevo tutto di te. E dicevo sul serio. Non voglio dividerti con nessun'altra. Voglio che tu mi sposi. »

La fissò sbalordito, colto di sorpresa.

Noelle lo stava osservando. « Vuoi sposarmi? »

« Lo sai che voglio. Ma come è possibile? Continui a dirmi che farebbe Demiris se venisse a sapere di noi. »

Lei scosse la testa. « Non verrà a saperlo. No, se faremo le cose come si deve. Non sono una sua proprietà, Larry. Lo lascerò, questo non può impedirlo. Ed è troppo orgoglioso per tentare di fermarmi. Un mese o due dopo, tu lascerai il posto; ce ne andremo da qualche parte, separatamente, forse negli Stati Uniti. Potremo sposarci laggiù. Io ho più denaro di quanto potrà mai occorrercene; ti comprerò una società aerea o una scuola di pilotaggio, qualsiasi cosa tu voglia. »

Lui stette ad ascoltare quel che diceva, soppesando svantaggi e vantaggi. Ma a che cosa avrebbe dovuto rinunciare? A un lavoro noioso come pilota. L'idea di avere degli aerei suoi gli fece correre un brivido lungo la spina dorsale. Avrebbe avuto un suo *Mitchell* modificato. O forse anche il nuovo *DC 6* appena uscito. Quattro motori stellari, ottantacinque passeggeri. E poi Noelle; sì, la voleva. Gesù, perché diavolo stava ancora esitando?

« E mia moglie? » domandò.

« Dille che vuoi divorziare. »

« Non so se mi concederà il divorzio. »

« Non devi chiederglielo », rispose Noelle. « Devi dirglielo e basta. » Aveva nella voce una nota definitiva e implacabile.

Larry annuì. « Va bene. »

« Non te ne pentirai, amore. Te lo prometto », disse Noelle.

Per Catherine, il tempo aveva perduto il ritmo regolare di una volta, frammentandosi in un mosaico confuso, e il giorno e la notte sembravano essere divenuti una cosa sola. Larry non era quasi mai in casa e lei aveva smesso da tempo di frequentare i vecchi amici perché non se la sentiva più di inventare altri pretesti e di affrontare la gente. Il conte Pappas, dopo almeno una dozzina di tentativi di incontrarsi con lei, si era alla fine rassegnato, rinunciando. Catherine riusciva ad aver a che fare con le persone soltanto indirettamente: per telefono, per lettera o per telegramma. Ma quando si trovava a faccia a faccia con gli altri, diventava di pietra e le conversazioni le rimbalzavano contro facendo sprizzare futili scintille senza speranza. Il tempo portava sofferenza, la gente portava sofferenza, e Catherine trovava sollievo soltanto nell'oblio meraviglioso dei liquori. Oh, come alleviavano la sofferenza, come arrotondavano il filo tagliente delle mortificazioni e come rendevano meno cocente il sole spietato della realtà che infuriava su tutti.

Subito dopo l'arrivo ad Atene, Catherine e William Fraser si erano scritti di frequente, scambiandosi notizie e mantenendosi al corrente su quel che facevano i comuni amici e avversari. Da quando erano cominciati i contrasti con Larry, però, lei non aveva più trovato la forza di scrivere a Bill. Le ultime tre lettere di lui erano rimaste senza risposta e l'ultimissima era ancor chiusa. Catherine non possedeva, semplicemente, l'energia necessaria per tener testa a qualsiasi cosa al di fuori del microcosmo di autocompatimento nel quale si trovava intrappolata.

Un giorno arrivò un cablogramma per lei e la busta si trovava ancora sigillata sul tavolo, una settimana dopo, quando squillò il campanello alla porta e sulla soglia apparve William Fraser. Lo fissò incredula. « Bill! » esclamò, con la voce impastata. « Bill Fraser! »

Lui fece per parlare e Catherine vide l'espressione felice ed entusiasta nei suoi occhi trasformarsi in qualcosa di diverso, in uno sguardo spaventato e scandalizzato.

« Bill, caro », gli disse, « che cosa stai facendo qui? »

« Sono dovuto venire ad Atene per affari », le spiegò Fraser. « Non hai ricevuto il telegramma? »

Catherine lo fissò, sforzandosi di ricordare. « Non lo so », disse infine. Lo condusse nel soggiorno dove si trovavano, sparsi qua e là, giornali vecchi, portacenere pieni e piatti con avanzi di cibi. « Mi spiace che la casa sia tanto in disordine », disse con un gesto vago della mano. « Sono stata occupata. »

Bill la stava osservando preoccupato. « Ti senti bene, Catherine? »

« Io? A meraviglia. Che ne diresti di bere qualcosa? »

« Sono appena le undici del mattino. »

Lei annuì. « Hai ragione. Hai pienamente ragione, Bill. È troppo presto per bere e, a dirti il vero, non mi sarei mai sognata di toccare un liquore se non per festeggiare il tuo arrivo. Tu sei la sola persona al mondo che possa farmi bere alle undici del mattino. »

Fraser la seguì sgomento con lo sguardo mentre si avvicinava barcollante al bar e versava una dose abbondante per sé e un'altra più piccola per lui.

« Ti piace il brandy greco? » domandò, portandogli il bicchiere. « Un tempo non lo potevo soffrire, ma poi si finisce con l'abituarsi. »

Fraser prese il bicchiere e lo posò. « Dov'è Larry? » domandò sommessamente.

« Larry? Oh, il caro, buon Larry sta volando da qualche parte. Lavora per l'uomo più ricco del mondo, sai. Demiris è padrone di tutto, anche di Larry. »

Bill la studiò per un momento. « Larry lo sa che bevi? »

Catherine posò con un tonfo il bicchiere e gli si piazzò davanti, barcollando. « Che cosa vuoi dire, se Larry sa che bevo? » domandò in tono indignato. « Chi dice che bevo? Soltanto perché ho voluto festeggiare l'arrivo di un vecchio amico, non cominciare a criticarmi! »

« Catherine », prese a dire lui, « io... »

« Credi di poter venire qui ad accusarmi di essere una specie di alcoolizzata? »

« Scusami, Catherine », disse Fraser, addolorato, « ma credo che tu abbia bisogno di aiuto. »

« Be', ti sbagli », ribatté lei. « Non mi occorre alcun aiuto. E sai perché? Perché sono auto... auto... » Brancolò, cercando la parola e infine rinunciò. « Non mi occorre alcun aiuto. »

Fraser la osservò ancora per un momento. « Ora devo andare a una conferenza », disse. « Vieni a cena con me, questa sera. »

« Okay. » Annuì lei.

« Bene. Passerò a prenderti alle otto. »

Catherine seguì Bill Fraser con lo sguardo mentre usciva. Poi, a passi malfermi, andò nella camera da letto, aprì l'armadio e si contemplò nello specchio applicato all'interno dello sportello. Rimase lì impietrita, incapace di credere a quel che vedeva, certa che lo specchio le stesse giocando un qualche tiro spaventoso. Dentro di sé era sempre la graziosa ragazzina adorata dal padre, era sempre la giovane studentessa universitaria che, in piedi nella camera di un motel con Ron Peterson, lo udiva dire: « Mio Dio, Cathy, sei la più bella creatura sulla quale abbia mai posto gli occhi ». E Bill Fraser la teneva tra le braccia e diceva: « Sei così bella, Catherine » e Larry diceva: « Resta bella come sei, Cathy, sei magnifica » e lei guardò l'immagine nello specchio e gracidò, a voce alta: « Chi sei? » e poi la donna triste e informe, nello specchio, cominciò a piangere disperatamente, vuote lacrime che le striavano la faccia oscena, gonfia. Ore dopo, il campanello della porta di casa squillò. Udì la voce di Fraser chiamare: « Catherine! Catherine, sei lì? » Poi il campanello suonò ancora alcune volte e infine la voce cessò, gli squilli cessarono e lei rimase sola con l'estranea nello specchio.

Alle nove della mattina dopo, Catherine si fece portare da un tassì in via Patission. Il dottore si chiamava Nikodes ed era un uomo grosso, tarchiato, con una bianca, ispida criniera di capelli, una faccia assennata, dagli occhi buoni, e modi disinvolti e cordiali.

Un'infermiera introdusse Catherine nel suo studio e il dottor Nikodes le offrì una sedia. « Si accomodi, signora Douglas. »

Catherine sedette, nervosa e tesa, sforzandosi di impedire al proprio corpo di tremare.

« Cosa c'è che non va? »

Fece per rispondere, poi tacque, smarrita. *Oh Dio*, pensò, *da dove posso cominciare*? « Ho bisogno di aiuto », disse infine. Aveva la voce asciutta e rauca e smaniava dal desiderio di bere.

Il dottore si stava appoggiando alla spalliera della sedia e la osservava. « Quanti anni ha? »

« Ventotto. » Gli osservò la faccia mentre rispondeva. Cercò di mascherare l'espressione di stupore, ma lei la sorprese e, in qualche modo perverso, ne fu contenta.

« È americana? »

« Sì. »

« Vive ad Atene? »

Annuì.

« Da quanto tempo si trova qui? »

« Da mille anni. Venimmo prima delle guerre del Peloponneso. »

Il dottore sorrise. « Anche a me, a volte, sembra che sia così. » Offrì a Catherine una sigaretta. Lei la prese, cercando di dominare il tremito delle dita. Nikodes, se anche se ne accorse, non disse niente. Gliel'accese. « Che genere di aiuto le occorre, signora Douglas? »

Catherine lo fissò smarrita. « Non lo so », bisbigliò. « Non lo so. »

« Si sente male? »

« Sono malata. Credo di essere molto malata. Sono diventata così brutta. » Sapeva che non stava piangendo, eppure sentiva le lacrime scorrerle sulle gote.

« Beve, signora Douglas? » domandò con dolcezza il dottore.

Lei lo fissò in preda al panico, sentendosi con le spalle al muro, aggredita. « A volte. »

« Quanto? »

Trasse un profondo respiro. « Non molto. Di-dipende. »

« Ha bevuto, oggi? » le domandò lui.

« No. »

Restando seduto, il dottore continuò a studiarla. « Non è affatto brutta, sa », le disse con dolcezza. « È un po' troppo grassa, il corpo le si è gonfiato e non ha curato né la pelle né i capelli. Ma sotto questa facciata c'è una donna giovane e molto attraente. »

Catherine scoppiò in lacrime e lui rimase seduto, lasciando che si sfogasse. Fiocamente, tra i singhiozzi che la scuotevano tutta, udì la cicalina sulla sua scrivania suonare parecchie volte, ma il medico la ignorò. Finalmente, i singhiozzi spasmodici si calmarono. Catherine tolse un fazzoletto dalla borsetta e si soffiò il naso. « Mi rincresce », si scusò. « Può... può aiutarmi? »

« Dipende esclusivamente da lei », rispose il dottor Nikodes. « Non sappiamo ancora che cosa lei abbia. »

« Mi dia un'occhiata », rispose Catherine.

Scosse la testa. « Questa non è una malattia, signora Douglas. È un sintomo. Mi scusi la franchezza, ma se devo aiutarla è necessario che siamo assolutamente schietti l'uno con l'altra. Quando una donna giovane e bella si lascia andare come ha fatto lei, deve esserci una ragione molto forte. Suo marito è vivo? »

« Nei giorni di festa e nei fine settimana. »

Il medico la studiò. « Abita con lui? »

« Quando è in casa. »

« Che lavoro fa? »

« È il pilota personale di Constantin Demiris. » Scorse la reazione sulla faccia del dottore, ma non riuscì a capire se lui stesse reagendo al nome di Demiris o se sapesse qualcosa di Larry. « Ha sentito parlare di mio marito? » domandò.

« No. » Ma Nikodes avrebbe potuto mentire. « Ama suo marito, signora Douglas? »

Catherine aprì la bocca per rispondere, poi cambiò idea. Sapeva che quanto stava per dire era molto importante, non soltanto per il medico, ma anche per lei. Sì, amava suo marito e, sì, lo odiava e, sì, a volte si sentiva talmente infuriata con lui da rendersi conto di essere capace di ucciderlo e, sì, altre volte era talmente travolta dalla tenerezza nei suoi riguardi che sapeva di poter morire lietamente per lui. E qual era la parola che potesse esprimere tutto questo? Forse la parola amore. « Sì », rispose.

« E lui, l'ama? »

Pensò alle altre donne nella vita di Larry, alle sue infedeltà, e pensò alla spaventosa estranea nello specchio, la sera prima, e sentì che non poteva incolpare Larry se non la voleva più. Ma chi poteva dire che cosa fosse venuto prima? La donna nello specchio, aveva causato le infedeltà di lui? O erano state le sue infedeltà a creare la donna nello specchio? Si accorse di avere, ancora una volta, le gote bagnate di lacrime.

Scosse la testa, smarrita. « Non... non lo so. »

« Ha mai avuto un esaurimento nervoso? »

Lei lo stava osservando, adesso, con occhi circospetti. « No. Crede che dovrei averlo? »

Il dottore non sorrise. Si espresse adagio, scegliendo con cura le parole. « La psiche umana è una cosa delicata, signora Douglas. Può sopportare solamente un tanto di sofferenza e, quando la sofferenza diventa intollerabile, si rifugia in recessi nascosti della mente che soltanto adesso stiamo cominciando a esplorare. Le sue emozioni sono tese sin quasi all'impossibile. » La fissò per un momento. « Credo che abbia fatto bene a rivolgersi a qualcuno per essere aiutata. »

« So di essere un po' nervosa », disse Catherine, in tono difensivo. « Per questo bevo. Per distendermi i nervi. »

« No », fece lui, brusco. « Lei beve per fuggire. » Poi si alzò e si avvicinò. « Penso che probabilmente possiamo far molto per guarirla. Dico "possiamo" riferendomi a lei e a me. Non sarà semplice. »

« Mi dica che cosa devo fare. »

« Tanto per cominciare, la manderò in una clinica perché la sottopongano a tutti gli esami necessari. Sono del parere che non troveranno niente di serio. Poi smetterà di bere. Quindi le prescriverò una dieta. È d'accordo, sin qui? »

Catherine esitò, poi annuì.

« Si iscriverà a una palestra e farà ginnastica con regolarità per riacquistare la linea. Conosco un eccellente fisioterapista che le farà dei massaggi. Poi, una volta alla settimana, andrà in un istituto di bellezza. Tutto ciò richiederà tempo, signora Douglas. Non si è ridotta in questo stato da un giorno all'altro e non potrà tornare a essere quella di una volta da un giorno all'altro. » Le sorrise, rassicurante. « Ma posso prometterle che in pochi mesi, forse anche in poche settimane, comincerà ad avere l'aspetto di una donna diversa e a sentirsi una donna diversa. Quando si guarderà allo specchio, si inorgoglirà... e quando sarà suo marito a guardarla, la troverà attraente. »

Catherine lo fissò, con il cuore più leggero. Era come se un fardello intollerabile fosse stato eliminato dal profondo di lei, come se, all'improvviso, le fossero state date nuove possibilità di vita.

« Di una cosa deve rendersi conto con chiarezza, che io posso soltanto proporle questo programma », stava dicendo il dottore. « Ma è lei a doverlo fare. »

« Lo farò», disse Catherine, con fervore. « Glielo prometto. »

« Smettere di bere sarà la cosa più difficile. »

« No, non lo sarà », disse Catherine. E, mentre pronunciava queste parole, seppe che era vero. Il dottore aveva avuto ragione: si era messa a bere per fuggire. Ora aveva una meta, sapeva dove stava andando. Doveva riconquistare Larry. « Non berrò più una sola goccia », disse con fermezza.

Il medico vide l'espressione sulla sua faccia e annuì, persuaso. « Le credo, signora Douglas. »

Catherine si alzò. Si stupì constatando quanto era grosso e goffo il suo corpo, ma adesso tutto sarebbe cambiato. « Comincerò a comperare qualche vestito di taglia più piccola », disse e sorrise.

Il dottore scrisse qualcosa su un biglietto. « Questo è l'indirizzo della clinica. L'aspetteranno. La vedrò ancora dopo gli esami. »

In strada, Catherine cercò con lo sguardo un tassì, poi pensò: *Oh, al diavolo, tanto vale che cominci ad abituarmi a fare del moto.* Cominciò a camminare. Passò davanti alla vetrina di un negozio e si fermò a guardare la propria immagine riflessa.

Era stata così precipitosa nell'addossare a Larry la colpa del disintegrarsi del loro matrimonio, senza mai domandarsi quanta della responsabilità potesse essere sua. Perché avrebbe dovuto tornare volentieri a casa, accanto a una donna con il suo aspetto? Quanto lentamente e sottilmente quell'estranea si era insinuata in lei, senza che lei se ne avvedesse! Si domandò quanti matrimoni fossero finiti nello stesso modo, non con una esplosione, *e senza dubbio di esplosioni non ce ne sono state molte, di recente*, pensò maliziosa ma semplicemente con un gemito, proprio come aveva detto il caro, buon T. S. Eliot. Bene, tutto questo faceva parte del passato, ormai. D'ora in poi, non si sarebbe più voltata indietro. Avrebbe guardato soltanto dinanzi a sé, lo sguardo rivolto verso un futuro meraviglioso.

Era giunta nell'elegante quartiere di Salonika. Stava passando accanto a un salone di bellezza e, assecondando un impulso improvviso, si voltò ed entrò. L'anticamera era rivestita in marmo bianco, vasta e lussuosa. Un'altezzosa commessa fissò Catherine con disapprovazione e disse: « Sì? Posso esserle utile? »

« Voglio fissare un appuntamento per domani mattina »,

rispose lei. « Voglio tutto. Tutte le cure di bellezza. » A un tratto le venne in mente il nome del loro miglior parrucchiere. « Voglio Aleko. »

La ragazza scosse la testa. « Posso fissarle un appuntamento, madame, ma dovrà accontentarsi di qualcun altro. »

« Stia a sentire », disse lei con fermezza, « dica ad Aleko che o si occuperà di me o andrò in giro per Atene dicendo che sono una delle sue clienti fisse. »

Gli occhi della commessa si spalancarono per lo stupore. « Io... vedrò che cosa posso fare », si affrettò a dire la ragazza. « Venga domattina alle dieci. »

« Grazie », sorrise Catherine. « Verrò. » E uscì.

Davanti a sé scorse una piccola taverna con un cartello nella vetrina che diceva: MADAME PIRIS - INDOVINA. Sembrava essere vagamente familiare e a un tratto lei ricordò il giorno in cui il conte Pappas le aveva raccontato un episodio a proposito di madame Piris. Si trattava di un poliziotto e di un leone... ma non riusciva a rammentare i particolari. Non credeva nelle indovine, eppure l'impulso di entrare divenne irresistibile. Aveva bisogno di essere rassicurata, doveva sentir confermare da qualcuno quella sensazione relativa al suo luminoso, nuovo avvenire, doveva sentirsi dire che la vita sarebbe stata di nuovo bella, di nuovo degna di essere vissuta. Aprì la porta ed entrò.

Dopo il vivido sole, le occorsero parecchi minuti per abituarsi all'oscurità di quel locale cavernoso. Si diresse verso il banco del bar, in un angolo, e una decina di tavoli e sedie. Un cameriere dall'aria stanca le si fece incontro e le rivolse la parola in greco.

« Non bevo niente, grazie », disse Catherine. Esultò, sentendosi pronunciare quelle parole e le ripeté. « Non bevo niente. Voglio parlare con madame Piris. È qui? »

Il cameriere additò un tavolino libero nell'angolo della sala e Catherine andò da quella parte e si mise a sedere. Pochi minuti dopo, sentì che qualcuno era venuto a mettersi in piedi al suo fianco e alzò gli occhi.

La donna era incredibilmente vecchia e magra; vestiva di nero e aveva una faccia che sembrava consumata dal tempo e ridotta ad angoli e piani essiccati.

« Ha chiesto di parlarmi? » Parlava un inglese esitante.

« Sì », rispose Catherine. « Vorrei che mi leggesse l'avvenire. »

La donna sedette, alzò una mano e il cameriere si avvicinò con una tazzina di caffè forte su un piccolo vassoio. Posò il vassoio davanti a Catherine.

« Non per me », disse lei. « Io... »

« Lo beva », disse madame Piris.

Catherine alzò gli occhi stupita, poi prese la tazzina e bevve un sorso di caffè. Era forte e amaro. Posò la tazzina.

« Ancora », disse la donna.

Catherine fu sul punto di protestare, poi pensò: *Oh, al diavolo. Si rifanno con il caffè di quello che non guadagnano leggendo l'avvenire.* Inghiottì un'altra sorsata. Era schifoso.

« Ancora un sorso », disse madame Piris.

Lei alzò le spalle e bevve l'ultimo sorso. In fondo alla tazza c'erano fondi densi e vischiosi. Madame Piris annuì, si sporse e tolse la tazzina dalla mano di Catherine. Vi guardò dentro a lungo, senza dir niente. Catherine, seduta di fronte alla vecchia, si sentì stupida. *Che cosa sta facendo, una ragazza per bene e intelligente come me, in un posto come questo, intenta a osservare una vecchia pazza greca con gli occhi fissi dentro una tazzina di caffè vuota?*

« Lei viene da un luogo lontano », disse a un tratto la donna.

« Ha fatto centro », esclamò Catherine, irrispettosa.

Madame Piris la fissò negli occhi e c'era un qualcosa, nello sguardo della vecchia, che la raggelò.

« Torni a casa. »

Catherine deglutì. « Io... l'ho qui la casa. »

« Torni da dove è venuta. »

« Vuol dire... in America? »

« In qualsiasi posto. Se ne vada di qui... presto! »

« Perché? » domandò lei, e una sensazione di orrore cominciò a colmarla adagio. « Cosa c'è che non va? »

La vecchia scosse la testa. Aveva una voce aspra e stentava a pronunciare le parole. « È dappertutto intorno a lei. »

« *Che cosa?* »

« Parta! » C'era un tono incalzante nella voce della donna, un suono acuto e stridulo, simile al verso di un animale che soffra. Catherine sentì i capelli cominciare a rizzarlesi sul capo.

« Mi sta spaventando », gemette. « Mi dica che cosa succede, la prego. »

La vecchia scosse la testa da un lato all'altro, gli occhi selvaggi. « Se ne vada, prima che la colpisca. »

Catherine sentiva il panico salire in lei. Le riusciva difficile respirare. « Prima che mi colpisca *che cosa*? »

La faccia della vecchia era contorta dalla sofferenza e dal terrore. « La morte. Sta venendo a prenderla. » Poi la donna si alzò e scomparve nella stanza in fondo alla taverna.

Catherine rimase seduta, il cuore martellante, le mani tremanti; le premette forte, l'una contro l'altra, per fermare il tremito. Colse lo sguardo del cameriere e fece per ordinare un brandy, ma se lo impedì. Non voleva che una vecchia pazza le rovinasse un luminoso avvenire. Continuò a restare seduta, respirando profondamente, finché non fu riuscita a dominarsi; poi, dopo molto tempo, si alzò, prese borsetta e guanti e uscì dalla taverna.

Fuori, nell'abbacinante e vivida luce del sole, si sentì di nuovo meglio. Era stata sciocca a lasciarsi spaventare da una vecchia. Una simile megera avrebbe dovuto essere arrestata, invece di lasciarle terrorizzare la gente. *D'ora in poi*, si disse, *accontentati dei pronostici nei cioccolatini.*

Quando entrò in casa e guardò il soggiorno, fu come se lo stesse vedendo per la prima volta. Era uno spettacolo che lasciava costernati: polvere dappertutto, capi di vestiario disseminati qua e là nella stanza. Parve impossibile a Catherine di non essersi nemmeno accorta, nello stordimento dell'ubriachezza, di quel caos. Bene, la prima ginnastica che avrebbe fatto sarebbe stata rendere splendente quella stanza. Stava andando in cucina quando udì qualcuno chiudere un cassetto nella camera da letto. Il cuore le balzò in gola per lo spavento. Cauta, si avvicinò alla porta della camera.

C'era Larry. Sul letto una valigia già chiusa, lui stava terminando di riempirne un'altra. Catherine rimase immobile per un momento, osservandolo. « Se quella roba è destinata alla Croce rossa », disse, « ho già fatto l'offerta. »

Larry alzò gli occhi. « Me ne vado. »

« Un altro viaggio per Demiris? »
« No », disse lui, senza smettere di riempire la valigia. « Questa è per me. Me ne vado da questa casa. »
« Larry... »
« È inutile discutere. »
Catherine entrò nella camera da letto, compiendo uno sforzo per dominarsi. « Ma... ma sì, invece. C'è molto da dire. Sono andata a farmi visitare da un medico, oggi, e mi ha detto che guarirò senz'altro. » Le parole le stavano uscendo di bocca come un torrente. « Smetterò di bere e... »
« Cathy, è tutto finito. Voglio il divorzio. »
La frase la colpì come una serie di colpi allo stomaco. Rimase immobile, stringendo i denti per non vomitare, cercando di ricacciare indietro la bile che le saliva in gola. « Larry », disse e parlò in tono basso per impedire alla propria voce di tremare, « non ce l'ho con te per quello che provi. In gran parte è colpa mia... forse la colpa è quasi soltanto mia... ma d'ora in poi sarà tutto diverso. Cambierò... voglio dire che cambierò *sul serio*. » Tese le mani, supplichevole. « Ti chiedo soltanto di darmene il modo. »
Larry voltò la faccia verso di lei. Gli occhi scuri erano gelidi e sprezzanti. « Sono innamorato di un'altra. Da te voglio soltanto il divorzio. »
Catherine rimase lì ancora per un lungo momento, poi si voltò, tornò indietro nel soggiorno e sedette sul divano sfogliando una rivista greca di moda mentre lui terminava di riempire la valigia. Udì la voce di Larry dire: « Il mio avvocato si metterà in contatto con te » e poi udì la porta sbattere. Rimase seduta, sfogliando adagio le pagine della rivista, poi, quando fu giunta all'ultima, la posò al centro del tavolo, andò in bagno, aprì l'armadietto delle medicine, prese una lametta di rasoio e si tagliò le vene dei polsi.

19

NOELLE E CATHERINE

Atene, 1946

C'ERANO fantasmi vestiti di bianco, le galleggiavano intorno e poi si allontanavano nello spazio con bisbigli sommessi in una lingua che Catherine non riusciva a capire; ma si rendeva conto che quello era l'inferno e che doveva scontare i propri peccati. La tenevano legata sul letto e pensava che facesse parte del castigo, ma era contenta di essere trattenuta dalle cinghie perché sentiva la terra ruotare lanciata nello spazio e temeva di poter cadere dal pianeta. La cosa più diabolica che le avevano fatto era stata metterle ogni nervo a nudo all'esterno del corpo, per cui sentiva tutto mille volte più forte ed era una tortura intollerabile. Il suo corpo viveva con suoni terrificanti e non familiari. Udiva il sangue scorrerle nelle vene ed era come un fiume rosso e ruggente lanciato dentro di lei. Udiva i battiti del cuore, simili a un tamburo enorme sul quale battessero dei giganti. Non aveva palpebre e la luce bianca le si riversava nel cervello, abbacinandola con la sua luminosità. Tutti i muscoli del suo corpo erano vivi, in costante e irrequieto movimento, come un nido di serpenti che, sotto la pelle, fossero pronti a colpire.

Cinque giorni dopo che era stata ricoverata nell'ospedale Evangelismos, Catherine aprì gli occhi e si trovò in una stanza piccola e bianca. Un'infermiera con il grembiule bianco inamidato le stava sistemando il letto e il dottor Nikodes le applicava lo stetoscopio al petto.

« Ehi, è gelido », protestò lei, debolmente.

Lui la guardò e disse: « Bene, bene, sicché si è svegliata ».

Catherine volse lo sguardo, adagio, intorno alla stanza. La luce sembrava normale e non udiva più il ruggire del sangue, né il martellare del cuore, né la morte del proprio corpo.

« Credevo di essere all'inferno. » La sua voce era appena un bisbiglio.

« Ci è stata. »

Si guardò i polsi. Chissà per quale ragione, erano bendati. « Da quanto tempo mi trovo qui? »

« Da cinque giorni. »

A un tratto ricordò la ragione delle bende. « Credo di avere fatto una cosa stupida », disse.

« Sì. »

Chiuse gli occhi strizzando le palpebre, disse: « Mi dispiace », poi li riaprì e Bill Fraser sedeva accanto al letto, osservandola. Sul comodino si trovavano fiori e dolci.

« Ciao », le disse allegro. « Hai un aspetto molto migliore. »

« Migliore di quando? » gli domandò debolmente.

Lei mise una mano sulla sua. « Mi hai spaventato proprio tanto, Catherine. »

« Mi dispiace molto, Bill. » La gola cominciò a chiuderlesi e temette di mettersi a piangere.

« Ti ho portato dei fiori e dei dolci. Quando ti sentirai più forte, ti porterò qualche libro. »

Lei lo fissò, guardando la sua faccia buona e forte e pensò: *Perché non lo amo? Perché sono innamorata dell'uomo che odio? Perché Dio deve comportarsi come Groucho Marx?* « Come mi hanno portata qui? » domandò.

« Con un'autoambulanza. »

« No, volevo dire... chi mi ha trovato? »

Fraser tacque per un momento. « Io. Ho tentato di telefonarti varie volte e siccome non rispondevi mi sono spaventato e sono venuto. »

« Credo che dovrei ringraziarti », disse lei. « Ma, a essere sincera, non ne sono ancora sicura. »

« Vuoi parlarne? »

Catherine scosse la testa e il movimento le fece pulsare le tempie. « No », rispose, con una voce esile.

Fraser annuì. « Devo ripartire, in mattinata. Ti chiamerò. »

Sentì un bacio leggero sulla fronte, chiuse gli occhi per

escludere il mondo e quando li riaprì era sola nel cuore della notte.

La mattina dopo, presto, venne Larry a trovarla. Catherine lo osservò mentre entrava nella stanza e si metteva sulla sedia accanto al letto. Si era aspettato di vederlo con la faccia tirata e triste, aveva una cera splendida invece; era snello e abbronzato e rilassato. Desiderò disperatamente di aver avuto il tempo di ravviarsi i capelli e di mettersi un po' di rossetto sulle labbra.

« Come ti senti, Cathy? » le domandò lui.

« Splendidamente. Il suicidio mi dà sempre un certo stimolo. »

« Non si aspettavano che te la cavassi. »

« Mi spiace di averti deluso. »

« Non è una cosa molto carina da dire. »

« È vera, però, Larry, no? Ti saresti sbarazzato di me. »

« Perdio, non voglio sbarazzarmi di te in questo modo, Catherine. Voglio soltanto il divorzio. »

Lo fissò. Fissò quell'uomo abbronzato e bello che aveva sposato, la faccia un po' più segnata dalla dissipazione, ormai, la bocca un po' più dura, il fascino fanciullesco un po' logorato. A che cosa si stava avvinghiando? A sette anni di sogni? Gli si era data con tanto amore e con così grandi speranze che ora non sopportava il pensiero di lasciarlo andare, non sopportava il dover riconoscere che aveva commesso un errore che avrebbe cambiato la sua esistenza in un arido deserto. Ricordò Bill Fraser, i loro amici a Washington e quanto si erano divertiti insieme. Non riusciva nemmeno più a ricordare l'ultima volta che aveva riso forte, o anche soltanto sorriso. Ma nulla di ciò aveva più importanza, adesso. In ultima analisi, la ragione per cui non voleva lasciare Larry era un'altra: lo amava ancora. Lui si era alzato e rimaneva in piedi, aspettando la risposta.

« No », disse Catherine. « Non ti darò mai il divorzio. »

Larry si incontrò con Noelle quella sera stessa, nel deserto monastero di Kaissariani, sui monti, e le riferì il colloquio con Catherine.

Noelle ascoltò attentamente, poi domandò: « Credi che cambierà idea? »

Lui scosse la testa. « Catherine può essere testarda come un mulo. »

« Devi parlarle di nuovo. »

E Larry le parlò ancora. Nelle tre settimane che seguirono, esaurì ogni argomentazione che riuscì a pensare. La supplicò, ricorse alle lusinghe, si infuriò con lei, le offrì del denaro, ma nulla poté far cambiare idea a Catherine. Lo amava ancora ed era certa che anche lui, se lo avesse consentito a se stesso, sarebbe riuscito ad amarla di nuovo.

« Sei mio marito », diceva con ostinazione. « Continuerai a essere mio marito finché morirò. »

Riferì le parole di Catherine a Noelle.

E Noelle annuì. « Sì », disse.

Larry la fissò, interdetto. « Sì, cosa? »

Erano sdraiati sulla spiaggia della villa, con morbidi asciugatoi bianchi distesi sotto di loro per difenderli dalla sabbia ardente. Il cielo era di un azzurro profondo, luminoso, disseminato dai ricami bianchi dei cirri.

« Devi liberarti di lei. » E balzò in piedi, dirigendosi a gran passi verso la villa, con le lunghe, magnifiche gambe che si muovevano aggraziate sulla sabbia. Larry rimase disteso, perplesso, pensando che doveva averla fraintesa. Di certo non aveva voluto dire che lui avrebbe dovuto *uccidere* Catherine.

E poi ricordò Elena.

Stavano cenando sulla terrazza. « Ma non lo capisci? Non merita di vivere », disse Noelle. « Si attacca a te per vendicarsi. Sta cercando di rovinare la tua esistenza, la nostra esistenza, amore. »

Giacevano a letto, fumando, e le braci rosse sulle estremità delle sigarette ammiccavano nell'infinità degli specchi che rivestivano il soffitto.

« Le renderesti un favore. Ha già tentato di uccidersi. Vuole morire. »

« Non ne sarei mai capace, Noelle. »

« Ne sei sicuro? »

Gli accarezzò la gamba nuda e, pian piano, spostò la mano più in alto, sul ventre, tracciando piccoli circoli con la punta delle dita.

« Ti aiuterò io. »

Fu sul punto di aprire la bocca per protestare, ma le mani di Noelle lo avevano trovato e cominciarono a lavorare su di lui muovendosi in direzioni opposte, l'una morbidamente e adagio, l'altra rigida e rapida. Larry gemette, si protese verso di lei ed escluse Catherine dalla propria mente.

A un certo momento, durante la notte, Larry si svegliò madido di sudore freddo. Aveva sognato che Noelle era fuggita abbandonandolo. Lei gli giaceva accanto; la prese tra le braccia e la tenne stretta. Rimase sveglio per tutto il resto della notte, domandandosi che cosa sarebbe stato di lui se l'avesse perduta. Non si rese conto di aver già preso una decisione, ma la mattina dopo, mentre lei stava preparando la colazione, disse a un tratto: « E se ci scoprissero? »

« Se faremo le cose bene, non ci scopriranno. » Se anche la sua capitolazione le aveva fatto piacere, non lo lasciò capire in alcun modo.

« Noelle », disse serio, « ogni ficcanaso di Atene sa che Catherine e io non andiamo d'accordo. Se dovesse accaderle qualcosa, la polizia si insospettirebbe. »

« Certo che si insospettirebbe », riconobbe lei, calma. « Ecco perché studieremo tutto molto attentamente. »

Servì la colazione per entrambi, poi sedette e cominciò a mangiare. Larry scostò il piatto senza aver toccato cibo.

« Non ti piace? » domandò Noelle, preoccupata.

Lui la fissò, domandandosi che creatura potesse mai essere se riusciva a mangiare di buon appetito mentre si proponeva di assassinare una donna.

Più tardi, andando in barca a vela, ne parlarono ancora e quanto più ne discutevano tanto più la cosa divenne reale, per cui ciò che era cominciato come un'idea casuale, dopo essere stato rivestito con le parole divenne qualcosa di concreto.

« Dovrà sembrare un incidente », disse Noelle, « in modo che non vi siano delle indagini della polizia. La polizia di Atene è molto in gamba. »

« Ma se dovessero indagare ugualmente? »

« Non lo faranno. L'incidente non accadrà qui. »

« Dove, allora? »

« A Giannina. » Noelle si protese verso di lui e cominciò a parlare. Larry l'ascoltò mentre esponeva nei minimi particolari il suo piano, confutando ogni sua obiezione, improvvisando in modo brillante. Alla fine, quando ebbe terminato, lui dovette ammettere che il piano era impeccabile. Sarebbero riusciti a cavarsela.

Paul Metaxas era nervoso. Il pilota greco aveva la faccia, di solito gioviale, tirata e tesa e sentiva un tic nervoso fargli guizzare l'angolo della bocca. Non aveva appuntamento con Constantin Demiris, e non è che si potesse semplicemente farsi ricevere dal grand'uomo, ma Metaxas aveva detto al maggiordomo che era una cosa urgente e ora si trovava in piedi nell'enorme vestibolo della villa dell'armatore, fissandolo e balbettando goffamente: « Sono... sono spiacentissimo di disturbarla, signor Demiris ». Furtivamente si asciugò il palmo sudaticcio della mano sui calzoni dell'uniforme di volo.

« È successo qualcosa a uno degli aerei? »

« Oh, no, signore. Io... è... è una questione personale. »

Demiris lo studiò con indifferenza. Si atteneva alla politica di non interessarsi mai alle vicende dei suoi dipendenti. Aveva dei segretari che si occupavano di cose di questo genere. Aspettò che Metaxas continuasse.

Paul Metaxas stava diventando sempre più nervoso. Aveva trascorso un gran numero di notti insonni prima di prendere la decisione di presentarsi lì. Quanto stava facendo era estraneo alla sua indole e, di conseguenza, disgustoso; ma era un uomo di una lealtà feroce e sentiva di dover essere leale, in primo luogo, nei confronti di Constantin Demiris.

« Si tratta di miss Page », riuscì a dire, infine.

Seguì un momento di silenzio.

« Si accomodi », disse l'armatore. Condusse il pilota nella biblioteca rivestita a pannelli e chiuse la porta. Tolse una sigaretta egiziana piatta da un portasigarette di platino e l'accese. Poi sbirciò il sudato Metaxas. « Che cosa deve dirmi di miss Page? » domandò, quasi distrattamente.

Metaxas deglutì, domandandosi se per caso non avesse commesso un errore. Se aveva valutato esattamente la situazione, le sue informazioni sarebbero state apprezzate, ma se si era sbagliato...

Maledisse se stesso per essere stato così precipitoso da presentarsi lì, ma ormai non gli restava altro da fare che spiccare il salto.

« Si... si tratta di lei e di Larry Douglas. » Osservò la faccia di Demiris, sforzandosi di interpretarne l'espressione. Non scorse nemmeno il più piccolo indizio di interessamento. Cristo! Si costrinse a continuare. « Loro... vivono insieme in una casa sulla spiaggia, a Rafina. »

Demiris fece cadere la cenere della sigaretta in un posacenere d'oro a forma di cupola. Metaxas si persuase che stava per essere congedato, che aveva commesso uno sbaglio terribile e che quello sbaglio gli era costato il posto. Doveva convincere Demiris che stava dicendo la verità. Le parole cominciarono a riversarglisi dalla bocca. « Mia... mia sorella fa la governante in una delle ville laggiù. Li ha visti sempre insieme tutti e due sulla spiaggia. Ha riconosciuto miss Page dalle fotografie sui giornali, ma la cosa non l'ha insospettita fino a due sere fa, quando è venuta a cenare con me all'aeroporto. L'ho presentata a Larry Douglas e... be', mi ha detto, dopo, che è lui l'uomo con il quale vive miss Page. »

Gli occhi di Demiris, neri come olive, lo fissavano del tutto inespressivi.

« Io... ecco, mi son detto che lei avrebbe voluto saperlo », concluse goffamente Metaxas.

Quando Demiris parlò, la sua voce parve priva di tono.

« Quello che fa miss Page della sua vita privata riguarda soltanto lei. Sono certo che non le farebbe piacere essere spiata. »

La fronte di Metaxas era imperlata di sudore. Gesù Cristo, aveva equivocato sull'intera situazione. E sì che aveva voluto soltanto essere leale. « Mi creda, signor Demiris, cercavo solo di... »

« Lei ha pensato esclusivamente al mio interesse, ne sono certo. Ma si è sbagliato. C'è altro? »

« No... no, signore. » Metaxas girò sui tacchi e uscì quasi di corsa.

Constantin Demiris si appoggiò alla spalliera della poltrona, gli occhi neri fissi al soffitto, contemplando il nulla.

Alle nove della mattina dopo, Metaxas ricevette l'ordine di presentarsi alla società mineraria di Demiris, nel Congo, dove, per dieci giorni, avrebbe dovuto trasportare macchinari da Brazzaville alla miniera. Mercoledì mattina, al terzo volo, il suo aereo precipitò sulla fitta, verde giungla. Nessuna traccia del cadavere di Paul Metaxas o dei rottami dell'aereo venne mai trovata.

Due settimane dopo che Catherine era stata dimessa dall'ospedale, Larry le fece visita. Era un sabato sera e Catherine era in cucina a prepararsi un'omelette. Lo sfrigolìo le aveva impedito di udire la porta aprirsi e non si accorse della presenza di Larry finché non si voltò e lo vide in piedi sulla soglia. Trasalì involontariamente e lui disse: « Scusami se ti ho spaventata. Sono passato da te soltanto per sapere come stai ».

Sentì che il cuore le batteva più in fretta e si disprezzò perché la presenza di Larry poteva ancora influenzarla in quel modo.

« Sto benissimo », disse. Si voltò e tolse l'omelette dalla padella.

« Che buon odore », disse Larry. « Non ho avuto il tempo di cenare. Se non ti è di troppo disturbo, ne fai una anche per me? »

Catherine lo fissò per un lungo momento, poi alzò le spalle.

Gli preparò la cena, ma era talmente snervata dalla sua presenza che non riuscì a mandar giù un solo boccone. Larry conversò con lei, parlandole di un volo che aveva appena fatto e raccontandole un aneddoto divertente a proposito di uno degli amici di Demiris. Era sempre il solito Larry, affettuoso e incantevole e irresistibile, come se niente fosse accaduto tra loro, come se lui non avesse frantumato la loro vita a due.

Quando finirono di mangiare, l'aiutò a lavare e ad asciugare i piatti. Le rimase accanto davanti all'acquaio e la sua vicinanza le fece provare una sofferenza quasi fisica. Quanto tempo era passato? Non sopportava nemmeno di pensarlo.

« È stato bello », stava dicendo Larry, con il suo disinvolto sorriso da bambino. « Grazie, Cathy. »

E questo, pensò Catherine, doveva essere la fine di tutto.

Tre giorni dopo, il telefono squillò ed era Larry a chiamare da Madrid per dirle che stava per tornare ad Atene e per chiederle se sarebbe andata a cena con lui quella sera. Lei strinse spasmodicamente il ricevitore, ascoltando la sua voce amichevole, disinvolta, ma decisa a non andare. « Sì, sono libera stasera », rispose.

Cenarono al Tourkolimano, nel porto del Pireo. Catherine riuscì a malapena a toccare il cibo. Il trovarsi lì con Larry era un ricordo troppo doloroso di altri ristoranti nei quali avevano cenato, di troppe ed entusiasmanti serate trascorse insieme nel passato morto da tempo, dell'amore che sarebbe dovuto durare tutta la vita.

« Ma non stai mangiando, Cathy. Vuoi che ordini qualcos'altro? » le domandò lui, preoccupato.

« Ho pranzato tardi », gli mentì. *Probabilmente, non mi inviterà più a uscire con lui,* pensò, *ma, se lo farà, gli dirò di no.*

Pochi giorni dopo, Larry le telefonò e pranzarono in un ristorante adorabile, in un labirinto nascosto di viuzze vicino a piazza Syntagma. Si chiamava Gerofinikas, « Il vecchio palmizio », e ci si arrivava percorrendo un lungo e fresco vicolo davanti al quale c'era una palma. Un pasto eccellente, annaffiato con Imetto, il vino greco secco e leggero. Larry fu divertente come non mai.

La domenica successiva, Larry invitò Catherine ad andare a Vienna in aereo con lui. Cenarono all'Hotel Sacher e tornarono indietro quella notte stessa. Era stata una serata meravigliosa, con vino, musica e lume di candela, ma Catherine provò la sensazione irreale che, in qualche modo, non appartenesse a lei. Apparteneva a quell'altra Catherine Douglas, morta e sepolta da tempo. Quando giunsero a casa, disse: « Grazie, Larry, è stata una giornata bellissima ».

Lui si fece vicino, la prese tra le braccia e cominciò a baciarla. Catherine lo respinse, il corpo rigido, la mente pervasa da un panico improvviso e inaspettato.

« No », disse.

« Cathy... »

« No! »

Lui annuì. « Va bene. Capisco. »

Catherine stava tremando in tutto il corpo. « Capisci davvero? » domandò.

« So di essermi comportato male », disse Larry, sommessamente. « Se tu me ne dessi il modo, vorrei farmi perdonare da te, Cathy. »

Buon Dio, pensò lei. Strinse le labbra, imponendosi con la forza della volontà di non piangere, e scosse la testa, gli occhi resi luminosi dalle lacrime non versate. « È troppo tardi », bisbigliò. E rimase immobile, guardandolo mentre se ne andava.

Larry si rifece vivo entro la settimana. Le mandò dei fiori, con un biglietto, e in seguito uccellini in miniatura dai vari paesi nei quali si recava in aereo. Si era dato molta pena per trovarli, perché gliene fece avere una serie stupefacente, tutti diversi: uno di porcellana, uno di giada, uno di teak, e lei si commosse perché aveva ricordato.

Quando, un giorno, il telefono squillò e Catherine udì all'altro capo del filo la voce di Larry dire: « Ehi, ho trovato un meraviglioso ristorante greco dove fanno i migliori piatti cinesi », rise e rispose: « Non vedo l'ora di andarci ».

E fu allora che tutto ricominciò per davvero. Adagio, con circospezione, in modo esitante, ma fu un inizio. Larry non tentò di nuovo di baciarla, né lei glielo avrebbe consentito, perché sapeva che se avesse dato via libera ai sentimenti, se si fosse concessa con tutto il cuore a quell'uomo che amava e ne fosse stata tradita una seconda volta, questo l'avrebbe distrutta. Definitivamente e per sempre. E così cenò con lui, e rise con lui, ma sempre la parte più profonda e segreta e intima del suo essere si tenne in disparte, cautamente distaccata, intoccata e intoccabile.

Si ritrovarono quasi ogni sera. A volte Catherine preparava la cena in casa, altre volte Larry la portava fuori. Una volta accennò alla donna della quale aveva detto di essere innamorato e Larry rispose, in tono reciso: « È finita » e Catherine non ne parlò mai più. Tenne gli occhi bene aperti, pronta a scorgere indizi che lui frequentava altre donne, ma non ne vide alcuno. Si dedicava esclusivamente a lei, senza mai insistere, senza mai pretendere. Si sarebbe detto che stesse facendo penitenza per il passato.

Eppure Catherine riconosceva tra sé e sé che si trattava di qualcosa di più. Larry sembrava interessarsi realmente a lei in quanto donna. Di notte si metteva davanti allo specchio, nuda, ed esaminava la propria immagine, cercando di capire perché. Il viso non era male, il viso di una ragazza un tempo graziosa che era passata attraverso il dolore, con la tristezza negli occhi grigi e solenni dai quali veniva ricambiato il suo sguardo. La pelle si incurvava su qualche rotondità in eccesso e il mento era un po' più pieno di quanto doveva essere, ma non esisteva in realtà niente di grave nel resto del suo corpo, niente che una dieta e dei massaggi non potessero eliminare. Ricordava l'ultima volta che aveva pensato a queste cose, finendo con il tagliarsi le vene dei polsi. Un brivido la percorreva. Vada all'inferno, Larry, pensava, sfidandolo. Se davvero mi vuole, dovrà prendermi come sono.

Erano andati a una festa e Larry l'aveva riaccompagnata a casa alle quattro del mattino. Una serata meravigliosa e Catherine, che indossava un vestito nuovo e aveva un aspetto piuttosto attraente, era stata spiritosa, facendo ridere gli altri invitati e Larry era stato fiero di lei. Quando entrarono in casa, fece per accendere la luce, ma Larry mise la mano sulla sua e disse: « Aspetta. Mi sarà più facile dirtelo al buio ». Aveva il corpo accanto al suo, senza nemmeno toccarla, eppure lei sentiva le vibrazioni che la raggiungevano.

« Ti amo, Cathy » le disse. « Non ho mai amato nessun'altra. E voglio ancora una possibilità. »

E poi accese la luce per guardarla. Catherine rimaneva immobile, rigida e spaventata, sull'orlo del panico. « So che forse non sei ancora pronta, ma potremmo cominciare piano piano. » Sorrise. Quel caro sorriso da bambino. « Potremmo cominciare tenendoci per mano. »

Si sporse e le prese la mano. Lei lo trasse a sé e si baciarono e le labbra di lui erano dolci e tenere e caute, e quelle di Catherine esigenti e frenetiche per tutto il desiderio represso accumulatosi nel suo corpo in quei lunghi mesi di solitudine. E poi finirono a letto insieme, facendo l'amore, e fu come se il tempo non fosse mai passato e si trovassero in luna di miele. Ma era qualcosa di più. La passione esisteva sempre, fresca e meravigliosa, però a essa si accompagnava l'apprezzamento per ciò che avevano condiviso, la consapevolezza che questa volta tutto sarebbe stato perfetto, che questa volta non si sarebbero fatti del male.

« Che cosa ne diresti se partissimo per una seconda luna di miele? » le domandò Larry.

« Oh, sì, tesoro. È possibile? »

« Sicuro, mi spetta una vacanza. Partiremo sabato. Conosco un posticino meraviglioso dove potremmo andare. Si chiama Giannina. »

20

NOELLE E CATHERINE

Atene, 1946

PER andare in automobile a Giannina impiegarono nove ore. A Catherine lo scenario parve quasi biblico, qualcosa che emergesse da un'altra epoca. Viaggiarono lungo il mare Egeo, accanto a piccoli villini imbiancati a calce, con croci sui tetti, e a frutteti interminabili, di limoni e ciliegi, meli e aranci. Ogni centimetro del terreno era lavorato a terrazze e coltivato e le fattorie avevano le finestre e i tetti verniciati in colore azzurro, come per lanciare una sfida alla faticosa esistenza scavando il suolo roccioso. Boschetti di alti e aggraziati cipressi crescevano con disordinata profusione sui ripidi fianchi delle montagne.

« Guarda, Larry », esclamò Catherine. « Non sono splendidi? »

« Non per i greci », disse Larry.

Lei lo fissò. « Che cosa vuoi dire? »

« Li considerano di cattivo augurio. Se ne servono per decorare i cimiteri. »

Si lasciarono indietro, un campo dopo l'altro, primitivi spaventapasseri, legati a ogni siepe, con qualche lembo di stoffa.

« Le cornacchie da queste parti devono essere delle credulone », rise Catherine.

Attraversarono una serie di paesini dai nomi impossibili: Mesologian e Agelkastron e Etolikon e Amfilhoia.

Nel tardo pomeriggio, giunsero al villaggio di Rion, degradante con dolcezza fino al fiume Rio, dove dovevano prendere il traghetto per Giannina. Cinque minuti dopo salpavano per l'isola di Epirus.

Catherine e Larry sedettero all'aperto, su una panca del ponte più alto del traghetto e, in lontananza dinanzi a loro, videro la grande isola cominciare a emergere dalla bruma del pomeriggio. A Catherine l'isola parve selvaggia e, in qualche modo, un po' minacciosa. Aveva un aspetto primitivo, quasi fosse stata creata per gli dei greci e i semplici mortali vi fossero degli intrusi sgraditi. Man mano che il battello si avvicinava, Catherine vide che la base dell'isola era circondata da pareti rocciose che scendevano a perpendicolo fino al mare. La tetra montagna sembrava sfregiata e squarciata là dove gli uomini vi avevano tagliato una strada. Venticinque minuti dopo, il traghetto si ormeggiò nel porticciolo di Epirus e, dopo pochi momenti, Catherine e Larry si stavano arrampicando in macchina su per la montagna, verso Giannina.

Catherine lesse a Larry la descrizione della guida turistica: « Annidata in alto sui monti Pindo, entro una ripida conca circondata da vette torreggianti, Giannina, veduta da lontano, sembra assumere la forma di un'aquila a due teste; all'altezza degli artigli dell'aquila si trova il lago senza fondo Pamvotis, ove barche per escursioni portano i turisti sull'acqua verde scura fino all'isola situata nel centro del lago e quindi fino alla riva opposta. »

« Sembra magnifico », disse Larry.

Arrivarono nel tardo pomeriggio e andarono direttamente al loro albergo, una stupenda costruzione a un solo piano, antica ma molto ben conservata, su un'altura che dominava il villaggio, con una serie di bungalow per gli ospiti, sparsi nei giardini. Un vecchio in uniforme uscì per accoglierli. Guardò le loro facce felici.

« Siete in luna di miele », disse.

Catherine sbirciò Larry e sorrise. « Come ha fatto a saperlo? »

« Lo si capisce sempre », dichiarò il vecchio. Li condusse nell'atrio, dove firmarono il registro, poi li accompagnò al loro bungalow. Comprendeva un soggiorno, una camera da letto, un bagno, la cucina e una vasta terrazza. Al di là delle cime dei cipressi avevano uno splendido panorama del villaggio e del lago sottostante, scuro e malinconico. Aveva la bellezza irreale di una cartolina illustrata.

« Non è un granché », sorrise Larry, « ma è tutto tuo. »

« Lo accetto », esclamò lei.

« Felice? »

Catherine annuì. « Non ricordo di essere mai stata così felice. » Si avvicinò e lo tenne stretto. « Non lasciarmi mai andare », bisbigliò.

Le braccia forti di Larry l'allacciavano, stringendola. « Non ti lascerò andare », le promise.

Mentre lei vuotava le valigie, Larry tornò nell'atrio per parlare con il portiere.

« Che cosa fa qui la gente? » gli domandò.

« Può fare di tutto », rispose l'altro, orgoglioso. « Nell'albergo abbiamo una sorgente termale. Intorno al villaggio si possono fare escursioni, pescare, nuotare, andare in barca. »

« Quanto è profondo il lago? » domandò Larry, in tono noncurante.

L'uomo alzò le spalle. « Nessuno lo sa, signore. È un lago vulcanico. Non ha fondo. »

Larry annuì, pensieroso. « E le grotte? » domandò.

« Ah! Le grotte di Perama. Sono a pochi chilometri da qui. »

« Sono state esplorate? »

« Alcune. Altre sono ancora chiuse. »

« Capisco », disse Larry.

Il portiere continuò. « Se le piacciono le scalate, le suggerisco il monte Tzoumerka. Purché la signora non soffra di vertigini. »

« No », sorrise Larry. « È una scalatrice molto esperta. »

« Allora si divertirà. Sono fortunati con il tempo. Ci aspettavamo il *meltemi*, ma non è venuto. Ormai, probabilmente, non verrà più. È un vento tremendo, il *meltemi*, che soffia da nord. Penso che sia come i vostri uragani. Quando viene, restano tutti in casa. Ad Atene, persino i transatlantici non possono uscire dal porto. »

« Sono contento di averlo evitato », disse Larry.

Quando tornò nel bungalow, propose a Catherine di andare a cenare nel villaggio. Seguirono il ripido sentiero roccioso che conduceva giù per il pendio fino alla periferia dell'abitato. Giannina consisteva in una via principale, viale Re Giorgio, e in due o tre vie più strette a entrambi i lati. Intorno a esse, un labirinto di stretti vicoli di terra battuta si irradiava verso le case, che erano antiche, logorate dalle intemperie e costruite con pietre trasportate giù dalle montagne con carri.

Il viale Re Giorgio era diviso, nel mezzo, con delle corde, per cui le automobili percorrevano il lato sinistro della strada, mentre i pedoni erano liberi di camminare sul lato destro.

« Dovrebbero provare questo sistema anche nella Pennsylvania Avenue », disse Catherine.

Nella piazza del municipio c'era un incantevole, piccolo giardino pubblico, con un'alta torre e un orologio illuminato. Una strada delimitata da enormi platani correva lungo il lago. A Catherine parve che tutte le vie del villaggio conducessero all'acqua; e provò l'impressione che nel lago vi fosse qualcosa di spaventoso. Aveva un che di stranamente tetro. Lungo le rive crescevano ciuffi di alti canneti; si protendevano simili ad avide dita, come se aspettassero qualcuno.

Si aggirarono nel pittoresco, piccolo centro, dove le botteghe si pigiavano l'una accanto all'altra, a entrambi i lati. Videro una gioielleria e subito dopo una panetteria, e poi un macellaio all'aperto, una taverna, un negozio di calzature. Dei bambini rimanevano in piedi davanti a una bottega di barbiere, osservando silenziosamente un cliente che veniva sbarbato. Catherine pensò di non aver mai veduto dei bambini più belli.

In passato, aveva parlato a Larry del suo desiderio di avere un figlio, ma lui era sempre stato contrario; diceva di non essere ancora pronto a metter su famiglia. Ora, però, forse la pensava diversamente. Lo sbirciò, mentre le camminava al fianco, più alto degli altri uomini, con l'aspetto di un dio greco, e decise di affrontare quell'argomento prima della loro partenza da Giannina. In fin dei conti, era la loro luna di miele.

Passarono davanti a un cinematografo, il Palladian. Proiettavano due vecchissimi film americani. Si soffermarono a guardare i manifesti.

« Siamo fortunati », scherzò Catherine. « *A sud di Pana-*

ma, con Roger Pryor e Virginia Vale, e *Il procuratore distrettuale nel caso Carter.* »

« Mai sentiti nominare », sbuffò Larry. « Questo cinema deve essere ancora più antico di quanto sembra. »

Ordinarono *moussaka* nella piazza, seduti all'aperto sotto un'incredibile luna piena, poi tornarono all'albergo e fecero l'amore. Era stata una giornata perfetta.

La mattina dopo, girarono in automobile per le belle campagne, esplorarono la stretta strada che serpeggiava lungo il lago; correva sulla costa rocciosa per alcuni chilometri, poi, con un andamento capriccioso come se fosse ubriaca, tornava indietro di nuovo tra i monti. Case di pietra se ne stavano appollaiate sui crinali di ripidi versanti. In alto sopra la sponda, annidato tra i boschi, intravidero un enorme edificio imbiancato a calce che sembrava un antico castello.

« Che cos'è? » domandò Catherine.

« Non ne ho idea », rispose Larry.

« Andiamo a vedere. »

« Va bene. »

Larry portò la macchina sul sentiero di terra battuta che conduceva all'edificio, attraverso un prato, tra capre al pascolo e un pastore che li fissò mentre passavano. Si fermarono davanti all'ingresso deserto della costruzione. Veduta da vicino, sembrava un'antica fortezza in rovina.

« Dev'essere quello che resta del castello dell'orco », disse Catherine. « Uscito, probabilmente, dalle pagine dei fratelli Grimm. »

« Vuoi davvero accertarlo? » domandò Larry.

« Sicuro. Potremmo arrivare giusto in tempo per salvare una fanciulla in pericolo. »

Larry le scoccò una rapida, strana occhiata.

Discesero dalla macchina e salirono fino alla porta di legno massiccio, con un enorme battente di ferro al centro. Larry bussò con esso parecchie volte e aspettarono. Non si udiva alcun suono, tranne il ronzio degli insetti estivi nel pascolo e il frusciare della brezza sull'erba.

« Credo che non ci sia nessuno in casa », disse Larry.

« Probabilmente si stanno sbarazzando dei cadaveri », bisbigliò Catherine.

All'improvviso, l'enorme porta cominciò ad aprirsi adagio, cigolando. Una suora, vestita di nero, li stava osservando.

Catherine fu colta di sorpresa. « Mi... mi scusi », disse. « Non sapevamo che cosa fosse questo posto. Non ci sono cartelli né altre indicazioni. »

La suora li osservò per un momento, poi li invitò con un gesto a entrare. Varcarono la soglia e vennero a trovarsi in un vasto cortile, al centro della costruzione. L'atmosfera era stranamente silenziosa e Catherine si rese conto a un tratto di quello che mancava: il suono delle voci umane. Si voltò verso la religiosa e domandò: « Che posto è questo? »

La suora scosse silenziosamente la testa e fece loro cenno di aspettare lì. La seguirono con lo sguardo mentre si voltava e andava verso un antico edificio di pietra in fondo al cortile.

« È andata a chiamare Bela Lugosi », bisbigliò Catherine.

Al di là del cortile, nella direzione di un promontorio torreggiante sul mare, videro un cimitero incorniciato da filari di alti cipressi.

« Questo posto mi fa venire i brividi », disse Larry.

« È come se fossimo entrati in un altro secolo », osservò Catherine. Senza volerlo, stavano bisbigliando, quasi temessero di turbare il silenzio greve. Dietro le finestre dell'edificio principale videro facce curiose che li fissavano, tutte donne, tutte vestite di nero.

« È una specie di manicomio religioso », decise Larry.

Una donna alta e magra uscì e venne a passi decisi verso di loro. Era vestita da suora e aveva una faccia simpatica e cordiale.

« Sono suor Teresa », disse. « Posso esservi utile? »

« Stavamo soltanto passando di qui », spiegò Catherine, « e questa antica costruzione ci ha incuriositi. » Sbirciò le facce che curiosavano dalle finestre. « Non avevamo intenzione di disturbarvi. »

« Non siamo onorate da molti visitatori », disse suor Teresa. « Non abbiamo quasi nessun contatto con il mondo esterno. Apparteniamo a un ordine delle Carmelitane e abbiamo pronunciato il voto del silenzio. »

« Per quanto tempo? » domandò Larry.

« *Ghia panta*... per tutta la vita. Io sono la sola qui che possa parlare e soltanto quando è necessario. »

Catherine guardò intorno a sé il cortile vasto e silenzioso e represse un brivido. « Nessuna esce mai di qui? »

Suor Teresa sorrise. « No. Non ce n'è motivo. La nostra vita è dentro queste mura. »

« Ci scusi se l'abbiamo disturbata. »

La suora annuì. « Di niente. Vadano con Dio. »

Quando Larry e Catherine furono usciti, l'enorme porta si chiuse adagio dietro di loro. Cathy si voltò a guardarla. Era come una prigione. Ma, in qualche modo, sembrava ancor peggio. Forse perché si trattava di una penitenza volontaria; e pensò alle giovani donne vedute alle finestre, murate là dentro, escluse dal mondo per tutta la vita, nel silenzio profondo e definitivo della tomba. Sapeva che non avrebbe mai dimenticato quel luogo.

21

NOELLE E CATHERINE

Atene, 1946

La mattina dopo, di buon'ora, Larry scese al villaggio. Chiese a Catherine di accompagnarlo, ma lei nicchiò, dicendogli che voleva dormire fino a tardi. Non appena fu uscito, saltò giù dal letto, si vestì in fretta e furia e andò nella palestra dell'albergo, dove si era informata il giorno prima. L'insegnante, una amazzone greca, le disse di spogliarsi, poi la esaminò con aria critica.

« È stata pigra, pigra », rimproverò Catherine. « Era un buon corpo il suo. Se è disposta a lavorare sodo, *Theou thellondos*, Dio volendo, potrà essere ancora buono. »

« Va bene », rispose Catherine. « Stiamo a vedere che cosa vorrà Dio. »

Sotto la guida dell'amazzone, fece ginnastica ogni giorno, sopportando le torture dei massaggi dimagranti, di una dieta spartana e di estenuanti esercizi. Lo tenne nascosto a Larry, ma al termine del quarto giorno il cambiamento era già così percettibile che lui vi accennò.

« Questo posto ti fa bene », disse. « Sembri un'altra donna. »

« Sono un'altra donna », rispose Catherine, improvvisamente timida.

Domenica mattina andò in chiesa. Non aveva mai assistito a una messa del rito greco ortodosso. In un villaggio piccolo come Giannina si era aspettata di vedere una chiesetta di campagna, ma, con suo vivo stupore, entrò in una vasta chiesa riccamente decorata, con sculture meravigliose sulle pareti e sui soffitti, e il pavimento di marmo. Davanti all'altare si trovava una decina di enormi candelabri d'argento e tutto intorno alla navata si vedevano affreschi con soggetti biblici. Il prete era magro e bruno di pelle, con una nera barba. Indossava una ricca veste rossa ricamata in oro, portava un alto cappello nero e rimaneva in piedi su quella che a Catherine parve una portantina sopra una pedana.

Lungo la parete si allineavano dei banchi di legno per una sola persona e una fila di sedie in legno. Gli uomini sedevano davanti all'altare e le donne dietro. *Immagino che gli uomini arriveranno in Paradiso per primi,* pensò Catherine.

Un canto in greco ebbe inizio e il prete discese dalla pedana e si avvicinò all'altare. Una tenda rossa si aprì e dietro di essa si vide un patriarca con la barba bianca ammantato di vesti sfarzose. Su un tavolo dinanzi a lui si trovavano una corona tempestata di gemme e una croce d'oro. Il vecchio accese tre candele legate insieme, che dovevano rappresentare la Santa Trinità, e le consegnò al prete.

La messa si protrasse per un'ora e Catherine rimase seduta godendosi la scena e le voci e pensando a quanto era fortunata e chinò il capo e recitò una preghiera di gratitudine.

La mattina dopo, lei e Larry stavano facendo colazione sulla terrazza del loro bungalow che dominava il lago. Era una giornata ideale. Splendeva il sole e una pigra brezza saliva dallo specchio d'acqua. Li stava servendo un giovane cameriere simpatico. Catherine indossava un négligé e quando il cameriere era entrato, Larry l'aveva cinta alla vita e baciata sul collo. « Che notte fantastica », aveva mormorato.

Il cameriere aveva represso un sorriso e si era ritirato con discrezione. Catherine si era sentita un po' imbarazzata. Non era tipico di Larry mostrarsi affettuoso alla presenza di estranei. Sembrava realmente cambiato, pensò. Ogni volta che una cameriera o un fattorino entravano nel bungalow, lui l'abbracciava e mostrava il suo affetto, come se avesse voluto far sapere al mondo intero quanto l'amava. Catherine trovava la cosa commovente.

« Ho studiato una grande mattinata per noi due », disse Larry. Tese il braccio verso est, dove si vedeva una vetta gigantesca torreggiare nel cielo. « Scaleremo il monte Tzoumerka. »

« Ho una regola », dichiarò Catherine. « Non scalo mai niente se non riesco a pronunciarne il nome. »

« Dicono che c'è un panorama fantastico, lassù. »

Catherine si accorse che stava dicendo sul serio. Alzò di nuovo gli occhi sulla montagna. Sembrava salire perpendicolarmente. « Le scalate non sono il mio forte, tesoro », disse.

« È facile. È pieno di sentieri fino alla cima. » Esitò. « Se non vuoi accompagnarmi, posso andare da solo. » Ma vi fu nella sua voce un tono percettibilissimo di delusione.

Sarebbe stato così semplice dire no, così semplice restarsene seduta lì a godere la splendida giornata. La tentazione era quasi irresistibile. Ma Larry la voleva con sé. E questo bastava per Catherine.

« Okay. Vedrò se mi riuscirà di trovare un cappello alpino », disse.

Sulla faccia di Larry si diffuse una tale espressione di sollievo che lei fu lieta di aver deciso di andare. Del resto, avrebbe potuto essere interessante.

Non aveva mai scalato una montagna.

Arrivarono in macchina fino a un pascolo alla periferia del villaggio, ove cominciava il sentiero della montagna, e parcheggiarono l'automobile. Al margine della strada c'era una bancarella e Larry comprò alcuni panini imbottiti, frutta, tavolette di cioccolata e un grosso thermos di caffè.

« Se lassù ci troveremo bene », disse al proprietario, « mia moglie e io potremmo passarci la notte. » Abbracciò Catherine e l'uomo sorrise.

Si incamminarono lungo il sentiero. Ce n'erano due, in realtà, che andavano in direzioni opposte. L'ascesa sembrava facile; Catherine lo ammise tra sé e sé. I sentieri erano ampi e non troppo ripidi. Quando alzò il viso per guardare la vetta della montagna, le parve tetra e minacciosa, ma non sarebbero arrivati così in alto. Dopo essersi arrampicati per un po', si sarebbero seduti e avrebbero mangiato.

« Da questa parte », disse Larry e condusse Catherine verso il sentiero diretto a sinistra. Mentre cominciavano a salire, il greco della bancarella li osservò preoccupato. Doveva correre dietro a quei due e dire che avevano preso il sentiero sbagliato? Quello che stavano seguendo era pericoloso, adatto soltanto a scalatori esperti. Ma in quel momento alcune persone si avvicinarono al banchetto e l'uomo dimenticò i due americani.

Il sole era ardente, man mano che salivano, però, la brezza diventava più fresca e Catherine pensò che la combinazione delle due cose era deliziosa. La giornata era splendida e lei si trovava con l'uomo che amava. Di quando in quando sbirciava in basso e si meravigliava di essere già salita così in alto. L'aria sembrava essersi rarefatta e la respirazione stava diventando più faticosa. Seguiva Larry, perché il sentiero era ormai troppo stretto per consentir loro di camminare a fianco a fianco. Si domandò quando si sarebbero fermati per il picnic.

Larry vide che Catherine si stava trascinando a fatica dietro di lui e si fermò per aspettarla.

« Mi spiace », lei ansimò. « L'altezza comincia a stancarmi un po'. » Guardò in basso. « Ci vorrà molto tempo per ridiscendere. »

« No, affatto », rispose Larry. Si voltò e ricominciò a salire per l'angusto sentiero. Catherine lo seguì con lo sguardo, poi sospirò e ricominciò, caparbia, ad arrancare.

« Avrei dovuto sposare un giocatore di scacchi », gli gridò dietro. Lui non rispose.

Era arrivato a un'improvvisa, brusca svolta del sentiero e davanti a lui c'era un ponticello di legno con una singola corda per sostenersi, un ponte gettato su una gola profonda. Oscillava nel vento e non sembrava saldo abbastanza per sostenere il peso di un uomo. Larry mise il piede su una putrida asse di legno, che cominciò a cedere sotto il suo peso, ma poi resistette. Abbassò gli occhi. La gola aveva una profondità di circa trecento metri. Incominciò ad attraversare il ponte, saggiando cauto la resistenza delle assi a ogni passo, poi udì la voce di Catherine.

« Larry! »

Si voltò. Era arrivata all'inizio del ponte.

« Non passeremo mica *di qui*, vero? » domandò lei. « Questo ponte non porterebbe un *gatto*! »

« Dobbiamo passare, a meno che tu non voglia spiccare il volo. »

« Ma non mi sembra sicuro. »

« Ci passa gente ogni giorno. » Si voltò e ricominciò ad avanzare, lasciando Catherine in piedi all'inizio del ponticello.

Lei si fece avanti sul ponte, che cominciò a vibrare. Guardò in basso la gola profonda e la paura cominciò a invaderla. Non era più un divertimento; era pericoloso. Guardò dinanzi a sé e vide che Larry era quasi giunto al lato opposto. Digrignò i denti, afferrò la corda e cominciò ad avanzare, mentre il ponte dondolava a ogni passo. Sull'altro lato, Larry si era voltato a guardarla. Lei procedeva adagio, una mano stretta sulla corda, cercando di non guardare in giù l'abisso sottostante. Larry le vide la paura scritta sulla faccia. Quando giunse al suo fianco, Catherine stava tremando o per il terrore, o per il vento gelido che cominciava a spazzare le cime della montagna incappucciate di neve. Gli disse: « Non credo di essere tagliata per scalare montagne. Non potremmo tornare indietro adesso, tesoro? »

Lui la fissò stupito. « Non abbiamo nemmeno visto il panorama, Cathy. »

« Ho visto quanto mi basta per tutta la vita. »

Larry l'abbracciò. « Sta' a sentire », sorrise, « più avanti c'è un bel posticino tranquillo per il nostro picnic. Ci fermeremo là. Che ne dici? »

Catherine annuì con riluttanza. « Va bene. »

« Brava. »

Le rivolse un altro breve sorriso, poi si voltò e ricominciò a salire su per il sentiero, seguito da lei. Catherine dovette ammettere che il panorama del villaggio e della valle, molto più in basso, era da togliere il respiro: una scena serena e idillica che sembrava tolta da una cartolina illustrata. Era davvero contenta di essere venuta. Da molto tempo non vedeva Larry così esuberante. Si sarebbe detto che fosse posseduto da un'eccitazione sempre più intensa man mano che saliva. Aveva la faccia accesa e cicalava dicendo cose insignificanti, come se sentisse la necessità di continuare a parlare per liberare una parte della sua energia nervosa. Tutto sembrava entusiasmarlo: l'ascesa, il panorama, i fiori lungo il sentiero. Sembrava che ogni cosa assumesse per lui una importanza straordinaria, come se i suoi sensi fossero stati stimolati, in qualche modo, al di là della norma. Continuava a salire per nulla affaticato, senza nemmeno avere il fiato corto, mentre l'aria sempre più rarefatta stava facendo ansimare Catherine.

Le gambe cominciavano a sembrarle pesanti come piombo. Il respiro le saliva nella gola ad ansiti faticosi, ormai. Non aveva idea del tempo che era passato da quando si stavano arrampicando, ma, quando guardava in basso, il villaggio era una miniatura minuscola, molto lontana. Le sembrava che il sentiero diventasse sempre più ripido e più stretto. Serpeggiava lungo l'orlo di un precipizio e lei si teneva accostata il più possibile al fianco della montagna. Larry aveva detto che la scalata era facile. *Per una capra*, pensò. Il sentiero sembrava ormai quasi inesistente e non c'erano segni che qualcun altro vi fosse passato. I fiori si erano diradati e la sola vegetazione era muschio e un'erba rossastra, strana di aspetto, che pareva crescere dalle pietre. Catherine non sapeva per quanto tempo ancora ce l'avrebbe fatta a salire. Mentre seguivano una curva brusca, il sentiero all'improvviso scomparve e un abisso da dare il capogiro le si spalancò sotto i piedi.

« Larry! » Fu un grido, il suo.

Lui accorse immediatamente al suo fianco. Le afferrò il braccio e la trascinò indietro, guidandola sulle rocce dove il sentiero riprendeva. Il cuore di Catherine stava battendo selvaggiamente. *Devo essere impazzita*, pensò. *Sono troppo vecchia per fare un safari.* L'altezza e lo sforzo l'avevano stordita e le stava girando la testa. Si voltò per parlare con Larry e sopra di lui, al di là della svolta successiva, vide la vetta della montagna. Erano arrivati.

Giaceva sul terreno piatto, ricuperando le forze, e la brezza fresca le smuoveva i capelli. Il terrore l'aveva abbandonata. Non c'era più niente da temere, ormai; secondo Larry la discesa sarebbe stata facile. Lui le sedette accanto.

« Va meglio? » domandò.

Annuì. « Sì. » Il cuore aveva smesso di martellarle nel petto; cominciava a respirare di nuovo normalmente. Trasse un respiro profondo e gli sorrise.

« La parte difficile è finita, vero? » domandò.

Larry la fissò per un lungo momento. Poi disse: « Sì, è finita, Cathy ».

Lei si sollevò su un gomito. Una sorta di piattaforma di legno era stata costruita sul piccolo pianoro, circondata da una ringhiera, e da lì si godeva una vista spettacolare. Tre o quattro metri più in là, scorse il sentiero che scendeva dall'altro lato della montagna.

« Oh, Larry, è *veramente* meraviglioso », disse. « Mi sembra di essere Magellano. » Gli sorrise, ma Larry guardava altrove e Catherine s'accorse che non la stava ascoltando. sembrava pensieroso... *teso*, come se fosse preoccupato per qualcosa. Lei alzò gli occhi e disse: « Guarda! » Una nuvola bianca, lanuginosa, veniva verso di loro, sospinta dalle brezze fresche delle montagne. « Viene da questa parte. Non mi sono mai trovata tra le nuvole. Dev'essere come stare in Paradiso. »

Larry la guardò mentre si metteva in piedi e si avvicinava all'orlo del dirupo, alla traballante ringhiera di legno. Appoggiato ai gomiti, si sporse in avanti, pensieroso a un tratto, osservando la nuvola mentre veniva verso Catherine. L'aveva quasi raggiunta e stava cominciando ad avvolgerla.

« Tra un momento ci sarò dentro », gridò lei, « e lascerò che mi passi attraverso! »

Un attimo dopo, Catherine si perdette nella nebbia grigia, turbinosa.

Silenziosamente, Larry si alzò. Per un momento rimase immobile, poi, sempre silenzioso, cominciò ad andare verso di lei. Dopo pochi secondi si trovò immerso nella nebbia. Si fermò, non sapendo bene dove lei fosse. Poi, davanti a sé, udì la sua voce che chiamava: « Oh, Larry, è meraviglioso! Vieni qui con me ».

Cominciò a muoversi adagio verso il suono della voce, soffocato dalla nuvola. « È come una pioggia soffice », gridò lei. « La senti? » La voce era più vicina, adesso, a due o a tre passi appena. Si fece avanti di un altro passo, le braccia tese, cercandola a tastoni.

« Larry, dove sei? »

Ora riusciva a distinguere la sua sagoma, spettrale nella nebbia, proprio di fronte, proprio sull'orlo del dirupo. Tese le mani da quella parte e nello stesso momento la nuvola passò oltre e Catherine si voltò e vennero a trovarsi uno di fronte all'altra a meno di un metro di distanza.

Lei indietreggiò di un passo, sorpresa, per cui il suo piede destro si trovò proprio sull'orlo del dirupo. « Oh! Mi hai spaventata », esclamò.

Larry avanzò ancora di un passo, sorridendole rassicurante, portò avanti entrambe le mani verso di lei, ma, in quello stesso momento, una voce forte disse: « A Denver abbiamo delle montagne più alte di questa! »

Si girò, scosso, bianco in faccia. Un gruppo di turisti, preceduto da una guida greca, sbucò dal sentiero opposto, intorno all'altra parete della montagna. La guida si fermò vedendo Catherine e Larry.

« Buongiorno », disse in tono stupito. « Dovete essere saliti dal versante est. »

« Sì », rispose Larry, con una nota di nervosismo nella voce.

L'uomo scosse la testa. « Sono pazzi. Avrebbero dovuto dirvi che quella è la strada pericolosa. L'altro versante è molto più facile. »

« Me ne ricorderò la prossima volta », disse Larry. La sua voce era rauca.

L'eccitazione notata da Catherine sembrava essersi spenta in lui, come se un interruttore fosse stato azionato all'improvviso.

« Al diavolo, andiamocene di qui », disse.

« Ma... siamo appena arrivati. C'è qualcosa che non va? »

« No », scattò lui. « Soltanto, odio gli affollamenti. »

Seguirono il sentiero facile per tornare indietro e durante la discesa Larry non aprì mai bocca. Sembrava colmo di un'ira gelida e Catherine non riusciva a immaginarne il perché. Era certa di non aver detto o fatto niente che potesse offenderlo. I suoi modi erano cambiati così bruscamente all'arrivo di quelle persone. A un tratto Catherine credette di avere indovinato la ragione del suo cattivo umore e sorrise. Si era messo in mente di fare l'amore con lei nella nuvola! Per questo aveva cominciato ad avvicinarsi a braccia tese. Ma tutto era stato mandato a monte dall'arrivo dei turisti. Per poco non scoppiò a ridere felice. Osservò Larry mentre scendeva a grandi passi il sentiero davanti a lei e si sentì pervadere da una sensazione di calore. *Lo ripagherò quando saremo tornati in albergo*, promise a se stessa.

Ma quando furono tornati nel bungalow e lo cinse con le braccia e cominciò a baciarlo, Larry disse che era stanco.

Alle tre del mattino, Catherine giaceva a letto, troppo eccitata per dormire. Era stata una giornata lunga e spaventosa. Pensò al sentiero di montagna, al ponticello vacillante e alla scalata su per la parete rocciosa. Infine si addormentò.

La mattina dopo, Larry andò a parlare con il portiere. « Quelle grotte di cui mi parlava l'altro giorno », prese a dire.

« Ah, sì », rispose l'uomo. « Le grotte di Perama. Molto pittoresche. Molto interessanti. Non deve lasciarsele sfuggire. »

« Penso che dovrò visitarle », disse Larry, in tono noncurante. « Non che mi interessino molto, ma mia moglie ne ha sentito parlare e sta insistendo perché ce la porti. Le piace questo genere di cose. »

« Sono sicuro che piaceranno a tutti e due, signor Douglas. Ricordi però di prendere una guida. »

« È proprio necessario? » domandò Larry.

Il portiere annuì. « È consigliabile. Ci sono state parecchie disgrazie, di persone che si sono perse. » Abbassò la voce. « Una giovane coppia è scomparsa e nessuno l'ha più ritrovata. »

« Se le grotte sono tanto pericolose », domandò Larry, « perché lasciano entrare la gente? »

« A essere pericolosa è soltanto la parte nuova », spiegò il portiere. « Non è stata ancora esplorata e non ci sono lampade. Ma con una guida non dovrà preoccuparsi. »

« A che ora le chiudono, le grotte? »

« Alle sei. »

Larry trovò Catherine all'aperto, distesa sotto un gigantesco albero *oxya*, la bellissima quercia greca, intenta a leggere.

« Com'è il libro? »

« Abbandonabile. »

Le si accosciò accanto. « Il portiere dell'albergo mi ha parlato di certe grotte qui vicino. »

Catherine alzò gli occhi, lievemente apprensiva. « Grotte? »

« Ha detto che bisogna assolutamente visitarle. Tutti gli sposini in luna di miele ci vanno. Se esprimi un desiderio, là dentro, si avvera. » La sua voce era fanciullesca ed entusiasta. « Che cosa ne dici? »

Esitò un momento, dicendosi che Larry era davvero come un ragazzino. « Se ti fa piacere », gli disse.

Lui sorrise. « Magnifico. Ci andremo dopo pranzo. Continua pure a leggere. Io faccio un salto in paese a comprare alcune cose. »

« Vuoi che venga con te? »

« No », le rispose, disinvolto. « Tornerò subito. Riposati. »

Catherine annuì. « Va bene. »

Larry si voltò e si allontanò.

In paese trovò un piccolo emporio dove poté acquistare una lampadina tascabile, alcune pile e un gomitolo di spago.

« Sta all'albergo? » domandò il proprietario del negozio, mentre contava il resto.

« No. Sono diretto ad Atene, sono qui soltanto di passaggio. »

« Starei attento, se fossi in lei », lo consigliò l'uomo.

Larry alzò gli occhi fissandolo con uno sguardo penetrante. « A che cosa? »

« Si sta preparando un temporale. Sente come belano le pecore? »

Larry tornò in albergo alle tre. Alle quattro partirono per le grotte. Si era alzato un vento violento e a nord cominciavano a formarsi grandi nubi temporalesche che cancellavano il sole dal cielo.

Le grotte di Perama si trovavano trenta chilometri a est di Giannina. Nel corso dei secoli si sono formate tremende stalagmiti e stalattiti, assumendo la forma di animali, di palazzi, di gioielli e le grotte sono diventate un'importante attrattiva turistica.

Quando Catherine e Larry arrivarono, erano le cinque, un'ora prima alla chiusura. Larry acquistò due biglietti e un opuscolo alla biglietteria. Una guida malvestita si avvicinò e offrì i suoi servigi.

« Soltanto cinquanta dracme », cantilenò, « e vi farò fare il giro più interessante. »

« Non ci serve una guida », disse Larry, brusco.

Catherine lo guardò, stupita dal tono aspro della voce. Lui la prese sottobraccio. « Vieni. »

« Sei sicuro che non dovremmo prendere una guida? »

« Per che cosa? È un imbroglio. Non facciamo altro che entrare e dare un'occhiata alla grotta. Questo opuscolo ci dirà tutto quello che vogliamo sapere. »

« Come vuoi », disse Catherine, compiacente.

L'imboccatura della grotta era più grande di quanto si fosse aspettata, vividamente illuminata da proiettori e gremita di turisti che giravano qua e là. Le pareti e le volte sembravano piene di figure eroiche scolpite nella roccia: uccelli e giganti e fiori e corone.

« È fantastico », esclamò Catherine. Lesse l'opuscolo. « Non si sa quanto sia antica. »

La sua voce risuonò cavernosa, echeggiando sulla volta rocciosa. Sopra di loro pendevano delle stalattiti. Una galleria scavata nella roccia conduceva a una seconda grotta più piccola illuminata da nude lampadine appese a un filo che rasentava la volta. Anche lì formazioni fantasiose, uno sfoggio caotico ed esuberante dell'arte della natura. Al lato opposto, un cartello avvertiva: *Pericolo: non entrare.*

Dietro il cartello un varco si apriva su una sbadigliante caverna buia. Distrattamente, Larry andò da quella parte e si guardò attorno. Catherine stava osservando la parete scolpita accanto all'ingresso. Larry staccò il cartello e lo gettò da un lato. Poi tornò accanto a Catherine.

« C'è un freddo umido, qui dentro », disse lei. « Vogliamo andare? »

« No. » Il tono di Larry fu reciso.

Lei lo fissò stupita.

« C'è dell'altro da vedere », le spiegò Larry. « Il portiere dell'albergo mi ha detto che le cose più interessanti si trovano nella parte nuova. Secondo lui non dobbiamo lasciarcela sfuggire. »

« Dov'è? » domandò Catherine.

« Laggiù. » La prese sottobraccio, si diressero verso il fondo della grotta e si fermarono davanti al nero varco.

« Non possiamo entrare lì dentro », disse lei. « È buio. »

Larry le batté la mano sul braccio. « Mi aveva detto di portare una lampadina tascabile. » Se la tolse di tasca. « E... *voilà*... vedi? » L'accese e il sottile fascio di luce illuminò un lungo e buio passaggio nella roccia.

Catherine rimase immobile fissando la galleria. « Sembra così grande », disse in tono incerto. « Sei sicuro che non ci sia pericolo? »

« Sicurissimo », rispose lui. « Ci portano le scolaresche, qui. »

Catherine continuò a esitare perché avrebbe preferito restare con gli altri turisti. Senza sapere perché, entrare là dentro le sembrava pericoloso.

« E va bene », disse.

Si inoltrarono nel passaggio. Avevano percorso appena pochi metri quando il cerchio luminoso della grotta principale, alle loro spalle, venne inghiottito dalle tenebre. Il passaggio piegò bruscamente a sinistra, poi curvò a destra. Si trovavano soli in un mondo primitivo, gelido, fuori del tempo. Nei riverberi del fascio di luce proiettato dalla lampadina tascabile, Catherine intravide la faccia di Larry e vi sorprese un'espressione animata. La stessa che aveva veduto sulla montagna. Intensificò la stretta sul braccio di lui.

Davanti a loro la galleria si biforcò. Catherine vide la roccia scabra, sulla bassa volta, suddividersi in direzioni diverse. Pensò a Teseo e al Minotauro nella grotta e si domandò se avrebbero urtato contro di loro. Aprì la bocca per proporre di tornare indietro, ma, prima che avesse potuto parlare, Larry disse: « Andiamo a sinistra ».

Lei lo fissò e mormorò, con una voce che sperava fosse noncurante: « Tesoro, non credi che dovremmo tornare indietro? Si sta facendo tardi. Chiuderanno le grotte ».

« Restano aperte fino alle nove », rispose Larry. « C'è una grotta che voglio trovare. L'hanno appena scoperta. Sembra che sia veramente fantastica. » E cominciò a incamminarsi.

Lei esitò, cercando un pretesto per non proseguire. Ma, dopo tutto, *perché* non avrebbero dovuto esplorare? Larry si divertiva. Se bastava questo per renderlo felice, lei sarebbe diventata la più grande... qual era la parola?... la più grande speleologa del mondo.

Larry si era fermato e la stava aspettando. « Vieni? » domandò spazientito.

Catherine cercò di sembrare entusiasta. « Sì. Vedi soltanto di non perdermi », disse.

Lui non rispose. Seguirono la diramazione di sinistra della galleria e cominciarono ad avanzare, facendo attenzione ai piccoli sassi che scivolavano sotto i loro piedi. Larry si frugò in tasca e un attimo dopo Catherine udì qualcosa cadere a terra. Lui continuò a camminare.

« Ti è caduto qualcosa? » gli domandò. « Mi è sembrato di sentire... »

« Ho urtato un sasso », rispose lui. « Camminiamo più in fretta. » E proseguirono, Catherina ignara del fatto che dietro di loro si stava svolgendo un gomitolo di spago.

La volta della grotta sembrava più bassa lì e le pareti, più bagnate, avevano un aspetto, rise di se stessa per averlo pensato, minaccioso. Era come se la galleria cominciasse a chiudersi intorno a loro, pericolosa, e infida. « Non credo che questo posto gradisca la nostra presenza », disse.

« Non essere ridicola, Cathy. È soltanto una grotta. »

« Credi che siamo i soli a trovarci qui? »

Lui esitò. « Non molte persone sanno di questo tratto. »

Andarono avanti e avanti e Catherine cominciò a perdere completamente il senso del tempo e del luogo.

Il passaggio andava di nuovo restringendosi e le rocce a entrambi i lati li urtavano con sporgenze taglienti e inaspettate.

« Quanto credi che vada avanti, ancora? » domandò Catherine. « Dobbiamo essere vicini alla Cina. »

« Non è lontana, ormai. »

Quando parlavano, le loro voci suonavano soffocate e cupe, come una serie di echi ininterrotti e morenti.

Cominciava a fare molto freddo, adesso, ed era un freddo umido, appiccicoso. Catherine rabbrividì. Davanti a loro il raggio di luce illuminò un'altra biforcazione. Si avvicinarono a essa e si fermarono. La galleria sulla destra sembrava più stretta dell'altra.

« Dovrebbero mettere dei cartelli stradali al neon », disse lei. « Forse ci siamo spinti troppo avanti. »

« No », disse Larry. « Sono sicuro che è a destra. »

« Sto cominciando a essere proprio gelata, tesoro », disse lei. « Torniamo indietro, adesso. »

Larry si voltò a guardarla. « Siamo quasi arrivati, Cathy. » Le strinse il braccio. « Ti riscalderò io quando torneremo al bungalow. » Vide la riluttanza sulla sua faccia. « Sta' a sentire... se non avremo trovato la grotta entro due minuti, torneremo indietro e ce ne andremo in albergo, okay? »

Catherine sentì il cuore più leggero. « Okay », disse con gratitudine.

« Su, vieni. »

Voltarono nella galleria di destra e il fascio luminoso della lampadina creò magici e mutevoli disegni sulla roccia grigia più avanti. Catherine guardò alle proprie spalle e vide che là dietro regnava una tenebra compatta. Era come se la piccola lampadina tascabile stesse scavando luminosità in quel buio da fiume Stige, spostandosi in avanti di poche decine di centimetri alla volta, incapsulandoli nel suo minuscolo utero di luce. Larry si fermò all'improvviso.

« Maledizione! » disse.

« Che cosa c'è? »

« Credo che abbiamo sbagliato direzione, là dietro. »

Catherine annuì. « Va bene. Torniamo. »

« Lascia che me ne accerti. Rimani qui. »

Lo fissò meravigliata. « Dove vuoi andare? »

« Indietro, soltanto pochi metri. Fino all'inizio della galleria. » La sua voce parve forzata e non naturale.

« Vengo con te. »

« Farò più in fretta da solo, Cathy. Voglio soltanto controllare la biforcazione dove abbiamo voltato l'ultima volta. » Sembrava spazientito. « Sarò qui tra dieci secondi. »

« D'accordo », disse lei, inquieta.

Rimase immobile a guardare mentre Larry si allontanava e tornava indietro nell'oscurità dalla quale erano venuti, racchiuso dentro un alone di luce, come un angelo che si spostasse nelle viscere della terra. Un momento dopo, la luce scomparve e lei si trovò immersa nelle tenebre più nere che avesse mai conosciuto. Aspettò, rabbrividendo, contando mentalmente i secondi. E poi i minuti.

Larry non tornò.

Continuò ad aspettare, sentendo l'oscurità lambirla simile a onde maligne e invisibili. Gridò: « Larry? » e la sua voce parve rauca e incerta; si schiarì la gola e ritentò, più forte. « Larry? » Udì il suono smorzarsi a pochi metri da lei, ucciso dalle tenebre. Era come se niente potesse vivere in quel luogo e Catherine cominciò a sentire i primi sottili tentacoli del terrore. *Naturalmente Larry tornerà subito,* disse a se stessa. *Non devo fare altro che restare dove sono e rimanere calma.*

I neri minuti scorrevano lenti e lei cominciò pensare che doveva essere accaduto qualcosa di terribile. Larry forse aveva avuto un incidente, era scivolato sulle pietre smosse e aveva battuto la testa contro la parete scabra e tagliente della galleria. Forse, in quel momento, giaceva a pochi passi appena da lei e stava morendo dissanguato. O forse si era perduto. La sua lampadina tascabile si era spenta e forse si trovava intrappolato in qualche punto nelle viscere di quelle grotte, com'era intrappolata lei.

Una sensazione di soffocamento cominciò a chiudersi intorno a Catherine, impedendole di respirare, colmandola di un panico folle. Si voltò e cominciò a camminare adagio nella direzione dalla quale era venuta. La galleria era stretta e se Larry giaceva sul terreno impotente e ferito, aveva molte probabilità di trovarlo. Presto sarebbe arrivata nel punto in cui il passaggio si biforcava. Procedette con cautela, sentendo rotolare le pietre sotto i piedi. Le parve di udire un suono lontano, si fermò per ascoltare. Larry? Il suono era cessato, riprese a camminare, poi lo udì di nuovo. Era un suono frusciante, come se qualcuno stesse facendo funzionare un registratore. *C'era* qualcuno, lì sotto!

Catherine gridò forte, poi ascoltò mentre il suono della sua voce annegava nel silenzio. Ecco che ricominciava! Il fruscio. Veniva dalla sua parte. Diventò più forte, avventandosi contro di lei come una violenta e urlante folata di vento. Era sempre e sempre più vicino. A un tratto le balzò addosso nelle tenebre; pelle fredda e viscida le sfiorò le gote e le baciò le labbra e sentì qualcosa strisciarle sul capo e artigli aguzzi le affondarono nei capelli e la faccia le venne coperta dal battito folle delle ali di un qualche orrore senza nome che l'aggrediva nell'oscurità. Svenne.

Giaceva su un'affilata sporgenza della roccia e la scomodità della posizione le fece riprendere i sensi. Aveva la gota calda e vischiosa e un minuto intero trascorse prima che si accorgesse di toccare il proprio sangue. Ricordò le ali e gli artigli che l'avevano attaccata nelle tenebre e cominciò a rabbrividire.

C'erano dei pipistrelli nella grotta.

Si sforzò di ricordare quel che sapeva dei pipistrelli. Aveva letto, in qualche libro, che si trattava di topi alati che si radunavano a migliaia. Un solo altro dato riuscì ad attingere alla memoria: esistevano dei pipistrelli vampiri. Ma si affrettò a dimenticarlo. Con riluttanza, si drizzò a sedere. I palmi delle mani le bruciavano, graffiati sui sassi taglienti. *Non puoi startene seduta qui*, disse a se stessa. *Devi alzarti e fare qualcosa*. Dolorosamente si mise in piedi. Aveva perduto, chissà come, una scarpa e aveva il vestito strappato, ma Larry si sarebbe affrettato a comprargliene uno nuovo l'indomani. Immaginò loro due entrare nel negozietto del villaggio, ridenti e felici, e acquistare un vestito estivo, bianco, per lei, ma in qualche modo il vestito si tramutò in un sudario e la sua mente ricominciò a essere invasa dal panico. Doveva continuare a pensare al domani, non all'incubo nel quale si trovava inghiottita adesso. Doveva continuare a camminare. Ma da quale parte? Cadendo aveva girato su se stessa. Se si fosse diretta nel senso sbagliato, avrebbe finito con l'addentrarsi ancor più nella grotta. Eppure sapeva che non poteva restare lì. Cercò di valutare quanto tempo fosse trascorso da quando erano entrati nella grotta. Doveva essere un'ora o forse due. Impossibile sapere per quanto tempo fosse rimasta priva di sensi. Senza dubbio avrebbero cercato Larry e lei. Ma se nessuno si fosse accorto della loro assenza? Nessuno controllava chi entrava nelle grotte e chi ne usciva. Sarebbe potuta rimanere lì per sempre.

Si tolse l'altra scarpa e cominciò a camminare a passi lenti e cauti, tenendo le mani brucianti dinanzi a sé per non urtare contro le rocce taglienti. *Il viaggio più lungo comincia con un singolo passo*, si disse. *Lo hanno detto i cinesi e pensa quanto sono intelligenti. Hanno inventato i petardi e lo spezzatino con il riso e sono sempre stati troppo furbi per finire in un buio budello sotterraneo dove nessuno avrebbe potuto trovarli. Se continuo a camminare, mi imbatterò in Larry o in qualche turista e torneremo in albergo e ci berremo sopra e rideremo di tutta questa storia. Non devo fare altro che continuare a camminare.*

Si fermò a un tratto. In lontananza udì di nuovo il suono frusciante venire verso di lei, come un fantomatico, spettrale treno rapido, e cominciò a tremare in tutto il corpo senza riuscire a dominarsi, si mise a urlare. Un attimo dopo le furono addosso, a centinaia, sciamando su di lei, frustandola con le loro ali fredde, viscide, soffocandola con i loro corpi pelosi di roditori in un incubo di orrore indicibile.

L'ultima cosa che ricordò prima di perdere i sensi fu che stava gridando il nome di Larry.

Giaceva sul fondo freddo e umido della grotta. Aveva gli occhi chiusi, ma la sua mente si era ridestata a un tratto e pensò: *Larry vuole uccidermi.* Era come se il suo inconscio le avesse posto l'idea nella mente, intatta. Attraverso una serie di lampi caleidoscopici udì Larry dire: *Sono innamorato di un'altra... Voglio il divorzio...* Vide Larry venire verso di lei entro la nuvola sulla montagna, a braccia tese... Ricordò di aver guardato in basso il ripido pendio e di aver detto *Ci vorrà molto tempo per scendere* e Larry che diceva *No, affatto...* e ancora Larry che diceva *Non ci serve una guida... Credo che abbiamo sbagliato direzione, là dietro. Rimani qui... Sarò qui tra dieci secondi...* E poi la tenebra terrificante.

Larry non aveva mai avuto intenzione di tornare a prenderla. La riconciliazione, la luna di miele... tutta una finzione, parte del piano per assassinarla. Per tutto quel tempo lei aveva continuato a ringraziare Dio di averle offerto una seconda possibilità e intanto Larry cercava di ucciderla. E ci era riuscito. Sapeva infatti che non sarebbe mai uscita viva di lì. Era sepolta viva in una nera tomba di orrori. I pipistrelli sembravano scomparsi, ma sentiva e odorava gli escrementi schifosi che le avevano lasciato dappertutto sulla faccia e sul corpo e sapeva che sarebbero tornati. Non sapeva se sarebbe riuscita a non impazzire durante un terzo attacco. Il pensiero dei pipistrelli la fece tremare di nuovo e si costrinse a trarre respiri lenti e profondi.

E poi li udì di nuovo e capì che non avrebbe potuto sopportarli un'altra volta. Il suono cominciò come un lento ronzio, poi un'ondata scrosciante, più forte, che si avvicinava. Vi fu un urlo improvviso, straziante, che ripetutamente echeggiò nell'oscurità, ma quell'altro suono continuò a diventare sempre più forte e, fuori della nera galleria, apparve una luce e udì voci chiamare e mani cominciarono a tendersi verso di lei e a sollevarla e avrebbe voluto avvertire quelle persone che c'erano i pipistrelli, ma non riusciva a smettere di urlare.

22

NOELLE E CATHERINE

Atene, 1946

GIACEVA immobile e rigida, in modo che i pipistrelli non riuscissero a trovarla, e ascoltava in attesa di udire il frullo delle loro ali, gli occhi strettamente chiusi.

Una voce d'uomo disse: « È un miracolo se l'abbiamo trovata ».

« Guarirà? »

Era la voce di Larry.

Il terrore, all'improvviso, dilagò una volta di più in Catherine. Fu come se il suo corpo si riempisse di nervi urlanti che la mettevano in guardia, invitandola a fuggire. L'assassino era venuto per eliminarla. Gemette: « No... » e aprì gli occhi. Si trovava sul letto del bungalow. Larry la fissava, ai piedi del letto, e accanto a lui c'era un uomo che non aveva mai visto. Larry venne verso di lei. « Catherine... »

Trasalì, mentre si avvicinava. « Non toccarmi! » La sua voce era fioca e rauca.

« Catherine! » Sulla faccia di Larry si diffuse lo sgomento.

« Tenetelo lontano da me », supplicò lei.

« È ancora in stato di choc », disse lo sconosciuto. « Forse sarebbe meglio che lei aspettasse nell'altra stanza. »

Larry la studiò per un momento, inespressivo. « Certo. Voglio soltanto che stia bene. » Si voltò e uscì.

Lo sconosciuto venne più vicino. Era un uomo basso di statura, grasso, con la faccia simpatica e un bel sorriso. Parlava l'inglese con un spiccatissimo accento greco. « Sono il dottor Kazomides. Ha passato dei momenti terribili, signora Douglas, ma le assicuro che si rimetterà. Una lieve commozione cerebrale e un grave stato di choc, ma tra pochi giorni sarà come nuova ». Sospirò. « Dovrebbero chiuderle, quelle maledette grotte. Questo è il terzo incidente dell'anno. »

Catherine cominciò a scuotere la testa, ma smise subito perché la sentì pulsare dolorosamente. « Non è stato un incidente », disse con la voce impastata. « Ha tentato di uccidermi. »

Il dottore la fissò. « Chi ha tentato di ucciderla? »

Aveva la bocca secca e la lingua con una patina spessa. Le riusciva difficile pronunciare le parole. « M-mio marito. »

« No », disse lui.

Non le credeva. Catherine deglutì e tentò di nuovo. « Mi ha ab-abbandonata nella grotta, a morire. »

Kazomides scosse la testa. « È stato un incidente. Le darò un sedativo e, quando si sveglierà, si sentirà molto meglio. »

Un empito di paura la percorse. « No! » supplicò. « Non capisce? Non mi sveglierò più. Mi porti via di qui. La prego! »

Il medico sorrideva rassicurante. « Le ho detto che si rimetterà, signora Douglas. Tutto ciò di cui ha bisogno è un delizioso lungo sonno. » Frugò in una valigetta nera, cercandovi una siringa ipodermica.

Catherine tentò di drizzarsi a sedere, ma una fitta lancinante le saettò nella testa e immediatamente divenne madida di sudore. Ricadde sul letto, con le tempie che le martellavano in modo insopportabile.

« Non deve ancora cercare di muoversi », l'avvertì il dottor Kazomides. « Ha passato una prova terribile. » Prese la siringa, la riempì immergendo l'ago in una fiala di liquido ambrato e si voltò verso di lei. « Si giri, per piacere. Quando si sveglierà, si sentirà un'altra. »

« Non mi sveglierò più », bisbigliò Catherine. « Mi ucciderà nel sonno. »

Sulla faccia del medico apparve un'espressione preoccupata. Venne verso di lei. « Si giri, la prego, signora Douglas. »

Lei lo fissava, con occhi ostinati.

Con dolcezza la voltò sul fianco, le alzò la camicia da notte e Catherine sentì una puntura al fianco. « Ecco fatto », disse il dottore.

Catherine si rimise supina e bisbigliò: « Lei mi ha appena uccisa ». Gli occhi le si riempirono di lacrime impotenti.

« Signora Douglas », disse il dottore, sommessamente, « sa come l'abbiamo trovata? »

Fece per scuotere la testa, poi ricordò il dolore. La voce di lui era dolce. « Ci ha guidati suo marito. »

Lo fissò, senza capire che cosa stesse dicendo.

« Aveva seguito la curva sbagliata e si era perduto nella caverna », le spiegò Kazomides. « Quando non è riuscito a trovarla, ha chiamato la polizia e abbiamo organizzato una squadra di soccorso, immediatamente. »

Catherine continuava a fissarlo, sempre senza capire. « Larry... ha chiesto l'aiuto della polizia? »

« Era in uno stato terribile. Dava la colpa a se stesso per quello che era successo. »

Giacque sul letto sforzandosi di capire, cercando di adattarsi alla nuova situazione. Se Larry avesse voluto ucciderla, non avrebbe organizzato un gruppo di persone per trovarla, non avrebbe chiamato la polizia. Si sentì colmare da una confusione terribile. Il medico la stava osservando comprensivo.

« Ora deve dormire », le disse. « Tornerò a visitarla in mattinata. »

Aveva creduto che l'uomo che amava fosse un assassino. Sapeva di doverlo dire a Larry, di dovergli chiedere perdono, ma la mente le si stava intorpidendo e gli occhi le si chiudevano. *Glielo dirò dopo*, pensò, *quando mi sveglierò. Capirà e mi perdonerà. E tutto tornerà a essere meraviglioso, proprio come lo era prima...*

Venne svegliata da un suono improvviso, forte e scrosicante, e spalancò gli occhi, il polso più affrettato. Un torrente di pioggia stava tambureggiando selvaggiamente contro la finestra della camera da letto e una saetta illuminò ogni cosa di una luce pallida e azzurrognola che fece somigliare la stanza a una fotografia sovraesposta. Il vento artigliava la casa, cercando di insinuarvisi ululante, e la pioggia che batteva sul tetto e sulle finestre aveva lo stesso suono di mille minuscoli tamburi. Ogni pochi secondi si udiva un minaccioso brontolio di tuoni e i brontolii erano intervallati dai lampi.

Era stato il rombo del tuono a svegliare Catherine. A fatica si drizzò a sedere sul letto e guardò la piccola sveglia sul comodino. Il sedativo somministratole dal dottore la intontiva e dovette socchiudere gli occhi per distinguere le cifre sul quadrante. Le tre del mattino. Era sola. Larry doveva trovarsi sveglio nell'altra stanza, preoccupato per lei. Doveva parlargli, scusarsi. Cautamente fece scivolare le gambe giù dal letto e cercò di alzarsi in piedi. Un'ondata di capogiro dilagò in lei. Fu sul punto di cadere e si sostenne alla colonnina del letto finché le vertigini non furono passate. Andò a passi malfermi verso la porta, sentendo i muscoli irrigiditi, come se non li avesse usati da un pezzo; nel capo le martellavano pulsazioni dolorose. Rimase immobile per un momento, avvinghiata alla maniglia della porta per non cadere, poi aprì la porta e passò nel soggiorno.

Larry non era lì. C'era la luce accesa in cucina e andò barcollante da quella parte. Larry era in piedi in cucina, le voltava le spalle e lei gridò: « Larry! » ma la sua voce venne coperta da un poderoso colpo di tuono. Prima che avesse potuto chiamare ancora, una donna si mosse, là dentro, e divenne visibile. Larry disse: « È pericoloso per te farti... » Il vento ululante trascinò via le altre sue parole.

« ... dovevo venire. Dovevo essere sicura che tu... »

« ... vedere con me. Nessuno potrà mai... »

« ... ti ho detto che avrei pensato io a... »

« ... è andata male. Non possono in alcun modo... »

« ... adesso, mentre sta dormendo. »

Catherine rimaneva lì paralizzata, incapace di muoversi. Era come ascoltare suoni stroboscopici, gruppi di parole rapide e pulsanti. Il resto delle frasi si perdeva negli ululati del vento e nei colpi di tuono.

« ... dobbiamo fare presto, prima che lei... »

Tutti i terrori di prima tornarono, facendola rabbrividire, inghiottendola in un panico senza nome, sconvolgente. Doveva andarsene di lì prima che la trovassero, prima che l'assassinassero. Adagio, con il corpo percorso da tremiti, cominciò a indietreggiare. Urtò una lampada, che cominciò a cadere, ma l'afferrò in tempo, prima che piombasse sul pavimento. I battiti del suo cuore erano tanto forti da farle temere che i due potessero udirli nonostante i tuoni e la pioggia. Giunse davanti alla porta, l'aprì e il vento per poco non gliela strappò dalle mani.

Uscì nella notte, chiudendo rapidamente la porta dietro di sé. Venne inzuppata all'istante dalla pioggia gelida, sferzante, e per la prima volta si rese conto che indossava soltanto una leggera camicia da notte. Non importava. La sola cosa importante era fuggire. Attraverso i torrenti di pioggia vedeva le luci dell'atrio dell'albergo in lontananza. Poteva andare là a chiedere aiuto. Ma l'avrebbero creduta? Ricordò la faccia del dottore quando gli aveva detto che Larry stava tentando di ucciderla. No, avrebbe pensato che fosse isterica e l'avrebbero consegnata a Larry. Doveva allontanarsi di lì. Si diresse verso il ripido sentiero roccioso che conduceva giù al villaggio.

La pioggia torrenziale aveva trasformato il sentiero in una palude melmosa e scivolosa che le risucchiava i piedi nudi e la rallentava: provò la sensazione di correre in un incubo, cercando invano di fuggire, al rallentatore, mentre gli inseguitori le correvano dietro. Continuava a scivolare e a cadere e i piedi le sanguinavano per le pietre aguzze del sentiero, ma non se ne accorgeva. Era in stato di choc, si muoveva come un automa, cadendo quando una folata di vento la scaraventava a terra, rialzandosi e proseguendo di nuovo verso il villaggio, ignara della meta verso la quale correva. Non sentiva nemmeno più la pioggia.

Il sentiero la condusse a un tratto in una via buia e deserta alla periferia del villaggio. Continuò ad arrancare incespicando, come una bestia inseguita, mettendo senza accorgersene un piede davanti all'altro, terrorizzata dai rombi spaventosi che laceravano la notte e dalle saette che tramutavano il cielo in un inferno.

Giunse davanti al lago e rimase immobile, fissandolo, mentre il vento le frustava la leggera camicia da notte intorno al corpo. L'acqua placida si era tramutata in un oceano ribollente, sospinto da venti demoniaci che formavano alte onde e le incalzavano, facendole infrangere le une contro le altre.

Catherine, immobile, cercò di ricordare che cosa stesse

facendo lì. E a un tratto capì. Stava andando incontro a Bill Fraser. Lui l'aspettava nella sua stupenda casa perché potessero sposarsi. Al di là dell'acqua intravedeva il barlume di una luce gialla attraverso le raffiche di pioggia. Bill era laggiù, l'aspettava. Ma come avrebbe fatto a raggiungerlo? Guardò in basso e vide, sotto di sé, le barche a remi legate agli ormeggi beccheggiare nell'acqua turbolenta come se tentassero di liberarsi.

Capì che cosa doveva fare. Si lasciò scivolare fino a una delle barche e vi saltò su. Lottando per mantenere l'equilibrio, sciolse la cima che la tratteneva al molo. All'istante la barca balzò via, quasi librandosi in volo nell'improvvisa libertà. Catherine cadde. Si issò su un sedile e afferrò i remi, cercando di ricordare come se ne era servito Larry. Ma non esisteva alcun Larry. Doveva essere stato Bill. Sì, ora ricordò che era stato Bill a remare con lei. Stavano andando dal padre e dalla madre di lui. Cercò di adoperare i remi, ma le onde gigantesche continuavano a sollevare la barca da un lato e dall'altro, a farla piroettare, e i remi le vennero strappati dalle mani e furono risucchiati nell'acqua. Seduta, li guardò scomparire alla vista. La barca andava alla deriva verso il centro del lago. Catherine cominciò a battere i denti per il freddo e a rabbrividire percorsa da spasmi incontrollabili. Sentì qualcosa lambirle i piedi, abbassò gli occhi e vide che la barca si stava riempiendo d'acqua. Si mise a piangere, perché il vestito nuziale si sarebbe bagnato. Bill Fraser lo aveva comprato per lei e ora si sarebbe arrabbiato con lei.

Indossava un abito nuziale perché Bill e lei si trovavano in chiesa e il pastore, che somigliava al padre di Bill, stava dicendo: *Se qualcuno ha obiezioni da fare contro questo matrimonio parli adesso, oppure...* e poi una voce di donna disse *adesso, mentre sta dormendo* e le luci si spensero e Catherine si ritrovò nella grotta e Larry la teneva giù e la donna le gettava dell'acqua addosso, affogandola. Si guardò attorno, cercando la luce gialla nella casa di Bill, ma era scomparsa. Lui non la voleva più sposare e adesso non aveva nessuno.

La sponda era ormai molto lontana, nascosta in qualche punto al di là della pioggia scrosciante, sferzante, e Catherine era sola nella notte tempestosa, con il vento *meltemi*, urlante come lo spirito che annuncia la morte, nelle orecchie. La barca prese a dondolare pericolosamente mentre grosse onde le si frantumavano contro. Ma Catherine non aveva più paura. Il suo corpo si stava colmando adagio di un tepore delizioso e la pioggia le cadeva sulla pelle simile a soffice velluto. Giunse le mani dinanzi a sé come una bimbetta e cominciò a recitare la preghiera che aveva imparato da piccola.

« Ora al sonno mi preparo... E di salvarmi prego Gesù caro... Se nel sonno dovessi morire... Che l'anima mia non debba perire. » E si sentì colmare da una felicità meravigliosa perché sapeva, finalmente, che tutto sarebbe andato bene. Stava per tornare a casa.

In quel momento una grande onda investì a poppa la barca che adagio cominciò a capovolgersi sul nero lago senza fondo.

LIBRO TERZO

23

IL PROCESSO

Atene, 1947

CINQUE ore prima che il processo per omicidio contro Noelle Page e Larry Douglas cominciasse, l'aula 33, nel tribunale Arsakion di Atene, traboccava di curiosi. Il tribunale è un enorme edificio grigio che occupa un intero isolato tra via dell'Università e la Stada. Delle trenta aule che si trovano nel palazzo, soltanto tre sono riservate alle cause penali, la 21, la 30 e la 33. La numero 33 era stata scelta per quel processo perché era la più vasta. I corridoi davanti a essa erano gremiti e poliziotti in uniformi grigie e camicie grigie si trovavano di guardia ai due ingressi per trattenere la folla. Il banchetto di panini imbottiti nel corridoio aveva venduto tutto nei primi cinque minuti e davanti alla cabina telefonica c'era una lunga coda.

Georgios Skouri, il capo della polizia, stava sorvegliando personalmente l'attuazione delle misure di sicurezza. I fotografi dei giornali si aggiravano dappertutto e Skouri riusciva, con suo vivo piacere, a farsi fotografare ripetutamente. I lasciapassare con i quali si poteva accedere all'aula del tribunale erano ricercatissimi. Per settimane i magistrati greci erano stati assediati da richieste di amici e di parenti. I raccomandati che erano riusciti ad assicurarseli li barattavano in cambio di altri favori o li vendevano a sciacalli che li rivendevano a loro volta anche per cinquecento dracme.

Lo scenario del processo era alquanto banale. L'aula 33 al primo piano del tribunale sapeva di muffa e aveva l'aspetto antiquato di un'arena di migliaia di battaglie giuridiche svoltesi nel corso degli anni. Larga circa dodici metri, era lunga trenta metri. I posti a sedere si suddividevano in tre settori, distanziati l'uno dall'altro di un metro e mezzo con nove panche di legno in ciascun settore. Contro la parete anteriore dell'aula si trovava una pedana, dietro un parapetto di mogano lucidato alto un paio di metri, e su di essa c'erano tre scranni dall'alta spalliera in cuoio per i tre giudici. Sullo scranno di mezzo prendeva posto il presidente del tribunale e sopra di esso pendeva uno specchio quadrato e sudicio che rifletteva una parte dell'aula.

Davanti alla pedana si trovava il banco dei testimoni, una piccola piattaforma rialzata sulla quale era stato fissato un leggio con un supporto di legno per i documenti. Sul leggio figurava, in oro, il crocefisso, Gesù sulla croce, con due dei suoi discepoli ai lati. Contro la parete opposta era situato il recinto dei giurati, contenente in quel momento dieci persone. Di fronte, il banco degli imputati. Davanti a quest'ultimo, il tavolo degli avvocati difensori.

Le pareti dell'aula erano di stucco e il pavimento di linoleum, diversamente dai consunti pavimenti di legno delle aule al pianterreno. Dal soffitto pendeva una dozzina di lampadine elettriche chiuse in globi di vetro. In un angolo della sala, la conduttura d'aria di un antiquato impianto di riscaldamento saliva fino al soffitto. Parte dell'aula era stata riservata alla stampa: c'erano, tra gli altri, corrispondenti della Reuter, della United Press, dell'International News Service, dell'Agenzia Shsin Hau, dell'Agenzia della Stampa Francese, della Tass.

Le circostanze stesse di quel processo erano già di per sé abbastanza sensazionali, ma i personaggi coinvolti erano così famosi che il pubblico eccitato non sapeva chi guardare per primo. L'aula sembrava un circo equestre a tre piste. Nella prima fila di panche sedeva Philippe Sorel, il famoso attore che, si diceva, era stato un tempo l'amante di Noelle Page. Entrando nel tribunale, Sorel aveva fracassato una macchina fotografica e si era rifiutato nel modo più assoluto di parlare con i giornalisti. Sedeva al suo posto, adesso, chiuso in se stesso e silenzioso, come se fosse circondato da un muro invisibile. Una fila più indietro c'era Armand Gautier. L'alto e tetro regista frugava continuamente con lo sguardo l'aula del tribunale, come se stesse prendendo appunti, mentalmente, per il suo prossimo film. Accanto a Gautier sedeva Israel Katz, il celebre chirurgo francese ed eroe della resistenza.

Due posti più in là si trovava William Fraser, assistente speciale del presidente degli Stati Uniti. Il posto accanto a Fraser era stato riservato e nell'aula, con la rapidità di un incendio della prateria, si diffuse la voce che stava per arrivare Constantin Demiris.

Ovunque i presenti si voltassero, vedevano una faccia familiare: un uomo politico, un cantante, un noto scultore, uno scrittore famoso in tutto il mondo. Ma, sebbene il pubblico, in quel circo equestre giudiziario, comprendesse innumerevoli celebrità, l'attenzione si concentrava soprattutto sulla pista centrale.

A una estremità del banco degli imputati sedeva Noelle Page, squisitamente bella, con la pelle color miele un poco più pallida del solito; vestiva come se fosse appena uscita dall'atelier di madame Chanel. V'era un che di regale, in Noelle, una nobile personalità che acuiva la drammaticità di quanto le stava accadendo: accresceva l'eccitazione degli spettatori e ne intensificava la brama di sangue.

Come ebbe a esprimersi un settimanale americano: *La passione che sembrava fluire verso Noelle Page dalla folla venuta ad assistere al suo processo era talmente forte da tramutarsi quasi in una presenza fisica. Non si trattava di uno stato d'animo di simpatia o di ostilità, ma semplicemente di un senso di aspettativa. La creatura processata per omicidio dalla Stato era una superdonna, una dea collocata su un piedestallo dorato, più in alto dei presenti, i quali si trovavano lì per vedere l'idolo abbattuto fino al loro livello. Lo stato d'animo dominante nell'aula del tribunale doveva essere identico a quello dei villici che avevano visto Maria Antonietta andare verso la morte sulla carretta dei condannati.*

Noelle Page non era la sola parte in causa nel circo equestre giuridico. All'altra estremità del banco degli imputati sedeva Larry Douglas, colmo d'ira repressa. Il suo bel volto era pallido e sembrava dimagrito, ma tutto ciò non faceva che accentuare i lineamenti splendidamente scolpiti e molte donne presenti nell'aula avrebbero voluto prenderlo tra le braccia e consolarlo in un modo o nell'altro. Dopo l'arresto, Larry aveva ricevuto centinaia di lettere da donne di tutto il mondo, decine di regali e persino proposte di matrimonio.

Il terzo astro del circo equestre era Napoleon Chotas, un uomo famoso in Grecia quanto Noelle Page. Napoleon Chotas godeva fama di essere uno dei più grandi avvocati penalisti del mondo. Aveva difeso innumerevoli personaggi, da capi di governo sorpresi con le mani nei pubblici forzieri, ad assassini arrestati in flagrante dalla polizia, senza mai perdere una sola causa importante. Chotas, scarno ed emaciato, sedeva nell'aula osservando i curiosi con grandi occhi malinconici da segugio nella faccia scavata. Quando si rivolgeva alla giuria, parlava in modo lento ed esitante, come se incontrasse difficoltà enormi nell'esprimersi. A volte il suo tormentato imbarazzo era tale da indurre qualche giurato a suggerirgli la parola ch'egli stava invano cercando e, quando ciò accadeva, la faccia dell'avvocato si colmava di un tale sollievo e di una così indicibile gratitudine che l'intera giuria veniva travolta da un'ondata d'affetto nei confronti di quell'uomo. Fuori dell'aula, Chotas era invece un oratore preciso e incisivo e dominava con consumata abilità tanto la lingua quanto la sintassi. Parlava scorrevolmente sette lingue e, quando i suoi innumerevoli impegni glielo consentivano, teneva conferenze a giuristi di tutto il mondo.

Seduto al tavolo dei difensori, quasi al fianco di Chotas, si trovava Frederick Stavros, l'avvocato di Larry Douglas. Gli esperti dicevano che sebbene Stavros fosse abbastanza abile per occuparsi di cause di normale amministrazione, era disperatamente inadeguato a questa.

Noelle Page e Larry Douglas erano già stati giudicati dai giornali e dalla pubblica opinione e riconosciuti colpevoli. Nessuno dubitava, nemmeno per un momento, della loro colpevolezza. Gli scommettitori di professione davano per trenta a uno che sarebbero stati condannati. Al processo di per sé, quindi, si aggiungeva un ulteriore motivo di interesse: quello di vedere il più grande avvocato penalista d'Europa esercitare la propria magia in una situazione così compromessa.

Quando era stato annunciato che Chotas avrebbe difeso Noelle Page, la donna che aveva tradito Constantin Demiris, esponendolo al ridicolo, la notizia aveva causato un vero e proprio furore. Per quanto Chotas fosse potente, Constantin Demiris lo era cento volte di più e nessuno riusciva a immaginare come l'avvocato avesse potuto metterglisi contro. Ma la verità risultava ancor più interessante delle voci diffusesi al riguardo.

Napoleon Chotas aveva assunto la difesa di Noelle Page su richiesta personale di Demiris.

Tre mesi prima della data stabilita per l'inizio del processo, il direttore della prigione entrò nella cella di Noelle, nel carcere di via San Nikodemous, per dirle che Constantin Demiris chiedeva di poterle far visita. Lei si era domandata quando avrebbe avuto notizie dell'armatore. Dopo l'arresto, non aveva saputo nulla di lui, c'era stato un assoluto silenzio che non faceva presagire niente di buono.

Noelle aveva vissuto abbastanza a lungo con Demiris per sapere quanto profondo fosse il suo senso dell'*amour propre* e sin dove potesse spingersi per vendicare una sia pur minima offesa. Lo aveva umiliato come mai nessun altro in precedenza e Demiris era potente tanto da infliggerle un castigo terribile. Il solo interrogativo era: come si sarebbe regolato? Noelle sapeva che avrebbe disdegnato espedienti semplici come la corruzione della giuria o dei giudici. Soltanto qualche complicato complotto machiavellico avrebbe potuto soddisfarlo e lei rimaneva sveglia sulla brandina della cella, una notte dopo l'altra, mettendosi al posto di Demiris, scartando una strategia dopo l'altra, come doveva aver fatto lui, alla ricerca di un piano perfetto. Era come giocare mentalmente a scacchi con Demiris, a parte il fatto che Noelle e Larry rappresentavano le pedine, mentre la posta era la vita o la morte.

Era probabile che volesse distruggerli entrambi, ma lei conosceva meglio di chiunque altro la sottigliezza della mente di Demiris, per cui era anche possibile che si proponesse di distruggere uno solo di loro, lasciando vivere e soffrire l'altro.

Se Demiris fosse riuscito a farli giustiziare tutti e due, si sarebbe vendicato, ma in maniera troppo rapida: non gli sarebbe rimasto nulla da assaporare. Noelle aveva esaminato attentamente ogni possibilità, ogni immaginabile variante del gioco e le sembrava che Constantin Demiris avrebbe lasciato morire Larry e lasciato vivere lei, o in carcere o sotto il suo controllo: sarebbe stato il modo più sicuro per protrarre indefinitamente la vendetta. Anzitutto, perché lei avrebbe sofferto per la perdita dell'uomo che amava e poi perché avrebbe subìto tutte le torture sottili predisposte per il suo avvenire. Parte del piacere che Demiris avrebbe derivato da tale vendetta consisteva nel dirle in anticipo che cosa l'aspettava, perché lei potesse valutare appieno la futura disperazione.

Di conseguenza, Noelle non si stupì affatto quando il direttore della prigione entrò nella cella per dirle che Constantin Demiris voleva parlarle.

Fu la prima ad arrivare. Venne introdotta nell'ufficio del direttore e con discrezione, la lasciarono sola, con un beauty case portatole dalla cameriera, per prepararsi all'incontro con Demiris.

Ignorò i cosmetici, i pettini e le spazzole sulla scrivania; si avvicinò alla finestra e guardò fuori. Era la prima volta, dopo tre mesi, che poteva contemplare il mondo esterno, a parte quanto aveva appena intravisto quando era stata portata dalla prigione di via San Nikodemous al tribunale, il giorno dell'imputazione. Il tragitto si era svolto su un furgone della polizia con sbarre di ferro ai finestrini; dagli scantinati del tribunale, un angusto ascensore aveva portato lei e le guardie fino a un corridoio del primo piano, dove si era svolta l'udienza preliminare. E, dopo il rinvio del processo, l'avevano riportata in carcere.

Ora guardò fuori della finestra e osservò il traffico in via dell'Università: uomini, donne, ragazzi che si affrettavano a casa per unirsi alle famiglie. Per la prima volta in vita sua, Noelle ebbe paura. Non si faceva illusioni sulle sue probabilità di essere prosciolta. Aveva letto i giornali e sapeva che il suo sarebbe stato qualcosa di più di un processo: un bagno di sangue nel quale Larry e lei erano destinati a essere le vittime per soddisfare la coscienza della società offesa. I greci la odiavano perché aveva schernito la santità del matrimonio, la invidiavano perché era giovane e bella e ricca e la disprezzavano perché ne intuivano l'indifferenza ai loro sentimenti.

In passato Noelle non si era curata della vita, aveva temerariamente sperperato il tempo, quasi esso fosse eterno; ma adesso qualcosa era cambiato in lei. La prospettiva della morte imminente le faceva realizzare per la prima volta quanto volesse vivere. La paura stava crescendole dentro come un cancro ed era disposta a venire a patti pur di salvarsi, sebbene sapesse che Demiris avrebbe trovato il modo di tramutare in un inferno la sua vita. L'avrebbe affrontato a suo tempo. Quando fosse giunto il momento, avrebbe trovato il modo di giocare in astuzia Demiris.

Nel frattempo, aveva bisogno del suo aiuto per vivere. Disponeva di un solo vantaggio: aveva sempre preso alla leggera l'idea della morte e, di conseguenza, Demiris non poteva sapere fino a qual punto la vita contasse adesso per lei. Se se ne fosse reso conto, l'avrebbe sicuramente lasciata morire. Noelle tornò a domandarsi quali reti avesse tessuto per lei in quei mesi e, nel momento stesso in cui se lo domandava, udì la porta dell'ufficio aprirsi; si voltò e vide Constantin Demiris in piedi sulla soglia e, dopo un primo sguardo impaurito, si rese conto che non aveva più nulla da temere.

Era invecchiato di dieci anni nei pochi mesi dall'ultima volta che Noelle lo aveva veduto. Sembrava smunto, sofferente, e i vestiti gli pendevano addosso, troppo ampi. Ma furono gli occhi ad attrarre la sua attenzione. Erano occhi di un'anima passata per l'inferno. L'essenza del potere che aveva caratterizzato Demiris, il nocciolo di vitalità dinamica e travolgente, non esisteva più. Era come se un interruttore della luce fosse scattato e non rimanesse altro che lo scialbo bagliore residuo d'una luminosità sbiadita, soltanto ricordata. Restava in piedi, fissandola, gli occhi pieni di soffeenza.

Per una frazione di secondo, Noelle si domandò se non potesse trattarsi di un inganno, parte di un piano, ma nessun uomo al mondo avrebbe potuto fare l'attore così. Fu lei a rompere il lungo silenzio. « Mi dispiace, Costa », disse.

Demiris annuì adagio, quasi che anche quel movimento gli costasse uno sforzo.

« Volevo ucciderti », disse stancamente e la sua fu la voce di un vecchio. « Avevo preparato ogni cosa. »

« Perché non lo hai fatto? »

Le rispose sommessamente. « Perché tu hai ucciso prima me. Non avevo mai avuto bisogno di nessuno. Forse non avevo mai realmente sofferto, prima. »

« Costa... »

« No, lasciami finire. Non sono un uomo che perdona. Se potessi fare a meno di te, credimi, ti eliminerei. Ma non posso. Non resisto più. Ti rivoglio con me, Noelle. »

Lei lottò per non tradire quello che provava dentro. « Non dipende più dalla mia volontà, non ti sembra? »

« Se potessi farti liberare, torneresti con me? Rimarresti? »

Rimanere. Mille immagini balenarono nella mente di Noelle. Non avrebbe mai più rivisto Larry, non avrebbe mai potuto toccarlo, stringerlo a sé. Non aveva scelta, ma, anche se le fosse stato possibile scegliere, la vita era più importante. E, finché fosse rimasta in vita, sarebbe sempre esistita una possibilità. Alzò gli occhi su di lui.

« Sì, Costa. »

Demiris la fissò e la faccia gli si illuminò. Quando parlò, aveva la voce rauca. « Grazie », disse. « Dimenticheremo il passato. Quello che è stato è stato e niente può cambiarlo. » La voce si ravvivò. « È il futuro che mi interessa. Ti prenderò un avvocato. »

« Chi? »

« Napoleon Chotas. »

E quello fu il momento in cui Noelle seppe di avere realmente vinto la partita a scacchi. Scacco. Scacco matto.

Ora Napoleon Chotas sedeva al lungo tavolo degli avvocati, pensando alla battaglia che stava per cominciare. Avrebbe preferito di gran lunga che il processo venisse celebrato a Giannina, anziché ad Atene, ma sarebbe stato impossibile perché, in base alla legge greca, nessun processo può aver luogo nella località dove è stato commesso il reato. Chotas non aveva il minimo dubbio della colpevolezza di Noelle Page, ma questo lo lasciava indifferente, poiché come tutti gli avvocati penalisti, riteneva che la colpevolezza o l'innocenza di un cliente non fossero decisivi. Tutti avevano diritto a un giusto processo.

Quello sul punto di cominciare, tuttavia, era alquanto diverso. Per la prima volta nel corso della sua carriera, Napoleon Chotas si era lasciato coinvolgere emotivamente nel caso di un cliente: era innamorato di Noelle Page. Quando aveva avuto il primo colloquio con lei, su richiesta di Constantin Demiris, sebbene gli fosse nota l'immagine pubblica di Noelle Page, era rimasto totalmente impreparato alla realtà. Lei lo aveva accolto come un ospite che le facesse una visita di cortesia, senza tradire né nervosismo né paura e all'inizio lui aveva pensato che non si rendesse conto di quanto fosse disperata la sua situazione. Ma risultò essere tutto il contrario. Noelle era la donna più intelligente e affascinante che avesse mai conosciuto e senza dubbio la più bella. Chotas, sebbene il suo aspetto sembrasse smentirlo, conosceva bene le donne e riconobbe subito doti particolarissime in lei. Fu un piacere semplicemente sedersi e conversare con Noelle Page. Parlarono di giurisprudenza e d'arte, di criminalità e di storia, e lei continuò a stupirlo. Chotas riusciva a capire la sua relazione con Constantin Demiris, ma non capiva i rapporti con un uomo come Larry Douglas. La sapeva di gran lunga superiore a lui; d'altro canto credeva nell'esistenza di qualche chimica inesplicabile che faceva innamorare la gente delle persone più improbabili. Scienziati brillanti che sposavano bionde senza cervello, grandi scrittori che si univano in matrimonio con stupide attrici, intelligenti uomini di stato che sposavano sgualdrine.

Chotas ricordava l'abboccamento con Demiris. Si erano incontrati in società, negli anni precedenti, ma il suo studio legale non aveva mai lavorato per l'armatore. Demiris lo aveva invitato nella sua casa a Varkiza e aveva iniziato il colloquio senza alcun preambolo: « Come forse saprà, sono profondamente interessato a questo processo. Miss Page è la sola donna che abbia mai amato in vita mia ». La conversazione si era protratta per sei ore: avevano esaminato ogni aspetto del caso, discusso ogni possibile strategia, decidendo in ultimo che Noelle si sarebbe dichiarata « non colpevole ». Quando Chotas si era alzato per congedarsi avevano raggiunto un accordo. Per assumersi la difesa di Noelle, l'avvocato avrebbe percepito il doppio della sua abituale parcella e il suo studio legale si sarebbe occupato dell'immenso impero di Constantin Demiris, un affare di milioni e milioni.

« Non mi importa come si regolerà » era stata la frase conclusiva di Demiris, pronunciata quasi con ferocia. « Veda soltanto che tutto finisca bene. »

Chotas aveva accettato l'incarico e poi, ironico a dirsi, si era innamorato di Noelle Page. Scapolo, sebbene mantenesse un esercito di amanti, ora che aveva finalmente trovato la sola donna degna di essere sposata, lei era irraggiungibile.

Guardò Noelle, sul banco degli imputati, splendida e serena. Indossava un abito semplice, di lana nera, una blusa bianca, dal collo alto: sembrava una principessa uscita da una fiaba.

Noelle si voltò, vide che Chotas la fissava e gli rivolse un dolce sorriso. Lui sorrise a sua volta, ma stava già pensando al difficile compito che lo aspettava. Il cancelliere aveva annunciato l'ingresso della Corte.

I presenti si alzarono mentre due giudici in abito borghese entravano e prendevano posto. Il terzo giudice, il presidente del tribunale, entrò dopo di loro e sedette sullo scranno al centro. Cantilenò: « *I synethriassis archetai* ».

Il processo era cominciato.

Peter Demonides, il pubblico ministero, si alzò nervosamente per rivolgere l'avvertimento iniziale alla giuria. Demonides era un pubblico accusatore esperto e abile, ma già altre volte si era trovato contro Napoleon Chotas, molte volte, in effetti, con risultati invariabilmente identici. Il vecchio bastardo era imbattibile. Quasi tutti gli avvocati difensori, nei processi, maltrattavano i testimoni ostili, mentre Chotas li coccolava. Li lusingava, li amava e, prima che avesse finito, si contraddicevano continuamente, cercando di favorirlo. Possedeva una particolare abilità nel tramutare le prove incontestabili in congetture e le congetture n fantasie. Chotas aveva la più brillante intelligenza legale lla quale Demonides si fosse mai imbattuto e una conoscenza perfetta della giurisprudenza. Ma non era questa la sua forza: la sua forza era la conoscenza delle persone. Un giornalista gli aveva domandato una volta come fosse riuscito a imparare tanto della natura umana.

« Non so un dannato niente di niente della natura umana », era stata la risposta dell'avvocato. « Mi limito a conoscere *la gente* », e la battuta era stata ampiamente citata.

Oltre a tutto, questo era il genere di processo fatto su misura per Chotas, da tenere davanti a una giuria, perché traboccava di fascino, di passione e di morte. Di una cosa Demonides era certo: Napoleon Chotas non si sarebbe lasciato fermare da niente pur di vincere. Ma altrettanto intendeva fare il pubblico ministero. Demonides sapeva di disporre di prove certe e incontestabili contro gli imputati e, anche se Chotas fosse riuscito a incantare la giuria e a fare in modo che le ignorasse, non avrebbe potuto convincere i tre giudici. Così fu con determinazione, ma anche con apprensione, che il pubblico ministero si apprestò a pronunciare l'arringa iniziale.

A pennellate ampie e abili, Demonides delineò la tesi della pubblica accusa contro i due imputati. Per legge, il capo della giuria, formata da dieci persone, era un avvocato: Demonides rivolse i tecnicismi legali a lui e gli aspetti generali del caso agli altri giurati.

« Prima che questo processo abbia termine », disse Demonides, « la pubblica accusa dimostrerà che i due imputati hanno cospirato per assassinare a sangue freddo Catherine Douglas perché ostacolava i loro progetti. La sua sola colpa era quella di amare il marito e per questo fu uccisa. I due imputati si trovavano sul luogo del delitto. Sono i soli che avessero il movente per uccidere. Dimostreremo, al di là di ogni ombra di dubbio... »

Demonides fu conciso e preciso, poi venne la volta dell'avvocato difensore.

I presenti osservarono Napoleon Chotas mentre metteva goffamente insieme le sue carte e si accingeva a parlare. Lentamente si avvicinò alla giuria, con modi esitanti e imbarazzati, come se fosse stato a disagio.

Guardandolo, William Fraser non poté non meravigliarsi della sua abilità. Se non avesse trascorso per caso una serata con Chotas a un ricevimento all'Ambasciata inglese, lui stesso sarebbe stato ingannato dal modo di agire di quell'uomo. Vide i giurati protendersi volenterosamente in avanti per udire le parole che uscivano sommessamente dalle labbra di Napoleon Chotas.

« Questa donna che dobbiamo giudicare », stava dicendo alla giuria, « non viene processata per assassinio. Non c'è stato nessun assassinio. Se qualcuno *fosse stato* assassinato, sono certo che il mio brillante collega della pubblica accusa sarebbe stato così bravo da mostrarci il cadavere della vittima. Non lo ha fatto e, di conseguenza, dobbiamo presumere che non esista nessun cadavere. E pertanto nessun assassinio. » Si interruppe per grattarsi la testa, poi abbassò lo sguardo sul pavimento, come se stesse cercando di ricordare dove era arrivato. Annuì, poi tornò ad alzare gli occhi sulla giuria. « No, signori, non per questo viene celebrato il processo. La mia cliente è giudicata perché ha violato *un'altra* legge, una legge non scritta che dice che non si deve fornicare con il marito di un'altra donna. La stampa l'ha già riconosciuta colpevole di tale accusa, e anche il pubblico l'ha trovata colpevole, e ora pretendono che sia punita. »

Chotas tacque per togliersi di tasca un grande fazzoletto bianco, lo fissò per un momento, quasi si domandasse com'era arrivato lì, poi si soffiò il naso e rimise il fazzoletto in tasca. « Benissimo, se ha violato una legge, puniamola. Ma non per assassinio, signori. Non per un assassinio che non è mai stato commesso. Noelle Page si è resa colpevole di essere l'amante di... » e fece una pausa con delicatezza. « ... di un uomo importantissimo. Il suo nome è un segreto, ma, se volete conoscerlo, potete trovarlo sulla prima pagina di tutti i giornali. »

Vi fu una risata di apprezzamento da parte del pubblico.

Auguste Lanchon si girò e fissò irosamente i presenti, con i piccoli occhi porcini balenanti d'ira. Come osavano ridere della sua Noelle? Demiris non significava niente per lei, niente! Ogni donna amava per sempre l'uomo al quale aveva dato la propria verginità. Il grasso e piccolo negoziante di Marsiglia non era ancora riuscito a comunicare con Noelle, ma aveva pagato quattrocento preziose dracme il lasciapassare per entrare in aula e avrebbe potuto ammirare la sua piccola Noelle ogni giorno. Quando l'avessero prosciolta, si sarebbe fatto avanti e si sarebbe preso cura di lei. Rivolse di nuovo l'attenzione all'avvocato difensore.

« È stato detto dalla pubblica accusa che i due imputati, miss Page e il signor Lawrence Douglas, hanno assassinato la moglie del signor Douglas per potersi sposare. Ebbene, guardateli. »

Chotas si voltò a guardare Noelle Page e Larry Douglas e gli occhi di tutti i presenti nell'aula fecero altrettanto.

« Sono innamorati l'uno dell'altra? Forse. Ma questo fa di loro due persone che complottano, uccidono? No. Se ci sono delle vittime in questo processo, le state guardando adesso. Ho esaminato attentamente tutte le prove e mi sono persuaso, come persuaderò voi, che i due imputati sono innocenti. Mi sia consentito di chiarire alla giuria che io non difendo Lawrence Douglas, che ha il suo avvocato, un mio validissimo collega. Ma la pubblica accusa ha sostenuto che le due persone sedute laggiù sono due cospiratori, che hanno complottato e commesso insieme l'assassinio. Sicché, se uno dei due è colpevole, anche l'altro lo è. Ebbene, io sostengo, invece, che sono entrambi innocenti. E nulla, tranne il *corpus delicti*, potrà farmi cambiare idea. Ma il *corpus delicti* non esiste. »

La voce di Chotas stava diventando più secca. « È tutta una montatura. La mia cliente non sa, più di quanto lo sappiate voi, se Catherine Douglas sia morta o viva. Come potrebbe saperlo? Non l'ha mai neppure conosciuta e tanto meno le ha fatto del male. Pensate all'enormità di essere accusati d'aver ucciso qualcuno sul quale non avete mai posto gli occhi. Esistono molte teorie su ciò che sarebbe potuto accadere alla signora Douglas. Secondo una di esse, sarebbe stata assassinata. Ma si tratta di *una* delle teorie. In base alla teoria più probabile, in qualche modo scoprì che suo marito e miss Page erano innamorati e, sentendosi addolorata, non impaurita, signori, ma *addolorata*, fuggì. Tutto si riduce semplicemente a questo e, per una ragione simile, voi non potete giustiziare una donna innocente e un uomo innocente. »

Frederick Stavros, l'avvocato di Larry Douglas, emise un

sospiro di sollievo. Il suo incubo costante era stato che Noelle Page potesse essere prosciolta e che il suo cliente venisse condannato. In tal caso sarebbe diventato lo zimbello dei tribunali. Stavros aveva cercato il modo di accodarsi alla buona stella di Napoleon Chotas e ora a questo aveva provveduto lo stesso luminare del foro. Mettendo insieme i due imputati come aveva appena fatto, il difensore di Noelle era diventato anche il difensore del suo cliente. Una vittoria in quella causa avrebbe cambiato l'intera carriera di Frederick Stavros, gli avrebbe garantito tutto ciò che aveva sempre desiderato. Si sentì colmare da una sensazione di calda gratitudine nei confronti dell'anziano maestro.

Notò soddisfatto che i giurati stavano pendendo dalle labbra di Chotas e non si lasciavano sfuggire una parola.

« Costei non è mai stata una donna interessata alle cose materiali », diceva Chotas, in tono ammirato. « Era disposta a rinunciare a tutto, senza esitazioni, per l'uomo che amava. Senza dubbio, miei buoni amici, non è questa l'indole di una astuta, incallita assassina. »

Mentre l'avvocato continuava, gli stati d'animo dei giurati cambiarono come una marea visibile, protendendosi verso Noelle Page con una simpatia e una comprensione crescenti. Adagio e abilmente, l'avvocato tratteggiò il ritratto di una creatura splendida, amante di uno degli uomini più ricchi e potenti del mondo, alla quale erano stati prodigati tutti i possibili lussi e privilegi, ma che, in ultimo, aveva ceduto al proprio amore per un giovane pilota squattrinato, conosciuto soltanto da breve tempo.

Chotas sfruttò i sentimenti dei giurati come un maestro di musica, facendoli ridere, riempiendo loro gli occhi di lacrime e sempre catturandone la massima attenzione. Una volta conclusa l'arringa iniziale, Chotas tornò goffamente, strascicando i passi, al lungo tavolo e goffamente sedette e il pubblico si trattenne a stento dall'applaudire.

Larry Douglas, ascoltando Chotas che lo difendeva, si infuriò. Non aveva bisogno di essere difeso da nessuno. Non aveva fatto niente di male, tutto quel processo era uno stupido errore e, se esisteva una colpevole, quella era Noelle. L'idea dell'assassinio l'aveva avuta lei. Larry la guardò: era bella, serena. La guardò, ma non provò alcun desiderio; soltanto il ricordo di una passione, una lieve ombra emotiva; e si domandò perché aveva posto a repentaglio la vita per quella donna. Volse poi lo sguardo verso i rappresentanti della stampa. Una graziosa giornalista sui vent'anni lo stava fissando. Le rivolse un breve sorriso e le vide la faccia illuminarsi.

Peter Demonides stava interrogando un testimone.
« Vuole dire alla Corte il suo nome? »
« Alexis Minos. »
« Professione? »
« Sono avvocato. »
« Le spiacerebbe guardare i due imputati che siedono là, avvocato Minos, e dire alla Corte se li ha già visti prima? »
« Sì, signore. Ho visto uno dei due. »
« Quale? »
« L'uomo. »
« Il signor Lawrence Douglas? »
« Esatto. »
« Vuole dirci, per favore, in quali circostanze ha visto il signor Douglas? »
« Venne nel mio studio sei mesi fa. »
« Venne a consultarla nella sua veste professionale? »
« Sì. »
« In altri termini, le chiese una prestazione di carattere legale? »
« Sì. »
« E le spiacerebbe dirci che cosa voleva che lei facesse? »
« Mi chiese di ottenergli il divorzio. »
« E l'assunse come avvocato a tale scopo? »
« No. Quando mi spiegò la situazione, gli dissi che gli sarebbe stato impossibile ottenere il divorzio in Grecia. »
« E qual era la situazione? »
« In primo luogo, disse che non avrebbe dovuto esserci alcuna pubblicità e, in secondo luogo, disse che sua moglie non intendeva concedergli il divorzio. »
« In altre parole, aveva chiesto il divorzio alla moglie, che si era rifiutata di concederglielo. »

« Questo è quanto mi disse. »

« E lei gli spiegò che non poteva essergli utile? Che se sua moglie non intendeva concedergli il divorzio sarebbe stato difficile o impossibile per lui ottenerlo e che inoltre la pubblicità della cosa sarebbe stata inevitabile? »

« Sì, è così. »

« Di conseguenza, a meno di iniziative disperate, l'imputato non avrebbe potuto far niente per... »

« Obiezione! »

« Obiezione accolta. »

« A lei il teste. »

Napoleon Chotas si sollevò dalla sedia con un sospiro e si avvicinò adagio al teste. Peter Demonides non si preoccupò. Minos era avvocato e un uomo troppo esperto per lasciarsi mettere nel sacco dei trucchi forensi di Chotas.

« Lei esercita la professione di avvocato, signor Minos. »

« Infatti. »

« Ed è un ottimo avvocato, ne sono certo. Mi stupisce che non ci siamo incontrati prima. Lo studio del quale faccio parte si occupa di molti rami della legge. Lei ha forse conosciuto dei miei soci in occasione di qualche causa sindacale? »

« No, non mi occupo di diritto del lavoro. »

« Le domando scusa. In qualche causa di carattere fiscale, allora? »

« Non sono un fiscalista. »

« Oh. » Chotas cominciava a sembrare sorpreso, a disagio, come se si stesse rendendo ridicolo. « Investimenti in titoli? »

« Nemmeno. » Minos si stava godendo l'umiliazione dell'avvocato difensore. Assunse un'espressione compiaciuta e Peter Demonides cominciò a preoccuparsi. Quante volte aveva veduto la stessa espressione sulla faccia dei testi che Napoleon Chotas si accingeva a demolire?

Chotas si grattò la testa, confuso. « Ci rinuncio », disse ingenuamente. « Qual è la sua specializzazione? »

« Le cause di divorzio. » La risposta fu come una freccia uncinata e perfettamente centrata.

Un'aria malinconica apparve sulla faccia di Chotas, che

scosse la testa. « Avrei dovuto immaginare che il mio buon amico Demonides si sarebbe rivolto a un esperto. »

« Grazie, avvocato. » Alexis Minos non tentò affatto, adesso, di nascondere il compiacimento. Non tutti i testi riuscivano a battere in astuzia Napoleon Chotas e mentalmente stava già abbellendo la storia da raccontare al circolo.

« Non mi sono mai occupato di un caso di divorzio », stava confidando l'avvocato difensore in tono imbarazzato, « e pertanto dovrò rimettermi alla sua esperienza. »

L'anziano avvocato stava crollando completamente. La storia sarebbe stata ancor più divertente di quanto Minos avesse previsto.

« Scommetto che lei è occupatissimo », disse Chotas.

« Be', mi vengono affidate tante di quelle cause da occupare tutto il mio tempo. »

« Tante da occupare tutto il suo tempo? » Vi fu una scoperta ammirazione nella voce di Napoleon Chotas.

« E a volte anche di più. »

Peter Demonides abbassò gli occhi sul pavimento, incapace di guardare quello che stava accadendo.

La voce di Chotas assunse un tono reverenziale. « Non voglio intromettermi nei suoi interessi personali, avvocato Minos, ma, per pura curiosità professionale, quanti clienti direbbe che varchino la porta del suo studio in un anno? »

« Be', è molto difficile da stabilire. »

« Oh, suvvia, avvocato Minos, non faccia il modesto. Dica una cifra. »

« Oh, duecento, credo. Si tratta di una cifra approssimativa, lei capisce. »

« Duecento divorzi all'anno! Il solo cumulo di scartoffie dev'essere sbalorditivo. »

« Be', non è che vi siano in realtà duecento divorzi. »

Chotas si stropicciò il mento, perplesso. « Cosa? »

« Non *tutti* divorziano. »

Un'espressione interdetta affiorò sulla faccia di Chotas. « Ma non ha detto che si occupa soltanto di cause di divorzio? »

« Sì, ma... » La risposta di Minos si perdette nel silenzio.

« Ma che cosa? » domandò l'avvocato difensore, sbalordito.

« Be', volevo dire, che non tutti finiscono con il divorziare. »

« Ma non si rivolgono a lei a questo scopo? »

« Sì, ma alcuni di loro... ecco... cambiano idea per un motivo o per l'altro. »

Chotas annuì, come se avesse improvvisamente capito. « Ah! Vuol dire che si riconciliano o qualcosa del genere? »

« Precisamente », rispose Minos.

« Insomma, lei sta dicendo che... vediamo un po'... il dieci per cento dei suoi clienti non si dà la pena di portare fino in fondo la causa di divorzio? »

Minos si dimenò a disagio sulla sedia. « La percentuale è un po' più elevata. »

« Più elevata di quanto? Il quindici per cento? Il venti? »

« Quasi il quaranta per cento. »

Napoleon Chotas fissò stupefatto il teste. « Avvocato Minos, vorrebbe dirci che quasi la metà delle persone che si rivolgono a lei decide di non divorziare? »

« Sì. »

La fronte di Minos cominciava a imperlarsi di minuscole gocce di sudore. Si voltò a guardare Peter Demonides, ma Demonides stava scrupolosamente osservando una screpolatura nel pavimento.

« Be', sono sicuro che non si tratta di mancanza di fiducia nelle sue capacità », osservò Chotas.

« No di certo », esclamò il teste, in tono difensivo. « Molto spesso vengono da me assecondando uno stupido impulso. Marito e moglie litigano, ritengono di odiarsi a vicenda e si convincono di voler divorziare; ma poi, quando arrivano al momento cruciale, nella maggior parte dei casi cambiano idea. »

Si interruppe bruscamente, rendendosi conto di tutto il peso delle sue parole.

« Grazie », disse Chotas, con dolcezza. « Lei mi è stato estremamente utile. »

Peter Demonides stava interrogando una teste.

« Il suo nome, prego? »

« Kasta. Irene Kasta. »

« Signorina o signora? »
« Signora. Sono vedova. »
« Qual è la sua occupazione, signora Kasta? »
« Sono governante. »
« Dove lavora? »
« Per una ricca famiglia a Rafina. »
« È un piccolo paese sul mare, non è vero? A cento chilometri a nord di Atene? »
« Sì. »
« Le spiacerebbe dare un'occhiata ai due imputati? Li ha mai visti prima d'ora? »
« Certo. Molte volte. »
« Vorrebbe dirci in quali circostanze? »
« Abitano nella casa accanto alla villa dove lavoro. Li ho visti moltissime volte sulla spiaggia. Erano nudi. »
Il pubblico parve trattenere il respiro, poi seguì un brusio di frettolosi commenti. Peter Demonides sbirciò Chotas per vedere se avrebbe obiettato, ma l'anziano avvocato rimase seduto al tavolo con un sorriso sognante sulla faccia. Quel sorriso rese il pubblico ministero nervoso come non mai. Tornò a voltarsi verso la teste.
« È sicura che siano queste le due persone viste da lei? È sotto giuramento, sa. »
« Sono loro due, senz'altro. »
« Quando si trovavano insieme sulla spiaggia, sembravano avere rapporti amichevoli? »
« Be', non si comportavano come fratello e sorella. »
Il pubblico rise.
« Grazie signora Kasta. » Demonides si rivolse a Chotas. « A lei la teste. »
L'avvocato difensore annuì amabilmente, si alzò e si diresse adagio verso la donna seduta tranquillamente al banco dei testimoni.
« Da quanto tempo lavora in quella villa, signora Kasta? »
« Da sette anni. »
« Sette anni! Deve essere molto brava nel suo mestiere. »
« Può scommetterci che lo sono. »
« Forse potrebbe raccomandarmi una brava governante. Sto pensando di acquistare una casa sulla spiaggia di Rafina. Il guaio è che mi occorre isolamento per poter lavorare. Se

ben ricordo, quelle ville sono raggruppate tutte insieme. »

« Oh, no, signore, ogni villa è separata dalle altre da un alto muro. »

« Oh, bene. E non si trovano molto vicine l'una all'altra? »

« Nossignore, niente affatto. Le ville sono almeno a cento metri l'una dall'altra. Mi risulta che ce n'è una in vendita. Avrebbe tutto l'isolamento che le occorre e posso raccomandarle mia sorella come governante. È brava, ordinata, e sa anche cucinare un poco. »

« Bene, la ringrazio, signora Kasta, mi sembra un'idea magnifica. Forse potrei telefonarle nel pomeriggio. »

« Lavora a ore durante il giorno. Sarà in casa alle sei. »

« Che ore sono, adesso? »

« Non porto orologio. »

« Ah, ma c'è un grande orologio a muro da quella parte. Che ora segna? »

« Be', non è facile leggere l'ora. Si trova al lato opposto della sala. »

« Quanto è lontano, secondo lei, quell'orologio? »

« Circa... ehm... quindici metri. »

« Sette metri, signora Kasta. Non ho altre domande. »

Era il quinto giorno del processo. Il dottor Israel Katz sentiva di nuovo dolori alla gamba che gli avevano amputata. Quando operava, poteva appoggiarsi sull'arto artificiale per ore di seguito senza provare mai il benché minimo fastidio. Ma, sedendo lì, senza essere distratto da un'intensa concentrazione, sentiva le terminazioni nervose continuare a trasmettergli messaggi da un arto che non esisteva più. Si spostò irrequieto sul sedile, tentando di diminuire la pressione sull'anca. Dal suo arrivo ad Atene, aveva tentato ogni giorno di incontrarsi con Noelle, ma senza alcun successo. Si era rivolto a Napoleon Chotas e l'avvocato gli aveva spiegato che Noelle si sentiva troppo sconvolta per poter ricevere gli amici; meglio aspettare la fine del processo. Israel Katz lo aveva pregato di riferire a Noelle che si trovava lì per aiutarla in tutti i modi possibili, ma non sapeva con certezza se le sue parole le fossero state riferite. Continuava a sedere nell'aula, un giorno dopo l'altro, sperando che Noelle guardasse dalla sua parte, ma lei non degnava mai nemmeno di uno sguardo il pubblico.

Le doveva la vita e si sentiva frustrato perché non aveva modo di pagare quel debito. Non riusciva a capire come stesse andando il processo e non sapeva se Noelle sarebbe stata condannata o riconosciuta innocente. Aveva saputo da Chotas che, in base alla legge, esistevano due soli verdetti possibili: innocente o colpevole. Se la sua innocenza fosse stata riconosciuta, l'avrebbero liberata. Se la giuria l'avesse ritenuta colpevole, l'avrebbero giustiziata.

Un teste dell'accusa stava pronunciando il giuramento.

« Il suo nome? »

« Christian Barbet. »

« Lei è di nazionalità francese, signor Barbet? »

« Sì. »

« E dove risiede? »

« A Parigi. »

« Vuol dire alla Corte qual è la sua occupazione? »

« Sono il proprietario di un'agenzia investigativa privata. »

« E dove si trova quest'agenzia? »

« La sede principale è a Parigi. »

« Di quali casi si occupa? »

« I più diversi... spionaggio industriale, persone scomparse, sorveglianza per conto di mariti gelosi o di mogli... »

« Monsieur Barbet, vorrebbe essere così gentile da guardarsi attorno in quest'aula per dirci se qualcuno dei presenti è mai stato suo cliente? »

Uno sguardo lungo e lento intorno alla sala, poi: « Sì, signore ».

« Vuole dire alla Corte chi è questa persona, per piacere? »

« La signora seduta laggiù, Noelle Page. »

Dal pubblico si levò un mormorio di interesse.

« Ci sta dicendo che miss Page si è rivolta a lei perché svolgesse indagini per suo conto? »

« Infatti, monsieur. »

« E vuole dirci in che cosa consistevano esattamente queste indagini? »

« Sì, signore. Era interessata a un uomo a nome Larry Douglas. Voleva che io accertassi tutto il possibile sul suo conto. »

« Si tratta dello stesso Larry Douglas che viene processato in quest'aula? »

« Sì, signore. »

« E miss Page la pagava per questo? »

« Sì, signore. »

« Dia un'occhiata, se non le spiace, a questi documenti che ho in mano. Sono le registrazioni dei versamenti di miss Page? »

« Esatto. »

« Ci dica, monsieur Barbet, come fece a procurarsi quelle informazioni sul signor Douglas? »

« È stato molto difficile, monsieur. Vede, io mi trovavo in Francia e il signor Douglas era in Inghilterra e più tardi negli Stati Uniti. Essendo la Francia occupata dai tedeschi... »

« Come ha detto, scusi? »

« Ho detto, essendo la Francia occupata... »

« Un momento solo. Voglio essere sicuro di capire quello che sta dicendo, monsieur Barbet. Ci è stato detto dall'avvocato di miss Page che i due si conobbero pochi mesi fa e si innamorarono alla follia. Ora lei sta dicendo a questa Corte che la loro tresca è cominciata... quanto tempo fa? »

« Almeno sei anni fa. »

Vi fu il pandemonio in aula.

Demonides scoccò a Chotas un'occhiata trionfante. « A lei il teste. »

Napoleon Chotas si stropicciò gli occhi, si alzò dal lungo tavolo al quale sedeva e si avvicinò al banco dei testimoni.

« Non la tratterrò a lungo, monsieur Barbet. So che sarà ansioso di fare ritorno alla sua famiglia in Francia. »

« Può pure fare il suo comodo, monsieur. » Con un'espressione di compiacenza.

« Grazie. Mi scusi se dico qualcosa di personale, ma è decisamente un bel vestito quello che indossa, monsieur Barbet. »

« Grazie, monsieur. »

« Fatto a Parigi, vero? »

« Sì, signore. »
« Le sta a pennello. Sembra che io non sia altrettanto fortunato con i vestiti. Ha mai provato con i sarti inglesi? Anche loro hanno fama di essere bravissimi. »
« No, monsieur. »
« Certo sarà stato in Inghilterra molte volte? »
« Be'... no. »
« Mai? »
« No, signore. »
« È mai andato negli Stati Uniti d'America? »
« No. »
« Mai? »
« No, signore. »
« È mai stato nel Pacifico Meridionale? »
« No, signore. »
« Allora dev'essere davvero un investigatore fantastico, monsieur Barbet. Le faccio tanto di cappello. Questi suoi rapporti riguardano ciò che ha fatto Larry Douglas in Inghilterra, negli Stati Uniti e nel Pacifico Meridionale... eppure lei ci dice di non essere mai stato in alcuno di questi luoghi. Posso soltanto dedurne che lei ha capacità metapsichiche. »
« Mi consenta di correggerla, monsieur. Non era necessario che io andassi in uno di quei posti. Mi servo di quelle che noi chiamiamo agenzie corrispondenti in Inghilterra e in America. »
« Ah, voglia scusare la mia stupidità. Ma certo! Sicché sono state allora *quelle* altre persone a seguire i movimenti del signor Douglas? »
« *Exactement.* »
« Sta di fatto, dunque, che lei personalmente non era a diretta conoscenza dei movimenti di Larry Douglas. »
« Be'... no, signore. »
« Così, in realtà, tutte le sue informazioni sono di seconda mano. »
« Io credo che... sì, in un certo senso. »
Chotas si rivolse ai giudici. « Chiedo che l'intera deposizione di questo teste venga tolta dagli atti, Vostro Onore, in quanto trattasi di sentito dire. »
Peter Demonides balzò in piedi. « Obiezione, Vostro Ono-

re! Noelle Page ha assunto monsieur Barbet perché le procurasse informazioni su Larry Douglas. Questo non è sentito dire... »

« Il mio dotto collega ha presentato i documenti come prove », disse Chotas con soavità. « Sono dispostissimo ad accettarli... se lui vorrà far venire qui gli uomini che hanno esercitato effettivamente la sorveglianza sul signor Douglas. Altrimenti devo chiedere alla Corte di presumere che una sorveglianza del genere non vi sia mai stata e che la deposizione di questo teste venga considerata inammissibile. »

Il presidente del tribunale si rivolse a Demonides: « È disposto a far venire qui i suoi testi? » domandò.

« Questo è impossibile », farfugliò il pubblico ministero. « L'avvocato Chotas sa che ci vorrebbero settimane per rintracciarli! »

Il presidente si voltò verso Chotas: « Mozione accolta ».

Peter Demonides stava interrogando.

« Le spiace dirci come si chiama, prego? »

« Giorgio Mousson. »

« Qual è la sua occupazione? »

« Sono il portiere dell'Hotel Palace a Giannina. »

« Le spiacerebbe osservare i due imputati? Li ha mai visti? »

« Ho visto l'uomo. È stato ospite dell'albergo nello scorso mese di agosto. »

« Si riferisce al signor Lawrence Douglas? »

« Sissignore. »

« Era solo quando alloggiò nell'albergo? »

« Nossignore. »

« Vuole dirci con chi era? »

« Con sua moglie. »

« Con Catherine Douglas? »

« Sì, signore. »

« Hanno firmato il registro come signore e signora Douglas? »

« Sissignore. »

« Lei ha mai parlato con il signor Douglas delle grotte di Perama? »

« Sì, signore, ne abbiamo parlato. »

« È stato lei ad accennarvi o il signor Douglas? »

« A quanto ricordo, è stato lui. Mi chiese informazioni sulle grotte e disse che sua moglie ci teneva molto a visitarle. Soggiunse che era appassionata di grotte. La cosa mi parve insolita. »

« Oh? Come mai? »

« Be', alle donne di solito non interessano le esplorazioni e cose del genere. »

« Non ha mai parlato delle grotte con la signora Douglas, vero? »

« Nossignore, soltanto con il signor Douglas. »

« E che cosa gli disse? »

« Be', ricordo di avergli detto che le grotte potevano essere pericolose. »

« Disse qualcosa a proposito di una guida? »

Il portiere annuì. « Sì, gli consigliai, ne sono certo, di ricorrere a una guida. Faccio la stessa raccomandazione a tutti i nostri ospiti. »

« Nessun'altra domanda. A lei il teste, avvocato Chotas. »

« Da quanto tempo lavora nell'industria alberghiera, signor Mousson? »

« Da più di vent'anni. »

« E prima era psichiatra? »

« Io? No, signore. »

« Laureato in psicologia, forse? »

« No, signore. »

« Oh. Allora lei *non* è un esperto per quanto riguarda il comportamento delle donne? »

« Be', posso non essere uno psichiatra, ma lavorando negli alberghi si imparano molte cose sul conto delle donne. »

« Sa chi è Osa Johnson? »

« Osa...? No. »

« È un'esploratrice famosa in tutto il mondo. Ha mai sentito parlare di Amelia Earhart? »

« No, signore. »

« E Margaret Mead? »

« Nossignore. »

« È sposato, signor Mousson? »

« In questo momento no. Ma mi sono sposato tre volte, così *sono* una specie di esperto in fatto di donne. »

« All'opposto, signor Mousson. Le faccio osservare che se davvero fosse un esperto in fatto di donne, avrebbe salvato il *primo* matrimonio. Nessun'altra domanda. »

Il suo nome, prego? »

« Cristoforo Cociannis. »

« Vuole dirci qual è la sua professione? »

« Faccio la guida nelle grotte di Perama. »

« Da quanto tempo? »

« Da dieci anni. »

« È un lavoro che rende? »

« Molto. Ogni anno migliaia di turisti vengono a visitare le grotte. »

« Le spiacerebbe osservare l'uomo sul banco degli imputati? Ha mai veduto il signor Douglas? »

« Sì, signore. Venne nelle grotte il mese di agosto. »

« Ne è sicuro? »

« Sicurissimo. »

« Be', questa è una cosa che ci lascia un po' meravigliati, signor Cocyannis. Tra tante migliaia di persone che visitano le grotte, lei riesce a ricordare un singolo individuo? »

« Difficilmente avrei potuto dimenticarmi di lui. »

« Come mai, signor Cocyannis? »

« Prima di tutto, non volle una guida. »

« Tutti i visitatori delle grotte prendono le guide? »

« I tedeschi e i francesi sono troppo taccagni. Ma tutti gli americani chiedono una guida. »

Risate.

« Capisco. Ricorda il signor Douglas per qualche altra ragione? »

« Sicuro che ci furono altre ragioni. Non lo avrei notato particolarmente se non fosse stato per la faccenda della guida e perché la donna che lo accompagnava parve alquanto imbarazzata quando lui rispose di no. Poi, dopo circa un'ora, lo vidi uscire di fretta, era solo e sembrava spaventosamente sconvolto, così pensai che forse la donna aveva avuto un incidente. Lo avvicinai e gli domandai se la signora stesse bene, ma mi fissò in modo strano e disse: "Quale signora?" E io: "La signora che ha portato nelle grotte con lei." Impallidì e credetti che stesse per picchiarmi. Poi si mise a gridare: "L'ho perduta! Mi serve aiuto", e cominciò a comportarsi come un pazzo. »

« Ma non chiamò aiuto finché lei non gli domandò dove si trovava la donna? »

« Sì, esatto. »

« E poi che cosa accadde? »

« Be', riunii le altre guide e cominciammo a cercarla. Qualche idiota aveva tolto il cartello "Pericolo" dalla parte nuova delle grotte. Quella non ancora aperta al pubblico. E la trovammo là, alla fine, circa tre ore dopo. Era molto mal ridotta. »

« Un'ultima domanda. E rifletta attentamente prima di rispondere. Quando il signor Douglas uscì dalle grotte, si guardava attorno in cerca di qualcuno che potesse aiutarlo, oppure le diede l'impressione che volesse andarsene? »

« Se ne stava andando. »

« A lei il teste. »

La voce di Napoleon Chotas era molto dolce.

« Signor Cocyannis, lei è uno psichiatra? »

« No, faccio la guida. »

« E non è un chiaroveggente? »

« Nossignore. »

« Glielo domando perché, la settimana scorsa, abbiamo avuto portieri d'albergo esperti in psicologia, testimoni miopi e ora lei viene a dirci di essere in grado di guardare un uomo, che ha attratto la sua attenzione perché le è sembrato agitato, e di poter leggere nei suoi pensieri. Come poteva *sapere* che il signor Douglas non stava cercando aiuto quando lo avvicinò e gli parlò? »

« Non ne aveva l'aria. »

« E riesce a ricordare tanto bene il suo comportamento? »

« Proprio così. »

« Ovviamente lei ha una memoria eccezionale. Voglio che si guardi attorno nell'aula. Ha mai veduto qualcuno tra i presenti prima d'oggi? »

« L'imputato. »

« Sì. E a parte lui? Non abbia fretta. »

« No. »

« Se avesse veduto qualcun altro, se ne ricorderebbe? »
« Assolutamente. »
« Ha mai veduto me, prima d'ora? »
« No, signore. »
« Le spiace osservare questo pezzo di carta? Può dirmi di che cosa si tratta? »
« È un biglietto. »
« Per che cosa? »
« Per le grotte di Perama. »
« E che data porta? »
« Quella di lunedì. Tre settimane fa. »
« Sì. Questo biglietto è stato acquistato e utilizzato da me, signor Cocyannis. C'erano altre cinque persone nel mio gruppo e lei ci fece da guida. Nessun'altra domanda. »

« Qual è la sua occupazione? »
« Sono fattorino nell'Hotel Palace, a Giannina. »
« Le spiacerebbe osservare l'imputata che siede là? L'ha mai vista prima d'ora? »
« Sì, signore. Al cinema. »
« Ma l'ha mai vista di persona, prima d'ora? »
« Sì, signore. Venne all'albergo e mi domandò quale camera avesse il signor Douglas. Le dissi che doveva chiederlo alla portineria, ma lei rispose che preferiva non disturbare e così le diedi il numero del bungalow. »
« E questo quando accadde? »
« Il primo agosto. Il giorno del *meltemi.* »
« Ed è sicuro che questa sia la stessa donna? »
« Come avrei potuto dimenticarla? Mi diede una mancia di duecento dracme. »

Il processo stava entrando nella quarta settimana. Tutti riconoscevano che la difesa di Napoleon Chotas era la migliore cui avessero mai assistito. Ciò nonostante, la rete della colpevolezza andava restringendosi sempre e sempre più intorno agli imputati.

Peter Demonides stava dipingendo il ritratto di due amanti disperatamente ansiosi di unirsi, di sposarsi, ostacolati soltanto da Catherine Douglas. Lentamente, giorno per giorno, Demonides metteva in chiaro il complotto per assassinarla.

L'avvocato di Larry Douglas, Frederick Stavros, si era volentieri messo da parte, confidando su Napoleon Chotas. Ma ormai anche Stavros cominciava a pensare che ci sarebbe voluto un miracolo per ottenere il proscioglimento. Fissava il posto vuoto nell'aula del tribunale gremita di gente e si domandava se Constantin Demiris sarebbe intervenuto. Se Noelle Page fosse stata condannata, il magnate greco, con ogni probabilità, non si sarebbe fatto vivo, perché la condanna sarebbe equivalsa a una sconfitta personale. D'altro canto, se fosse stato certo del proscioglimento, molto probabilmente sarebbe venuto. Il posto vuoto stava diventando un simbolo dell'andamento del processo.

E rimaneva vuoto.

Il caso esplose, infine, un venerdì pomeriggio.

« Vuole dirci le sue generalità, per favore? »

« Sono il dottor Kazomides. Giovanni Kazomides. »

« Ha mai conosciuto il signore o la signora Douglas? »

« Sì, avvocato. Tutti e due. »

« In quale occasione? »

« Fui chiamato alle grotte di Perama. Una donna si era persa e, quando il gruppo di ricerca l'aveva rintracciata, si trovava in stato di choc. »

« Aveva riportato ferite? »

« Sì. C'erano contusioni multiple. Le rocce le avevano graffiato le mani, le braccia, il viso. Cadendo, aveva urtato con il capo e io diagnosticai una probabile commozione cerebrale. Le feci immediatamente un'iniezione di morfina per il dolore e ordinai di ricoverarla nell'ospedale locale. »

« Ed è là che andò? »

« No, signore. »

« Vuole dire alla giuria perché non venne ricoverata in ospedale? »

« Dietro insistenza del marito, fu riportata nel loro bungalow all'Hotel Palace. »

« E questo le parve strano, dottore? »

« Suo marito disse che voleva curarla lui stesso. »

« Sicché, la signora Douglas venne riportata all'albergo. Lei l'accompagnò? »

« Sì, volli andare al bungalow con lei. Desideravo essere presente quando si fosse svegliata. »

« Ed era là quando si svegliò? »

« Sì, signore. »

« Le disse qualcosa, la signora Douglas? »

« Sì. »

« Riferisca alla Corte che cosa disse. »

« Mi disse che il marito aveva tentato di assassinarla. »

Ci vollero ben cinque minuti per placare il tumulto nell'aula e soltando quando il presidente del tribunale minacciò di farla sgombrare il subbuglio cessò, finalmente. Napoleon Chotas si era avvicinato al banco degli imputati e parlava concitatamente con Noelle Page. Per la prima volta, sembrava turbato. Demonides riprese l'interrogatorio del teste.

« Dottore, ha detto, nella sua deposizione, che la signora Douglas era in stato di choc. Secondo il suo parere professionale era lucida quando le disse che il marito aveva tentato di assassinarla? »

« Sì, signore. Le avevo già somministrato un sedativo nelle grotte. Tuttavia, quando le dissi che gliene avrei somministrato un altro, mi supplicò di non farlo. »

Il presidente del tribunale si protese in avanti e domandò: « Spiegò per quale ragione? »

« Sì, Vostro Onore. Disse che il marito l'avrebbe uccisa nel sonno. »

Il presidente si riappoggiò alla spalliera, pensieroso, e disse a Peter Demonides: « Può continuare ».

« Dottor Kazomides, lei somministrò effettivamente un secondo sedativo alla signora Douglas? »

« Sì. »

« Mentre si trovava a letto nel bungalow? »

« Sì. »

« Come glielo somministrò? »

« Praticandole un'iniezione. Al fianco. »

« E la signora dormiva, quando lei se ne andò? »

« Sì. »

« Era probabile che la signora Douglas potesse svegliarsi nelle prime ore successive, alzarsi dal letto senza alcun aiuto, vestirsi e uscire dal bungalow, sempre senza essere aiutata? »

« Nelle sue condizioni? No, sarebbe stato quanto mai improbabile. Le avevo somministrato una dose molto forte di sedativo. »

« È tutto. Grazie, dottore. »

I giurati stavano fissando Noelle Page e Larry Douglas e le loro espressioni erano divenute fredde e ostili. Anche un estraneo, entrando nell'aula, si sarebbe reso conto all'istante di come si stava mettendo il processo.

Gli occhi di Bill Fraser splendevano di soddisfazione. Dopo la testimonianza del dottor Kazomides non poteva più sussistere il benché minimo dubbio: Catherine era stata assassinata da Larry Douglas e Noelle Page. Napoleon Chotas non avrebbe più potuto in alcun modo sradicare dalla mente dei giurati l'immagine di una donna terrorizzata, imbottita di sonnifero e indifesa, che supplicava di non essere abbandonata nelle mani del suo assassino.

Frederick Stavros era in preda al panico. Aveva consentito volentieri a Napoleon Chotas di condurre lo spettacolo, imitandolo con cieca fiducia, certo che il grande avvocato sarebbe riuscito a far prosciogliere Noelle Page e, di conseguenza, anche il suo cliente. Ora si sentiva tradito. Tutto stava franando. La deposizione del dottore era stata irrimediabilmente lesiva, sia per le prove addotte, sia per l'impatto emotivo. Stavros si guardò attorno nell'aula. Tranne il posto misteriosamente riservato e vuoto, la sala era gremita. La stampa di tutto il mondo era presente, in attesa di riferire gli sviluppi della situazione.

Si vide fuggevolmente balzare in piedi, controinterrogare il dottore e demolirne in modo brillante la testimonianza, facendola a pezzi. Il suo cliente sarebbe stato prosciolto e lui, Stavros, sarebbe diventato un eroe. Sapeva che quella era la sua ultima possibilità. L'esito di quel processo avrebbe deciso, per lui, tra la fama e l'oscurità. Sentì i muscoli delle cosce irrigidirglisi, spronandolo ad alzarsi. Ma non riuscì a muoversi. Rimase immobile al suo posto, paralizzato dallo spettro irresistibile dell'insuccesso. Si voltò a guardare Chotas. Gli occhi infossati e tristi, nella faccia da segugio, stavano studiando il dottore, sul banco dei testimoni, come se cercassero di pervenire a una decisione.

Adagio, Napoleon Chotas si alzò in piedi. Ma, invece di

avvicinarsi al banco dei testimoni, si diresse verso i giudici ai quali parlò sommessamente.

« Signor presidente, signori della Corte, non desidero controinterrogare il teste. Con il permesso della Corte, chiedo una sospensione dell'udienza per conferire *in camera* con la Corte e con il pubblico ministero. »

Il presidente del tribunale si rivolse al pubblico accusatore. « Avvocato Demonides? »

« Nessuna obiezione. » La risposta venne data in tono diffidente.

La Corte si ritirò. Nessuno del pubblico si mosse dal proprio posto.

Mezz'ora dopo, Napoleon Chotas rientrò, solo, nell'aula del tribunale. Non appena varcò la soglia, tutti intuirono che era accaduto qualcosa di importante. Sulla faccia dell'avvocato c'era un'espressione di segreto compiacimento e il suo passo sembrava più rapido e scattante, come se una sciarada fosse stata risolta e non fosse più necessario ricorrere ad acrobazie. Si avvicinò al banco degli imputati e abbassò gli occhi su Noelle. Lei lo fissò, con gli occhi viola inquisitori, ansiosi. A un tratto un sorriso sfiorò le labbra dell'avvocato e, dalla luce che gli guizzava nello sguardo, Noelle capì che, in qualche modo, ce l'aveva fatta, che aveva compiuto il miracolo nonostante tutte le prove, nonostante tutte le circostanze sfavorevoli. La giustizia aveva trionfato, ma si trattava della giustizia di Constantin Demiris. Anche Larry Douglas stava fissando Chotas, pieno di paura e di speranza. Qualsiasi cosa Chotas avesse ottenuto, era per Noelle. Ma lui?

Chotas si rivolse alla sua cliente con una voce cautamente neutra. « Il presidente del tribunale mi ha autorizzato a parlare con lei nel suo ufficio. » Poi si voltò verso Frederick Stavros, che sedeva in preda allo strazio dell'incertezza, ignaro degli sviluppi della situazione. « Lei e il suo cliente possono unirsi a noi, se lo desiderano. »

Stavros annuì. « Ma certo. » Balzò in piedi e quasi fece cadere la sedia, tanto era stato impaziente.

Due agenti li accompagnarono nell'ufficio del presidente del tribunale e, quando furono usciti, lasciandoli soli, Chotas si rivolse a Frederick Stavros. « Quanto sto per dire », spiegò a bassa voce, « è nell'interesse della mia cliente. Tuttavia, poiché sono coimputati, ho ottenuto che anche al signor Douglas venga accordato lo stesso privilegio. »

« Mi dica! » pretese Noelle.

Chotas si voltò verso di lei. Parlò adagio, scegliendo le parole con grande cura. « Ho appena conferito con i giudici », disse. « Sono rimasti colpiti dalla tesi della pubblica accusa. Tuttavia... » e, con delicatezza, si interruppe per un attimo, « sono riuscito... ehm... a persuaderli che gli interessi della giustizia non verrebbero serviti condannandovi. »

« Che cosa accadrà? » domandò Stavros, in preda a un'impazienza febbrile.

Vi fu una nota di profonda soddisfazione nella voce di Chotas, mentre riprendeva a parlare: « Se gli imputati sono disposti a riconoscersi colpevoli, i giudici hanno accettato di condannarli entrambi a cinque anni ». Sorrise e soggiunse: « Quattro dei quali verrano condonati. In realtà, non dovranno scontare più di sei mesi di prigione ». Si rivolse a Larry: « Siccome lei è americano, signor Douglas, dovrà essere espulso. Non le sarà mai più consentito di tornare in Grecia ».

Larry annuì, sentendosi pervaso dal sollievo.

Chotas tornò a rivolgersi a Noelle. « Non è stato facile ottenere questo. Devo dirle, in tutta franchezza, che la ragione principale della clemenza della Corte è l'interesse del suo... ehm... protettore. I giudici ritengono che lui abbia già ingiustamente sofferto a causa di tutta questa pubblicità e desiderano farla cessare. »

« Capisco », disse Noelle.

Napoleon Chotas esitò, imbarazzato. « C'è un'altra condizione. »

Lei lo fissò: « Quale? »

« Il passaporto le sarà ritirato. Non potrà mai allontanarsi dalla Grecia. Rimarrà in questo paese, sotto la protezione del suo amico. »

E così era fatta.

Constantin Demiris aveva mantenuto la promessa. Noelle non credette nemmeno per un momento che i giudici fossero stati disposti alla clemenza perché preoccupati dall'indebita pubblicità di cui era vittima l'armatore. No, Demiris aveva dovuto pagare un prezzo per la sua libertà e Noelle sapeva che doveva essere stato altissimo. Ma, in cambio, Demiris riaveva lei e in modo che non potesse lasciarlo mai più. Né rivedere Larry. Guardò Larry e gli lesse il sollievo sulla faccia. Sarebbe stato liberato, era la sola cosa che gli premeva. Non aveva rimpianti nel perderla, né per ciò che era successo. Ma Noelle capiva, perché conosceva Larry, perché sapeva come fosse il suo alter ego, il suo *Doppelgänger*; entrambi avevano la stessa temeraria smania di vivere, gli stessi appetiti insaziabili. Erano anime gemelle al di là della mortalità, al di là delle leggi che non avevano mai voluto e mai rispettato. A modo suo, Noelle avrebbe sentito moltissimo la mancanza di Larry e, quando fosse partito, una parte di lei lo avrebbe accompagnato. Ma sapeva, adesso, quanto cara le fosse la vita e fino a qual punto l'avesse terrorizzata l'idea di perderla. Di conseguenza, si trattava, tutto sommato, di un ottimo affare e lo accettava con gratitudine. Si rivolse a Chotas e disse: « Mi va bene ».

L'avvocato la fissò, e c'era della malinconia nei suoi occhi, oltre alla soddisfazione. Noelle capì anche questo. Era innamorato di lei e aveva dovuto far ricorso a tutta la sua abilità per salvarla per un altro uomo. Lo aveva deliberatamente incoraggiato a innamorarsi di lei perché le occorreva il suo aiuto e doveva essere certa che Chotas non si sarebbe fermato davanti a niente, pur di salvarla. E tutto era finito nel migliore dei modi.

« Secondo me è assolutamente meraviglioso », stava farfugliando Frederick Stavros. « Assolutamente meraviglioso. »

Riteneva, in verità, che fosse un miracolo, straordinario quasi quanto un proscioglimento; e, anche se era vero che sarebbe stato Napoleon Chotas a mietere i benefici maggiori, di riflesso avrebbe ottenuto anche lui vantaggi enormi. A partire da quel momento, non gli sarebbero mancati i clienti tra i quali scegliere e ogni volta che avesse parlato del processo, la parte che aveva avuto sarebbe diventata sempre e sempre più determinante.

« Sembra una buona soluzione », stava dicendo Larry. « L'unica cosa è che noi siamo innocenti. Noi non abbiamo ucciso Catherine. »

Frederick Stavros si voltò verso di lui, inviperito. « Chi se ne fotte se siete innocenti o colpevoli? » urlò. « Vi stiamo facendo dono della vita. » Scoccò una rapida occhiata a Chotas per vedere se reagisse a quel « vi stiamo », ma l'avvocato si limitava ad ascoltarlo con un'aria di distaccata neutralità.

« Deve rendersi conto », disse Chotas rivolto a Stavros, « che io mi limito a consigliare la *mia* cliente. Il signor Douglas è libero di decidere come vuole. »

« Che cosa ci sarebbe capitato senza questo accordo? » domandò Larry.

« La giuria avrebbe... » prese a dire Frederick Stavros.

« Voglio sentirlo dire da *lui* », lo interruppe Larry, brusco. E si voltò verso Chotas.

« In un processo, signor Douglas », rispose l'anziano avvocato, « il fattore più importante non è l'innocenza o la colpevolezza, ma l'*impressione* che si dà di essere innocenti o colpevoli. Voi sareste stati condannati per questo e sarebbe stata una sentenza di morte. »

Larry lo fissò per un lungo momento, poi annuì. « Okay », disse, « facciamola finita. »

Un quarto d'ora dopo, i due imputati si trovavano in piedi dinanzi ai giudici. Il presidente del tribunale sedeva al centro, fiancheggiato dagli altri due magistrati. Napoleon Chotas era accanto a Noelle Page e Frederick Stavros accanto a Larry Douglas. L'aula del tribunale sembrava satura di una tensione elettrizzante, essendosi fulmineamente sparsa la voce che stava per accadere qualcosa di drammatico. Ma quando la cosa avvenne, colse tutti di sorpresa. In tono molto ufficiale e pedante, come se non fosse appena stato raggiunto un accordo segreto con i tre magistrati, Napoleon Chotas disse: « Signor presidente, la mia cliente desidera dichiararsi, anziché non colpevole, *colpevole* ».

Il presidente del tribunale si appoggiò alla spalliera della sedia e fissò Chotas stupito, quasi che la cosa gli riuscisse del tutto nuova.

Sta recitando alla perfezione, pensò Noelle. *Vuole guadagnarsi i suoi soldi o quei favori che Demiris gli farà.*

Il presidente del tribunale si sporse in avanti e consultò a rapidi bisbigli gli altri due magistrati. Annuirono e lui guardò Noelle e domandò: « Vuole dichiararsi colpevole? »

Lei annuì e disse, con fermezza: « Sì ».

Frederick Stavros si affrettò a parlare, come se temesse di essere escluso dalla procedura. « Vostro Onore, anche il mio cliente desidera dichiararsi, anziché non colpevole, colpevole. »

Il presidente del tribunale voltò la testa e fissò Larry. « Vuole dichiararsi colpevole? »

Larry sbirciò Chotas, poi annuì. « Sì. »

L'alto magistrato scrutò i due imputati, con aria grave. « I vostri difensori vi hanno avvertito che, in base alla legge greca, la pena prevista per l'omicidio premeditato è la morte? »

« Sì, Vostro Onore. » La voce di Noelle risuonò forte e chiara.

Il giudice si voltò a guardare Larry. « Sì, signore », disse lui.

I magistrati si consultarono di nuovo a bisbigli. Poi il presidente del tribunale si rivolse a Demonides. « Ha obiezioni, il pubblico ministero? »

Demonides fissò Chotas per un lungo momento, poi rispose: « Nessuna ».

Noelle si domandò se anche lui fosse stato pagato o se venisse semplicemente manovrato come una pedina.

« Molto bene », disse il presidente. « Questa Corte non può fare altro che accettare la dichiarazione degli imputati. » Quindi parlò alla giuria. « Signori, tenuto conto della nuova situazione, a partire da questo momento siete esonerati dal vostro compito di giurati. In effetti, il processo è terminato. La Corte pronuncerà la sentenza. Vi ringrazio per la collaborazione. La Corte si ritira per due ore. »

Un attimo dopo, i giornalisti si precipitarono fuori dell'aula, correndo ai telefoni e alle telescriventi per riferire sull'ultimo, sensazionale sviluppo del processo per omicidio contro Noelle Page e Larry Douglas.

Due ore dopo, quando la Corte rientrò, l'aula del tribunale era gremita fino a traboccare. Noelle volse lo sguardo sul pubblico. La stavano osservando tutti con espressioni di avida aspettativa e soltanto a stento riuscì a impedirsi di ridere forte della loro ingenuità. Era il popolino, quello, erano quelli della massa, che credevano che la giustizia venisse applicata con equità, che in una democrazia tutti gli uomini nascessero uguali e che un povero avesse gli stessi diritti e gli stessi privilegi di un ricco.

« Gli imputati si alzino e si avvicinino. »

Con grazia, Noelle si alzò e si avvicinò ai giudici, con Chotas al proprio fianco. Con la coda dell'occhio, vide Larry e Stavros farsi avanti a loro volta.

Il presidente del tribunale parlò. « Questo è stato un processo lungo e difficile. Nel caso di reati per i quali è prevista la pena di morte, la Corte è sempre propensa a concedere all'imputato il beneficio del dubbio. Devo ammettere che, nel caso in questione, sentivamo l'esistenza di tale dubbio. Il fatto che la pubblica accusa non fosse in grado di esibire un *corpus delicti* era una circostanza nettamente favorevole agli imputati. » Si voltò a guardare Napoleon Chotas. « L'esimio difensore sa bene, ne sono certo, che i tribunali greci non hanno mai pronunciato condanne a morte nei casi in cui un omicidio non era stato provato al di là di ogni ragionevole dubbio. »

Una lieve sensazione di disagio stava cominciando a sfiorare Noelle, niente di allarmante ancora, appena un mero bisbiglio, il più lieve dei sospetti. Il presidente del tribunale continuò.

« I miei colleghi e io, per questo motivo, siamo rimasti sorpresi, lo dico francamente, quando gli imputati hanno deciso di dichiararsi colpevoli mentre il dibattimento era ancora in corso. »

La sensazione cominciò a irradiarsi, adesso, dallo stomaco di Noelle e salì e la strinse alla gola; si accorse a un tratto che le riusciva difficile respirare. Larry stava fissando il giudice, senza ben capire, ancora, quello che accadeva.

« Apprezziamo il tormentoso esame di coscienza che deve essersi svolto negli imputati prima della decisione di confessare la loro colpevolezza davanti a questa Corte e davanti al mondo intero. Tuttavia, l'aver liberato la propria coscienza non può essere accettato come un'espiazione del terribile delitto che essi ammettono di avere commesso, l'assassinio a sangue freddo di una donna inerme, indifesa.»

In quel momento, Noelle si rese conto, con improvvisa e sconvolgente certezza, di essere stata giocata. Demiris aveva studiato tutta la messa in scena, le aveva fatto nascere una sensazione di falsa sicurezza per poi poterla giocare in quel modo. Questo era il suo gioco, questa era la trappola nella quale l'aveva fatta cadere. Si *era* reso conto di quanto la terrorizzasse l'idea di morire e, di conseguenza, le aveva offerto la speranza di vivere e lei si era affrettata ad accettarla, aveva creduto in lui e lui l'aveva battuta in astuzia. Demiris aveva voluto la vendetta *immediata*, non una vendetta tardiva. Noelle si sarebbe potuta salvare. Chotas aveva sempre saputo, naturalmente, che, in assenza di un cadavere, il tribunale non l'avrebbe mai condannata a morte. Non c'era stato nessun accordo con i giudici. Aveva imbastito tutta la sua difesa in modo da adescarla e portarla alla morte. Si voltò a guardarlo. Chotas lo fissò e gli occhi gli si colmarono di sincera tristezza. L'amava e l'aveva assassinata e, se fosse stato costretto a ricominciare daccapo, si sarebbe comportato nello stesso modo perché, in ultima analisi, era l'uomo di Demiris, così come lei era la donna di Demiris, e nessuno di loro due poteva contrastarne il potere.

Il presidente del tribunale stava parlando: «... di conseguenza, in base ai poteri conferitimi dallo Stato e in armonia con le sue leggi, ordino che i due imputati, Noelle Page e Lawrence Douglas vengano giustiziati da un plotone di esecuzione... la sentenza dovrà essere eseguita entro novanta giorni da oggi».

Nell'aula vi fu il pandemonio, ma Noelle non udì e non vide. Qualcosa l'aveva indotta a voltarsi. Il posto libero non era più vuoto. Vi sedeva Constantin Demiris. Appena sbarbato, indossava un vestito blu di seta cruda, dal taglio impeccabile, una camicia celeste e un foulard da collo. Gli occhi neri come olive erano vividi e splendenti. Non esisteva più nulla in lui dell'uomo sconfitto e logoro che le aveva fatto visita in carcere, perché quell'uomo non era mai esistito.

Constantin Demiris era venuto a osservare Noelle nel momento della sconfitta, per assaporarne il terrore. Gli occhi neri erano fissi nei suoi e, per una frazione di secondo, Noelle vi lesse una profonda, malevola soddisfazione. Vi lesse anche qualcos'altro. Rammarico, forse; ma scomparve, prima ancora, quasi, che avesse potuto coglierlo e in ogni caso era troppo tardi, ormai.

La partita a scacchi era finalmente finita.

Larry aveva ascoltato le ultime parole del presidente con sbalordita incredulità; e quando un agente si fece avanti e lo afferrò per un braccio, si liberò con uno strattone e tornò a voltarsi verso i giudici.

« Aspettate un momento! » urlò. « Io non l'ho uccisa. Sono stato tradito! »

Un altro agente accorse e i due uomini lo immobilizzarono. Uno dei due tentò di ammanettarlo.

« No! » Larry stava gridando. « Ascoltatemi! Non l'ho uccisa! »

Cercò di liberarsi, ma le manette gli scattarono intorno ai polsi e venne trascinato via, fuori dell'aula.

Noelle sentì una pressione sul braccio. Una sorvegliante stava aspettando di condurla fuori dell'aula.

« L'aspettano, miss Page. »

Era come gli applausi a teatro. *Il pubblico la sta aspettando, miss Page.* Soltanto che, questa volta, il sipario, una volta calato, non si sarebbe alzato mai più. Noelle si rese conto che questa era l'ultima volta in vita sua in cui si sarebbe trovata in pubblico; per l'ultima volta si trovava tra altre persone, fuori da una cella. Recitava nello spettacolo di addio e la sudicia e squallida aula del tribunale greco era il suo ultimo teatro. *Bene*, pensò, assumendo un atteggiamento di sfida, *per lo meno ho un bel pubblico.* E, per l'ultima volta, si guardò attorno nell'aula gremita. Vide Armand Gautier, che la fissava silenzioso e allibito, dimenticando, per una volta tanto, il proprio cinismo.

C'era Philippe Sorel, la faccia rugosa che si sforzava di sorridere, incoraggiante, ma non ci riusciva.

Al lato opposto dell'aula scorse Israel Katz; con gli occhi chiusi, muoveva le labbra come se stesse pregando silenziosamente. Noelle ricordò la notte in cui lo aveva salvato, nascosto nel portabagagli dell'automobile del generale, sotto il naso dell'ufficiale albino della Gestapo, e ricordò la paura che provò allora. Ma era niente in confronto al terrore che la stava possedendo adesso.

Il suo sguardo si spostò nell'aula e si posò sulla faccia di Auguste Lanchon, il negoziante. Non ne rammentava il nome, ma ricordava la faccia porcina, il corpo tozzo e grosso, la squallida camera d'albergo a Vienne. Quando lui si accorse che lo stava guardando, batté le palpebre e abbassò gli occhi.

Un uomo alto, un bell'uomo, dai capelli brizzolati, che aveva l'aria di essere americano, si era alzato in piedi e la stava fissando come se avesse voluto dirle qualcosa. Noelle non aveva idea di chi potesse essere.

La sorvegliante le dava strattoni al braccio, adesso, e diceva: « Su, venga, miss Page... »

Frederick Stavros era in stato di choc. Non soltanto era stato testimone di un inganno perpetrato a sangue freddo, ma vi aveva partecipato. Si sarebbe potuto rivolgere al presidente del tribunale e riferirgli quello che era accaduto: rivelargli le promesse di Chotas. Ma gli avrebbero creduto? Avrebbero creduto alla sua parola contro quella di Napoleon Chotas? In realtà non aveva importanza, pensò Stavros, amareggiato. Ormai era finito come avvocato. Nessuno si sarebbe più rivolto a lui. In quel momento, qualcuno pronunciò il suo nome, si voltò e c'era Chotas, lì in piedi, che gli disse: « Se domani sei libero, perché non vieni a pranzo con me, Frederick? Vorrei presentarti i miei soci. Credo che tu abbia un avvenire molto promettente ».

Oltre la spalla di Chotas, Frederick Stavros vide il presidente del tribunale uscire dall'aula attraverso la porta che conduceva al suo ufficio. Quello sarebbe stato il momento per parlargli, per spiegargli che cosa era avvenuto. Stavros tornò a voltare la testa verso Napoleon Chotas, la mente ancora pervasa dall'orrore per ciò che aveva fatto quell'uomo e udì se stesso rispondere: « È molto gentile da parte sua, signore. A che ora le farebbe comodo...? »

In base alla legge greca, le esecuzioni hanno luogo nell'isoletta di Ageana, a circa un'ora dal porto del Pireo. Una speciale imbarcazione del governo porta all'isola i detenuti condannati a morte. Una serie di piccole scogliere grigie conduce al porto e in alto, in cima a un'altura, c'è un faro costruito su un affioramento di roccia. La prigione di Ageana si trova sul lato nord dell'isola, invisibile dal porticciuolo dove battelli sbarcano con regolarità turisti eccitati per un'ora o due di acquisti e di gite, prima di salpare per l'isola successiva. La prigione non è inclusa nei giri turistici e nessuno vi si avvicina se non con incarichi ufficiali.

Erano le quattro del mattino di un sabato. L'esecuzione di Noelle doveva aver luogo alle sei.

Le avevano portato da indossare il vestito preferito, un modello di Dior in mohair rosso vino, e scarpe di camoscio dello stesso colore. Si era messa della biancheria nuova, di seta, cucita a mano, e intorno al collo uno *jabot* bianco di pizzo veneziano. Constantin Demiris aveva mandato la parrucchiera di cui si era sempre servita ad acconciarle i capelli. Era come se Noelle si stesse preparando ad andare a un ricevimento.

Razionalmente, sapeva che non vi sarebbe stata alcuna commutazione della pena all'ultimo momento, sapeva che, di lì a poco, il suo corpo sarebbe stato violato brutalmente e che il suo sangue si sarebbe sparso sul terreno. Eppure, emotivamente, non poteva fare a meno di sperare che Constantin Demiris compisse un miracolo e le risparmiasse la vita. Non sarebbe neppure stato necessario un miracolo... bastavano una telefonata, una parola, un cenno della sua mano dorata. Se l'avesse risparmiata adesso, era disposta a fare qualsiasi cosa. Se soltanto avesse potuto parlargli, gli avrebbe detto che non si sarebbe mai più sognata di guardare un altro uomo, che si sarebbe impegnata a renderlo felice per il resto dei suoi giorni. Ma sapeva che sarebbe stato inutile supplicare. Se Demiris fosse venuto da lei, allora sì. Ogni iniziativa da parte sua era destinata a fallire.

Mancavano ancora due ore.

Larry Douglas si trovava in un'altra parte della prigione. Dopo la condanna, il volume della sua corrispondenza era aumentato di dieci volte. Gli pervenivano lettere da donne di tutte le parti del mondo e alcune di quelle scandalizzavano il direttore della prigione, che pure si considerava un uomo vissuto.

Larry Douglas avrebbe probabilmente apprezzato quelle lettere, se fosse riuscito a leggerle. Ma viveva in un mondo crepuscolare, alterato dai calmanti, nel quale nulla lo toccava. Durante i primi giorni sull'isola aveva dato in escandescenze, urlando giorno e notte di essere innocente e chiedendo un nuovo processo. Infine il medico del carcere aveva ordinato che gli venissero somministrati i tranquillanti.

Alle cinque meno dieci, quando il direttore della prigione e quattro guardie entrarono nella cella di Larry Douglas, lui sedeva sulla brandina, silenzioso e chiuso in se stesso. Il direttore dovette chiamarlo due volte per nome prima che si rendesse conto che erano venuti a prenderlo. Si alzò con movimenti letargici, come se stesse sognando.

Il direttore lo condusse nel corridoio e si incamminarono, formando una lenta processione, verso una porta sorvegliata. Quando vi giunsero davanti, una guardia l'aprì; uscirono e vennero a trovarsi all'aperto, in un cortile delimitato da muri. L'aria era gelida e Larry rabbrividì mentre varcava la soglia. C'era una luna piena nel cielo e vi vide le stelle. Gli ricordarono le mattine nelle isole del Pacifico meridionale, quando i piloti abbandonavano i caldi letti e si riunivano sotto le fredde stelle per le ultime istruzioni prima del decollo. Udì lo scroscio del mare, in lontananza, e si sforzò di ricordare su quale isola si trovasse e quale fosse la sua missione. Alcuni uomini lo condussero accanto a un palo, di fronte a un muro, e gli legarono le braccia dietro la schiena.

Non esisteva più furia in lui, adesso, soltanto una sorta di stupore per il modo con cui gli venivano date le ultime istruzioni. Era saturo di una spossatezza profonda, ma sapeva che non poteva addormentarsi perché doveva guidare la squadriglia. Alzò la testa e vide uomini in uniforme allineati. Gli stavano puntando contro dei fucili. Antichi e sepolti istinti cominciarono a ridestarsi. Lo avrebbero attaccato da direzioni diverse, tentando di separarlo dal resto della squadriglia, perché avevano paura di lui. Scorse un movimento in direzione ore tre e capì che gli si stavano avventando contro. Si sarebbero aspettati che salisse, fuori di portata. Spinse invece la cloche tutto avanti e si gettò in una picchiata che per poco non strappò le ali al suo aereo. Si rimise in orizzontale al fondo della picchiata e virò bruscamente a sinistra. Non c'era traccia del nemico. Con quella manovra era riuscito a sfuggire ai caccia giapponesi. Cominciò a salire e, sotto di sé, scorse uno *Zero*. Rise forte e spostò la cloche virando a destra finché lo *Zero* non venne a essere centrato dal mirino. Poi si avventò come un angelo vendicatore, serrando la distanza a una velocità da capogiro. Cominciò a premere le dita sul pulsante di tiro, quando un dolore improvviso e straziante gli lacerò il corpo. E un altro. E un altro ancora. Sentì le carni dilaniarglisi, le viscere riversarglisi all'esterno e pensò: *Oh Dio mio, da dove è venuto?... C'è un pilota più bravo di me... Mi domando chi sia...*

Poi cominciò a piroettare bruscamente nello spazio e tutto divenne buio e silenzio.

Nella cella stavano pettinandola quando udì un rombo di tuono all'esterno.

« Sta per piovere? » domandò Noelle.

La parrucchiera la fissò in modo strano, per un momento, e si accorse che davvero lei non sapeva cosa fosse quel suono. « No », rispose sommessamente. « Oggi sarà una giornata splendida. »

E allora Noelle capì.

Ora sarebbe toccato a lei.

Alle cinque e mezzo del mattino, trenta minuti prima dell'ora stabilita per l'esecuzione, Noelle udì dei passi avvicinarsi alla cella. Il cuore le diede un balzo, involontariamente. Era sicura che Constantin Demiris avrebbe voluto vederla. Sapeva di non essere mai stata più bella e forse, quando l'avesse vista... forse... Apparve il direttore della prigione, accompagnato da una guardia e da un'infermiera che reggeva una valigetta nera da medico. Noelle guardò alle loro spalle, cercando Demiris. Il corridoio era deserto. La guardia aprì la porta della cella e il direttore e l'infermiera entrarono. Noelle sentì che il cuore le stava martellando; l'ondata di paura stava ricominciando a lambirla e affogava la lieve speranza che si era destata in lei.

« Non è ancora il momento, vero? » domandò.

Il direttore sembrava a disagio. « No, miss Page. L'infermiera è qui per farle un clistere. »

Noelle lo fissò, senza capire. « Io non voglio un clistere. »

Il direttore parve ancora più a disagio. « Le eviterà di sentirsi... in imbarazzo. »

E allora Noelle capì. E la paura si tramutò in un'angoscia ruggente, lacerandole lo stomaco. Fece un cenno affermativo e il direttore si voltò e uscì. La guardia chiuse a chiave la porta, poi, con tatto, si allontanò nel corridoio.

« Non vogliamo rovinare questo bel vestito », stava tubando l'infermiera. « Perché non se lo toglie e non si corica lì? Basterà un minuto. »

Cominciò a darsi da fare su di lei, ma Noelle non sentì niente.

Si trovava con suo padre, e lui stava dicendo: *Guardatela, anche un estraneo capirebbe che ha sangue di re nelle vene* e la gente litigava per prenderla in braccio e coccolarla. Un prete si trovava nella cella. Disse: « Non vorresti confessarti a Dio, figliola mia? » ma lei scosse la testa spazientita, perché suo padre stava parlando e voleva udire quel che diceva. *Sei nata principessa e questo è il tuo regno. Quando crescerai sposerai un bellissimo principe e vivrai in un palazzo grandioso.*

Stava percorrendo un lungo corridoio insieme ad alcuni uomini e qualcuno aprì una porta e venne a trovarsi all'aperto, in un gelido cortile. Suo padre la stava tenendo in braccio davanti a una finestra e lei vedeva gli alti alberi delle navi che dondolavano sull'acqua.

Gli uomini la condussero accanto a un palo di fronte a un muro, le legarono le mani dietro la schiena, la legarono con la vita al palo e suo padre disse: *Vedi quelle navi, principessa? Un giorno ti porteranno in tutti i luoghi magici del mondo.* E la tenne stretta e lei si sentì al sicuro. Non riusciva a ricordare il perché, ma si era adirato con lei, però tutto aveva finito con l'aggiustarsi, adesso, e le voleva bene di nuovo; si voltò verso suo padre, ma aveva la faccia offuscata e non riuscì a ricordare il suo aspetto. Non ricordava più la faccia di suo padre.

La prese una tristezza travolgente, come se avesse perduto qualcosa di prezioso, e seppe che doveva ricordarlo, altrimenti sarebbe morta, e cominciò a concentrarsi molto intensamente, ma, prima di essere riuscita a vederlo, vi fu un rombo improvviso e mille coltelli strazianti le affondarono nelle carni e la sua mente urlò: *No! Non ancora! Lasciatemi vedere la faccia di mio padre!*

Ma si perdette per sempre nelle tenebre.

EPILOGO

L'uomo e la donna camminavano nel cimitero, le facce variegate dalle ombre degli alti e aggraziati cipressi allineati lungo il vialetto. Procedevano adagio nella calura baluginante del sole di mezzogiorno.

Suor Teresa mormorò: « Vorrei dirle, ancora una volta, quanto le siamo grati per la sua generosità. Non so che cosa avremmo fatto senza di lei ».

Constantin Demiris fece un cenno di disapprovazione con la mano. « Non è niente, sorella », disse.

Ma suor Teresa sapeva che, senza quel salvatore, il monastero sarebbe stato costretto a chiudere da anni. E, senza dubbio, era un segno del Cielo che ora le fosse stato possibile ripagare Demiris in una certa misura. Si trattava di un *thriamvos*, di un trionfo. Ringraziò ancora una volta San Dionisio perché alle suore era stato concesso di trarre in salvo dalle acque del lago l'amica americana dell'armatore, in quella notte terribile di tempesta. Qualcosa, questo sì, era accaduto alla mente della donna, che si comportava come una bambina; ma sarebbe stata curata. Il signor Demiris aveva chiesto a suor Teresa di tenerla lì, fra quelle mura, riparata e protetta dal mondo esterno per il resto della sua esistenza. Era un uomo così buono e gentile.

Erano giunti in fondo al cimitero. Un sentiero serpeggiava giù fino al promontorio dove, la donna in piedi, stava contemplando il lago placido, color smeraldo, più in basso.

« Eccola là », disse suor Teresa. « Ora la lascio. *Hairetai* ».

Demiris seguì con lo sguardo la suora che tornava verso il monastero, poi percorse il sentiero, diretto verso la donna.

« Buongiorno », disse con dolcezza.

Lei si voltò adagio e lo guardò. Aveva gli occhi spenti e vacui e non vi fu alcun segno di riconoscimento sulla sua faccia.

« Le ho portato qualcosa », disse Constantin Demiris.

Si tolse di tasca un piccolo astuccio per gioielli e glielo porse. La donna lo fissò come una bimbetta.

« Su, lo prenda. »

Adagio, tese la mano e prese l'astuccio. Alzò il coperchio e all'interno, affondato nella bambagia, c'era un uccellino d'oro in miniatura, lavorato in modo squisito, con gli occhi di rubino e le ali tese, pronte al volo. Demiris stette a guardare mentre la donna-bambina lo toglieva dall'astuccio e lo teneva dinanzi agli occhi. Il sole vivido fece rifulgere l'oro e scintillare gli occhi di rubino, irradiando nell'aria minuscoli arcobaleni. La donna girò il piccolo uccello da un lato e dall'altro, osservando i riflessi danzanti.

« Non la rivedrò più », disse Demiris, « ma lei non dovrà preoccuparsi. Nessuno potrà più farle del male, ormai. Le persone malvage sono morte. »

Mentre parlava, il viso di lei si era voltato dalla sua parte e, per un attimo immobilizzato nel tempo, gli parve che un bagliore di intelligenza, uno sguardo di felicità le fossero affiorati negli occhi; ma, un attimo dopo, erano scomparsi e rimaneva soltanto il vuoto, spento. Poteva essere stata un'illusione, uno scherzo della luce solare che le aveva riflesso lo scintillio dell'uccellino d'oro negli occhi.

Constantin Demiris vi pensò mentre risaliva adagio la collina e usciva dall'enorme portone del monastero, andando verso la limousine che aspettava di riportarlo ad Atene.

Chicago
Londra
Parigi
Atene
Giannina
Los Angeles

I libri di Sidney Sheldon

Padrona del gioco

In questo romanzo l'autore ha creato la sua più straordinaria eroina, Kate Blackwell. Manovrati da lei, i membri della famiglia si muovono fra intrighi e risentimenti.

Se domani verrà

Condannata ingiustamente, una volta scontata la pena, Tracy decide di vendicarsi lanciando una sfida senza esclusione di colpi ai suoi persecutori.

Linea di sangue

Alla morte del padre, Elizabeth eredita un'industria farmaceutica, il cui pacchetto azionario è diviso tra i membri della famiglia. La lotta per la supremazia è spietata.

La rabbia degli angeli

La figlia di un avvocato di provincia entra nello staff del procuratore distrettuale di Manhattan iniziando una brillante carriera. Ma la sua anima è divisa tra due uomini.

Uno straniero allo specchio

Un intenso e tragico amore tra un grande divo e un'attricetta. Lui, un uomo brillante e solo, lei, una bambola meravigliosa piena d'odio. Un oscuro destino li unirà per sempre.

I mulini a vento degli dei

Una docente universitaria nominata ambasciatrice in Romania, viene coinvolta in un gioco pericoloso di potere e di passioni. Un thriller ricco di colpi di scena.

Le sabbie del tempo

Spagna: la guerra tra nazionalisti baschi e governo costringe quattro giovani suore a lasciare il convento e a confrontarsi con la violenza e le passioni del mondo terreno.

Il volto nudo

Il primo grande successo di Sheldon, «Mister Best-seller». Un paziente e la segretaria di uno psicanalista vengono uccisi. La polizia lo sospetta ma il vero obiettivo è lui.

Ricordi di mezzanotte

Dalle spiagge del Mediterraneo alla Londra del dopoguerra, la lotta di una donna, tormentata da laceranti ricordi, contro un destino orribile e ineluttabile.

La congiura dell'Apocalisse

Il comandante Bellamy indaga sulla caduta di un pallone aerostatico... Ma le difficoltà si moltiplicano, come per una tacita, inesorabile congiura.

E le stelle brillano ancora

Bella e ambiziosa, Lara è diventata una temuta donna d'affari. Ma i metodi poco limpidi con cui si assicura il successo mettono in pericolo il suo impero.

Nulla è per sempre

Le ambizioni, le ansie, le speranze e gli amori di tre amiche che il destino ha fatto incontrare nella frenetica San Francisco. Un romanzo intriso di suspense e sentimento.

Giorno & notte

La misteriosa morte di un magnate americano fa accorrere i legittimi eredi a Boston. Un brillante procuratore legale «smonta» un delitto quasi perfetto.

Una donna non dimentica

Per l'ambiziosa Leslie, è arrivata l'occasione d'oro: Oliver Russell, un affascinante avvocato. Dopo un'ardente passione, però lui l'abbandona. La vendetta sarà terribile...

Dietro lo specchio

Perché la bella Ashley viene coinvolta in una serie di agghiaccianti delitti a sfondo sessuale? Cosa si nasconde dietro gli uomini trovati uccisi ed evirati? Un romanzo mozzafiato.

L'amore non si arrende

La morte di un giovane collezionista d'arte poche ore dopo un'intervista con Dana Evans è l'ultima di una serie di tragici incidenti che in un anno ha estinto un'intera famiglia.

Hai paura del buio?

Nel giro di pochi giorni quattro scienziati muoiono in circostanze misteriose: il capo del gruppo per il quale lavoravano è un affarista senza scrupoli.

Gentile lettore,

la ringraziamo per aver scelto uno dei romanzi della ricca collana Superbestseller.

Per poter soddisfare sempre meglio le sue esigenze e i suoi gusti, le chiediamo di voler gentilmente compilare il seguente questionario. Se ci fornirà anche il suo indirizzo, le invieremo le informazioni relative alle nuove pubblicazioni del gruppo Sperling & Kupfer e alle iniziative speciali rivolte ai nostri lettori. Se invece preferisce registrarsi sul nostro sito www.sperling.it, riceverà nella sua casella e-mail la nostra newsletter informativa.

Ho trovato questo questionario nel volume dal titolo

....

Ho acquistato questo volume

☐ in libreria ☐ in edicola ☐ al supermercato

Numero libri acquistati in un anno: ....

Il mio autore preferito è: ....

Il mio genere preferito è

☐ Narrativa ☐ Narrativa per ragazzi
☐ Thriller ☐ Saggistica
☐ Narrativa al femminile ☐ Business

INFORMAZIONI ANAGRAFICHE

Età: Sesso: ☐ M ☐ F

Professione: ....

FACOLTATIVO

Nome ....
Cognome ....
Via .... n. ....
Città .... Provincia .... CAP ....
E-mail ....

Informativa ai sensi dell'art. 13 D. Lgs n. 196/2003
I suoi dati saranno trattati da Sperling & Kupfer Editori S.p.A. e dalle società con essa in rapporto di controllo e collegamento ai sensi dell'art. 2359 cod. civ. – titolari del trattamento – per evadere la sua richiesta di invio di materiale d'informazione libraria delle titolari e più in generale per finalità di marketing, attività promozionali, offerte commerciali e per indagini di mercato da parte delle stesse titolari.
Nome, cognome, indirizzo sono indispensabili per il suddetto fine. Il suo indirizzo di posta elettronica è necessario solo se desidera ricevere via mail i suddetti materiali.
Inoltre, previo suo consenso, i suoi dati potranno, altresì, essere comunicati a soggetti operanti nei settori editoriale, largo consumo e distribuzione, vendita a distanza, arredamento, telecomunicazioni, farmaceutico, finanziario, assicurativo, automobilistico, e a enti pubblici e Onlus, per propri utilizzi aventi le suddette medesime finalità.
Responsabile del trattamento è il Responsabile Dati presso Sperling & Kupfer Editori S.p.A. L'elenco completo e aggiornato delle società in rapporto di controllo e collegamento ai sensi dell'art. 2359 cod. civ. con Sperling & Kupfer Editori S.p.A., delle aziende terze a cui i dati possono essere comunicati e dei responsabili è disponibile al seguente indirizzo e-mail: privacy@mondadori.com.
I suoi dati saranno resi disponibili agli incaricati preposti alle operazioni di trattamento finalizzate all'elaborazione e gestione dei dati.
Ai sensi dell'art. 7 D. Lgs. n. 196/2003, potrà esercitare i relativi diritti, fra cui consultare, modificare e cancellare i suoi dati o opporsi al loro trattamento scrivendo a Sperling & Kupfer Editori S.p.A. Ufficio Promozione - Via Durazzo 4 - 20134 Milano.
Acconsente che i suoi dati siano comunicati ai suddetti soggetti terzi e da questi utilizzati per le finalità e secondo le modalità illustrate nell'informativa? sì ☐ no ☐

La preghiamo di tagliare lungo la linea tratteggiata e di inviare in busta chiusa e affrancata a:

Sperling & Kupfer Editori S.p.A. Ufficio Promozione
Via Durazzo 4 - 20134 Milano

Finito di stampare nel gennaio 2005
presso la Mondadori Printing S.p.A.
Stabilimento N.S.M. di Cles (TN)
Printed in Italy